KIMBERLY DUFFY
MISS SHIPLEY UND DIE SCHMETTERLINGE

KIMBERLY DUFFY

Miss Shipley und die Schmetterlinge

Francke

Über die Autorin:
Kimberly Duffy wuchs auf Long Island auf und lebt heute mit ihrer Familie in Ohio. Wenn sie nicht gerade ihre vier Kinder zu Hause unterrichtet, schreibt sie historische Romane, die ihre LeserInnen in andere Zeiten und über Meere entführen. Sie hat für einige Monate in Indien gelebt und war schon immer eine Weltentdeckerin.

MIX
Papier aus verantwortungsvollen Quellen
FSC® C083411
FSC
www.fsc.org

Bibliografische Information der Deutschen Nationalbibliothek
Die Deutsche Nationalbibliothek verzeichnet diese Publikation in der Deutschen Nationalbibliografie; detaillierte bibliografische Daten sind im Internet über http://dnb.dnb.de abrufbar.

ISBN 978-3-96362-217-5

Originally published in English under the title
A Mosaic of Wings
by Bethany House Publishers, a division of Baker Publishing Group,
Grand Rapids, Michigan, 49516, USA

35037 Marburg an der Lahn
Deutsch von Dorothee Dziewas
Umschlagbilder: © iStockphoto.com / Massonstock & thawats
Umschlaggestaltung: Francke-Buch GmbH
Satz: Francke-Buchhandlung GmbH
Druck und Bindung: CPI books GmbH, Leck

www.francke-buch.de

Dem Schöpfer aller Dinge gewidmet.
Du hast den Traum eines kleinen Mädchens gehört und eine Geschichte geschrieben, die größer war als alles, was sie sich jemals hätte ausdenken können.

Und für Grainne, meine aufstrebende Insektenforscherin.
Ich finde es toll, wie sehr du die Schöpfung liebst.
Du hilfst mir, die Welt mit anderen Augen zu sehen.

Teil 1

Ithaca, New York
Mai 1885

Kapitel 1

In Nora Shipleys Ohren rauschte es, als wären tausend Bienen in ihrem Kopf gefangen. Sie drückte den Rücken an den Esszimmerstuhl und zwang sich, den krampfhaften Griff um die Mai-Ausgabe des *Fachjournals für östliche Flora und Fauna* zu lockern. Mit dem Daumen strich sie die Ecke der aufgeschlagenen Seite glatt.

Nora legte die Zeitschrift auf den Tisch und warf ihrem Stiefvater Lucius Ward einen Blick zu. Die Gesellschaft war der Meinung, dass das Haus, in dem Nora aufgewachsen war, ihm gehörte – aber das tat es eigentlich nicht. Ihr Vater, Alexander Shipley, hatte dieses Haus gekauft, als er die Dozentenstelle an der Cornell University bekommen hatte. Es würde immer das Haus ihres Vaters bleiben und doch saß Lucius ihr auf Vaters Stuhl am Tisch gegenüber und aß in aller Seelenruhe sein Ei, ohne zu bemerken, dass sie den wütenden Schwarm hinter ihren zusammengepressten Lippen nur mit Mühe zurückhielt.

Lucius fuhr sich mit einer Serviette über den Mund. »Also, Nora, was hältst du von unserem jüngsten Druckwerk?«

Nora biss in ihren Toast, um nicht antworten zu müssen. Sie schlug die Zeitschrift an der anstößigsten Stelle auf, nämlich Seite 16. Die Anzeige, die in einer albern schnörkeligen Schrift gestaltet war, warb um Angebote von Menschen, die bereit waren, Geld dafür zu zahlen, dass ihre Artikel publiziert wurden. Nora kaute das Toaststück zu Brei und betrachtete dabei wortlos die Zerstörung des angesehenen naturkundlichen Periodikums ihres Vaters. Schließlich schluckte sie und blickte auf. »Hast du das Journal in einen Bezahlverlag verwandelt?«

Lucius' Blick huschte zu Noras Mutter hinüber, die am anderen Ende des Tisches saß. Lydia Ward gab einen kleinen Laut von sich und widmete ihre Aufmerksamkeit ganz ihrer Teetasse.

Lucius legte seine Gabel ab und hustete. »Ich hatte keine andere Wahl. Es hat sich einfach nicht mehr rentiert.«

Nora zog eine Augenbraue hoch. »Wirklich? Unter der Leitung meines Vaters lief es doch gut.«

Lucius' Gesicht rötete sich. Nora konnte nicht deuten, ob aus Verlegenheit oder vor Wut – bei ihm hatten beide Emotionen die gleiche Wirkung.

»Du vergisst, dass ich sein Partner war. Wir haben das Fachjournal zusammen ins Leben gerufen.«

Dazu sagte Nora nichts. Stattdessen warf sie ihrer Mutter einen Blick zu, die ihrem Hausmädchen Alice ein Zeichen gab, ihr Tee nachzuschenken. Mutter trank immer Tee, wenn sie aufgebracht war.

Nora wandte sich wieder der Zeitschrift zu und blätterte darin, bis sie zu dem Artikel kam, über den sie so entrüstet war. Sie warf sie auf den Tisch, zeigte mit dem Finger auf die Überschrift des Beitrags und hob den Blick. »Wirst du von jetzt an *so etwas* veröffentlichen? Artikel von Amateuren, die vor Fehlern nur so strotzen?« Nora konnte ihre eigenen Worte kaum hören, so sehr wurden sie von dem wütenden Brummen der Bienen in ihrem Kopf übertönt. »Wie kannst du als Biologe bereit sein, solche unwissenschaftlichen Texte zu publizieren? Das ist Täuschung! Und außerdem macht es den herausragenden Ruf des Journals zunichte.«

Lucius seufzte und kratzte sich mit seinen dicken Fingern an der Wange. »Ich kann nicht noch mehr von meinem privaten Geld hineinstecken. Wenn es keinen Gewinn abwirft, wird es keinen Bestand haben. Und ich bin sicher, das willst du nicht. Keiner von uns will das.«

Nora griff nach der Serviette, die neben ihrem Teller lag, und drehte sie zwischen den Fingern. Sie schüttelte den Kopf. »Aber du wusstest doch, dass der Verfasser sich irrt! Warum hast du den Artikel nicht redigiert? Dies ist nicht mehr dieselbe wissenschaftliche Zeitschrift, die du zusammen mit meinem Vater geführt hast.«

Lucius hatte zwanzig Jahre lang an der Cornell University Biologie gelehrt, bis er im vergangenen Winter plötzlich entlassen worden war. Er war ein intelligenter Mann, der sich mit verschiedenen Facetten der Naturwissenschaft befasste – Entomologie, Botanik, Chemie –, und er kannte den Unterschied zwischen solider Forschung und eitlem Gehabe. Was würden ihre Abonnenten denken, wenn sie die Ausgabe dieses Monats lasen? Sie konnten diese Veröffentlichung unmöglich ernst nehmen.

Lucius zeigte auf das Journal neben ihrem Teller. »Diese Autoren sind sensibel. Wenn man sie korrigiert, ziehen sie ihren Beitrag und das Geld zurück.«

Nora sprang auf und jetzt ließen die Bienen sich nicht mehr aufhalten. »Du wirst Vaters Vermächtnis zum Gespött der Leute machen! Ich will keine Zeitschrift veröffentlichen, die gegen seine Absichten verstößt.«

Lucius rappelte sich ebenfalls von seinem Stuhl hoch und stützte sich mit den Fingerknöcheln auf der Tischplatte ab. Er beugte sich vor, sodass Nora die dunkelbraunen Flecken in seinen hellbraunen Augen sah. Obwohl er leise sprach, entging ihr nicht die Warnung in seiner Stimme: »Dann ist es ja gut, dass die Zeitschrift nicht dir gehört. Und deinem Vater gehört sie auch nicht mehr.«

Seine Worte schmerzten und Nora drückte die zerknüllte Serviette fest an ihren Bauch.

»Alice!«, rief Mutter mit zitternder Stimme. »Bitte hilf mir auf mein Zimmer. Ich glaube, ich bin müde.«

»Jetzt hast du deine Mutter aufgeregt.« Lucius legte eine fleischige Hand unter Lydias Arm. »Ich helfe dir, meine Liebe.«

Mutter stand auf und schwankte ein wenig.

Als Nora ihr weißes Gesicht und ihre bebenden Lippen sah, verflog ihre Wut. »Es tut mir leid, Mutter.«

Mutter lächelte ihr zaghaft zu, nahm den Arm, den Alice ihr hinhielt, und verließ den Raum mit lautlosen Schritten.

Lucius setzte sich wieder und nahm seine Gabel. »Es tut dir

immer leid, Nora, aber du redest, ohne nachzudenken. Das ist nicht gänzlich deine Schuld. Dein Vater hat dir keinen Gefallen getan, als er dir dieses Erbe ohne Bedingungen vermacht hat. Eine junge Frau sollte besser heiraten, als einen Abschluss anzustreben, den sie niemals wird gebrauchen können.«

Nora hörte zu, wie Lucius vor sich hin plapperte. Sie hatte das alles schon zu oft gehört. Vor vier Jahren, nach der Heirat mit ihrer Mutter, hatte Lucius versucht, Nora davon zu überzeugen, dass es eine Verschwendung wäre, wenn sie einen akademischen Abschluss anstrebte. Es ärgerte ihn, dass Nora seinen Rat ignoriert und das Erbe ihres Vaters dafür verwendet hatte zu studieren. In zwei Wochen würde sie ihren Bachelor in Entomologie haben. Mit zielstrebigem Einsatz war es ihr gelungen, das Studium in drei Jahren zu absolvieren. Ihr Geld war fort, aber das, wofür sie es ausgegeben hatte, würde ihr in Form einer Ausbildung immer zur Verfügung stehen.

»Dein Vater hätte es besser wissen müssen, als dir diese Flausen in den Kopf zu setzen, dass du ...«

Nora blinzelte. »Mein Vater war ein rechtschaffener und kluger Mann.«

Lucius trank schlürfend aus seiner Tasse. Als er sie abstellte, schwappte der Tee über den Rand und breitete sich kreisförmig auf dem schneeweißen Tischtuch aus. »Ja. Und er war idealistisch. Zu idealistisch, wenn du mich fragst. Du musst heiraten, Nora. Als alte Jungfer zu enden, ist nun wirklich nicht gut, vor allem als Einzelkind. Deine Mutter wünscht sich Enkel.« Seine Stimme klang jetzt beinahe bittend, als er sich zu ihr herüberlehnte. »Ich kann dich mit meinem Freund bekannt machen. Mr Primrose ist erfolgreich und gebildet.«

Nora stöhnte. »Ich habe dir doch schon gesagt, dass ich im Augenblick kein Interesse daran habe zu heiraten. Wenn du mich bitte entschuldigst, ich habe in einer Stunde ein Treffen mit Professor Comstock und muss mich noch vorbereiten.«

Sie rauschte aus dem Zimmer und ihr Rock raschelte um ihre

Fußgelenke. Kein Wort würde sie sich mehr anhören! Lucius war unerträglich und sie war froh, dass es auf der Welt auch Männer wie ihren Vater und John Comstock gab. Männer, für die der Intellekt einer Frau dem eines Mannes ebenbürtig war. Männer, die glaubten, dass Gott Frauen nach seinem Ebenbild geschaffen hatte und nicht als schwachen Abglanz von Adam.

Nora stieg die Treppe zum Obergeschoss hinauf und warf einen Blick in das Schlafzimmer ihrer Mutter. Durch den feinen gepunkteten Vorhang um das Himmelbett sah sie, dass ihre Mutter auf einem Berg Kissen ruhte, die Hand an ihrer Stirn.

»Geht es dir gut, Mutter?«

»Ja ja, Liebling. Ich werde mich nur ein bisschen ausruhen.« Ihre Worte waren nur ein Flüstern.

Nora warf ihrer Mutter einen Handkuss zu und ging den Flur hinunter zu ihrem eigenen Zimmer, wo sie Hut, Mantel und die Schachtel mit dem Exemplar aus der Familie der *Scutelleridae* nahm – im Volksmund als Schildwanze bekannt –, das sie gestern erhalten hatte. Das Tier sah wirklich wie ein kleiner Schild aus und war beinahe so hübsch wie die Zikaden-Brosche von *Lalique*, die ihr Vater ihr zu ihrem dreizehnten Geburtstag geschenkt hatte. Ihre Mutter würde beim Anblick dieses Insekts glatt in Ohnmacht fallen, aber Professor Comstock würde es sicher bewundern.

Kurz bevor Nora die Universitätsgebäude erreichte, begann es zu regnen – ein plötzlicher, heftiger Frühjahrsschauer, der ihre Haare in wenigen Augenblicken völlig durchnässte. Sie stöhnte auf und rannte den restlichen Weg, bis sie durch die Tür schlüpfen und im Flur Zuflucht suchen konnte.

Drinnen nahm sie den winzigen Hut ab, der sie vor dem Regen überhaupt nicht geschützt hatte, und strich die Locken glatt, die ihren Haarnadeln entwischt waren und jetzt vorwitzig von ihrem Kopf abstanden. Von all den lächerlichen Dingen, die Gott ihr hätte mitgeben können, war diese widerspenstige Mähne der Gipfel! Warum konnte sie nicht glänzende Wellen haben, die so fielen, wie sie sollten?

Aber es half nichts. Nun sah sie eben für den Rest des Tages wie ein Schaf aus.

Das entomologische Labor befand sich am Nordende des zweiten Stocks und Nora bemühte sich, so viele wilde Locken wie möglich wieder festzustecken, während sie die Treppe hinaufstieg. Doch kaum hatte sie das Labor betreten, vergaß sie die Verärgerung über ihre Haare und die unerfreuliche Szene an diesem Morgen, wie ein Schmetterling seine Puppenhülse abschüttelt. Nora brachte ihre Sorgen nie mit hierher. Der Raum mit seinen langen Holztischen, den Bücherregalen und Stapeln von Netzen schien ihr beinahe heilig und sie wollte seinen Frieden nicht stören. Hier war sie zu Hause. Noch mehr als in dem Haus, in dem sie schon ihr ganzes Leben lang wohnte. Das war ihr kein Zuhause mehr, seit ihre Mutter Lucius geheiratet hatte.

Professor Comstock saß auf der vorderen Kante seines Stuhls und spähte in das Okular eines Mikroskops aus Messing. Nora stellte ihre Schachtel auf den Tisch und nahm auf dem Hocker neben ihm Platz. Entweder hatte er sie nicht gehört oder er hatte beschlossen, sie nicht zu beachten, denn er betrachtete weiter seinen Objektträger, schnalzte dabei mit der Zunge und murmelte gelegentlich etwas.

»Professor«, sagte Nora.

Er hob einen Finger.

Nora grinste. Sie wusste gut, wie aufregend Entdeckungen waren. Als die Mikroskope in der Cornell University eingetroffen waren, hatte Nora Stunden damit zugebracht, die Welt zu studieren, die sie bislang nicht hatte sehen können. Sich davon loszureißen und wieder gewöhnlichen Dingen zu widmen, war immer schwierig.

Professor Comstock setzte sich auf und schüttelte den Kopf. »Schauen Sie mal und sagen Sie mir, was Sie sehen.«

Sie zog das Mikroskop näher und beugte sich darüber. Weil sie die leuchtenden Schuppen eines Schmetterlingsflügels oder die borstigen Haare eines Ameisenkiefers erwartet hatte, betrachtete sie verwundert die durchsichtigen Kreise, die an etwas hafteten, das aussah wie ein Schildpattkamm. »Pollen? Wieso interessieren Sie sich auf einmal für Botanik?«

»Nur insoweit, als es die Bienenzucht betrifft. Der Pollen bleibt an den Beinen einer Honigbiene hängen. Ist das nicht faszinierend? Im nächsten Jahr werde ich ein neues Seminar anbieten, und wenn Sie Ihren Master machen, nehmen Sie daran teil.«

»Ich habe bereits mein ganzes Erbe für den Bachelor aufgebraucht, aber Ihre Vorlesungen werde ich gerne weiterhin besuchen.« Nora fand, dass sie es sehr ruhig herausgebracht hatte, ganz ohne Zittern in der Stimme.

Der Professor tätschelte ihre Hand. »Vielleicht wird Lucius ja …« Er zog eine Grimasse.

Sie lachte freudlos. »Wir wissen beide, dass das unwahrscheinlich ist. Vor allem, nachdem Cornell ihn so unschön vor die Tür gesetzt hat.«

Er seufzte. »Das ist schon das zweite Mal, dass die Universität den Abbau einer Stelle durch eine Ankündigung in der Zeitung bekannt gegeben hat. Und dazu noch an Weihnachten! Völlig unprofessionell.« Dann klopfte er mit den Knöcheln auf die Tischplatte, als wollte er sich selbst aufwecken. »Dann zeigen Sie mal, was Sie heute mitgebracht haben.«

Nora schob ihm die Pappschachtel zu und beugte sich voller Vorfreude vor. Als ihr Vater gestorben war, hatte sie gedacht, sie könnte ihre Liebe zu Insekten mit niemandem mehr teilen und würde ihre Begeisterung unterdrücken müssen, wenn sie das Netz einer Kreuzspinne entdeckte oder ein Tausendfüßler auf ihre Hand krabbelte. Aber John Comstock und seine Frau Anna füllten diese Lücke. Sie hatten Nora aufwachsen sehen. Mit ihnen und ihrem Vater war sie oft durch die Schluchten gewandert, hatte ihre kleinen Hände in nasse Felsspalten geschoben und die

Insekten herausgeholt, die sich dort versteckten. Das Paar hatte noch keine eigenen Kinder. Nora war nicht sicher, wie sie die letzten sechs Jahre ohne die beiden überstanden hätte.

Professor Comstock öffnete den Deckel und ein erfreutes Grinsen schob seinen Schnurrbart nach oben.

Sie reckte den Hals, um ebenfalls in die Schachtel zu blicken und noch einmal den Augenblick einzufangen, in dem sie das montierte Insekt zum ersten Mal gesehen hatte. »Und? Was sagen Sie dazu?«

Vorsichtig hob er das Insekt heraus und legte es auf den Tisch. »Er ist wunderschön. Woher haben Sie ihn?«

Nora zog ihren Hocker näher und starrte den Käfer an, der mit Messingnadeln auf der Unterlage befestigt war. Die Bezeichnung Schildwanze passte wirklich ausgesprochen gut. Das schillernd grün-rote Scutellum erinnerte an einen metallischen Schild und es schützte den Bauch und die Flügel des Insekts, sodass es aussah, als trüge es eine Rüstung – ein Miniatursoldat, der auf seinen Marschbefehl wartete.

»Eine alte Freundin meines Vaters, Mrs Martín, lebt mit ihrem Mann, einem spanischen Diplomaten, auf den Philippinen. Sie ist Hobbyentomologin und hat meinem Vater oft Insekten geschickt, aber nach seinem Tod hat sie natürlich damit aufgehört. Vor einigen Monaten habe ich ihr geschrieben und ihr erzählt, dass ich immer noch Interesse habe an allen Exemplaren, die sie für eine Bereicherung meiner Sammlung hält, und dies ist das erste, das ich von ihr erhalten habe. Ist es nicht umwerfend?«

Professor Comstock nickte. Er nahm den Käfer und betrachtete den Zwischenraum zwischen dem Tier und der Pappunterlage. Zufrieden legte er beides wieder ab. »Das ist in der Tat eine schöne Ergänzung für Ihre Sammlung. Ich wünschte, wir könnten unter die Flügel schauen …« Er sah sich um, als suche er nach einem Skalpell.

Nora malte sich aus, wie er sich über das kleine Wesen hermachte und Käferteile durch die Luft flogen, während er alles erforschte, was über das Innenleben ihres herrlichen kleinen Soldaten herauszufinden war. Schnell legte sie den Käfer wieder in die Schachtel.

Er hatte ihre Eile bemerkt und lächelte. »Ich verspreche, dass ich ihn ganz lasse.« Gedankenverloren betrachtete er den Käfer. »Wäre es nicht wundervoll, Insekten wie dieses vor Ort in Asien zu untersuchen?« Er wandte sich zu ihr um, eine Augenbraue fragend in die Höhe gezogen. »Ich habe eine wunderbare Neuigkeit, Nora! Ein britischer Kollege ist in Indien und sammelt Schmetterlinge für ein Buch, das vom Königshaus in Auftrag gegeben wurde. Er hatte viel Pech mit Krankheiten – seine Assistenten sterben wie die Fliegen.« Er lächelte ironisch. »Daher hat er mich gefragt, ob ich jemanden empfehlen kann, der ihm helfen könnte. Wie wäre es mit Ihnen?«

Ein kleines Lachen entwich ihrer Kehle, als Nora sich vorstellte, wie sie in Leinen gekleidet mit einem Netz durch den Dschungel schlich und goldene Schmetterlinge, so groß wie ihre Hand, einfing. Sie blinzelte den unrealistischen Traum fort. »Das kann ich unmöglich machen.« Sie war zufrieden damit, in Ithaca zu leben und zu studieren. Und das Journal vor Lucius' schrecklicher Unternehmensführung zu retten. »Wissen Sie schon, dass Lucius jetzt bezahlte Beiträge in die Zeitschrift meines Vaters aufnimmt?«

Die Miene des Professors wurde nachdenklich. »Ich habe davon gehört. Es ist eine Schande. Es war eine so wundervolle Publikation!«

»Und jetzt werden die Druckzeilen an den Meistbietenden verkauft – an jeden, der auch nur einen Hauch von Wissen hat und gerne veröffentlichen will.« Nora konnte den Ekel nicht aus ihrer Stimme verbannen. Er tropfte von ihren Lippen wie Honig, dick und süß.

Professor Comstock tippte mit dem Finger an sein Kinn. »Vielleicht braucht Lucius nach seiner Entlassung einfach das Geld. Mit dieser Art Verlagspolitik kann man ein ordentliches Einkommen erzielen.«

Nora schüttelte den Kopf. »Das hat er gesagt, aber warum? Mutters Erbe wird noch jahrelang reichen.«

Er senkte den Kopf, doch Nora hatte die Bestürzung in seinen Augen gesehen.

»Was ist?«

»Ach, nichts. Nur Spekulationen und Gerüchte.« Er tätschelte ihre Hand. »Selbst wenn Lucius die Zeitschrift ruiniert, haben Sie andere Talente. Sie wären eine wunderbare Forscherin. Und Indien ruft. Stellen Sie sich nur vor, was für Insekten Sie dort sammeln könnten!«

»Wenn Lucius darauf besteht, dass ich diesen Mr Primrose kennenlerne, von dem er immer spricht, muss ich vielleicht nach Indien gehen, um ihm zu entkommen.« Nora drehte sich auf ihrem Hocker zum Tisch und stützte das Kinn in die Hände. »Nein, vor allem will ich das Journal vor dem Untergang bewahren. Es ist alles, was ich von Vater noch habe. Ich bin nicht bereit, es aufzugeben, und ich glaube, dass er stolz auf mich wäre, wenn es mir gelänge, es am Leben zu erhalten.«

»Er war schon stolz auf Sie, als Sie Ihr erstes Exemplar der *Lampyridae* fangen konnten und als Sie zum ersten Mal einen *Coccinellid* montiert haben. Sie haben seine Leidenschaft für die Natur und für Insekten geerbt und das fand er großartig.«

Nora wusste, dass seine Worte der Wahrheit entsprachen. Doch das Interesse eines Kindes an Glühwürmchen und Marienkäfern würde das Vermächtnis ihres Vaters wohl kaum retten. Seine Zeitschrift könnte noch jahrzehntelang existieren und die Menschen würden den Namen und die Arbeit ihres Vaters kennen. Selbst nach seinem Tod könnte er noch Anerkennung finden. Und sie würde alles tun, um das zu ermöglichen.

Ein leises Klopfen ertönte an der Tür und es folgte das Klackern von Absätzen auf dem Holzfußboden. Anna Comstock betrat den Raum mit energischen Schritten und heiterer Miene. Nora stand auf und lächelte ihre Mentorin an, froh darüber, ihre Aufmerksamkeit auf etwas anderes richten zu können als ihr Gedankengewirr. »Anna! Ich dachte, ich würde dich erst bei unserem Treffen am Donnerstag sehen.«

Anna lächelte voller Wärme und leiser Freude. »Zum Glück weigerst du dich ja zuzugeben, dass du die Fähigkeiten deiner Lehrerin längst übertriffst, und willst immer noch Mal- und Zeichenstunden haben.«

Nora lachte. »Dazu wird es nie kommen. Aber zugeben würde ich es auch dann nicht.«

»Natürlich nicht. Nach meinem Holzstich-Unterricht will ich dir gern etwas Neues zeigen. Die Lehrerin muss immer nur einen Schritt weiter sein als die Schüler.« Anna wandte sich an ihren Mann. »Präsident White bittet dich, in sein Büro zu kommen.«

»Natürlich«, erwiderte er. »Nora, wenn Sie etwas Zeit haben, würden Sie bitte einige *Apis mellifera* für mich montieren? Sie sind bereits präpariert.« Er zeigte auf den langen Tisch in der Mitte des Raumes und Nora sah drei Tötungsgläser und in jedem davon eine flauschige gelb-schwarze Honigbiene.

Sie nickte, und als die beiden gegangen waren, schloss sie die Augen und atmete den modrigen Geruch von Büchern, Lösungsmitteln und Erinnerungen ein. Die Sonnenstrahlen, die durchs Fenster fielen, wärmten ihr Gesicht und einen Augenblick lang, hier an diesem Ort, den sie liebte, schienen die Dinge nicht so schrecklich wie noch an diesem Morgen.

Wenn sie doch nur den Rest ihres Lebens im Labor verbringen könnte!

Kapitel 2

Nora holte das benötigte Werkzeug aus dem großen Vitrinenschrank hinten im Labor und griff sich dann auf dem Weg zurück zum Tisch einen Stapel Korkträger. Kurz nachdem sie sich auf ihren Stuhl gesetzt und gerade eine der Bienen mit einer kleinen Pinzette aus dem Glas genommen hatte, wurde die Tür aufgerissen und knallte gegen die Wand.

Mit einem Aufschrei ließ Nora das Insekt fallen. Es machte einen kleinen Satz und landete in einer Furche, die ein Student vor langer Zeit bei einer Vorlesung aus Langeweile in den Tisch geritzt haben musste.

»Tut mir leid, Nora.« Rose Keller kam mit schwingendem Rock hereingeeilt. »Ich wollte nicht so einen Lärm machen. Meine Mutter wäre entsetzt! Aber diese Tür ist furchtbar schwer.«

»Ist schon gut. Du hast mich nur überrascht.« Nora zeigte mit dem Kinn auf die Biene, die auf der Seite lag.

Rose kam zu ihr herüber und hob das tote Tier sanft auf. »Wie reizend, ich liebe Honigbienen!«

Nora benutzte die Pinzette, um das Insekt von Roses Handfläche zu nehmen. Sie legte es auf die Korkplatte und achtete darauf, dass sein flauschiger Bauch und die ausgebreiteten Flügel gut zu sehen waren.

»Lass Nora ihre Arbeit machen, Rose«, sagte Bitsy Templeton, die ohne das kleinste Geräusch in den Raum gekommen war. Sie sprach mit einem kultivierten britischen Akzent und in einem ruhigen Tonfall, ganz anders als Rose, die immer sehr schnell redete und dadurch etwas atemlos klang.

Nora nahm eine Nadel aus der Schachtel neben der Platte und stach sie ein wenig links von der Mitte der Biene durch deren Leib. Mit den beiden anderen Insekten machte sie es ebenso, während

Bitsy von der anderen Seite des Tisches zusah, ihr breiter Mund entspannt und der Blick ihrer blauen Augen gelassen. Rose beugte sich immer weiter vor, während Nora arbeitete, und die glänzenden blonden Locken umrahmten ihr hübsches Gesicht. Als es gerade so aussah, als würde Rose vornüberfallen, richtete Nora sich auf ihrem Stuhl auf und fasste sich mit einer Hand an den unteren Rücken.

»So, fertig.«

Rose sank auf den Hocker neben Nora und seufzte, als wäre es eine schwierige Aufgabe gewesen, sich zurückzuhalten. »Wir hatten gehofft, dass wir dich hier finden. Bitsy wollte schon zu dir nach Hause gehen, aber dann habe ich sie daran erinnert, dass heute Dienstag ist, und warum solltest du zu Hause sein, wenn Professor Comstock in seinem Labor ist und hier irgendetwas macht? Ich weiß, dass du lieber hier bist und ihm hilfst.«

»Das stimmt. Wo sollte ich auch sonst sein wollen? Bin ich deshalb etwa seltsam?«

Die Mädchen lachten. Ihnen war bewusst, dass andere Studierende über sie tuschelten, während sie in ihren Seminaren an die Spitze kletterten, die besten Noten erzielten und alle ihre Kommilitonen hinter sich ließen. Jemand hatte damit angefangen, sie ›Seltsam‹, ›Sonderbar‹ und ›Schrullig‹ zu nennen. Nora wusste, dass das höchstwahrscheinlich beleidigend gemeint war, und sie wusste nicht, wer von ihnen wie hieß, aber eigentlich gefielen ihr diese Namen. Sie passten.

»Du hast schon recht«, sagte sie. »Das hier ist wirklich mein zweites Zuhause geworden.«

Bitsy sah Nora vielsagend an. »Weil du so gerne hier bist oder weil du so ungerne zu Hause bist?«

Rose schlug sich die Hand vor den Mund. »Bitsy! Wie kannst du so etwas Schreckliches sagen?«

Bitsy zog eine Augenbraue hoch, aber die Bewegung brachte ihre stoische Miene nicht aus dem Gleichgewicht. »Es ist nicht schrecklich, sondern wahr.«

Rose ließ ihre Finger über die Tischplatte wandern, bis sie Noras Hand berührten. »Du musst Bitsys Frage nicht beantworten.«

»Sei nicht so langweilig, Rose. Interessant ist gerade das, was Leute nicht sagen wollen.«

Nora blickte zwischen den beiden hin und her und schüttelte den Kopf. Sie hätte unmöglich zwei so unterschiedliche Freundinnen finden können, wenn sie es gezielt versucht hätte. Sie vermutete, dass Bitsy die meisten Dinge langweilig fand, weil sie unglaublich klug war und alles, was sie las oder hörte, behielt. Rose war auf andere Weise intelligent. Ihr Verstand arbeitete wie ein Kolibri, der blitzschnell von einem Ding zum nächsten flatterte. Sie nahm den Unterrichtsstoff mühelos auf, behielt aber nur das, was sie interessierte – überwiegend aus dem Bereich der Zoologie.

»Es macht mir nichts aus zu antworten«, sagte Nora.

Bitsy nickte, ein selbstgefälliges Lächeln auf den schönen Lippen. Selbst Rose saß jetzt etwas gerader da und wirkte interessiert.

»Ich bin lieber im Labor, weil alles, was ich liebe, hier ist.« Sie breitete die Arme aus und umfasste mit der Bewegung die Tische und Insekten und wissenschaftlichen Werkzeuge ihres Fachs. »Meine Insekten, meine Freunde, meine Lehrer, die Gelegenheit zu lernen und zu entdecken … Aber vor allem fühle ich mich meinem Vater hier besonders verbunden. Er ist mir nahe, leitet mich an, lehrt mich. Und im Haus ist er nicht mehr.«

Die drei verfielen in ein nahezu andächtiges Schweigen.

Dann sprang Rose auf, die längere Phasen der Stille nie aushielt. »Genug davon. Wenn du mit deinen Bienen fertig bist, Nora, schlage ich vor, dass wir in der Bucht eine Runde rudern gehen. Es hat aufgehört zu regnen und der Tag ist perfekt dafür.«

Nora warf einen sehnsüchtigen Blick auf die jetzt montierten Bienen. Sie würde den Nachmittag am liebsten auch bei ihren Insekten verbringen.

Rose hüpfte auf und ab, hob dann ihren geblümten Rocksaum an und rannte zur Tür. Nora biss sich auf die Wange, um nicht zu lachen. Roses Begeisterung ließ sich nicht beherrschen und Nora wusste, dass es ihr nicht gelingen würde, sich im Labor zu verstecken. Egal, wie viel innere Ruhe sie hier fand.

Das kleine weiße Ruderboot roch nach Fisch und die Sonne schickte ihre Strahlen durch die Kronen der hohen Eichen und warf ein glitzerndes Muster auf die Oberfläche des Cayuga Inlet.

Noras Atem passte sich der flüsternden Brise an. Bitsy lenkte das Boot um einen Kiesstrand herum und Nora duckte sich unter den Ästen einer Felsenbirne hindurch. Während sie über das Wasser glitten, streckte sie den Arm aus und brach einen Zweig ab. »Das war eine ausgezeichnete Idee, Rose! Es tut gut, mal rauszukommen.«

Bitsy fuhr sich mit dem Handrücken über die Stirn und tauchte das Ruder ins Wasser. »Kannst du mal übernehmen, Nora? Mir fallen gleich die Arme ab.«

»Hör auf zu jammern, du störst die schöne Stille!«, rief Rose von ihrem Platz im Bug aus über Noras Kopf hinweg.

Eine Binsenjungfer flog vorbei und aus reiner Gewohnheit streckte Nora die Hand aus und wartete ab, ob das Insekt sich auf ihrem Finger niederließ. Das war erst ein Mal geschehen, als sie ungefähr acht Jahre alt gewesen war. Ihr Vater hatte ihr erklärt, dass die Binsenjungfer für Veränderung stehe, und wenn eine zu einem kam, könne man mit einem neuen Blickwinkel rechnen.

Die Flügel der kleinen Libelle schlugen in der Luft und berührten zart ihre Hand. Sie hielt die Luft an, erfüllt von Hoffnung.

Sie brauchte eine neue Perspektive. Eine Veränderung. Die Feindseligkeit zu Hause vertrieb sie so oft, dass sie sich manchmal fragte, ob sie sich in einen ausgehöhlten Baumstamm eingraben sollte wie ein Fuchs in seinen Bau. Sie glaubte nicht, dass ihre Mutter sie vermissen würde. Und Lucius würde ihr wahrscheinlich noch beim Graben helfen.

Der glänzende blaue Leib des Insekts zitterte und schoss davon. Nora seufzte und ließ die Hand auf den hölzernen Sitz sinken, von dem bereits die Farbe abblätterte. Sie drehte ihren Zweig ein paarmal zwischen den Fingern und warf ihn dann ins Wasser. »Wenn du an den Rand fährst, können wir eine Pause machen, dann rudere ich zurück.«

Noras Bemerkung motivierte Bitsy, sich mit neuer Energie in die Ruder zu legen, sodass das Boot schnell vorwärtsschoss. Kurz darauf trieb es in flacherem Wasser. Bitsy schob das Ruderblatt tief ins steinige Ufer und benutzte es als Hebel, bis das Boot an dem schmalen Strand anlegte und die Kiesel über den Bootsrumpf kratzten. Dann stieg sie aus und schüttelte ihren eleganten gestreiften Rock aus. Nora und Rose gingen ebenfalls an Land.

Nora schlug die Decke auf, die sie aus dem Boot genommen hatte, und breitete sie auf einem Stück Wiese oberhalb des Strandes aus. Sie setzte sich, zog die Füße unter sich und starrte auf das Wasser, das ans Ufer schwappte. Das kleine Ruderboot knarrte und stöhnte, während die winzigen Wellen es schaukeln ließen. Ein Hauch von neuem Regen hing in der Luft und sie fragte sich, ob sie ihr Schlafzimmerfenster geschlossen hatte. Als sie es das letzte Mal bei einem Unwetter vergessen hatte, hatte Lucius die Beherrschung verloren und gedroht, ihre Sammlung zu verkaufen und von dem Erlös die ruinierten Vorhänge zu ersetzen.

Bitsy setzte sich neben sie. »Wieso bist du so in Gedanken?«

Rose sank ebenfalls auf die Decke und zog eine Tafel Schokolade aus ihrer Rocktasche. Sie entfernte die Goldfolie und brach die Tafel in drei Teile.

»Mein Stiefvater hat das *Fachjournal für östliche Flora und Fauna* zu einer Bezahlpublikation gemacht.« Nora nahm ihren Anteil der Schokolade entgegen, knabberte an einer Ecke und gab den Mädchen Zeit, die Nachricht zu verdauen. Sie verstanden, wie ernst – wie schrecklich! – diese Situation war.

»Oh nein«, sagte Rose und es klang fast wie ein Stöhnen. »Das ist nicht richtig!«

Bitsy berührte Noras Schulter. »Bist du nicht davon ausgegangen, dass er dir die Zeitschrift überschreibt, wenn du deinen Abschluss gemacht hast?«

Nora nickte und schluckte ein Stück Schokolade hinunter in der Hoffnung, es würde den Kloß in ihrer Kehle verschwinden lassen. »Ich dachte ... Lucius hat doch immer nur über die Arbeit an der Zeitschrift geklagt. Über das Schreiben, Redigieren, Sammeln, das Engagieren von Illustratoren, die Zahlungen an den Drucker, den Versand. Die Publikation hat nie viel Geld abgeworfen – unsere Leserschaft umfasst keine tausend Personen – und es ist eine Menge Arbeit. Ich dachte, ich könnte in diesem Sommer, wenn ich mit dem Studium fertig bin, alles übernehmen.«

»Es tut mir wirklich leid«, sagte Rose. Sie drückte Nora den Rest ihrer Schokolade in die Hand, so als könnten Süßigkeiten die niederschmetternde Enttäuschung lindern, die Nora empfand.

Nora aß ein Stück, weil sie wusste, dass Rose sie aufmuntern wollte. Sie glaubte nicht, dass irgendetwas die Situation ändern konnte. Die Schokolade klebte ihr am Gaumen und sie ließ sich rücklings auf die Decke fallen.

»Wir könnten uns als Geschäftsfrauen verkleiden und die Zeitschrift kaufen«, schlug Rose kichernd vor. »Klingt das nicht herrlich? ›Hallo, ich bin Rose Keller, die Herausgeberin des *Fachjournals für östliche Flora und Fauna.*‹« Sie streckte eine Hand aus und Bitsy schlug ein.

»Wovon sollten wir sie denn kaufen? Du hast das ganze Geld, das deine Eltern dir geschickt haben, für Schokolade und Eiscreme ausgegeben.« Nora zog die Nase kraus und blinzelte zum Himmel hinauf. »Ich habe beinahe mein ganzes Erbe für das Studium verwendet und Bitsy hat nur das, was ihre Tante ihr gibt.«

»Das sind düstere Aussichten«, sagte Bitsy. »Aber ich glaube, Rose könnte ganz Ithaca kaufen, wenn sie aufhören würde, Schokolade zu essen.«

Eine Wolke in Form eines Schmetterlings zog vor der Sonne

her. Nora schaute zu einem gekrümmten Silberahorn, der die Bucht überschattete. Seine dicken, dichten Äste ragten in einem anmutigen Bogen übers Wasser. Sie stützte sich auf ihre Ellbogen. »Aber es wäre sowieso egal. Lucius ist der Meinung, dass eine Frau nicht arbeiten sollte. Und vor allem ich nicht. Er redet ständig davon, mich mit seinem langweiligen Geschäftskollegen zu verkuppeln.«

Bitsy knurrte. »Er ist so konventionell. Warum dein Vater seine Zeitschrift mit ihm zusammen gegründet hat, ist mir ein Rätsel.«

»Und ich wüsste gerne, warum deine Mutter ihn geheiratet hat.« Rose seufzte.

»Mit Lucius' Worten: ›Du brauchtest einen Vater, Nora. Deine Mutter weiß, dass eine starke männliche Persönlichkeit für die Erziehung von Kindern wichtig ist.‹ Nicht dass er mir jemals ein Vater gewesen wäre. Das könnte er niemals sein.« Nora fühlte eine Beklemmung in der Brust. Er hatte es ein, zwei Mal versucht, zu früh nach dem Tod ihres Vaters. Damals hatte sie nicht gewollt, dass er so tat, als hätte er sie lieb. Und als sie bereit gewesen war, hatte ihre Beziehung schon zu großen Schaden genommen. »Jedenfalls sagt Mutter, er sei anders gewesen, als Vater noch am Leben war. Das waren wir wohl alle.« Sie sprang auf, zog die Decke unter Rose und Bitsy hervor und knüllte sie zusammen. »Von mir aus können wir gehen. Wir haben lange genug über diese deprimierenden Dinge geredet.«

»Solange du ruderst«, erinnerte Bitsy sie.

Nora stapfte über die Steine, die Decke unter ihren Arm geklemmt. Ein orange-schwarzes Flattern ließ sie innehalten. Mit dem Blick folgte sie dem Flug des Monarchfalters, der zu dem Silberahorn flatterte und hinter dem Baumstamm verschwand. »Sie sind in diesem Jahr früh dran.«

Bitsy trat neben sie. »Wer?«

»Die Monarchfalter.«

Nora drückte Bitsy die Decke in die Hand und ging dann um den Baum herum. Am Fuß des Stammes streckten sich Wurzeln aus und umklammerten das Ufer, das zum Wasser hin steil abfiel. Sie spähte durch die filigrane Decke aus Frühlingsknospen und dann stockte ihr der Atem, als sie Hunderte der leuchtend bunten Schmetterlinge auf dem Stamm sitzen sah. Sie trat hinter dem Baum hervor und hielt sich den Zeigefinger an die Lippen. Rose und Bitsy blieben stehen und sahen einander fragend an, bis Nora den hinteren Saum ihres Rocks zwischen den Beinen hindurchzog und fest mit dem vorderen Saum verknotete.

»Was machst du da?«, kreischte Rose. »Du siehst ja aus wie ein Haremsmädchen!«

»Schhhh, Rose. Ich muss auf diesen Baum klettern.«

Nora begab sich auf die Seite des Baumes, auf der die Schmetterlinge nicht saßen, und überlegte, wie sie am besten nach oben gelangen konnte. Sie hatte zwar schon einen Monarchen in ihrer Sammlung, aber diese Gelegenheit wollte sie sich nicht entgehen lassen. Es wäre ein Traum. Ihre Hände kribbelten schon bei dem Gedanken. Sie setzte den Fuß auf den untersten Ast, hakte sich mit dem Absatz ihres Stiefels ein und zog sich mit einem unterdrückten Schnaufen in den Baum hinauf. Sie hielt inne und blickte am Stamm hoch, um sich zu vergewissern, dass sie die Schmetterlinge nicht erschreckt hatte. Beruhigt, weil die Tiere sie nicht bemerkt hatten, kletterte sie einen Ast weiter.

»Ich glaube, das ist keine gute Idee!«, rief Rose.

Nora sah über die Schulter zu ihr und funkelte sie an.

Bitsy, die mit der Hand ihre Augen vor dem Sonnenlicht abschirmte, sagte: »Lass sie, Rose. Du weißt doch, dass sie sich ohnehin nicht davon abbringen lässt.«

Nora kletterte weiter, bis sie glaubte, die Höhe erreicht zu haben, auf der die Monarchfalter sich versammelt hatten. Dann schob sie sich zentimeterweise vorwärts, ihren Leib fest an den Baum gepresst, und setzte ihren Fuß auf den benachbarten Ast. Mit beiden Füßen fest auf zwei verschiedenen Ästen tastete sie sich langsam mit den Fingern um den Baumstamm, bis sie ihr Gewicht ganz auf den zweiten Ast verlagern konnte. Sie ignorierte Roses scharfes Einatmen und arbeitete sich weiter vor, bis sie nur noch wenige Zentimeter von dem Kaleidoskop aus Schmetterlingen entfernt war.

Sie wünschte, sie hätte ihren Zeichenblock dabei, und prägte sich den Anblick der leuchtend mehrfarbigen Flügel bestmöglich ein, die sie daran erinnerten, dass ihr Vater oft gesagt hatte, die Natur zeige den Kunstsinn Gottes. Er hatte recht. Sie glaubte nicht, dass irgendein Museum mehr Kreativität zur Schau stellte. Jedes Insekt, das sie studierte, jeder Käfer, den sie mit Aquarellfarben und Bleistift abbildete, deutete auf einen Gott hin, der die Schönheit liebte. Und sie liebte es, in der freien Natur zu sein und diese Schönheit zu bewundern.

Wenn du die Zeitschrift übernimmst, wirst du zu viel Zeit am Schreibtisch verbringen.

Nora schob den Gedanken beiseite und streckte die Hand aus, um mit einem Finger die seidige Oberfläche eines Schmetterlingsflügels zu berühren. Der Traum ihres Vaters war das Opfer wert.

»Nora!« Roses Aufschrei durchschnitt die Stille. »Komm da runter, bevor du dich noch umbringst!«

In diesem Moment flogen die Schmetterlinge los. Sie umgaben Nora wie eine Wolke und kitzelten sie mit ihren seidigen Flügeln an den Ohren und an der Kopfhaut. Sie lachte, machte dann aber schnell den Mund zu, als sie die Flügel an ihren Lippen spürte, zart wie Chantilly-Spitze. Sie suchte einen sicheren Stand auf dem Ast und hob langsam die Arme über den Kopf. Die Monarchfalter umhüllten sie wie eine Decke aus Abendrot. Dann stiegen sie in den Himmel auf und flogen nach Norden davon.

Einen Augenblick lang rührte Nora sich nicht von der Stelle. Die Arme noch immer in die Höhe gereckt, lauschte sie ihrem eigenen Atem und blickte den Schmetterlingen nach, bis sie nicht mehr zu sehen waren.

»Habt ihr das gesehen?«, rief sie Bitsy und Rose zu.

»Unglaublich!«, antwortete Bitsy.

Rose rang die Hände. »Kannst du jetzt bitte runterklettern? Da kommt jemand!«

Nora blickte an dem Baumstamm vorbei und sah ein Ruderboot, das langsam auf sie zusteuerte. Sie seufzte und begann mit dem Abstieg. Als sie die Hälfte des Weges hinter sich hatte, erklang ein Ruf. Nora bemühte sich, über einen Ast hinwegzuspähen, der ihr die Sicht versperrte. Sie stellte sich auf die Zehenspitzen und konnte das kleine Boot und den Strohhut eines Mannes ausmachen.

Es passierte im Bruchteil einer Sekunde. Schon seit sie laufen konnte, kletterte Nora auf Bäume, aber zum ersten Mal im Leben merkte sie, wie sie abrutschte. Sie glitt von dem Ast, überschlug sich und schürfte sich die Wange an der rauen Rinde auf. Roses Kreischen klingelte ihr in den Ohren, als sie durch die Luft segelte.

Kapitel 3

Nora landete mit dem Hinterteil im Wasser, eines ihrer Beine unter dem immer noch verknoteten Rock hervorgestreckt im Dreck.

Rose kam durch das Wasser auf sie zugerannt. »Ach, du liebe Güte! Ist alles in Ordnung?«

»Es geht ihr gut!«, rief Bitsy vom Ufer aus. »So tief ist sie ja gar nicht gefallen.«

Rose legte eine Hand unter Noras Arm und versuchte ächzend, sie hochzuziehen.

»Ist schon gut, Rose, lass mich los. Gib mir einen Moment, dann schaff ich es allein.« Nora drückte die Hände in die weiche Erde unter Wasser und stand auf. Dabei fuhr ein stechender Schmerz durch ihren rechten Knöchel. Als sie stöhnte und wieder zurücksank, wollte Rose sie am Ellbogen nach oben ziehen und ließ erst los, als Nora ihre Hand wegschlug.

»Ich glaube, es geht doch nicht.« Nora zog den Fuß zu sich heran.

»Komm, sie ist zu schwer für mich allein, Bitsy, wir müssen sie zusammen hochheben!«, rief Rose.

Bitsy zeigte hinter sie. »Warum fragt ihr nicht ihn?«

Als Nora sich umdrehte, sah sie ihren Kommilitonen Owen Epps in dem Ruderboot sitzen, das Ruderblatt quer über den Oberschenkeln. Mit dem Zeigefinger schob er seinen Hut aus der Stirn. »Brauchst du Hilfe, Sonderbar?«

Nora wünschte, das Wasser würde steigen und sie überfluten. Owen Epps war der Letzte, von dem sie Hilfe annehmen wollte. Sie hatten die letzten drei Jahre als akademische Rivalen zugebracht. Von den zwanzig Studenten der Entomologie waren Nora und Owen die beiden besten. Aber während Nora sich voll auf das Studium konzentrierte, schienen Owens gute Noten einfach zu seinem perfekten Leben zu gehören. Sie hatte nie erlebt, dass er sich in einem der Kurse besondere Mühe gegeben hätte.

Jetzt sah sie ihn an, wie er mit seinem albernen Strohhut dort in dem Boot saß, und presste die Lippen aufeinander. »Nein, brauche ich nicht.«

»Wie bist du denn im Wasser gelandet?«

»Ich bin aus dem Baum gefallen.«

Er lächelte schief. »Und was hast du in dem Baum gemacht?«

»Ich bin raufgeklettert.« Sie versuchte erneut aufzustehen, aber der Schmerz hielt sie davon ab, bevor sie die Beine gerade machen konnte. »Um mir die Monarchfalter besser ansehen zu können. Der ganze Baum war voll von ihnen.«

»Sie sind dieses Jahr früh dran«, sagte Owen, während er sie unter seinem blonden Pony hervor musterte.

»Ja, ich weiß.« Sie seufzte. Aus eigener Kraft würde sie nicht aus dem Wasser kommen. Also holte sie tief Luft und schluckte ihren Stolz hinunter. »Bitte, Owen.«

Er grinste, sprang aus dem Boot und zog es an Land. Gleich darauf platschte er durchs Wasser und hob sie hoch, um sie anschließend an seine Brust zu drücken. Sie hielt die Arme steif und versuchte, ihn so wenig wie möglich zu berühren.

»Entspann dich, Nora.« Er lachte in ihre Haare. »Ich tue dir nicht weh.«

»Das habe ich ja offensichtlich auch allein hinbekommen.«

Als sie das Ufer erreicht hatten, bat er Rose, die Decke auszubreiten, dann setzte er Nora darauf ab.

»Vielleicht solltest du …« Sein Blick huschte zu ihrer unteren Hälfte und dann zum Wasser.

Nora blickte an ihren bestrumpften Beinen hinunter. Der Knoten in ihrem Rock ruhte wie ein Kohleklumpen oberhalb ihrer Knie. »Wehe, du erzählst das irgendjemandem, Owen Epps.« Nachdem sie den Knoten aufgezerrt und ihren Rock glatt gestrichen hatte, löste sie die Schnürsenkel ihres Stiefels und seufzte, als der Druck auf ihren Knöchel nachließ.

»Musst du zum Arzt?«, wollte Bitsy wissen.

Nora bewegte den Fuß vorsichtig und schob dann eine Hand in den Schaft des Stiefels. Sie betastete den Bereich oberhalb des Knöchels, der sich empfindlich und leicht geschwollen anfühlte. »Ich glaube, er ist nur verstaucht. Ich ruhe mich hier ein paar Minuten aus, dann können wir uns auf den Heimweg machen.«

»Dein Gesicht ist ganz schön lädiert.« Bitsy tätschelte ihre eigenen makellosen Wangen.

Nora fuhr sich mit den Fingern über Wangenknochen und Unterkiefer. Sie hatte eindeutig ein paar Schürfwunden, aber als sie ihre Hand betrachtete, fand sie kein Blut daran. Sie wusste allerdings nicht, wie sie ihrer Mutter die Verletzungen erklären sollte, denn die dachte, Nora hätte aufgehört, auf Bäume zu klettern, als sie angefangen hatte, lange Röcke zu tragen.

Sie blickte zu Owen auf, der ins Sonnenlicht blinzelte. Sein Gesicht lag im Schatten, während die unter seinem Hut hervorlugenden Haare fast golden leuchteten. »Danke für deine Hilfe.«

»Heißt das, ich soll gehen?«

»Nein, nein.« Rose packte seinen Arm. »Nora ist dir wirklich dankbar. Hier … setz dich. Setz dich hin.« Sie zog ihn zu der Decke und setzte sich ihnen gegenüber, als er neben Nora Platz genommen hatte.

»Du kannst uns bei unserer kleinen Party auch gerne Gesellschaft leisten, Bitsy.« Nora rutschte, um Bitsy Platz zu machen, und stieß dabei gegen Owen. Sie räusperte sich und lächelte gequält.

Bitsy machte es sich auf der Decke bequem und hob die langen, schmalen Finger an ihre Lippen. Wenn sie so guckte, wusste Nora, dass sie etwas ausheckte. Bitsy mochte vom englischen Adel abstammen, aber das hielt sie nicht davon ab, andere zu manipulieren.

»Ich glaube, es wäre das Beste, wenn du Nora in die Stadt zurückruderst, Owen«, sagte Bitsy. »Ich bin sicher, du bist mit deinem Boot viel schneller als wir mit unserem. Und dann kannst du sie nach Hause bringen.«

Noras Wangen röteten sich. »Ich bin sicher, wir können sehr wohl ...«

»Das mache ich doch gerne.« Owen grinste Nora an. »Ich werde dein Ritter in glänzender Rüstung sein.«

Bitsys selbstgefälliges Lächeln ärgerte Nora.

»Ich brauche keinen Ritter!«, fauchte sie.

Als Owen ein wenig zurückwich und einmal blinzelte, tat es ihr leid, so heftig reagiert zu haben.

Bitsy schüttelte den Kopf und schürzte die Lippen, dann wandte sie sich ab und pflückte ein paar Kleeblätter.

Rose warf Nora einen Blick zu und das Grübchen an ihrem Kinn vertiefte sich. »Warst du bei der Party, Owen?«

Owen riss seine Aufmerksamkeit von Nora los, sodass sie seinem Urteil und seiner Missbilligung für den Moment entging, und lächelte Rose an. »Nein. *Delta Upsilon* hat geholfen, sie zu planen, aber ich war an dem Abend krank. Habt ihr euch amüsiert?«

Nora hatte bemerkt, dass er bei dem Fest der Studentenverbindung gefehlt hatte. Selbst hinter einer Maske würde sie ihn erkennen – er war einen halben Kopf größer als die anderen jungen Männer ihres Jahrgangs, fast einen ganzen Kopf größer als sie selbst.

Rose nickte und errötete, sodass ihre Gesichtsfarbe ihrem Namen alle Ehre machte. »Die Mädchen und ich hatten unsere Masken auf unsere Hauptfächer abgestimmt. Ich war ein Elefant, Bitsy ein Kranich – ist das nicht perfekt für sie? – und Nora ...«

»Sag nichts, lass mich raten!« Owen wandte sich an Nora. »Du warst eine *Blatta orientalis*, stimmt's?«

Rose runzelte verwirrt die Stirn. »Nein. Sie war ein Schmetterling. Warum sollte sie eine ...« Sie warf Nora einen mitleidigen Blick zu. »Oh.«

Nora knirschte mit den Zähnen. Sie hasste Küchenschaben und Owen wusste das. Wie alle anderen im Raum hatte er gelacht, als sie in ihrem ersten Studienjahr auf ihren Stuhl gesprungen war und versucht hatte, eine aus ihrem Rock zu schütteln.

Sie ignorierte den Schmerz, der durch ihren Knöchel schoss, als sie Owen den Rücken zukehrte.

»Komm schon, Nora. Ich necke dich nur. Du warst bestimmt ein ganz reizender Schmetterling.« Seine Finger berührten ihre Schulter. »Es tut mir leid. Ich wusste nicht, dass dir die Sache immer noch etwas ausmacht. Das ist doch schon zwei Jahre her.«

Nora blickte über die Schulter zu ihm. »Du hast mich vor dem ganzen Kurs gedemütigt! Und vor Professor Comstock.«

»Habe ich nicht. *Du* warst es, die wie eine mexikanische Huttänzerin herumgehüpft ist. Und das wegen eines Insekts. Du studierst diese Tiere und hast jeden Tag mit ihnen zu tun.« Er wackelte mit seinen ausdrucksstarken Augenbrauen und Nora juckte es in den Fingern, seinen vorwitzigen Haarwirbel mit einem Schlag auf den Kopf platt zu machen.

Nora rappelte sich auf und versuchte vorsichtig, ihr Gewicht auf den verletzten Fuß zu verlagern. Ihr Knöchel tat immer noch weh, aber sie konnte wenigstens wieder stehen. »Ich glaube, ich wäre dann jetzt bereit zurückzufahren.«

Mit einem Seufzer erhob Owen sich und reichte Rose einen Arm. Er führte sie zum Boot, ging dann zurück, um als Nächstes Bitsy zu begleiten, und half auch ihr über das steinige Ufer. Als die beiden das Wasser erreicht hatten, flüsterte er Bitsy etwas ins Ohr. Sie tätschelte seinen Arm und stieg hinter Rose ins Boot, die es platzmäßig so eingerichtet hatte, dass sie nicht in die Stadt zurückrudern musste. Owen stieß sie vom Ufer ab.

Bevor er zu ihr kommen konnte, machte Nora sich mit humpelnden Schritten auf den Weg zu dem zweiten Boot.

»Lass mich dich stützen«, sagte er und trat neben sie.

»Nicht nötig.«

»Jetzt sei mir doch nicht böse! Ich wollte dich nur ein bisschen auf den Arm nehmen.«

»Ich bin dir nicht böse.« Sie machte einen Schritt von ihm weg und schrie auf, als ihr Knöchel unter der Belastung nachgab.

Owen biss sich auf die Unterlippe und sah Nora so besorgt an, dass ihr Ärger verflog. Er hatte damals wirklich nicht mit dem Lachen angefangen.

Sie seufzte und nahm seinen Arm, den er ihr hinhielt. »Ich bin die einzige Frau, die Entomologie als Hauptfach hat. Du hast ja keine Ahnung, wie schwierig es war, mich in diesem Kurs zu behaupten, und dann habe ich in einem absurden Augenblick die Arbeit eines ganzes Jahres zunichtegemacht. Danach hat mich niemand mehr ernst genommen. Es gab sogar Beschwerden über hysterische Frauen in den Naturwissenschaften! Ich musste noch einmal ganz von vorne anfangen und beweisen, dass ich meinen Studienplatz verdient hatte. Dass ich eine ernsthafte Wissenschaftlerin war.«

»Du *bist* eine ernsthafte Wissenschaftlerin. Ich glaube nicht, dass irgendjemand etwas anderes behaupten würde. Du hast die besten Noten in jedem Kurs!«

»Aber ich muss trotzdem doppelt so fleißig arbeiten, um den Respekt zu erhalten, der dir nur so zufliegt.«

Owen schwieg, als er ihr ins Boot half, und seine Hand griff fester zu, als Nora aufstöhnte, weil erneut ein stechender Schmerz durch ihr Fußgelenk fuhr. Er schob das Boot in tieferes Wasser und der Bootsrumpf schabte über den steinigen Untergrund, als sie auf die Bucht hinausglitten. Owen war an Bord geklettert und setzte sich mit dem Gesicht zu ihr auf die gegenüberliegende Bank. »Über all das habe ich nicht nachgedacht. Ich werde nicht mehr davon sprechen.«

Nora warf ihm verstohlene Blicke zu, während er sie vom Ufer wegruderte.

Er fing ihren Blick auf und sein Lächeln ließ seine geraden Zähne hervorblitzen. »Verzeihst du mir?«

Sie nickte.

Rose fand Owen reizend. Das galt eigentlich für alle Studentinnen. Nora hatte das bei ihm noch nie gesehen, aber einen Moment lang wirkte er beinahe nachdenklich. Und das war irgendwie … attraktiv. Sie schüttelte den Gedanken ab und winkte, als sie Rose und Bitsy überholten. Rose winkte mit ihrer typischen Lebhaftigkeit zurück und Bitsy fuhr sie an, sie solle aufhören, das Boot zum Schaukeln zu bringen.

»Willst du weiterstudieren und deinen Master machen?«, fragte Owen.

Nora blinzelte zum Himmel hinauf, um ihn und seine schönen Zähne nicht ansehen zu müssen. »Das kann ich mir nicht leisten.«

Als die Sonne hinter einer Wolke verschwand, rutschte sie in ihrem nassen Serge-Rock hin und her. Sie konnte es kaum erwarten, trockene Kleider anzuziehen und den Zeichenblock herauszuholen. Je frischer ihre Erinnerung an den von Schmetterlingen übersäten Baum war, desto eher würde sie dem Motiv gerecht werden. Es war ein herrlicher Augenblick gewesen – und eindeutig den Sturz und die Peinlichkeit wert.

»Mein Vater ist Kurator.« Owen führte seine Bemerkung nicht aus und sie fragte sich, ob ihr die Information etwas sagen sollte.

»Und?«

Er lenkte das Boot mit vermehrter Kraftanstrengung um eine Schlammbank herum und seine Muskeln spannten sich unter den aufgekrempelten Hemdsärmeln. Nora musste Rose recht geben: Owen sah gut aus. Was für eine Schande, dass ein so ansehnliches Exemplar Mann eine so wenig motivierte Persönlichkeit beherbergte – abgesehen von der Motivation, sie beim Kampf um die besten Noten zu schlagen. Sie wusste, dass er von Natur aus intelligent war und kaum jemals hart lernen musste. Er nahm das Leben nicht ernst, aber was konnte man auch von jemandem erwarten, der im Luxus aufgewachsen war und niemals etwas Schweres erlebt hatte?

Owen legte die Ruder auf seinen Schoß und das Boot trieb in Schlangenlinien weiter. »Er hat mir erzählt, dass einer der anderen Kuratoren ein Stipendium für fortgeschrittene Entomologie-Studenten eingerichtet hat. Damit sie ihre Ausbildung fortsetzen können.«

Seine Worte weckten Noras Neugier. »Ein Stipendium?«

»Vielleicht bekommst du es ja, Sonderbar.« Er tauchte die Ruder wieder ins Wasser und grinste. »Aber natürlich kann es auch sein, dass sie es mir geben.«

Sie runzelte die Stirn. »Wieso solltest du ein Stipendium brauchen? Deinem Vater gehört der größte Verlag in New York.«

Er zog die Ruder nun wieder kraftvoll durchs Wasser und ächzte. »Mein Vater findet, dass Entomologie reine Zeitverschwendung ist. Er will, dass ich entweder Jurist werde oder in seinem Unternehmen mitarbeite. Für mein weiteres Studium wird er nicht bezahlen, wenn ich« – er ließ seine Stimme tiefer klingen und sprach gestelzt – »›darauf bestehe, diesen närrischen Weg weiterzuverfolgen.‹« Owen verzog das Gesicht. »Das hat er wortwörtlich so gesagt. In seinen Augen sind Jura und Verlagswesen die einzigen beiden sinnvollen beruflichen Bereiche. Ich kann schon froh sein, dass er für die ersten vier Jahre aufgekommen ist.«

»Warum hast du dich eigentlich für Entomologie entschieden? Hat jemand in deiner Familie das studiert?«

Er schüttelte den Kopf. »Nein. Meine älteren Brüder – ich habe vier – sind tatsächlich alle entweder in die Fußstapfen meines Vaters getreten oder haben Jura studiert. Einer ist Politiker. Mein Vater hat mir widerwillig erlaubt, eine Naturwissenschaft zu studieren. Wahrscheinlich hat er gehofft, ich würde mich für Medizin entscheiden.« Sein Gesicht nahm einen mehr oder weniger ernsthaft zerknirschten Ausdruck an. »Er war völlig ratlos, als ich ihm erklärte, was mein Wunschfach war. Aber Entomologie ist ziemlich interessant. Und nicht so schwierig wie andere Naturwissenschaften.«

Nora dachte über Mr Epps und seine Meinung über Insektenkunde nach. Owens Vater war unglaublich erfolgreich. Er hatte in seinem Leben mehr erreicht als jeder andere, den sie kannte. Also musste er ein zielstrebiger Mensch sein – ganz anders als sein Sohn. Wie war es wohl, als so erfolgsverwöhnter Mann ein Kind zu haben, das alles für selbstverständlich hielt und sich um seine Zukunft nicht mehr Gedanken machte als eine Honigbiene? Obwohl Bienen eigentlich sogar mehr Bedacht an den Tag legten als Owen Epps. Wenigstens waren sie fleißige Arbeiter und sorgten vor.

Sie faltete die Hände in ihrem Schoß. »Auch wenn ich mit den Ansichten deines Vaters in Bezug auf die Entomologie nicht übereinstimme, glaube ich, dass dein Studium dieser Wissenschaft vielleicht wirklich ein närrischer Weg ist. Du scheinst dem Fach gar nichts abzugewinnen, abgesehen davon, dass es nicht so schwierig ist – und da würde ich energisch widersprechen – und es dir Spaß macht, deinen Vater und seine Wünsche für dein Leben durcheinanderzubringen.«

Das Boot stieß so fest an den Anleger, sodass Nora von ihrem Sitz rutschte. Als sie sich mit den Füßen abstützte, jagte sofort wieder ein Stechen durch ihren Knöchel. Sie sog hörbar die Luft ein. »Du hättest mich auch vorwarnen können.«

»Ich war so mit deiner Beurteilung meiner Person beschäftigt, dass ich den Steg nicht einmal bemerkt habe. Und du hättest ihn doch eigentlich selbst sehen müssen, Nora. Offenbar warst du ebenfalls abgelenkt.« Owen grinste sie an, während er auf sicheren Beinen balancierte, bis das Boot aufhörte zu schaukeln. Er warf ein Seil über den Pfosten, sprang an Land und streckte die Hand aus. Nora ignorierte sie, auch wenn ihre Beine längst nicht so seeerprobt waren wie seine und ihr Knöchel mit einem heftigen Pochen protestierte. Es gelang ihr, über die Bootskante zu steigen, aber beim Schritt auf den Anleger stolperte sie über ihren Rock und landete auf den Knien.

»Komm, ich …«

Nora hob die Hand, sodass Owen verstummte, und stand auf. Sie spürte, wie ihr Gesicht unter seinem Blick warm wurde, und die Kratzer auf ihrer Wange zogen unangenehm, als sie die Lippen zusammenpresste.

Vom Wasser drang ein Ruf herüber und das Boot mit Rose und Bitsy näherte sich.

Rose winkte. »Hallo!«

Nora winkte zurück, zog ihren Rock ein Stück hoch und humpelte dann über den Brettersteg zur Straße.

Owen holte sie im Lauftempo ein. »Ich helfe dir nach Hause.«

»Ich warte auf meine Freundinnen. Mach dir keine Umstände.«

»Wahrscheinlich hast du zumindest halbwegs recht, was mich betrifft.«

Nora blieb stehen. »Ich habe selten nur halbwegs recht.« Sie blinzelte zu ihm auf. »Hast du dich eigentlich schon einmal gefragt, warum du so viel Zeit damit verbringst, mich aufzuziehen, Owen? Das ist ermüdend.«

Er zog eine Grimasse, aber sie sah trotzdem den Anflug eines Lächelns, und sein Schnauben konnte sie nicht ignorieren.

»Weshalb willst du überhaupt einen Master machen?«, fragte sie. »Es wirkt nicht gerade so, als würdest du die Entomologie lieben. Warum also tust du deinem Vater nicht den Gefallen und arbeitest mit ihm zusammen?«

Owen schob die Hände tief in seine Hosentaschen und senkte den Kopf. Überrascht von seinem plötzlichen Ernst merkte Nora, dass ihr der Atem stockte. Hatte sie seine Gefühle verletzt? Ihr Stiefvater sagte oft, sie rede zu vorlaut und ohne Bedacht.

Owen hob den Kopf wieder und lächelte schief. »Ich bin noch nicht bereit zu arbeiten. Noch wenigstens zwei Jahre möchte ich bloß ein schönes Leben, dann lasse ich mich von meinem Vater vielleicht zu einem Jurastudium überreden.«

Nora krümmte die Zehen in ihren nassen Schuhen und ihre Fingernägel gruben sich in die weiche Haut ihrer Handflächen. Aber ihre Miene blieb ruhig und gelassen. Er neckte sie wieder einmal; es musste einfach so sein. Owen glaubte, das Stipendium gehöre ihm, weil ihm einfach alles in den Schoß fiel, aber wenn sie ihren Masterabschluss machen konnte, würde sie eine Stelle als Dozentin ergattern können, vielleicht sogar an der Cornell University, obwohl dort noch nie eine weibliche Lehrkraft eingestellt worden war. Sie könnte die erste sein. Und dann würde sie in die Fußstapfen ihres Vaters treten. Als Lehrerin und diejenige, die die beste entomologische Zeitschrift im ganzen Land veröffentlichte. Das würde den Verlust, den Cornell und die Wissenschaft mit seinem Tod erlitten hatten, beinahe wiedergutmachen.

Owen beugte sich vor und seine Augenbrauen trafen über seiner Nase aufeinander, zwei goldene *Halysidota harrisii*, die einander küssten. »Was für Gedanken gehen dir gerade durch deinen schlauen Kopf?«

Dass deine Augenbrauen aussehen wie zwei Raupen der Bergahorn-Tussock-Motte, die sich in der Öffentlichkeit etwas zu intim benehmen. »Dass du dich nicht auf dieses Stipendium versteifen solltest. Ich glaube, meine Noten sind besser als deine.«

Owen straffte die Schultern und hob Daumen und Zeigefinger so, dass nur ein, zwei Zentimeter Platz dazwischen waren. »Nur ein bisschen. Außerdem wird das Stipendium nicht nur nach Noten vergeben. Sie wollen jemanden, der im Sommer ein Forschungsprojekt durchführt und bis zum Ende des Jahres eine fantastische Vorlesung hält.« Er umfasste das Revers seiner Jacke und wippte auf den Fersen nach hinten. »Ganz zufällig bin ich ein ausgezeichneter Redner. Und Professor Comstock hat mir angeboten, dass ich mit einer Forschungsgruppe in Indien arbeiten kann. Ich überlege noch.«

Nora starrte ihn fassungslos an. »Aber das Projekt hat er *mir* angeboten!«

Owen zuckte mit den Schultern. »Und du hast Nein gesagt.«

»Ich könnte meine Meinung noch ändern!« Sie würde ihre voreilige Absage noch einmal überdenken müssen, wenn Owen nach Indien ging. Wie sollte sie da mithalten?

Rose und Bitsy hatten den Anleger inzwischen ebenfalls erreicht und machten ihr Boot fest. Kurz darauf waren sie an Noras Seite und sie hakte sich bei beiden unter.

»Wir kommen ab hier gut ohne dich zurecht, Owen«, sagte sie.

Er tippte sich an den Hut. »Meine Damen.« Dann lächelte er

Nora noch einmal zu. »Möge der Beste gewinnen.« Mit diesen Worten schob er die Hände wieder in seine Taschen und schlenderte, eine fröhliche Melodie pfeifend, davon.

»Oder *die* Beste!«, rief Nora ihm nach.

Eindeutig *die* Beste.

Kapitel 4

Nora fuhr mit einem Staubtuch über die glänzende Oberfläche ihres Insektenschranks aus Walnussholz. Den Großteil des Hauses putzte Alice, aber Nora bestand darauf, diesen Schrank selbst zu polieren. Ihr Vater hatte ihn aus England liefern lassen, als Nora zehn Jahre alt gewesen war. Nur ein Drittel der dreißig Schubladen hatte er bis zu seinem Tod befüllt.

Mutter hatte Nora den Schrank nur zu gern überlassen. Da sie sich nicht für Insekten interessierte – ihr war es am liebsten, wenn sie draußen blieben, egal ob tot oder lebendig –, hatte sie das Möbelstück aus ihrer Stube verbannen wollen. Seitdem hatte Nora fünf weitere Schubladen vollbekommen und stellte sich vor, wie ihr Vater sie vom Himmel aus zufrieden beobachtete.

Sie zog eine Schublade nach der anderen heraus und wischte über die Glasdeckel der Ausstellungskästen, wobei sie die Gattungen aufsagte, während der Lappen über die Insekten fuhr. *»Lepidoptera, Odonata, Hemiptera, Coleoptera, Embioptera.«*

Noras Mutter sah sich gerne dicke Bücher mit Bildern von Tieren aus aller Welt an, Elefanten, Kamelen und Kängurus. Aber verglichen mit der Welt der Insekten zeigten Säugetiere viel weniger Vielfalt, Farbenpracht und Eigentümlichkeit. Nora war der Meinung, nichts könne so schön sein wie die Flügel des Nachtfalters *Actias luna*. Nichts war so faszinierend wie der Anblick einer gewöhnlichen Gartenspinne, die ihre Fäden spann. Jedes Jahr hingen in dem Kirschbaum am Tor wundervolle Netze.

Nach ihrem gestrigen Sturz ins Wasser hatte Nora sich ein wenig erkältet, aber ein Blick aus dem Fenster sagte ihr, dass die Sonne in Mutters sprießenden Garten schien.

Nora juckte es in den Fingern, zu ihren Bleistiften zu greifen. Sie nahm ihre Zeichensachen und ging hinaus. Ihre Mutter war oft bettlägerig und zu schwach und krank, um viel zu tun, aber sie hatte immer Zeit für ihre Blumen. Selbst wenn es bedeutete, dass ein Junge angeheuert werden musste, um Unkraut zu jäten und Pflanzen zu setzen, sorgte Mutter dafür, dass ihr Garten in Ordnung war und reizend aussah. Im Sommer ging Nora gerne die Kieswege entlang und fuhr mit den Fingern über Heliotrope und Begonien. Eine Pergola mit Kletterrosen bot Schatten und war der perfekte Ort, um Schmetterlinge und Bienen zu beobachten, die sich am Lavendel gütlich taten. Für die meisten Blumen war es noch zu früh im Jahr, aber der Kirschbaum zeigte erste zarte Sprossen und vielleicht konnte sie zwischen den sich entfaltenden Blätterknospen eine Spinne finden. Aber zuerst würde sie nach den Blumenzwiebeln der Frühblüher sehen.

Draußen kroch Nora unter dem Wohnzimmerfenster entlang, wo die gelben Köpfe der Narzissen den dreifarbigen Cottage-Maid-Tulpen zunickten. Sie legte ihren Zeichenblock und die Stifte ins Gras und steckte die Nase in eine Blumengruppe. Dann fuhr sie mit den Händen zwischen die Stängel und spähte in die schattigen Zwischenräume unter den Blättern in der Hoffnung, eine der schwarz-gelben Spinnen zu entdecken.

Seufzend richtete sie sich wieder auf. Kein Glück.

Sie legte den Block auf ihren Schoß. Wenigstens die Blumen konnte sie zeichnen, bevor sie sich dem Kirschbaum widmete. Vielleicht lenkte sie das von den Plänen ab, die Lucius mit der Zeitschrift hatte.

Eine Weile funktionierte es. Nora verlor sich in der Form einer besonders hübschen Osterglocke, deren gerüschter Rand den Blütenkelch wie die Haube einer alten Frau aussehen ließ. Sie war so in das Schraffieren der Blütenblätter vertieft, dass sie erschrak, als sie ihren Namen hörte.

»Ich will sie nicht auch noch verlieren, Lucius! Bitte.« Mutters Worte klangen vor Angst gepresst.

»Du würdest sie doch nicht verlieren, meine Liebe. Aber ich glaube, Nora würde ein Tapetenwechsel guttun. Eine Weile bei meiner Schwester auf Long Island zu leben, ist vielleicht genau das Richtige für sie.«

Nora krallte die Finger um ihren Bleistift. Er wollte sie fortschicken?

Lucius fuhr fort: »Martha könnte Gesellschaft gebrauchen. Seit ihr Mann krank ist, fühlt sie sich sicher sehr einsam. Sie kann kaum das Haus verlassen, und wenn Nora bald mit ihrem Studium fertig ist, braucht sie eine Aufgabe. Martha wäre ein sehr gutes Vorbild für sie. Sie ist in der Gesellschaft angesehen und eine ausgezeichnete Ehefrau. Außerdem hat Mr Primrose in der Gegend dort Familie und plant in den nächsten Wochen eine Reise in die Heimat. Stell dir doch nur vor, was für ein schönes Paar die beiden abgeben würden, Liebling! Gewiss könnte Nora sich für ihn erwärmen, wenn sie ihm wenigstens eine Chance gäbe.«

Nora unterdrückte ein Stöhnen. Schon wieder dieser Mr Primrose! Sie hatte kein Verlangen, ihn kennenzulernen, und noch weniger wollte sie mit jemandem »ein schönes Paar abgeben«, den ihr Stiefvater ausgesucht hatte.

»Lucius«, wandte ihre Mutter ein, »mir geht es nicht gut und sie ist eine solche Freude für mich. Was soll ich denn ohne sie machen?«

Nora beugte sich vor, um mit dem Ohr näher ans Fenster zu gelangen. So sehr sie Lucius auch verachtete, musste sie zugeben, dass er ihre Mutter immer mit Liebe und Fürsorge behandelt hatte.

Ein leises Quietschen ertönte, so als hätte jemand auf dem Sofa Platz genommen. »Es wäre doch nur für ein Jahr oder so. Ich glaube, viel länger wird der Mann meiner Schwester nicht mehr leben.«

Lange genug, damit du die Zeitschrift endgültig ruinieren kannst.

Obwohl sie zu seiner Verteidigung sagen musste, dass er es höchstwahrscheinlich nicht so sah. Nora glaubte nicht, dass er das Journal absichtlich zerstörte. Doch genau das würde das Endergebnis sein und das durfte sie nicht zulassen. Sie *würde* es nicht zulassen.

Und sie würde auch nicht zu seiner Schwester auf Long Island gehen – der sie bislang nur zweimal begegnet war. Nicht wenn die Möglichkeit bestand, ein Stipendium zu ergattern und ihr Studium fortzusetzen. Sie musste sich im Sommer an einem Forschungsprojekt beteiligen, möglicherweise in Indien.

Sie stand auf und drückte Zeichenblock und Bleistifte an ihre Brust. Als ihr Kopf über dem Fensterbrett erschien, stieß ihre Mutter einen kleinen Schrei aus.

»Nora! Was machst du denn da draußen?«

»Ich habe die Blumen gezeichnet, Mutter, und da habe ich eure Unterhaltung mitangehört. Es war nicht meine Absicht zu lauschen.«

Lucius, der neben Mutter auf dem Rosenholzsofa saß, blickte auf und Nora sah den Zweifel in seinem Blick. »Komm doch rein, dann können wir darüber reden.«

Sie schüttelte den Kopf. »Ich glaube, das ist nicht nötig. Ich gehe nicht nach Long Island.«

Seine Nasenlöcher blähten sich und ihre Mutter schien ein wenig in sich zusammenzusacken. Nora wollte nicht mit Lucius streiten und ihre Mutter aufregen, aber sie würde auch nicht zulassen, dass er über ihre Zukunft bestimmte und ihre Pläne durchkreuzte.

»Meine Schwester braucht Hilfe«, sagte er.

»Ich finde, *du* solltest sie besuchen. Nimm Mutter mit. Es wäre doch eine nette Abwechslung für euch beide.«

Lucius presste die Lippen aufeinander. Ganz offensichtlich gefiel es ihm nicht, wie sie seine eigenen Worte gegen ihn verwendete.

Nora trat näher ans Fenster, sorgfältig darauf bedacht, die Blumen nicht zu zertrampeln, und umfasste die Fensterkante mit ihrer freien Hand. »Ich habe Pläne hier, Lucius.«

»Und was sind das für Pläne, wenn ich fragen darf?«

Nora holte tief Luft. »Ich will nach den Ferien weiterstudieren, um meinen Master zu machen.«

»Und wie willst du das bewerkstelligen?«, fragte Lucius. »Du hast kein Geld mehr.«

Mutter berührte seine Hand und Nora entging nicht, dass ihn das beruhigte. Sie fragte sich, ob ihre Mutter wusste, wie stark ihre Wirkung auf ihn war. Nora konnte nicht verstehen, dass keines ihrer eigenen Argumente je Eindruck auf ihren Stiefvater mit seiner verdrehten Logik machte, die zarte Berührung ihrer Mutter ihn jedoch sogleich besänftigte.

»Lucius«, sagte Mutter, »ich bezahle gerne für Noras Ausbildung. Alex hätte sich das gewünscht.«

Sein Kopf fuhr zu ihr herum. »Du wirst dein Erbe nicht dafür benutzen, schon gar nicht, wenn sie an der Cornell bleiben will. Ich werde nicht zulassen, dass du dein Geld verschwendest!«

»Das ist doch wohl keine Verschwendung.« Mutter warf Nora ein schwaches Lächeln zu. »Nora ist ausgesprochen klug und ich möchte, dass sie Erfolg hat.«

Ein warmes Gefühl breitete sich in Noras Bauch aus. Manchmal fragte sie sich, ob ihre Mutter sie weniger liebte, seit sie Lucius' Frau geworden war. Sie wusste zu schätzen, dass ihre Mutter bereit war, sie zu unterstützen, obwohl Nora sie niemals bitten würde, für ihr Studium zu bezahlen.

Daran, wie Lucius sich mit der Zunge über die Lippen fuhr und mit dem Fuß einen nervösen Takt schlug, war deutlich zu erkennen, dass er weit davon entfernt war, sich damit einverstanden zu erklären. Es wirkte sogar fast so, als hätte er Angst.

»Ich werde dein Geld nicht brauchen, Mutter«, sagte Nora, ohne den Blick von Lucius abzuwenden. »Ich habe vor, ein Stipendium zu bekommen. Als Jahrgangsbeste und mit der Möglichkeit, an einem spannenden Forschungsprojekt teilzunehmen, habe ich gute Chancen, dafür ausgewählt zu werden.«

Lucius erhob sich und durchquerte den Raum. Er war kein großer Mann, aber seine Schultern waren breit und selbst Nora musste zugeben, dass sein Auftreten eindrucksvoll war. Sie zwang sich, ihre Haltung nicht zu verändern, und wandte den Blick nicht ab.

»Ich schlage eine Abmachung vor«, sagte er leise. So leise, dass ihre Mutter es nicht hören konnte. »Wenn du dieses Stipendium bekommst, werde ich kein Wort mehr darüber verlieren, dass du zu meiner Schwester gehst. Dann kannst du weiter hier wohnen und zur Universität gehen.«

Nora kniff die Augen ein wenig zusammen. »Aber wenn ich es nicht bekomme, willst du, dass ich nach Long Island gehe, richtig?«

»Ohne zu klagen.«

Sie sah ihre Mutter an, die sie mit ängstlichen Augen beobachtete, und dann wieder ihren Stiefvater. Seine Miene verriet eindeutig, dass er glaubte, sie würde diese Wette verlieren.

Aber Nora verlor nie irgendetwas. Abgesehen von ihrem Vater. Und wenn sie den Einsatz erhöhte … »Gut. Unter einer Bedingung: Wenn ich den Master schaffe, übergibst du mir die Zeitschrift.«

Er lachte spöttisch. »Warum sollte ich das tun?«

»Weil ich sie liebe und du nicht.«

Lucius musterte sie, die dunklen Augen teilweise unter schweren Lidern verborgen. Nora ballte die Hände zu Fäusten, während sie ihren Zeichenblock mit den Unterarmen an sich presste.

»Ich werde darüber nachdenken. Aber so oder so will ich, dass du Mr Primrose kennenlernst. Deiner Mutter zuliebe.«

Nora schluckte, widersprach aber nicht. Sie würde nicht riskieren, dass er seine Meinung änderte. »Ich verlange deine Antwort bis zu meinem Bachelorabschluss.« Sie trat vom Fenster zurück. »Keine Rede mehr davon, dass ich nach Long Island ziehe, und die Zeitschrift gehört mir, wenn ich meinen Mastertitel habe.«

»Falls du das Stipendium bekommst, Nora. Falls du einen Masterabschluss machst.« Sein Blick sagte ihr, dass er beides nicht für realistisch hielt. »Und falls ich mit deinen Bedingungen einverstanden bin.«

Nora bahnte sich einen Weg durch die hüfthohen Gräser und das wuchernde Dickicht. Sie konnte den Wasserfall des Cascadilla Creeks bereits hören. Das Geräusch zog sie an und übertönte Lucius' Worte, die die ganze Zeit wie Grashüpfer durch ihren Kopf gesprungen waren und einen dumpfen Schmerz in ihrem Nacken verursacht hatten.

Als Nora beim Fluss ankam, ließ sie ihre Umhängetasche auf den Boden fallen und setzte sich auf einen Felsvorsprung aus Sandstein, von dem aus sie die Beine über dem versandeten Wasser baumeln ließ.

Sie kam schon von klein auf zu den Cascadilla Falls. Einige der ersten Schritte hatte sie am Ufer dieses Gewässers gemacht, während ihr Vater ihre Finger gehalten und sie zurückgezogen hatte, wenn sie zu neugierig wurde. Selbst nach einundzwanzig Jahren wurde sie die Schönheit dieses Ortes niemals leid. Die Wasserfälle waren von hohen Schieferwänden begrenzt und mit dem Rauschen des Wassers, das über die stufenartigen Felsen stürzte, hätte sie kilometerweit von jeglicher Zivilisation entfernt sein können. Tatsächlich waren es aber von der Cornell University nur zehn Minuten Fußweg hierher, ein Ort, an den Nora leicht für eine Weile verschwinden konnte.

Die üppigen Regenfälle der letzten Tage hatten den Fluss anschwellen lassen, ähnlich hoch wie an dem Nachmittag vor sechs Jahren, als ihr Vater und sie die Stelle oberhalb ihres jetzigen Standortes erkundet und nach Insekten gesucht hatten. Damals, am Tag seines Todes, war das Wasser in Strömen über die Felsen getost und zu einem reißenden Strom geworden.

Nora schüttelte den Kopf, um die trübsinnigen Gedanken zu vertreiben. Sie kramte in ihrer Tasche und holte eine Pillendose heraus, dann erhob sie sich. Sie dehnte ihren Rücken, während sie über den unebenen Boden zu einem Gewirr aus dichtem Unterholz ging.

Wenn sie Insekten betrachtete, fand sie immer inneren Frieden, Freude und Hoffnung. All diese guten Dinge kamen von

Geschöpfen, die von den meisten Menschen als Ungeziefer betrachtet wurden.

Nach fünf Minuten Suche fand Nora etwas, das sich zu beobachten lohnte. Ein schwarz gefleckter Kalligrapha-Käfer, der an dem Blatt einer Miere knabberte. Sie nahm ihn behutsam hoch, setzte ihn in das Pillendöschen und riss ein Blatt von dem Stängel ab. Dann setzte sie sich wieder neben ihre Tasche ans Ufer. Sie schlug die Beine übereinander und zog ihren Rock über den Knien glatt, sodass eine gerade Fläche entstand.

»Komm her, mein Kleiner.« Sie setzte den Käfer auf das Blatt, das sie auf ihrem Schoß platziert hatte. Er krabbelte ein wenig herum, während Nora ganz still saß, damit sie ihn nicht verjagte und er davonflog. Als er das Blatt fand, setzte er sich darauf. Sie nahm ihre Lupe und musterte ihn in der Vergrößerung. Er war nicht unbedingt besonders faszinierend oder exotisch, aber etwas an seinen ungelenken Bewegungen und den tastenden Fühlern beruhigte sie. Erdete sie.

»Du denkst nur an deinen nächsten Bissen, mein Freund.« Nora lächelte über ihre Albernheit, aber es war ein gutes Gefühl, jetzt mit jemandem zu reden, und wenn es nur ein Insekt war. »Du machst dir keine Sorgen um deine Ausbildung, deine Familie, deine Zukunft …« Sie wurde wieder ernst. »Deine Vergangenheit.«

Sie rieb sich den Nacken. Diese Schmerzen konnte sie wenigstens wegmassieren.

»Mein Vater ist hier gestorben«, flüsterte sie, obwohl niemand in der Nähe war. Niemand außer Käfern und Bäumen und Felsen waren Zeugen ihres Bekenntnisses. Dabei hatten die Felsen den Tod ihres Vaters selbst gesehen. Waren mitschuldig daran.

Sie legte das Vergrößerungsglas über ihren Gefangenen, sodass er zwischen ihrem Rock und der Lupe eingesperrt war. Dann schaute sie zum Wasserfall. Auch jetzt noch konnte sie ganz genau sagen, wo es geschehen war. Wo der Geist ihres Vaters seinen Körper verlassen hatte.

Die Bäume und das Gras raschelten hinter ihr und warnten sie, dass jemand kam. Nora blickte über ihre Schulter und sah einen Strohhut aufblitzen. Sofort zog sich ihr Magen zusammen. Mit Owen wollte sie in diesem Augenblick nun wirklich nicht reden. Er kam trotzdem näher, ungeachtet ihrer Wünsche, ein dickes Buch und eine zerschlissene Decke in den Händen.

Als er sie entdeckte, blieb er stehen. »Oh.«

»Ich kann gehen«, sagte sie und griff nach ihrer Tasche.

Owen trat einen Schritt vor. »Nein, nein, hier ist doch genug Platz für uns beide.« Er klemmte sich das Buch unter den Arm und schlug die Decke aus. Sie fiel in einem schäbigen, löchrigen Haufen zu Boden. Er warf Nora einen verlegenen Blick zu. »Das lief nicht so wie geplant.«

»Das trifft auf die meisten Dinge zu.«

»Willst du mit auf meiner Decke sitzen?«, fragte er.

Sie zog eine Augenbraue hoch. »Ich bin nicht sicher, ob sie viel sauberer ist als der Erdboden.«

»Da hast du wahrscheinlich recht. Ich benutze sie, seit ich mit dem Studium angefangen habe, mindestens ein- oder zweimal die Woche, wenn ich unterschiedliche Wasserfälle oder Schluchten erkunde. Ich kann mich nicht erinnern, ob ich sie jemals habe waschen lassen.«

Nora bemerkte einen verkrusteten braunen Fleck am Deckensaum. Sie schauderte und sah dann wieder Owen an. Er kaute auf seiner Unterlippe und sie verstand, dass die Einladung ein Friedensangebot darstellen sollte. Also verdrängte sie ihre Bedenken, was es mit dem Fleck auf sich hatte, und setzte sich auf die Decke.

»Was machst du, wenn du hierherkommst?«, fragte sie.

Er hielt sein Buch hoch – *Zwanzigtausend Meilen unter dem Meer* – und sagte: »Vor allem lesen. Manchmal denke ich nach, aber meistens lese ich, weil zu viel nachdenken langweilig ist.«

»Ich hätte dich gar nicht für eine Leseratte gehalten.«

»Ich liebe Romane, besonders Abenteuergeschichten. *Die drei*

Musketiere, Moby Dick, Der Letzte der Mohikaner. Mein Vater hält das für Zeitverschwendung, so wie die Entomologie, aber wenn es schon mein Schicksal ist, irgendwann ein Leben hinterm Schreibtisch zu verbringen, will ich wenigstens indirekt Abenteuer erleben.«

Nora ließ den Käfer auf ihre Fingerspitze krabbeln und reckte ihn gen Himmel. Er hob ab und suchte mit ungelenkem Flug seine Freiheit. »Ist es das, was du suchst? Abenteuer?«

»Ich möchte reisen und neue Dinge entdecken. Ich möchte alles erleben, was die Welt zu bieten hat.«

»Das klingt anstrengend.«

Er lachte und sie stellte überrascht fest, dass sie diesen Klang angenehm fand. »Vor meinem Studium war ich in Europa und es war ... fantasielos.«

»Europa ist fantasielos? Du klingst abgebrüht. Und verwöhnt.«

Er nickte. »Oh, die Museen und Sehenswürdigkeiten sind in Ordnung. Das Essen ist herrlich. Aber alles war so ordentlich und ... es ist schwer zu erklären.« Er hob die Hände und hielt sie so, dass die Handflächen zueinanderzeigten. »Es war, als wäre ich in einer Kiste, in der alles ist, wie es sein soll. Aber ich weiß, dass außerhalb dieser Kiste« – er ballte die Fäuste und öffnete sie schnell wieder, während er mit einem kleinen Seufzer die Luft ausstieß – »die Welt wild und unerwartet ist. Und das möchte ich alles sehen.«

So wie er es beschrieb, konnte Nora sich beinahe vorstellen, selbst durch die Welt zu reisen und außerhalb der »Kiste« der Gesellschaft zu leben. Aber tat sie das nicht schon? Als Frau in einer Männerdomäne? Vielleicht war Ithaca nicht der südamerikanische Dschungel oder die arabische Wüste, aber Neuland war es trotzdem. Sie konnte auch so eine Pionierin sein.

»Deine Version der Zukunft hört sich riskant an«, sagte sie.

Owen beugte sich vor und sie wich zurück, weil sie seine Gegenwart auf der Decke als zu groß, zu einengend empfand. Alles an ihm – seine Größe, seine Gewohnheiten und Träume – war für ihren Geschmack zu groß.

Als er sprach, zog der Duft von Lakritz zu ihr herüber. »Und was willst *du*?«

Er sah so ernsthaft aus – wie ein kleiner Junge –, dass Nora sich auf die Wange biss, um nicht zu lächeln. Als der Drang nachließ, antwortete sie: »Ich will meinen Master machen, vielleicht Dozentin werden und die wissenschaftliche Zeitschrift meines Vaters übernehmen.«

»Die Zeitschrift deines Vaters?«

»Mein Stiefvater, sein Partner, ist jetzt der Hauptverantwortliche. Aber er verändert sie.«

»Und du magst keine Veränderung?«

»Nicht diese Art. Er verwandelt *Das Fachjournal für östliche Flora und Fauna* in eine unseriöse Publikation mit bezahlten Artikeln.« Sie erschauerte und fragte sich, ob sie sich jemals daran gewöhnen würde, das auszusprechen. Sie hoffte, dass es nicht nötig war, sich daran zu gewöhnen.

Owen erstarrte. »Dein Vater war Alexander Shipley?«

Sie blinzelte. »Ich dachte, das wäre offensichtlich.«

»Ich habe dich nur nie mit ihm in Verbindung gebracht. Ich habe ihn kennengelernt, als ich vor sieben Jahren meinen Vater bei einem Besuch in der Universität begleitet habe. Aber dich kenne ich erst, seit ich mit dem Studium angefangen habe, also dachte ich nicht …« Er riss die Augen auf und blickte zum Wasserfall hinüber. Nora sah ihm an, dass er den Reflex sofort bereute.

»Ja, hier ist er gestorben.« Sie nahm den Roman, den Owen neben sich abgelegt hatte, und blätterte darin. Die Worte verschwammen. Owen berührte ihr Handgelenk und sie ließ das Buch fallen, während sie ihm einen verstohlenen Blick zuwarf.

»Es tut mir leid«, sagte er.

Sie merkte, dass er es ernst meinte. Er wirkte weder verlegen und unbehaglich, noch verlegte er sich auf die zu erwartenden, aber wenig hilfreichen Plattitüden, zu denen die meisten Menschen griffen, wenn sie erfuhren, dass ihr Vater gestorben war.

»Er ist jetzt an einem besseren Ort.« Ja, aber sie war nicht bei ihm. *»Es wird nicht für immer so wehtun.«* Sechs Jahre später war der Schmerz genauso groß wie damals. *»Wenigstens konnte deine Mutter wieder heiraten und dir einen zweiten Vater geben.«* Lucius würde niemals ihr Vater sein.

Owen sagte nichts von alldem und dafür war sie dankbar. Er schwieg und überließ es ihr, die Unterhaltung weiterzuführen. Sie wechselte das Thema.

»Ich vermute, dein Vater hält nichts von deinem Traum, um die Welt zu reisen und das echte Leben kennenzulernen?«

»Überhaupt nichts. Nicht dass ich ihm davon erzählt hätte. Ich weiß, er würde es nicht verstehen.«

»Kannst du es denn ohne seine Zustimmung tun?«

»Ich könnte es nicht finanzieren. Erst müsste ich einige Jahre arbeiten und dann würde ich den Absprung nicht mehr kriegen. Ich würde in einem Büro im vierten Stock festsitzen und Verträge bearbeiten und mich mit Anwälten und Druckern treffen.«

»Du willst aus dem Verlagswesen heraus und ich will hinein.«

»Du würdest es nicht wollen, wenn du alle deine Träume opfern müsstest, um den Traum eines anderen zu verwirklichen. Der Verlag ist nicht mein Traum, genauso wenig wie ein Jurastudium. Mein Vater meint, das spiele keine Rolle, aber ich bin mir beinahe sicher, dass ich zu einer leeren Hülle verkommen werde, wenn ich vierzig Jahre lang jeden Tag das tun muss, was er macht.« Owen warf ihr einen Blick zu. »Du glaubst, ich übertreibe.«

Sie schüttelte den Kopf, auch wenn sie tatsächlich dieser Meinung war. Das Leben, das ihn erwartete, schien längst nicht so schlecht zu sein, wie er behauptete.

»Du kennst meinen Vater nicht«, fuhr er fort. »Er unterstützt nur seine eigenen Wünsche, niemals die anderer. Wenn er etwas will, dann kämpft er dafür, selbst wenn am Ende jemand dadurch verletzt wird. Und er arbeitet ununterbrochen. Den ganzen Tag. Immer. Als ich klein war, habe ich ihn kaum gesehen. Ich bin nicht so geschaffen. Gott will nicht, dass ich den Weg meines Vaters gehe, das weiß ich. Ich habe nur noch nicht herausgefunden, wie ich das, wozu ich geschaffen wurde, erreichen soll.«

Nora konnte einen Seufzer nicht unterdrücken. »Owen, es gibt nicht viele Menschen, die ihre Träume ausleben können. So ist das Leben nicht. Und um ehrlich zu sein, ist dein Leben nun wirklich nicht so schlimm. Selbst wenn du an einem Schreibtisch sitzen und etwas tun musst, was nicht deine Leidenschaft ist, hast du wenigstens das Glück, überhaupt einen guten Beruf zu haben.«

Er hob ein zackiges Stück Schiefer auf und schob den Fingernagel zwischen die Schichten. Die oberste Schicht platzte ab und Owen rieb sie zwischen den Fingern, bis sie zu einer grauen Schmiere zerfiel. Als er dann endlich sprach, sah er sie nicht an. »Das glaube ich nicht.«

»Du glaubst, dass die meisten Menschen die Gelegenheit und Mittel haben, um die Erde zu reisen und ein großes Abenteuer zu erleben?«

»Ich glaube, die meisten Menschen wollen das gar nicht. Aber *ich* will es. Bedeutet das nichts?«

Sie schüttelte den Kopf, weil sie den intelligenten Studenten, der ihr mit seinen Noten beinahe das Wasser reichen konnte, nicht mit diesem idealistischen, unvernünftigen Mann in Einklang bringen konnte. »Es bedeutet, dass du Träume und Wünsche hast, die größer sind als die Regeln der Gesellschaft. Und da bist du nicht der Einzige.«

Owen kniete sich hin und ergriff ihre Hände. Erschrocken blickte sie auf seine Finger, die ihre umklammerten und den zerriebenen Schiefer auf ihrer Haut verteilten. Seit ihr Vater in den Wasserfall gestürzt war, hatte sie nicht mehr die Hand eines Mannes gehalten.

»Es ist nicht nur ein nutzloser Traum, Nora! Ich denke fast, dass ich dazu berufen bin. Als ich fünfzehn war, habe ich meinen Vater gefragt, ob ich ans Theologische Seminar gehen und Missionar werden könne. Er hat natürlich Nein gesagt. Aber ich habe immer noch diese ... Sehnsucht in mir, die mir zuruft, ich soll gehen.«

Seine Stimme war lauter geworden, während er sprach, und hatte so zwischen den Schieferwänden widergehallt, dass Nora sich beinahe vorstellen konnte, wie er von Muscheln gesäumte Wege entlangschritt und nach Hilfsbedürftigen Ausschau hielt. Ihr Herz machte einen Satz und ihr wurde bewusst, dass seine Daumen auf ihren Fingerknöcheln ruhten.

Sie räusperte sich und entzog sich seiner Berührung. »Warum erzählst du mir das?«

Owen setzte sich wieder und seine Hände tanzten auf seinem Schoß, so als wäre es ihm unmöglich, sie still zu halten. »Du sollst nicht denken, dass ich ein Nichtsnutz bin, der kein Ziel und keine Motivation hat.«

Nora bekam ein schlechtes Gewissen. Genau das hatte sie gedacht. »Aber es spielt doch keine Rolle, oder? In ein paar Tagen ist unser Studium zu Ende und dann sehen wir einander nie wieder. Wen kümmert es, was ich über dich denke?«

Seine Hände erstarrten. »Mich kümmert es. Ich möchte, dass du gut von mir denkst.«

Drei Jahre lang waren sie einer Freundschaft aus dem Weg gegangen, zu konzentriert auf ihre Rivalität. Und jetzt wollte er, dass sie ihn mochte? »Warum?«

Seine Lippen verzogen sich zu einem kleinen Lächeln. Einem geheimnistuerischen Lächeln. »Weil ich gut von dir denke, Seltsam.«

Kapitel 5

Obwohl Lucius die Bibliothek mit Beschlag belegt hatte, war sie in Noras Augen noch immer das Zimmer ihres Vaters. Alles daran erinnerte sie an ihn, von der langen Reihe von Fenstern, auf die er bestanden hatte, obwohl sie nicht modern und jetzt hinter aufwendigen Brokat- und Spitzengardinen versteckt waren, bis zu der Holzvertäfelung an den Wänden und dem gefliesten Kamin.

Nora betrat den Raum nicht oft – die Erinnerungen, die er auslöste, waren einfach zu schmerzhaft –, aber sie wollte keinen Augenblick mehr verstreichen lassen, ohne Lucius' Wort zu haben, dass er ihr die Zeitschrift überschreiben würde. Sie hatte ihm eine Woche gegeben. Das war genügend Zeit.

Sie klopfte an die Tür und trat ein, nachdem ihr Stiefvater ein ungeduldiges »Herein, herein!« gerufen hatte.

Lucius legte seine Zeitung nieder, als sie über die Schwelle trat, und fing an, mit den Fingerspitzen auf die polierte Schreibtischplatte zu trommeln. Beinahe hätte Nora es sich anders überlegt, aber dann reckte sie das Kinn vor und ging mit energischen Schritten auf ihn zu, wobei das Klappern ihrer Absätze verschluckt wurde, sobald sie den weichen Teppich erreicht hatte. Oder das, was einmal ein weicher Teppich gewesen war. Nora bemerkte die ausgefranste Kante und die abgenutzten Stellen, als sie darüberlief.

Als sie vor dem Schreibtisch stand, schob sie alle Gedanken an Teppich und Vorhänge beiseite und ballte die Fäuste.

»Ja?«, sagte Lucis, nachdem sie ihn einige Sekunden lang angestarrt hatte.

»Ich möchte mit dir über das Journal sprechen.«

Er seufzte. »Ich habe noch nicht entschieden, ob ich auf deine Bedingungen eingehen werde.«

»Ich möchte dir nur sagen, wie viel es mir bedeutet.«

Seine Finger unterbrachen ihren Trommelwirbel und er legte stattdessen die Hände übereinander.

»Die Zeitschrift erinnert mich an meinen Vater«, fuhr Nora fort. »Ich bin in jeder Hinsicht seine Tochter und ich glaube, dass ich sie vor dem Untergang bewahren kann, auch wenn ich ihrem Ursprung treu bleibe, mit dem sie den Respekt von Wissenschaftlern und Naturkundlern erlangt hat.«

Nora hatte Lucius schon immer für einen kalten Mann gehalten und seine Augen schienen diese Kälte zu spiegeln, aber bei der Erwähnung ihres Vaters war das Eis in seinem Blick getaut und die scharfen Linien um seinen Mund waren weicher geworden. »Mich erinnert sie auch an ihn und ich möchte ihm damit Ehre erweisen. Ich weiß, dass es dir schwerfällt, das zu glauben, aber er war mein bester Freund.« Sein Stuhl knarrte unter seinem Gewicht, als er sich zurücklehnte. »Aber glaubst du wirklich, du wirst in der Lage sein, eine wissenschaftliche Zeitschrift zu führen? Du weißt doch gar nicht, wie viel Arbeit damit verbunden ist. Du bist noch ein junges Mädchen. Und trotz deiner Eigenwilligkeit weiß ich, was das Beste für dich ist. Ehe und Mutterschaft haben noch nie eine Frau unglücklich gemacht.«

Noras Rücken versteifte sich und ihr war, als würde ein Schraubstock ihren Kopf zusammendrücken. Sie rieb sich die Schläfen und versuchte, den Groll, der sich in ihrem Inneren einnistete, zu lindern.

Lucius' Stimme klang jetzt tiefer und samtiger. »Wird dein Ehemann wollen, dass du deine Zeit mit der Veröffentlichung einer Fachpublikation verbringst? Was soll daraus werden, sobald du Kinder hast?«

Noras Knie wurden weich. »Ich werde gerne ohne die Freuden einer eigenen Familie leben, wenn es bedeutet, dass ich das Andenken meines Vaters bewahren und die Arbeit fortführen kann, die er begonnen hat. Er wollte, dass in seiner Zeitschrift fundierte wissenschaftliche Beiträge veröffentlicht werden. Du hast das geändert und ich verstehe nicht, warum. Warum tust du so etwas Ehrloses?«

Lucius starrte an ihr vorbei und sein Blick ging zur offenen Tür, hinter der die Treppe zu den Schlafzimmern hinaufführte. »Ich habe getan, was ich konnte, um für die Familie deines Vaters zu sorgen. Ich liebe deine Mutter und versuche, dir Orientierung zu geben, obwohl du es mir nicht leicht machst. Ich habe dieses Haus instandgehalten und Alexanders Traum, das Journal erfolgreich zu machen, unterstützt. Ich bin schon länger dabei als du und ich weiß, wie die Welt funktioniert. Für eine Frau ist es nicht einfach, in einer Männerwelt zu bestehen. Warum nimmst du meinen Rat nicht an?«

Nora schluckte und trat einen Schritt zurück. Weg von seiner Verletzlichkeit, die ihr das Gefühl gab, als hätte die Welt sich verschoben. Weg von seiner Forderung, dass sie sich den Erwartungen anderer fügte und ihren Traum aufgab. »Ich will nach meinem Abschluss nicht nach Long Island gehen. Ich will dieses Stipendium bekommen und meine Ausbildung fortsetzen. Ich will die Zeitschrift.«

So kritisch, wie er sie musterte, kam sie sich vor wie ein gefangenes Insekt.

»Deiner Mutter geht es nicht gut. Sie wünscht sich, dass du heiratest und versorgt bist.«

Nora verschränkte die Hände hinterm Rücken, damit ihm nicht auffiel, wie sie nervös an ihren Nagelhäuten zupfte. Sie wich seinem Blick aus, der ihr Äußeres zu durchbohren schien wie eine Nadel einen toten Schmetterling.

Nach dem Tod ihres Vaters war es mit Mutters Gesundheit so rapide bergab gegangen, dass sie sich nie richtig davon erholt hatte. Und daran konnte auch all Noras Liebe und Zuwendung nichts ändern. Sie bemühte sich nach Kräften, jede Art von Sorgen vor ihrer Mutter fernzuhalten, aber wenn sie ehrlich war, wusste Nora, dass sie ihr Kummer bereitete.

Sie versuchte, diese verräterischen Gedanken abzuschütteln.

»Ich brauche eine Antwort, Lucius. Wenn ich das Stipendium bekomme, wirst du mir dann die Zeitschrift geben? Ich tue, was du willst. Wenn ich nach Long Island ziehen muss, werde ich nicht jammern. Und ich bin bereit, Mr Primrose kennenzulernen. Lade ihn zu meiner Abschlussfeier ein. Ich werde versuchen, dir entgegenzukommen.«

Lucius starrte sie einen Moment lang an, bevor er kurz nickte. »Gut. Niemand soll sagen können, ich sei dir gegenüber nicht gerecht gewesen. Ich glaube immer noch, dass es ein Fehler wäre, wenn du die Zeitschrift übernähmest, aber wenn du dich beweist, indem du einen höheren Abschluss erlangst, dann habe ich wohl keinen Grund, sie dir nicht zu überlassen.« Er wandte seine Aufmerksamkeit dem Kontenbuch zu, das aufgeschlagen auf seinem Schreibtisch lag.

Nora verstand, dass sie entlassen war.

Sie würde alles in ihrer Macht Stehende tun, um dafür zu sorgen, dass man ihr das Stipendium anbot. Selbst wenn sie dafür mit Professor Comstocks Freund nach Indien reisen musste. Denn die Zeitschrift zu verlieren, würde nicht nur bedeuten, dass sie nach Long Island geschickt wurde, sondern auch, dass sie die einzige Chance verlor, ihrem Vater gegenüber alles wiedergutzumachen.

Nora zeichnete lieber mit dem Bleistift, als mit Farben zu malen. Sie mochte die genaue Kontrolle, die das Medium ihr ermöglichte, um Schattierungen und Umrisse festzuhalten. Aquarellfarben verschwammen und gehorchten oft nicht den Vorgaben, aber Anna Comstock war der Meinung, sie sollte den Umgang mit dem üben, was sie so oft vernachlässigte.

Nora fuhr mit dem Pinsel über den angefeuchteten Magenta-Farbnapf und malte eine feine Linie an den grünen Flügeln des *Actias luna* entlang, an dem sie gerade arbeitete.

Anna blickte von ihrer Leinwand auf, um Noras Werk zu begutachten. »Sehr schön. Ich weiß, dass du die Technik nicht so gern magst, aber du hast ein Händchen dafür.«

Nora trat einen Schritt zurück und blickte von dem montierten Falter auf dem Tisch zwischen ihnen zu ihrem Gemälde. »Es ist ganz passabel.«

Anna lachte. »Du bist zu streng mit dir selbst. Nach wenigen Jahren Unterricht kannst du bereits besser malen als ich. Wie ich schon sagte: Eigentlich weiß ich gar nicht, warum wir uns immer noch treffen. Ich kann dir doch gar nichts mehr beibringen.«

»Weil ich unsere Freundschaft schätze und deine Gesellschaft genieße. Mit dir in deinem Garten zu malen oder zu zeichnen, bereitet mir Freude.«

Obwohl Anna nur zehn Jahre älter war, bedachte sie Nora mit einem mütterlichen Lächeln. »Ich sage Katie, dass sie uns etwas zu trinken bringen soll. Es muss bald drei Uhr sein.« Sie verschwand durch den Hintereingang im Haus und Nora klappte ihren Malkasten zu.

Als Anna wiederkam, nahmen sie auf einem Paar Korbsessel unter dem Ahornbaum Platz. Katie, das irische Hausmädchen der Comstocks, kam mit einem Tablett in den Händen durch den Garten getrippelt. Sie stellte das Tablett auf dem eisernen Tisch zwischen ihnen ab, schenkte dampfenden Tee in zwei Tassen und hüpfte dann nach einem ungelenken Knicksen davon.

Anna schüttelte den Kopf und seufzte. »Sie ist ein eigenartiges Mädchen, aber sie versprüht so viel Lebensfreude.«

»Ich würde gerne etwas davon in Flaschen füllen und zu Hause herauslassen. Vielleicht würde das ein wenig gegen die Spannungen helfen.«

Anna schnalzte mitfühlend mit der Zunge. »Tut mir leid. Lucius ist ein schwieriger Mann.«

»Ganz im Gegensatz zu Vater. Als er noch lebte, war unser Haus ein Ort, an dem man glücklich war. Ich vermisse ihn, und das ist, was mir mit am meisten fehlt: Er hat das Leben angenehm und interessant gemacht.«

»Du darfst dich nicht von der Stimmung zu Hause bestimmen lassen, wie du auf das Leben reagierst. Dann wirst du dich nur elend fühlen. Vielleicht weißt du, dass Johns Kindheit alles andere als schön und fröhlich war. Er beschloss vor langer Zeit, dass nicht die Umstände bestimmen sollten, ob er glücklich ist, sondern er selbst.«

Nora nahm ihre Teetasse und nippte daran. Es stimmte – manchmal ließ sie sich von Melancholie übermannen. Wenn sie ihr jetziges Leben mit dem Leben vor dem Tod ihres Vaters verglich, war der Unterschied nicht zu übersehen.

Falls – *sobald* – sie das Stipendium erhielt, konnte sie vielleicht auf den Campus ziehen. Sie könnte mit Rose und Bitsy in Sage Hall wohnen. Rose würde erst in einem Jahr ihren Bachelorabschluss machen und Bitsy wollte den Master beginnen, was sie dank der Großzügigkeit ihrer Tante auch konnte.

Nora stellte ihre Tasse ab und nahm eine Kirsche von dem Teller auf dem Tablett. Sie genoss den süßsauren Geschmack, während sie überlegte, wie es wohl wäre, unter den hundert Studentinnen in Sage Hall zusammenzuwohnen. Es wäre eine drastische Maßnahme, ihr Zuhause zu verlassen, um nur ein paar Häuserblocks entfernt in einem Studentenwohnheim zu leben. Und sie war nicht sicher, ob sie ihre Mutter davon überzeugen konnte, dass das eine gute Idee war. Welchen Grund sollte sie nennen?

Sie schüttelte den Kopf. Wenn sie ihr eigenes Glück schmieden wollte, so wie Professor Comstock es getan hatte, konnte sie Konflikten nicht aus dem Weg gehen. Sie würde ihrer Mutter einfach sagen, dass es das war, was sie wollte. Das würde genügen müssen.

Zufrieden lächelte Nora zu Anna hinüber, die an ihren Haaren herumfingerte und sich eine Strähne hinters Ohr schob. Sie fiel trotzdem immer wieder nach vorne.

»Ich lasse sie wachsen«, sagte Anna.

»Es steht dir gut.« Anna hatte einen kurzen Bob getragen, seit ihr während einer Krankheit vor einigen Jahren alle Haare ausgegangen waren. »Warum willst du sie nicht mehr kurz tragen?«

Lachfältchen erschienen um Annas Augen. »John hat vorgeschlagen, dass einer von uns lange Haare haben sollte. Entweder er oder ich. Ich dachte mir, wenn ich meine wachsen lasse, ist es weitaus weniger schlimm als bei ihm.« Sie spielte weiter mit der Strähne und seufzte wehmütig. »Eigentlich mag ich es kurz. Das ist so praktisch. Aber lange Haare sind ein Opfer, das ich für meinen lieben John gerne bringe. Er hat so selten einen Wunsch.«

»Findest du nicht, dass kurzes Haar zu männlich ist?«

»Auf keinen Fall!« Annas Gesicht verzog sich verächtlich. »Der Glaube, unser Haar würde uns weiblich machen, ist absurd. So wie es absurd ist zu glauben, ein Interesse an der Natur mache uns männlich. John würde sagen, dass alle Menschen – Männer wie Frauen – als Gottes Ebenbilder erschaffen sind und unser Interesse an der Natur, der lebendigen Welt um uns herum, göttlich ist.«

»Glaubst du das auch?«

Anna nickte entschlossen. »Dein Vater hat diese Ansicht auch geteilt. Er hat doch schließlich deine Begeisterung für Insekten gefördert, nicht wahr?«

»Das hat er.« Er hatte sie auf seine Exkursionen in Schluchten und Wälder mitgenommen, seit sie denken konnte. Es war ihm wichtig gewesen, ihr all die interessanten Insektenfamilien in allen möglichen Situationen zu zeigen – beim Spinnen, Fliegen, Weben, Sichpaaren, Wachsen, Sichverändern. Wann immer sie ein fliegendes oder krabbelndes Wesen gefunden hatten, war Nora ganz ruhig geworden und hatte es beobachtet. Ihr Vater hatte dann neben ihr gestanden und vor lauter gespannter Erwartung die Hände nicht stillhalten können – so ähnlich wie Owen, wenn sie darüber nachdachte.

Anna streckte eine Hand aus und legte sie an Noras Wange. »Es gibt einen Grund, warum du die Person bist, die du bist. Das kannst du ignorieren, aber so wirst du das Glück nie finden, oder?«

Nora legte ihre Hand über die von Anna. »Ich glaube, ich wäre tatsächlich sehr unglücklich, wenn ich vernachlässigen würde, was ich liebe. Oder mir zu viele Gedanken um meine Haare machen müsste.« Sie blinzelte, dann lehnte sie sich an die kalte Stuhllehne zurück. Glichen ihre Worte nicht genau dem, was Owen gesagt hatte? Sie hatte ihn verurteilt, als er von seinem Wunsch gesprochen hatte zu reisen und die Welt zu erkunden, aber sie wusste, wenn sie selbst gegen ihre Ambitionen handelte, würde sie ebenso unglücklich sein wie er im Verlag seines Vaters oder einer Anwaltskanzlei. Sie presste eine Hand auf ihr Herz, wo sich ein kleiner Knoten gebildet hatte. Sie sollte ihn um Verzeihung bitten.

»Ist alles in Ordnung?« Anna klang besorgt.

»Ja. Mir ist nur gerade etwas eingefallen, was ich heute Nachmittag bei der Abschlussfeier tun muss.« Nora trank noch einen Schluck Tee und erhob sich dann. »Wirst du da sein?«

Anna folgte Nora zu ihren Staffeleien zurück. »Natürlich. Ich freue mich darauf, deine Rede zu hören – Cornells erste Festrednerin! Ich bin sehr stolz auf dich.«

Nora lächelte, bevor sie sich dem *Actias luna* auf dem Tisch zuwandte. Der Schmetterling hatte eine wirklich wunderschöne grüne Farbe wie von Limetten. »Es ist eine Schande, dass wir sie töten müssen.«

Anna warf einen Blick auf den Falter. »Manchmal muss ein Traum sterben, bevor ein anderer wahr werden kann. Der Falter hätte ohnehin nicht mehr lange gelebt und sein Tod dient der Naturwissenschaft mehr als alles andere, was er hätte tun können.«

Als Nora gerade den Pinsel von der Staffelei genommen hatte, wurde das Gartentor aufgerissen. »Miss Nora!«

Nora fuhr herum und sah Alice durch den Garten gerannt kommen, dass ihre weißen Schürzenbänder flogen. Noras Herz begann zu hämmern. Sie ließ ihren Pinsel fallen und lief Alice entgegen, die ganz außer Atem war.

»Miss Nora, Ihre Mutter hatte einen schrecklichen Anfall! Sie ist die Treppe hinuntergefallen und Mr Ward konnte sie nicht wieder zu Bewusstsein bringen. Wir haben nach dem Arzt geschickt, aber Sie müssen nach Hause kommen.«

Nora rannte ins Haus und die Treppe hinauf, wobei sie ihre Röcke raffte, um immer zwei Stufen auf einmal zu nehmen.

Lucius lief vor dem Schlafzimmer ihrer Mutter auf und ab. Als er sie sah, blieb er stehen, fuhr sich mit den Händen durchs graumelierte Haar und seufzte. »Ich konnte ihren Sturz nicht verhindern, Nora. Ich habe ihren Aufschrei gehört und dann gesehen, wie sie gefallen ist, aber ich war nicht rechtzeitig bei ihr. Ich habe es versucht, das schwöre ich.«

Nora lehnte sich an die Wand, entsetzt wegen der Tränen in seinen Augen. Sie deuteten auf eine noch viel schlimmere Lage hin, als sie erwartet hatte.

»Der Arzt ist jetzt bei ihr«, sagte Lucius. Er hob die Hand, als wollte er an die Tür klopfen, ließ sie dann aber wieder sinken. »Sie war furchtbar blass.«

Ein Zittern begann in Noras Beinen und breitete sich in ihrem ganzen Körper aus, bis sie bebte wie eine Spinne, deren Netz vom Sturmwind gebeutelt wird. Sie schaffte es gerade noch bis zu dem Stuhl aus Eichenholz vor dem Zimmer ihrer Mutter und sank darauf. Dabei vermied sie es, Lucius anzusehen, dessen panisches Auf-und-ab-Gehen sie das Schlimmste befürchten ließ.

Einen Augenblick später kam Dr. Johnson mit einer schwarzen Arzttasche und grimmiger Miene aus dem Zimmer. Nora sprang auf und Lucius und sie bedrängten ihn gleichzeitig.

»Sie wird es überstehen, glaube ich«, sagte der Arzt, »mit der gebotenen Ruhe. Bei dem Sturz hat sie sich eine Rippe angeknackst, aber sie kann von Glück sagen, dass nicht mehr passiert ist. Besorgniserregender ist der Grund, warum sie gefallen ist.«

Nora hielt die Luft an und wartete angstvoll darauf, dass der Arzt etwas sagte, was sie erleichtert ausatmen ließ.

»Sie ist schwach, seit sie das Baby nach Nora verloren hat, aber die Ohnmachtsanfälle haben zugenommen und das gefällt mir gar nicht. Ihr Blutdruck ist niedrig, aber ihr Puls schnell.« Dr. Johnson schüttelte den Kopf. »Sie ist keine gesunde Frau. Ich will, dass sie mindestens eine Woche im Bett bleibt. Geben Sie ihr reichlich kräftige Brühe, Pudding und frische Milch. Und vor allem beunruhigen Sie sie nicht. Sie darf sich auf keinen Fall aufregen.«

Nora und Lucius nickten gleichzeitig.

»Ich bringe Sie hinaus«, sagte Lucius. »Nora, geh doch bitte und setz dich zu deiner Mutter.«

Während die beiden Männer die Treppe hinuntergingen, schlich Nora in das verdunkelte Zimmer ihrer Mutter und setzte sich vorsichtig auf die Bettkante. Nora strich ihrer Mutter ein paar dünne Haare aus der bleichen Stirn. Sie wirkte so klein. Nora war ihrer Mutter schon über den Kopf gewachsen, bevor ihr Vater gestorben war. Ihre Mutter *war* klein. Und schwach. Sie war immer kränklich gewesen, ganz anders als Nora.

Lydias Lider flatterten und sie blinzelte, bevor sie Nora ansah. »Ach, Liebling.«

»Mutter, wie geht es dir?«

Sie lächelte. »Besser jetzt, wo du hier bist.«

Nora rutschte auf den Fußboden und legte den Kopf auf die Brust ihrer Mutter. »Es tut mir schrecklich leid, dass ich nicht hier war.«

»Was hättest du denn tun können? Nicht einmal Lucius konnte mir helfen, so schnell ging es.« Ihre Hand fuhr über Noras Schulter, bevor sie wieder aufs Bett glitt. »Aber ich bin froh, dass du wieder zu Hause bist. Du bist mir eine so große Stütze.«

Noras Magen zog sich zusammen und jeder Gedanke daran, ins Studentenwohnheim zu ziehen, löste sich auf. Was hatte sie sich nur gedacht? Sie konnte ihre Mutter nicht zurücklassen, allein in der Obhut von Lucius. Und Indien! Was für eine lächerliche Idee. Sie würde sich eben mit der Exkursion begnügen müssen, die Professor Comstock im Sommer veranstaltete. Vielleicht konnte Owen ja auch nicht mit nach Asien reisen.

Die Uhr im Erdgeschoss schlug zur vollen Stunde und erinnerte Nora daran, dass sie sich für die Abschlussfeier zurechtmachen musste. Sie stand auf, um in ihr Zimmer zu gehen und sich auf den Augenblick vorzubereiten, auf den sie in den vergangenen drei Jahren hingearbeitet hatte. Den Augenblick, für den sich all die Beleidigungen und herablassenden Bemerkungen gelohnt hatten. Den Augenblick, von dem sie mit ihrem Vater zusammen geträumt hatte, als sie durch Ithacas Berge gewandert waren.

Den Augenblick, den sie nie würde zurückholen können.

Ihre Mutter drückte Noras Hand ein wenig und ein zufriedener Seufzer kam über ihre Lippen. »Musst du denn schon so bald wieder gehen? Es ist so schön, dich bei mir zu haben.«

Nora sank wieder neben sie und berührte mit der freien Hand ihre Kehle, aber so, dass ihre Mutter es nicht sah. Ein Kloß hatte sich dort gebildet und erschwerte ihr das Atmen. Sie konnte ihre Abschlussfeier nicht verpassen.

Aber sie konnte auch nicht gehen.

»Ich bleibe«, flüsterte sie. »So lange, wie du mich brauchst.«

Owen würde als Zweitbester die Rede halten müssen, während Nora in einem verdunkelten Schlafzimmer saß, gefangen unter der feingliedrigen Hand ihrer Mutter.

Ein Bote stand vor der Tür, einen Karton in der ausgestreckten Hand. »Ich habe beim Postamt ein Päckchen für Sie abgeholt, Miss.«

Nora warf einen Blick in den Spiegel und schob eine Locke in ihren Dutt zurück. Dann griff sie nach ihrem Ridikül, das an der Garderobe im Flur hing. Sie kramte darin, fand einen Penny und tauschte ihn gegen das Päckchen ein. Als sie den Absender sah, quietschte sie vor Freude und setzte sich auf die Schaukelbank, die auf der Veranda stand.

Noch bevor sie die Kordel, mit der die Schachtel verschlossen war, entfernen konnte, kam Owen den Weg heraufgeschlendert, die Hände tief in den Hosentaschen vergraben.

»Professor Comstock hat mich geschickt. Ich soll dich fragen, ob du mit zum Picknick kommst.«

Noras Magen knurrte und ihr wurde bewusst, dass sie heute noch nichts gegessen hatte. Sie hatte das Frühstück ausfallen lassen, um ihrer Mutter vorzulesen, die nach beinahe einer Woche immer noch ans Bett gefesselt war. Aber jetzt war Lucius bei ihr und Nora hatte das Haus seit dem Sturz ihrer Mutter nicht mehr verlassen. Nistende Vögel zwitscherten in der Eiche hinten im Garten und die Sonne stand zwar hoch am Himmel, schien jedoch durch eine Decke aus weißen Wolken. Es war ein herrlicher Tag für ein Picknick und sie hatte das Gefühl, dass sie für eine Weile nach draußen musste.

»Sehr gerne.« Die Freude über ihr Päckchen weckte in ihr ein Gefühl der Großmut und sie klopfte auf den Platz neben sich. »Setz dich doch kurz und sieh, was Mrs Martín mir geschickt hat. Sie ist eine angesehene Entomologin und eine Expertin in Sachen *Lepidoptera*, insbesondere Nachtfalter. Sie arbeitet schon seit mehr als zehn Jahren an einem Katalog der *Tortricidae* und gelegentlich sendet sie mir ein Exemplar, von dem sie glaubt, dass es mich interessieren wird.« Nora öffnete die Schachtel und fand darin einen gefalteten Zettel und eine kleinere Schachtel. Sie entfaltete den Brief und las: »›Meine liebe Nora, dies ist die *Amata huebneri*. Wie du siehst, ähnelt sie der Echten Wespe – eine Bates'sche Mimikry. Diese Art habe ich einige Male gefunden; ihre Larve habe ich allerdings noch nie gesehen.‹«

Nora sah Owen an und erwiderte sein breites Lächeln. Sie stellte den größeren Karton auf den Boden und nahm die kleinere Schachtel auf den Schoß. Behutsam hob sie den Deckel ab und zog das Seidenpapier fort. »Oh!«

In der Schachtel befand sich ein Falter, der eher einer fantasievollen Kinderzeichnung entsprungen schien als der Wirklichkeit. Pelzige dunkelblaue und orangefarbene Streifen zogen sich über den Bauch des Insekts und seine schwarzen Flügel waren mit hellen Flecken betupft.

Owen zeigte darauf. »Unglaublich! Ich staune immer wieder über die Vielfalt in der Insektenwelt.«

»Da sind wir uns einig.« Nora schloss die Schachtel wieder und stand auf. »Ich sage meiner Mutter Bescheid, dass ich gehe.«

Als sie sich wenige Minuten später wieder zu ihm gesellte, stieg Owen als Erster die Stufen von der Veranda hinab.

»Wohin gehen wir?«, fragte sie. Am Tor blieb sie stehen, um einen praktischen Hut mit einer Nadel an ihrem Kopf festzustecken.

Owen bot an, ihr Tuch zu nehmen, und hängte es über seinen Arm. »Zu Professor Comstock«, antwortete er dann. »Er und seine Frau haben die Absolventen der Entomologie zu sich nach Hause eingeladen. Seit einer Woche hat keiner mehr etwas von dir gesehen. Und du hast die Abschlussfeier verpasst.«

»Meine Mutter ist krank geworden. Ich war ununterbrochen in ihrer Nähe.«

»Das tut mir leid. Wird sie wieder gesund?«

»Sie war noch nie sehr stark, aber seit einiger Zeit hat sie häufig Schwindelanfälle. Diesmal ist sie die Treppe hinuntergefallen. Davon wird sie sich erholen, aber ich bin nicht sicher, ob ihr allgemeiner Zustand sich verschlechtert …« Nora unterbrach sich. Sie konnte ihre Mutter nicht verlieren – den einzigen Menschen, der ihr von ihrer kleinen Familie geblieben war. »Fährst du bald nach Hause?«

Man musste es Owen zugutehalten, dass er genügend Einfühlungsvermögen hatte, um ihrem Themenwechsel zu folgen. »Nächste Woche. Außer, ich beschließe, nach Indien zu reisen.« Er grinste süffisant. »Aber ich komme wieder, um meinen Vortrag zu halten, und ich bin sicher, dass ich dann bleiben muss … nachdem sie mir das Stipendium angeboten haben.«

Nora lachte. »Das wird wohl kaum passieren. Aber du wirst uns allen fehlen.«

»Wenn ich nicht wiederkomme, werde ich Ithaca vermissen. Ich habe gerne hier gelebt.«

»Überlegst du etwa, dein Landstreicherleben aufzugeben und dich hier niederzulassen?« Mit dieser Bemerkung hatte sie ihn necken wollen, aber seine Miene wurde ernst, was sie von ihm nicht gewohnt war.

»Falls ich jemals die Gelegenheit bekomme zu reisen und es irgendwann leid werden sollte, könnte ich mir durchaus vorstellen, hier zu wohnen. Ich liebe Ithaca. Die Wasserfälle und Schluchten sind herrlich. Das ständige Wachstum. Die Menschen.«

Nora konnte seine Sicht nachvollziehen. Sie war noch nicht viel herumgekommen, aber sie konnte sich nicht vorstellen, dass es andere Orte wie ihre Heimatstadt gab. Alles, was sie sich nur wünschen konnte, war hier am Ufer der Finger Lakes. Doch seit Professor Comstock die Möglichkeit des Forschungsprojekts in Indien erwähnt hatte, hatte sie begonnen, sich auszumalen, welche Insekten sie in ihrer natürlichen Umgebung studieren könnte. Montierte oder sezierte Objekte unter ein Mikroskop zu legen, war natürlich kein Vergleich zu einer Beobachtung in freier Natur.

Sie schüttelte den Kopf. Wie töricht! Sie konnte ihre Mutter nicht verlassen. Und Tagträumereien machten eine Sache nicht erreichbarer. Oder auch nur möglich.

»Wir sind da.« Owen öffnete das Tor zum Grundstück der Comstocks und ließ sie um das Haus herum in den Garten vorangehen.

Auf dem Rasen verstreut hatten sich etwa zwanzig Kommilitonen in Grüppchen auf Decken niedergelassen. Professor Comstock hielt in einem Korbsessel Hof, während Anna und Katie Gläser mit Limonade verteilten.

»Unsere Jahrgangsbeste ist da!« Professor Comstock winkte Nora zu sich und die Gruppe Studenten zu seinen Füßen öffnete sich, um sie in ihren Kreis aufzunehmen.

Sie ließ sich auf der Decke nieder, und als Owen sich neben sie setzte, rutschte sie ein paar Zentimeter zur Seite. Er schien kein Gespür dafür zu haben, wann er ihr zu nahe kam. Sie glaubte nicht, dass er absichtlich mehr Raum für sich beanspruchte, als er brauchte, aber es war ihr trotzdem unangenehm.

»Wir tauschen uns gerade darüber aus, was wir jetzt machen werden, nachdem das Schuljahr zu Ende ist«, erklärte Thomas Nichols. »Ich habe eine Stelle bei einem Fachbuchverlag in Boston angenommen. Wie ich gehört habe, bewerbt ihr euch beide für das Stipendium?«

Curtis Wiggs, der neben ihm saß, stieß Thomas in die Rippen und lachte laut auf.

Professor Comstock sah die beiden finster an. »Wahrscheinlich schließen Sie schon Wetten ab, wer von den beiden es erhalten wird, was?«

»Es ist nur ein Spaß, Professor. Nichts für ungut.« Ein albernes Grinsen erschien auf Thomas' Lippen, als er sie ansah. »Ich setze auf dich, Nora.«

Owen schnaubte und sie ignorierte ihn, angenehm überrascht, dass die beiden jungen Männer ihr den Vorzug gaben. Das würde Lucius sicher ärgern.

Thomas wandte den Blick erst von ihr ab, als Professor Comstock hustete und den Bann, der ihren Kommilitonen ergriffen zu haben schien, brach. Thomas' Blick wanderte zu Owen. »Wir wissen alle, dass es an einen von euch zweien gehen wird.«

»Wenn ich nicht zurückkomme, werde ich wohl Jura studieren. Das ist jedenfalls der Plan, den mein Vater für mich hat«, meinte Owen. Er sagte nichts von Reisen und Abenteuern.

»Wenn ich das Stipendium habe«, sagte Nora, »habe ich vor, meinen Master zu machen und dann vielleicht zu unterrichten. Vielleicht lehre ich ja sogar an der Cornell.«

»Glauben Sie, dort würde man eine weibliche Lehrkraft einstellen, Professor?«, fragte Thomas.

»Irgendwann gewiss. Cornell war von Anfang an inklusiv. Ich

könnte mir vorstellen, dass es schon bald so weit sein könnte.« Der Professor musterte Nora mit gerunzelter Stirn, sein Schnurrbart zog sich mit den Lippen nach unten. »Aber ich bin mir nicht sicher, ob Sie diejenige sein sollten, die diese Hürde nimmt, meine Liebe.«

Nora starrte ihn mit offenem Mund an. Sie spürte, wie ihr Hals ganz warm wurde, als sie registrierte, dass die ganze Gruppe verstummt war und sie verstohlen ansah. Owen rührte sich neben ihr und schloss näher zu ihr auf, wobei seine Finger ihre Hand wie zufällig berührten.

Wie konnte ihr väterlicher Freund so grausam sein? Er hatte sie seit dem Tod ihres Vaters doch stets ermutigt und bestätigt!

Sein Blick wurde weicher. »Nun seien Sie nicht zerknirscht. Ich meinte nur, dass die Lehre vielleicht nicht besonders gut zu Ihren Begabungen passt.«

»Aber mein Vater war Lehrer.«

»Und ein ausgezeichneter noch dazu. Aber Sie … Ich glaube, Sie werden an anderer Stelle glänzen.«

Sie schluckte den Kloß in ihrer Kehle hinunter. »Wo denn?«

»Sie brauchen noch Zeit, Nora. Und Raum. Zeit zum Erforschen und Entdecken und Studieren. Raum zum Denken, Zeichnen und Erschaffen. Das Unterrichten würde Ihre wahren Talente ausbremsen.«

Nora zog die Stirn kraus und schüttelte den Kopf. Er redete ja gerade so, als wäre sie wie Owen!

Als Anna zu ihnen trat und auf den Tisch zeigte, der mit einer Vielfalt von Sandwiches, eingelegtem Gemüse, Obst und Kuchen beladen war, sprang Nora eifrig auf, um der unangenehmen Unterhaltung zu entfliehen. Den mitleidigen Blicken der anderen. Owens Nähe und seinem Mitgefühl. Sie füllte am Büffet einen Teller, obwohl sie wusste, dass sie nichts würde essen können. Die ganze Zeit hielt sie den Kopf gesenkt, weil sie niemandem in die Augen sehen wollte.

Sie zog sich in die natürliche Laube einer Trauerweide zurück und knabberte lustlos an ihrem Essen, ohne wirklich etwas zu schmecken. Doch es dauerte nicht lange, bis die Zweige beiseitegeschoben wurden und Owen sich zu ihr gesellte.

Nora schürzte die Lippen und erstarrte, als er sich neben ihr auf den Boden sinken ließ.

»Du siehst schrecklich mürrisch aus, Nora. Ich bin sicher, er wollte dich nicht kränken. Ich glaube, du würdest alles, was du anfängst, ausgezeichnet machen.«

»Es ist in Ordnung, dass ich aufgebracht bin. Du brauchst es nicht schönzureden.« Sie stellte den Teller ab und seufzte.

Owen nickte. Sie sahen einander an und Nora fragte sich, ob sie ihn bitten sollte zu gehen. Am liebsten wollte sie mit ihrer Enttäuschung und Verletztheit allein sein. Er musste das in ihrer Miene gelesen haben, denn er erhob sich. »Dann gehe ich wohl besser.«

Doch bevor er seinen Worten Taten folgen lassen konnte, trat Professor Comstock durch die Äste.

Nora unterdrückte ein Stöhnen. Wie sollte sie ihre Gedanken verarbeiten, wenn sie von schwatzhaften Männern umgeben war?

»Ich bin froh, dass Sie beide« – Professor Comstock sah sich in dem Versteck um und grinste, augenscheinlich entzückt – »hier drinnen sind. Es ist ein sehr schöner Ort. Ich war noch nie unter diesem Baum.«

Nora presste eine Hand an ihre Stirn, während die beiden Männer die Vorzüge dessen diskutierten, was ihre ungestörte Zuflucht vor ihnen hatte sein sollen. Irgendwann schienen die beiden sie wieder wahrzunehmen und verstummten.

Professor Comstock räusperte sich. »Ja, also … ich wollte sagen, Nora, dass ich es schade fände, wenn Sie Ihr Talent auf unsere schöne, aber winzige Stadt beschränken würden. Ich erwarte von Ihnen großartige Dinge in unserer Disziplin und glaube nicht, dass Sie sie erreichen können, wenn Sie hierbleiben.«

»Ist es denn nicht großartig genug, die erste Professorin an der Cornell University zu werden?«, wollte Nora wissen.

Er nickte. »Doch, schon, aber auf Sie wartet noch Größeres. Erinnern Sie sich daran, dass wir über die Möglichkeit gesprochen haben, nach Indien zu gehen?«

»Ich erinnere mich nicht daran, dass wir über die *Möglichkeit* gesprochen hätten.«

Jubel ertönte unter den Studenten auf der anderen Seite des Baumvorhangs und jemand rief »Eiscreme!«, was Owen für einen Augenblick ablenkte.

Nora stand auf und klopfte ihren Rock ab. »Ich habe darüber nachgedacht, aber nachdem Mutter gestürzt war, wurde mir klar, dass ich zu Hause gebraucht werde. Dass ich für sie da sein muss.«

Professor Comstock rieb sich die Hände. »Frederic hat fast sein ganzes Team an die Ruhr verloren. Er braucht dringend Unterstützung und seine Kontakte zu Entomologen hat er bereits ausgeschöpft. Jetzt muss er mit Studenten arbeiten und er vertraut meinem Urteil. Dies ist eine einmalige Gelegenheit für Sie beide.« Er wippte auf seinen Ballen. »Etwas Besseres könnte Ihnen gar nicht passieren. Überlegen Sie sich das mal: Schon in einem Monat könnten Sie exotische Insekten sammeln und mir schicken.«

Ihr Zufluchtsort unter dem Baum war zu eng geworden und barst förmlich von der Begeisterung und den Plänen des Professors. Nora schlich zu dem wehenden Vorhang aus Zweigen. »Ich möchte gerne mit den Studenten im letzten Studienjahr im nächsten Monat die Exkursion nach Illinois mitmachen. Das wird ausreichen. Und dann bin ich nur zwei Wochen von Mutter getrennt.«

Professor Comstock schüttelte den Kopf. »Reizen die Möglichkeiten Sie denn nicht, die diese Reise Ihnen eröffnen könnte? Sie wären in Indien und würden mit einem erfahrenen Feldforscher zusammenarbeiten. Vielleicht ergibt sich sogar die Gelegenheit, eine neue Spezies zu entdecken. Was glauben Sie, wie sich das auf Ihre Chancen auswirken würde, das Stipendium zu erhalten? Der Vertrag wäre nur für sechs Monate, Nora, aber er braucht Sie auf der Stelle.« Er wischte mit dem Arm die hängenden Äste beiseite. »Denken Sie darüber nach.« Dann ging er.

Owen blickte von Nora zu der Stelle, an der Professor Comstock verschwunden war, und dann wieder zu Nora. Seine Augen glänzten und ein träges Grinsen zog über sein Gesicht. »Ich muss nicht darüber nachdenken«, sagte er. »Ich gehe.«

Nora hatte das untrügliche Gefühl, dass er ihr gerade den Fehdehandschuh hingeworfen hatte.

Kapitel 6

Rose und Bitsy saßen, die Köpfe zusammengesteckt, an dem gusseisernen Tisch in der Laube in Noras Garten. Sie gaben ein hübsches Bild ab – Rose mit ihren hoch aufgetürmten blonden Locken unter einem kessen, mit Federn geschmückten Hut und Bitsy, nicht auf klassische Weise hübsch wie Rose, aber mit einer Ausstrahlung, die Menschen zu ihr hinzog.

Als Nora näher trat, wandten die beiden jungen Frauen sich zu ihr um und starrten sie traurig an. Rose hatte sogar Tränen in den Augen.

»Was ist denn los?«, fragte Nora und eilte zu ihren Freundinnen. Sie zog einen Hocker näher, setzte sich und nahm Roses Hand. »Warum seid ihr beide hier? Ist etwas passiert?«

»Oh, Nora!«, rief Rose. »Owen hat uns von Indien erzählt. Verlässt du uns?«

»Nun lass sie doch erst einmal erklären, anstatt voreilige Schlüsse zu ziehen.« Bitsy zog eine Augenbraue hoch und wandte sich dann an Nora. »Indien! Stellt euch das doch mal vor! Ich hatte einen Onkel, der in Indien beim Militär war. Er hat eine Inderin geheiratet und sie haben ein halbes Dutzend Kinder bekommen. Davon hat meine Familie sich nie wieder erholt.« Ihr spöttisches Lächeln verriet Nora, dass sie auf das skandalöse Verhalten ihres Angehörigen recht stolz war.

»Ich kann wohl kaum nach Indien gehen«, sagte Nora. »Nicht wo Mutter so krank ist.«

»Deine Mutter hat Lucius.« Bitsy deutete mit dem Kopf in Richtung Haus. »Du bist nicht für sie verantwortlich.«

Rose starrte sie mit offenem Mund an. »Das ist furchtbar herzlos! Natürlich fühlt Nora sich für ihre Mutter verantwortlich. Sie könnte niemals so selbstsüchtig sein.«

»Ach, komm schon.« Bitsy spielte mit dem Perlenarmband an ihrem Handgelenk. »Du musst deine eigenen Wünsche zurückstellen und Nora erlauben, ihren eigenen Weg zu gehen.«

Rose schmollte. »Es ist nicht selbstsüchtig, Nora in Ithaca behalten zu wollen, wo sie sicher und von lieben Menschen umgeben ist.« Sie zog ihre Hand aus Noras Griff und presste sie gegen ihr Herz. »Ich will nur, dass dir nichts passiert, Nora, ganz ehrlich. Ich bin nicht selbstsüchtig.«

»Natürlich nicht«, antwortete Nora. Sie warf Bitsy einen warnenden Blick zu, doch die zuckte nur mit einer ihrer zierlichen Schultern. »Außerdem werde ich nicht nach Indien reisen.«

»Owen geht aber«, sagte Bitsy und verzog ihre ausdrucksvollen Lippen.

Owen hatte daran keinen Zweifel gelassen. Er würde den Sommer über sehr viel lieber reisen, als für seinen Vater zu arbeiten. Es passte zu seinem Wunsch nach Abenteuern. Wahrscheinlich träumte er in Hindi. Oder Mandarin oder Polnisch oder Russisch. Nora war sicher, dass er von bunten Vögeln träumte, die in Bananenstauden saßen, und von Frauen in Saris, die nach Sandelholz rochen. Ihr Gesicht brannte.

»Warum spielt es eine Rolle, ob Owen geht?«, fragte sie.

Bitsy rutschte auf ihrem Stuhl nach vorne und lehnte sich dann zurück, einen Arm in gespielter Gleichgültigkeit über die Rückenlehne gelegt. »Ja, wahrscheinlich ist es völlig unerheblich für die Entscheidung, wer das Stipendium bekommt.« Sie neigte den Kopf zur Seite. »Wie wird es wohl aussehen, wenn Owen nach Indien gegangen ist … und du in den Maisfeldern von Illinois Entomologie zum Sparpreis gemacht hast?«

Nora starrte sie an. Glaubte Bitsy das wirklich? Dass das Stipendium davon abhing, wer den aufregendsten Sommer hatte? Nein, das konnte nicht sein. Aber sie würden natürlich darauf schauen, wer die meiste Zeit und Energie investiert hatte, um das eigene wissenschaftliche Engagement unter Beweis zu stellen.

Nora vergrub das Gesicht in den Händen und Rose tätschelte

ihr den Rücken. »Das macht doch nichts«, sagte Rose. »Du musst nicht unbedingt einen Master machen. Du könntest doch heiraten!«

Bitsy kicherte. »Für Nora ist die Ehe nicht die verheißungsvolle Utopie wie für dich. Außerdem ist sie mit ihren Insekten verheiratet. Und nichts würde ihr besser gefallen, als Lucius' Pläne für eine gute Partie zu durchkreuzen.«

Nora verschränkte die Arme und sah ihre Freundin misstrauisch an. »Es hat ganz und gar nichts mit Lucius zu tun. Ich kann mir nur nicht vorstellen, dass ich mich etwas Besserem widmen könnte als der Entomologie.«

Und das würde sie der Kommission, die über die Stipendien entschied, auch zeigen – mit oder ohne eine Reise nach Indien.

Bevor sie am nächsten Tag das Haus verließ, streckte Nora den Kopf ins Zimmer ihrer Mutter. Lydia lag auf der geblümten Chaiselongue am Fenster, ein Schreibpult aus Walnussholz auf dem Schoß. Sie wurde von Sonnenstrahlen beschienen und Nora fand, dass sie beinahe gesund aussah.

»Ich gehe ins Labor hinüber, Mutter. Brauchst du irgendetwas?«

»Danke, mir geht es recht gut. Sag Alice doch bitte noch kurz, sie soll heraufkommen. Ich muss das Menü für deine Abendgesellschaft planen.« Ihre Miene wurde lebhafter und sie klatschte in die Hände. »Oh Nora! Lucius hat mir erzählt, dass du mit der Einladung von Mr Primrose zu diesem Essen einverstanden bist. Ich bin ja so froh! Lucius denkt, du wirst ihn mögen.«

Nora unterdrückte ein Stöhnen. Sie hatte das Essen mit Mr Primrose ganz vergessen, doch sie würde auf keinen Fall darum bitten, dass die Feier zu Ehren ihres Hochschulabschlusses abgesagt wurde – das Ereignis zu planen, könnte ihrer Mutter neue Energie geben. Trotzdem fiel ihr nichts ein, wonach ihr weniger zumute war als danach, mit den Freunden ihres Stiefvaters höfliche Konversation zu betreiben und so zu tun, als könnte sie es kaum erwarten zu heiraten und eine Familie zu gründen.

»Ich gebe Alice Bescheid.«

Kurz darauf machte Nora sich auf den Weg zur Universität.

Als sie am Friedhof ankam, stieß sie das rostige Tor auf und lief über den Rasen. Sie zog eine Grimasse, als sie einen Bogen um ein frisch ausgehobenes Grab machte, neben dem die Erde zu einem Haufen aufgetürmt war. Schuldgefühle machten sich in ihr breit. Sie fand es schrecklich, dass der kürzeste Weg zum Unterricht über den Friedhof führte, aber alle Studenten nahmen diese Abkürzung.

Nora vermied es, zu dem gotischen Grabstein ihres Vaters hinüberzublicken, und beschleunigte ihre Schritte, als sie an dem Kiesweg zu seinem Grab vorbeikam. Sie ging nie dorthin. Das konnte sie einfach nicht. Es war für sie unvorstellbar, dass ihr Vater, der immer so voller Leben und Energie gewesen war, unter der Erde in einem Sarg verweste.

Mit gesenktem Kopf, damit sie nicht doch versehentlich den Grabstein sah, eilte Nora in Richtung Straße und stieß mit jemandem zusammen, der genau hinter dem Tor stand.

»Oh, tut mir leid!«

Owen drehte sich um und blinzelte sie mit einem schiefen Grinsen an, das in ein verlegenes Lächeln umschlug. »Dass ich hier ausgerechnet auf dich treffe … oder vielmehr du auf mich!«

Nora hatte den Impuls zu fliehen. Sie blickte zum Friedhof zurück, als könnte sie sich hinter einem der Grabsteine verstecken. Oder auf die Eiche klettern und in ihren Ästen verschwinden. Aber wahrscheinlich würde sie nur wieder herunterfallen.

Als sie Owen wieder ansah, war sein Lächeln verschwunden und sie bemerkte, dass er Ringe unter den Augen und eine steile Falte auf der Stirn hatte. Sein sonst gescheiteltes und mit Pomade gezähmtes Haar fiel ihm ins Gesicht, als wäre er bei der Morgentoilette in Eile gewesen. Er strich die vorwitzige Tolle zurück, dann schob er die Hände in die Taschen seiner grau karierten Hose. »Ich bin auf dem Weg zu Professor Comstock«, sagte er mit ungewohntem Ernst in der Stimme.

»Warum?«

»Ich muss mit ihm über die Arbeit in Indien reden und mehr Einzelheiten klären. Gestern habe ich mit meinem Vater gesprochen.« Er wackelte mit den Augenbrauen, aber seine Unbekümmertheit wirkte irgendwie aufgesetzt. »Er ist nicht begeistert.«

Eine Kutsche fuhr vorbei und Owen zog Nora an den Straßenrand, weg von dem aufgewühlten Staub und den aufspritzenden Kieselsteinen. »Ich will ihn erwischen, bevor er zum Mittagessen geht. Komm doch mit.«

Mit langen Schritten zog er los und Nora trottete hinter ihm her. Einen Häuserblock später war sie ganz außer Atem.

Owen sah sie an und wurde langsamer. »Tut mir leid«, sagte er. »Ich habe es nur so eilig, dem Professor von meinen Plänen zu erzählen.«

»Was hat dein Vater denn gesagt, als du ihm erzählt hast, dass du nach Indien reisen willst?«

Owen starrte geradeaus, aber sie sah einen Muskel in seinem Unterkiefer zucken. »Er hat gesagt, er würde diese Reise nicht finanzieren, was aber keine Rolle spielt. Mit dem Stipendium werde ich nicht von ihm abhängig sein und natürlich muss ich die Reisekosten nicht selbst aufbringen. Dann hat er gesagt, er gehe davon aus, dass ich scheitere, und wenn es so weit sei, solle ich nach Hause kommen, damit ich für ihn arbeiten kann, bevor ich im Herbst mit dem Jurastudium anfange.« Er lächelte traurig. »Vielleicht wäre ich Jahrgangsbester geworden und hätte seine Anerkennung erlangt, wenn nicht eine Frau mich ausgestochen hätte.«

Nora beeilte sich, ihn einzuholen. Eigentlich waren sie beide doch nicht so unterschiedlich. Sie berührte seinen Arm und lächelte leicht, ein Friedensangebot. »Ich weiß, wie unmöglich es ist, Anerkennung von einem Menschen zu erhalten, der dafür nicht offen ist. Da hilft es auch nicht, die besten Noten zu haben.«

Als sie White Hall, das Hauptgebäude auf dem Universitätsgelände, erreicht hatten, blieb Owen am Fuß der Treppe stehen. »Danke, dass du mich begleitet hast.«

Sie ging vor ihm die Treppe hinauf und betrat das Gebäude. »Ich bin selbst auf dem Weg ins Labor.«

Er folgte ihr im Laufschritt. »Hast du eine Entscheidung getroffen, was Indien betrifft?«

Nora nickte.

»Ich hoffe, du hast dich entschlossen mitzufahren.«

»Wirklich?«

»Natürlich. Du bist die Klügste von allen an der Cornell. Begabt und abenteuerlustig.«

Nora wandte den Blick ab, weil sie spürte, wie ihr die Röte in die Wangen stieg. Owen, der Reisen und Romane liebte, fand sie abenteuerlustig? Sie wusste, dass es als großes Kompliment gemeint war. Er bot ihr den Ellbogen, als sie zum dritten Stock hinaufstiegen, und ihrem Herzen unterlief ein kleiner Stolperer, als sie ihre Hand in Owens Armbeuge schob.

Professor Comstock war nicht im Labor, aber sie fanden ihn in seinem äußerst unaufgeräumten Büro nebenan. Die Beine ausgestreckt und die Füße auf dem Schreibtisch, schlief er auf seinem Stuhl. Seine Arme hingen herunter und er schnarchte leise.

Owen unterdrückte ein Lachen. Dies war bei Weitem nicht das erste Mal, dass Professor Comstock bei der Arbeit eingeschlafen war. Nora widerstand dem Drang, in der Tür stehen zu bleiben, während ihre Finger zitternd auf Owens Ärmel lagen. Sie wollte sich noch ein wenig im Glanz seines Lobes sonnen und in seiner Gegenwart verweilen.

Das ist doch absurd!

Sie ließ Owens Arm los, schüttelte die Hand, als könne sie so die Erinnerung an die Wärme seiner Berührung vertreiben, und bahnte sich einen Weg zwischen Kisten und Bücherstapel hindurch. Dann berührte sie die Schulter ihres Lehrers. »Professor.«

Er wachte auf und blinzelte verwirrt, dann wurde sein Blick klar und er lächelte. »Nora. Schön, Sie zu sehen.«

Owen trat in sein Blickfeld. »Wir sind gekommen, um mit Ihnen über Indien zu reden.«

Professor Comstock schwang die Beine vom Tisch. »Ausgezeichnet! Kommen Sie, setzen Sie sich. Sagen Sie mir, was Sie beschlossen haben.«

Sie nahmen Platz.

»Ich werde Ihr Angebot annehmen. Da gibt es keinen Zweifel«, sagte Owen eilig. Er lehnte sich auf seinem Stuhl zurück und Nora hatte den Eindruck, dass er erleichtert war.

Die Freude in Professor Comstocks Augen war unverkennbar. »Eine wunderbare Entscheidung, Owen. Eine solche Gelegenheit bietet sich nicht vielen Menschen in Ihrem Alter. Ich bin sicher, Sie werden dort viel lernen und sich weiterentwickeln.« Er wandte sich mit erwartungsvoller Miene an Nora.

Sie hasste es, ihn zu enttäuschen. »Es tut mir leid, aber ich muss Nein sagen. Ich kann meine Mutter nicht verlassen.«

Professor Comstock schlug ein Bein übers andere, legte die Fingerspitzen beider Hände aneinander und drückte sie an sein Kinn. »Sind Sie sicher? Es wird sich kaum noch einmal eine Chance wie diese ergeben.«

Nora befingerte ihre Zikadenbrosche, während sie die Verspannung im Nacken spürte – der Schmerz zog in ihren Kopf hinauf und zwang sie, die Augen zu schließen. Sie wusste, dass das Stipendium ohne den Indienaufenthalt vermutlich nicht an sie gehen würde, vor allem, wenn Owen die Reise machte. Und wenn sie das Stipendium nicht bekam, würde sie auch die Zeitschrift nicht bekommen. Aber das blasse Gesicht ihrer Mutter und Dr. Johnsons besorgte Miene standen ihr ununterbrochen vor Augen. Sie durfte sich von der Angst, etwas zu verpassen, nicht von ihren Pflichten abbringen lassen. Es würde sich ein anderer Weg finden lassen müssen, um dafür zu sorgen, dass sie Owens Sommer überbot.

Nora öffnete die Augen. »Meine Mutter ist meine oberste Priorität.«

»Sie ist verheiratet und damit die oberste Priorität deines Stiefvaters«, wandte Owen ein und das glich dem, was Bitsy gesagt hatte, so sehr, dass es Nora nicht überrascht hätte zu erfahren, dass die beiden sich abgesprochen hatten.

»Außerdem mache ich mir nichts daraus, durch die Welt zu reisen«, sagte sie. »Ich habe nicht das Verlangen, von zu Hause wegzukommen. Ich bin hier glücklich und brauche kein Abenteuer, um meinem Leben einen Sinn zu geben.«

Sie hatte nur sich selbst überzeugen wollen – damit sie ihre Tagträume von weißem Leinen, dunklen Wäldern und uralten, unbekannten Insektenarten vergaß. Aber Owen wich zurück, als hätte sie ihn geschlagen.

Professor Comstocks sanfte Stimme füllte die unbehagliche Stille und lenkte die Aufmerksamkeit von ihren unbedachten Worten ab: »Ich kenne Sie nun schon sehr lange, Nora.«

»Seit ich klein war.«

»In der ganzen Zeit habe ich Sie immer als Abenteurerin erlebt, stets auf der Suche nach dem nächsten Nervenkitzel. Vielleicht nicht unbedingt nach physischem Abenteuer, sondern nach Erkenntnis. Sie hatten schon immer einen unstillbaren Wissensdurst. Sie blühen auf, wenn Sie etwas Neues entdecken. Und wenn Sie so tun, als wären Sie ein Heimchen, dann wirkt das nicht sehr echt.«

Und ich habe meine Lektion vor langer Zeit gelernt.

Manchmal konnte die Suche nach Wissen ebenso gefährlich sein wie riskantes Verhalten.

Der Professor schüttelte den Kopf. »Ich gebe Owen recht. Lassen Sie sich von der Loyalität Ihrer Mutter gegenüber nicht davon abhalten, Ihren eigenen Weg zu gehen. Sie ist eine verheiratete Frau und als solche ist Lucius für sie verantwortlich. Sie haben eine seltene Begabung. Es wäre eine Sünde, sie verkümmern zu lassen!«

Owen stand auf und gab dem Professor die Hand. »Danke, dass Sie mir dieses Angebot gemacht haben, Sir.«

Nora sah zu, wie er mit steifen Schritten und geradem Rücken den Raum verließ. An der Tür blieb er stehen und lächelte hölzern, bevor er verschwand.

»Das war nicht sehr nett.« In Professor Comstocks Stimme lag trotz des Tadels Mitgefühl.

Nora konnte ihm nicht in die Augen sehen. Wie peinlich, dass er ihre Gedankenlosigkeit miterlebt hatte. Seine Meinung von ihr war Nora ungeheuer wichtig, wichtiger als die jedes anderen Menschen, ausgenommen vielleicht Anna.

»Owen hat nur zu helfen versucht, damit Sie sehen, dass Ihre Aufopferung nicht angebracht ist. Er hat es gut gemeint.«

»Ich weiß.« Die geflüsterten Worte kamen ihr nur mit Mühe über die Lippen. »Ich werde mich bei ihm entschuldigen.«

Der Professor sah sie traurig an. »Ich werde erst am Montag ein Telegramm senden. Zu lange kann ich nicht mehr warten, weil mein Kollege hofft, Anfang Juli Hilfe zu bekommen. Wenn Sie bei Ihrer Entscheidung bleiben, werde ich Ihren Platz jemand anderem anbieten.«

Nora nickte und spürte seinen Blick im Rücken, als sie das Büro verließ. Durch die offene Tür zum Labor sah sie Owen am Insektenschrank stehen, einige Schubladen herausgezogen.

Sie blieb stehen. »Owen?«

Er drehte sich um und lehnte sich an den Schrank, die Füße gekreuzt und die Arme verschränkt. Hätte sie nicht seinen verletzten Blick gesehen, nachdem sie ihn beleidigt hatte, hätte sie angenommen, seine Haltung wäre ein Ausdruck von Verärgerung oder Arroganz, doch so kannte sie die Wahrheit. Sie fragte sich, wie oft ihre impulsiven Worte ihn schon getroffen hatten. Wie oft sie ihm charakterliche Mängel zugeschrieben hatte, die er gar nicht hatte.

Nora ging zwischen den Tischen hindurch zu ihm. Sie trat so nahe an ihn heran, dass sie in seinen Augen den cognacfarbenen

Ring sehen konnte, der in eine blaue Iris mit silbernen Sprenkeln überging. Sie hatte noch nie bemerkt, wie interessant seine Augen waren. Nora wandte sich von ihm ab und fuhr mit dem Finger über die Schubladen des Schranks. Da. Sie zog die Lade heraus, um eine Sammlung südamerikanischer Falter zu betrachten, die in dem Glasfach ruhten.

»Sieh mal«, sagte sie.

Er spähte über ihre Schulter, sodass sie einen weiteren Blick in seine ungewöhnlichen Augen erhaschte. Sie zeigte auf den blauen Morphofalter. *Morpho achilles.* »Deine Augen, in Form eines *Nymphalis.*«

Er lächelte sie an und die kleinen Tupfen in besagten Augen glänzten wie Silberfischchen.

»Es tut mir leid«, sagte sie.

»Ich verzeihe dir, Schrullig.« Er sah aus, als wollte er noch etwas sagen, zögerte aber mit unentschlossener Miene.

»Ich werde dich nicht noch einmal kränken, Owen. Bitte sag mir, was du denkst.«

Als er sich auf die Unterlippe biss, fragte sie sich, wie ein Mann, der so viele Ecken und Kanten hatte, einen so weichen Mund haben konnte. Er packte ihre Ellbogen. Hätte ein anderer Mensch von seiner Größe und Präsenz das getan, hätte sie Angst gehabt. Sich eingeschüchtert gefühlt. Aber bei Owen wirkte die Geste beinahe schützend.

Und er sah so ernst aus. »Ich hoffe, dir ist bewusst, wie diese Reise deine Karriere voranbringen könnte. Wenn du nach Indien gehst und eine Entdeckung machst, könnte dir das nicht nur das Stipendium garantieren, sondern vielleicht sogar das Ansehen der Wissenschaftsgemeinde sichern.«

Nora lachte. »Was denn für eine Entdeckung?«

»Ich weiß nicht, am besten eine neue Art. Du … du könntest die nächste Amelia Phelps sein. Eine Auszeichnung der Amerikanischen Akademie für Naturwissenschaften erhalten. Lehren, forschen, schreiben. Es gibt so viele unglaubliche Wissenschaftlerinnen, die unser Fach im vergangenen Jahrhundert geprägt haben. Du gehörst auf jeden Fall zu ihnen.«

Die Inbrunst, mit der er sprach, ließ einen Funken in ihrem Innern sprühen, von dem sie wusste, er könnte sie verbrennen, wenn er angefacht wurde. Oder er könnte einen neuen Weg erleuchten.

»Ich will nur sagen«, fuhr Owen fort und beugte sich so weit vor, dass sie die Silberfischchen schwimmen sah, »dass durch diese Sache alle deine Träume Wirklichkeit werden könnten. Lass dir das nicht von Erwartungen anderer nehmen.«

Er drückte ihre Arme, dann ließ er sie los und hastete aus dem Raum, als würde die Leidenschaft seiner Worte ihn verfolgen.

Nora blinzelte und starrte auf den Fleck, an dem er gerade noch gestanden hatte. Dann sah sie wieder den blauen Morphofalter an. Nach Indien reisen? Alles Vertraute gegen das Unbekannte eintauschen, gegen die klebrige Hitze der Tropen, gegen die Möglichkeit, eine wissenschaftliche Entdeckung zu machen?

Die Flügel des Falters glänzten im Sonnenlicht, das durch das Fenster fiel, und Nora fragte sich, wie Owens Augen wohl unter einem indischen Mond aussehen würden.

Kapitel 7

»Liebling, du siehst bezaubernd aus!«

Nora ergriff die ausgestreckten Hände ihrer Mutter und ließ sich von ihr im Kreise drehen. Lydias Augen leuchteten und ihre Wangen waren zum ersten Mal seit ihrem Sturz rosig. Nora brachte es nicht über sich, ihr zu sagen, wie schrecklich sie das Kleid fand, das für das Festessen zu ihrem Abschluss geschneidert worden war. Mit all den Bändern und Spitzenvolants sah sie darin aus wie eine mehrstöckige Hochzeitstorte.

Nora hob ihre behandschuhte Hand an die Wange und fuhr mit einem Finger über den Schorf auf der heilenden Schürfwunde. Immer noch zog jedes Lächeln und Stirnrunzeln und sie vermied es, in den Spiegel zu schauen, während Alice ihr die Haare frisierte. Etwas eitel war Nora doch. Aber dieses Kleid … Es war ein gewisser Trost für Nora, dass zu dem Essen nur die Freunde ihres Stiefvaters und ihrer Mutter kommen würden und nicht ihre eigenen. Nur John und Anna Comstock hatte ihre Mutter eingeladen, aber Nora wusste, dass die beiden sich kaum Gedanken über ihre Kleidung machen würden.

»Ich freue mich sehr darüber, dass Mr Primrose heute Abend mit uns isst«, sagte Lydia.

»Mach dir keine allzu großen Hoffnungen, Mutter. Ich habe derzeit wirklich kein Interesse daran zu heiraten.«

Mutter presste die Lippen zusammen, was hinsichtlich Noras Chancen für einen entspannten Abend nichts Gutes verhieß. »Lucius hat nur dein Wohl im Sinn und du kannst nicht auf ewig unverheiratet bleiben. Deine Schönheit wäre an ein Dasein als alte Jungfer einfach verschwendet. Mr Primrose ist hoch angesehen, erfolgreich und attraktiv.«

Nora warf einen Blick in den Spiegel. Schönheit? Was hatte Schönheit damit zu tun? »Mir ist es wichtiger, dass ich meinen Verstand nicht an eine Ehe mit einem Mann verschwende, den ich gar nicht heiraten will.«

Mutter tätschelte Noras Arm. »Vielleicht magst du ihn ja, wenn du ihn kennenlernst. Gib ihm eine Chance.«

Nora schnaubte. Jemanden, den Lucius geeignet fand, würde sie wohl kaum als Ehemann in Betracht ziehen. Aber es gab keinen Grund, das an ihrer Mutter auszulassen. Also setzte Nora eine sanftere Miene auf, bevor sie ihr den Arm darbot. »Ich werde mich mit ihm unterhalten.«

Ihre Mutter lächelte strahlend und sah dabei beinahe gesund aus. Während sie in die gute Stube hinuntergingen, wo die Gäste auf sie warteten, dachte Nora, dass sie fast bereit wäre, sich von Mr Primrose den Hof machen zu lassen, wenn es ihrer Mutter dann besser ging.

Nora plauderte bis zum Essen mit den Gästen, was nicht unbedingt ihrer persönlichen Neigung entsprach. Nach einer Weile trat Lucius zu ihr, an seiner Seite ein attraktiver Mann, der etwa fünfzehn Jahre älter war als sie.

»Nora, darf ich dir Carlton Primrose vorstellen? Ihm gehört die Druckerei, die unsere bescheidene Zeitschrift herstellt.«

Nora streckte die Hand aus, über die Mr Primrose sich beugte, und nahm seine gerade Nase, die leicht angegrauten Schläfen und die tief liegenden Augen, die vor Intelligenz und Interesse funkelten, zur Kenntnis. Mutter hatte tatsächlich recht. Er war attraktiv. Und erfolgreich. Sein Unternehmen druckte beinahe alle Veröffentlichungen in Ithaca und Umgebung. In einer Universitätsstadt wie dieser gab es eine Menge davon.

Sie ließ sich von Mr Primrose ins Esszimmer führen, wo sie gegenüber von Professor Comstock und seiner Frau Platz nahmen. Als das eigens für diesen Abend angeheuerte Personal schließlich den ersten Gang aufgetragen hatte – eine leuchtend rote Suppe aus gerösteten Roten Beten, verziert mit saurer Sahne –, war Nora bereits in eine Unterhaltung über Fotogravur verwickelt, eine neue Methode, Fotografien zu drucken.

»Ich glaube«, sagte Mr Primrose mit einem selbstgefälligen Ausdruck, der Nora ärgerte, »dass Zeitschriftenillustrationen irgendwann der Vergangenheit angehören werden.«

Nora lachte. »Eine Fotografie kann doch gewiss nicht die Details auf dieselbe Art wiedergeben wie ein talentierter Künstler.«

Mr Primrose zwinkerte Professor Comstock zu. Nora tauchte ihren Löffel in die Suppe und führte ihn an ihre Lippen, während sie auf eine Entgegnung wartete, von der sie hoffte, dass sie ihren Eindruck von diesem Mann nicht schmälern würde.

»Es mag Sie verwundern, junge Frau, aber die Dinge bleiben nur selten, wie sie sind.« Mr Primrose tätschelte ihre Hand, und als er seine Finger einen Moment zu lange auf ihren ruhen ließ, zog Nora sie weg. »Sie brauchen sich keinerlei Gedanken darüber zu machen, Miss Shipley. Doch Sie können sich sicher sein, dass die Arbeit von Illustratoren zwar nicht sofort überflüssig sein, die Technik aber exponentielle Sprünge machen wird.«

Sie tupfte sich mit der Serviette die Lippen ab. »Im Gegensatz zu den Erwartungen der Gesellschaft an Frauen, die sich eher rückwärts zu entwickeln scheinen.«

Anna hustete ein wenig, aber Nora sah Mr Primrose unverwandt an. Er zupfte an seinem Ohr und eine Furche erschien zwischen seinen Augenbrauen. Dann klärte sich seine Miene und er lachte. »Sagen Sie nicht, dass Sie eine dieser ›neuen Frauen‹ sind, von denen Henry James schreibt.«

»Sie kennen James?«, fragte sie.

»Ich bin Drucker. Ich bekomme alle möglichen alarmierenden Ideen zu Gesicht.«

»Was ist alarmierend daran, wenn eine Frau ihr Leben selbst in die Hand nimmt, indem sie mehr tut, als zu heiraten und Kinder zu bekommen?«

»Wollen Sie denn nicht Ehefrau und Mutter werden?«

»Doch, aber ich sehe nicht, warum das eine das andere ausschließen sollte. Mein Vater, der beste Vater der Welt, war sowohl in seinem Beruf als auch in seinem Privatleben erfolgreich.«

Mr Primrose lehnte sich zurück, während ein Diener seinen Teller abräumte. Er wandte dabei den Blick nicht von Nora ab und in seinen Augen lag ein berechnender Glanz, der ihr nicht gefiel. »Wie ich gehört habe, wird dieses Festmahl anlässlich Ihres Hochschulabschlusses veranstaltet.«

»Ja.«

»Und Sie sind die Jahrgangsbeste.«

»Das bin ich.«

»Sagen Sie: Glauben Sie, dass Sie diese Ehre verdient haben?«

»Ja. Ich habe fleißig gearbeitet und meine Noten spiegeln diesen Einsatz wider.« Sie machte dem Bediensteten Platz, damit er den Teller mit dem nächsten Gang vor ihr abstellen konnte. Sie betrachtete die Forelle in Sauce mousseline und fragte sich, warum ihre Mutter etwas für das Menü ihres Dinners ausgewählt hatte, das Nora so verabscheute. Dann sah sie zu Mr Primrose hinüber und ihr wurde bewusst, dass der Grund dafür Lucius war, der Forelle liebte. Alles, von den Speisen bis zu den Gästen, drehte sich um das, was Lucius wollte. Ganz anders als bei ihrem Vater, der sein eigenes Wohl immer zurückgestellt hätte, damit Nora glücklich war.

»Mr Primrose«, sagte Anna, aß einen winzigen Bissen von dem Fisch, den sie aufgespießt hatte, und wartete, bis er ihr seine Aufmerksamkeit schenkte, »was wollen Sie damit andeuten? Cornell verteilt für gewöhnlich keine unverdienten Ritterschläge.«

»Glauben Sie, dass es gerecht ist, einer Frau etwas zu geben, das in Wirklichkeit einem Mann mehr nutzen würde? Was werden Sie mit der Ehre, Jahrgangsbeste zu sein, anfangen, Miss Shipley? Und überhaupt mit Ihrem Abschluss? Haben Sie nicht das Gefühl, dass Sie einem Mann eine Karriere stehlen, um, sagen wir, Ihrer eigenen Eitelkeit zu schmeicheln? Frauen können keine guten Gattinnen und Mütter sein *und* arbeiten. Das ist nicht möglich.«

Nora sah Anna an und nur mit Blicken führten sie eine ganze Unterhaltung, in der sie über den Nutzen debattierten, diesen flegelhaften Mann in seine Schranken zu weisen. Anna verlor.

Nora wandte sich wieder an ihren Möchtegernverehrer. »Es ist amüsant, dass Lucius dachte, ich könnte mir vorstellen, mich an jemandem zu orientieren, der eine so konträre Weltanschauung vertritt. Sie sind recht modern in Ihren Ansichten zu Fotografie und Wirtschaft. Leider wird dieser interessante Zug durch Ihre kurzsichtige Auffassung von der Gesellschaft allgemein und von Frauen im Besonderen stark gemindert. Cornell – und augenscheinlich auch das Druckwesen – haben mit der Zeit Fortschritte gemacht, aber Sie sind zurückgeblieben. Sie denken, die Universität hätte mir einen Gefallen getan, aber ich habe ebenso viel gearbeitet wie jeder Student, vielleicht sogar mehr.«

Mr Primrose stieß ein brüchiges Lachen aus. »Oder vielleicht ist Ihr Gehirn nicht normal. Vielleicht haben Sie jede Spur weiblicher Tugend verloren.«

Das Dutzend Personen am Tisch verstummte und alle Köpfe hatten sich ihnen zugewandt. Nora spürte, dass ihre Wangen heiß wurden, und vor Verlegenheit wurde ihr schwindelig. »Das ist eine Möglichkeit. Aber wahrscheinlicher ist es meines Erachtens, dass Sie vergessen haben, was es bedeutet, ein Gentleman zu sein. Sie haben Erfolg im Beruf, das stimmt, aber Sie profitieren davon, dass Sie anderer Leute Ideen drucken. Ihr Einkommen stammt von deren Kreativität und Intellekt. Und davon fühlen Sie sich bedroht, nicht wahr? Weil Sie zu eigenen großen Gedanken nicht in der Lage sind. Sie sind ein unbedeutender Mann. Einer, der niemals die Hand irgendeiner Frau verdient hat, denn sie sind alle mehr wert als Sie.«

»Nora!«, sagte ihre Mutter entsetzt. »Das reicht.«

Nora sah sich am Tisch um. Lucius hatte rote Flecken am Hals und umklammerte seine Gabel so fest, dass seine Fingerknöchel weiß hervortraten. Mr Primrose starrte sie mit offenem Mund an und sein Gesicht rötete sich, als wäre ihre Beleidigung ein Schlag mit der Hand gewesen.

Das Speisezimmer, das gerade noch vom Duft des festlichen Essens, dem Klirren von Glas und Porzellan und der Anwesenheit von ihr wohlgesinnten Menschen bestimmt gewesen war, hatte sich jetzt in ein Mausoleum verwandelt – still, mit dünner Luft und dem Geruch des Bedauerns.

Am liebsten hätte Nora sich hinter ihren Locken versteckt, doch die türmten sich auf ihrem Kopf und boten ihr keinen Schutz. Sie konnte sich den schockierten Mienen ihrer Gäste, dem Tadel in Lucius' Blick und der Enttäuschung in den Augen ihrer Mutter nicht entziehen.

»Das passiert, wenn eine Frau zu viel Bildung erhält! Dann hat sie alle möglichen Flausen im Kopf.« Lucius' Worte donnerten in die Stille hinein und er schüttelte den Kopf, die Miene voller vermeintlichem Mitgefühl. Doch Nora sah den Zorn in seinen Augen.

Ihr Gesicht brannte. Ihre Mutter sah sie immer noch traurig an, während ihre Hände über dem Tisch flatterten wie die Flügel eines verletzten Schmetterlings, bevor sie sie auf den Schoß sinken ließ. Hinter dem Schleier der Enttäuschung kam noch etwas anderes hervor. Verärgerung? Eine kalte Faust griff nach Noras Kehle. Sie konnte sich nicht daran erinnern, dass ihre Mutter jemals wütend auf sie gewesen war. Verwirrt, ja. Auch frustriert. Aber das … diese Starre in der sanften Rundung des Unterkiefers … darin lag mehr als Beschämung angesichts eines Verstoßes gegen die guten Manieren.

Nora schob ihren Stuhl zurück und stand auf. »Bitte entschuldigt mich. Ich fühle mich unwohl.«

Sie rannte aus dem Esszimmer, so schnell ihre üppigen Röcke es ihr erlaubten. Im Flur traf sie auf eine der Bedienungen. Der junge Mann trug ein schweres Tablett mit Tellern voller Hühnchen Lyonnaise. Nora drängte sich an ihm vorbei, als sie zur Treppe eilte, und ignorierte seinen Schrei, als das Tablett fiel und

Geflügel, gedünstete Zwiebeln und Porzellan auf dem gefliesten Boden landeten.

Durch ihr Schlafzimmerfenster beobachtete Nora, wie die letzten Gäste gingen. Die Räder des Einspänners knirschten auf dem Kies der Auffahrt und sie blickte dem Gefährt nach, bis das Licht der Lampen undeutlich wurde und dann verschwand.

Nora ließ den Vorhang fallen und sank auf ihr Bett. Sie hatte es wieder einmal geschafft. Und sie wusste nicht einmal, warum es so ausgegangen war. Ja, Mr Primrose hatte sich wie ein Rüpel benommen, aber sie war schon oft Menschen wie ihm begegnet und hatte nicht das Bedürfnis gehabt, sie zusammenzustauchen.

Sie zog ein Satinkissen näher und drückte es an ihre Brust. Vielleicht war es die Wut auf Lucius und seinen Plan für die Zeitschrift gewesen, die sich an falscher Stelle Luft gemacht hatte. Wie dem auch war, sie hatte ihre Mutter gekränkt und im gleichen Zug einen Gast, der ihr zu Ehren erschienen war, beleidigt. Mr Primroses Verhalten war unentschuldbar gewesen, aber ihres genauso. Lucius hatte jedes Recht, zornig zu sein, und ihre Mutter ebenfalls, obwohl es Nora überrascht hatte.

Als sie schwere Schritte auf dem Flur hörte, legte sie das Kissen wieder beiseite. Lucius trat ein, ohne zu klopfen, gefolgt von ihrer Mutter.

»Du hast ja keine Ahnung, was du angerichtet hast.« Seine leise Stimme hielt die Wut, die ihm ins Gesicht geschrieben stand, nur mit Mühe zurück.

»Es tut mir leid. Ich habe nicht nachgedacht …«

Er zerschnitt mit einer Handbewegung die Luft. »Nein, das hast du wohl nicht. Was ironisch ist, wenn man deine kleine Rede bedenkt.«

Nora sank gegen ihr Bettgestell und die gedrechselten Streben bohrten sich in ihren Rücken. »Ich werde ihn morgen besuchen und mich entschuldigen.«

»Ja, das wirst du«, sagte Lucius, »aber das wird vielleicht nicht genug sein.«

»Genug wofür?«

Er sah ihre Mutter an, deren Gesicht grau wirkte. Sie durchquerte den Raum und setzte sich neben Nora. »Dein Stiefvater hatte gehofft, Mr Primrose würde ihm einen Kredit einräumen. Dass er die Zeitschrift zu einem weitaus geringeren Preis druckt, bis wir wieder Gewinne machen. Mr Primrose fühlt sich angegriffen, Nora.«

Nora sah Mr Primroses rotes Gesicht vor sich. Wie er dort saß, erstarrt auf seinem Stuhl, und sein Revers umklammerte, als könnte sein Jackett seinen verletzten Stolz retten. »Wie lange ist das Journal schon in Schwierigkeiten?«

Lucius zog an seinem Halstuch, um es zu lockern. Nora wünschte, sie könnte die alberne Spitze von ihrem eigenen Hals zerren. Vielleicht könnte sie dann wieder atmen.

»Das spielt keine Rolle«, sagte er.

»Natürlich spielt es eine Rolle!« Sie sprang auf. »Du hast die Zeitschrift meines Vaters in den Schmutz gezogen. Du hast sie in ein Käseblatt verwandelt, das nicht einmal das Papier wert ist, auf dem es gedruckt wird. Und jetzt sagst du mir, dass du nicht einmal die Mittel hast, es weiterhin zu drucken?«

Lydia zog an Noras Ärmel und ihre zitternden Finger verhakten sich in den Bändern an Noras Ellbogen. Nora riss sich los.

»Mr Primrose hat dich als potenzielle Ehefrau in Erwägung gezogen, Nora. Er hat dich gesehen und findet dich sehr schön. Er will heiraten und Lucius hat schon oft von dir gesprochen. Das hätte alle Probleme gelöst. Es hätte mehr bedeutet als einen weiteren Kredit – einen Schuldenerlass.«

Eine Ader an Lucius' Hals pochte. »Ich hatte es in der Hand. Und du hast unser jetziges Dilemma verschuldet, weil du meintest, dich beweisen zu müssen. Deine Verbitterung, weil du dich nicht wie ein Mann benehmen darfst, hat vielleicht alles zerstört. Du lenkst nur von deinen eigenen Fehlern ab.«

»Mein Vater hätte nie zugelassen, dass es so weit kommt.« Nora senkte den Blick auf die geknoteten Fransen des Teppichs, weil sie ihrem Stiefvater nicht in die Augen sehen konnte. Sie mochte einen Fehler gemacht haben, aber Lucius hatte sie mit seiner schlechten Unternehmensführung und seiner Arroganz an diesen Punkt gebracht. »Und ich würde niemals einen Mann heiraten, der nicht an mich glaubt, egal, was er dir anbietet.«

Lucius durchquerte das Zimmer und sie sah die Spitzen seiner modischen zweifarbigen Schuhe. Sie konzentrierte sich auf das polierte Leder, auch als seine Worte ihr Gewissen mit Steinen bewarfen: »Du vergleichst mich seit Jahren unvorteilhaft mit deinem Vater! Tu das nie wieder. Ich bin es leid, mich gegen einen Toten zu verteidigen, der ganz offensichtlich als Vater versagt hat.«

Noras Mutter unterdrückte einen Aufschrei und Nora hob den Blick und sah, dass sie eine Faust an ihren Mund presste. Doch Lydia sagte nichts und für Nora war jede Träne, die über ihre Wange lief, ein wortloser Verrat am Andenken ihres Vaters.

»Mein Vater hat nur in einer Sache versagt, und zwar darin, dass er dir vertraut und sich mit dir angefreundet hat. Wenn er sehen könnte, was du aus seiner Arbeit gemacht hast und aus seiner Familie …« Nora schüttelte den Kopf. »Du wärst nicht ein halb so guter Vater gewesen wie er. So wie du auch kein halb so guter Wissenschaftler bist. Und wenn meine Mutter ehrlich ist, dann bist du auch kein halb so guter Ehemann.«

Lucius stieß einen kehligen Laut aus und Spucke sprühte über Noras Gesicht. Sie drehte den Kopf weg und wich einen Schritt zurück, sodass ihr Bein an die Bettkante stieß. Lucius wandte sich um und trat so heftig gegen ihren Insektenschrank, dass die Glasborde wackelten.

Nachdem er aus dem Zimmer gestürmt war, starrten Nora und ihre Mutter einander an.

»So wütend war er noch nie.« Lydia rollte sich auf Noras Bett zusammen und machte ihre in Seide gehüllte Gestalt so klein wie möglich. »Warum musst du solche Dinge sagen? Er gibt sich wirklich Mühe. Er ist kein schrecklicher Ehemann und er hat keine Erfahrung in der Kindererziehung. Da darfst du nicht erwarten, dass er deinem Vater das Wasser reichen kann.«

Nora sank neben ihr aufs Bett und rieb ihren Rücken. »Reg dich nicht zu sehr auf. Er wird sich wieder beruhigen.«

Lydia blickte mit tränenüberströmtem Gesicht zu Nora auf und schüttelte den Kopf. »Ich glaube, diesmal bist du zu weit gegangen. Er weiß, dass er es dir niemals wird recht machen können. Warum hast du ihm nie eine Chance gegeben?«

Nora ignorierte den Zynismus und die Fragen ihrer Mutter. Lucius scherte sich nicht im Geringsten um ihre Meinung, so wie Nora sich nicht um seine scherte. Ihre Gedanken überschlugen sich, um einen Weg zu finden, alles wiedergutzumachen. Es war ihr gar nicht recht, dass ihre schlecht platzierten Worte der Zeitschrift Schaden zugefügt hatten. Sie würde sich natürlich bei Mr Primrose entschuldigen, aber sobald diese Aufgabe erledigt war, würde sie sich eine Stelle suchen. Wenn sie das Stipendium bekommen hatte, würde sie neben dem Studium her arbeiten und jeden Penny sparen, um das Journal zu retten. Vielleicht konnte sie Lucius dazu überreden, sie ihr schon jetzt zu überlassen, bevor er sie bis zur Unkenntlichkeit vernichtete.

In diesem Augenblick erschien Alice händeringend in der Tür.

»Was gibt es denn?«, fragte Nora.

»Miss, ich fürchte, Mr Ward hat« – sie blickte über die Schulter zurück und trat dann näher – »den Verstand verloren.«

»Wie meinst du das?«

Bevor Alice antworten konnte, schob Lucius sich an ihr vorbei, zog, ohne irgendjemanden anzusehen, die Schubladen an Noras Insektenschrank auf und nahm vier Fächer heraus. Er klemmte sie sich unter den Arm und ging.

Nora sprang vom Bett. »Halt, was hast du vor?«

Lucius antwortete nicht. Seine Schritte stampften die Treppe zum Garten hinunter. Nora rannte hinter ihm her, und als sie durch die Küchentür in den Garten trat, konnte sie sehen, dass Flammen gen Himmel stiegen. Ihr wurde schlecht, als Lucius den ersten Kasten ins Feuer warf.

»Nein!« Ihr Schrei hallte durch den Garten und wurde von den Flammen verschluckt. Sie rannte auf ihn zu, aber Lucius ignorierte sie und warf auch die anderen Fächer auf die brennenden Holzscheite. Glas zersprang und sprühte Funken, als es sich in der Hitze ausdehnte. Ein Stöhnen kam über Noras Lippen, als das Licht auf die metallisch blauen und grünen Flügel Dutzender Käfer fiel. Ihr *Calosoma scrutator* rutschte aus dem flachen Kasten, als die Nadel, die ihn hielt, schmolz.

Ihre erste Arbeit.

Ihr Vater stand hinter ihr, seine muskulösen Arme mit den blonden Härchen um ihre Schultern gelegt, während er ihr half, die Beine des Käfers richtig zu arrangieren.

»Du darfst sie nicht ganz mittig aufspießen, Nora. So bleibt das Insekt ganz intakt.«

Sie nickte und schob die Nadel durch den Thorax des Käfers, während ihr Vater einen Kuss auf ihre Haare drückte.

Jedes der Insekten, die meisten von ihnen mit Erinnerungen wie dieser verbunden, verbrannte. Noras Lebenswerk, das Lebenswerk ihres Vaters, in Schutt und Asche gelegt.

Sie schrie und griff nach der Ecke eines Kastens, aber das Feuer krachte und sprühte Funken, die an ihrem Unterarm knabberten.

Lucius wandte sich mit entschlossen vorgerecktem Kinn um und ging zum Haus zurück. Nora rannte durch den Garten und blickte nicht zurück, als sie ihn überholte. Sie stürmte an Alice vorbei, die in der Küche stand, die Hände überm Mund, und raste die Treppe hinauf.

Wieder in ihrem Schlafzimmer angekommen, schlug sie die Tür zu und verriegelte sie. »Das darf er nicht machen!«, brachte sie tränenerstickt hervor. Wie konnte er nur? Er wusste, dass sie die Sammlung ihres Vaters als ihr Erbe betrachtete, ein festes Band, das sie für immer mit ihm verband.

Lucius hämmerte an die Tür. »Alice!« Sein Brüllen dröhnte durchs ganze Haus und Nora hörte, wie Alice zu ihm gelaufen kam. »Den Schlüssel!«

»Aber Mr Ward ...«

»Den Schlüssel, wenn du nicht entlassen werden willst!«

Nora schrie auf und setzte sich vor die Tür. Sie drückte den Rücken dagegen, die Füße gegen den Schrank gestemmt. Das Schloss klickte und trotz all ihrer Bemühungen und der Verzweiflung, die ihre Muskeln verkrampfen ließ, schob Lucius sie so weit vor, dass er hereinkommen konnte.

»Bitte nicht! Es tut mir leid, Lucius! Nicht noch mehr.« Sie warf die Arme über den Schrank und drückte das Gesicht auf die glänzende, nach Zitronen duftende Oberfläche.

Bitte, Gott, lass das nicht zu!

Aber Gott beachtete sie gar nicht. Lucius zog sie fort, griff sich vier weitere Kästen und verschwand.

Nora sank zu Boden und die Tränen tropften von ihrer Nase auf ihren Schoß. Ihre Mutter, die in den meisten Dingen erfolg- und in diesem Fall völlig nutzlos war, vergrub den Kopf unter Noras Kissen, während ihre zierlichen Schultern bebten.

Nachdem Lucius die gesamte Sammlung genommen und alles vernichtet hatte, was ihr etwas bedeutete, ging Nora nach draußen. Der wolkenlose Himmel über ihrem Garten war sternenübersät und Lucius stand vor den ersterbenden Flammen, die Hände auf dem Rücken verschränkt.

Nora schlich durch das weiche Frühlingsgras. Es kitzelte sie durch die Strümpfe an den Knöcheln. Dass sie so etwas Banales überhaupt bemerkte! Die verkohlten Überreste ihres Schranks ragten aus der Glut und zeigten zum Himmel, in dem ein Gott wohnte, der ihr Flehen nicht erhört hatte.

Neben dem Feuer lag eine *Bombus bimaculatus* leblos in Asche und Dreck. Nora sank auf die Knie, hob die Hummel vorsichtig auf und fuhr mit dem Daumen über ihr stacheliges Fell.

»Komm, kleine Bumble Bea, wir gehen sammeln.«

»Aber ich heiße doch Nora, Papa.«

»Dein zweiter Name ist Beatrice, kurz Bea, nach deiner Großmutter, und sie ist gerne im Wald spazieren gegangen. Komm, wir finden etwas, das uns an sie erinnert.«

Nora schloss die Finger sacht um die Hummel und presste die Hand an ihre Wange. *Sie ist alles, was noch übrig ist, Papa.*

Ihre Worte wühlten sich an dem Schmerz und der Leere vorbei, die ihre Brust erfüllten: »Das werde ich dir nie verzeihen.«

Mit einer Stimme, die so leise war, dass man sie für zärtlich hätte halten können, wenn sie von einem anderen Mann gekommen wäre, sagte Lucius: »Ich lasse mich nicht mehr mit deinem Vater vergleichen.« Dann ließ er sie allein zurück.

Nora sah zu, wie die letzten Flammen an den Resten ihrer herrlichen Sammlung leckten, und gab keinen Laut von sich, bis ihre Mutter sich zu ihr auf den Boden setzte. Lydia schluchzte und berührte Noras Arm dort, wo die Brandwunden beinahe so schmerzhaft pochten wie ihr Herz.

Nora entzog sich ihr und hob das Kinn. »Mutter, ich gehe nach Indien.«

Teil 2

Kodaikanal, Indien
Juli 1885

Kapitel 8

Die Leiber der Zugochsen schwankten hin und her. Der Fahrer hatte den zweirädrigen Karren einen *Mattu vandi* genannt, als er Owen und sie im Gasthaus in Madras begrüßt hatte. An seinem Kopf vorbei sah Nora die unbefestigte, gewundene Straße in einem Hain aus Pinien verschwinden. Überall um sie herum hoben und senkten sich die Hügel und verschwanden am diesig blauen Horizont in Richtung der sich in der Ferne abzeichnenden Nilgiri-Berge.

Nora schob sich ein wenig vom Boden des Wagens in die Höhe. Sie konnte den von dichtem Baumbestand gesäumten See gerade noch erkennen. Wie Edelsteine an einem Armband standen Häuser mit roten Dächern kreuz und quer entlang den Straßen, die zum und durch den Bahnhof von Kodaikanal führten.

Die Ochsen brüllten und der Fahrer schnalzte mit der Zunge. Als eines der Räder auf einen Stein traf, schwankte der Karren und Nora plumpste zurück auf ihren Allerwertesten. Einer der kräftig gebauten Träger, der schwer beladen ihrem Gefährt folgte, rief ihr etwas zu und ihre Wangen wurden heiß.

»Wenn du nicht sitzen bleibst, wirst du noch vom Wagen fallen, so wie damals vom Baum.« Owen zog die Hutkrempe aus dem Gesicht und hob den Kopf.

»Du bist ja wach!« Wie er bei diesen erstaunlichen Anblicken und Geräuschen und Gerüchen schlafen konnte, war Nora ein Rätsel. Er hatte einen Großteil der drei Wochen, die sie auf dem Dampfer von London nach Madras unterwegs gewesen waren, ebenfalls schlummernd verbracht.

»Wie soll ich schlafen, wenn du darauf bestehst, dich vom Wagen zu stürzen, wann immer wir um eine Ecke biegen?«

Sie stieß ihm den Ellbogen in die Rippen. »Setz dich hin und sieh dich um. Es ist unglaublich!«

Owen rutschte von ihr weg, setzte sich aber auf seinem Platz auf. Sein Blick wanderte von rechts nach links, dann nickte er zustimmend. »Du hast recht, es ist wunderschön. Und das Wetter ist viel erträglicher als in Madras.«

Nora nickte. Eine Hitze wie dort hatte sie noch nie zuvor erlebt. In dem Augenblick, als sie von Bord gegangen war, hatte sie sofort eine Schweißschicht auf ihrer Haut gespürt. Ihr wollenes Reisekleid hatte sich in eine feuchte Decke verwandelt, die sie zu ersticken drohte, und sie hatte die Stadt gar nicht schnell genug verlassen können. Je weiter sie ins Gebirge vordrangen, desto herrlicher wurde alles jedoch. Nora konnte es den amerikanischen Missionaren und britischen Beamten nicht verdenken, dass sie ihre Residenzen nach Kodaikanal verlegt hatten. Es war noch schöner als Ithaca und vielleicht sogar schöner als das Paradies.

Sie fuhren unter einem Birnbaum hindurch, in dessen Ästen kleine schwarze und orangefarbene Vögel flatterten. Der Fahrer rief etwas und die Ochsen blieben stehen. Dann winkte er den drei Trägern hinter ihnen und sie schlurften zu ihm. Nach einem schnellen Wortwechsel in Tamil drängten die Träger sich in eine schmale Gasse, die im Bombay Shola verschwand – dem Wald östlich des Kodaikanal Lake.

Der Fahrer sah Nora und Owen an. »Ich sie vorgeschickt. Sie schnell.« Er setzte sich wieder und sie fuhren weiter, den Trägern in gemäßigterem Tempo folgend.

Beeren hingen von den Myrtenbäumen, die am Straßenrand wuchsen. Je weiter sie dem Straßenverlauf folgten, desto schmaler wurde der Weg. Die Bäume boten Schutz, warfen Schatten auf den Pfad und deckten alles mit einer Stille zu, die uralte Geschichten zu flüstern schien. Überreife Früchte verliehen der Luft einen würzigen Duft und Nora faltete die Hände auf dem Schoß, weil sie das Bedürfnis hatte zu beten.

Aus dem Augenwinkel sah sie plötzlich etwas schillernd Rosafarbenes. Sie umklammerte die Stangen, an denen der mit Fransen versehene Baldachin des Wagens befestigt war, und zog sich daran hoch. »Halt!«

Der Fahrer ließ die Peitsche krachen, um die Ochsen zum Anhalten zu bringen, und als Nora aus dem Karren sprang und zu einem Baum rannte, rief er ihr hinterher und schwenkte seine Peitsche, als wollte er auch sie damit schlagen.

»Nora, was machst du da?«, rief Owen. Dann schnaubte er und folgte ihr.

»Sieh dir das mal an!« Sie stand etwa dreißig Zentimeter von dem Baum entfernt und sah zu, wie ein Rosenkäfer über die Rinde krabbelte. »Ich habe noch nie mit eigenen Augen einen mit Hörnern am Schädel gesehen. Nur auf Bildern.« Sie streckte einen Finger aus und strich über den narbigen Thorax des Insekts.

Owen beobachtete sie lächelnd. »Ich bin sicher, wir werden noch viel interessantere Dinge sehen, während wir hier sind. Komm, unser Fahrer wird ungeduldig.«

Sie sah zu dem Mann hinüber, der sie unter dem weißen Tuch, das er um seinen Kopf gewickelt hatte, anfunkelte. Mit einem letzten Blick auf den Käfer folgte sie Owen wieder zum Wagen und ließ sich von ihm hinaufhelfen. »Meinst du, ich hätte ihn mitnehmen sollen?«

»Ich bin sicher, solche Käfer gibt es in dieser Gegend zuhauf. Es wird eine andere Gelegenheit geben.« Owens Stimme klang müde, was Nora nicht begreifen konnte, nachdem er auf der Reise so viel geschlafen hatte. »Außerdem habe ich Hunger und will die anderen kennenlernen.«

Während die Sonne hinter den Hügeln verschwand, rollten sie in ein ordentliches Lager am Rand des Waldgebiets. Ein Kreis aus weißen Zelten säumte eine Lichtung und in der Mitte stand eine grob gehauene Holzhütte. Vier Männer hatten sich vor einem der Zelte versammelt. Die Träger hockten am Feuer, wo eine alte Inderin den Boden eines Topfes mit Sand ausrieb. Nora sah ihre Koffer neben dem Zelt gestapelt, das der Hütte am nächsten war.

Ein schlanker Mann mit einem fedrigen Schnurrbart und dunklen Ringen unter den Augen löste sich aus der Gruppe und schlenderte zu ihnen herüber, während er die Asche von seiner Zigarette schnipste.

Owen kletterte vom Wagen und hielt Nora eine Hand hin, die sie festhielt, als sie abstieg.

»Ich bin Frederic Alford, Forschungsleiter. Sie müssen die beiden Helfer sein, die Professor Comstock geschickt hat.« Sein Schnurrbart zuckte parallel zu seinem linken Auge.

Owen stellte sich vor und dann sah Mr Alford Nora an.

»Nora Shipley«, sagte sie und ließ Owens Hand los.

Ein Fluch entwich Mr Alfords zusammengebissenen Zähnen. »Ich habe John gebeten, mir seine fähigsten Studenten zu vermitteln! Das hat er mir auch versprochen.«

»Und er hat sein Wort gehalten«, entgegnete Owen.

Mr Alford fixierte Nora und zog an seiner Zigarette. »Was soll ich denn mit Ihnen machen? Pallavi ist die einzige Frau im Lager und sie ist kaum eine geeignete Anstandsdame. Sie geht abends nach Hause.«

Die Frau am Feuer hatte aufgeblickt, als ihr Name fiel. Sie fuhr sich mit dem Sari über die Augenwinkel, dann wandte sie ihre Aufmerksamkeit wieder dem Topf zu, den sie säuberte.

Nora versuchte, die Locken glatt zu streichen, die um ihre Schläfen herum abstanden. »Ich brauche keine Anstandsdame. Ich bin Wissenschaftlerin und mein Geschlecht ist irrelevant.« Sie baute sich zu voller Größe auf, was ihrem Selbstbewusstsein allerdings wenig nützte.

»Natürlich brauchen Sie eine Anstandsdame. Sie sind eine unverheiratete Frau in meiner Obhut. Es ist mir ein Rätsel, warum John Sie geschickt hat. Ich habe ihn immer für einen praktisch denkenden Mann gehalten, aber diese Dummheit beweist das

Gegenteil.« Mr Alford stemmte die Hände in die Hüften und sah sie mit finsterer Miene an.

Nora starrte zurück. Sie hatte nichts Falsches getan und würde sich nicht von einem Briten mit altmodischen Vorstellungen herumschubsen lassen.

»Nora wird ein Gewinn für das Team sein«, sagte Owen. »Und ich bin sicher, Pallavi wird eine wunderbare Anstandsdame abgeben.«

»Ich brauche keine.« Nora durchbohrte Owen mit einem stechenden Blick. Wie sollte irgendjemand sie ernst nehmen, wenn sie die Köchin im Schlepptau hatte?

Mr Alford wandte sich abrupt ab. »Kommen Sie und essen Sie etwas.«

Er stapfte zu den in Kaki gekleideten Männern, die auf Feldhockern saßen, mit den Fingern Reis mit Soße aus Blechnäpfen aßen und Worte murmelten, die sie nicht verstand. Owen und Nora folgten ihm und einer bot ihr seinen Hocker an. Sie nahm darauf Platz, dankbar, sich setzen zu können, denn ihr zitterten die Beine.

Ein zweiter Mann schob mit dem Fuß eine Schüssel mit Wasser in ihre Nähe. Nora tauchte die Finger hinein und wusch mit dem kalten Wasser den Staub und Schweiß der Reise ab. Dann trocknete sie ihre Hände an dem Stück Stoff ab, das Mr Alford ihr zuwarf.

Pallavi reichte ihr eine Schüssel mit etwas, das stark nach Gewürzen roch. Weil sie zeigen wollte, aus welchem Holz sie geschnitzt war, versuchte Nora, mit den Fingern zu essen, wie die Männer es taten, und Reis mit Soße in ihren Mund zu befördern. Das meiste fiel dabei wieder in die Schüssel, aber sie lächelte trotzdem zu Pallavi auf. »Köstlich.«

Owen setzte sich im Schneidersitz neben sie auf den Boden und machte sich über sein Essen her. Anscheinend hatte er kein Problem mit dem Fehlen von Besteck. Bald aßen auch die anderen Männer weiter und starrten sie nicht mehr neugierig an.

Sie hatte erst wenige Bissen zu sich genommen, als Mr Alford auf den Mann zeigte, der Nora seinen Platz überlassen hatte. »Leonard, du kannst den beiden schon mal erklären, wie unsere Tage hier ablaufen. Ich kann Miss Shipley ja schlecht wieder nach Hause schicken. Es gibt drei Regeln, die das Leben hier bestimmen: Mach deine Arbeit. Wenn du dich weiter als einen Kilometer vom Lager entfernst, nimm jemanden mit. Und mach keinen Ärger.« Er schlug mit der flachen Hand auf seinen Hals. »Diese vermaledeiten Mücken! Die vermaledeite Ruhr! Überhaupt alles vermaledeit!« Er warf seinen Teller auf den Boden, funkelte Nora an und stapfte dann in das Unkraut, das um das Lager herum wuchs. Seine Füße wühlten Staub auf und seine Flüche Sorgen.

Das Essen in Noras Mund verwandelte sich in eine zähe Masse und sie zwang es ihre Kehle hinunter.

»Beachten Sie ihn gar nicht.« Leonard stand vom Boden auf und setzte sich auf Mr Alfords Feldstuhl. »Er ist nur entmutigt, weil so viele von unserer Gruppe der Krankheit zum Opfer gefallen sind.«

»Und meine Ankunft letzten Monat hat auch nicht geholfen.« Der jüngste Mann, eigentlich noch ein Junge, zuckte mit den Schultern. Er hatte ein breites, freundliches Gesicht, das von der Wärme des Feuers gerötet war, und einen dichten blonden Haarschopf. »Meine Begrüßung war auch nicht herzlicher als Ihre, Miss Shipley.« Er grinste sie an. »Ich bin in Indien aufgewachsen und im Sommer waren wir immer in Kodaikanal. Da war ich ein naheliegender Kandidat für das Team.«

Der dritte Mann, der abseits von ihrem Kreis saß, schnaubte. Er paffte an seiner Pfeife und fuhr sich über den struppigen Schnurrbart. »Du bist auch nicht näherliegend als Miss Shipley, du junger Schnösel. Dass du hier bist, hast du nur der Tatsache zu verdanken, dass dein Vater mit dieser Hackfresse von der Missionsgesellschaft in der Stadt so dicke ist.«

Der jüngere Mann zuckte mit den Schultern und sein Grinsen wurde noch breiter. »Komm schon, alter Mann, du bist ja nur eifersüchtig, weil du dein Leben lang schuften musstest für die Vorteile, die ich einfach deshalb habe, weil ich die richtigen Leute kenne.«

»Kommt, jetzt macht nicht so einen schlechten ersten Eindruck, Leute! Ich bin Leonard Taylor.« Leonard zeigte auf den jungen Mann mit dem ansteckenden Lächeln. »Das ist William Abbott und der andere da drüben ist Jeffrey Steed. Er raucht ständig Pfeife. Wenn es Sie stört, sagen Sie es ihm, dann macht er sie aus.«

»Ich werde nichts dergleichen tun. Sie ist medizinisch notwendig für mein Asthma.« Mr Steed tat einen tiefen Zug.

Mr Taylor schüttelte den Kopf. »Jeder von uns hat ein eigenes Zelt. Machen Sie es sich dort gemütlich, denn es ist der einzige Raum an Privatsphäre, den Sie haben werden. Mr Alford lässt uns momentan nach einem *Papilio buddha* suchen.«

»Einen *Papilio buddha!* Ich hätte mir nie träumen lassen, jemals mit eigenen Augen einen zu sehen.« Nora warf Owen einen Blick zu und er lächelte. »Professor Comstock freut sich bestimmt schon auf unsere Erzählungen nach unserer Rückkehr.«

»Achten Sie darauf, anständige Kleidung zu tragen«, sagte Mr Abbott.

Nora zog eine Augenbraue hoch und warf ihm einen vernichtenden Blick zu. »Ich trage *immer* anständige Kleidung.«

Owen hustete, um ein Lachen zu verbergen, und Mr Abbott wurde rot. »Ich meinte nur, dass die Sonne sticht. Sie müssen einen Hut mit breiter Krempe tragen und etwas Bequemes zum Laufen und Klettern.«

Mr Taylor schlug sich mit den Händen auf die Knie. »Es war ein langer Tag und Sie sind sicher müde von der Reise. Normalerweise entspannen wir uns ein bisschen, bevor wir schlafen gehen. Pallavi macht Frühstück um …« Er sah zu ihr hinüber, wo sie unter einem Baum saß und einen Topf schrubbte. »Na ja, wenn ihr danach ist.« Er stand auf und blickte auf Nora herab. »Mir ist egal, welches Geschlecht Sie haben – solange Sie nicht krank werden und Ihr Gepäck selbst tragen können, bin ich jedenfalls froh, dass Sie beide mit von der Partie sind.«

In Noras Zelt gab es nichts außer einem Feldbett und ihren beiden Koffern. In der Nähe der Zeltklappe, die man aufmachen und hochbinden beziehungsweise herunterlassen konnte, um im Dunkeln das Zelt zuzumachen, hatte sie ein Brett über zwei umgedrehte Kisten gelegt und so eine Art Arbeitstisch geschaffen, auf dem ihr Mikroskop, Gläser, Schachteln mit Nadeln und andere Ausrüstungsgegenstände Platz fanden.

Obwohl sie gleich nach dem Abendessen zu Bett gegangen war, wollte der Schlaf sich nicht einstellen. Sie lag auf dem Rücken und tippte mit den Füßen gegen das Bettgestell. Owen war bestimmt draußen am Feuer eingeschlafen, wo die Männer sich noch unterhielten. Sie hingegen lag bereits seit einer geschlagenen Stunde wach. Die ungewohnten nächtlichen Geräusche ließen sie nicht zur Ruhe kommen. Affen schnatterten, Papageien kreischten und irgendeine Zikadenart stimmte mit ihrer Familie in den unheimlichen Chor ein.

Die Männer saßen vor ihrem Zelt und diskutierten mit elegantem britischem Akzent über die Arbeit des vergangenen Tages. Mr Alfords Stimme machte sie nervös.

Nora erstarrte, als sich Schritte ihrem Zelteingang näherten.

»Nora?«, flüsterte Owen.

»Einen Moment.« Sie stand auf, streifte schnell ihren Morgenmantel aus Baumwolle über und schloss die Knöpfe, bevor sie sich wieder aufs Bett setzte. »Komm rein.«

Owen duckte sich unter der Zeltklappe hindurch und band sie dann hoch, sodass der Eingang einen Rahmen um die Männer bildete, auf deren Gesichter die Flammen tanzende Schatten warfen. Mr Steed blickte zu ihrem Zelt herüber und blinzelte, um in der tiefschwarzen Dunkelheit der Nacht etwas zu sehen. Nora ignorierte ihn.

Owen nahm den umgedrehten Eimer, den sie als Hocker unter ihren provisorischen Tisch gestellt hatte, und zog ihn zu ihrem Bett. Dann stellte er eine Öllampe neben sich auf den Boden und setzte sich.

Nora zog die Beine an. »Ist es in Ordnung, dass du hier drin bist? Das ist sehr unüblich.«

»Alles hier ist unüblich, Sonderbar«, sagte er mit belustigter Miene. »Ich glaube, wir müssen die Konventionen hier ein bisschen lockerer sehen. Während die anderen Männer gut sichtbar vor deinem Zelt sitzen, müsste es akzeptabel sein. Ich wollte wissen, wie es dir geht. Du warst beim Essen so still und dann bist du verschwunden.«

»Ich habe den starken Eindruck, meine Anwesenheit hier ist unerwünscht.«

Er faltete die Hände und legte das Kinn darauf. »Du wirst sie schon überzeugen. Sie werden deine Brillanz nicht ignorieren können, wenn sie dich bei der Arbeit sehen. Gib dem Ganzen etwas Zeit.«

»Ich muss mich also beweisen.«

Er nickte. »Und das wirst du.«

Sie fuhr sich mit den Fingern über die Kopfhaut und zerstörte dadurch den Zopf, den sie vorhin locker geflochten hatte. Sich beweisen – wieder einmal. Ständig, in jedem Bereich ihres Lebens, bis in alle Ewigkeit würde sie sich beweisen müssen. Könnte es jemals eine Zeit geben, in der sie das nicht mehr musste und ihre Leistungen genügten? »Ich frage mich, ob Mary Davis Treat sich Darwin gegenüber beweisen musste, als sie ihre Korrespondenz begannen. Bevor neu entdeckte Arten nach ihr benannt wurden. Es kommt mir so ungerecht vor, dass ich mich im Gegensatz zu jedem Mann immer erst bewähren muss, obwohl Dutzende Frauen vor mir es schon getan haben.«

Owen schlug ein Bein über das andere und wackelte mit dem

Fuß. Er biss sich auf die Unterlippe und musterte sie im flackernden Schein der Lampe. »Das *ist* ungerecht. Aber es ist auch ungerecht, dass ich keinen Vater habe, der meine Bemühungen unterstützt, und dass die Männer, die vorher in diesem Team gearbeitet haben, eine schwache Konstitution hatten. Es ist ungerecht, dass Pallavi in ihrem Alter für Fremde Töpfe schrubben muss, anstatt unter einer Bananenstaude ihr Nickerchen zu machen.« Er zuckte mit den Schultern. »Wir haben alle Einschränkungen, die wir überwinden müssen.«

Nora atmete die nach Honig und Kreuzkümmel duftende Luft tief ein und sah ihn an. Sah ihn wirklich an, vorbei an dem attraktiven Gesicht und der teuren Kleidung und dem charmanten Auftreten. In den vergangenen Wochen war ihr bewusst geworden, dass seine scheinbare Gleichgültigkeit wie ein Schutzschild für ihn war. Denn gelegentlich sagte er etwas so Tiefgründiges, dass es nach ihrer bisherigen Meinung von ihm unmöglich über Owen Epps' Lippen gekommen sein konnte.

»Du bist gar nicht so leidenschaftslos, wie du uns glauben machen willst«, sagte sie.

»Manchmal sehen Menschen, was sie wollen, und schauen nicht hinter die Masken, die wir alle tragen.«

»Was für eine trage ich? Eine *Blattella?*« Sie hielt sich die Zeigefinger an die Stirn und wackelte damit.

Owen beugte sich vor und sie war froh über das schummrige Licht, in dem hoffentlich nicht zu erkennen war, dass seine Nähe sie rot werden ließ. Ein sehr männlicher Duft stieg ihr in die Nase. Nora ließ die Hände auf ihren Schoß sinken und fuhr sich mit der Zunge über die Lippen. Das lenkte seinen Blick auf ihren Mund und plötzlich war ihr Hals ganz trocken.

Was war das nur? Sie hatte noch nie so auf Owen reagiert und wollte es auch jetzt nicht. *Das ist die Erschöpfung von der Reise. In einem exotischen Land zu sein. Das merkwürdige Gefühl, weil er so nah ist.* Nora räusperte sich und rutschte näher zur Stoffwand hinter ihr, weil sie ihren eigenen Argumenten doch nicht ganz traute.

»Ich habe deine Maske schon lange durchschaut, Nora. Du tust nur so, als würdest du dich um nichts scheren. Als wäre das Blut in deinen Adern aus Eis und du hättest in deinem Leben keinen Platz für irgendetwas anderes als Insekten und dein Studium. Aber ich sehe es.« Er senkte die Stimme. »Ich sehe dich.«

Einen Augenblick lang fühlte Nora sich entblößt, als hätte sie vergessen, ihren Morgenmantel überzuziehen. Als stände sie verletzlich und unbekleidet vor Owen. Sie wollte nicht, dass er sie ergründete. Wollte nicht, dass er ihr noch etwas anderes zuordnete als Insekten und das Studium.

Lautes Gelächter drang von den Männern draußen herüber und einer von ihnen fluchte.

Owen warf einen Blick über seine Schulter. »Meine Herren.«

Mit dem einen oder anderen Seufzer und Schnauben beruhigten sie sich. Nora konnte immer noch eine gewisse Feindseligkeit spüren. Sie schüttelte den Kopf. »Ich glaube nicht, dass die Sache hier gut ausgehen wird.«

»Denk nicht mehr darüber nach. Mach deine Arbeit. Entdecke etwas Interessantes.« Er berührte neckend ihr Kinn. »Behalt die Maske ruhig noch eine Weile auf. Bis du dich sicher genug fühlst, sie abzunehmen.«

Kapitel 9

Ein kreischender Affe weckte Nora am nächsten Tag schon früh. Mit müden Augen und erschöpftem Leib zog sie sich an und nahm sich die Zeit, schnell einen Brief an ihre Mutter zu schreiben.

Ich bin angekommen. Indien ist wunderschön.

Weil sie wusste, dass sie das Land besser mit Farben beschreiben konnte als mit der Feder, gab sie auf und ging quer durch das Lager zum Feuer, wo Pallavi ihr einen Zinnbecher in die Hand drückte.

»Masala Chai.«

Nora nahm den Becher und nippte an dem duftenden Getränk. »Das schmeckt himmlisch. Danke.«

Sie hatte sich noch nie etwas aus Kaffee gemacht, aber dieser gewürzte, süße Tee war ein guter Start in den Morgen.

Pallavi grinste. »Er ist gut für Ihre Gesundheit.«

Nora lächelte. »Dein Englisch ist sehr gut.«

»Mein Vater hat in meiner Heimatstadt Trinomalee für einen britischen Colonel gearbeitet. Der Arbeitgeber meines Bruders hat ihn vor neun Jahren dazu gebracht, nach Kodaikanal zu ziehen. Ich habe keinen Mann, also bin ich mitgegangen.«

Nora dachte an das Tamil, das die Träger gesprochen hatten – die Worte klangen wie Poesie –, ganz anders als die romanischen Sprachen, mit denen sie vertraut war. Sie hatte keine Begabung für Sprachen und fragte sich, wie man so leicht zwischen Tamil und Englisch hin und her springen konnte.

Sie überließ Pallavi ihrer Arbeit und näherte sich der baufälligen Hütte. Die hölzernen Wände waren etwa anderthalb Meter hoch und ein Strohdach ruhte auf einem Gestell, das ebenfalls aus Holz war. Nora schob den Tuchvorhang zur Seite, der als Tür diente, und lugte hinein.

Drei lange Tische bildeten ein U an den Wänden des Gebäudes entlang. Sie waren mit Mikroskopen, Netzen, Schachteln mit Skalpellen und Nadeln, Stapeln von Pillendosen, Schraubgläsern und mit Kork bezogenen Brettern übersät. Ein schmalerer Tisch an der gegenüberliegenden Wand beherbergte ein Dutzend Bücher und eine Vielzahl von Malutensilien – Farben, Bleistifte, Fläschchen, Leinwände und Pinsel.

Das frühe Morgenlicht fiel durch die Lücken zwischen Dach und Wänden und ließ die Staubpartikel tanzen.

Jemand trat um Nora herum – Mr Alford. »Die Insekten, die darauf warten, katalogisiert und illustriert zu werden, sind in den Kästen unter dem Tisch dahinten«, sagte er.

Nora trank einen Schluck von ihrem Chai und musterte den Mann über den Becherrand hinweg. Er wirkte heute nicht so müde und die dunklen Ringe unter seinen Augen waren über Nacht verblasst. Allerdings sah es ganz so aus, als wäre er ihretwegen immer noch verärgert. Er klopfte mit einem Fingernagel gegen seine Schneidezähne und betrachtete sie, wie ein Schulkind eine Spinne betrachten würde, die es in seinem Bett gefunden hatte.

Nora wandte sich von ihm ab und sah sich weiter im Raum um. »Es ist ziemlich dunkel hier drin. Wie können Sie unter diesen Bedingungen Ihre Studien durchführen?«

»Normalerweise tragen wir den Tisch und die anderen Sachen raus. Das geht, bis der Monsun beginnt. Dann hängt unsere Forschung vom Regen ab. Eigentlich hätten wir schon fertig sein sollen, aber alle wurden am laufenden Band krank. Hoffentlich erweisen Sie Amerikaner sich als widerstandsfähiger als wir Briten.« Ein lautes metallisches Geräusch erklang draußen und er zog eine Grimasse. »So verkündet Pallavi, dass das Frühstück fertig ist.«

Nora folgte ihm aus der Hütte und sie gesellten sich zu den anderen am Feuer. Pallavi hatte mit einem Stock auf einen verbeulten Topf eingeschlagen, um alle zusammenzutrommeln, und verteilte nun Blechteller mit Linseneintopf, grünem Chutney und weichen Reisfladen.

Nora setzte sich auf einen Faltstuhl und versuchte zu essen, aber die Reistaler zerbrachen ständig und glitten zwischen ihren Fingern hindurch auf den Teller zurück. Ihr Magen knurrte und sie fragte sich, ob es ihr jemals gelingen würde, satt zu werden, während sie in Indien war. Dankbar nahm sie einen Zinnbecher an, der mit einer säuerlich riechenden Masse gefüllt war. Wenigstens musste sie die nicht auch mit den Fingern essen. Doch nach einem Schluck wünschte sie, sie hätte sich doch nur an Reis und Hülsenfrüchte gehalten. Sie würgte das Zeug hinunter. »Was ist das?«, fragte sie Pallavi.

»Moru. Gesalzener Joghurt. Der ist gut für Sie.«

Nora roch noch einmal daran und rümpfte die Nase. Als Pallavi ihr den Rücken zuwandte, ließ sie den Becher unter ihrem Stuhl verschwinden.

Owen setzte sich neben sie und wünschte der Runde fröhlich einen guten Morgen.

»Gibt es hier irgendwo Gabeln?«, fragte Nora Mr Alford, der mit der einen Hand seinen Teller hochhielt und das Essen flink mit den Fingern der anderen in seinen Mund schaufelte.

Er schüttelte den Kopf. »Das hier ist ein Forschungslager, keine feine Stube.«

Nora schnaubte. »Wenn ich gewusst hätte, dass Besteck hier Mangelware ist, hätte ich welches eingepackt«, murmelte sie.

Owen lachte leise. Er formte aus Reis und Linsen geschickt eine Kugel, die er sich dann in den Mund schob. »Das schmeckt ziemlich gut.« Er musste Noras verzweifelte Miene bemerkt haben, denn er stellte seinen Teller ab und legte seine Hand um ihre. »Ich zeige dir, wie das geht. Wenn man den Trick heraushat, ist es ganz leicht.«

Nora ließ ihre Finger von ihm führen und schaffte es mit seiner Hilfe, den Großteil ihrer Mahlzeit zu essen. Er hielt ihr seine Serviette hin, an der sie sich die Finger abwischte, dann griff er wieder nach seinem Teller und aß sein eigenes Frühstück zu Ende.

Mr Abbott, dessen breitkrempiger Hut sein Gesicht beschattete, setzte sich auf den Stuhl zu Noras anderer Seite. »Haben Sie gut geschlafen?«

»Ja, nachdem die Hitze nachgelassen hatte.«

Er nickte und sein sommersprossiges Gesicht wurde ernst. »Dieses Jahr ist es in Kodaikanal heißer als gewöhnlich. Aber das hier ist noch nichts. Die Luft ist in den Bergen nicht so drückend. Sie sollten mal im Mai in Madras sein. Da ist es, als würde man durch nasse Wolle atmen. Und bitte nennen Sie mich William.« Er warf einen nervösen Blick auf ihren Hut – einen einfachen flachen Strohhut. »Ist das alles, was Sie mitgebracht haben? Haben Sie keinen Schirm? Die Sonne ist bestialisch.«

»Ich glaube, es wird reichen.«

»William hat schreckliche Angst, sich zu verbrennen, nicht wahr, Kleiner?« Mr Steed kam zu ihnen herübergeschlendert, die Hände in den Hosentaschen. Er sah nicht mehr so mürrisch aus wie am vergangenen Abend. Lächelnd tippte er sich an seinen eigenen Hut – mit schmaler Krempe, die kaum etwas dazu beitragen konnte, seine Haut zu schützen. »Ich hingegen kann meiner italienischen Mutter für einen Teint danken, der höchstens dunkler wird. Und ich sehe umwerfend aus.«

Mr Alford ließ seinen Teller in einen Eimer mit Wasser in der Nähe des Feuers gleiten. »Also gut. Fangen wir an. Ich möchte sehen, ob wir unseren schwer zu erwischenden Schmetterling heute kriegen.«

Mr Steed schlenderte davon, auf den Lippen eine Opernarie, die einen mehr als passablen Tenor verriet. Nora starrte ihm nach und hatte Mühe, die Schönheit seiner Stimme mit seiner schwierigen Persönlichkeit in Einklang zu bringen.

William beugte sich zu ihr. »Er hat wieder Medizin gegen sein Asthma eingenommen.«

»Und davon singt er Opern?«

»Davon wird er zufrieden. Und wir alle sind froh, wenn er zufrieden ist.«

Nora schüttelte den Kopf und sah dann Mr Alford an. Welche Aufgabe würde er ihr bei der Exkursion zuteilen? Owen trug bereits einen schweren Stoffbeutel und Mr Steed warf sich ebenfalls einen über die Schulter.

Mr Alford bemerkte ihren Blick. »Ich habe Ihnen ja von den Schmetterlingen unter dem Tisch in der Hütte erzählt, Miss Shipley. Bitte beginnen Sie damit. Am besten Aquarell, würde ich sagen.« Er winkte William zu. »Hol den Tisch und die anderen Sachen raus, damit sie in der Sonne arbeiten kann.«

Nora blickte von ihm zu William, der bei der Anweisung von seinem Platz aufgesprungen war und in die Hütte lief.

»Begleitet Nora uns nicht?« Owen nahm Nora die Frage aus dem Mund, wofür sie ihm dankbar war. Ihr waren die Worte im Halse stecken geblieben.

Mr Alford zeigte auf eine Stelle, als William mit dem klapprigen Tisch zurückkam. »Wir sind mit unseren Illustrationen im Verzug.«

Mr Taylor und Mr Steed stapelten ein halbes Dutzend Kartons neben dem Tisch. Nora nahm den Deckel von der ersten Schachtel ab und sah darin drei Schmetterlinge in leuchtenden Farben in Watte liegen.

»Das sind insgesamt mindestens ein Dutzend Exemplare.« Sie sah Mr Alford an, aber sein Blick war in die Ferne gerichtet.

»Ja. Ich hoffe, Sie arbeiten schnell.« Er sah sie prüfend an. »Professor Comstock hat mir versichert, dass jemand von Ihnen künstlerisches Talent hat. Ich nehme an, das sind Sie.«

»Das ist richtig.«

Er trat näher. »Wir sind im Auftrag des Königshauses hier. Ich hoffe, Sie werden diesen Schmetterlingen gerecht. Dieses Buch muss die allerbeste Qualität haben.«

»Ich bin sicher, Sie werden mit meinen Werken zufrieden sein.« Sie verschränkte die Arme. »Werde ich Sie auf den Exkursionen begleiten können, wenn ich mit den Illustrationen fertig bin?«

Doch seine Aufmerksamkeit war von William abgelenkt worden, der zwei Schmetterlingsnetze in der Hand hielt. »Und du vergiss diesmal nicht die Tötungsgläser.«

William lief in die Hütte zurück und kehrte gleich darauf mit einem Sack über der Schulter zurück.

Owen trat zu Nora und Mr Alford. »Ist es nicht gefährlich, wenn Nora alleine hierbleibt?«

Der Leiter der Gruppe seufzte. »Pallavi bleibt im Lager. Ich glaube, sie macht heute die Wäsche. Wenn Sie alleine Angst haben, Miss Shipley, können Sie von mir aus zu ihr an den Fluss gehen.«

Sie blinzelte. »Ich soll die Wäsche machen?«

Er hob resigniert die Hände. »Dann eben nicht! Hauptsache, die Illustrationen werden fertig.« Er stapfte davon und brüllte William an, er solle mit den Gläsern vorsichtiger sein.

Nora sah Owen an und schüttelte den Kopf. »Wie es scheint, bin ich um die halbe Welt gereist, um eure Sachen zu waschen.«

»Und Illustrationen anzufertigen, worin du ausgesprochen begabt bist.« Er rieb sich den Nacken. »Ich kann bei dir bleiben. Es fühlt sich nicht richtig an, dich hier zurückzulassen.«

»Ich komme schon zurecht. Wir geben Mr Alford besser nicht noch einen Grund zu glauben, ich wäre eine Last. Ich werde mich an meine Illustrationen machen.« Sie setzte sich auf den Stuhl am Tisch, stellte Farben und Gläser zurecht und griff nach einem Pinsel. Sie würde die Schmetterlinge zu Papier bringen, aber sie hoffte, dass Mr Alford bald erkennen würde, was sie konnte. Sie war nicht so weit gereist, um nur hübsche Bildchen zu malen.

Als die Männer an diesem Nachmittag ins Lager zurückkehrten, vollendete Nora gerade ihren vierten Schmetterling. Sie breitete die Blätter auf dem Tisch aus, damit sie in der Sonne trocknen konnten.

Mr Alford trat näher, um ihre Arbeit zu begutachten. Nora hoffte, die Illustrationen gefielen ihm. Es war ihr gar nicht recht, dass seine Meinung ihr wichtig war, aber wenn sie ihn mit ihren Fähigkeiten beeindrucken konnte, würde er vielleicht eher gewillt sein, sie mehr in die Forschungsarbeit mit einzubeziehen.

Er nickte kurz. »Ich glaube, den *Aphnaeus elima* würde ich lieber als Bleistiftzeichnung sehen, da lassen sich die Muster auf den Flügeln besser hervorheben. Das können Sie morgen machen.«

Nora nahm das Exemplar, an dessen Illustration sie zuletzt gearbeitet hatte, und legte es wieder in den Karton. »Haben Sie heute etwas Aufregendes entdeckt?« Sie bemühte sich, beiläufig zu klingen und nicht zu verzweifelt.

Er warf ihr einen flüchtigen Blick zu. »Nichts, was für Sie interessant wäre.«

Nora biss die Zähne zusammen. Woher wollte er wissen, wofür Sie sich interessierte? »Da ich einen Abschluss in Entomologie habe, würde mich sicher alles interessieren, was Sie gefunden haben.«

Mr Alford blinzelte und drehte dann sorgfältig das eine Ende seines Schnurrbarts zwischen den Fingern. Er blickte auf sie herunter und Nora wünschte, sie wäre größer. Dann wäre es etwas einfacher, sich einem Mann in jedem Sinne gewachsen zu fühlen.

»Dein Verstand ist dem jedes Mannes ebenbürtig.«

Die Worte ihres Vaters, die er vor so langer Zeit – sie war vielleicht zehn gewesen – zu ihr gesagt hatte, halfen ihr, nicht nachzugeben.

»Lass dich von Konventionen nicht einengen. Sei dir dessen bewusst, wer du bist.«

»Wer bin ich denn, Papa?«, hatte sie etwas atemlos gefragt. Sie hatte oft so geklungen, wenn sie mit ihrem Vater sprach, und an jedem Wort gehangen, das über seine Lippen kam.

»Du bist Nora Beatrice Shipley. Meine Tochter. Ein Kind Gottes.

Und du wirst nie einem anderen Menschen erlauben, dich abzuweisen, weil sein Verstand zu klein ist, um zu verstehen, dass wir alle mehr sind als die Summe unserer Teile.«

Nora ließ nicht locker. Sie half Mr Alford nicht aus seiner Verlegenheit. Sie flirtete nicht mit ihm und streichelte auch nicht sein Ego. Stattdessen stand sie aufrecht da, in dem Wissen, dass sie Nora Beatrice Shipley war und Respekt verdiente. Ihm war das vielleicht nicht bewusst und er mochte nicht bereit sein, sie zu respektieren, aber sie würde sich nicht mit weniger zufriedengeben als dem, was ihr Vater für sie gefordert hatte.

Er wandte zuerst den Blick ab. »Na ja, also …« Und dann ging er fort.

Owen kam näher, kratzte sich am Kopf und lächelte schief. »Mr Alford hatte ja gehofft, einen *Papilio buddha* zu sehen. Er hält ihn für den schönsten Schmetterling, der in den Westghats heimisch ist, und will sein Verhalten beobachten, aber wir haben keinen entdeckt.«

»Was habt ihr dann gemacht?« Sie war begierig, mehr zu erfahren. Wenn sie schon nicht mit den anderen im Feld unterwegs war, wollte sie wenigstens alles erzählt bekommen.

Owen zuckte mit den Schultern. »Nicht viel. Wir sind zu den Stellen gewandert, an denen sie sich normalerweise aufhalten, und haben eine Weile damit zugebracht, einen Wasserfall zu erkunden, wo es ein paar interessante Raupen gab.« Er grub in seiner Tasche und zog zwei Gläser heraus. Darin rollte ein Durcheinander aus haarigen Raupen auf den Blättern am Boden herum. »Ich werde sie aufziehen und sehen, was für eine Art herauskommt. Keiner der Männer wusste es. Abgesehen hiervon hat Mr Steed eine fliegende Eidechse gefunden, die wir eine Zeit lang beobachtet haben, aber das war alles. Wir haben viel gewartet. Und geredet. Ich habe herausgefunden, dass Mr Steed und Mr Alford zusammen in Oxford gelehrt haben. Aber sie scheinen einander nicht besonders zu mögen.« Er hielt eines der Gläser hoch und lugte hinein.

Nora nahm es ihm ab und schüttelte es vorsichtig, sodass sich eine der Raupen entrollte. »Sag Bescheid, wenn du Hilfe brauchst. Ich ziehe Schmetterlinge auf, seit ich klein war.« Sie wartete nicht auf eine Antwort, sondern drückte ihm das Glas wieder in die Hand und ging zu ihren Stiften, Pinseln und Farben zurück.

Während des Abendessens – Reis mit Linsen und dazu warme Büffelmilch – mied Mr Alford Nora. Als der Mond am tintenschwarzen Himmel hing, plauderte er mit den Männern am Feuer. Nora, die bei ihnen saß und doch so weit von ihnen entfernt zu sein schien, neigte den Kopf und entdeckte eine Sternschnuppe. Sie atmete tief ein und kämpfte gegen ihren wachsenden Groll.

»Was machst du da?«, fragte Owen und lehnte sich über die Armlehne seines Stuhls, sein Gesicht nur wenige Zentimeter von ihrem entfernt.

Sie sah in seine silbergesprenkelten Augen. »Sterne angucken.«

Er ahmte ihre Position nach, den Kopf in den Nacken gelegt, und ein kleines Lächeln zuckte um seine Lippen. Geradezu widerwillig wandte auch Nora sich wieder dem Himmel zu. Sein Anblick im Mondlicht hatte ihr fast noch besser gefallen.

Am nächsten Morgen schleppte William den Tisch und die Malutensilien wieder aus der Hütte nach draußen, während Nora an ihrem duftenden Masala-Tee nippte. Sie pustete, um ihn abzukühlen, und sah zu, wie Mr Alford die Insektenkästen stapelte.

»Ich glaube, acht Zeichnungen sind noch zu machen.« Er sah sie nicht an, sondern konzentrierte sich stattdessen darauf, die Pinsel auf dem Tisch in Reih und Glied zu arrangieren. »Heute bringen wir wahrscheinlich noch ein, zwei weitere Exemplare für Sie mit.«

»Und wenn ich fertig bin?« Nora legte beide Hände um ihren Becher.

»Fertig womit?«

»Mit allen Illustrationen, Mr Alford. Wenn ich fertig bin, darf ich dann an Ihren Exkursionen teilnehmen?«

Pallavi begann zu singen und ihre Stimme erreichte so hohe Töne, dass Nora beinahe die Vibrationen im Tee sehen konnte.

Mr Alfords Auge zuckte. »Das ist ja fürchterlich! Pallavi. Pallavi!«

Pallavi zwinkerte Nora zu, drehte sich um und sang weiter. Mr Steed kam aus seinem Zelt gewankt, während er eine italienische Arie in der Kopfstimme trällerte. Mr Alford biss die Zähne zusammen. Pallavi verstummte, aber nur einen Augenblick lang, dann summte sie in ihrem kratzigen Sopran mit.

Mr Alford steckte sich einen Finger ins Ohr. »Machen Sie bitte einfach die Illustrationen.« Er gab Pallavi einige Münzen und sah dann wieder Nora an. »Sie könnten heute Vormittag mit Pallavi zum Markt gehen. Das wäre bestimmt interessant für Sie.«

Die Männer verließen das Lager und Mr Alfords Klagen drangen zu Nora herüber, während sie in den Wald stapften. Sie verschränkte die Arme und sah ihnen frustriert nach. Pallavi trat zu ihr und starrte ebenfalls zu den Bäumen, zwischen denen die Männer nun verschwunden waren, dann sah sie Nora an und zog fragend eine Augenbraue hoch.

»Ich war die Jahrgangsbeste, Pallavi, und er will, dass ich reife Mangos aussuche!«

Pallavi zuckte mit den Schultern. »Ich helfe Ihnen.« Sie ballte die Hand zur Faust und hielt sie sich an die Nase. Dann pumpte sie mit den Fingern und roch daran, bevor sie sagte: »Sie müssen weich sein und nach Blumen duften.«

Ein Lachen stieg in Nora auf. »Wenigstens werde ich *etwas* gelernt haben, wenn ich nach Hause zurückfahre.«

Nachdem Nora den *Aphnaeus elima* noch einmal mit Bleistift gezeichnet hatte, setzte sie ihren Hut auf, hängte sich eine Tasche um und beobachtete, wie Pallavi sich bückte, um einen Korb hochzuheben. Die Haut um ihre Leibesmitte wellte sich, und als

Pallavi den Korb auf ihren Kopf hob, spannte ihr Bizeps sich an. Sie war deutlich älter als Noras Mutter, aber ihr Körper war aus härterem Holz geschnitzt.

Ein Flügelschlagen ließ Noras Blick himmelwärts wandern, wo ein großer Nashornvogel drei Meter über ihnen schwebte. Er landete auf halber Höhe eines Baumes. Seine Schwanzfedern sahen aus wie ein chinesischer Fächer. Er schob den Schnabel in einen schmalen Spalt im Baumstamm. Nora prägte sich den Anblick ein, damit sie Bitsy davon erzählen konnte, wenn sie wieder zu Hause war.

Pallavi ging an Nora vorbei und ihre Hüften wiegten sich in einem eleganten Rhythmus, während der Korb sicher auf ihrem Kopf ruhte. Nora riss sich von dem Anblick des männlichen Vogels los, der jetzt sein nistendes Weibchen fütterte, und folgte Pallavi aus dem Lager. Deren Sandalen klatschten gegen ihre rissigen Fersen, während sie den Weg hinuntereilte. Noras Blicke schwirrten wie Hummeln von Baum zu Busch zu Blume. Es gab so viel zu sehen, unendlich viele Dinge, die sich zu beobachten lohnten. Sie hatte noch nie solch lebhafte Farben gesehen. Der schwere Geruch von Erde und Verfall und Wasser begleitete sie in Richtung Kodaikanal. Nora holte tief Luft, eine Hand an ihre Brust gepresst, und ließ ihre Sorgen los.

Etwas Rotes, das vor all dem Grün aufblitzte, erregte ihre Aufmerksamkeit. Während Nora auf den Busch zueilte, zog sie ein Tötungsglas aus ihrer Tasche. »Sieh doch nur! Ist der nicht schön!«

Pallavi, die schon ein paar Meter weiter war, stellte ihren Korb ab und sah interessiert zu, wie Nora den Prachtkäfer mit dem Glas einfing. Sie hielt das Glas mit dem zappelnden Insekt hoch, bis das Zyanid Wirkung zeigte. Sie grinste Pallavi an.

Pallavi schüttelte den Kopf und riss die Arme hoch. »Warum bringen Sie ihn um?«

Nora runzelte die Stirn und betrachtete den Käfer aus der Familie der *Buprestidae*. »Damit ich ihn studieren kann.«

»Warum?«

Sie ging auf Pallavi zu. »Ich … Weil Insekten mich faszinieren. Ich versuche, alles über sie herauszufinden.«

»Warum können Sie nicht etwas über sie herausfinden, wenn sie am Leben sind?«

Nora war größer als Pallavi – eine Seltenheit – und so blickte sie auf die Frau hinab. »Das würdest du nicht verstehen.«

Pallavi rümpfte die Nase und zog ihren Sari um die Taille fest. »*Sie* verstehen es nicht. Die Insekten leben nicht Ihnen zuliebe. Sie haben ihren eigenen Sinn.«

»Ja, aber glaubst du nicht, dass wir diesen Sinn verstehen sollten?« Nora machte eine wegwerfende Handbewegung. »Ach, es spielt keine Rolle.«

Das tat es wirklich nicht. Pallavi war ungebildet, keine Wissenschaftlerin. Sie kochte Essen und machte die Wäsche und ging zum Markt. Sie sang ihren Götzenbildern Lieder und trug ein Stück Stoff anstatt richtiger Kleidung.

Pallavi lächelte ihr zu, aber in ihren tief liegenden Augen sah Nora, dass diese Frau mehr verstand, als sie ihr zutraute. Und Nora sah sich selbst aus Pallavis Sicht – arrogant, herablassend und stolz – und ihr Gesicht wurde heiß. Sie war wie Mr Alford! Oder noch schlimmer: Sie war wie Lucius.

Eis strömte durch ihre Adern und sie schlang die Arme um sich, auf denen sich eine Gänsehaut gebildet hatte. *Wie leicht man doch den Splitter im Auge eines anderen wahrnimmt und den Balken im eigenen übersieht.*

Sie verstaute das Glas in ihrer Tasche und ergriff Pallavis Arm. »Ich will dir sagen, warum ich die Insekten studiere. Warum es wichtig ist.«

Den Rest des Weges verbrachte sie damit, Pallavi davon zu überzeugen, wie hilfreich eine wirtschaftliche Entomologie und die Bekämpfung von Ungeziefer waren und welche Möglichkeiten Insekten für die medizinische Forschung boten. Aber tief in ihrem Inneren wusste sie, sie versuchte in Wahrheit, sich selbst davon zu überzeugen, dass sie unvoreingenommen war und Menschen nicht oberflächlich beurteilte.

Als sie den Markt in Kodaikanal erreichten, hielt Pallavi sich die Ohren zu. »Schhh, schhh. Ich habe es verstanden.«

Nora grinste und ließ sich dann von ihr von einem Stand zum nächsten führen, wo sie mit Obstverkäufern diskutierte, an Bananen und Zwiebeln roch, um sie dann liegen zu lassen, und Säcke mit Linsen und Reis in den Korb stapelte.

Der gut besuchte Markt bildete einen starken Kontrast zu dem menschenleeren Wald, durch den sie gerade gelaufen waren. Nora bemühte sich, Pallavis Erklärungen zu den Feinheiten der Gurkenauswahl zu folgen, doch ihre Stimme verlor sich in all dem Rufen und Feilschen. Sie bewunderte die Körbe mit Linsen und die Eimer mit Passionsfrüchten. Wohin sie auch sah, stürmten Farben auf sie ein – von leuchtend bunten Saris zu goldenen Armreifen und Ringen.

Sie traten unter einen Baldachin und plötzlich war Nora von einer atemberaubenden Vielfalt an Gewürzen umgeben, die in silbernen Schüsseln auf einem roten Tuch aufgetürmt waren. Sie benebelten geradezu die Sinne. Die Luft war erfüllt von berauschenden Düften und Noras Augen wurden auch hier überwältigt von all der Farbenpracht, die es mit den Flügeln des vorhin gefundenen Käfers aufnehmen konnte.

Pallavi nahm eine Prise von einem roten Pulver und zerrieb es zwischen den Fingern. Dann kostete sie es mit der Zungenspitze. Sie verzog den Mund und ihre Augen blitzten. »Ni oru dhrogi.«

Der Händler, der im Schneidersitz am Kopf seines Regenbogens aus Masalas, Currys und Samen saß, schüttelte den Kopf. Ein leidenschaftlich vorgebrachtes Argument kam über seine Lippen und dann vermischten sich seine Worte mit Pallavis.

Es war alles zu anregend. Zu aufregend.

Nora zog sich zurück und ging zum See, der sie mit seinem Funkeln an seine Ufer lockte und sie von dem exotischen Markt in eine Umgebung zog, die sie an Ithaca erinnerte.

Sie bahnte sich einen Weg über den unebenen Boden, um Haufen aus Kuhfladen und hüpfende Vögel herum. Rose wäre begeistert, hier zu sein und die Tiere in ihrem natürlichen Lebensraum zu sehen anstatt gefangen hinter Gittern im Zoo. Als Nora am See angekommen war, schloss sie die Augen. Einen Moment lang hörte und roch und schmeckte sie ihre Heimat – in dem sanften Geräusch des Wassers zu ihren Füßen, im Geruch, der in der Luft lag, und der Brise, die durch die immergrünen Bäume fuhr.

Ein Aufschrei durchbrach diesen Frieden und jemand rief etwas, das wie ein Name klang: »Lukose!«

Nora kannte den Klang von Hoffnungslosigkeit. Diese Art herzzerreißender Trauer, die aus der fremden Stimme herauszuhören gewesen war, hatte sie nach dem Tod ihres Vaters erlebt.

Auf wackligen Beinen lief sie am Ufer entlang und sah sich suchend nach der Quelle dieses Kummers um. Sie fand sie in Gestalt einer Frau, die ein schwarzes Gewand trug und am Ufer des Sees saß, die Beine unter sich gezogen. Ihr kleines Gesicht war gen Himmel gerichtet und ihre dünnen Lippen waren bleich. Dunkle, glänzende, wellige Haare fielen von dem Knoten an ihrem Hinterkopf herab und über ihre Schultern. Alles an ihr wies auf Schatten und Wolken hin. In den Händen hielt sie ein kleines bemaltes Blechboot.

»Lukose.« Das Wort endete in einem Schluchzer.

Als Nora den Schmerz in den hübschen Zügen der Frau sah, hatte sie wieder den Anblick ihres Vaters vor Augen, wie er am Ufer des Cascadilla Creek gelegen hatte, sein weißes Gesicht in Sonnenlicht getaucht. Sie schniefte.

Die Frau erschrak und fuhr herum, die Augen weit aufgerissen.

»Es tut mir leid«, sagte Nora. »Ich wollte Sie nicht stören.«

Die Frau rollte sich förmlich zusammen, der Rücken rund, die Schultern vorgebeugt. Sie zog die Knie an und presste das kleine Boot an ihre Wange. »Er ist tot. Typhus.«

Nora trat näher und setzte sich neben sie. Sie konnte sehen, wo die Tränen über die Wangen der Frau gelaufen waren. Ihr Blick war leer. »Wer?«, fragte sie sanft.

Die Frau begann zu jammern und der Klang ihrer Klage zerriss Nora das Herz. Als die Trauernde Noras Oberarme umklammerte, drückte sich das Kinderspielzeug durch den Ärmel schmerzhaft in ihre Haut.

»Schon gut«, sagte Nora und zog die Frau in ihre Arme. »Ist ja gut.«

Es kam nicht darauf an, wer gestorben war. Nora verstand diese Gefühle. Sie wusste, was diese Frau brauchte, und auch wenn sie sich nicht für eine typische Trösterin hielt, war sie doch ein Mensch. Und wenn man allein war, dann war die Trauer noch unerträglicher.

Als das Weinen der Frau sich beruhigt hatte, war Noras Bluse von Tränen und Schweiß ganz nass. Die Sonne brannte auf ihren Kopf herunter und sie wünschte, sie hätte den Schirm, den William vorgeschlagen hatte. Als sie einen Blick in Richtung Markt warf, wurde ihr bewusst, dass Pallavi inzwischen wahrscheinlich ohne sie wieder zum Lager aufgebrochen war.

»Ich heiße Swathi Davies«, sagte die Frau mit einem melodischen Akzent mit verweinter Stimme.

Nora löste sich von ihr. »Ich bin Nora Shipley.«

»Lukose war mein Sohn. Er ist nur acht Jahre alt geworden.«

»Das tut mir schrecklich leid.«

Swathi nickte. »Ich war zu krank, um zu seiner Beerdigung zu gehen. Mein Mann hat mich hierhergebracht, sobald der Arzt sagte, ich würde es überleben.« Sie suchte Noras Blick. »Ich wollte nicht überleben.«

Nora hatte keine Worte für dieses Leid. Was hatten andere zu ihr gesagt, als ihr Vater gestorben war? Gab es etwas, was ihr geholfen hatte? Sie konnte sich an nichts erinnern. Sie hatte sich in ihrem Bett vergraben, und als andere sie trösten wollten, war sie in Gedanken immerzu am Wasserfall gewesen, um zuzusehen, wie ihr Vater in den Tod stürzte. »Das verstehe ich.«

»Er war mein einziges Kind. Und ich werde nicht noch mal Mutter werden.« Swathi seufzte und es klang, als käme dieses Seufzen aus tausend Kilometern Entfernung. »Wir haben sein ganzes Leben lang in Madurai gelebt. Er hat nie etwas anderes gesehen, aber immer davon geträumt. Und jetzt sind wir hier. Ohne ihn.«

»Wie kommt es, dass Sie nach Kodaikanal gezogen sind?« Ein Großteil der Einwohnerschaft in dieser Stadt bestand aus amerikanischen Missionaren und britischem Militär. Es gab hier nur eine Handvoll einheimischer Menschen.

»Mein Mann ist Eurasier, sein Vater war ein englischer General, der ihm eine Stellung bei der britischen Missionsgesellschaft besorgt hat. Nachdem Lukose gestorben war und ich nicht wieder zu Kräften kam, hat die Gesellschaft uns zur Erholung hierhergeschickt. Mein Mann arbeitet mit dem Leiter zusammen. Es sollte ein großer Segen sein, aber ich will nach Hause.« Sie sah Nora an und ihr Gesicht verzog sich zu einer Grimasse. »Ich will dort sein, wo die Erinnerung an meinen Sohn lebt.«

Wolken waren über ihnen aufgezogen und dicke Regentropfen fielen. Nora stand auf und zog Swathi ebenfalls hoch. »Kommen Sie, ich bringe Sie nach Hause. Können Sie mir den Weg zeigen?«

»Über den Berg, vor dem Tod.« Swathi senkte den Kopf und ließ sich erneut von Nora in den Arm nehmen. »Aber ich zeige Ihnen, wo ich wohne.«

Als sie am Markt vorbeigingen, hielt Nora Ausschau nach Pallavi, aber die meisten Händler packten bereits ihre Waren zusammen und da wusste sie, dass Pallavi schon gegangen sein musste.

Swathi führte sie ordentliche Straßen entlang zu einem Bungalow, den eine lange Veranda zierte.

Sie stiegen gerade die Treppe hinauf, da kam ein Mann aus dem Haus geeilt und zog Swathi in seine Arme.

»Wo warst du denn, Liebling? Ich habe mir solche Sorgen gemacht!«

»Ich bin zum See gegangen.« Sie klang so müde, dass Nora fürchtete, sie könnte jeden Moment umfallen.

»Zum See?« Der Mann sah Nora über den Kopf seiner Frau hinweg an. Dann führte er sie beide in einen kleinen Salon, wo Swathi sich auf ein Sofa setzte und den Kopf an die Lehne sinken ließ. Nora blieb angesichts der Schlamm- und Grasflecken auf ihrem Rock lieber stehen.

»Nora, das ist mein Mann Charan.« Swathis Worte fielen von ihren Lippen wie Steine. Sie hielt Lukoses Boot noch immer umklammert und ihre Finger liebkosten es, als wäre es ein Rosenkranz. Nach einer Weile erschlafften ihre schlanken Finger und ihr Kopf sackte nach vorn. Ihre Lider flatterten, bevor sie sich schlossen, und ihre Brust hob und senkte sich unter flachen, regelmäßigen Atemzügen.

»Danke, dass Sie sie nach Hause gebracht haben«, sagte Charan. Er bedeutete Nora, ihm zur Haustür zu folgen. »Ich entschuldige mich für ihr Verhalten. Sie hat sich noch nicht von dem Tod unseres Sohnes erholt und ist noch schwach von der Krankheit.«

»Sie hat mir davon erzählt.«

Charan nickte nur. Er war ein attraktiver Mann. Seine dunkelbraunen Augen kontrastierten mit seinem bronzenen Teint, doch auf beiden Seiten seines Mundes hatte Anspannung tiefe Furchen gegraben. »Wir haben unser Kind verloren und es kann immer noch passieren, dass ich meine Frau ebenso verliere. Wenn nicht an diese Krankheit, dann an die Melancholie.« Sein Lächeln ging nicht über seine Lippen hinaus. »Noch einmal danke für Ihre Hilfe.«

Als er ihr die Tür öffnete, sahen sie den Regen wasserfallartig vom Himmel stürzen.

Charan sah sie an. »Möchten Sie bei uns warten, bis es aufhört?«

Nora schüttelte den Kopf. Sie wollte nicht, dass Owen sich sorgte, und außerdem würde ihr Wegbleiben Mr Alford nur zusätzliche Munition gegen sie liefern. »Nein, ich muss gehen.«

Sie trat aus dem Haus und eilte den Weg hinunter, um möglichst rasch der überwältigenden Traurigkeit zu entfliehen, die wie eine Decke über Mr und Mrs Davies und ihrem Haus lag.

Kapitel 10

Entschlossen, die Illustrationen an diesem Tag fertigzustellen, war Nora aufgestanden, als sie Pallavi im Lager rumoren hörte. Sie hatte sich schnell angekleidet und den Tisch nach draußen gezogen, noch bevor die Sonne ganz aufgegangen war. Es hatte die ganze Nacht hindurch geregnet und die Hitze hatte die Feuchtigkeit noch nicht vom Boden gebrannt, deshalb legte Nora einen der Jamakkalam-Teppiche aus ihrem Zelt unter ihre Füße. Er fühlte sich zwischen ihren Zehen rau an und die orangefarbenen und roten Streifen entlockten ihr ein Lächeln, als sie daran dachte, wie Pallavi ihr die Teppiche am Abend zuvor in die Arme gedrückt hatte, als Nora endlich wieder im Lager erschienen war. Wegen des Regens hatte sie unterwegs fast eine Stunde lang Unterschlupf unter einem Baum gesucht.

»Haben Sie sich verlaufen?«, hatte Pallavi gefragt.

Die Männer hatten sich hinter ihr gedrängt, Angst und Verärgerung auf den Gesichtern.

»Wo warst du?«, hatte Owen angespannt gefragt. »Wir wollten gerade aufbrechen und nach dir suchen.«

Nora hatte Mrs Davies' Geschichte nicht verraten wollen, also hatte sie sich erst einmal daran gemacht, den aufgerollten Teppich loszubinden, und hatte dann zugesehen, wie er sich entrollte. Er war schmal, aber lang genug, um etwas Bequemlichkeit zu bieten, wenn sie morgens aus ihrem Feldbett aufstand. Etwas, um den Zeltboden weicher zu machen und die trostlose Einrichtung zu verschönern.

Nora hatte den Männern versichert, dass es ihr gut gehe, und Pallavi gesagt, sie sei zu müde zum Essen. Dann war sie mit dem Teppich in ihr Zelt gegangen. Während sie ihre schweißgetränkte Kleidung ausgezogen und mit einem feucht-warmen Tuch über ihre Haut gerieben hatte, hatte sie gehört, wie die Männer über sie stritten.

»Sie muss hierbleiben! Ich habe keine Zeit, loszuziehen und sie zu suchen.« Mr Alford hatte seinen Unmut gar nicht erst zu verbergen versucht und absichtlich laut gesprochen.

»Wenn Sie darauf bestehen, sie im Lager einzusperren, wird sie Wege finden, sich trotzdem auf den Weg zu machen und auf eigene Faust zu forschen.«

Nora hätte sich gern über die Gewissheit in Owens Stimme geärgert. So gut kannte er sie schließlich auch nicht und es schien anmaßend von ihm, so über sie zu sprechen.

Aber er hatte natürlich recht.

Dann hatten die Männer die Stimmen gesenkt und sie war ins Bett gegangen. Einen Arm hatte sie über die Kante hängen lassen, sodass sie mit den Fingern über das unebene Gewebe des Teppichs fahren konnte. Den Klang des hitzigen Geflüsters von draußen im Ohr, war sie irgendwann eingeschlafen.

Nora nahm einen Pinsel vom Tisch und wischte mit dem Daumen über die orangefarbenen Spritzer, die auf dem Holz gelandet waren. Sie wollte die Illustrationen gut und zügig erledigen. Wollte beweisen, dass sie zu echter Arbeit fähig war. Und wenn das bedeutete, dass sie weniger Schlaf bekam, dann war es eben so.

Sie reinigte die Borsten an einem Stück Stoff, das auf ihrem Schoß lag, und fuhr anschließend mit dem Pinsel in das Farbnäpfchen. Über das Blatt gebeugt zog sie die nun orangefarbene Spitze behutsam durch den cremefarbenen Flügel des *Aphnaeus schistacea*.

Pallavi kam näher und warf einen Blick auf Noras Arbeit. Kopfschüttelnd ging sie zum Feuer, wo Sambar über den Flammen kochte. Sie steckte den Finger in den Topf und anschließend in den Mund, bevor sie verschiedene Gewürze in die Beilagensuppe streute. Dann beugte sie sich vor, wedelte den aufsteigenden Damp in Richtung ihrer Nase und atmete pfeifend ein. Zufrieden lehnte sie sich zurück und schob eine flache, runde Pfanne über die Flammen.

»Was kochst du?«, fragte Nora. Bis jetzt hatte es zu dem Eintopf aus Linsen, Gemüse und Tamarinde immer Reis gegeben.

»Dosai.« Das Wort rollte über Pallavis Zunge und Nora versuchte, es nachzusprechen, während Pallavi in der Hütte verschwand. Einen Augenblick später kam sie mit einer verbeulten, von einem dünnen Tuch bedeckten Metallschüssel zurück und näherte sich Noras Arbeitsplatz mit langsamen Schritten. Sie deutete mit dem Kinn auf Noras Bild, und als sie es beiseiteschob, stellte Pallavi die Schüssel ab. »Dosai«, sagte sie wieder und zog das Tuch fort.

Nora beugte sich vor und schnupperte an dem schaumigen, säuerlich riechenden Teig. »Pfannkuchen?«

Pallavi gab ein schnalzendes Geräusch von sich und nahm die Schüssel wieder an sich. »Helfen Sie mir?«

Nora blickte zu den letzten beiden Schmetterlingen hinüber, die noch illustriert werden mussten – zwei kleine *Hesperiidae*. Dickkopffalter waren nicht gerade ihre Lieblingsinsekten – die meisten hatten keine interessanten Maserungen und eine langweilig braune Farbe. Aus diesem Grund hatte sie diese Exemplare für den Schluss übrig gelassen – sie wusste, dass sie für die beiden keine Stunde brauchen würde. Sie könnte sie fertig haben, bevor Mr Alford aufwachte, sodass er keinen Vorwand hätte, sie wieder im Lager zurückzulassen. Aber Pallavi stand neben ihr, die Schüssel an die Brust gedrückt, und beobachtete sie mit leicht zusammengekniffenen Augen, als sollte Nora es ja nicht wagen, ihr die Bitte abzuschlagen.

»In Ordnung.« Nora stand auf und folgte Pallavi zu der dampfenden Pfanne.

Nachdem sie die Schüssel auf den Boden gestellt hatte, nahm Pallavi einen Topf mit Ghee und goss etwas davon in die Mitte der Pfanne. Mit schnellen Strichen verrieb sie das Speisefett auf der heißen Oberfläche. Dann nahm sie eine flache Kelle aus einer

Kiste mit Kochutensilien zu ihren Füßen, tauchte sie in den Teig und verteilte diesen in einem dünnen Kreis in der Pfanne. Nach einer Minute wendete sie den Fladen mit den Fingern und zeigte dann auf den Stapel Blechteller in einem Korb in der Nähe. Nora holte einen heraus.

Mit wenigen geschickten Bewegungen faltete Pallavi das Gebäck in Viertel und legte es auf den Teller. Sie tauchte einen Löffel in den Sambar und gab ihn neben den Dosai. Anschließend nahm sie ein gewachstes Tuch von einem kleinen Tontopf mit Tomatenchutney und ließ auch davon einen kleinen Löffel voll auf Noras Teller fallen. Dann bedeutete sie Nora zu probieren.

Nora hatte sich immer noch nicht daran gewöhnt, mit den Fingern zu essen, aber es gelang ihr, ein Stück von dem dampfenden gebackenen Teig abzureißen und eine ordentliche Portion Linsen und Chutney damit aufzunehmen. Die würzig-säuerlichen Aromen explodierten auf ihrer Zunge.

»Das schmeckt köstlich!« Sie aß und sah zu, wie Pallavi gekonnt einen kleinen Stapel Dosai backte. Nach ihrem letzten Bissen fragte sie: »Kann ich es versuchen?«

Pallavi warf ihr einen überraschten Blick zu, reichte ihr aber die Kelle. Nora tauchte sie in den Teig und goss ihn in die Pfanne, aber es gelang ihr nicht, ihn gleichmäßig zu verteilen. Pallavis Finger schlossen sich um Noras Handgelenk, sodass sie Noras Bewegungen lenken konnte und der Teig etwas mehr der flachen Form zu ähneln begann, die dabei herauskommen sollte.

»Umdrehen!«, kommandierte Pallavi.

Nora griff nach dem knusprigen Rand, wendete den Dosai und verbrannte sich dabei prompt den Zeigefinger. Sie wollte sich die schmerzende Kuppe in den Mund schieben, doch Pallavi zog ihre Hand zu sich, wobei sie den verletzten Finger hin und her bewegte, während sich eine kleine Blase bildete. Nora sog zischend die Luft ein, als Pallavi ihren Fingernagel hineindrückte.

Diese murmelte etwas auf Tamil und kramte in dem Korb mit Werkzeugen zu ihren Füßen. Schließlich holte sie ein Glas hervor. »Honig.« Sie nahm ein wenig von der klebrigen Masse auf einen sauberen Löffel und strich sie sanft auf Noras Verbrennung. Dann tätschelte sie Noras Handrücken.

Einen kurzen Augenblick lang bildete Pallavis trockene, fast schon papierartige Haut einen auffälligen Kontrast zu Noras eigener – die eine dunkel und faltig, die andere hell und glatt. Und einen noch kürzeren Moment lang fühlte Nora eine Verbindung zu dieser Inderin. Ihre Mutter hatte sich nie auf diese Weise um sie gekümmert, hatte sich nie die Zeit genommen, eine Schürf- oder Schnittwunde oder eine Brandblase zu verarzten. Es war immer andersherum gewesen – falsch herum –, denn sie als Tochter hatte für ihre Mutter gesorgt.

Es war ein schönes Gefühl, bemuttert zu werden.

Nora hörte Schritte näher kommen. »Kannst du bitte mal darauf achten, dass dir nichts passiert?«, fragte Owen.

Nora ignorierte ihn und zog ihre Hand aus Pallavis. Sie holte den nun fertigen Dosai aus der Pfanne, schöpfte neuen Teig hinein und machte wieder einen Kreis daraus, diesmal ohne Hilfe. »Nimm dir einen Teller. Ich mache dir Frühstück.«

Owen schnaubte. »Hast du etwa auf einmal Hausfrauenambitionen?«

Sie warf ihm einen finsteren Blick zu und stemmte eine Faust in die Hüfte, aber bevor sie den Mund aufmachen konnte, deutete er auf die Pfanne, wo der Dosai an den Rändern bereits zu verkohlen drohte. Nora drehte ihn um und verschlimmerte ihre Blase dabei noch ein wenig, biss jedoch die Zähne zusammen und presste bloß den Daumen auf die pochende Stelle, um den Honig zu verreiben.

Nachdem sie Owens Frühstück zubereitet hatte, gab sie Pallavi die Kelle zurück und wartete mit mehr Neugier, als sie zugegeben hätte, auf seine Reaktion. Owen schob sich einen großen Bissen in den Mund und schaute sie an, während er kaute. Und schluckte. Und noch einen Bissen aß.

Als er seine Mahlzeit beendet hatte, ohne ein Wort zu sagen, verdrehte Nora die Augen und ging zu ihrem Tisch zurück. Sie machte es sich einigermaßen bequem, zog die letzten beiden Schmetterlinge näher und fuhr zusammen, als er hinter ihr auftauchte und ihr ins Ohr flüsterte: »Das war natürlich vorzüglich. Alles, was du machst, wird gut.«

Sie setzte ein selbstgefälliges Lächeln auf.

»Wir gehen heute Abend, wenn es abkühlt, wieder auf die Suche nach *Papilio buddha*. Willst du mitkommen?«

Ihr Lächeln erstarb und sie wandte sich zu ihm um. »Ist das dein Ernst?«

Einen Moment lang starrte er sie an und sie starrte zurück. Sie hatten sich beide einen schlichteren Kleidungsstil angewöhnt. Die indische Sonne war zu heiß, der Regen zu launisch, um all die Lagen westlicher Mode zu tragen. Vielleicht wären sie bereit gewesen, sich die vertrauten Kleidungsstücke zuzumuten, wenn sie in luftigen Bungalows in der Stadt gesessen und sich von Bediensteten Luft hätten zufächeln lassen. Nora fragte sich, ob sie mit ihrem einfachen Leinenrock und der schmucklosen leichten Bluse eine zu lässige Garderobe gewählt hatte. Sie berührte mit den Fingern die Spitze an ihrem Hals und versuchte, den obersten Knopf, den sie aufgemacht hatte, wieder durch das Knopfloch zu schieben.

Owen blinzelte, trat einen Schritt zurück und nickte. »Das hast du meiner unvergleichlichen Überzeugungskraft zu verdanken.«

Sie verschränkte die Arme; die Kleidungsfrage war von einer Sekunde auf die andere vergessen. »Ich werde mich sicher nicht dafür bedanken, dass du ihn dazu gebracht hast, mir etwas zu erlauben, was von Anfang an selbstverständlich hätte sein sollen!«

Owen zuckte mit den Schultern. »Ich brauche deinen Dank nicht – ich bin auch so ziemlich stolz auf mich. Willst du deine Arbeit wegpacken und sehen, ob wir außerhalb der Welt der *Lepidoptera* etwas Interessantes entdecken?«

Nora warf einen Blick auf ihre kleinen braunen Falter und kaute auf ihrer Unterlippe. Sie musste diese Illustrationen beenden.

Bei dieser Reise ging es ihr um die Schmetterlinge. Aber hier in Indien gab es eine Menge interessanter Insekten und sie wollte sich die Gelegenheit, ihre Sammlung wiederaufzubauen, nicht entgehen lassen. Vor allem wollte sie nicht, dass Owen ohne sie fündig wurde.

Ohne noch etwas zu sagen, räumte sie ihre Utensilien zusammen. Owen half ihr, alles wieder in die Hütte zu tragen, und dann verließen sie gemeinsam das Lager, während die Sonne langsam begann, den Tau von Gras und Bäumen verdunsten zu lassen.

»Wohin sollen wir gehen?«, fragte Nora, als sie durch das kniehohe Gras stapften. Die Samen der Gräser bildeten ein zartes Muster auf dem Stoff ihres Rockes, fast wie bei den Saris, die die Frauen in diesem exotischen Land trugen. Sie nahm eines der Samenkörner und biss hinein. Der frische Geschmack verscheuchte die schweren Gewürze des Frühstücks.

Neben ihr verlagerte Owen seine Tasche auf die andere Schulter, legte eine stützende Hand an ihren Arm und ließ sie dort liegen. Der Weg stieg an, während sie sich den bläulich gefärbten Hügeln der Westghats näherten.

»Auf der anderen Seite dieser Kuppe gibt es ein Stück Shola-Wald, das ich gerne auskundschaften würde. Gehen wir dorthin.«

Die Wanderung dauerte so lange, dass Noras Fußsohlen in ihren engen Stiefeln zu brennen begannen und ihre Waden sich nach einer Pause sehnten. Sie stolperte und Owens Hand berührte ihren unteren Rücken.

»Gleich sind wir am Gipfel angekommen«, sagte er. »Schau mal.«

Noras Blick ging in die Richtung, in die sein Finger zeigte, aber sie sah nichts außer einem breiten Streifen nackter Erde, die unter dem sonnenverbrannten Gras hindurchschien. Aber dann, als wäre eine Fata Morgana zum Leben erwacht, entdeckte sie plötzlich ein Dutzend Tiere, die etwa so groß waren wie Bergziegen, aber gebogene Hörner hatten. Ihre kompakten braunen Leiber waren vor dem Hintergrund aus Dreck und Stein kaum zu erkennen.

Nora blieb stehen und rührte sich nicht, weil sie die grasenden Tiere nicht erschrecken wollte. »Was ist das für eine Art?«

»Wir haben sie neulich schon einmal gesehen. William nennt sie *Varaiaadu*. Das bedeutet Klippenziegen, aber es sind eigentlich keine Ziegen. Ich glaube, sie gehören zu den Tahr. Er sagt, früher habe es große Herden überall hier in den Bergen gegeben, aber die Jagd hat die Anzahl sehr dezimiert. Ich bin nicht sicher, ob sie sich erholen werden.«

Die Tiere bewegten sich für Kreaturen von so kräftiger Statur mit erstaunlicher Anmut. Nora lief ein kalter Schauer über den Rücken. In den Westghats gab es eine verblüffende Vielfalt an Flora und Fauna und gewiss unentdeckte Arten, die in den Steppen, Hügeln und Wäldern hier heimisch waren. Wie viele waren wohl verschwunden, bevor ein Wissenschaftler ihre sich öffnenden Blütenkelche, ihre krabbelnden Körper oder ihre muskulösen Beine bemerkt hatte? Würden die *Varaiaadu* aussterben und für zukünftige Studien verloren sein?

Sie ließ ihre Tasche zu Boden gleiten und setzte sich daneben, ungeachtet der spitzen Steine. Dann öffnete sie die Klappe, zog Zeichenblock und Bleistifte heraus und machte sich daran, mit energischen Strichen die Tahrs zu zeichnen.

»Was machst du da?«, fragte Owen und setzte sich neben sie.

Sie hätte erwartet, dass seine Anwesenheit sie stören würde, aber sie fühlte nichts als die angenehme Gegenwart eines anderen Menschen – Gemeinschaft mit einer Person, die die Zerbrechlichkeit in der Schönheit all dessen verstand, was die Natur hervorbrachte.

»Rose arbeitet seit Jahren mit den Tieren im Zoo von Cincinnati. Sie interessiert sich besonders für die Bemühungen in Sachen Artenschutz. Ich glaube, sie würde gerne etwas über diese Tiere erfahren, bevor es keine Möglichkeit mehr gibt, sie zu erforschen.« Nora stellte die grobe Zeichnung fertig und fing an, sich am Rand des Blattes Notizen über Größe, Fortbewegung und Interaktion mit den anderen Tieren in der Herde zu machen.

Owen rückte näher und löste damit nun doch noch Verärgerung bei ihr aus. Sie rutschte ein Stückchen weiter.

»Ich frage mich, wie viele Insektenarten unwiederbringlich fort sind, ohne dass die Menschheit jemals von ihnen erfahren hat«, sagte er.

Nora wandte sich ruckartig zu ihm um und verringerte damit den Abstand, den sie eben erst zwischen ihn und sich gebracht hatte. »Genau das habe ich mich auch gerade gefragt!«

Seine Augen lächelten und er war nicht mehr der kokette Mann, der sie neckte, sondern ein Wissenschaftler mit tiefen Gedanken und noch schöneren Worten. »Wenn du fertig bist, können wir vielleicht eine von diesen Arten entdecken, bevor es zu spät ist.«

Sie grinste, verstaute die Zeichensachen in ihrer Tasche und sprang so leichtfüßig auf wie die Tahrs in dem Moment, als ihre Bewegung sie erschreckte. Die Beine der Tiere flogen und kurz darauf waren sie über der Hügelkuppe verschwunden, ihre hämmernden Hufe ein Echo dessen, was sie zuvor gesehen hatten.

Nora wanderte mit frischer Energie an Owens Seite über die Bergkuppe und hinunter zu dem tropischen Wäldchen, in dessen Schatten sie kurz darauf eintauchten.

»Ich liebe diesen Wald schon jetzt«, sagte sie, die Stimme zu einem Flüstern gesenkt. »Hier herrscht ein Friede, wie ich ihn noch nie zuvor verspürt habe. Es fühlt sich an wie ein Heiligtum, das tief im Land der tausend Götzen verborgen ist. Ein Ort, an dem Gottes Fingerabdrücke auf seinen Plan hinweisen.« Sie bereute sofort, einfach mit ihren Gedanken herausgeplatzt zu sein.

Aber Owen zog sie nicht damit auf. Er nutzte die Gelegenheit nicht, um Nora als alberne, typisch sentimentale Frau hinzustellen. Stattdessen berührte er ihren Ellbogen, seine warmen Finger auf ihrer Haut, und sagte: »Da hast du recht.«

Sie lächelte zu ihm auf und fragte sich, warum sie ihn jemals gehasst hatte. Klebrige Fäden küssten ihre Wange und sie erstarrte. »Stopp! In was auch immer ich gerade hineingelaufen bin, ich will es nicht zerstören.«

Owens Augen musterten das Netz, das über ihrem Gesicht lag, und ließen sich dabei mehr Zeit, als ihr nötig schien. »Es ist nicht beschädigt. Du hast nur ein paar Fäden gelöst. Hier.« Er griff nach den seidigen Fäden und rieb sie sich von den Fingern.

Nora trat einen Schritt zurück und betrachtete das Netz, das zwischen zwei Mahagonibäumen gespannt war. Es hatte einen Durchmesser von etwa anderthalb Metern und leuchtete in dem Licht, das durch die oberen Wipfel der Shola fiel, wie gesponnenes Gold.

»Das gehört einer *Nephila pilipes.*« Sie berührte mit dem kleinen Finger die Nabe, von der aus die Fäden im oberen Teil des Netzes nach außen führten. Die klebrige Fangspirale füllte seinen unteren Teil, aber die Spinne hatte bereits fünf Insekten eingewickelt und in einen Kokon über der Nabe befördert. Die riesige Seidenspinne saß in der Nähe ihres Vorrats und betrachtete ihr seidiges Reich. »Hast du eine in deiner Sammlung?«, fragte Nora.

»Nein«, sagte Owen, »aber du kannst sie gerne haben. Ich finde, eine Spinne mit diesem Maß an Dimorphismus sollte einer gleichermaßen starken Frau gehören.«

In Noras Kehle stieg ein Lachen auf, das sie nicht zurückhalten konnte, und es ergoss sich mit so viel Kraft, dass das Spinnennetz bebte und die Seidenspinne sich nach unten bewegte. Ein halbes Dutzend winziger männlicher Spinnen, nur ein Zehntel so groß wie das Weibchen, huschte mit nervöser Energie hin und her. »Hol mein großes Tötungsglas heraus, Owen. Schnell.«

Er kramte in ihrer Tasche und reichte ihr das Glas. Sie drehte den Deckel ab, klemmte ihn sich zwischen die Zähne, streckte die Hand nach dem Spinnenweibchen aus und packte den Hinterleib des Tieres. Die schwarz-goldenen Beine versteiften sich und schlossen sich dann ganz um Noras Handgelenk. Als eine der größten Spinnen der Welt wäre sie eine beeindruckende Ergänzung für jede Sammlung – vor allem eine, die so drastisch verkleinert worden war wie ihre.

Bevor die Spinne sie beißen konnte, setzte Nora sie in das Glas und verschloss es schnell mit dem Deckel. Dann hielt sie es zwischen ihre Gesichter und strahlte Owen an. »Ist sie nicht schön?«

Owen spähte in den Behälter. »Könnte es sein, dass du die einzige Frau auf diesem Planeten bist, die das findet?«

Nora zuckte mit den Schultern. »Möglich.«

»Macht es dir etwas aus, anders zu sein?«

»Sollte es das? Was ist die Alternative? Vor Geschöpfen wie diesem Angst zu haben?« Sie klopfte mit dem Fingernagel gegen das Glas und schüttelte den Kopf. »Ich will niemand anders sein als die, die ich bin.«

Owens schiefes Grinsen machte irgendetwas mit ihrem Magen. »Ich will auch nicht, dass du jemand anders bist.«

ଓ

Früh an diesem Abend, nachdem Nora und Owen von ihrem Ausflug zurückgekehrt waren, lud Mr Alford Nora offiziell ein, die Männer bei ihrer Exkursion zu begleiten. Er war der Meinung, dass sie den *Papilio buddha* eher finden würden, wenn die Hitze des Tages nachgelassen hatte, und so zogen sie nach einem leichten Abendessen los, jeder mit einer Tasche über der Schulter. Für den Rückweg hatten sie Laternen dabei.

»Natürlich können Sie alles sammeln, was Sie für nützlich halten, aber vor allem will ich den *Papilio buddha*. Ich hatte vor meiner Indienreise einen in meiner Sammlung, aber er war nicht richtig montiert und hat sich nicht gehalten.« Mr Alford führte sie tief in den Wald und schon bald verdunkelten die hoch aufragenden Pinien die Sonne und ein Teppich aus Nadeln dämpfte ihre Schritte. Ein leichter Nieselregen befeuchtete die Luft und Mr Alford stöhnte. »Schwärmen wir aus. So haben wir bessere Chancen, den Schmetterling zu finden. Hoffentlich fängt es nicht richtig zu regnen an. Und melden Sie sich alle paar Minuten, um den Anschluss an die Gruppe nicht zu verlieren. Ich will nicht nach jemandem suchen müssen. Außerdem wird der Lärm mögliche Raubtiere verscheuchen.« Er stapfte weiter, während er etwas von Pech und dem bevorstehenden Monsun murmelte.

Nora ging in die entgegengesetzte Richtung um die Kurve, die der Pfad machte, und hielt die Augen nach dem leuchtenden Grün und Petrol des *Papilio buddha* offen. Alle paar Augenblicke rief eine Männerstimme »Hier!«, aber sie bemerkte die Rufe kaum. Es würde nicht schaden, wenn sie diejenige wäre, die den Schmetterling fand, den Mr Alford unbedingt haben wollte. Sie wusste, wie sehr ein begehrtes Insekt das Herz erweichen konnte. Nora schaute sich überall in ihrer Umgebung um und betrachtete vor allem die Obstbäume genauer, in denen der Schmetterling bevorzugt Nahrung suchte, während sie weiter in den Wald vordrang.

Die Luft war schwer und lag beklemmend klebrig auf ihrer bloßen Haut. Aufsteigender Nebel waberte um die Baumstämme herum, erschwerte die Sicht und schien alles zu dämpfen. Sie fühlte sich, als wäre sie von Gespenstern umgeben.

»Nora, wo bist du?«

Owens leiser Ruf entlockte ihr ein erschrockenes »Hier!«. Sie wandte sich dorthin, von wo sie seine Stimme hatte kommen hören, und schob sich durch einen Busch, der so groß war wie ein Ahornbaum. Dabei stolperte sie über eine dicke Ranke, die sich um den Stamm wand, und fing ihren Sturz mit den Händen ab. Ein Tausendfüßler huschte über ihre Fingerknöchel. Sie zwang sich, ganz still zu halten, damit das Tier ihr nicht seine Mundwerkzeuge in die Haut rammte, und beobachtete es fasziniert, während die unzähligen winzigen Beinchen sie kitzelten.

Als der Tausendfüßler zu Boden fiel, stand sie auf und wischte die Blätter und Erdklumpen von ihrem nassen Rocksaum. Sie musste die restliche Mannschaft wiederfinden. Die Abenddämmerung tauchte den magentafarben blühenden Rhododendron in silbriges Licht. Eine Motte, die größer war als Noras Handfläche, ließ sich auf einer der Blüten nieder. Nora näherte sich ihr vorsichtig. Die blassgrünen Flügel des Insekts glänzten vor den leuchtenden Blüten.

Wie zauberhaft!

Sie hielt den Finger an die Blüte, und als die Motte darauf kletterte, hob sie ihn langsam vor ihre Augen. Zwei farnartige Fühler umrahmten das pelzige Gesicht. Nora lächelte, als die rosafarbenen Beinchen sich bewegten und über ihre Hand wanderten. Behutsam griff sie mit Daumen und Zeigefinger nach den Flügeln und drehte den Nachtschmetterling um. Der unterentwickelte Mund öffnete sich, als sie vorsichtig von beiden Seiten Druck auf den filigranen Körper ausübte, immer darauf bedacht, ihn nicht zu zerdrücken. Als die Motte sich nicht mehr bewegte, holte sie ein Glas aus ihrer Tasche und ließ sie hineingleiten.

Gelähmt, wie er war, schlug der Falter nicht mit den Flügeln, sodass sie keinen Schaden nahmen, und Nora sah zu, wie schließlich auch die Beine zu zappeln aufhörten.

Sie hielt das Glas hoch und bewunderte ihr neuestes Exemplar im fahlen Abendlicht. Durch das Glas sah sie an der Motte vorbei in den Baldachin einer Baumgruppe. Sie ließ das Behältnis sinken und blinzelte. Eine merkwürdige, aus Stücken zusammengesetzte Kugel hing von einem der Äste herab. Nora verstaute das Tötungsglas wieder in ihrer Umhängetasche und trat unter den Baum. Es sah aus, als hätte jemand hauchdünne braune Blätter zu einer Kugel zusammengenäht, und einige orangefarbene Ameisen krochen aus einem Spalt und marschierten um die Kugel herum.

Nora sog scharf die Luft ein. *Oecophylla smaragdina* – Schuppenameisen!

Trampelnde Schritte machten Nora darauf aufmerksam, dass

jemand näher kam, und Mr Alford und Owen erschienen zwischen den Blättern des Rhododendrons.

»Haben Sie etwas gefunden?«, fragte Mr Alford. Seine strähnigen Haare hingen ihm in die Augen und er schob sie mit der Hand beiseite.

»Nicht den Schmetterling, den Sie suchen, aber sehen Sie mal.« Nora zeigte zu dem Nest der Ameisen hinauf und Mr Alford warf einen abschätzigen Blick darauf.

»Wir können genauso gut zurückgehen.« Er schaute in den Himmel hoch. »Es kann jeden Augenblick anfangen zu schütten. Was für eine Zeitverschwendung!«

»Ich sehe es mir an«, sagte Nora, während sie nach einem tiefen Ast griff und sich hochzog. Ihr Rock wickelte sich um ihre Beine und sie packte den Stoff und knüllte ihn in der Hand zusammen. Sie ließ den Ast ein wenig federn, um seine Stabilität zu testen, und als sie sicher war, dass er halten würde, zog sie sich zum nächsten Ast weiter und schlang die Beine darum.

»Wir sind nicht hier, um Ameisen zu studieren. Kommen Sie da runter!«

Nora wollte sich ihre Mission nicht von Mr Alford verderben lassen. »Nur ein paar Minuten! Die Gattung der Weberameisen fasziniert mich, seit Professor Comstock uns zum ersten Mal davon erzählt hat. Weißt du noch, Owen? Das war letztes Jahr während seiner Vorlesung über die schmerzhaftesten Insektenbisse. Zünde die Lampe für mich an und halte sie hoch, ja? Es wird zu dunkel.«

Owen schaute unsicher zu Mr Alford, entzündete aber seine Laterne und reckte den Arm in die Höhe. »Geben Sie ihr einen Augenblick. Sie lässt sich sowieso nicht umstimmen.«

Während Owen und Mr Alford diskutierten, schob Nora sich zentimeterweise näher an das Nest heran. Die Schuppenameise war aggressiv. Wenn sie zubiss, rieb sie anschließend ihren Unterleib über die Haut und verteilte Ameisensäure in der frischen Wunde. Nora zitterten die Hände vor Vorfreude. Es war fantastisch, die Tiere hier leibhaftig vor sich zu haben. Sie saß jetzt so dicht an dem Nest, dass sie beobachten konnte, wie eine stetige Ameisenkolonne herauskam. Die Tiere stiegen übereinander nach unten und hielten sich aneinander fest, um eine Kette zu bilden, die über dem Boden hing. Nora lachte über dieses Verhalten. So etwas hatte sie noch nie gesehen.

Die Ameisen mussten die Schwingungen des Astes gespürt haben, denn die Kette löste sich auf und die emsigen Insekten liefen über den Ast. Eins kam auf Nora zu, und weil sie ihren Beobachtungsposten nicht aufgeben wollte, schnipste sie die Ameise vom Baum.

»Miss Shipley! Kommen Sie jetzt runter, die anderen warten!«

Sie rümpfte die Nase. »Nur noch einen Augenblick! Ich will hineinsehen.« Sie riss einen Zweig von dem Ast über ihr ab und schob sich weiter auf das Nest zu. Als sie gerade mit dem Stöckchen in dem Nest stochern wollte, erklang von unten nun Owens Stimme. »Vielleicht solltest du jetzt herunterkommen. Hast du deine Lektion nicht gelernt, was das Klettern auf Bäumen betrifft?«

Nora seufzte. »Owen Epps, was für ein Entomologe hat solche Angst davor, von einem Baum zu fallen, dass er die Studien eines so faszinierenden Geschöpfs aufgeben würde?« Sie benutzte den Zweig, um zwei zusammengeklebte Blätter voneinander zu trennen, und schob eines zur Seite. Dann spähte sie in das Nest hinein und grinste. Mehr als hundert Ameisen krabbelten darin und tanzten zu einer Musik, die nur sie selbst hören konnten. »Sie sind unglaublich!«

Einige Ameisen kamen aus dem Nest gerannt und Nora zog das Stöckchen weg, als die kleinen Wesen darauf entlangzulaufen begannen. Sie schlug damit gegen den Ast, um die Ameisen abzuschütteln, dann schob sie es wieder in das Nest. Diesmal beugte sie sich so weit vor, dass sie nur wenige Zentimeter von der Öffnung entfernt war, und sah die Larven an der Blätterwand weiß leuchten. Sie berührte das Nest mit dem Finger. Wie konnten sie es so stabil bauen? Absolut erstaunlich.

Der Baum bebte unter Nora und Owen ächzte. »Wie bist du hier heraufgekommen? Das war gar nicht so einfach.« Sein Kopf erschien über dem Ast, auf dem sie saß.

»Ich kann einfach gut klettern.«

»Du kannst auch gut runterfallen.«

»Diesmal werde ich das aber nicht tun.« Nora hob das Nest mit dem dünnen Stock an, weil sie sehen wollte, wie die Ameisen es am Baum befestigt hatten. »Sieh dir das an! Sie benutzen die Seide von den Larven, um ihre Nester zusammenzukleben.«

Sie biss sich auf die Unterlippe. *Vorsichtig.* Sie schob den Stock unter das Nest und … es trennte sich vom Baum und flog durch die Luft.

Mr Alford schrie auf. Nora und Owen sahen einander mit weit aufgerissenen Augen an und Nora wagte einen Blick nach unten, wo ihr Exkursionsleiter mit den Händen auf seinen Kopf einschlug, während die Ameisen ihm über Haare, Gesicht und Hals huschten.

»Oh nein!« Sie stieß Owen zur Seite und kletterte hastig von ihrem Ast.

Owen sprang hinter ihr vom Baum, und nachdem sie auf dem untersten Ast angekommen war, packte er sie um die Taille und setzte sie auf dem Boden ab. Sie eilte zu Mr Alford und half den anderen Männern, die sofort herbeigeeilt waren, die Ameisen von ihm wegzuwischen.

Es war, als würden unzählige kleine Klingen in Noras Handflächen schneiden, als die Ameisen ihre kräftigen Mundwerkzeuge benutzten, um ihre Haut zu durchbohren. Noras Bewunderung für ihre Klugheit ließ deutlich nach, während das Brennen sich auf die gesamte Fläche ihrer Hände ausbreitete. Sie zertrat und zerdrückte jeden dieser kleinen Teufel, den sie erwischen konnte.

Schließlich waren erfolgreich alle Ameisen von Mr Alford entfernt. Er presste die Hände auf die wunde, gerötete Haut an Schläfen, Unterkiefer und Hals. Zwischen seinen Fingern hindurch funkelte er Nora an; seine Augen glänzten feucht.

»Sie …« Es klang auch ohne weitere Worte wie eine Anschuldigung und Nora hörte darin alle möglichen Beleidigungen.

»Es tut mir schrecklich leid! Das wollte ich nicht.« Ihre Hände pochten und sie spreizte die Finger, damit die Luft die Zwischenräume kühlen konnte.

»Sie dumme Gans!« Mr Alford drehte sich um und schlug sich durch Unterholz und Gestrüpp zurück zum Pfad. Mr Steed grinste Nora spöttisch an und folgte ihm.

Mr Taylor schob seinen Hut in den Nacken und kratzte sich am Kopf. »Ich nehme an, damit haben Sie es nun nicht gerade geschafft, sich seinen Respekt zu verdienen.«

»Es war ein Unfall. Das hätte jedem passieren können«, sagte William traurig. »So ein Pech, dass es gerade Ihnen passiert ist!«

Als die beiden ebenfalls davongingen, trat Owen zu ihr und ergriff ihre Hand. Nora atmete hörbar ein, weil es wehtat, aber seine tröstliche Berührung war Balsam für ihr Herz.

»Das wird schon wieder«, sagte er.

»Dein Optimismus, was mich betrifft, ist gänzlich unbegründet.«

Sie schüttelte seine Hand ab und folgte den Männern, was nicht schwierig war, weil sie nur Mr Alfords lauten Flüchen nachgehen musste.

Kapitel 11

Nora sah zu, wie William und Mr Alford den Tisch aus der Hütte zogen. Mr Taylor folgte mit einigen Kartons, von denen sie wusste, dass sie Schmetterlinge enthielten, die die Männer in den vergangenen zwei Tagen gefunden hatten.

»Also wirklich.« Sie stapfte zu Owens Zelt. »Ich muss mit dir reden.«

Er schob die Plane am Eingang zur Seite und sie wich zurück, weil er ihr plötzlich so nah war.

»Du musst mit Mr Alford sprechen!«, sagte sie. »Er lässt mich noch immer nichts anderes als Illustrationen machen und er hat seit dem … Zwischenfall kein Wort mit mir gesprochen.«

Owen beugte sich über sie und der Duft seines Eau de Cologne stieg ihr in die Nase. Wie schaffte er es, so gut zu riechen, während die anderen Männer nach Schweiß und Knoblauch stanken? Als er sprach, ließ sein Atem die Haarsträhnen, die ihrem Dutt entflohen waren, tanzen, sodass sie Nora am Ohr kitzelten. »Du solltest etwas tun, um dich bei ihm beliebt zu machen.«

Es dauerte einen Augenblick, bis ihr bewusst wurde, was er da gerade gesagt hatte. Sie runzelte die Stirn. »Ich werde ihm nicht schmeicheln, um meine Karriere zu fördern!«

»Dich nützlich zu machen, ist keine Schmeichelei. Versuch doch einfach … nett zu sein.«

Nora starrte ihn mit offenem Mund an. »Bin ich das nicht immer?«

Seine Augenbrauen schossen in die Höhe und er lachte aus vollem Hals. Sie musterte ihn fasziniert. Noch nie hatte sie einen so ausdrucksstarken Mann gesehen.

Einen so attraktiven Mann.

Sie atmete scharf ein. Woher war das denn jetzt gekommen?

»Es fällt Mr Alford vielleicht schwer, unter all deinen besonderen Eigenarten die Nettigkeit zu entdecken«, gab Owen zu bedenken. Dann schlenderte er langsam zur Hütte, vor der die anderen Männer sich versammelt hatten.

Eigenarten? Das klang wie eine Beleidigung.

Nora stapfte hinter ihm her, holte ihn ein und bohrte einen Finger in seinen Rücken. Als er sich umdrehte, sagte sie: »Also gut. Du hast recht. Ich habe mich nicht richtig entschuldigt. Aber ich werde keinerlei *Eigenarten* eingestehen.«

Nora machte einige Schritte auf Mr Alford zu, dessen Gesicht von entzündeten roten Flecken übersät war. Er hatte seine dünnen Brauen – sie waren ganz anders als die von Owen – zusammengezogen und mit den nach unten zeigenden Enden seines Schnurrbarts sah er aus wie ein trauriger Hund.

Etwas stach sie unter den Rippen. Er sah schrecklich aus. Und so gerne sie ihm auch die Schuld gegeben hätte, weil er unter dem Baum gestanden hatte, wusste sie doch, dass sie das zu verantworten hatte. Sie war starrsinnig ihrem Ziel gefolgt, die Ameisen zu studieren, obwohl Mr Alfords Einwände höchstwahrscheinlich vernünftig gewesen waren.

Sie blieb vor ihm stehen. »Es tut mir wirklich leid, dass Sie verletzt wurden, Mr Alford. Es war nicht meine Absicht – ich habe nicht daran gedacht, dass dieses Ding herunterfallen und jemanden treffen könnte.«

Mr Alford fuhr mit einem Finger über die Schwellungen an seinem Kinn. Seine Augen verengten sich ein wenig, aber er sagte nichts.

»Ich würde heute gerne mit Ihnen auf Exkursion gehen. Und ich gebe Ihnen mein Wort, dass ich nur das tun werde, was Sie mir auftragen, auch wenn ich etwas Interessantes sehe. Ich könnte Ihrem Team helfen. Mein Wissen und meine Erfahrung beim Aufspüren von Schmetterlingen wäre ein Gewinn für Sie.«

Nun lief sein Gesicht auch zwischen den Ameisenbissen rot an. »Nein.«

Nora ließ die Schultern hängen. Sie versuchte, ihrer Verzweiflung nicht nachzugeben. Versuchte, das Kinn vorzustrecken, ihm in die Augen zu sehen und zu verlangen, dass er ihre Kompetenz anerkannte. Aber sie wusste, dass er sie nicht mehr nur wegen ihres Geschlechts ablehnte. Er wollte sie nicht in seiner Nähe haben, weil er ihr nicht traute. Und das hatte sie allein sich selbst zuzuschreiben.

Sie presste die Lippen aufeinander, um ein tiefes Seufzen zu unterdrücken. Wie es aussah, würde sie einen noch steileren Berg erklimmen müssen, um seine Gunst zu gewinnen. »Ich verstehe. Aber wenn ich mit meiner Arbeit fertig bin, könnte ich doch ein wenig für mich forschen.«

»In der Shola und der Steppe gibt es Tiger und Leoparden. Sie können gerne losziehen, wenn Sie gefressen werden wollen. In einer Gruppe ist es sicherer.« Er zuckte mit den Schultern.

»Mr Taylor zieht ständig allein los, um seine seltenen Ceylonegel zu finden. Mögen Tiger den Geschmack britischer Männer nicht?«

Mr Taylor, der neben dem Feuer stand und einen Tee trank, sah zu ihr herüber. »Es gibt nicht viele Wesen, die den Geschmack britischer Männer mögen«, sagte er.

Owen schnaubte und raunte Nora zu: »Etwas, was auch für dich gilt, Sonderbar?«

Sie stieß ihn mit der Schulter an, ohne den Blick von Mr Alford abzuwenden. »Sie lassen Pallavi und mich jeden Tag im Lager zurück. Ist das nicht gefährlich?«

»Tiger greifen keine Camps an, wenn sie genügend zu fressen haben. Aber wenn Sie in der Wildnis auf einen treffen, ist er vielleicht so verärgert, dass er Zähne und Klauen zeigt.« Mr Alford starrte sie an, ohne zu blinzeln, bis sein Lid zuckte. Er fuhr herum und schwenkte eine Hand über seinem Kopf. »Kommt, Männer, packen wir zusammen!« Dann verschwand er in seinem Zelt.

Owen legte seine große Hand auf ihre Schulter. »Du hast es versucht.«

Die Wärme seiner Berührung zog durch ihren ganzen Arm bis in die Fingerspitzen. »Geholfen hat es anscheinend nicht.«

Er wandte sich zu ihr um und nahm ihre Hände. »Eine linde Antwort stillt den Zorn. Keine Sorge, er wird schon noch einlenken.«

»Ich wusste gar nicht, dass du ein Philosoph bist.«

Seine Zähne blitzten, als er schelmisch grinste. »Das steht in der Bibel. In den Sprüchen. Möchtest du den Rest des Verses hören?«

Mit seinen blauen Augen sah er sie an. Nora fand es erstaunlich, dass dieselbe Theorie zur strukturellen Färbung, die Hooke und Newton aufgestellt hatten, sowohl auf die Flügel von Insekten als auch auf Owens Augen zutraf. Sie reckte den Kopf ein wenig vor, um sich die Wirkung genauer anzusehen.

»Also gut, sag es mir«, antwortete sie, in der Hoffnung, ihn noch etwas länger abzulenken.

Einer seiner Mundwinkel hob sich, so als hätte er ihre Beweggründe durchschaut. »Ein lindes Wort stillt den Zorn; aber ein hartes Wort erregt Grimm.« Er blinzelte, sodass seine blonden Wimpern ihre Beobachtung störten; also konzentrierte sie sich auf das, was er sagte. »Ich bewundere deine Stärke und Zielstrebigkeit, aber manchmal müssen diese Dinge mit Gnade versetzt werden. Besonders Worte können heilen oder kränken.«

»Habe ich jemals mit dir auf eine Weise gesprochen, die dich gekränkt hat?«, fragte sie, obwohl sie nicht sicher war, ob sie die Antwort wirklich hören wollte. Sie waren schon so lange Kommilitonen, bestimmt hatte es solche Situationen gegeben.

Owen rieb mit den Daumen über ihre Fingerknöchel und Nora, die ganz vergessen hatte, dass er immer noch ihre Hände hielt, holte tief Luft. Sein Blick wurde weich, beinahe so, als hätte jemand die Farbe darin mit Kalk gedämpft. »Das spielt keine Rolle. Deine Worte schüchtern mich nicht ein.«

»Glaubst du, das wäre meine Absicht?« Sie senkte die Stimme und trat näher, sodass nur noch eine kleine Libelle zwischen ihnen hätte schwirren können. Was war nur in sie gefahren? Ihre Hände begannen zu schwitzen und sie wusste nicht, ob das an der schweren warmen Luft, Owens Berührung oder ihrem eigenen forschen Verhalten lag.

Indien hatte eindeutig etwas an sich …

Am liebsten hätte Nora mit den Fingern Owens Grübchen berührt. Sie zog eine Hand aus seiner und hielt sie in der Luft wie eine Fliege, die in einem Spinnennetz gefangen ist, in der Falle zwischen dem Wollen und dem Wissen.

Nora bewegte die Hand weiter auf seine Wange zu, bis ihre zitternden Finger nur noch Millimeter davon entfernt waren. Und ausnahmsweise blieben Owens Brauen reglos, ruhten über Augen, die so voller Staunen und Hoffnung waren, dass Nora der Atem stockte und ein kleiner Laut ihrer Kehle entwich.

Und dann kam etwas ins Lager gerannt, das wie ein tobender Elefant klang, und riss Nora mit Schreien und Stampfen und Heulen aus ihrem Traum.

Nora fuhr herum. Pallavi hielt ein vielleicht elf Jahre altes Mädchen so fest in ihren Armen, dass es eher wehzutun schien, als Zuneigung auszudrücken. Doch sie konnte das Kind kaum bändigen; es brüllte weiter und wehrte sich gegen ihren Griff.

Owen lief zu den beiden. »Was machst du mit dem armen Kind, Pallavi? Lass sie los!«

Pallavi lockerte ihren Griff, schüttelte aber energisch den Kopf. »Nein. Sie darf nicht hier sein.« Sie gab dem Mädchen eine so heftige Ohrfeige, dass die Kleine benommen verstummte.

Als Owen Pallavis Hände wegzog, stieß diese einen Wortschwall in Tamil aus und schüttelte die Faust vor dem Gesicht des Mädchens. Das Kind stand still da, gerade so weit entfernt, dass es außerhalb von Pallavis Reichweite war; eine einzelne Träne lief über sein schmutziges Gesicht.

Ein Faden des Mitgefühls wickelte sich um Noras Herz und sie trat zu den dreien. »Was ist los?«

Pallavi schob die Unterlippe vor und verschränkte die Arme.

Das Kind blickte mit so großen und tiefen braunen Augen zu Nora auf, dass sie unwillkürlich in die Verzweiflung hineingesogen wurde, die sie darin sah.

»Ich heiße Sita.« Das Mädchen sprach perfektes Englisch.

Owen hockte sich vor sie hin. »Du scheinst es dir mit unserer Köchin verdorben zu haben.«

Sita warf Pallavi einen verächtlichen Blick zu. »Sie ist meine Tante. Die Schwester meines Vaters.«

Nora riss die Augen auf. »Warum behandelt sie dich so?«

Sita zuckte mit einer ihrer schmalen Schultern und kratzte sich am Kopf.

Nora schürzte die Lippen und sah Pallavi an, deren Finger sich nach Sitas nacktem Arm ausstreckten. »Pallavi?«

»Sie darf nicht herkommen!« Pallavi unterstrich jedes Wort mit einem lauten Klatschen. »Sie ist sehr böse. Starrsinnig.«

Sitas Kinn bebte und sie krauste die Nase, während ihr ausdrucksstarker Mund sich zu einem spöttischen Grinsen verzog – eine trotzige Miene, hinter der sich, wie Nora nur zu gut wusste, oft ein gebrochenes Herz verbarg.

Nora zog Sita zur Seite und legte eine Hand auf ihre Schulter. »Möglicherweise haben wir beide einiges gemeinsam.«

Sita blickte zu ihr auf. »Ich wollte nur die ausländische Forscherin sehen, von der alle sprechen, Akka.«

»Das klingt nicht so, als müsste sie dafür bestraft werden, Pallavi.« Owen berührte Noras Rücken. Sie fröstelte, was ihr eine merkwürdige Reaktion auf die Hitze schien, die sie durch ihre Bluse spürte. Sie zwang sich, den Druck von Owens Hand zu ignorieren, und wandte ihre Aufmerksamkeit genau in dem Augenblick wieder Pallavi zu, in dem sie Sitas Arm packte und ihre knochigen Finger sich in das weiche Fleisch des Mädchens gruben.

»Sie darf nicht herkommen. Ich habe Nein gesagt! Ich verliere meine Arbeit und habe kein Geld!«

Sita wand sich aus Pallavis Griff und Nora bemühte sich um

den sanften Tonfall, den sie von ihrer Mutter gewohnt war: »Pallavi, du wirst deine Stellung nicht verlieren, weil Sita mich kennenlernen wollte. Es schmeichelt mir sogar, dass sie …«

»Was macht dieses schreckliche Kind in meinem Lager?« Mr Alfords durchdringende Stimme schnitt Nora das Wort ab.

Sita ließ das Kinn auf die Brust sinken und begann mit den goldenen Armreifen zu spielen, die sie ums Handgelenk trug.

»Ich habe ihr gesagt, dass sie nicht herkommen darf!« Pallavi streckte die Arme himmelwärts, die Handflächen nach oben gerichtet.

Als Mr Alford schnaubte und näher kam, trat Owen nach rechts, um ihm den Weg zu Sita zu versperren. Nora starrte seinen breiten Rücken an. Das Hemd spannte sich über seinen Schultern, als er in einer abwehrenden Geste die Arme hob. Warum hatte sie nie bemerkt, was für ein guter Mensch Owen war?

»Wieso ist ihr Besuch denn ein Problem?«, wollte er von Mr Alford wissen. »Sie ist doch nur ein Kind.«

Mr Alford versuchte, sich an Owen vorbeizudrängen, aber Sita versteckte sich hinter Nora, schlang die Arme um ihre Taille und vergrub den Kopf an ihrem Rücken.

»Dieses Kind hat das letzte Mal, als es hier war, eine ganze Woche unserer Arbeit zunichtegemacht! Die Göre hat alle unsere Insektenkästen ausgeleert und die Einzelteile dazu benutzt, ein Bild von einem ihrer Götzen zu basteln.«

»Habe ich nicht!« Sita klammerte sich noch fester an Nora, sodass es an den Hüften schmerzte.

Sie machte sich von dem Mädchen los. »Du hast die Insekten nicht kaputt gemacht?«

In Sitas Augen standen Tränen, aber sie blinzelte sie fort und presste die Lippen aufeinander. Starrsinnig, ganz wie Pallavi behauptet hatte. Und rebellisch. Dieses Kind, dieses Mädchen mit dem silbernen Stecker in der Nase und dem spitzbübischen Funkeln in den Augen, faszinierte Nora.

Sie bückte sich und flüsterte Sita ins Ohr: »Erzähl mir, was passiert ist.«

Sitas Blick huschte zwischen Owen, Pallavi und Mr Alford hin und her, bevor er auf Nora liegen blieb. Als sie Noras Brosche entdeckte, leuchtete Sitas Gesicht auf. Sie berührte das Schmuckstück mit der Fingerspitze. »Das ist schön.« Sie legte den Kopf schief. »Das ist eine *Cilvantu.*« Sie kniff die Augen zusammen und runzelte nachdenklich die Stirn. »Eine Zikade?«

Ein Lächeln erschien auf Noras Lippen. »Das stimmt. Was für ein kluges Mädchen du bist.«

Mr Alford seufzte. »Sorgen Sie einfach dafür, dass sie so schnell wie möglich aus dem Lager verschwindet.« Als er an Sita vorbeiging, fuchtelte er drohend mit dem Zeigefinger. »Fass ja nichts an!«

Pallavi murmelte etwas und stocherte mit einem Stock im Feuer. Funken flogen durch die Luft und Nora zog Sita weiter von den Flammen fort zu den Klappstühlen.

»Komm, setz dich zu mir.« Sie schüttelte den Kopf in Owens Richtung, als er ihnen folgen wollte. Manche Dinge machten Frauen besser unter sich aus.

»Sieh sie dir ruhig an«, sagte sie, nachdem sie sich gesetzt hatte. Sie nahm die Brosche aus Gold und Jade ab und legte sie in Sitas Hand.

Sita strich über die reliefartig in die Zikade eingelassenen Edelsteine.

»Mein Vater hat sie mir geschenkt«, sagte Nora. »Sie ist etwas ganz Besonderes.«

Sita lächelte und gab Nora die Brosche zurück. »Danke, dass ich sie anfassen durfte. Sie ist wunderschön. Ich würde sie irgendwann gerne malen.«

»Du magst Kunst?«

Sita nickte. Sie warf einen Blick in Richtung Hütte, in der Mr Alford verschwunden war, und senkte dann den Kopf. »Ich habe die Insekten auseinandergenommen. Sie waren so hübsch und ich habe gesehen, was man daraus machen könnte, wenn man sie alle zusammentut.«

»Warum hast du dann gesagt, dass du es nicht getan hast?«

Sita beugte sich vor und ein breites Grinsen erschien auf ihren Lippen. »Ich meinte, dass ich kein Götzenbild daraus gemacht habe.«

»Was für ein Bild hast du denn gemacht?«

Sita wich ihrem Blick aus.

Nora merkte, dass das Mädchen sich zurückzog. Eine Tür schloss. »Bitte verrat es mir. Wenn du willst, sage ich es niemandem weiter.« Sie wusste nicht, aus welchem Grund sie dieses kleine Mädchen kennenlernen wollte. Warum wollte sie verstehen, was in ihr vorging, warum ihre Geschichte hören?

Sita nickte einmal und ihre Nasenlöcher blähten sich, als sie Luft holte. »In der Schule haben sie uns ein Bild von ihm gezeigt, aber ich wollte, dass er aussieht wie ich, also habe ich die schwarzen Flügel für seine Haare und seinen Bart genommen. Ich brauchte drei Schmetterlinge, um genug Hellbraun für seine Haut zu haben. Und aus einem mit weichen braunen Flügeln habe ich seine Augen geformt.«

Sie wirkte nicht schuldbewusst, weil sie so viele Exemplare vernichtet hatte. Nora fand vielmehr, dass das Mädchen … strahlte.

»Wen wolltest du denn darstellen?«

Das Mädchen sah Nora an und flüsterte ihr dann ins Ohr: »Jesus.«

Nora lehnte sich zurück. »Warum ist das ein Geheimnis?«

Sita sank gegen die Stuhllehne und zog die Beine an ihre Brust, sodass der bestickte Saum ihres Kleides um ihre Füße fiel. »Ich bin Yellamma geweiht.« Sie richtete sich auf, nahm Noras Hände und drückte sie, bis sie kribbelten. »Du darfst meiner Tante nicht sagen, dass ich Christin bin. Was würde mein Vater sagen? Eine Dienerin der Göttin, die an einen fremden Gott glaubt!« Sie ließ Noras Hände los, um mit ihren schwieligen Fingerspitzen darüberzustreichen und kleine Kreise auf Noras glatten Handrücken zu malen.

Nora hätte sie am liebsten in den Arm genommen, doch sie widerstand dem Drang. »Warum macht dir das Kummer? Du musst doch nicht glauben, was dein Vater dir sagt.«

Sita hob das Gesicht und in den zu erwachsenen Furchen zwischen ihren sanft geschwungenen Augenbrauen lag Verzweiflung. »Wenn ich anfange zu bluten, schicken sie mich zur Arbeit in den Tempel. Ich kann Yellamma nicht dienen, und wenn ich es nicht tue, wird mein Vater mich hinauswerfen.«

Kapitel 12

Nora saß vornübergebeugt an dem ihr inzwischen verhassten Arbeitstisch. Ihr Ellbogen ruhte auf dem gesplitterten Holz, das Kinn in ihre Handfläche und sie trommelte mit den Fingern auf ihrer Wange, während sie zusah, wie Mr Alford die Vorbereitungen dafür traf, das Lager wieder einmal ohne sie zu verlassen.

Seit sie vor einem Monat in Indien angekommen war, hatte sie kaum etwas anderes getan, als hübsche Aquarelle und schematisierte Zeichnungen von Schmetterlingen anzufertigen. Die Monotonie wurde nur von Sitas beinahe täglichen Besuchen unterbrochen. Nachdem die Männer morgens losgezogen waren, kam sie ins Lager, wich den kneifenden Fingern und bösen Blicken ihrer Tante aus und sah Nora bei der Arbeit zu. Dann zogen sie zusammen durch den Wald.

Nora war noch nie so froh über eine Freundin gewesen, obwohl diese Freundin viel jünger war als sie. Sie hatte immer gerne Zeit allein verbracht, aber hier machte ihr die Einsamkeit zu schaffen, die vom Waldrand herübersah und sie immer dann überfiel, wenn sie nicht damit rechnete. Selbst wenn die anderen in der Nähe waren, wurde sie das Gefühl, nicht dazuzugehören, nicht los. Mr Alford machte keinen Hehl daraus, dass er das genauso sah.

Aber mit Sita hatte Nora einen Sinn gefunden, der über ihre Aufgabe hinausging, Illustrationen für die Entdeckungen anderer Leute zu produzieren. Dank ihr konnte sie aus ihrer Isolation ausbrechen.

Am Tag zuvor hatte Sita ihr erzählt, dass sie heute nicht zu Besuch kommen würde, und Nora vermisste sie schon jetzt. Bei Bitsy und Rose hatte es beinahe ein halbes Jahr gedauert, bis sie die Art Freundschaft entwickelt hatten, die für die meisten Frauen selbstverständlich zu sein schien, aber als Sita in ihr Leben gestolpert war, hatte sie unmittelbar den Weg in Noras Herz gefunden. Der Gedanke machte Nora nervös, weil sie sich fragte, ob sie zu schnell zu viel Nähe zugelassen hatte. Gute Beziehungen brauchten Zeit und diese schien geradezu explosionsartig entstanden zu sein.

Zum Glück waren Mr Taylor und William heute im Lager geblieben und lenkten sie von unbehaglichen Gedanken ab. Mr Taylor, weil er etwas Zeit mit seinem eigenen Projekt verbringen wollte – das Verhalten von Egeln zu untersuchen –, und William, weil Mr Alford ihn aus seiner Nähe verbannt hatte, nachdem er versehentlich ein Glas zerbrochen und ein Exemplar verloren hatte.

Wegen dieses Missgeschicks hatte Nora heute gar nichts, womit sie sich beschäftigen konnte. Bevor die anderen aufgestanden waren, hatte sie sich die Zeit genommen, um ihrer Mutter und Anna zu schreiben. Sie hatte ihr Zelt aufgeräumt, die Dinge eingesammelt, die Pallavi später waschen sollte, und ihre leichte Decke zu einem perfekten Rechteck gefaltet. Dann hatte sie ihre Fingernägel mit einer kleinen Nagelschere gestutzt.

William hatte den Tisch einfach deshalb nach draußen gestellt, weil er es immer tat, und jetzt saß sie aus dem gleichen Grund dort. Es waren keine Kästen mit Schmetterlingen oder Farbpaletten auf dem Tisch, nur ein Fächer aus Papier, den sie gekauft hatte, als sie das letzte Mal in der Stadt gewesen war.

Pallavi stellte einen Teller mit Papaya-Schnitzen auf den Tisch und Nora seufzte. Sie liebte das Obst, aber es ohne eine Gabel zu essen, war nicht gerade einfach. »Ich hole mir eine Serviette.«

Als Nora zurückkam, war der Teller verschwunden. Sie entdeckte ihn in den Händen von Mr Steed, der sie mit einem klebrigen Grinsen bedachte.

»Das war meine Papaya«, sagte sie, presste die Lippen zusammen und verschränkte die Arme. Als Kind hatte sie sich nie Geschwister gewünscht und jetzt, wo es war, als würde sie mit einer ganzen Horde Brüder zusammenleben, wusste sie auch, warum.

Er zuckte mit den Schultern. »Sie waren nicht da.«

»Das bedeutet nicht, dass ich sie nicht essen wollte.«

Er brach in eine seiner endlosen Arien aus und in seinen Augen lag ein Schalk, der zu einem spitzbübischen Kind gepasst hätte. Es juckte ihr in den Fingern, ihm eine Ohrfeige zu verpassen. Stattdessen nahm sie den Fächer vom Tisch und wedelte damit vor ihrem Gesicht hin und her. Die Hitze machte sie ungeduldig und gereizt.

»Es reicht, Jeffrey!«, rief Mr Alford zu ihnen herüber und ausnahmsweise war Nora einmal froh, seine schrille Stimme zu hören. »Gehen wir. Owen, Sie nehmen die Sachen, die William normalerweise trägt.«

Damit machten die drei Männer sich auf den Weg und Owen warf Nora ein kleines Lächeln zu, das keine Freude enthielt, sondern nur Zerknirschtheit und Schuldgefühle.

Mr Taylor goss den letzten Rest Tee ins Gras und reichte Pallavi den Becher. Dann verschwand er in seinem Zelt und Nora sah interessiert zu dessen Eingang hinüber. Kurz darauf erschien Mr Taylor mit baumwollenen Gamaschen über seinen Stiefeln und einem vollgestopften Rucksack auf dem Rücken.

»Wohin gehen Sie?«, fragte Nora.

»Egel sammeln. Ungefähr anderthalb Kilometer von hier gibt es einen Sumpf, in dem ich bestimmt eine Menge finden werde.«

Sie setzte sich aufrecht hin. »Kann ich vielleicht mitkommen?«, fragte sie wie beiläufig.

»Nein.«

Sie sank wieder auf ihrem Stuhl zusammen und er trat zu ihr und tätschelte ihre Schulter.

»Ich arbeite lieber allein, Miss Shipley, und ich komme nur selten dazu, für mich zu sein. Wenn Sie keine Arbeit haben, schlage ich vor, dass Sie es genauso machen wie ich.«

»Mr Alford hat gesagt, es gebe Tiger hier in der Gegend.«

»Die gibt es, aber nicht so dicht am Lager. Solange Sie nicht zu tief in den Wald hineingehen, kann Ihnen nichts passieren.« Er überprüfte die Taschen seiner Jacke und die Schließe an seinem Rucksack, bevor er mit dem Kinn hinter Nora deutete. »Sie könnten doch William mitnehmen. Er ist zu kaum etwas zu gebrauchen, aber er wäre eine gute Ablenkung, wenn Sie auf eine Großkatze treffen.« Mit einem Hauch von Belustigung auf seiner sonst so stoischen Miene ging er davon.

»Das habe ich gehört!«, rief William ihm nach. Er wandte sich zu Nora um und grinste. »Haben Sie Lust, sich etwas umzusehen? Machen Sie sich nichts aus Frederics Warnung, was die Tiger betrifft. Ich bin schon seit Monaten hier und habe noch nicht einmal Spuren von einem gesehen. Das furchterregendste Tier hier in der Gegend ist der Gaur, aber diese Wildrinder laufen normalerweise weg, wenn sie jemanden kommen hören. Ach ja, und dann wären da natürlich noch die Schlangen. Elefanten gibt es auch und sie haben vor nichts Angst, also sollte man ihnen aus dem Weg gehen. Und ...« Er setzte ein fröhliches Lächeln auf. »Weißt du was? Am besten gehen wir einfach los. Uns passiert schon nichts.«

Noras Augen waren während seiner Aufzählung immer größer geworden und ihr Magen hatte sich zusammengezogen. Als sie allein in Kodaikanal zurückgelassen worden und zum Lager gelaufen war, hatte sie nicht gewusst, dass der Wald voller lebensgefährlicher Tiere war. Sie hatte ihre einsame Erkundungstour genossen, ohne sich irgendwelche Sorgen zu machen. Von einem Elefanten totgetrampelt oder von einer Schlange gebissen zu werden, war etwas, worauf sie gut verzichten konnte. Aber sie wollte auch nicht nach Hause zurückkehren, ohne irgendeine Entdeckung gemacht oder etwas anderes Außergewöhnliches erlebt zu haben.

Sie musterte Williams schlaksige Gestalt. Er war groß gewachsen, aber nicht kräftig. Wahrscheinlich könnte er sie vor keiner Kreatur mit Zähnen oder Klauen retten, aber sie hatte ja keine große Wahl. Also straffte sie die Schultern und befahl Herz und Bauch, sich zu beruhigen. Sie würden einfach in der Nähe des Waldrandes bleiben, unweit der hügeligen Wiesenlandschaft. Dort würde es hoffentlich nicht zu einer Situation kommen, in der sie auf Williams fragwürdige Tapferkeit und Stärke angewiesen sein würden.

Sie packten ihre Sachen zusammen und füllten ihre Taschen mit Tötungsgläsern, Ausrüstung für Felduntersuchungen und Pinzetten. Nora hängte sich eine Trinkflasche mit Wasser um und befestigte ihren breitkrempigen Hut mit Nadeln in ihrem Haar. Dann nickte sie William zu, der erwartungsvoll grinste. Sein riesiger Hut sah aus, als könnte ein ganzes Dorf darunter Schutz suchen. »Bereit?«

Als wenig später das Unterholz unter ihren Füßen knirschte, spürte Nora, wie ihr leichter ums Herz wurde. Die dicke, feuchte Luft, die ihre Lunge verklebt hatte, entwich und Nora tat einen tiefen, reinigenden Atemzug. Manchmal hatte sie in Indien das Gefühl, als könnte sie kaum atmen. Sie wusste nicht, ob es das Wetter war oder die bedrückende Atmosphäre, die Mr Alford verursachte, aber jetzt, wo sie unter den Baldachin trat, in dem Farne so groß wie Bäume sie von den offenen Wiesen trennten und vor der Sonne schützten, entspannte sie sich.

»Was suchen wir denn?«, fragte William, dem schon jetzt ein feiner Schweißfilm auf der Stirn stand.

»Nichts Bestimmtes.«

»Es wäre einfacher zu finden, wenn Sie es ein bisschen eingrenzen könnten. *Lepidoptera? Hemiptera? Araneae? Odonata?*« Er schlug einen herabhängenden Ast zur Seite. »Oder interessieren Sie sich mehr für Insektenökologie? Die Beziehung zwischen Insekten und Krankheiten? Wenn, dann sollten Sie besser in eine der großen Städte wie Kalkutta oder Madras gehen.«

Nora folgte ihm durch Büsche und Gestrüpp. Sie starrte auf seine schmalen Schultern in der viel zu großen Leinenjacke. »Ich wusste gar nicht, dass du etwas von Entomologie verstehst.«

Er warf ihr einen Blick zu. »Was glauben Sie denn, warum ich sonst hier bin?«

Sie zuckte mit den Schultern. »Ich weiß nicht. Laut Mr Steed, weil dein Vater die richtigen Leute kennt. Ich dachte, du bist nur auf der Suche nach einem Abenteuer.«

»Ich bin in Indien geboren und aufgewachsen. Das hier ist für mich kein Abenteuer.« Er streckte den Arm aus und ließ sie neben ihn treten, als der Pfad breiter wurde. »Ich will in England studieren und in diesem Bereich arbeiten. Aber meine Mutter kann mich noch nicht loslassen. Mein Bruder ist letztes Jahr gestorben und jetzt klammert sie sich an uns übrige Kinder. Mein Vater dachte, es wäre eine gute Möglichkeit, um uns beide an die Trennung zu gewöhnen.«

»Und deine Eltern sind Missionare?«

»Ja, in Bangalore.« Er zeigte auf einen Bienenfresser, der in einem Baum in der Nähe sein leuchtend gelbgrünes Gefieder aufplusterte. »Ich glaube nicht, dass die Vögel in England solche Farben haben.«

»Nach allem, was ich gehört habe, gibt es dort nur eine Sache, die nicht grau ist, und das sind Damenkleider.« Nora grinste. »Die sind schwarz.«

Er lachte und sie gingen weiter, bis der Wald sich lichtete und der Weg bergan führte. Ihr Atem ging schwerer und sie überquerten offenes Weideland. Vor ihnen blitzte etwas Braunes auf und ein kräftiger Hirsch galoppierte in den Wald.

»Es ist wirklich schön hier. Es gibt eine unglaubliche Vielfalt in Topografie, Flora und Fauna. Ich glaube nicht, dass ich schon einmal so viele verschiedene Insektenarten auf so engem Raum gesehen habe.« Nora blickte auf das Land hinaus, das wie eine Patchworkdecke vor ihnen lag. Sholas und Wiesen und Hügel und in der Ferne die Westghats, fast ganz verhüllt von einer Nebeldecke.

»Sie sollten den Rest von Indien sehen. Kodaikanal ist schön, aber es ist eigentlich nicht repräsentativ für das ganze Land. Hier gibt es mehr Briten und Amerikaner als Inder und die Kultur ist eindeutig europäisch. Wenn Sie können, sollten Sie nach Kerala reisen und das Hinterland sehen oder nach Jodhpur – die Blaue Stadt – oder Hampi, wo an jeder Ecke ein antiker Tempel steht. Indien ist ein faszinierendes Land. Es wäre eine Schande, wenn Sie nur diese kleine Ecke sähen.«

Nora schüttelte den Kopf und belächelte seinen Vorschlag. »Nein. Ich bin nur für Mr Alfords Forschungsarbeit hier. Reisen ist eigentlich nichts für mich.«

»Wirklich?« William legte den Kopf ein wenig schief. »Sie scheinen mir aber genau die Sorte Mensch zu sein, die gerne reist.«

Sie lachte. »Das sagen alle. Allmählich glaube ich, ich kenne mich selbst nicht so gut, wie ich dachte.«

Etwas summte an ihrem Ohr und sofort streckte sie die Hand danach aus. Der große Käfer entwischte ihrem Griff und taumelte durch die Luft auf den Waldrand vor ihnen zu. Nora hob ihre Röcke an und rannte hinterher, während ihr Herz höherschlug.

Sie hörte William hinter sich.

Nora verlor das Insekt aus den Augen, rannte jedoch trotzdem weiter, während sie ihren Rock noch höher zog und die Freiheit genoss. Die Freiheit, immer weiterzulaufen und tief einzuatmen. Die Freiheit zu wissen, dass nichts sie aufhalten konnte – so nutzlos dieses Rennen auch war.

Der Käfer war längst fort, doch sie hielt nicht an.

Als sie den Wald erreichte und auf der feuchten Erde und dem verwesenden Laub beinahe ausrutschte, wurde sie langsamer. William holte sie ein, hielt sich die Seite und grinste sein allgegenwärtiges gut gelauntes Grinsen. »Wieso haben Sie es so eilig?«

»Da war ein interessanter Käfer.« Sie blieb vor einem dürren Baum stehen und bückte sich zu den seidig roten Blütenblättern der Orchidee hinunter, die an seinem Fuß wuchs. »Dieser Ort ist voller faszinierender Dinge. Ich habe schon viel zu viel Zeit im Lager vergeudet und bin froh, dass ich mich heute auf den Weg gemacht habe.«

William kniete nieder und pflückte die Orchidee. Dann richtete er sich auf und schob Nora die Blume hinters Ohr, sein Gesicht so rot wie die Beeren, die von den Ästen der Bäume hingen. »Genau das würde jemand sagen, der gerne reist.«

ꞶꞴ

Nora lachte, als Sita vorausrannte und durch die Baumgrenze auf die Wiese lief, auf der das Lager aufgeschlagen worden war. Nachdem sie ein besonders hübsches Exemplar der *Colotis danae* mit den leuchtend roten Flügelspitzen gemalt hatte, war Nora langweilig geworden und sie hatte beschlossen, in den Wald zu gehen.

Williams Worte von vor zwei Wochen kamen ihr immer wieder in den Sinn. *»Genau das würde jemand sagen, der gerne reist.«* Sie hatte seitdem jede Gelegenheit zu Erkundungsgängen genutzt, hatte wundervolle Pflanzen und Tiere entdeckt, alles gezeichnet und mit den Insekten, die sie unter Baumstämmen voller Pilze oder beim Sammeln von Nektar auf prachtvollen Blüten gefunden hatte, ihre Sammlung wiederaufgebaut. Sie rief sich oft in Erinnerung, dass diese Chance nicht selbstverständlich war. Nach dieser Reise würde sie den Staat New York vielleicht nie wieder verlassen.

»Hast du Lust, mit mir eine Exkursion zu machen?«, hatte Nora Sita gefragt, als sie ins Lager geschlichen gekommen war und dabei einen Bogen um ihre Tante gemacht hatte, die in der Nähe der Hütte ein Nickerchen machte, die Augen mit einem Arm bedeckt. Natürlich hatte Sita Lust gehabt.

Sie hatten die gemächlichen Bewegungen eines grünen Käfers studiert, beobachtet, wie ein leuchtend blauer Fliegenschnäpper eine Libelle verspeiste, und waren über moosbedeckte Steine gehüpft, um trockenen Fußes über klare Bäche zu gelangen.

Zeit mit Sita zu verbringen und diese fremde Welt in all ihrer Schönheit zu genießen, fühlte sich vertraut und wunderbar an.

Aber bald hatte die Sonne ihren Zenit überschritten und Nora hatte gewusst, dass sie zurückgehen mussten.

Sie raffte ihre Röcke und folgte Sita, die den Kopf in jedes der Zelte steckte. »Was machst du da? Komm, setz dich zu mir und hilf mir, meine Arbeit fertig zu machen.«

Nora zog den kleinen Hocker vom Tisch zurück und drückte Sita, die ihrem Ruf gefolgt war, darauf. Dann zog sie ihren eigenen Stuhl näher, setzte sich und nahm einen der Kartons. Sie entfernte den Deckel und holte die Illustration heraus, an der sie zuletzt gearbeitet hatte. Dieser Schmetterling hatte ihr schon einige Mühe gemacht. Es gelang ihr nicht so recht, die schillernd blauen, ins Schwarz übergehenden Hinterflügel zu malen.

»Warum ist sie wieder hier? Ich dachte, ich hätte Ihnen schon vor Wochen gesagt, Sie sollen sie wegschicken.«

Nora hob den Blick und sah Mr Alford nur wenige Schritte entfernt stehen und Sita abschätzig mustern.

Sita wand sich auf ihrem Hocker und trat mit dem Fuß gegen das Tischbein. Nora hatte genug Zeit mit ihr verbracht und ihrem Geplauder über Schule, Familie und Freunde zugehört, um zu wissen, dass sie unruhig wurde, wenn jemand ihr feindlich gesinnt war. Aber sie hatte auch schnell erkannt, dass sich hinter Sitas Abwehrhaltung und frecher Art, hinter ihrem Gezappel und ihrer Impulsivität ein Mädchen mit einem mitfühlenden Herzen verbarg.

Nora streckte die Hand aus und legte sie auf Sitas. Es war ein schönes Gefühl, dass ihre Berührung Sita beruhigte. Ihr die Angst nahm.

»Sita kommt beinahe jeden Tag und hilft mir sehr bei der Arbeit.«

Mr Taylor und William kamen ins Lager gestolpert und liefen zu ihren Zelten; beide hielten sich den Bauch. Owen und Mr Steed folgten in gemächlicherem Tempo und blieben an Noras Tisch stehen.

»Schon zurück? Was ist los?«

Mr Alford verschränkte die Arme und seine Finger trommelten in schnellem Rhythmus auf seinen Ärmel. »Leonard und William fühlen sich unwohl. Owen, Jeffrey und ich werden wieder losziehen. Bitte kümmern Sie sich um unsere Patienten.«

Nora starrte ihn an. »Sie erwarten doch wohl nicht von mir …?«

Seine Miene verfinsterte sich und er fuhr mit den Händen durch sein pomadiges Haar. »Was für einen Sinn hat Ihr Aufenthalt hier, wenn Sie nicht dort helfen können, wo es nötig ist?«

Mr Steed hustete und schlich davon. Owen formte lautlos mit den Lippen das Wort *nett*.

Nora schob ihren Stuhl zurück und stand auf. Sie schnipste einige Späne vom Anspitzen der Bleistifte von ihrer Bluse und schob sich eine widerspenstige Locke hinters Ohr. Dabei sah sie Mr Alford unverwandt an und bemühte sich, äußerlich ruhig zu wirken. Er runzelte die Stirn und blickte zu den Zelten hinüber, zu Pallavi, die am Feuer in den Linsen rührte, und zu den Büschen, die das Lager umgaben, als überlege er, dort Zuflucht vor Noras standhaftem Blick zu suchen.

»Ich bin hergekommen«, sagte sie mit ihrer freundlichsten Oberlehrerinnenstimme, »um mit einem Team engagierter Wissenschaftler an einem Buch für das Königshaus zu arbeiten. Meine Fachkompetenz liegt in der entomologischen Forschung, nicht in der Krankenpflege.«

Er kniff die Augen ein wenig zusammen und sah an ihr vorbei. Ein spöttisches Lächeln verzog seine Lippen. »Besondere Fachkompetenz, was Kinder betrifft, haben Sie offensichtlich auch nicht.« Er deutete in Richtung Tisch.

Nora fuhr herum und sah, dass Sita den Kopf über ihre Illustration gebeugt hatte, ihr Arm fuhr auf der Platte hin und her, als riebe sie etwas über Noras Bild. Sie hatte konzentriert die Zunge zwischen die Lippen geklemmt und merkte gar nicht, dass Nora und Mr Alford sie ansahen. Schließlich lehnte sie sich zurück und betrachtete einen Moment lang ihre Arbeit, bevor sie eine der

Pastellkreiden aussuchte und damit Noras mittelmäßiges Kunstwerk weiter überarbeitete.

Mr Alford lachte hinter ihr und beinahe hätte Nora die Beherrschung verloren. Seinetwegen, nicht wegen des Kindes. Es würde nicht lange dauern, ihre Arbeit noch einmal zu machen – mit dem kniffligen Teil hatte sie noch gar nicht begonnen –, aber Mr Alford war mit seinem Hochmut und seiner Selbstgefälligkeit eine echte Herausforderung.

Sie berührte Sitas Rücken. »Was machst du da?«

Sita drehte sich um und grinste. Dann hielt sie das Bild mit allem Stolz hoch, zu dem eine Elfjährige fähig war. »Gefällt es dir, Akka?«

Noras Kinnlade fiel herunter und sie entriss Sita das Blatt. »Ach, du meine Güte!«

Sie hatte Kritzeleien erwartet. Unpassende Farben. Ein völlig unausgereiftes Abbild. Aber *das* … Sita hatte die herrlichen Flügel des Schmetterlings perfekt hinbekommen. Irgendwie war ihr gelungen, worum Nora sich erfolglos bemüht hatte: Das Blau war gebrochen und matt, mit einem vollkommenen Übergang ins Schwarze; dünne dunkle Striche mit weißen Lichtern durchzogen die täuschend echt aussehenden Flügel.

»Wie …?« Nora wandte sich wieder Mr Alford zu und blinzelte.

Er grinste. »So schlimm?«

Sie schüttelte den Kopf, zu sprachlos, um seine Freude über ihre mögliche Katastrophe persönlich zu nehmen. Sie drehte das Blatt um, sodass Owen und er Sitas Werk sehen konnten. »Es ist unglaublich!«

Owen pfiff leise und Mr Alford zupfte an einem Stück trockener Haut an seiner Unterlippe, während sein Blick von Nora zu Sita huschte. »Das warst du, Sita?«

Sita nickte langsam. »Ich wollte helfen.« Sie zog die Nase kraus. »Tut mir leid.«

Nora legte das Bild auf den Tisch und eine Hand auf Sitas

Schulter. »Es ist wundervoll geworden. Wie hast du das gemacht?« Sie fuhr mit der Fingerspitze ganz vorsichtig über einen der Flügel.

»Das Blau war die richtige Farbe, aber es hatte nicht die richtige ... ich weiß nicht, wie man das sagt, aber der Flügel des Schmetterlings hat zu sehr geleuchtet.«

»Die falsche Sättigung.« Nora nickte. Sita hatte recht. Die blaue Aquarellfarbe hatte genau den richtigen Ton, wurde den anderen Aspekten des Flügels aber nicht gerecht.

»Ich dachte, wenn ich mit blauer und weißer Pastellkreide darübergehe, sieht es ähnlicher aus«, fuhr Sita fort.

»Schlau.« Nora lächelte. »Ich bin begeistert!«

Ihr Lob brachte Sita zum Strahlen.

»Mr Alford«, sagte Nora, »ich möchte Sita ausbilden.«

»Was?« Er lachte. »Warum sollte ich das erlauben?«

Sie wandte sich um und bemühte sich, ihre Miene neutral zu halten. »Das Kind interessiert sich für Entomologie und zeigt eine seltene künstlerische Begabung. Ich bestehe darauf.«

Er schnaubte. »Sie können auf gar nichts bestehen.«

»Ach ja? Soweit ich das beurteilen kann, haben Sie keine anderen Illustratoren. Wollen Sie wirklich noch einen Monat oder länger warten, bis jemand kommt? Ich habe zugelassen, dass Sie meine Ausbildung und Erfahrung missachten und meine Arbeit unterschätzen und entwerten – trotz Professor Comstocks Überzeugung, dass ich ein wertvolles Mitglied der Forschungsgruppe wäre. Ich werde Sita unterrichten oder ich reise ab.«

Owen verschränkte die Arme und zwinkerte ihr zu. »Wenn Nora geht, werde ich sie in die Staaten zurückbegleiten.« Er trat an ihre Seite und legte einen Arm um ihre Schultern, die er leicht drückte. »Wir sind ein Team, sie und ich.«

Wärme breitete sich von Noras Bauch bis in ihre Fingerspitzen und Zehen aus. Federleicht berührte sie seine Hand und ballte die Hände dann zu Fäusten, um sich davon abzuhalten, seine zu ergreifen. Es schien, als hätte sie erst um den halben Erdball reisen müssen, um zu erkennen, wie viel mehr in ihm steckte als das, was sie in den letzten drei Jahren in ihm gesehen hatte.

»Also gut«, gab Mr Alford nach. »Was kümmert es mich? Aber meine Arbeit fasst sie nicht an. Wir gehen in zehn Minuten, Owen. Halten Sie sich bereit.«

Während Mr Alford davonschlenderte und zu Pallavi ging, um ihr einen Vortrag über den Mangel an kulinarischer Abwechslung zu halten, ging Owen neben Sitas Platz in die Hocke. »Du hast Talent.«

Sita lächelte und wandte ihre Aufmerksamkeit wieder ihrer Arbeit zu.

Owen blickte zu Nora auf. »Sie ist wirklich jeden Tag hier gewesen, während wir unterwegs waren?«

Nora zuckte mit den Schultern. »Mir war langweilig. Ihr wart den ganzen Tag weg und ich musste auch mal etwas anderes machen als illustrieren, sonst wäre ich wahnsinnig geworden.«

Pallavis und Mr Alfords Streit wurde hitziger.

»Jedenfalls hätte er es nie erfahren, wenn ihr nicht früher zurückgekommen wärt«, meinte Nora. »Sie ist immer rechtzeitig gegangen.«

»Wir hatten gerade eine merkwürdige Symbiose zwischen einer Ameisenart und einem Schmetterling aus der Familie der *Lycaenidae* entdeckt, als William anfing …« Owen wurde etwas blass um die Nase. »Na ja, Leonard ging es jedenfalls bald genauso und die beiden waren so schwach, dass wir sie zurückbringen mussten. Frederic will so bald wie möglich an diese Stelle zurück, damit wir mit unseren Studien weitermachen können.«

Nora stupste Sita an, die daraufhin auf ihrem Hocker zur Seite rutschte, damit sie sich auf die Kante setzen konnte. »Erzähl mir, was ihr gesehen habt«, forderte sie Owen auf.

Er legte den Kopf schief, die Stirn gerunzelt. »Eine Raupe saß auf einem Blatt und Ameisen sind um sie herumgekrabbelt. Wir dachten, sie würden die Raupe wegtragen oder wenigstens töten, aber es hat eher den Anschein gemacht, als ob sie sie beschützen.«

Nora blinzelte und lehnte sich an Sitas Schulter. »Warum sollten sie das tun?«

»Ich bin mir nicht sicher. Aber als eine Hornisse versucht hat, die Raupe anzugreifen, haben die Ameisen sie verjagt.«

Nora hielt ihm einen Papierrest und einen Bleistift hin. »Zeichne die Raupe. Während ihr fort seid, werde ich in den Büchern nachsehen, ob ich etwas darüber finde.«

Owen nahm Blatt und Stift und fing an. Seine Hand vollführte schnelle, grobe Striche und heraus kam eine schlichte braune Raupe mit Borsten, die in alle Richtungen abstanden. Er lächelte schief. »Sie ist nicht so gut, wie du oder Sita sie zeichnen könntet, aber es sollte reichen.«

Nora nahm die Zeichnung an sich. »Auf jeden Fall. Wenn in der Literatur, die wir dahaben, etwas dazu steht, suche ich es heraus.« Sie fuhr mit dem Finger über die kräftigen Striche.

Owen streckte den Arm aus, um ihre Hand zu berühren, und sie schreckte zusammen.

»Ich wünschte, du könntest mitkommen. Genau so etwas liebst du doch am meisten.«

Die Traurigkeit in seiner Stimme berührte sie. Nora hätte es nie für möglich gehalten, aber er war ihr ein wahrer Freund geworden und das wusste sie gerade jetzt zu schätzen, wo Rose und Bitsy nicht da waren. Sie brauchte einen solchen Freund.

Er sah sich kurz um und drückte ihre Hand, während er den Mund dicht an ihr Ohr brachte. »Lass uns losziehen, wenn alle schlafen. Dann zeige ich dir, wo wir die Raupe gefunden haben. Es ist nicht weit und ich glaube nicht, dass sie sich woanders hinbewegen wird, jedenfalls nicht vor ihrem nächsten Entwicklungsstadium.«

»Das wäre toll«, antwortete Nora und hätte nicht sagen können, was sie vorfreudiger stimmte – eine interessante Spezies zu studieren oder Zeit mit Owen zu verbringen.

Du lieber Himmel.

Kapitel 13

Kurz nachdem Mr Alford und Owen gegangen waren, ertönten unappetitliche Geräusche aus den Zelten von Mr Taylor und William. Nora spürte, wie auch ihr eigener Mageninhalt den Weg nach oben suchte. Sie war froh darüber, dass in den vielen Jahren, die sie sich um ihre Mutter gekümmert hatte, selten Erbrochenes im Spiel gewesen war.

»Also«, sagte sie zu Sita und versuchte, einen fröhlichen Tonfall anzuschlagen. »Wo hast du so gut zeichnen gelernt?« Sie wechselte auf Owens frei gewordenen Stuhl.

Sita neigte den Kopf ein wenig. »Gelernt? Englisch und Mathematik habe ich in der Missionsschule *gelernt*. Mein Vater ist bei einer britischen Familie angestellt und sie haben mich zur Schule geschickt. Aber das hier« – sie zeigte auf das Blatt Papier – »sehe ich nur in meinem Kopf und dann male ich es. Das ist einfach.«

Nora hätte Kunst nicht als einfach bezeichnet. Sie musste sich ungeheuer konzentrieren, um in ein Bild umzusetzen, was sie vor sich sah. Gott hatte diesem Kind eine besondere Begabung geschenkt, dessen war Nora sich sicher. Was für eine Schande wäre es, dieses Talent zu verschwenden!

»Wie würde es dir gefallen, wenn ich dir etwas über Insekten beibringe und über verschiedene Methoden, sie zu illustrieren?«

Sita nickte und die kleinen goldenen Glöckchen an ihren Ohrläppchen klingelten. »Ich möchte auch gern lernen, besser zu schreiben. Ich kann englische Wörter nicht so gut buchstabieren.«

»Gut. Dann kannst du meine Notizen abschreiben. Das hilft dir bei der Rechtschreibung und deiner Handschrift und gleichzeitig lernst du etwas über Insekten. Hast du noch Schulunterricht?«

Sitas Lächeln erstarb und ihr Blick wurde traurig. »Nein. Die Schulzeit war für mich letztes Jahr zu Ende. Es hat keinen Sinn weiterzumachen, wenn ich sowieso zum Sterben verurteilt bin.«

»Sterben? Das ist doch sicher etwas übertrieben, oder?«

Sita nahm eine blaue Pastellkreide und zerdrückte etwas davon auf dem Tisch; dann fuhr sie mit dem Finger durch das Pulver und zeichnete Wirbel und Kurven. Sie kratzte sich am Kinn, sodass etwas von der Kreide daran hängen blieb, und stieß einen Seufzer aus, der für einen so jungen Menschen viel zu schwer war. »Wenn mein Vater mich zum Tempel bringt, damit ich meine Pflichten übernehme, werde ich mich weigern. Wenn ich ihn demütige, lässt er mich vielleicht nicht leben. Weil ich sein Versprechen an Yellamma nicht achte.«

Nora hatte keine Vorstellung davon, wie es war, in einem hinduistischen Tempel zu dienen. Sie wusste nicht einmal, was genau die Hindus glaubten, außer dass sie tausend Götter und Göttinnen hatten, von denen ihnen zufolge die meisten in den üppig verzierten Schreinen hausten, die überall in der Gegend standen. »Soll ich mit deinem Vater reden?«

Sita lachte. Es war ein hartes Lachen, bei dem Tränen über ihre Wangen liefen. Ein Lachen, das sich in Schluchzen verwandelte, bevor Nora überhaupt auf den unerwarteten Heiterkeitsausbruch reagieren konnte. Sita lehnte sich an sie und Nora nahm das Mädchen in die Arme. Mit der Hand streichelte sie über Sitas dicken Zopf und murmelte tröstliche Worte.

Als Sitas Tränen versiegt und einem Schluckauf gewichen waren, löste Nora sich von ihr und sah sie an. »Und jetzt erzähl mir, was es mit dieser Sache auf sich hat.« Sie stützte die Ellbogen auf ihre Knie und das Kinn auf ihre Fäuste.

Sita lächelte traurig und Nora glaubte, in den Augen des Mädchens ein tiefes Verständnis zu sehen – ein Wissen über etwas, das Nora nicht ergründen konnte. Etwas, das Sita vor ihr verbergen wollte, indem sie jetzt den Blick senkte.

Aber das war doch lächerlich, denn Nora hatte eine westliche

Bildung genossen und Sita hatte nur einige Jahre in einer Missionsschule verbracht!

Sita legte ihre kreidebeschmierten Finger an Noras Wange. »Du bist ganz anders als die Inder. Du verstehst unsere Bräuche nicht.«

»Ich möchte sie aber verstehen.«

»Wenn ich meinem Vater gehorche, wird es eine meiner Pflichten sein, Männer zu bedienen, die kommen, um die Göttin anzubeten.«

»Bedienen?« Nora schüttelte den Kopf.

Sita schwieg. Sie sah Nora nur an und wartete darauf, dass sie begriff. Noras Brust zog sich zusammen, als drücke die Last der ganzen Welt auf ihre Lunge.

»Dein Vater hat dich zur Prostitution bestimmt?« Nora versuchte ihr Entsetzen nicht zu zeigen.

Sita schaute mit bebenden Lippen wieder zu ihr auf.

»Es wird als große Ehre betrachtet. Vor allem, weil die Mädchen meist aus armen Familien kommen. Wir sind nicht arm, wenigstens nicht, was das Geld betrifft, aber mein Vater hat vier Töchter und er hat Yellamma eine davon versprochen, wenn sie ihm einen Jungen schenkt. Indische Familien *brauchen* Jungen. Mein Bruder wurde nach mir geboren.«

»Und wegen dieser Weihe musst du … Männer bedienen?« Nora hörte selbst, dass ihre Stimme immer schriller wurde. Wie schrecklich! Wie ungerecht einem Kind gegenüber, es auf dem Altar der Frauenverachtung zu opfern! Sita sollte den Rest ihres Lebens eine Sklavin der verderbten Gelüste erwachsener Männer sein. Nora wusste, dass dieses Schicksal viel schlimmer war als alles, was sie selbst jemals erleben würde. Auch wenn sie ihre beruflichen Ziele nie erreichen sollte und wenn jeder Mann, mit dem sie zusammenarbeitete, sie behandelte, wie Mr Alford es tat, wäre das immer noch kein Vergleich.

»Ich werde eine heilige Prostituierte sein.« Sita, die schon so zusammengekauert neben ihr saß, schien noch kleiner zu werden. Sie zog die Füße auf den Stuhl und legte den Kopf auf ihre Knie. »Verstehst du meine Notlage? Ich kann nicht diesen Dienst tun und gleichzeitig meinem Glauben treu sein. Wenn ich meinem Vater sage, dass ich Christin bin, und mich weigere, verstößt er mich sofort. Vielleicht tötet er mich sogar. Vor allem nach der Entehrung meiner –« Sie sah sich verzweifelt um und blickte dann zu Boden. »Was soll ich nur machen?«

Nora spürte Sitas Erwartungen und Hoffnungen auf sich lasten. Niemand außer ihrer Mutter hatte sich jemals auf sie verlassen. Niemand hatte sie *gebraucht*. Und erst recht hatte noch nie jemand geglaubt, dass Nora ihn vor einer furchtbaren Zukunft bewahren konnte.

Ihr Mund war ganz trocken und ihr Herz, das sich in den vergangenen sechs Jahren die meiste Zeit über in gleichgültige Zurückhaltung gehüllt hatte, schmerzte so sehr, dass es schlimmer sein musste, als von tausend Ameisen gebissen zu werden. Einen Moment lang konnte sie den Blick nicht von Sitas flehendem Blick losreißen. Sie war wie gefesselt. Wie hatte Nora dieses Kind so schnell und so nah an sich heranlassen können, dass Sita einen Ort in ihr berührte, den sie seit dem Tod ihres Vaters von allem und jedem abgeschirmt hatte?

Ein weiteres röchelndes, würgendes Geräusch kam aus Mr Taylors Zelt und seine verzweifelte Bitte verlangte nach ihrer Aufmerksamkeit: »Hilfe!«

»Ich sollte nach ihm sehen.« Nora schob das erdrückende Gefühl, mit an Sicherheit grenzender Wahrscheinlichkeit zu scheitern, beiseite. Wie konnte sie das ertragen? Sita im Stich zu lassen, würde sie sich vielleicht nie verzeihen können. Wer sonst würde sich für dieses Mädchen einsetzen, das es so viel schwerer hatte als sie?

Während Sita das Lager mit leisen Schritten verließ und dabei Hüfte und Arme schwang, als würde sie zu einer Musik tanzen, die nur sie selbst hören konnte, wurde Nora bewusst, dass sie selbst zwar manchmal ihre eigenen Entscheidungen ebenso wenig beeinflussen konnte wie Sita, das Ergebnis jedoch gänzlich anders aussah. Die Gesellschaft würde Nora in Salons und Nähzirkel verbannen. Sita hingegen würde Männern das Bett wärmen, die doppelt so alt waren wie sie.

Nora blinzelte die aufsteigenden Tränen fort und stand entschlossen auf. Sie konnte an der Situation nichts ändern, also würde sie nicht darüber nachdenken. Jetzt stand ihr erst mal die Pflege der beiden Kranken bevor, womit sie immerhin einige Erfahrung hatte. Es bedeutete nicht viel angesichts Sitas Misere, aber die Arbeit würde sie hoffentlich von den nagenden Gefühlen ablenken, die in ihrem Inneren rumorten.

Nora ging zu dem Topf mit wässrigem Moru, der im Schatten einer Akazie fermentierte. Sie füllte eine kleine Schale damit und rümpfte die Nase über den sauren Geruch. Sie mochte diesen salzigen Joghurt noch immer nicht, aber Pallavi behauptete steif und fest, dass er die Mägen der kranken Männer beruhigen würde. Also trug Nora das Schüsselchen in Mr Taylors Zelt und stellte es auf den metallenen Tisch neben seinem Feldbett. Etwas Molke schwappte über und er sah Nora mit trübem Blick an.

»Es tut mir wirklich leid.« Ihm schien wirklich elend zumute zu sein. Der Schweiß stand ihm auf der Stirn und seine Haut war bleich, wie es bei jemandem, der in kurzer Zeit zu viel Körperflüssigkeit verloren hatte, der Fall war.

Der arme Mann. Er war der Grundpfeiler ihrer Gruppe. Zuverlässig und nicht aus der Ruhe zu bringen; immer bereit, ihr von seinen Entdeckungen zu erzählen und sich anzuhören, was sie auf ihren einsamen Erkundungsgängen in die Shola herausgefunden hatte.

Er streckte eine zitternde Hand nach seinem Becher aus und Nora fiel sofort in die geübte Rolle der Krankenschwester.

Sie schob einen Arm hinter seinen Rücken und setzte die Schüssel an seine Lippen. Als etwas von dem Joghurt über sein Kinn rann, wischte sie es mit dem Taschentuch fort, das in ihrem Rockbund steckte. Sie zog die Decke um ihn herum fest und vergewisserte sich, dass die Schüssel in Reichweite stand, dann ließ sie ihn allein und trat wieder in den Sonnenschein hinaus.

Pallavi hockte beim Feuer und mahlte einen Regenbogen aus Gewürzen mit einem glatten Stein. Gerade warf sie eine Handvoll Koriandersamen auf den bereits gemahlenen Kreuzkümmel und Pfeffer und ihr schlaffer Zopf schwang dabei auf ihrem Rücken hin und her. Nora lief das Wasser im Mund zusammen. Pallavi kochte das schmackhafteste Essen, das sie je gekostet hatte.

Und sie war Sitas Tante.

Nora ging zu ihr. Mit etwas Glück würde sie von ihr noch etwas mehr über die Zusammenhänge und Beweggründe erfahren.

Pallavi sah ihr mit offenkundiger Missbilligung entgegen und zerrieb weiter die Gewürze. »Sie sollten sie nicht mehr herkommen lassen.«

Nora ignorierte die Bemerkung und kniete sich neben Pallavi. »Das duftet herrlich. Du bist eine wunderbare Köchin. Viel besser als unser Hausmädchen in Amerika.« Ein bisschen Schmeichelei konnte doch gewiss nicht schaden.

Nun war Pallavis Blick misstrauisch geworden. »Sita soll sich vom Lager fernhalten.«

Nora atmete tief durch, um ruhig zu bleiben. Dann lächelte sie. Man hatte ihr schon öfter gesagt, sie habe ein reizendes Lächeln – gerade Zähne und hübsche Lippen. Sie hatte noch nie versucht, das oder irgendeinen anderen Aspekt ihres Äußeren gezielt einzusetzen, um zu erreichen, was sie wollte, aber sie wusste, dass die meisten Frauen das taten. Auf Rose und Bitsy traf das auch zu – wobei es bei Ersterer unbewusst und bei Letzterer mit voller Absicht geschah.

Pallavis schmale Lippen und die Art, wie sie ihre Schultern nach vorne zog, verrieten Nora, dass ihre Bemühung vergeblich war.

Es war aber auch zu lächerlich und passte nicht zu ihr. Direktheit hatte noch nie geschadet.

»Ist es wahr, dass Sita einer Göttin geweiht wurde und Prostituierte werden soll?«

Pallavi hielt in der Bewegung inne; ihre Finger krampften sich um den glatten Stößel aus Akazienholz und ihre Schultern erstarrten. »So ist es Brauch.«

»Sie ist noch ein Kind!«

»Sie wird erst arbeiten, wenn ihre Blutungen anfangen, und dann ist sie eine Frau.«

»Aber es geschieht trotzdem gegen ihren Willen.«

Pallavis Kopf fuhr hoch und ihre Augen blitzten. »Wie viel geschieht schon nach unserem Willen? Wir sind Frauen. Wir tun nie, was wir wollen.« Ihre Worte trieften vor Verachtung. »*Sie* auch nicht, obwohl Sie eine ausländische Frau sind. Sie mögen weiß sein, aber Sie haben Brüste.« Sie zuckte mit den Schultern, als hätte sie gerade alle Ungerechtigkeit der Welt bestimmt. »Und wenn Yellamma Sita wohlgesinnt ist, wird eine reicher Mann sie zu seinem Eigentum machen.«

»Indem er sie heiratet?«

»Nein, aber er wird für sie sorgen und es wird ihrer Familie Ehre bringen.« Pallavi wandte sich wieder ihren Gewürzen zu und begann, ein Lied zu trällern. Nora sprach kein Tamil, aber sie erkannte ein Liebeslied, wenn sie eines hörte. Liebeslieder hatten in jeder Sprache den Klang von Sehnsucht und Verlangen.

Und Hilflosigkeit.

Kapitel 14

Den ganzen Nachmittag über und bis in den frühen Abend hinein, als die anderen Männer zurückkehrten, lief Nora zwischen Williams und Mr Taylors Zelt hin und her. Sie hielt den beiden Becher mit kaltem Wasser an die Lippen und wischte ihnen wieder und wieder die Stirn ab. Sie erzählte Mr Taylor alles, was sie über nordamerikanische Egel wusste, und wachte an Williams Bett, während er schlief.

Dort saß sie jetzt – er war gerade wieder wach geworden – und wedelte mit einem Stapel Papier vor ihrem Gesicht, um die stickige Luft zu bewegen.

»Was hat Sita an sich, dass Sie sich so für sie interessieren?« In Williams Stimme lag nichts von seiner üblichen Ausgelassenheit.

Nora ließ die Papiere auf ihren Schoß sinken und ihr Blick fiel darauf – es handelte sich um Williams Notizen zu einem Käfer, den er beobachtet hatte, bevor er krank geworden war. Sie fragte sich, wie sie seine Frage beantworten sollte. Wie viel sie ihm anvertrauen konnte.

Er griff nach ihrer Hand, seine Haut war brennend heiß. Das Fieber beutelte seinen Körper und sie wusste nicht, ob er sich überhaupt an ihre Unterhaltung erinnern würde. Außerdem musste sie darüber reden. Musste mit jemandem, der es vielleicht verstand, eine Lösung finden. Oder es wenigstens erklären.

»Mein Vater starb, als ich fünfzehn Jahre alt war. Vor meinen Augen.«

William machte ein mitfühlendes Geräusch. Er versuchte, sich aufzusetzen, und Schweiß trat auf seine Stirn.

»Nein, bleib liegen. Ich erzähle dir das einzig und allein deshalb, um zu sagen, dass ich mich mit Sita identifiziere. Sie ist starrsinnig und verbohrt, aber eigentlich hat sie nur Angst. Und sie ist einsam.«

»Ist ihr Vater auch gestorben?«

»Nein. Aber er hat sie trotzdem allein gelassen.« Sie neigte den Kopf ein wenig und grub die Zähne in ihre Unterlippe. Vielleicht konnte sie ihn fragen. Es gehörte sich nicht, mit ihm über solche Dinge zu sprechen. Das tat man nicht. Aber vielleicht wusste er etwas darüber.

»Sita soll Prostituierte werden.«

Er schloss die Augen. »Tempelprostitution oder die britische Variante?«

Sie schüttelte den Kopf. »Wo ist der Unterschied? So oder so ist es schrecklich.«

»Das stimmt, aber für Sita ist es etwas weniger schlimm, wenn sie eine Tempelprostituierte wird. Wenigstens wird sie dann versorgt und respektiert. Sie wird nicht misshandelt und ihre Kinder werden anerkannt. Sie kann ein eigenes Haus haben. Wenn sie in ein britisches *Chakla* geschickt wird, dann ist ihr Leben nur entwürdigende Fronarbeit.« Als er die Augen wieder öffnete, waren sie voller Mitleid.

Die Informationen überschlugen sich in Noras Kopf. »Es ist Tempelprostitution. Ihr Vater hat sie einer Göttin namens Yellamma geweiht.«

»Hier im tamilischen Nadu wird sie nicht angebetet, aber ich es gibt einen Tempel unweit von Hubli, wo meine Eltern gearbeitet haben. Viele Gläubige pilgern dorthin.«

»Sitas Familie stammt ursprünglich aus Trinomalee. Ihr Vater hat der Göttin eine Tochter versprochen, wenn er einen Sohn bekommt.«

»Und er hat einen Sohn bekommen?«

Nora nickte. »Nachdem sie hierhergezogen waren, ging Sita in die Missionsschule und wurde Christin. Sie kann nicht einer hinduistischen Göttin geweiht werden.«

»Das ist ein Problem.«

»Ja.« Sie nahm den Becher von dem improvisierten kleinen Tisch neben seinem Bett und ließ William einen kleinen Schluck trinken, bevor sie das Gefäß wieder abstellte. »Ich bin entschlossen, ihr zu helfen.«

»Das könnte ein noch größeres Problem sein.«

Nora zuckte mit den Schultern. »Ein Problem zu sein, fällt mir nicht schwer.«

Später an diesem Abend, als der Mond so rund und glänzend über Kodaikanal stand wie die kleine silberne Kugel in Sitas Nasenflügel, gesellte Nora sich am Waldrand in der Nähe des Lagers zu Owen. Die Luft roch genauso würzig wie die Auberginen, die sie zu Abend gegessen hatte.

Owen hielt zwei Kerosinlampen hoch und Nora nahm eine davon. Sie hob sie auf Schulterhöhe und die Flamme ließ die gelben Augen einer gefleckten Eule aufleuchten, die sie von ihrem Loch in einem Baum aus ansah.

»Gehen wir«, flüsterte Owen.

Die Laternen spendeten genügend Licht um sie herum und Owen ging voraus in Richtung des Ortes, an dem er und die anderen die Raupe gefunden hatten. Sie waren noch nicht weit gegangen, als sie sich unter Ästen voller reifer Mangos hindurchbücken mussten. Nora schwenkte die Lampe in einem großen Bogen. Ein kleiner Bach durchquerte hier den Wald. Mit Flechten bewachsene Steine lagen herum, als hätte ein Riese sie dort hingeworfen, die Bäume bildeten über ihnen einen Baldachin wie ein lebendiges Dach und alles war friedlich. Nur das Geräusch des fließenden Wassers störte die Ruhe. Auf der anderen Seite des Flüsschens stieg der Boden an und dünne Bäume klammerten sich an den sanften Hang. Sie waren von aller Welt abgeschnitten. Allein.

»Ist das gefährlich, was wir hier machen?«, fragte sie.

Owen hob seine Lampe hoch und das Licht warf unheimliche Schatten auf sein Gesicht, sodass die Hälfte wie eine dunkle Maske aussah. »Hast du Angst vor wilden Tieren oder vor mir?«

Nora verdrehte die Augen. »Vor dir wohl kaum. Ich glaube nicht, dass du überhaupt fähig bist, jemandem etwas zuleide zu tun.«

»Ich war seit Studienbeginn vor vier Jahren in der Ringermannschaft.«

»Ich bin nicht sicher, ob uns das hilft, wenn ein Tiger beschließt, dass wir ein hübscher Mitternachtsimbiss wären.«

Sein Lachen war wie ein wärmendes Feuer. Es war wie die Steppdecke, die ihre Mutter jeden Abend um sie herum festgesteckt hatte, als sie klein gewesen war. Wie die Hände ihres Vaters, die warm und tröstend auf ihren Schultern lagen.

Owen war ein Mann, den zu kennen sich lohnte. Ein anständiger Mann, der einer Frau niemals etwas antun würde und einem Kind erst recht nicht.

Im Schutz dieser privaten Laube atmete Nora den Schmerz aus, der seit ihrer Unterhaltung mit Sita zwischen ihrer Brust und ihren Rippen festgesessen hatte, und er kam als Schluchzer über ihre Lippen. Sie biss die Zähne zusammen und erschauerte unter der Macht ihres ohnmächtigen Kummers.

Owen ließ seine Lampe wieder sinken und sah sie prüfend an. »Ist alles in Ordnung, Schrullig? Es klingt so, als würdest du gleich in Tränen ausbrechen.«

Sie zog sich aus dem Lichtschein zurück. »Sei nicht albern. Mir geht es wunderbar. Wo ist denn jetzt diese Raupe?«

Owen starrte sie an, kratzte sich am Kinn und seine Fingernägel verursachten dabei ein schabendes Geräusch. Doch er drängte sie nicht. Stattdessen ging er mit langsamen Schritten auf ein Gebüsch zu. »Frederic sagt, dies sei eine Jujube.«

Nora tastete sich mit vorsichtigen Schritten zu ihm vor und versuchte, die Fassung wiederzugewinnen und alle Gedanken an Sita in sich zu verschließen. Als sie vor dem Busch stand, folgte sie Owens Vorbild und hielt ihre Lampe hoch.

»Da ist sie«, sagte er und zeigte auf einen belaubten Ast.

Am Ansatz eines großen Blattes krabbelten drei große rote Ameisen über eine Raupe. Nora brachte ihre Laterne dichter an die Insekten heran.

»Sieht aus, als würden sie essen, oder?«, meinte Owen.

»Ich glaube, das tun sie tatsächlich. Als ihr heute Nachmittag wieder unterwegs wart, habe ich in einem der Bücher eine Erwähnung des *Cigaritis lohita* gefunden. Mr Alford hat ein ausgewachsenes Exemplar in seiner Sammlung – das ist der Schmetterling mit den falschen Fühlern an den Hinterflügeln. Die Raupe sondert ein süßliches Sekret ab, das die Ameisen ›melken‹. Im Gegenzug beschützen die Ameisen sie vor Vögeln und fleischfressenden Insekten.«

»Es ist also wirklich eine symbiotische Beziehung. Faszinierend! Dieses Exemplar sieht aus, als würde es sich bald häuten. Es gab noch ein paar andere auf der Pflanze, aber die hat Frederic mitgenommen.«

Nora runzelte die Stirn und beleuchtete sein Gesicht. »Warum hast du mir das nicht erzählt? Wir hätten uns doch einfach seine Exemplare ansehen können, anstatt bis hierhin zu wandern.«

Er grinste verlegen. »Ich wollte ein bisschen Zeit mit dir allein verbringen.«

»Owen!« Sie lachte. »Ich gehe ein Risiko ein, indem ich allein mit dir hierherkomme. So etwas kann meinen Ruf ruinieren.«

»Niemand wird es erfahren. Ich will nur mal mit dir zusammen sein. Frederic macht mir das nicht gerade leicht, indem er dich zwingt, im Lager zu bleiben.«

»Ich wünschte, er würde mich mitnehmen.« Sie lächelte süffisant. »Und zwar nicht nur, um bei dir zu sein. Es gibt hier so viel zu sehen und zu entdecken. Ich fürchte, ich werde nach Hause zurückkehren, ohne etwas vorweisen zu können. Es fühlt sich ungerecht an, dass ich nur meines Geschlechts wegen für inkompetent gehalten werde. Und ich habe es noch gut im Vergleich zu Sita.«

»Was ist denn mit Sita?« Er runzelte die Stirn und Nora hätte am liebsten mit den Daumen über seine buschigen Augenbrauen gestrichen, über die Furchen dazwischen, die harten Kanten seiner Wangenknochen, den sanften Schwung seiner Lippen …

Ihre Wangen glühten. Sie riss den Blick von ihm los und starrte zu den arthritisch anmutenden Ästen über ihren Köpfen hinauf, atmete tief ein und zählte bis zehn. Erst als ihr Herz ruhiger schlug, wandte sie Owen wieder ihre Aufmerksamkeit zu, diesmal sorgfältig darauf bedacht, sein Gesicht nicht zu genau zu betrachten.

»Sie ist einer Göttin versprochen worden. In deren Tempel wird sie eine …« Es war schwieriger, mit ihm darüber zu sprechen, als es das mit William gewesen war, und Nora wollte lieber nicht darüber nachdenken, warum.

»Was wird sie?«, fragte er. »Eine Tänzerin? Auf dem Weg in die Stadt habe ich junge Mädchen vor Götzenbildern tanzen sehen.«

Nora schüttelte den Kopf und zwang sich, ihm in die Augen zu sehen. »Sie wird sich für die Männer prostituieren, die kommen, um Yellamma anzubeten.«

Seine Augen wirkten mit einem Mal dunkler und sein Gesicht, das von der vielen Sonne bereits Farbe bekommen hatte, wurde blass. »Was … wie kann das … warum lassen sie das zu?«

Seine stockenden Worte, im Flüsterton gesprochen, linderten den Schmerz ihres verletzten Herzens. Sie nahm seine freie Hand in ihre. »Ich brauche deine Hilfe.«

»Natürlich. Was kann ich tun?«

»Können wir zusammen mit Mr Alford sprechen? Vielleicht kann er etwas tun. Irgendwie eingreifen.«

Owen blickte auf ihre Hände hinunter und sie sah ein Zittern durch seine Schultern gehen. Als er den Blick wieder hob, war seine Miene weicher. Er schluckte und nickte dann.

Doch Nora hatte schon vorher gewusst, dass er ihr helfen würde. Denn der Blick in seinen Augen sagte ihr, dass Owen Epps womöglich alles für sie tun würde.

Leider schien Mr Alford nach wie vor bei Weitem nicht so hingerissen von Nora, wie Owen es war.

»Wir mischen uns nicht in die Angelegenheiten der Leute hier ein.« Es war am nächsten Abend und er saß auf seinem Stuhl am Feuer. Er führte einen Becher an die Lippen und zog eine Grimasse. »Ich hasse dieses Zeug! Warum ruiniert man eine schöne Tasse Tee mit allen möglichen Gewürzen, die nicht dort hineingehören?« Er schüttete den Rest seines Getränks auf den Boden.

»Aber Sita ist noch ein Kind! Die Missionare hier können doch bestimmt helfen.« Nora presste die Hände zusammen in der Hoffnung, ihn mit ihrer flehentlichen Haltung zu beeinflussen.

»Ich verbiete Ihnen, etwas zu unternehmen«, sagte er. »Es wird nur unserer Arbeit schaden, die, falls ich Sie daran erinnern muss, darin besteht, Schmetterlinge zu sammeln, zu katalogisieren, zu studieren und zu illustrieren.«

Er *verbot* es ihr? Nora ließ die Hände sinken und ballte sie zu Fäusten. Sie trat einen Schritt auf ihn zu und sammelte sich für eine Ansprache, die ihn hoffentlich aufrütteln würde.

Owen hielt sie mit einer leichten Berührung am Arm gerade noch zurück. »Sita ist so etwas wie ein Lagermaskottchen geworden, Frederic. Sie ist die ganze Zeit hier und …«

»Womit ich nicht einverstanden bin, wie ihr beide sehr wohl wisst.« Mr Alford warf Nora einen finsteren Blick zu.

Owen seufzte. »Aber so ist es nun einmal. Sie ist ein begabtes Kind, das Schutz braucht. Gewiss ist es doch unsere Christenpflicht, ihr diesen Schutz zu bieten?«

Mr Alford stand auf und warf seinen leeren Becher in den Eimer, der in einiger Entfernung stand. »Wir sind nicht im Auftrag der Kirche hier, sondern im Auftrag der Krone. Und die Krone will, dass wir Schmetterlinge untersuchen und nicht unsere Zeit damit verschwenden, indische Kinder vor indischen Bräuchen zu retten.«

Nora schluckte die Worte hinunter, die ihr auf der Zunge lagen. Worte, die Sitas Lage noch schlimmer machen, Mr Alford aber wahrscheinlich trotzdem nicht umstimmen würden.

Sita ist Christin. Sie kann keiner indischen Gottheit dienen!

Aber sie war sich nicht sicher, ob Mr Alford diese Information für sich behalten würde. Am Ende erzählte er es vielleicht Pallavi und dann war Sita in Gefahr. Aber Nora musste seine Anweisungen nicht befolgen. Vielleicht hatte er hier im Lager Weisungsbefugnis, aber sobald sie ihre Füße auf den Boden außerhalb setzte, konnte sie ihre eigenen Entscheidungen treffen.

Kapitel 15

Keine Woche nach seiner Ankunft in Indien hatte Owen eine Aufzucht begonnen, indem er jede gesammelte Larve sorgfältig in ein Schraubglas mit einem Netz darüber gesetzt hatte. Die Behälter standen jetzt auf einem Regal mit zwei Borden, von einer mit Stangen befestigten Plane vor den Elementen geschützt, und beherbergten Raupen und Puppen. Neben dem Regal hatte Owen Pfähle in den Boden gerammt und aus mehreren Netzbeuteln eine Art Käfig für die Schmetterlinge gebaut. In den letzten beiden Monaten hatte er sich eine beeindruckende Sammlung zugelegt.

Nora hatte inzwischen ebenfalls eine hübsche eigene Sammlung von Insekten, die sie auf ihren Ausflügen mit Sita gefunden hatte. Nachdem sie in ihrem Tagebuch Skizzen von allen Tieren angefertigt hatte, gab sie diese an Sita weiter und montierte die Exemplare dann in einer der Klebeschachteln, die sie mit Kork ausgelegt hatte, der mit Papier umwickelt war. Ihr Projekt erforderte allerdings nicht so viel Zeit und Aufmerksamkeit wie Owens, vor allem, weil seine Insekten am Leben waren, während ihre gleich zu Illustrationszwecken getötet wurden.

Ihr war erst richtig bewusst geworden, was für ein gewissenhafter Forscher er war, als sie ihm etwa eine Woche nach ihrer Unterhaltung über Sitas unglückliches Los dabei zugesehen hatte, wie er geduldig mit einem kleinen Pinsel Raupenexkremente aus den Gläsern entfernte, eins nach dem anderen. Im Unterricht hatte er immer den Eindruck erweckt, nicht viel vom Arbeiten zu halten. Da er ihre Kommilitonen mühelos übertrumpfte, schien er nie zu würdigen, wie viel Eifer alle anderen in ihr Studium investieren mussten. Aber hier, am anderen Ende der Welt, war Owen ganz er selbst und steckte alle Energie in seine Arbeit.

Die Sonne ging gerade auf und ließ den Morgentau verdunsten, als Nora sich ihm mit zwei Bechern Tee in der Hand näherte. Er bemerkte sie nicht gleich und sie wartete, während er eine Raupe wieder in ihr Glas zurückgleiten ließ und ein paar Jujubezweige vom Boden zu seinen Füßen aufhob. Er arrangierte sie in dem Behälter, legte das Stück Netzstoff wieder über die Öffnung und befestigte es mit einem Gummiband. Bevor er sich dem nächsten Glas zuwenden konnte, räusperte Nora sich und hielt ihm einen der Becher hin. Durch den aufsteigenden Dampf hindurch sah sie, wie er sich aufrichtete und sie anlächelte,

»Guten Morgen.« Er nahm den Becher, führte ihn an die Lippen und seine Augen schlossen sich beim ersten Schluck. Dann stöhnte er zufrieden. »Ich verstehe nicht, warum Frederic das nicht mag. Es schmeckt herrlich. Wahrscheinlich bin ich für gewöhnlichen Tee jetzt endgültig verdorben.« Er zwinkerte ihr zu. »Ich werde unsere Köchin durch ganz New York scheuchen, damit sie die richtigen Gewürze findet. Ich frage mich, ob man bei uns zu Hause Kardamom bekommt.«

»Du kannst doch welchen von hier mitnehmen.«

»Gute Idee. Ich werde wie ein Gewürzhändler beladen nach Hause kommen.«

Er drehte sich um und begutachtete seine Insekten-Kinderstube. Noras Blick wanderte über seinen in Leinen gehüllten Rücken. Ohne Jacke oder Halstuch stand er da, die Hände in die schmalen Hüften gestemmt, den Kopf über seine Arbeit gebeugt, das Hemd über den Schultern gespannt. Die Sonne hatte seinen Nacken gebräunt und Nora war es, als könnte sie die Hitze an ihrem eigenen Hals spüren. Je länger sie ihn ansah, desto heißer wurde ihr. Sie zwang sich, den Blick von ihm zu lösen und stattdessen der unattraktiven Raupe zuzuwenden, mit der er sich gerade befasste.

Mit ihrer ledernen grünen Haut und dem länglichen Leib, der in einem flachen Analsegment endete, sah sie aus wie eine aufgeblasene Form der Asseln, mit denen Nora als Kind gespielt hatte. Sie hoffte, dass das voll entwickelte Insekt Owen nicht enttäuschen würde. Einige der schönsten Schmetterlinge entwickelten sich aus den unauffälligsten Raupen.

»Was glaubst du, was daraus wird?«, fragte sie.

Owen hob das Glas hoch. Die Raupe hatte sich auf einem Blatt eingerichtet und fraß sich jetzt in aller Ruhe hindurch, um Energie für die anstehende Verwandlung zu speichern. »Ich habe keine Ahnung.« Er stellte das Glas wieder ab und nahm ein weiteres in die Hand, in dem eine andere hässliche Raupe lebte. »Zwei sind noch übrig, eine schon im Kokon. Bei meinen vorherigen drei sind *Tachinidae* geschlüpft.«

Noras Lippen zuckten angesichts des Ekels, der in seinen Worten mitschwang. Es kam häufiger vor, dass man eine oder zwei Wochen lang voller Vorfreude und Neugier auf das Schlüpfen eines Schmetterlings wartete, nur um dann zu sehen, wie eine Raupenfliege aus dem Kokon herauskroch. Owen klang regelrecht beleidigt, so als hätten die Parasiten ihm den großen Augenblick absichtlich verdorben.

»Hoffentlich wird wenigstens aus einer Raupe ein Schmetterling.« Sie hob ihren Becher an die Lippen und trank. Der warme Tee lief ihre Kehle hinunter bis in den Magen und erwärmte ihre Glieder. Oder vielleicht war es eher Owens Lächeln, das bei ihr mal wieder für einen Temperaturanstieg sorgte.

»Kalai! Kalai!« Pallavis schrille Rufe ließen die anderen Männer aus ihren Zelten kommen.

Mr Alford hielt sich die Ohren zu wie ein kleiner Junge. »Englisch, Pallavi! Wie oft muss ich dir das denn noch sagen?«

Pallavi schlug mit ihrem hölzernen Löffeln auf den Topf und erfüllte ihre kleine Siedlung unbeirrt mit dem misstönenden Aufruf: *»Kalai!«*

»Frühstück!« Er eilte vorwärts und blieb kaum einen Meter vor Pallavi stehen. »Das englische Wort heißt *Frühstück.*«

Pallavi schwenkte den Löffel in Mr Alfords Richtung, sodass ihn Kartoffelstückchen im Gesicht trafen. Sie grinste. »Frühstück.«

Mr Alford wischte sich mit der Hand übers Gesicht und anschließend über sein Hosenbein. Dann ließ er sich auf einen Stuhl fallen und ließ den Kopf hängen.

»Was hat er?«, fragte Owen.

»Ich weiß nicht, aber ich hoffe, er ist nicht noch übler gelaunt als sonst«, erwiderte Nora.

Gemeinsam gingen sie zu dem Stuhlkreis, wobei sie einen großen Bogen um Mr Alford machte.

Pallavi teilte großzügige Portionen des unvermeidlichen Reises mit Sambar aus.

Nora nahm ihren Blechteller entgegen und lächelte zum Dank, aber sobald Pallavi sich wieder ihrem Topf zugewandt hatte, zog sie eine Grimasse. Sie aß ein Stück Kartoffel und kaute. Senfsamen, Chili, Kreuzkümmel. Sie schob den Rest mit den Fingern über den Teller und hinterließ safranfarbene Spuren darauf.

»Schmeckt es dir nicht?«, flüsterte Owen.

»Es ist köstlich. Aber …« Sie blickte zu Mr Alford hinüber, der missmutig auf seinen Teller starrte, und verstand ihn ausnahmsweise nur zu gut. »Manchmal möchte ich einfach Toast und Marmelade zum Frühstück.«

Pallavi ging an ihr vorbei und ließ eine Banane auf ihren Schoß fallen. Nora lächelte. Sie hatte das Gefühl, dass ihr Verhältnis allmählich besser wurde. »Es ist zu früh am Tag, um so würzige, schwere Gerichte zu essen, nicht wahr?«, sagte sie, während sie die Bananenschale abzog.

Owen, den Mund voller Essen, nickte. Sein Blick sagte *»Ich fühle mit dir«*, aber die Art, wie er Kartoffeln und Reis verschlang, *»Ich habe keine Ahnung, wovon du redest«.*

Er schluckte den letzten Bissen hinunter und trank einen Schluck Tee. »Hast du Heimweh?«

Noras erster Reflex war, die Frage abzuwehren. Hielt er sie etwa für ein kleines Mädchen?

Aber da zuckte Owen mit den Schultern und sagte: »Ich schon ein bisschen. Ich vermisse den Duft von gebratenem Fleisch – es kann doch nicht sein, dass alle Inder Vegetarier sind, oder? Mir fehlen der Klang der Cascadilla Falls, die Kühle am Morgen und das Herbstlaub.«

»Ich vermisse Bitsy und Rose, das Universitätslabor und das Baden.«

»Und ich hätte gerne Eier und Speck zu dem Toast und der Marmelade.« Er schob sich noch einen großen Bissen Frühstück in den Mund. »Aber wenn man es nicht vergleicht, ist das alles hier gar nicht schlecht.«

»Ich hätte gerne diese Banane«, sagte Mr Steed, der neben Nora saß, und bevor sie auch nur einen Happen davon hatte essen können, hatte er sie sich geschnappt und mit drei Bissen verschlungen.

Nora starrte ihn mit offenem Mund an. »Warum tun Sie das immer? Holen Sie sich Ihr eigenes Obst!« Sie zeigte auf den Berg Bananen bei den Vorräten, die Pallavi für die Mahlzeiten eingekauft hatte.

Er lachte und fuhr sich mit der Zunge über die Lippen, aber sein Vergnügen verwandelte sich in Abscheu, als ein Würgegeräusch ertönte und Mr Alford das Abendessen des Vortages über Mr Steeds Schuhe erbrach. Fluchend sprang er so schnell von seinem Stuhl auf, dass dieser polternd umfiel.

Offenkundig war der Nächste der tropischen Krankheit zum Opfer gefallen, die sich im Lager ausbreitete. Nora unterdrückte ein schadenfrohes Lächeln. Geschah ihm ganz recht.

Mr Alford nahm die Farbe einer Gottesanbeterin an und rannte zu den Bäumen.

»Mein *Kalai* ist nicht schuld.«

Alle Köpfe drehten sich zu Pallavi, die in dem Kartoffeleintopf rührte.

»Das behauptet ja auch niemand«, sagte Owen. »Ich bin sicher, er hat dasselbe, was auch Leonard und William erwischt hat. Ich hoffe, niemand sonst bekommt es.« Er warf Nora einen besorgten Blick zu.

Sie steckte ihren Daumen in den Mund und leckte die Senfsoße ab, während sie dem Drang widerstand, die Sorgenfalten von seiner Stirn zu streichen. »Mir passiert schon nichts.«

Er streckte die Hand nach ihr aus und rieb mit *seinem* Daumen über ihren Mundwinkel, sodass Nora wünschte, sie hätte ihrem Wunsch, ihn zu berühren, nicht widerstanden. Dann leckte er ihn ebenfalls ab und grinste sie an.

Leonard – nachdem sie ihn während seiner Krankheit gepflegt hatte, hatte er gesagt, sie solle ihn beim Vornamen nennen – warf seinen dreckigen Teller in den Metalleimer am Feuer und ließ dann die Hände auf seine Knie klatschen. »Sieht aus, als wären wir heute auf uns gestellt.« In seiner typischen Art presste er die Lippen zusammen, nickte kurz und stapfte dann entschlossen zu seinem Zelt. Einen Augenblick später erschien er wieder mit Gamaschen, ausgerüstet mit einem Netz.

Owen griff nach Noras Arm. »Verbring den Tag mit mir.«

In Kodaikanal herrschte geschäftiges Treiben. Sie gingen die Bazaar Road hinunter und Nora hielt sich an Owens Arm fest, als sie einer Gruppe in traditionelle weiße Dhotis gekleideten Jungen auswichen, die an ihnen vorbeirannten. Owen legte schützend eine Hand auf ihre, als einer davon sie absichtlich anrempelte und ihr ein strahlendes Lächeln zuwarf.

Moosbedeckte Bäume beugten sich über die schiefen kleinen Läden an der unbefestigten Straße. Ihr Blätterdach dämpfte die Rufe der Verkäufer und das beständige Trampeln und Quietschen der Ochsenkarren. Noras Rock wehte um ihre Beine und wirbelte Staub auf. Stirnrunzelnd betrachtete sie Owens leichte Hosen, bevor sie den Blick zu den Palani-Bergen hob, die hinter der Stadt aufragten. Sie waren in blauen Wolkendunst gehüllt und sahen aus wie einem Märchen entsprungen. Nora seufzte und fragte sich, was es dort alles zu entdecken geben mochte.

Dann sah sie die Straße mit den dicht gedrängt stehenden Häuschen hinunter.

»Was machen wir eigentlich hier?«, fragte sie.

Abgesehen von den Ausflügen zum Markt, die sie mit Pallavi unternahm, hatte Nora noch nicht viel Gelegenheit gehabt, die Stadt zu erkunden.

Owen warf ihr einen Blick zu und kitzelte sie mit den Fingern am Handgelenk. »Müssen wir denn etwas machen? Wir können doch einfach eine Zeit lang genießen, dass wir hier sind.« Als er ihren Gesichtsausdruck sah, verdrehte er die Augen. »Ich habe ja einen Plan. Für später. *Nachdem* wir ohne irgendein konkretes Ziel herumgelaufen sind.«

»Ohne Ziel? Wie soll ich dann den Tag überleben?«, fragte sie scherzhaft und stieß ihn mit dem Ellbogen an.

»Das weiß ich auch nicht, habe aber vor, es herauszufinden. Und wir fangen dort drüben an.« Er zeigte auf ein Gebäude auf der gegenüberliegenden Straßenseite, das in besserem Zustand zu sein schien als die anderen, mit gerundeten Glasfenstern und sauberen geweißten Steinen. Das Schild über der Tür mit der Aufschrift *Butani Jewels* wies es als Juweliergeschäft aus.

Sie blieben stehen, um einen Mann vorbeizulassen, der einen blau angemalten Karren zog, und als Owen sie über die Straße führte, fragte Nora: »Warum gehen wir zu einem Juwelier?«

»Um uns Schmuck anzusehen.«

Sie schnaubte. »Aber wozu?«

»Weil es interessant ist zu sehen, was die Kunsthandwerker hier herstellen. Willst du denn nicht etwas mit nach Hause nehmen, was sonst niemand hat? Etwas, was man nicht bei *Bloomingdale's* aus dem Katalog bestellen kann?«

Nora hatte noch nie in ihrem Leben Schmuck bei *Bloomingdale's* bestellt. Tatsächlich hatte sie nur ein einziges Mal in den Katalog geschaut, als ihre Mutter sie gefragt hatte, welche Sorte Korsett sie haben wollte. Aber das würde sie Owen natürlich nicht sagen.

Er zog die Ladentür auf und schob Nora hinein. Sie sah sich um und betrachtete die handbedruckten Kattunbehänge an den Wänden, die dunklen Holzvitrinen, in denen funkelnder Schmuck ausgestellt war – Halsketten, Ringe, Armreifen –, und die weichen Teppiche unter ihren Füßen. Durch die dicke Tür und die geschlossenen Fenster drang der Lärm der Straße nicht herein und Nora war es, als wäre sie plötzlich in einer kleinen Schmuckschatulle aufgewacht.

Ein Mann hinter einer Thekenvitrine legte zur Begrüßung die Handflächen aneinander. »Willkommen.«

Nora lächelte und ging auf ihn zu. Unter dem Glas der Schaukästen glitzerten Rubine, Diamanten und Saphire in goldenen und silbernen Fassungen. »Die sind wunderschön!«

Der Händler lächelte. »Wie kann ich Ihnen helfen? Suchen Sie vielleicht eine Halskette?« Er drehte sich um und zog eine der Schubladen in dem hohen Schrank hinter ihm auf. Er nahm ein schweres Schmuckstück heraus, das vor Rubinen nur so strotzte, und trug es zu ihr. »Bei Ihren dunklen Haaren und der hellen Haut wäre dies das perfekte Stück für Sie.«

Bevor sie zurückweichen konnte, hatte er es schon über ihr Mieder gelegt. Nora berührte es mit der Hand, als das kühle Metall auf ihrem Schlüsselbein zu liegen kam. »Das ist mir ein bisschen zu pompös.«

»Etwas Schlichteres?«, fragte Owen.

Der Mann nickte, wirkte aber sichtlich enttäuscht. Er nahm Nora das Collier wieder ab.

Sie wandte sich zu Owen um und berührte mit den Fingern ihre Zikadenbrosche. »Außer der hier trage ich gar keinen Schmuck.«

»Warum nicht?«

»Es ist mir zu unpraktisch.«

»Aber das trifft doch nicht auf jeden Schmuck zu.«

Ihr Blick wanderte durch den Raum voller Geschmeide, die nach Aufmerksamkeit schrien und Wohlstand verkündeten.

Owen lachte. »Na gut, vielleicht ist das meiste davon unpraktisch, aber warten wir ab, was er noch hat.«

Der Händler kehrte mit einer Schachtel zurück, auf deren Samtverkleidung mehrere Arten Ohrringe lagen. Zwischen den auffälligen, juwelenbesetzten Creolen und Gehängen entdeckte Nora ein schlichtes Paar. Sie nahm einen der beiden Ohrringe in die Hand. Eine Träne aus filigranen Goldmustern mit einem kleinen Diamanten in der Mitte.

»Hast du Ohrlöcher?«, fragte Owen.

Sie nickte. Das war in Bezug auf Mutters Forderungen ihr einziges Zugeständnis gewesen, als sie fünfzehn geworden war und keine Neigung zu traditionell weiblichen Interessen an den Tag gelegt hatte. Nora hatte sich gegen die komplizierten Frisuren und albernen Turnüren gewehrt, aber ihre Einwilligung, sich die Ohrläppchen durchstechen zu lassen und die Diamantohrstecker ihrer Großmutter zu tragen, hatte ihre Mutter besänftigt. Zwei Jahre später hatte Nora sie abgelegt, aber die Löcher waren geblieben.

Owen nahm ihr den Ohrring aus der Hand und hielt ihn an ihr Ohr. Dabei berührten seine Finger ihre Wange und sie errötete. »Sie stehen dir.«

»Wie gesagt, ich trage keinen Schmuck«, flüsterte sie.

»Du machst auch keine Reisen, aber du bist trotzdem hier.« Er beugte sich näher und strich ihr eine Locke aus dem Gesicht. »Deine Maske verrutscht allmählich.«

Ihre Kehle war mit einem Mal ganz trocken und sie schluckte. Owen sah durch ihr Exoskelett hindurch und erkannte ihre verletzlichen, weichen Teile, die sie nie hatte zeigen wollen. Und doch hatte sie sich noch nie so sicher gefühlt.

Sie sah den Händler an. »Also gut.«

Bevor sie Owen aufhalten konnte – und sie war sich nicht sicher, ob sie es überhaupt gewollt hätte –, schob er den Bogen durch ihr Ohrläppchen und tat anschließend das Gleiche mit dem zweiten Ohrring, der noch in der Schachtel lag. Sie drehte den Kopf und genoss das ungewohnte Gefühl der federleichten Gewichte an ihren Ohren – und den Ausdruck auf Owens Gesicht.

Nora bezahlte und verließ das Geschäft mit leichteren Schritten und leichterem Geldbeutel.

Noch etwa eine Stunde lang schlenderten sie durch die Stadt und sahen sich Körbe, Dolche und kleine Messingtassen an, importierte chinesische Seide, Paschmina-Tücher und Taschen, die mit Käferflügeln bestickt waren. Sie lugten in winzige Geschäfte, deren Inhaber im Schneidersitz an niedrigen Tresen saßen und leuchtend bemalte Götterstatuten verkauften. Alle begrüßten sie herzlich und ermunterten sie, Dinge zu kaufen, für die sie keine Verwendung hatten. Nora berührte ihre Ohrringe und lächelte. Mehr wollte sie nicht für sich selbst, aber sie kaufte einige kleine Geschenke für ihre Mutter und für Rose, Bitsy und Anna: einen aus Speckstein geschnitzten Pfau; eine Halskette mit mehreren Strängen; ein winziges Gemälde einer Frau, die einen Mann auf einem Elefanten begrüßt, sowie einen goldenen Parfümbehälter.

Sie kamen an einem Mann vorbei, der an einem Topf mit Öl stand, das zischte, als er Teig hineingoss. Mit einer hölzernen Zange drehte er kurz darauf den auf der Unterseite goldbraun gebackenen Teig um. Am Ende gab er das Gebäck in eine Schüssel, um es in einer Flüssigkeit zu tränken. Als er fertig war, lächelte er Nora an. »Jalebi.«

Nora brauchte keine weitere Ermutigung. Sie hielt zwei Finger hoch und bezahlte den Preis.

»Ist das eine Entschädigung für das Frühstück?« Owen nahm eine der spiralförmigen Leckereien, probierte und machte ein zufriedenes Geräusch.

Sie nahm ebenfalls einen ersten Bissen. »Das ist köstlich. Mir schmeckt das Essen hier gut. Ich glaube, ich könnte mich daran gewöhnen. Alles an Indien ist viel mehr … na, eben *mehr*. Mehr Farbe und Leben und Geschmack. Es fühlt sich ganz anders an als das, was ich mögen sollte, aber ich habe das Gefühl hierherzugehören.« Sie aß ihr Jalebi auf und warf einen sehnsüchtigen Blick auf Owens Gebäck.

»Hier.« Er gab ihr den Rest und leckte sich in Ermangelung eines Tuchs die Finger ab.

Nora hatte gerade aufgegessen, als ein kleines Kind aus einer Tür auf der gegenüberliegenden Straßenseite gerannt kam, ihre Hand packte und sie mit sich zog. »Hallo, Akka.«

»Wohin gehen wir?«, fragte Nora lachend.

Das Mädchen kicherte und zog sie weiter, bis sie zu einem kleinen Steingebäude kamen, das von einer niedrigen Veranda umgeben war. Eine erwachsene Version des Mädchens mit breitem Lächeln und glänzendem, zum Zopf geflochtenen Haar bat sie herein. Die Frau trug einen rot-goldenen Sari, dessen dicker, mit Blumen bestickter Saum ihre Füße umspielte und bei jedem Schritt raschelte.

Als sie der Frau durch die Teakholztür folgten, legte Owen eine Hand auf Noras Rücken. Sie war froh, das unerwartete kleine Abenteuer mit ihm gemeinsam zu erleben.

Der Raum, den sie betraten, verschlug Nora den Atem. Drei komplette Wände waren vom Boden bis zur Decke mit Regalen versehen, die sich unter der Last von unzähligen Saris bogen. Nora hatte noch nie so viel Farbe auf einmal gesehen. Seide, hauchdünn und in dickem Brokat, verlockte dazu, mit der Hand darüberzufahren; jede Schattierung des Regenbogens und alle Farbtöne dazwischen, in ordentlichen Stapeln zusammengefaltet.

Die Frau bedeutete Nora und Owen, sich auf den Teppich zu setzen. Nora zog die Füße seitlich unter sich und fuhr mit der Hand über die blauen Äste, Vögel und Blumen des Musters. Die Wolle kitzelte sie an den Fingern und Owens Atem am Ohr.

»Glauben die, du würdest indische Kleidung tragen?«, fragte er leise.

Sie zuckte mit den Schultern und hoffte aus einem Grund, den sie nicht verstand, dass er nicht gehen wollte. Der Laden mit den durch all den Stoff gedämpften Straßengeräuschen hatte etwas an sich, das sie umschmeichelte; ihr das Gefühl gab, als säße sie in einer wunderbaren Laube, sicher vor vergangenen Fehlern, wütenden Stiefvätern und jedem denkbaren Versagen. Sie wollte mit den Fingern über die Säume der Saris streichen, einen herausziehen und sich darin einhüllen. Dieser Drang überraschte sie, denn Nora hatte sich noch nie etwas aus Mode gemacht. Sie hatte sich immer für Schlichtheit und arbeitstaugliche Röcke und Blusen entschieden und Gold, wie es von den Ohrläppchen der Ladenbesitzerin tropfte, ihre Handgelenke umschloss und den Edelstein in ihrer Nase einfasste, hatte sie sich erst recht nie gewünscht.

Das Mädchen, das zwischenzeitlich verschwunden war, trug durch eine Tür in der Ecke des Raumes ein großes silbernes Teetablett herein, um es vor Nora abzustellen und aus der kunstvoll verzierten Kanne zwei Tassen vollzuschenken. Die Frau sagte etwas in Tamil und das Mädchen hockte sich vor Nora hin.

»Amma sagt, der Tee wächst hier, in den Ghats. Er ist etwas ganz Besonderes.«

Nora hob die dampfende Tasse und der erste Schluck bestätigte die Worte der Fremden. Der dunkle und aromatische Tee schmeckte nach dem stark gewürzten Masala-Tee an diesem Morgen frisch und hinterließ den Geschmack von Rosen- und Brombeeren auf ihrer Zunge.

Die Art, wie die Frau und ihre Tochter Owen und ihr beim Trinken zusahen, sagte Nora, dass es sich um keinen alltäglichen Tee handelte. Als sie ausgetrunken und ihre Tassen abgestellt hatten, nahm das Mädchen das Tablett und die Mutter stand auf und drehte sich langsam im Kreis, während ihr Blick von Nora zu den Saris huschte und wieder zurück.

Und dann war Nora plötzlich von einem halben Dutzend Seidenstoffen umgeben, auf dem Boden um sie ausgebreitet wie ein Pfauenrad: rot, himmelblau, grün gepunktet mit stolzierenden Elefanten, ein kobaltblaues Paisleymuster – allesamt durchwirkt von Gold- und Silberfäden.

Nora schob den kunstvoll gearbeiteten Saum eines besonders extravaganten Saris zur Seite. »Es tut mir wirklich leid, aber ich kann so etwas nicht tragen.«

Die Frau legte den Kopf schief und wandte sich dann wieder den Regalen zu, als hätte sie nicht verstanden. Was wahrscheinlich der Fall war. Wo war das Mädchen? Nora wollte ihre Gastgeberin nicht beleidigen und überlegte verzweifelt, wie sie sich aus dem Stoffberg und der Situation befreien könnte.

Owens tiefes Lachen lenkte ihre Aufmerksamkeit auf ihn. Er hatte sich zurückgelehnt und lag bequem auf seine Ellbogen gestützt dort, ungehindert von den aussichtslosen Erwartungen dieser ehrgeizigen Geschäftsfrau.

»Sie muss doch wissen, dass eine Amerikanerin so etwas nicht tragen kann, oder?«, fragte Nora. »Ich bezweifle, dass sie den Missionarinnen oder den Britinnen welche verkauft.«

Er schlug die Füße übereinander. »Ich weiß nicht. Aber ich glaube, ich würde dich gerne in einem Sari sehen.«

»Owen!« Nora beobachtete, wie die Ladeninhaberin die Hand nach einem Bord über ihrem Kopf ausstreckte. Ihr Rücken war durch das dünne Material des Saris, der über ihre Schultern fiel, gut zu sehen.

Die Frau drehte sich um und kam auf sie zu; die gelassene Anmut, mit der sie sich bewegte, erinnerte Nora an Bitsy.

Nora sah Owen an und erwartete, dass er die Inderin beobachtete – sie war wunderschön –, aber stattdessen musterte er Nora selbst. Stellte er sich etwa vor, wie sie in einem Sari aussah?

Oh, Hilfe!

»Das ist der richtige, Akka.« Das Mädchen stand jetzt wieder neben Nora und grinste zustimmend, als seine Mutter einen Saum des Saris über Noras Finger gleiten und das Kleidungsstück auf Noras Schoß fließen ließ.

Der Stoff war ein glänzender Fluss in der Farbe einer Purpurdistel. In Gold gestickte Tiger und Elefanten spielten zwischen hängenden Ästen. Nora nahm die Seide in die Hand. Sie fühlte sich kühl und glatt an und gab ihr allein durch die Berührung ein Gefühl der Sinnlichkeit.

»Er ist wunderschön … aber ich kann ihn nicht anziehen.«

»Warum nicht?«, fragte das Mädchen.

»Ja, Nora«, sprang Owen der Kleinen bei, »warum nicht?«

Sie funkelte ihn an. »Weil es unziemlich ist.«

»Seit wann machst du dir denn deshalb Gedanken?«

Sie öffnete den Mund, aber ihr fiel nichts ein, womit sie ihm hätte widersprechen können. Es stimmte. Ihr ganzes Leben lang verstieß sie schon gegen Konventionen. Warum sollte sie ausgerechnet jetzt damit aufhören? Und sie wollte so gerne wissen, wie es sich anfühlte, in diese Seide gekleidet zu sein, keine Korsetts, Petticoats oder mehrere Lagen zwischen ihr und dem Stoff. Sie erhob sich und nickte. »Also gut.«

Owen setzte sich auf. »Wirklich? Du willst ihn ganz sicher anprobieren?«

»Ja. Und vielleicht versuchst du es mit einem Dhoti, wenn ich fertig bin.« Sie stolzierte zu der Tür, durch die das Kind und die Frau sie winkten, und sagte noch über die Schulter: »Ich würde dich gerne in einem davon sehen, Owen.«

Sie schloss die Tür hinter sich und sperrte sein Lachen aus.

Das Hinterzimmer war klein; die Wände waren mit Teppichen behängt und ein großer Spiegel beherrschte den Raum, daneben stand ein kleiner Hocker. Lampen in den Ecken warfen Schatten über den gewachsten Holzfußboden.

Die Ladenbesitzerin gab ihrer Tochter den Sari und fing an, Noras Mieder aufzuknöpfen. Dabei gab sie schnalzende Geräusche von sich und murmelte etwas vor sich hin.

»Was sagt sie?«, fragte Nora.

Das Mädchen zuckte mit den Schultern. »Dass englische Frauen zu viele Kleider anhaben. Das ist unnatürlich und die Haut kann nicht atmen.«

»Ich bin Amerikanerin«, sagte Nora.

Ihr Rock wurde aufgeknöpft und fiel um ihre Füße. Sie trug

noch immer Korsett, Unterhemd, Petticoat und Strümpfe, aber schon jetzt fühlte sie sich leichter.

Mit jeder Schicht, die entfernt wurde, atmete sie tiefer ein. Und dann stand sie nackt da, frei von allen Zwängen. Sie schob die Arme durch die kurzen Ärmel einer Bluse, die ihr nicht einmal bis zum Bauchnabel reichte. Anschließend stieg sie in einen weißen Leinenrock. Und dann ließ sie sich wie eine ägyptische Mumie in Seide wickeln.

Schließlich trat die Frau zur Seite und Nora sah ihr Spiegelbild.

Nur … es konnte eigentlich gar nicht ihres sein. Es war ein Phantom – eine schöne Frau von einem anderen Ort. Sie trat näher an den Spiegel, und als die Seide den entblößten Teil ihres Rückens und Bauchs berührte, standen ihr die Haare auf den Armen zu Berge. Es war wirklich beinahe noch sinnlicher, als gar nicht bekleidet zu sein. Aber es sah *richtig* an ihr aus. Der Sari hatte fast die gleiche Farbe wie ihr albernes Abschlussfeierkleid, aber es hüllte ihren Körper in elegante Linien, anstatt sie mit Rüschen und Spitzen zu verschlingen. Irgendwie sah sie jetzt größer aus. Anmutig schön. Sie fuhr mit der Hand über ihren Oberkörper, fühlte die Delle ihrer Taille und die sanfte Kuhle um ihren Bauchnabel. Sie fragte sich, ob diese andere Nora die ganze Zeit in ihr versteckt gewesen war. Hatte sie nur darauf gewartet, befreit zu werden? Auf die Gelegenheit, sich zu zeigen?

Darauf, sich lebendig zu fühlen, hier, in Indien.

Ein Leben zu führen, das sie sich nie hätte träumen lassen. Ein Leben, das den Kokon aufbrach – diese Puppenhülle, die aus Ithaca, dem Journal und Cornell bestand – und den Menschen zum Vorschein kommen ließ, als der sie geschaffen worden war. Könnte sie nach all dem einfach zurückkehren, an einem Schreibtisch sitzen und über Insekten schreiben, anstatt sie zu beobachten?

Nora zog die Nadel heraus, mit der die Falten des Saris am Unterrock befestigt waren. Sie wickelte die Seide von ihrer Taille und zog sie fort, genoss das Gefühl, als die Seide über ihre Schulter glitt. Dann stieg sie aus dem Rock und löste die Haken des Oberteils. Sie streckte die Hand nach ihrer eigenen Kleidung aus, die sich hinter ihr auf dem Tisch türmte. »Danke, dass ich diese wunderschöne Kleidung anprobieren durfte, aber ich kann das unmöglich kaufen. Stattdessen würde ich gerne ein paar Schals haben.«

Sie würde sich nicht länger mit diesem kleinen Experiment befassen. Es würde nicht zu Entdeckungen oder Wissen führen. Stattdessen würde sie nur ihre Prioritäten hinterfragen.

Sie musste sich auf das konzentrieren, was wirklich wichtig war, und zwar das Stipendium und die Verantwortung für die Zeitschrift zu bekommen. Das war sie ihrem Vater schuldig.

Indien war ein Mittel zum Zweck. Anders, als sie eben noch gedacht hatte, war nicht Ithaca die Hülle, die es abzustreifen galt. Nein, *hier* hatte sie sich in einen seidenen Kokon stecken lassen und anstelle eines Schmetterlings sah sie sich nun einem Parasiten gegenüber: der Erkenntnis, dass sie ihre Heimat nicht mehr vermisste, nachdem sie alle Stricke durchtrennt hatte. Dass sie zum Frühstück keinen Toast mit Marmelade mehr wollte. Dass sie nicht mehr studieren oder sich an ein kränkelndes wissenschaftliches Magazin binden wollte.

Nein, sie wollte in Indien bleiben und Tee trinken, der in den Bergen angebaut wurde, Seide tragen und mit Owen Schmetterlinge schlüpfen sehen.

Und das ging nicht. Denn sie hatte Verpflichtungen, die sie erfüllen musste, und Schuldgefühle, die an eine Erinnerung gebunden waren, die sie am liebsten vergessen würde.

Nora kaufte fünf Schals mit Fransen aus feiner Wolle. Sie sangen keine Sirenenlieder und lockten sie nicht, ihre Pläne aufzugeben. Sie flossen nicht um ihren Körper und zogen sie nicht zu Sehnsüchten hin, die besser verborgen blieben. Sie waren einfach nur schön und würden wunderbare Geschenke für die liebsten Frauen in ihrem Leben sein.

Sie faltete ihre Erwerbungen sorgfältig zu Quadraten zusammen und verstaute sie in ihrer Umhängetasche. Dann schob sie den Riemen über ihre Schulter und verließ den Laden, ohne einen weiteren Blick auf die verwirrte Inhaberin, ihre Tochter mit den altklugen Augen oder Owen.

»Wohin gehen wir als Nächstes?«, fragte sie, als er sie eingeholt hatte.

»Das ist eine Überraschung. Ich habe letzte Woche davon gehört und ich glaube, es wird dir gefallen.«

Er winkte einen *Mattu vandi* heran und der Fahrer brachte seine Ochsen zum Stehen. Der drahtige Mann, der knielange Hosen, ein langes Hemd und einen breiten Gürtel um den Bauch trug, feilschte ein wenig mit Owen.

Ein Ruf erregte Noras Aufmerksamkeit. Als sie sich umdrehte, sah sie, dass das Kind aus dem Bekleidungsladen auf sie zugelaufen kam. Die Füße des Mädchens wirbelten beim Rennen Staub auf. »Akka! Ich habe das hier für Sie.« Sie drückte Nora ein in Papier gewickeltes Päckchen in die Hand. »Ich weiß, dass das nicht üblich ist. Das habe ich in der Schule gelernt. Aber Sie haben es geliebt.«

Nora schlug das Papier zurück, während das Mädchen mit leuchtenden Augen zusah. In dem Päckchen lag ein Band, das aus dem gleichen Stoff gemacht war wie der purpurfarbene Sari, etwa fünf Zentimeter breit mit einem gestickten Elefanten, der einen Tiger jagte.

Es war klein genug, um Noras Ambitionen nicht zu gefährden, aber groß genug, um sie an den Augenblick zu erinnern, in dem sie zum ersten Mal die Frau entdeckt hatte, die hinter all ihren Schichten und Mauern versteckt war. »Danke«, flüsterte sie.

Sie nahm den Hut ab, zog die drei großen Nadeln aus ihrem Knoten am Hinterkopf und ließ den Vorhang aus Haaren vor ihre

Schultern fallen. Mit geschickten Fingern flocht sie die langen Locken und befestigte den Zopf am Ende mit dem Band, dessen große Schlaufen und Enden bis zu ihrer Taille reichten.

»Bist du so weit?«, fragte Owen.

Sanft strich Nora über die Wange des Mädchens und erntete ein Lächeln. Dann drehte sie sich um und ergriff Owens Hand, damit er ihr in das klapprige, mit Vorhängen versehene Gefährt helfen konnte.

Als die Ochsen sich schwankend wieder in Gang setzten, spürte sie Owens Blick auf sich. Sie strich über die Schlaufen der Sari-Seidenschleife.

»Deine Haare sehen hübsch aus, wenn du sie so trägst.« Er nahm ihr den Stoff aus der Hand und hielt ihn an ihre Wange. »Die Farbe steht dir gut.« Dann ließ er das Band sinken, lehnte sich auf seinem Sitz zurück und schloss die Augen. »Ich möchte dich immer noch in diesem Sari sehen.«

Die Anspannung in Noras Brust ließ nach und ihre Schultern entkrampften sich. Sie schob alle Gedanken an Wünsche und Träume und Zeitschriften beiseite. »Das wird niemals passieren, Owen Epps.«

Er lachte.

Nora verbrachte den Rest der Fahrt zu ihrem geheimen Zielort damit, zwischen den Gardinen hindurchzuspähen, während Owen schlief, den Ellbogen auf den Rand der Fahrgastkabine gestützt und das Kinn auf der Hand.

Sie fuhren die Bazaar Road hinunter, vorbei am sternförmigen Berijam Lake bis zur Ghat Road, auf der ihr Fahrer sie durch dicht bewachsene Berge kutschierte.

Der Karren holperte und Owen setzte sich auf und blinzelte den Schlaf aus seinen Augen.

Nora hörte das Donnern, bevor sie etwas sah. Das vertraute Tosen ließ sie fast von ihrem Sitz aufspringen und sie schob eilig den Vorhang zurück und riss die Augen auf, freudig überrascht darüber, wie gut Owen sie kannte. Sie ergriff seine Hand und wartete, während sie ungeduldig mit dem Fuß wippte, bis sie endlich stehen blieben.

Bevor Owen aussteigen und ihr helfen konnte, sprang Nora auf den Boden und lief auf das Geräusch zu. Sie schob sich durch Unterholz und Gestrüpp und erschreckte dabei einen Makaken, der mit schrillem Zetern auf sie einschimpfte.

Und dann stand sie vor einem Wasserfall, der zehn Mal höher war als die Cascadilla Falls. Vor dem Tod ihres Vaters war sie bei den Niagarafällen gewesen und sie hatte den Eindruck, dass dieser Wasserfall hier noch größer war als das große Naturschauspiel in ihrer Heimat.

Auf ihrem Weg zum Wasser rutschten die Steine unter ihren Füßen weg. Als Owen auftauchte, war sie schon in dem flachen Wasserbecken von einem großen Stein zum nächsten gesprungen und stand nun mittendrin, das Gesicht dem herabstürzenden Wasser zugewandt. Abgesehen von seiner Höhe war es kein gewaltiger Wasserfall, obwohl sie vermutete, dass er es während des Monsuns sein würde. Das Wasser glänzte silbern und Nora schloss die Augen, um das Rauschen ihres geliebten Wasserfalls in Ithaca auf sich wirken zu lassen.

Als sie sie wieder aufschlug, saß Owen am Ufer im Gras und beobachtete sie mit einem zufriedenen Lächeln. »Glücklich?«

Sie nickte und biss sich auf die Unterlippe, weil sie sich mit einem Mal unerwartet schüchtern fühlte.

»Komm, setz dich zu mir.«

Sie raffte ihren Rock und sprang über die Steine zurück, um seiner Bitte nachzukommen. »Danke für die schöne Überraschung.«

Er lächelte und reichte ihr die Tasche, die sie in der Eile, den Wasserfall zu sehen, auf dem Ochsenkarren hatte liegen lassen. Sie legte sie zur Seite. Ihr Magen knurrte vernehmlich. »Es kommt mir vor, als wäre das Jalebi Stunden her.«

»Gegen Hunger habe ich was.« Owen zog den Riemen seiner Tasche über den Kopf, zog ein mit Papier umwickeltes Päckchen heraus, und als er mehrere Schichten zurückgeschlagen hatte, erschien ein dreieckiges Gebäck. »Pallavi meinte, Samosas seien für ein Picknick perfekt geeignet. Und ich habe den *Karar* für den ganzen Tag bezahlt, wir können also so lange bleiben, wie wir wollen. Ich habe gehört, dass es hier sehr viele verschiedene Insektenarten gibt.«

In einträchtigem Schweigen aßen sie ihr würziges, mit Kartoffeln gefülltes Mittagessen. Ein Makak kam auf sie zu und Nora warf dem Affen eine Handvoll Krümel hin. Er aß mit geschickten Fingern und fletschte dann die Zähne in ihre Richtung, bevor er davoneilte. Undankbares Tier!

Ein Schmetterling zog über ihnen träge seine Kreise, bevor er sich auf einem etwa zwei Meter entfernten Stein niederließ. Er hatte merkwürdig gefärbte Flügel. Nora stand auf, blinzelte und strengte sich an, ihn genauer zu betrachten.

»Was ist denn?«, fragte Owen.

»Dieser Schmetterling …« Sie machte einige Schritte auf das Insekt zu und es flog davon. Sie folgte ihm bis zum Waldrand, sorgfältig darauf bedacht, es nicht aus den Augen zu verlieren.

»Das ist nur ein gewöhnlicher Tagfalter. Davon haben wir bereits alle Unterarten.«

»Ja, aber irgendetwas an ihm ist anders.« Nora warf Owen einen Blick zu und er musste etwas in ihrer Miene gesehen haben, denn er riss die Augen auf und kam ihr hinterher.

»Eine unentdeckte Spezies?«

»Das glaube ich nicht.«

Der Schmetterling setzte sich auf den Stamm einer blühenden Kräuselmyrte. Nora machte noch einen Schritt auf ihn zu, bemüht, kein Geräusch zu machen. Der Schmetterling flog auf, senkte die Vorderflügel und Nora sog scharf die Luft ein. Sie sprang vor und packte die Flügel des Insekts mit Daumen und Zeigefinger, sodass es sich nicht mehr bewegen konnte, dann schloss sie die andere Hand um den Schmetterling und eilte zu Owen zurück.

»Sieh mal«, sagte sie und sank auf die Knie.

Er hockte sich hinter sie und blickte über ihre Schulter.

Nora öffnete die Finger vorsichtig, damit sie den Schmetterling betrachten konnten. »Erinnerst du dich an Professor Comstocks Vorlesung zum Geschlechtsdimorphismus?«

Owen grunzte und beugte sich noch weiter über sie, sodass sein Ohr ihre Wange berührte. Sie hörte seinen gleichmäßigen Atem und ließ ihren eigenen im gleichen Rhythmus ein- und ausströmen.

Sie drückte den Zeigefinger mitten auf den pelzigen Körper des Schmetterlings. »Er hat von einer Anomalie gesprochen, dem Gynandromorphismus. Weißt du noch?«

»Dieser Kurs ist Monate her. Wie kannst du dich da noch daran erinnern, was er gesagt hat?«

»Es war interessant. Sieh ihn dir doch nur an, Owen. Es ist unglaublich! Ich hätte nie gedacht, dass ich so etwas jemals selbst sehen würde.« Sie bewegte ihre Hand so, dass sie den Hinterleib untersuchen konnten.

Owen starrte das Insekt mit aufgerissenen Augen an. »Er hat nur einen halben Klammerapparat. Auf der männlichen Seite.«

Sie grinste und bewunderte die bilaterale Asymmetrie. Durch die dimorphe Färbung dieses *Vindula erota* war die Abweichung gut zu erkennen. Ein Flügel war orange mit schwarzen Markierungen, wie es für die Männchen dieser Art typisch war, der andere hatte die sanften Grün-, Blau- und Brauntöne eines Weibchens. Es war eine willkürliche Anomalie, die den Schmetterling zu einem höchst ungewöhnlichen Exemplar mit großem Sammlerwert machte.

Auch wenn sie keine neue Spezies entdeckt hatte, konnte Nora den Gynander als Grundlage für ihren Bewerbungsvortrag benutzen. »Hol bitte ein Tötungsglas aus meiner Tasche.«

Während Owen tat wie geheißen, zog Nora ein dünnes Taschentuch aus ihrem Ärmel, das sie am Morgen hineingeschoben hatte. Mit den Zähnen riss sie es durch und tauchte es in das warme Wasser des Flusses. Owen kam zurück, als sie es gerade auswrang.

»Hier. Ich bin froh, dass du daran gedacht hast, deine Ausrüstung mitzunehmen.« Er hielt ihr das Glas hin.

»Ohne meine Feldtasche gehe ich nirgends hin. Nur für alle Fälle.« Nora lächelte und ließ das feuchte Taschentuch in das Glas fallen. Sie wollte nicht riskieren, dass der Schmetterling brüchig wurde und Schaden nahm, bevor sie die Gelegenheit hatte, ihn zu montieren. Er kam ins Glas hinein und das Zyanid wirkte schnell.

»Eigentlich ist es traurig, oder?«, fragte Owen. »Er weiß nicht, was er ist oder wie er sich verhalten soll, gefangen zwischen zwei Welten und so gelähmt, wie er gerade noch war.«

Ein dumpfer Schmerz traf Nora und Tränen kribbelten in ihrer Nase. Wie merkwürdig, ein Insekt zu bedauern, weil man eine Erfahrung mit ihm teilte.

Kapitel 16

Als sie an diesem Abend zum Lager zurückkehrten, standen William und Leonard bei Owens Regal mit den Raupen und Puppen. Ihre Unterhaltung war schon von Weitem zu hören.

»Was für eine Schande«, sagte Leonard. »Er hatte kein Glück mit der Schmetterlingsaufzucht.«

Owen stöhnte. »Bitte nicht noch eine *Tachina*! Ich habe ein halbes Dutzend Raupen gesammelt und jetzt ist nur noch eine übrig. Ich hatte gehofft, dass wenigstens aus einer ein Schmetterling wird.« Er rieb sich den Nacken und schüttelte den Kopf. »Willst du vielleicht die verschiedenen Stadien zeichnen? Wenn die letzte Puppe sich in einen Schmetterling verwandelt, hast du eine tolle Illustration des ganzen Lebenszyklus.«

Nora lächelte. »So wie Maria Merian?« Die Naturalistin aus dem siebzehnten Jahrhundert war die Erste gewesen, die Schmetterlinge auf ihrer Nahrungsquelle und dazu Ei, Larve und Puppe gezeichnet hatte. Damit hatte sie bewiesen, dass Insekten nicht in der Erde wuchsen. Vielleicht würde die Menschheit Nora ja später eine neue wissenschaftlichen Methode oder sogar die Entdeckung einer neuen Spezies verdanken.

Owen sah sie verständnislos an und Nora schüttelte den Kopf. Selbst Maria hatte nicht genügend bewirkt, um den Entomologiestudenten von heute in Erinnerung zu bleiben.

Nora ging zu ihrem Zelt, um ein neues Montierbrett zu holen. Mit geübter Hand montierte sie ihren Halbseiten-Hermaphroditen und verstaute ihn in einer Schachtel. Dann nahm sie ihre Malutensilien und ging wieder hinaus.

Owen hielt das Glas mit dem leeren Kokon in die Sonne. Er schaute blinzelnd hinein, die Brauen über seinen Augen zu einem buschigen, unordentlichen Streifen verschmolzen. William und

Leonard waren in ihren Zelten verschwunden, aber Mr Steed saß auf einem Stuhl am Feuer und schälte eine Langsat. Nora lief das Wasser im Mund zusammen. Sie hatte schon wieder Hunger und die süßsaure Frucht gehörte zu ihren Lieblingsobstsorten.

Als sie an Mr Steed vorbeikam, nahm sie schnell die letzte Langsat von seinem Schoß und hielt sie fest in der Hand. Er wollte widersprechen, aber sein Mund war zu voll, als dass er etwas hätte sagen können, und Nora tat so, als hörte sie seinen Protest gar nicht, während sie zu Owen ging. Das hatte dieser gemeine Obstdieb nun davon!

»Was ist es?« Nora legte Malkasten und Block neben das nun wieder im Regal stehende Glas, in dem der Kokon lag, und stellte sich auf die Zehenspitzen. Mit dem Daumennagel ritzte sie die Schale der Langsat ein und entfernte die Schale in einem Stück.

»Ich habe keine Ahnung. Ziemlich klein, oder?«

Nora brach eine der Fruchtspalten heraus und schob sie zwischen ihre Zähne, um das Fleisch um den bitteren Kern herum zu entfernen. Sie zeigte auf das Glas und sank wieder auf die Fersen zurück, als Owen es ihr reichte. Eine kleine *Hymenoptera* summte darin herum und stieß bei dem vergeblichen Versuch, die Freiheit zu erlangen, immer wieder gegen die Glaswand. Die metallisch grünblaue Schlupfwespe war in der Tat kleiner als alle Schmarotzerfliegen, die Nora bislang gesehen hatte, aber das Loch in der Seite des Kokons bewies ihren Ursprung.

Nora setzte das Glas kurz ab und schob sich ein weiteres Stück Langsat zwischen die Lippen. Ihre Zähne stießen auf ein wenig Widerstand, bevor sie die Haut des Segments durchbrachen und der zitrusartige Saft in ihren Mund spritzte. Sie kaute langsam, während sie überlegte, dann wischte sie die klebrigen Finger an ihrem Rock ab und nahm das Baumwolltuch von dem Glas, um gleich darauf die Hand über die Öffnung zu legen, sodass die Schlupfwespe nicht entfliehen konnte.

»Was machst du da?«, wollte Owen wissen.

»Ich habe noch nie eine so kleine Schmarotzerfliege aus einem

Kokon schlüpfen sehen. Ich frage mich …« Sie schob die Hand in das Glas und angelte die Puppenhülle heraus. Dann machte sie schnell wieder das Tuch fest. Sie hielt den Kokon auf ihrer Handfläche hoch. »Lass uns nachsehen, was da drin ist.«

Mr Steed, der noch immer auf seinem Stuhl hing, schnaubte. »Reine Zeitverschwendung!«

»Wir haben nichts anderes vor, also können wir genauso gut forschen«, erwiderte Nora. »Und wenn mich mein Instinkt nicht trügt, wird es etwas Spannendes zu sehen geben.«

Mr Steed biss sich auf die Lippe, bevor er mit den Schultern zuckte und sich dann schwerfällig von seinem Stuhl erhob. »Also gut. Ich bin dabei.«

Nora glaubte einen Anflug von Respekt, gemischt mit Neugier, in seiner Stimme zu hören. Vielleicht konnte sie sich wenigstens in seinen Augen endlich beweisen.

Sie reckte das Kinn vor und ging mit den beiden Männern zu dem Tisch, der vor der Hütte stand. Dort befanden sich in einer Schachtel alle notwendigen entomologischen Werkzeuge. Nora legte den Kokon ab und wählte ein scharfes Messer. Behutsam durchtrennte sie das harte Chitin. Mithilfe der Klinge und ihrer Finger bog sie die Hülle auseinander und sah die kleine braune Hülse der Fliege in einem Klumpen verwesenden Gewebes. Sie war nur wenig größer als ein Apfelkern und hatte ein Austrittsloch an der Seite. Nora legte das Messer weg und schüttelte sie auf ihre Hand.

»Mein Vater hat mir einmal erzählt, dass er eine Wespe gefunden hat, bei der es sich um einen Hyperparasiten gehandelt hat – also eine Wespe, die in einer anderen Wespe oder Fliege ihre Eier abgelegt hat.« Sie legte die Puppenhülse in Mr Steeds Hand und drehte sie so, dass man das Loch besser sehen konnte. »Die *Tachina* hat die Schmetterlingslarve getötet und die hyperparasitäre Wespe hat ihrerseits die Fliege getötet, bevor sie dann aus dem Kokon gekrochen ist. Es gibt zu diesem Phänomen nicht viel Literatur, aber in der Natur kann man es häufig beobachten.

Man muss allerdings danach suchen.« Sie presste beide Hände an ihre Brust, seufzte, und ein unbändiges Lächeln zuckte um ihre Lippen.

»Davon habe ich noch nie gehört«, sagte Mr Steed, »aber dies ist auch meine erste Forschungsreise. Mein Spezialgebiet ist die ökologische Entomologie.«

Noras Entdeckung schien ihn nicht besonders zu beeindrucken, was sie nicht verstehen konnte. Er verbrachte seine Zeit damit zu untersuchen und zu unterrichten, wie man Ungeziefer unterdrücken konnte, aber fand Hyperparasiten langweilig? Sie schüttelte den Kopf und nahm die Puppenhülse von seiner Handfläche, um sie Owen zu geben, dessen konzentrierter Blick und tastende Finger eine angemessenere Reaktion auf ihren spannenden Fund waren.

Mit einem letzten flüchtigen Blick schlenderte Mr Steed davon. »In dieser drückenden Luft kann ich nicht atmen.« Er begab sich in sein Zelt.

»In ein paar Minuten wird er anfangen zu singen«, sagte Owen lachend voraus. »Ich glaube, Hyperparasiten können mit seiner Flasche Opiumtinktur einfach nicht mithalten.«

Nora schnaubte verächtlich. »Er ist nicht leicht zu begeistern, oder?« Dann warf sie Owen ein strahlendes Lächeln zu. »Hast du denn schon einmal so etwas gesehen?«

Owen tat den leeren Kokon in das Glas zurück und schüttelte den Kopf. »Noch nie. Ich finde es faszinierend – aber fast noch mehr, dass du dich an diese Unterhaltung erinnerst, die du mit deinem Vater geführt hast, als du klein warst. Du hast ein Gedächtnis wie eine Insektenfalle.« Sein Blick begegnete ihrem; er schaute sie unverwandt und ohne zu blinzeln an, so als wollte er sie einschätzen. Sie wusste nicht, ob das, was er sah, ihm gefiel. Gelegentlich, wenn sie in den Spiegel sah, nahm sie sich eigentlich als recht hübsch wahr, aber sie hatte nie viel Zeit an solche Gedanken vergeudet. Ihre Mutter war schön – oder war es jedenfalls gewesen, bevor Krankheit und Trauer sie in einen Schatten ihrer selbst verwandelt hatten. Und man hatte Nora gesagt, sie sehe ihrer Mutter ähnlich.

Mochte Owen ihren Anblick? Die Art, wie er mit der Zunge über seine Lippen fuhr, schien diese Frage zu bejahen, ebenso wie seine tiefen Atemzüge und das fast unmerkliche Vorbeugen in ihre Richtung. Sie hätte es nie bemerkt, wenn sie ihn nicht angestarrt hätte.

Nora blinzelte und wandte den Blick ab. Sie nahm das Glas und setzte es wieder ab. »Warum siehst du mich so an?«

Er räusperte sich, und als sie wieder zu ihm aufblickte, spielte ein Grinsen um seine Lippen, das sie wieder ein wenig an den alten Owen aus dem Studium erinnerte – den lästigen Owen, der ständig versuchte, im Unterricht besser zu sein als sie. Ihr Herzrasen ließ nach.

»Hast du mal darüber nachgedacht, dauerhaft Feldforschung zu betreiben?«, fragte er. »Es ist offensichtlich deine Leidenschaft.«

Sie verschränkte die Arme. »Ich will das Journal meines Vaters wieder zum Leben erwecken. Das kann ich in Indien nicht.«

»Aber du liebst das Neue. Es ärgert dich, dass Frederic dich seit dem Fiasko mit den Ameisen nicht mehr zu den Exkursionen mitnimmt. Nicht dass du viel verpassen würdest. Die meiste Zeit waten wir durch Schlamm und starren Äste an. Aber wenn du mitkämest, könntest du mit deinen Adleraugen etwas entdecken, was wir übersehen haben.«

Eine Mücke summte um Noras Ohr und sie erschlug sie zwischen ihren Händen. So ein schrecklicher Blutsauger! *Ähnlich wie deine Verpflichtung zu etwas, das du nicht dein restliches Leben lang machen willst?*

Sie schnipste das tote Insekt fort und rieb Daumen und Zeigefinger aneinander, um alle Spuren von der Mahlzeit der Stechmücke loszuwerden. Nora schloss die Augen. Sie wollte die Zeitschrift führen. Ihr Vater hatte diese Publikation geliebt. *Sie* liebte sie.

Owen legte eine Hand auf ihre. Sie öffnete die Augen wieder und stellte fest, dass er so nahe gekommen war, dass nur noch der Wind zwischen ihnen hindurchkonnte. Er führte ihre Hand in seiner an seine Brust. »Ich glaube, Gottes Weg für dich ist vielleicht größer als alles, was du jemals in Erwägung gezogen hast. Du könntest die nächste Maria Merian sein – ja, ich habe gehört, was du gesagt hast, und ja, ich weiß, wer sie war –, aber nicht, wenn du in Ithaca festsitzt und über einer Zeitschrift brütest. Maria ist nach Surinam gegangen. Vielleicht ist es dir bestimmt, um die Welt zu reisen und dir einen Namen in den Naturwissenschaften zu machen.«

Nora schüttelte den Kopf. »Das ist eine nette Vorstellung, aber wirklichkeitsfremd. Das Leben ist kein Abenteuerroman, Owen. Ich habe Verpflichtungen in Ithaca.«

»Das verstehe ich. Wirklich. Mir wird schon mein ganzes Leben lang gesagt, was ich tun und wie ich sein soll. Aber ich glaube, davon habe ich genug. Es hat ohnehin nur zu Enttäuschung geführt – für mich und alle anderen.«

Nora blickte an ihm vorbei in den Wald, in dem es vor Leben nur so wimmelte, und so viel davon war noch nicht entdeckt, benannt, beschrieben und katalogisiert. Und ja, sie wollte daran beteiligt sein. Wollte in dieser traumhaften, nebligen Welt zwischen den Bergen leben. Wollte wie Maria Merian sein. Aber Maria hatte keine kranke Mutter gehabt. Oder ihren verstorbenen Vater stolz machen wollen.

»Ich kann nicht einfach alles ignorieren, was in Ithaca auf mich wartet. Das ist das wahre Leben. Dies … dies ist nur ein Traum.«

Owens Mund verzog sich zu einem schiefen Lächeln. »Es hat schon merkwürdigere Dinge gegeben als Träume, die wahr werden, Sonderbar.«

Nora wälzte sich auf ihrem schmalen Feldbett hin und her. Owens Worte ließen ihr keine Ruhe. Sie rangen mit den nächtlichen Geräuschen um ihre Aufmerksamkeit – mit den Insekten und Vögeln, die einander riefen. Dann hallte ein kehliges Knurren von den Bergen wider und ließ die anderen Tiere verstummen.

Nora setzte sich auf und drehte sich unter der Decke, in die ihre Beine verwickelt waren. Mr Alford hatte sie gewarnt, nachts nicht allein in den Wald zu gehen. Der bengalische Tiger jagte nach Sonnenuntergang. Dies war das erste Mal, dass sie ihn gehört hatte. Ihr Herz stockte, obwohl sie wusste, dass sie hier im Lager mit den anderen und dem lodernden Feuer in Sicherheit war.

Noch ein Geräusch, diesmal ein erstickter Laut, gemischt mit einem leisen Wimmern, ließ sie nach ihrem Morgenmantel greifen, der am Fußende ihres Bettes lag. Sie zog ihn über und knöpfte ihn schnell zu, während sie zum Eingang ihres Zeltes eilte. Als sie die Klappe zurückschlug, sah sie Owen vor Mr Alfords Zelt auf und ab gehen. Sie trat hinaus und Owen schlich zu ihr herüber.

»Er erbricht sich schon seit zehn Minuten. Ich weiß nicht, ob er Hilfe wünscht oder lieber in Ruhe gelassen werden will. Er hat niemanden gerufen.«

Der Mond warf ein silbernes Licht auf Owens weißes Nachthemd. Er trat von einem Fuß auf den anderen, sodass Nora seine nackten Füße bemerkte und die Waden, die unter seinem Nachtgewand hervorlugten. Seine Beine waren von feinen blonden Härchen bedeckt. Nora hatte das Gefühl, als hätte sie in eine unreife Kaki gebissen, die Zunge klebte ihr am Gaumen. Wenigstens war ihr Nachthemd bodenlang. Owen hatte also keinerlei Chance, auch ihre Beine zu sehen. Aber sie hätte nie gedacht, dass der Anblick von Männerbeinen eine solche Wirkung auf sie haben könnte.

»Und, was meinst du?«, fragte er. »Sollen wir nachsehen, ob er Hilfe braucht?«

Ihr Magen drehte sich um, als Mr Alford erneut laut würgte.

Sie hielt sich die Hand vor den Mund. Kurz darauf schien es, als hätte er jede feste Nahrung von sich gegeben, die er in der letzten Woche zu sich genommen hatte, und die nächtliche Geräuschkulisse der Natur herrschte wieder vor.

Owen und Nora sahen einander mit großen Augen an. Aus der Zeit, als sie sich um Leonard und William gekümmert hatte, wusste sie, dass Mr Alford gerade die schlimmste Phase durchmachen musste. Leonard war beinahe besinnungslos gewesen und hatte weder alleine trinken noch sich waschen können.

Nora stöhnte. Noch ein Patient. »Dann werde ich mich wohl um ihn kümmern. Das scheint mein Los hier zu sein.«

Sie ging zurück in ihr Zelt und legte schnell den Morgenmantel ab, bevor sie Rock und Bluse über ihr Nachthemd zog. Das musste genügen. Sie stolperte an Owen vorbei und die scharfkantigen Steine stachen in ihre bloßen Fußsohlen.

Er hielt sie zurück, eine Hand auf ihrer Schulter. »Ich mache sauber, wenn du dich zu ihm setzt und ihm etwas Flüssigkeit einflößt.« Er zeigte auf den zugedeckten Topf mit Wasser und sie nickte.

Als sie einen Zinnbecher gefunden, gefüllt und zu Mr Alfords Zelt getragen hatte, hatte Owen bereits den Boden neben dem Bett mit einem Leinentuch gereinigt. Es roch stark nach Erbrochenem und Schweiß. Nora schlug die Klappe am Eingang zurück und band sie fest, dann entzündete sie die Lampe, die auf dem kleinen Klapptisch stand, und sah sich im spärlich beleuchteten Innern des Zeltes um.

Mr Alford war penibel. An der hinteren Wand stapelten sich ordentlich seine Bücher und eine Truhe in der Ecke enthielt sorgfältig aufgereihte Werkzeuge. Keine Bilder, Erinnerungsstücke oder persönlichen Gegenstände. Er selbst lag auf dem Rücken in seinem Bett, einen Arm über die Augen gelegt. Die Finger seiner anderen Hand waren in die Decke gekrallt, die er bis zum Kinn hochgezogen hatte, und Nora sah, dass seine Gestalt darunter zitterte. Seine Stirn glänzte und dunkle Ringe unter den Augen ließen sein Gesicht eingefallen wirken. Er stöhnte und Nora empfand beinahe so etwas wie Mitleid für ihn. Dann siegte ihr Pragmatismus. »Owen, wenn du mit dem Saubermachen fertig bist, kannst du mir dann bitte ein sauberes Handtuch und eine Schüssel mit Wasser bringen?«

Owen nickte und verließ das Zelt, beladen mit übelriechender Wäsche.

Nora zog einen Klappstuhl von der Truhe neben Mr Alfords Feldbett und setzte sich.

Er hob den Ellbogen ein wenig und sah sie an. »Was machen Sie hier?« Seine Worte klangen kratzig und etwas Erbrochenes hing in seinem Mundwinkel.

»Da ich bereits zwei Männer mit dieser Krankheit gepflegt habe, dachte ich, ich könnte Ihnen dieselbe Behandlung angedeihen lassen.«

»Sie haben ihnen nicht freiwillig geholfen. Ich habe das angeordnet. Aber ich will nicht ...«

Nora hielt ihm den Becher an die Lippen, um ihn zu unterbrechen. Sie kippte das Gefäß ein wenig, um Wasser in seinen Mund zu träufeln. Als er den Kopf wegdrehte, zog sie den Becher wieder fort. »Ja, Sie haben mich gezwungen, die beiden zu pflegen. So wie Sie mich gezwungen haben, im Lager zu bleiben. Deshalb habe ich jetzt nicht viel Arbeit und kann genauso gut dafür sorgen, dass es Ihnen bald besser geht.«

Owen kam mit der erbetenen Schüssel Wasser zurück. Ein zusammengefaltetes Handtuch hing über seinem Unterarm. Er stellte die Schüssel auf den Tisch. »Das Wasser ist lauwarm. Ich wünschte, wir hätten eine kalte Quelle oder Eis. Ich bin nicht sicher, ob es reicht, um sein Fieber zu senken.« Er nahm ihr den Becher ab und reichte ihr das Handtuch.

»Das muss es.« Nora tauchte die Ecke des Handtuchs ins Wasser und wischte Mr Alfords Mund ab, bevor sie den ganzen Stoff nass machte und auf seine Stirn legte.

Mr Alford warf den Kopf zur Seite und das Handtuch rutschte auf sein Kissen. »Gehen Sie.«

»Jetzt hören Sie auf, sich wie ein Kind zu benehmen! Sie sind krank und brauchen jemanden in Ihrer Nähe.« Nora nahm das Handtuch und legte es wieder auf seine Stirn. Ihre Hand glühte, als sie seine Haut berührte. Sie warf einen Blick zu Owen hinüber, der so besorgt aussah, wie sie es war. »Sein Fieber ist hoch.«

»Ich setze mich zu dir.« Owen ging, kam kurz darauf mit einem Stuhl zurück und stellte ihn neben sie. »Ich hoffe, du steckst dich nicht an.«

Sie nickte. Was für eine schreckliche Vorstellung, dass Owen sie in einem solchen Zustand sehen könnte!

Mr Alford schlug mit schwachen Bewegungen um sich und stieß mehrmals keuchend die Luft aus, dann wurde er ruhig. Seine Hand rutschte von seinem Gesicht und sein Brustkorb hob und senkte sich in einem stetigen Rhythmus.

»Wenn du ins Bett gehen willst, bleibe ich bei ihm«, sagte Owen.

»Ich kann sowieso nicht schlafen. Du kannst ruhig gehen.«

»Ich will nicht, dass du die ganze Nacht allein hier bist.«

Also saßen sie gemeinsam da, atmeten die stickige Luft und wachten über Mr Alford, bis Owen auf seinem Stuhl wegdämmerte, sodass nur noch sein leises Schnarchen Nora Gesellschaft leistete.

Keine halbe Stunde später fuhr ihr Patient hoch und hielt sich die Hand vor den Mund. Nora schob eine Schüssel auf seinen Schoß. Wenig später trug sie die Schüssel hinaus und leerte sie hinterm Zelt aus, das Brüllen des Tigers lebhaft in Erinnerung. Als sie zurückkehrte, wischte Mr Alford sich gerade den Mund ab.

Sie legte eine Hand auf seine Stirn und stellte erleichtert fest, dass das Fieber nicht schlimmer geworden war. Dann setzte sie sich wieder auf den Stuhl. Sie lächelte über Owen, dessen Kopf in den Nacken gesunken war, während sein Mund offen stand. Er hatte die Beine ausgestreckt und die Arme hingen schlaff zu beiden Seiten des Stuhls hinunter. Selbst im Schlaf wirkte er noch selbstbewusst.

Das Bett knarrte, als Mr Alford sich wieder hinlegte. »Kennen Sie ihn schon lange?«

»Seit dem ersten Semester. Drei Jahre.«

»Haben Sie beide eine Übereinkunft?«

»Eine Übereinkunft worüber?«

Er zeigte mit einer zitternden Hand auf Owen und dann auf sie.

Noras Gesicht brannte. Glaubte er etwa …? »Wir haben keine *Übereinkunft*. Wir sind Freunde. Kollegen.«

Er schnaubte. »Kollegen sind keine Freunde. Man kann ihnen nicht trauen.«

»Sie haben in Oxford mit Mr Steed zusammengearbeitet und haben so viel von ihm gehalten, dass Sie ihn gebeten haben, mit Ihnen herzukommen.«

»Ich traue Jeffrey nicht. Ich weiß nur, was ich von ihm erwarten kann. Und das ist bei einem Kollegen sowieso die wichtigere Eigenschaft. Meine Familie hat am eigenen Leib erfahren, dass Kollegen wahrhaftig keine Menschen sind, die man als Freunde betrachten kann.«

Owen zuckte im Schlaf und sank auf seinem Stuhl noch tiefer. Nora streckte die Hand aus, um seinen Kopf, der in einem unbequem aussehenden Winkel zur Seite gesackt war, gerade zu rücken, aber dann zog sie die Hand schnell wieder fort und zwang sich, den Blick von ihm abzuwenden. Stattdessen zupfte sie die Decke am Fußende des Bettes zurecht und strich die Falten darin glatt.

»Was ist denn mit Ihrer Familie geschehen?«, fragte sie.

Mr Alford keuchte und fasste sich an den Bauch. Nora hielt die Schüssel hoch, aber er schob sie zur Seite und schloss die Augen. Mehrere Minuten lang lag er herzzerreißend stöhnend da, das Gesicht grau und schweißfeucht. Schließlich verstummte er und Nora glaubte, er wäre wieder eingeschlafen, doch dann öffnete er die Augen und sah sie an.

»Elende Sache, diese Krankheit.« Er faltete die Hände auf der

Brust und seufzte. »Mein Vater war Botaniker und arbeitete hier in Indien vor etwa zehn Jahren mit Joseph Hooker zusammen.«

»Ich habe von ihm gehört.«

»Jeder hat von ihm gehört. Aber niemand hatte von meinem Vater gehört trotz seinen Pionierarbeiten zu indischen fleischfressenden Pflanzen. Bis er als Kandidat für den Vorsitz der Königlichen Gesellschaft antrat, weil Hooker die Position aufgab. Sie war ihm fast sicher.« Seine Stimme senkte sich zu einem Flüstern und Nora beugte sich näher, die Ellbogen auf ihre Knie gestützt. Ihr war nicht bewusst gewesen, dass sein Vater ein so angesehener Wissenschaftler war. Mr Alford senior hatte sogar mit dem berühmtesten Botaniker der Welt zusammengearbeitet!

»Alles ging gut, bis mein Vater eine seltene Schlauchpflanze in Nordindien entdeckte. Sein Forschungsassistent, der jüngste Sohn eines Barons, aber auch ein guter Freund eines Herzogs, heimste die Lorbeeren für die Entdeckung ein und stahl sogar die Notizen meines Vaters, um sie der British Royal Society vorzulegen. Die Zeitungen waren begeistert von ihm und kurz darauf erhielt er die Stimmen der Gesellschaft und wurde Vorsitzender.«

Nora atmete aus und erst jetzt wurde ihr bewusst, dass sie die Luft angehalten hatte. Was für eine traurige Geschichte! »Wo ist Ihr Vater jetzt? Ist er immer noch in Indien?«

Mr Alford schüttelte den Kopf. »Nachdem seine Arbeit nicht anerkannt worden war und man ihm die Ehre geraubt hatte, die Gesellschaft zu leiten, hat er alles Interesse an der Arbeit verloren. Er ist vor einigen Jahren gestorben. Ich hoffe, mit meiner Forschung hier kann ich meiner Familie in der Welt der Wissenschaft wieder zu Rang und Namen verhelfen und meinem Vater Ehre machen. Alles andere bedeutet mir nichts. Ich kann mir nicht einmal vorstellen, nach Hause zurückzukehren, wenn ich versage.«

Er drehte sich auf die Seite, den Rücken zu ihr gekehrt. Kaum eine Minute später ging sein Atem im gleichmäßigen Rhythmus des Schlafes, als hätte es ihm die letzte Energie geraubt, ihr von alldem zu erzählen.

Nora kannte das Bedürfnis, einen Makel in der Familiengeschichte wiedergutzumachen. Sie wusste, wie anstrengend der Versuch war, das Vermächtnis eines Vaters zu retten. Und als sie jetzt so dasaß, den schlafenden Mr Alford betrachtete und Owens beruhigendem Schnaufen lauschte, fragte sie sich, ob es die Mühe wert war. Brachten all die Opfer und der Kampf und die Verbitterung wirklich Ehre oder waren sie vollkommen umsonst?

Mr Alfords Situation hatte sich einen Weg in Noras Herz gebahnt. Die Verzweiflung, die er fühlte und die ihrer eigenen so ähnlich war, ließ sie nicht mehr los. Nach und nach spürte sie ihre Vorbehalte ihm gegenüber schwinden, während sie seine Stirn auch am nächsten Tag immer wieder mit einem feuchten Handtuch abtupfte und sauer riechenden Joghurt zwischen seine Lippen löffelte. Er war ein schwieriger, unliebenswürdiger Mann und hatte nichts getan, um sich ihren Respekt zu verdienen, geschweige denn ihr Mitgefühl. Aber mit jedem Mal, wenn er sich übergeben musste oder mürrisch klagte, wurden ihre Gedanken gnädiger.

Nach dem Mittagessen ging sie in ihr Zelt, um sich zu waschen und umzuziehen. Drinnen fiel ihr Blick auf den gynandromorphen *Vindula erota* auf seinem Montierbrett. Es war die Art Schmetterling, die eine Sammlung über das Mittelmaß hinaushob. Die Art Schmetterling, die einer wissenschaftlichen Gesellschaft auffallen könnte.

Nora schüttelte den Kopf, beugte sich über die Schüssel, die auf dem Tisch neben ihrem Bett stand, und benetzte ihr Gesicht mit Wasser. Durch die enorm hohe Luftfeuchtigkeit – ein Vorbote heftiger Regenfälle – klebte der dünne, feine Stoff ihres Unterhemdes an ihrem Oberkörper wie eine zweite Haut. Nora sehnte sich nach dem Sonnenuntergang und den kühleren Temperaturen der Nacht.

Mr Alfords Fieber war noch nicht zurückgegangen.

Wieder schaute sie zu dem Schmetterling hinüber. Sie rieb sich den Nacken mit dem Waschlappen und genoss die kühlen Tropfen, die unter ihren Kragen liefen. Schließlich legte sie den Lappen weg und öffnete die Knöpfe ihres Mieders, zog die Arme heraus und schob es bis zur Hüfte hinunter.

Mit langsamen Schritten ging sie zu der Schachtel auf ihrem improvisierten Schreibtisch. Sie nahm den Deckel ab und setzte sich auf ihre Bettkante. Ihr Blick wanderte über die unterschiedlich farbigen Flügel des Schmetterlings. »Du gehörst mir.«

Plötzlich kam die Erinnerung an einen anderen Schmetterling zurück. Einen, den sie vom ersten Augenblick an geliebt hatte, als sie ihn mit seinen ausgebreiteten Flügeln – braun gerahmt und durchsichtig wie Fensterglas – in der Vitrine ihres Vaters erspäht hatte. *Greta oto*, der Glasflügelfalter.

»Warum musst du ihn weggeben? Er gehört doch uns!« Nora konnte es nicht ertragen, sich von dem Edelfalter zu trennen.

»Ich schicke ihn zu einem Freund für seine Ausstellung in Paris. Er wird gut darauf aufpassen.«

»Aber ich will ihn!«

»Aber er braucht ihn, Bumble Bea.« Papa fasste nach ihrem Kinn und lächelte. »Manchmal müssen wir Dinge, die wir haben wollen, hergeben, wenn jemand anders sie braucht.«

Sie schloss die Augen. Die Worte ihres Vaters nagten an ihrem Gewissen.

»Also gut«, flüsterte sie. Sie stellte die Schachtel ab, zog sich an und versuchte, die Knoten aus ihren Haaren zu bürsten. Nach einer Weile gab sie auf, drehte sie wieder zu einem Knoten in ihrem Nacken zusammen und steckte ihn mit einigen Nadeln fest.

Mit einem tiefen Seufzer nahm sie den Schmetterling und trat aus ihrem Zelt. Zwischen den Bäumen raschelte es und Owen tauchte aus einer Gruppe blühender Büsche auf. Wassertropfen hingen an den Strähnen, die ihm in die Augen fielen – er brauchte dringend einen Haarschnitt –, und sein Hemd klebte an seiner Brust, der Stoff transparent von der Nässe.

Seine Augen funkelten vergnügt. »Es gibt eine herrliche kleine Quelle einen halben Kilometer in den Wald hinein. Nah genug, dass du allein dorthin gehen kannst.« Er bemerkte die offene Schachtel in ihrer Hand. »Willst du deinen Schmetterling malen?«

Nora schüttelte den Kopf und ihre Worte hingen irgendwo zwischen ihrem Herzen und ihrer Kehle fest. »Ich behalte ihn nicht.«

Er schüttelte den Kopf so heftig, dass ihr einige Tropfen nach Farn duftenden Wassers ins Gesicht spritzten. »Was? Wieso? Er ist unglaublich!«

»Ich habe das Gefühl …« Sie erstickte fast an dem ungewohnten Wort. Wann hatte sie jemals etwas aufgrund eines *Gefühls* getan? Aber was sie vorhatte, war richtig. Sie konnte es nicht erklären, aber sie wusste es. »Ich habe das Gefühl, dass ich ihn Mr Alford geben soll.«

Owen befühlte ihre Stirn mit seinem Handrücken.

Sie schlug nach seinem Arm. »Ich bin nicht krank, Owen!«

Seine Hand glitt an ihrer Wange hinunter und er zupfte an ihrem Ohrläppchen. »Na gut. Ich wollte mich nur vergewissern.«

»Ich glaube, es ist das Beste so. Gestern Abend hat Mr Alford mir erzählt, dass er versucht, seinen Vater zu ehren. Vielleicht kann ich ihm auf diesem Weg helfen.«

Die harten Kanten an Owens Kinn wurden weicher, als sich ein sanftes Lächeln auf seine Lippen legte. »Und gerade dachte ich, ich hätte dich durchschaut.« Er ließ die Hand sinken und hakte den Daumen in seinen Hosenbund. »Du könntest mit diesem Schmetterling einen Artikel für eine Zeitschrift schreiben. Anerkennung erlangen. Willst du ihn nicht wenigstens zuerst zeichnen?«

Oh ja, das wollte sie. Nichts lieber als das. »Nein. Ich will, dass

Mr Alford die Lorbeeren dafür erntet.« Nora hatte die Chance, ihm ein unerwartetes Geschenk zu machen. Sie konnte sich nicht erinnern, schon einmal etwas Derartiges getan zu haben. Es ergab keinen Sinn. Es war nicht praktisch oder logisch oder ...

Ihre Finger schlossen sich um die Schachtel und sie knirschte mit den Zähnen. Bevor sie es sich anders überlegen konnte, marschierte sie in Mr Alfords Zelt.

»Ich habe etwas für Sie«, sagte sie. Sie trat neben das Bett und blieb dort stehen, steif und aufrecht.

Mr Alford drehte stöhnend den Kopf zu ihr. »Was machen Sie da? Schließen Sie die Klappe. Von der Sonne bekomme ich Kopfschmerzen.«

Die Ringe unter seinen Augen waren noch dunkler geworden. Der Geruch nach Krankheit und der Myrrhe, die Pallavi in einem Messingrauchfass verbrannt hatte, lag schwer in der Luft. Mr Alford sah elend aus.

»Ich muss Ihnen das hier geben.« Sie würde das Richtige tun, aber es war ihr nicht möglich, ihrer Stimme den harschen Tonfall zu nehmen. Gehorsam würde im Moment genügen müssen.

Er seufzte. »Was wollen Sie?«

Nora widerstand dem Drang, die Schachtel hinter ihrem Rücken zu verstecken. Sie wusste, wie unwahrscheinlich es war, dass er Dankbarkeit zeigen würde, aber nachdem er sich ihr am Abend zuvor geöffnet hatte, hatte sie gedacht, er würde von nun an vielleicht freundlicher sein.

Nora stellte die Schachtel auf seinem Schoß ab und sah zu, wie er sie näher zog. Er kniff die Augen ein wenig zusammen. »Was ist das? Eine Missbildung?« Er blinzelte und fuhr mit der Hand über seine Augen.

»Es ist ein gynandromorpher *Vindula erota.*«

»Gynandromorph?« Seine Augen verengten sich noch ein wenig mehr, während er das Insekt studierte. »Sie meinen …?«

»Der Schmetterling ist halb männlich und halb weiblich – sein Körper, sein Gehirn.«

Mr Alford stand der Mund offen. »So etwas habe ich in all meinen Jahren des Entomologiestudiums noch nicht gesehen!«

»Ich hatte auch noch kein solches Exemplar gesehen, bis ich gestern mit Owen unterwegs war.«

»Haben Sie ihn studiert?«

»Ein wenig.«

Ein Schauer schüttelte ihn und er drückte ihr die Schachtel wieder in die Hand. Dann presste er sich die Hände an den Bauch und stöhnte, während Tränen aus seinen Augenwinkeln traten. Als der Anfall vorüber war, sagte er: »Tun Sie ihn auf die Truhe und dann können Sie mir später berichten, was Sie über ihn wissen. Und Sie können ihn für das Buch illustrieren. Das wird ein Paradebeispiel sein.«

Er fiel langsam wieder in den Schlaf. Nora drückte einen Kuss auf ihre Fingerspitzen und berührte dann die Schachtel, bevor sie den Schmetterling auf der Truhe abstellte und dem Krankenlager entfloh.

Am Tisch vor der Hütte saß Sita und zog mit grüner Pastellkreide breite Striche auf einem Blatt Papier. Sie kaute dabei auf ihrer Unterlippe, sodass die Grübchen in ihren Wangen zum Vorschein kamen. Ihre seidigen Zöpfe waren mit breiten tiefblauen Bändern zu Ringen hochgebunden. Sie lehnte sich zurück und betrachtete ihr Kunstwerk einen Moment lang, bevor sie sich nach einer Handvoll Fenchelsamen ausstreckte, die sie neben ihrer Arbeit aufgehäuft hatte. Mit Daumen und Zeigefinger nahm sie einige davon, warf sie sich in den Mund und kaute.

Nora schüttete sich selbst ein paar in die Hand und probierte. Der Lakritzgeschmack erinnerte sie an die Lutschbonbons, die ihre Mutter in einer Schachtel in ihrer Nachttischschublade aufbewahrte. Vielleicht sollte sie welche von den Samen in einen Umschlag füllen und mit ihrem nächsten Brief nach Hause schicken.

Sie schaute sich Sitas Bild an. Es war anders als alles, was sie bisher gesehen hatte, so wie die meisten von Sitas eigenen Werken, wenn sie nicht an den Illustrationen arbeitete, die Nora ihr auftrug. Auf diesem Bild bildeten geschwungene grüne Palmwedel den Rahmen für abstrakte braune und gelbe Blumen. Die grünen Linien liefen weiter bis zum Rand des Papiers und endeten in Raupenköpfen.

Owen, der jetzt trocken und ordentlich bekleidet war, gesellte sich zu Nora und gemeinsam sahen sie zu, wie Sita ihre Pastellkreide nahm und ein paar letzte Ergänzungen ausführte.

Sie lächelte zu ihnen auf. »Was meint ihr?«

»Das ist großartig«, erwiderte Owen. »Es ist erstaunlich, dass du keinen richtigen Unterricht gehabt hast.«

»Du bist ein Ausnahmetalent, Sita.« Nora nahm das Blatt Papier und hielt es hoch. Die Sonne schien durch die lebendigen Farben, sodass das Kunstwerk aussah wie ein Bleiglasfenster. »Vielleicht werden Menschen aus der ganzen Welt irgendwann herkommen und deine Kunst kaufen.«

Sitas Lächeln erstarb und sie blickte auf den Tisch hinunter. Mit geschickten Fingern legte sie die Pastellkreiden wieder in ihre Holzkiste und schloss sie. Dann hielt sie den geöffneten Mund an die Tischkante und schob die letzten Fenchelsamen hinein. Nachdem sie sich wieder aufgerichtet hatte, bewegte sie die Samen mit der Zunge im Mund hin und her und schluckte dann. »Glauben Christen daran, dass man vom Unglück verfolgt werden kann?«

»Nein«, sagte Nora. »Christen glauben, dass Gott allmächtig und allwissend ist. Das bedeutet, dass er alles weiß und unendliche Macht hat.« Sie legte das Bild auf den Tisch zurück. »Die Vorstellung vom Glückhaben ist genauso wenig haltbar. Die Natur beweist, dass es eine Ordnung gibt.« Abgesehen von Phänomenen wie ihrem Gynander. Es gab immer Abweichungen.

Sita stützte den Ellbogen auf den Tisch und das Kinn auf ihre Hand. Dann seufzte sie theatralisch. »Meiner Familie scheinen immer schlimme Dinge zuzustoßen und mein Vater glaubt, dass wir verflucht sind.«

Nora wollte Sitas Sorgen abtun – natürlich waren sie albern –, aber das Mädchen wirkte so verloren. So unglücklich. Nora kniete sich neben sie und umfasste Sitas Gesicht. »Gott hat einen Plan für dich. Einen Plan, durch den du aufblühst, anstatt dass er dir schadet.«

»Warum lässt er dann zu, dass mein Vater so etwas Schreckliches von mir verlangt?«

»Es ist ja noch nicht geschehen. Und ich verspreche, dass ich dich irgendwie davor bewahren werde.«

Owen hustete und Nora blickte zu ihm. Ihre Augen weiteten sich, als er den Kopf schüttelte. Wollte er Sita nicht helfen?

Eine tiefe Furche erschien zwischen seinen Augenbrauen und sie sah die Besorgnis in der Art, wie er die Lippen aufeinanderpresste. Vielleicht fürchtete er nur, dass sie ihr Versprechen möglicherweise nicht würde halten können. Wenn er glaubte, dass sie zum Scheitern neigte, kannte er sie doch nicht sehr gut.

Er seufzte. »Ich bleibe hier und passe auf Frederic auf, wenn ihr beide einen Ausflug machen wollt.«

Sita blickte zu Nora auf und nickte, während ihr Blick zum Wald hinüberhuschte. Vielleicht brauchte sie ein wenig Ablenkung. Für Nora galt das auf jeden Fall.

»Das klingt gut.« Schnell holte sie ihre Tasche. »Sicher ist sicher«, sagte sie mit einem Augenzwinkern zu Sita. »Man weiß ja nie, was man entdeckt, wenn man durch die Gegend streift.«

»Halt die Augen offen, Bumble Bea. Du weißt nie, was du finden wirst, wenn du aufmerksam bist.«

So oft konzentrierte Nora sich auf eine einzige Sache – eine Idee, eine Hoffnung, ein Exemplar, einen Traum –, dass sie gar nicht mitbekam, was um sie herum geschah.

Sita und sie stapften durch Gras und stolperten über Farne und Baumstämme und mit Flechten bedeckte Steine, die am Ufer sich windender Bäche lagen. Nora sah zu, wie Sita lachend das Dickicht durchsuchte und die Käfer und Vögel nachahmte, die sie sah.

Ich werde die Augen offen halten. Vielleicht muss ich nur aufmerksam genug sein, um einen Weg zu finden, sie vor diesem Schicksal zu bewahren.

Kapitel 17

Zwei Tage später – es ging Mr Alford inzwischen wieder so gut, dass er sich ohne Hilfe aufsetzen und jeden anblaffen konnte, der das Pech hatte, in sein Blickfeld zu geraten – klopfte Nora an die Tür eines zweigeschossigen Hauses aus hellem Stein. Es war fast vollständig von einer lilafarbenen Clematis überwuchert und beherbergte die Missionsgesellschaft der Greater British Missionary Alliance. Nora war gespannt darauf, Christen kennenzulernen, die sich dem Wohl der Einheimischen verschrieben hatten. Mr Alfords Gewissen mochte von Gedanken über die Paarungsrituale und Lebenszyklen tropischer Schmetterlinge belegt sein, aber die Missionare würden doch gewiss mehr Mitgefühl für Sitas Situation aufbringen.

Ein Bediensteter mit Vollbart und Turban öffnete die Tür und führte Nora in ein lichtdurchflutetes Büro am Ende des Ganges. Kurz darauf betrat ein gut genährter Mann mit dichtem Schnurrbart und filigranen grauen Koteletten den Raum. Er hatte Lachfältchen um die Augen und begrüßte sie herzlich. Nora war sich sicher, dass er ihr helfen würde. Er machte einen freundlichen und liebenswürdigen Eindruck.

»Bitte nehmen Sie doch Platz.« Er zeigte auf einen gepolsterten Stuhl vor einem imposanten Schreibtisch, der mit allen möglichen Papieren bedeckt war.

Nora setzte sich.

Der Mann öffnete den untersten Knopf seiner Weste und nahm hinter dem Schreibtisch Platz, wobei seine Gelenke knackten und er zufrieden seufzte. »Ich bin Mr Jacob Welling, Missionsleiter in Südindien. Was kann ich für Sie tun?«

Nora verzog das Gesicht zu einer, wie sie hoffte, gefälligen Miene und stellte sich vor. »Ich suche Hilfe für eine junge Freundin.

Ihr Vater hat sie dem Dienst im Tempel der Göttin Yellamma geweiht mit allem, was dazugehört.«

Mr Welling lebte seit Jahren in Indien. Hoffentlich erwartete er nicht, dass sie Sitas Schicksal näher ausführte.

Sie sah in seinen wässrigen Augen, dass er verstand, und sein traurig-bedröppelter Gesichtsausdruck erinnerte Nora an einen Bluthund.

»Eine schreckliche Sache«, sagte er. »Aber wir können da nicht viel machen.«

Nora blinzelte. »Aber Sie sind der Leiter der Missionsgesellschaft hier!«

»Und das ist eine einheimische Angelegenheit. In Indien ist so etwas nicht verboten.«

Sie schluckte die Bitterkeit hinunter; sie rutschte ihre Kehle hinab und sie fühlte das Brennen bis in den Magen. »Sie sind doch von Gott hierher berufen worden. Es ist Ihre Pflicht, den Entrechteten zu helfen!«

Mr Welling lehnte sich auf seinem Stuhl zurück und faltete die Hände auf seinem Bauch. »Sie sind eine weichherzige Frau, Miss Shipley. Es ist Ihrem Geschlecht hoch anzurechnen, dass …«

Sie hatte die Hand gehoben, um ihn zu unterbrechen. »Bitte verschonen Sie mich mit herablassenden Bemerkungen. Ich bin weder weichherzig noch in sonst irgendeiner Hinsicht wie die meisten Frauen. Ich sehe nur eine Not und will, dass diesem Kind geholfen wird.«

»Leider bin ich nicht in der Lage einzugreifen. Ich bin hier, um mich um die Anliegen der Missionare vor Ort zu kümmern.«

»Ich dachte, Sie wären hier, um den Indern die Frohe Botschaft von Jesus Christus zu bringen. Um selbst zurückzustehen, damit die Menschen ihn durch Sie sehen.«

Mr Welling lächelte und seine kleinen, geraden Zähne kamen zum Vorschein. »Haben Sie schon einmal überlegt, ob Sie nicht in den Missionarsdienst treten wollen, meine Liebe?« Als sie seufzte und sich die Schläfen rieb, hustete er. »Nein, natürlich nicht.

Aber sehen Sie, wenn wir uns hier einmischen, dann werden die Hindus wütend und dann wären wir nicht länger willkommen. Kodaikanal ist ein Ort der Erholung für unsere kranken und erschöpften Mitarbeiter. Wenn wir die Bedürfnisse unserer christlichen Brüder und Schwestern in Indien weiterhin erfüllen wollen, dürfen wir keine Revolte unter den Einheimischen verursachen.«

»Dieses Mädchen ist Christin. Sie hat sich in einer Ihrer Missionsschulen bekehrt. Machen Sie die Gefangenen nur frei, um sie in genau den Käfigen zu belassen, aus denen sie entflohen zu sein glauben?« Noras Herz hämmerte hinter ihren Rippen. Sie wusste nicht, was sie tun sollte, wenn Mr Welling sich nicht überzeugen ließ.

Er seufzte. »Das ist bedauerlich.«

»Eine ziemliche Untertreibung, Mr Welling.«

Ein leises Räuspern drang von der Tür herüber und Mr Welling warf einen Blick zur Decke hinauf, als würde er Gott für die Störung danken. »Mr Davies! Wie gut, dass sie hier sind.« Er stand auf und warf Nora ein mildes Lächeln zu. »Es tut mir leid, dass ich Ihnen keine Hilfe sein kann, Miss Shipley. Ich werde für Ihre kleine Freundin beten und hoffen, dass Gott sie beschützt.«

Nora stand auf. »Ich bin sicher, Gott wird an Ihrem Opfer Gefallen finden.« Sie ignorierte seinen gekränkten Blick und wandte sich ab.

Im Türrahmen standen Swathi Davies und ihr Mann. Auf Swathis verhärmtem Gesicht zeichnete sich Wiedersehensfreude ab, aber Charan runzelte die Stirn, als er Nora anschaute, und schüttelte kaum merklich den Kopf.

»Ich werde Miss Shipley hinausbegleiten.« Swathi tätschelte Charans Arm und ergriff Noras Hand.

Nora nickte Charan zu und hinter seiner höflichen Fassade sah sie Angst, ob um seine Frau oder um seine Stellung, konnte sie nicht sagen, aber sie lächelte ihm zu. Er hatte sein Kind verloren, und auch wenn seine Frau an seiner Seite stand, waren ihre Seele und ihr Geist gebrochen und nicht ganz anwesend.

Swathi legte ihre feingliedrige Hand an Noras Arm und führte sie aus dem Haus. Auf dem Marmorabsatz vor der Tür blieben sie stehen und Swathis Griff wurde fester.

»Bitte verurteilen Sie mich nicht dafür, dass ich gelauscht habe, aber ich habe Ihre Unterhaltung mit Mr Welling gehört und kann vielleicht helfen.« Ihre Augen verdunkelten sich und sie blickte hinter sich. Dann ließ sie Nora los und schloss die Tür. »Kommen Sie.«

Nora folgte ihr die Treppe hinunter und den Kiesweg zum Tor entlang. Hoffnung flatterte in ihrem Bauch wie ein Schwarm Schmetterlinge. »Bitte sagen Sie, wie.«

Swathi fuhr sich mit der Zunge über die Lippen. »Wenn jemand erfährt, dass ich Ihnen davon erzählt habe, könnte das die Karriere meines Mannes ruinieren. Mr Welling ist zwar freundlich, aber er duldet keinen Ungehorsam unter seinen Missionaren. Charan ist in einer heiklen Lage, weil er kein reiner Brite ist. Sowohl Vater als auch Mutter sehen auf Eurasier hinab.« Als Nora verwirrt den Kopf schüttelte, fuhr Swathi fort: »Die Briten nehmen ihre Kinder nicht vollständig an, aber die Inder auch nicht. Sie sind beides, aber zugleich keines von beidem. Meine Eltern ...« Ihr kamen die Tränen und sie schniefte. »Meine Eltern waren nicht glücklich darüber, dass ich Charan geheiratet habe, obwohl in meiner Familie seit hundert Jahren alle Christen sind. Obwohl sie mich auf eine englische Schule geschickt haben. Und Charans Vater ist nach England zurückgegangen, nachdem er ihm diese Stellung besorgt hat. Wir haben nichts und niemanden. Deshalb bitte ich Sie, niemandem zu sagen, dass ich mit Ihnen darüber gesprochen habe.« Ihr Kinn bebte und sie blinzelte die Tränen fort.

»Ich gebe Ihnen mein Wort.«

Swathi beugte sich vor und flüsterte: »Es gibt eine Frau unweit von Madurai. Sie leitet ein Heim für Kinder, die vor dem Schicksal Ihrer Freundin gerettet wurden. Manche haben einige Jahre lang gearbeitet, aber viele sind entkommen, bevor sie dem Tempel übergeben werden konnten.«

Nora lehnte sich zurück und presste eine Hand auf ihr Herz. Gott hatte einen Weg gefunden.

Die Haustür öffnete sich knarrend und Nora drückte Swathis Arm. »Ich werde Sie aufsuchen, wenn ich die Information brauche. Danke.«

Swathi biss sich auf die zitternde Unterlippe. »Wollen Sie … wollen Sie morgen zum Mittagessen kommen? Ich weiß, dass wir uns nicht gut kennen, aber ich habe hier niemanden und mein Mann ist so beschäftigt.«

Nora blickte zum Haus hinüber und sah Mr Welling auf dem Treppenabsatz stehen, die Augen mit der Hand abgeschirmt, während er sie anstarrte. Sie lächelte fröhlich und winkte ihm zu, dann sah sie Swathi an. »Ich komme sehr gern.«

Mit neuer Hoffnung im Herzen schlüpfte sie durch das Tor und wandte ihre Schritte beschwingt dem Feldlager zu.

Das Mittagessen mit Swathi erwies sich als interessant. Sie war gebildet und eloquent, hatte Bitsys wachen Geist und das sanfte Gemüt von Rose. Mr Davies kam nach Hause, um mit ihnen zu essen, und bereicherte ihre Unterhaltungen mit seiner nachdenklichen Art.

Der Koch der beiden – ein Mann, der schon in Madurai für sie gearbeitet hatte – bereitete die beste Mahlzeit zu, die Nora in Indien bislang gegessen hatte, aber das würde sie Pallavi natürlich nicht erzählen. Mit Hammelfleisch gefüllte Dosai, Fisch, der in einer gut gewürzten Brühe gekocht war, Sambar, der allgegenwärtige Reis und dazu eine ganze Reihe von Dingen, deren Namen Nora nicht kannte und denen keine ihrer Beschreibungen hätte gerecht werden können.

Nach dem Essen nahm Charan Noras Hand. »Danke für Ihren Besuch.« In seinen Augen sah sie mehr, als seine Worte sagten.

Der Blick, den er seiner Frau zuwarf, war zärtlich. »Wir sind einsam, seit wir unser Zuhause verlassen haben.«

Er meinte, dass Swathi einsam war. Er hatte zu tun und sie blieb in einem Haus zurück, das, abgesehen von ihrem Koch und einem Mann, der putzte und im Garten arbeitete, leer war. Kein Kind, das ihre Tage füllte. Auch während der gemeinsamen Mahlzeit war ihre Niedergeschlagenheit nicht zu übersehen gewesen. Ihre Blicke waren in jeder Gesprächspause auf Wanderschaft gegangen und sie hatte träge und lustlos in ihrem Essen herumgestochert.

Als Charan gegangen war, sah Nora verstohlen zu Swathi hinüber, die die Gabel neben ihrem Teller immer wieder umfasste, nur um sie gleich darauf loszulassen. Nora hatte sich gefreut, als sie das Besteck gesehen hatte, aber jetzt schien es Swathis ganze Traurigkeit zu verdeutlichen und Nora hätte so gerne etwas gegen diese Traurigkeit getan.

Im Laufe der kurzen Zeit, die sie bereits zusammen verbracht hatten, hatte sie einen tiefen Respekt für Swathi entwickelt und betrachtete sie als Freundin.

»Ich habe meinen Vater verloren«, sagte Nora.

Swathis Augen wurden feucht. »Das tut mir leid, meine Liebe. Was für ein schrecklicher Verlust!«

»Der Schmerz verschwindet nie ganz. Aber er wird erträglich. Irgendwann.«

»Meine Familie hatte Glück – vor Lukose ist keines der Kinder jung gestorben. Wir sind zäh und ich wurde nachlässig und vertraute darauf, dass ihm schon nichts passieren würde. Deshalb und weil Gott uns liebt. Ist das nicht dumm, Nora? Was für eine entsetzliche Theologie, würde Charan sagen. Ich habe ihm nicht erzählt, wie wütend ich bin, weil Gott meinen Sohn nicht beschützt hat. Schockiert dich das?«

»Nein. Ich kann es nachvollziehen.«

Swathi sah Nora einen Moment lang an und nickte dann. »Es ist schwer, mit anderen über solche Dinge zu reden. Sie verstehen eben nicht. Selbst meine Familie … Meine Mutter glaubt, dass unser Kind schwach war, weil ich Charan geheiratet habe. Die Briten kommen in Indien oft nicht gut zurecht. Sie stecken sich mit jeder Krankheit an und sterben sehr schnell. Die meisten von ihnen schicken ihre Kinder nach England, bevor sie sechs Jahre alt sind, weil sie wissen, dass sie dort bessere Überlebenschancen haben. Glaubst du, mein Sohn war wegen seines britischen Blutes anfälliger für Typhus? Hat es ihn so schwach gemacht, dass er sterben musste?«

Nora schüttelte den Kopf. »Ganz und gar britische Menschen überleben Typhus. Und ganz und gar indische sterben daran. Ich glaube, es war einfach etwas Schreckliches, was geschehen ist, und nichts davon hat mit der Geschichte deines Mannes zu tun.«

Swathi erschauerte und lehnte sich zurück. »Danke«, flüsterte sie. »Manchmal verstrickt mein Glaube sich so in Angst und Gefühlen, dass ich vergesse, wie natürlich die Welt ist, in der wir leben.«

Nora entwischte ein kleines Lachen. »Und meine Gedanken sind manchmal so von der natürlichen Welt beherrscht, dass ich den Glauben vergesse. Ich sollte mich häufiger daran erinnern.«

Sie dachte an Sita und ihre Lage und ihr wurde bewusst, dass sie sich vielleicht mehr auf Gott verlassen musste als auf ihre eigenen Kenntnisse. Für jemanden, der Jahre damit zugebracht hatte, einen wachen Verstand zu pflegen und nach wissenschaftlichen Erklärungen zu suchen, war das eine ungewohnte Situation.

Drei Tage später stand Nora am Tisch in der Hütte im Lager und betrachtete den Stapel Bücher, den die Forscher aus England mitgebracht hatten. Sie fuhr mit den Fingern über die Buchrücken.

»*Illustrationen neuer Arten exotischer Schmetterlinge*; *Lepidoptera: Einheimische und Exoten*; *Das Kabinett der orientalischen Entomologie* … aha! Das müsste funktionieren.«

Sie zog das Buch aus dem Stapel und schlug es auf der Seite auf, die verschiedene *Meloidae* zeigte.

Am Tag zuvor war Nora, nachdem sie ihre Arbeit erledigt hatte, mit Sita und ihren Gläsern losgezogen, um etwas Interessantes zu finden. Und das hatten sie. Einen großen Blasenkäfer, vor dessen Berührung sie Sita gewarnt hatte. Sie hatten seine gemächlichen Bewegungen eine Viertelstunde lang beobachtet, bevor er in ein Tötungsglas gekommen war. Sita mochte seine leuchtend orangefarbenen Streifen und seine Fähigkeit, die Haut mit einem Giftsekret zu verbrennen, und sie wollte den Käfer selbst montieren – der Anfang ihrer eigenen Insektensammlung. Sie interessierte sich weniger für Schmetterlinge als vielmehr für die vielen Insekten, die stechen, beißen oder Gift versprühen konnten.

»*Mylabris pustulata.*« Sie lächelte, als sie sich über das Glas beugte, das Sitas Entdeckung enthielt. »So, nun hast du einen Namen und wir müssen dich aufspießen.«

Sie legte das Buch zurück und trat mit dem Glas in das grelle Sonnenlicht hinaus.

»Was haben Sie denn da?«, fragte Mr Alford, wobei seine Frage Interesse vermuten ließ, seine verächtliche Miene jedoch etwas ganz anderes besagte.

Sie fragte sich, ob er gegen seine mürrischen Gesichtszüge vielleicht gar nichts machen konnte. »Nur einen Käfer, den Sita gestern bei unserem Spaziergang gefunden hat.«

Seine Augen verengten sich ein wenig, aber dann schüttelte er den Kopf und sagte: »Sie kommen heute mit uns.«

»Mit Ihnen wohin?«

»Wir gehen weiter als sonst und werden die Nacht in der Shola verbringen.« Er rieb sich das Gesicht und funkelte Nora an. »Obwohl ich jetzt schon länger als ein Jahr hier bin, habe ich wegen der ständigen Krankheit meiner Mitarbeiter noch nicht genügend Illustrationen und Informationen gesammelt, die ich für das Buch brauche. Ich kann keine weiteren Ausreden mehr vorbringen und habe vor abzureisen, wenn Owen und Sie in ein paar Monaten nach Hause zurückkehren.«

»Haben Sie mir verziehen, dass ich dieses Ameisenvolk auf Ihren Kopf habe fallen lassen?«

Er verdrehte die Augen, aber um seine Mundwinkel zuckte ein kleines Lächeln. »Nein, aber dass Sie mir den gynandromorphen Schmetterling geschenkt haben, war sehr großzügig und ein Gewinn für mein Projekt.« Er räusperte sich und seine nächsten Worte klangen rau: »Pallavi wird als Anstandsdame mitkommen und ich habe ihr gesagt, sie soll ihre schreckliche Nichte mitbringen, da sie eine Gabe zu haben scheint, Dinge zu finden, die wir anderen übersehen.«

Nora grinste. »Mr Alford, ich bin fast geneigt zu glauben, Sie können uns allmählich doch ein bisschen leiden. Sita wird überglücklich sein, dass sie mitkommen darf!«

Er setzte wieder den für ihn typischen missmutigen Ausdruck auf. »Achten Sie darauf, dass sie mir nicht in die Quere kommt. Und mein Name ist Frederic.«

Sie lächelte, während sie ihm nachblickte.

Eine Stunde später drangen sie in den Wald ein, Sita auf ihren Fersen und Pallavi mit einem großen Kupferkessel auf dem Kopf. Ihnen folgten zwei Träger, deren Schultern mit Wasserschläuchen und Vorräten beladen waren.

Nora klopfte auf ihre Tasche, die auf ihrer Hüfte schwang, und trottete den laubübersäten Pfad entlang. Ihr Herz tanzte im Rhythmus ihrer Schritte und sie staunte über die Lebhaftigkeit der Landschaft um sie herum – die grünen Blätter und auffälligen Blüten und die Dornen im Unterholz. Nora lief leichtfüßig über den weichen Boden, die Fäuste vor Vorfreude geballt, und fragte sich, was für interessante Dinge sie wohl sehen würden.

Eine kleine Hand schob sich in ihre und sie blickte in Sitas ernstes Gesicht.

»Es ist so schön, dass ich mitdarf.« Sie grinste und zog an Noras Arm, bis sie den Kopf zu ihr herunterbeugte. »Ich weiß, wo die besonderen Schmetterlinge hinfliegen! Frederic hat sie noch nicht gefunden und ich habe gehört, wie er mit Owen darüber gesprochen hat. Sie sind in diesem Teil von Indien selten. Vielleicht sehen wir ja welche.« Dann hüpfte sie zu Pallavi und versuchte, ihrer Tante eines der Jalebis abzuschwatzen, die in einem Beutel an ihrem Arm hingen. Nora lief das Wasser im Mund zusammen. Sie war hocherfreut gewesen, als sie gesehen hatte, dass Pallavi eine Schachtel davon mitgenommen hatte zusammen mit den üblichen Mangos und dem Reis und den Linsen.

Owen blickte zu ihr zurück und blieb dann stehen, bis sie ihn eingeholt hatte.

»Ich bin froh, dass du mitgekommen bist«, sagte er, als wäre sie diejenige gewesen, die sich gegen eine gemeinsame Exkursion gewehrt hatte. »Du hast ein Händchen für Entdeckungen und das wird uns sicher helfen.«

Nora senkte den Blick auf den Weg. Sie hatte gedacht, er wäre vielleicht deswegen froh, weil er sie dabeihaben wollte. Weil er gern mit ihr zusammen war. Sie hatte sich noch nie für eine alberne Frau gehalten, aber ihre Enttäuschung angesichts seiner Begründung sagte etwas anderes.

»Und«, fuhr Owen fort, »ich bin gerne mit dir zusammen. Ich mag dich.«

Ihr Kopf fuhr ruckartig hoch. Seine Lippen waren zu einem jungenhaften Grinsen verzogen, aber sie konnte nicht erkennen, ob er sie nur neckte oder es ernst meinte. Auf dem Campus hatte er einen Ruf als Charmeur … aber er war ihr gegenüber immer sehr aufmerksam gewesen.

Sie schluckte das aufkeimende Hochgefühl hinunter und entschied sich für Pragmatismus. »Mit Schmeicheleien kommt man bei mir nicht weit.«

»Was glaubst du denn, was ich von dir will?«

Sie zuckte mit einer Schulter und konnte förmlich den Tadel ihrer Mutter hören: *»Du solltest nicht mit den Schultern zucken, Liebling, das ist gar nicht damenhaft.«*

»Ich weiß nicht, aber du musst irgendetwas wollen, sonst würdest du solche Dinge nicht sagen.«

»Kannst du nicht glauben, dass ich ein ernsthaftes Interesse an dir habe?« Owen biss sich auf die Unterlippe.

»Ich wüsste nicht, warum. Du bist der kluge, charmante Sohn eines erfolgreichen New Yorker Geschäftsmannes.«

»Und wer bist du?«

Ein Niemand. Nora rückte ihre Tasche zurecht, damit sie nicht so auf ihre Hüfte drückte. Sie zuckte zusammen, als ein stechender Schmerz durch ihren unteren Rücken fuhr. Sie liefen nun schon seit Stunden und sie war es nicht gewohnt, solche Entfernungen zu Fuß zurückzulegen.

Owen zog den Riemen von ihrer Schulter und hob die Tasche über ihren Kopf. Dann steckte er sie in den größeren Beutel, den er trug. »Ich sage dir, wer du bist: Du bist Nora Shipley, die Tochter des interessantesten Mannes, dem ich je begegnet bin.«

Sie hob die Brauen.

»Das ist nichts als die Wahrheit und es wundert mich, dass du mich für charmant hältst, nachdem du von einem solchen Mann großgezogen wurdest. Er hat alle beeindruckt, die ihn kennenlernen durften.«

Seit sie in Indien angekommen waren, hatte sich ihre Meinung über Owen schon deutlich geändert und jetzt wuchs ihre Wertschätzung noch mehr. Nora wagte es, ihn leicht am Arm zu berühren, was ihm ein Lächeln entlockte. Und sein Lächeln wärmte sie.

Der Weg vor ihnen fiel ab und Owen hielt ihr den Arm hin. »Pass auf, dass du nicht ausrutschst. Ich würde dich nur ungern den ganzen Weg zum Lager zurücktragen müssen.« Sein Blick huschte über ihr Gesicht und seine Lider senkten sich ein wenig. »Obwohl es, wenn ich so darüber nachdenke, eigentlich ein Vergnügen wäre, das zu tun.« Er legte den Arm um ihre Taille, sodass seine Hand genau unter ihrem Rippenbogen lag.

Ihr Herz hämmerte in ihrer Brust und raste noch schneller, als das restliche Team um eine Kurve verschwunden war. Owen ließ sie noch immer nicht los.

Stattdessen zog er sie näher.

Und schob eine widerspenstige Locke hinter ihr Ohr.

Er biss sich auf die Lippe, was ihre Aufmerksamkeit auf sein attraktives Gesicht lenkte; auf den Bart, der sein Kinn und seine Wangen zierte, und auf das Zucken seiner Mundwinkel, als er ein erneutes Lächeln unterdrückte.

Seine Finger fuhren über ihre Wange. »Ich sage dir, wer du noch bist. Du bist eine Frau von ungewöhnlicher Intelligenz und Schönheit. Eine Frau, die alle anderen Frauen übertrifft. Eine Frau, die ich gerne den Rest meines Lebens besser kennenlernen würde.«

Nora riss die Augen auf und schloss sie gleich darauf, als Owen den Kopf senkte und seine Lippen sich ihren näherten.

Sie war noch nie geküsst worden. Hatte nie geküsst werden wollen. Aber jetzt … hier, mit ihm …

Klatschende Schritte ertönten auf dem Weg und Sitas Stimme ließ Nora zusammenschrecken und hastig Owens Hand wegschieben.

»Akka, sie schlagen das Lager auf. Komm, ich zeige dir die Stelle, die ich meinte.«

Sita ignorierte Owens Murmeln, packte Noras Hand und zog sie den Pfad hinunter und durch ein dicht bewachsenes Waldstück.

Als Sita Nora zu einem schlammigen Flüsschen zog, das sich zwischen den immergrünen Bäumen hindurchwand, knurrte Noras Magen vor Hunger. Der Morast schmatzte unter ihren Stiefeln. Sie blieb stehen und schüttelte mehrere Zweige und Kletten von ihrem Rock.

»Ich hoffe, der Schmetterling, den du mir zeigen willst, ist diese zusätzliche Wanderung wert.«

Sita schenkte ihr ein strahlendes Lächeln und zeigte auf eine schwammartige Fläche keine drei Meter entfernt. Nora blinzelte, als sie den Schwarm rauchblau-schwarzer Schmetterlinge sah, die darauf herumflatterten. Sie schlich näher, sorgfältig darauf bedacht, sie nicht zu stören, und durchforschte ihren mentalen Katalog der *Lepidoptera*.

»Ich glaube, es ist ein *Chliaria othona*. Die Art ist so weit südlich selten.« Nora wusste, dass Frederic nach Schmetterlingen suchte, die im Süden Indiens normalerweise nicht vorkamen. Ein paar Tage zuvor war er ganz aufgeregt gewesen, weil William einen *Chliaria othona* entdeckt haben wollte, aber als sie zu der Stelle zurückgekehrt waren, hatten sie das Tier dort nicht mehr gefunden.

Und hier … hier hatte Nora mindestens ein Dutzend davon vor sich.

»Wir müssen zum Lager zurückgehen und Frederic davon erzählen! Er will sie bestimmt beobachten und etwas zu ihrem Verhalten aufschreiben.«

Sita verschränkte die Arme und schob die Unterlippe vor. »*Du* sollst sie beobachten und malen. Sag Frederic nichts. Sonst will er die Entdeckung nur für sich.«

»Ich gehöre zu einem Team und Frederic ist der Leiter. Es wird sowieso als sein Verdienst betrachtet werden.«

»Aber ich habe sie dir gezeigt! Ich will, dass du sie studierst und mir zeigst, wie man sie malt. Warum druckst du nicht dein eigenes Buch?«

Nora legte die Hände um Sitas Gesicht. »So einfach ist das nicht. Ich habe mich entschieden, bei Frederics Projekt mitzumachen. Und in jedem Fall wird er mehr davon haben als ich, obwohl ich sie natürlich wirklich wunderschön finde.«

Sita riss sich los und stieß Nora fort. »Er soll sie nicht sehen! Ich scheuche sie weg!«

Nora griff nach ihrem Arm, bevor sie auf die Schmetterlinge zulaufen und sie verjagen konnte, zog Sita an sich und schlang die Arme um sie.

»Was ist denn los, Sita? Hasst du ihn denn so sehr?«

Sita vergrub zitternd das Gesicht an Noras Bauch. »Nichts ist los! Ich will nicht, dass er meine Schmetterlinge bekommt. Du sollst sie haben.«

Etwas Hässliches und Abscheuliches regte sich in Noras Gedanken. Etwas, das sie nie in Erwägung gezogen hätte, bevor sie von Sitas Schicksal erfahren hatte. Aber nein. Sie konnte nicht glauben …

»Also gut. Ich werde ihm deine Stelle nicht zeigen, aber darf ich einen Schmetterling zum Lager mitnehmen?«

Sita runzelte die Stirn. Dann nickte sie und trat einen Schritt zurück.

Nora wollte nach ihrer Tasche greifen, aber dann fiel ihr ein, dass Owen sie hatte. »Wie weit ist es von hier bis zum Lager?«

Sita schniefte. »Einen halben Kilometer. Nicht weit.«

»Lauf und hol Owen. Sag ihm, er soll meine Tasche und ein Netz mitbringen.« Nora bückte sich, drückte einen Kuss auf Sitas Schläfe und flüsterte: »Aber sag Frederic nichts davon. Es bleibt unser Geheimnis. Wir zeigen ihm nur den Beweis für unsere Entdeckung und nicht, wo der ganze Schatz zu finden ist.«

Das Grinsen in Sitas Gesicht war strahlend genug, um Noras Verdacht in die Vergessenheit zu befördern, wohin er gehörte. Das Mädchen lief beinahe lautlos davon. Nora suchte sich einen Sitzplatz, bereit, sich über die gesamte Kolonie von Schmetterlingen zu werfen, sollten sie versuchen zu fliehen.

Ein *Delias eucharis* mit seinen leuchtend bunten Glasfensterflügeln landete etwa einen Meter von ihr entfernt am Rand der Schlammsenke. Nora konnte sich nicht daran erinnern, einen in Frederics Sammlung gesehen zu haben, als sie an den Abbildungen gearbeitet hatte. Dieser Schmetterling war hier in Indien häufig anzutreffen. Ganze Schwärme davon flogen über das Land. Vielleicht passte es Frederic nicht, einen so gewöhnlichen Schmetterling in seinem Buch zu haben, aber das Insekt war auf jeden Fall sehr hübsch und Nora konnte sich vorstellen, dass die meisten Briten ihn gern illustriert sehen würden. Sollte der Schmetterling noch da sein, wenn Sita zurückkam, würde sie ihn ebenfalls mitnehmen.

Nora lehnte sich an einen Baum und genoss mit Augen, Verstand und Seele die Schönheit um sie herum, um dem üblen Abschaum zu entfliehen, der ihre Gedanken trübte.

In dieser Nacht schliefen sie auf kratzigen Decken mit nichts außer dem Erdboden als Bett. Nora lag zwischen Pallavi und Sita in ihrem Zelt. Pallavi, die ihren Sari wie eine Decke um sich gewickelt hatte, brauchte im Schlaf ebenso wenig Platz wie im Wachzustand. Was gut war, denn Sita wälzte sich vor Albträumen hin und her.

Obwohl sie den Großteil des Nachmittags und Abends durch den Wald gelaufen waren, hatte die Gruppe nichts Besonderes entdeckt. Abgesehen von dem geheimen *Chliaria othona*, den Nora mit einem nassen Tuch und einem Tropfen Desinfektionsmittel in ein Glas getan und am Grund ihrer Tasche versteckt hatte – und dem hübschen *Delias eucharis* war die Exkursion ein Reinfall gewesen.

Natürlich hatte es da diesen Augenblick mit Owen gegeben …

Und eben den *Chliaria othona*, der auf jeden Fall viel wichtiger war.

Sie drehte sich auf den Bauch. Sita kuschelte sich an sie, was in Nora ein warmes Gefühl der Zuneigung auslöste und den Wunsch, ihre kleine Freundin zu beschützen. Und mit diesen mütterlichen Regungen kam auch dieses Summen wie von Bienen zurück, ein immer lauter werdendes Brummen in ihrer Kehle. Rohe, heiße, brennende Wut drückte gegen ihre Lippen, bis sie das Gefühl hatte, dem nicht mehr standhalten zu können. Sie kniff die Augen zu und wünschte, sie könnte schlafen und vergessen. Sie wollte nicht mehr darüber nachdenken.

Aber sie wusste, dass Sitas Reaktion vorhin etwas Herzzerreißendes bedeuten könnte.

Etwas Falsches.

Etwas, das den gesamten Zorn entfesseln könnte, den Nora jemals unterdrückt hatte.

In der Dunkelheit streckte sie die Hand aus und legte sie auf Sitas Kopf.

Bitte, Herr ... Sie wusste nicht, wofür genau sie betete. *Bitte rette sie. Bitte hilf mir, ihr zu helfen. Bitte mach ein Ende damit – was auch immer es ist. Bitte mach, dass ich mich irre. Bitte. Bitte. Bitte.*

»Nora.«

Nora rollte sich auf den Rücken und bemühte sich, durch den Spalt zwischen den Zeltbahnen hindurch etwas zu erkennen. »Ja?«

»Ich muss mit dir reden.«

Owen.

Wollte er über ihren Beinahekuss reden? Sie glaubte nicht, dass sie in ihrem jetzigen aufgewühlten Zustand dazu in der Lage war.

Darauf bedacht, die beiden anderen nicht zu wecken, erhob sie sich vorsichtig und griff nach ihrem Umschlagtuch, aus dem sie ein provisorisches Kopfkissen gefaltet hatte. Sie legte es um ihre Schultern und überprüfte, ob Mieder und Röcke richtig saßen, dann kroch sie aus dem Zelt.

Owen gab ihr ein Zeichen, ihm zu einem Feigenbaum auf der anderen Seite der Lichtung zu folgen.

Kaum hatten sie sich unter die hängenden Äste geduckt, sagte er: »Ich habe über den *Chliaria othona* nachgedacht. Ich finde es nicht richtig, ihn Frederic zu verheimlichen. Wir sind Teil seines Teams und du hast den Schmetterling entdeckt, während du für ihn gearbeitet hast. Vielleicht, wenn du ihn in deiner Freizeit gefunden hättest ...«

Nora nickte. »Ich werde ihm das Exemplar zeigen, das ich gefangen habe, aber nicht den Ort, an dem die Schmetterlinge sich versammeln. Ich habe es Sita versprochen und es ist ihr sehr wichtig.«

»Sie ist ein seltsames Mädchen, nicht wahr?«

Der Mond ergoss sein Licht durch die Äste des Baumes und warf Lichtflecken auf Owens Gesicht. Die Güte in seiner Miene schwächte seine beleidigende Bemerkung ab und Nora kam der Gedanke, dass sie noch nie jemanden gesehen hatte, der so gut aussah. Oder der so rücksichtsvoll und vertrauenswürdig war.

»Du erinnerst mich an meinen Vater.« Die Worte waren ihr entwischt, bevor sie sie bewusst gedacht hatte.

Owens Mundwinkel wanderten ein kleines bisschen nach oben. »Danke.«

Sie hatte bislang nur zwei Männer kennengelernt, denen sie vertraute – ihren Vater und Professor Comstock. Aber Owen war es irgendwie gelungen, sich zu den beiden zu gesellen. Sie wusste nicht, wann das geschehen war. Vielleicht, als sie zusammen Tausende Kilometer übers Meer gefahren waren. Oder vielleicht, als er sich bemüht hatte, Frederic von ihrem Wert zu überzeugen. Aber was auch immer der Grund war, Nora ließ sich von diesem tröstlichen Wissen einhüllen, dass sie sich auf ihn verlassen konnte.

Und sie wusste, dass sie ihren Verdacht nicht für sich behalten konnte. »Kann ich dir etwas sagen? Etwas Unangenehmes?«

Owen erstarrte einen Moment lang, dann fuhr er sich mit einer Hand durchs Haar, bevor er nickte. Er lehnte am Baumstamm, den Blick gesenkt und die Lippen aufeinandergepresst. Er sah aus, als würde sie ihm gleich das Herz brechen. Ihr Atem stockte und sie wunderte sich über die Hitze, die sie plötzlich durchströmte. Nicht dass sie ihm das Herz brechen wollte, aber zu wissen, wie sehr diese Möglichkeit ihn treffen würde, gab ihr zum ersten Mal im Leben das Gefühl, eine gewisse Macht zu haben.

Wie stolz du bist!

Sie trat auf ihn zu, sodass nur wenige Zentimeter monsunschwerer tropischer Luft sie voneinander trennten. »Es geht um Sita. Und Frederic.«

Er zupfte an seinem Ohrläppchen. Ihr war noch nie zuvor aufgefallen, wie wohlgeformt seine Ohren waren. Sie schüttelte den Kopf. *Konzentrier dich, Nora!*

»Ich glaube, etwas könnte zwischen ihnen geschehen sein. Etwas … Ungehöriges.« Sie schluckte den Kloß in ihrer Kehle hinunter.

Owen packte ihre Hände. »Was willst du damit sagen, Nora? Bitte sei deutlich, damit ich nicht anfange zu spekulieren.«

»Ich glaube, Frederic könnte sich ihr gegenüber ungebührlich betragen haben. Auf körperliche Weise.« Sie sah, dass Owen rot wurde, und spürte, dass auch ihre eigenen Wangen sich gerötet hatten, ob vor Wut oder Verlegenheit, wusste sie nicht.

Er zog ihre Hände näher und flüsterte: »Was soll ich deiner Meinung nach tun?«

»Ich weiß nicht, ich musste es nur jemandem erzählen. Ich werde sie sowieso aus Kodaikanal herausholen.«

»Du wirst Schwierigkeiten bekommen.«

Nora zog ihre Hände fort und verschränkte die Arme. »Aber sonst ist niemand dazu bereit. Sie braucht mich, Owen! Wenn ich nicht irgendetwas tue, werde ich es für immer bereuen.«

Er nickte kurz. »Also gut. Ohne Beweise können wir ihn nicht solcher schändlichen Dinge beschuldigen, aber wir beide können sicher dafür sorgen, dass Sita nie mit ihm allein ist. Wir passen auf sie auf.«

Alle Anspannung, die seit Sitas Gefühlsausbruch ihre Muskeln und Gelenke verkrampft hatte, fiel von ihr ab. Sie war nicht länger allein mit ihrem Verdacht; Owen würde sie in dieser Sache unterstützen.

Er suchte ihren Blick und sie fragte sich, ob er bei all ihrer Entschlossenheit und Liebe zu Sita auch ihre wachsende Zuneigung zu ihm erkannte. Doch genau in diesem Moment wurden sie von einem tiefen Husten abgelenkt und Owen schaute zum Lager. Nora drehte sich um und sah einen der Träger ins Gebüsch stolpern. Kurz darauf tauchte er wieder auf, band seinen Dhoti fest und verschwand in seinem Zelt, ohne auch nur einen Blick in ihre Richtung zu werfen.

»Du solltest zurückgehen, bevor jemand uns hier draußen bemerkt.« Owen straffte die Schultern und streckte den Arm nach Nora aus, ließ ihn aber wieder sinken, bevor seine Finger ihre Haut berührten.

Sie wandte sich ihm wieder zu und trat einen Schritt vor. Vielleicht sah er ja, wie sie empfand, wenn sie seinen Blick noch einmal einfangen konnte. Sie würde die Worte nicht aussprechen müssen, denn alles würde in ihren Augen zu lesen sein. Sie blinzelte zu ihm auf und umfasste seine Oberarme. Dann ließ sie die Hände bis zu seinen Handgelenken hinuntergleiten und sein Puls pochte unter ihren Fingerspitzen. Sie konnte beinahe seinen Herzschlag hören, einen Rhythmus zu der Melodie der nächtlichen Geräusche Indiens.

»Owen.«

Sein Atem ging tiefer, und als sie seine Hände losließ, zog er sie näher und legte die Arme um sie. »Nora, ich ...«

Seine Augenbrauen trafen sich über der Nase und er ließ Nora so schnell los, dass sie zurückwankte. Er schlug nach seinem Kopf und zwei Kakerlaken, die Hinterteile miteinander verbunden, flogen von seinen Haaren auf sie zu. Mit einem Aufschrei duckte sie sich, aber die Kakerlaken landeten auf ihr, trennten sich voneinander und huschten ihr über Hals und Kopf. Ihre Borsten zogen an den Strähnen ihrer offenen Haare und sie schrie lauter, voller Panik, mit einem Mal gefangen in ihrer schlimmsten Erinnerung.

»Papa, ich will diesen Schmetterling für meine Sammlung.«

»Er ist zu weit weg, Bumble Bea. Der Baum ist nicht kräftig genug. Wir werden einen anderen finden.«

Nora sah das hübsche blaue Insekt an, das auf einem dünnen Ast der Weideneiche saß, der sich über die Cascadilla Falls erstreckte.

Ihr Vater wandte sich ab und Nora fragte sich, ob sie hinaufklettern und den Schmetterling fangen konnte, bevor er es bemerkte. Sie war schnell.

Aber er hatte es doch bemerkt.

Kapitel 18

»Mach sie weg!« Noras Kreischen hallte von den dicken Bäumen wider und war sicherlich im ganzen Lager zu hören.

»Beruhige dich, Nora. Alles ist gut.« Owen legte eine Hand an ihr Kinn, und als sie still hielt, nahm er die andere, um mit den Fingern durch ihre Haare zu fahren. Er holte die Schaben heraus und warf sie nacheinander ins Gebüsch.

Nora zitterte am ganzen Körper und sank zu Boden, wo sie die Finger in das weiche Gras krallte und ganze Büschel davon herauszog, immer wieder, bis die Stelle um sie herum ganz kahl war. Owen kniete neben ihr – so nah, dass sie ihn wahrnahm, aber er ihren vergeblichen Versuch zu vergessen nicht behinderte.

Aber sie würde es nie vergessen und die Kakerlaken hatten ihre Schuldgefühle aufgewühlt.

Schwere Schritte ließen sie aufblicken. Frederic stand vor ihnen und blickte düster auf sie hinab, während er sich am Kopf kratzte, was möglicherweise auf anderes Ungeziefer hinwies. »Was ist los?«

Nora schüttelte nur den Kopf.

»Es ist nichts«, sagte Owen und erhob sich. »Ein paar ziemlich große Küchenschaben haben sie erschreckt.«

Frederics dünne Lippen verzogen sich. »Küchenschaben? Sie haben Angst vor gewöhnlichen Kakerlaken? Das ist doch lächerlich!«

Seine Worte lichteten den Nebel und Nora stand auf. Sie klopfte sich den Staub von den Händen. »Ich entschuldige mich. Es wird nicht wieder vorkommen.«

»Das will ich hoffen. Ich fand ja gleich, dass es unvernünftig von Comstock war, Sie herzuschicken, aber jetzt weiß ich, dass er völlig den Verstand verloren hat. Eine Entomologin, die sich vor Kakerlaken fürchtet – ist das zu fassen?« Er machte auf dem Absatz kehrt und stapfte zu seinem Zelt und den noch immer schlafenden Trägern zurück.

Nora warf Owen einen verstohlenen Blick zu und sah in seiner Miene Neugier und Besorgnis zugleich. »Ich glaube, ich sollte mich auch wieder schlafen legen«, sagte sie.

»Ich finde, du solltest mir erzählen, was da gerade passiert ist. Es war nicht das erste Mal. Damals im Unterricht hast du genauso reagiert, als die Schabe ...«

»Ja, ich weiß.« Sie fröstelte, weil sie die drahtigen Beine noch immer auf ihren Waden fühlen konnte. Sie fuhr mit der Hand über ihr Haar und versuchte, den Anblick der sich paarenden Kakerlaken aus ihrem Gedächtnis zu verbannen.

»Ich habe dich sonst nie ängstlich erlebt, schon gar nicht, was Insekten betrifft. Was ist los?«, fragte Owen.

Sie fragte sich, ob es ihr Absolution bringen würde, wenn sie ihre Sünde beichtete. Vielleicht hatte sie ihre Schuld zu lange in ihren Gedanken festgehalten. Vielleicht würde sie davonfliegen und Nora in Ruhe lassen, wenn sie ihr Flügel verlieh.

Sie wusste, dass ihre Gefühle irrational waren. Wusste, dass es nicht wirklich ihre Schuld war. Sie war impulsiv und eigensinnig gewesen, ja, aber ihr Vater hatte seine eigene Entscheidung getroffen. Doch das Bild war in ihre Seele eingebrannt.

»An dem Tag, an dem mein Vater starb, ist er mit mir losgezogen, um Schmetterlinge zu sammeln. Er hatte mir eine Schublade in seinem Schrank überlassen und mir gesagt, ich könne hineintun, was immer ich wolle.« Nora zog Owen tiefer unter den Baldachin aus Blättern, in der Hoffnung, dass die Äste ihre Worte dämpfen würden. Sie holte tief Luft, um Kraft zu schöpfen, bevor sie weitersprach. »Wir haben einen herrlichen blauen Schmetterling entdeckt, den ich in der Sammlung meines Vaters noch nicht gesehen hatte, und ich wollte ihn haben – mehr als alles, was ich mir jemals gewünscht hatte. Er saß auf einem Ast und mein Vater sagte, ich solle ihn dort sitzen lassen. Der Ast hing über dem Wasserfall.«

Selbst im schwachen Mondlicht sah sie, dass Owen blass wurde. Er wusste es natürlich. Jeder wusste, wie Professor Shipley umgekommen war. Aber sie hatten keine Ahnung, warum. Und jetzt würde sie es dem einen Menschen erzählen, der ihr inzwischen mehr bedeutete als alle anderen.

Sie nahm die Enden ihres Umschlagtuchs und verknotete sie über ihrer Brust. Dann löste sie den Knoten wieder und zog an den Fransen, bis Owen seine Hände auf ihre legte. Die Wärme seiner Berührung beruhigte sie.

»Dir ist vielleicht schon aufgefallen, dass ich ziemlich eigensinnig bin«, sagte sie.

Er lächelte. »Wenn du es nicht wärest, hättest du nicht all das erreicht, was du erreicht hast.«

Sie bewegte die Finger in seinen Händen, und als er sie losließ, ergriff sie seine Hand. Sie brauchte diese Verbindung. Ihn zu berühren, erdete sie.

»Als mein Vater sich umgedreht hat, um zu gehen, habe ich versucht, auf den Baum zu klettern. Im Rückblick verstehe ich, wie dumm das war. Die Wasserfälle waren vom Regen angeschwollen und stürzten mit einer Heftigkeit ins Tal, die mir eine Warnung hätte sein sollen. Aber ich wollte den Schmetterling.«

Sie hatte nicht geweint, als ihr Vater gestorben war. Auch nicht bei seiner Beerdigung. Oder anschließend, als ihre Mutter sich monatelang in ihrem Zimmer eingeschlossen und nahezu ununterbrochen geschluchzt hatte. Nora weinte nicht an Feiertagen oder an seinem Geburtstag. Es war, als verbiete ihre Rolle bei seinem Tod ihr zu zeigen, wie tief sein Verlust sie getroffen hatte. Als wäre sie unwürdig zu trauern.

Aber jetzt, als die Worte wie Mühlsteine über ihre Lippen gerollt waren, liefen Tränen über ihre Wangen. Sie löste ihre Finger aus Owens und wischte die Tränen fort. »Mein Vater sah mich und zog mich zurück, bevor ich zu weit oben war. Er lachte und nannte mich seine kleine dickköpfige Bumble Bea – das war sein Kosename für mich, weil mein zweiter Vorname Beatrice ist –

und dann sagte er etwas, das mein Herz höherschlagen ließ: Er würde den Schmetterling für mich holen.«

Owen zog sie an sich und sie drückte den Kopf an seine Brust, sodass sein Herz an ihrem Ohr schlug. Er zwang sie nicht, die Geschichte zu Ende zu erzählen, sondern übernahm das für sie, und dafür liebte sie ihn: »Er ist gestürzt, als er versuchte, diesen Schmetterling zu fangen, nicht wahr?«

Nora nickte. Sie hatte mit angesehen, wie er ins Wasser gefallen war. Hatte seinen Aufschrei gehört und dann das furchtbare Platschen. Und sie hatte gesehen, wie der Schmetterling abhob und dem Geist ihres Vaters hinterherflog.

»Ich habe lange gebraucht, um zum Flussbett hinunterzugelangen, und als ich dort ankam, war sein Leichnam schon ans Ufer gespült worden. Ich zog ihn heraus, aber ich konnte ihn nicht allein lassen, also schrie ich um Hilfe. Aber niemand kam. Stundenlang saß ich bei ihm. Eine Küchenschabe kroch auf ihm herum. Sie krabbelte über sein Gesicht, in seinen Mund, unter sein Hemd. Ich hatte zu viel Angst, als dass ich irgendetwas hätte tun können, außer zuzusehen. Sie quälen mich. Wann immer ich eine dieser Schaben sehe, ist es, als würde ich ihn noch einmal sterben sehen.«

Owen strich über ihren Hinterkopf und ihre Tränen tränkten sein Hemd. Er sagte nichts, sondern stand nur dort bei ihr, während sie sich erinnerte, und der Klang seines Herzschlags vereinte sich mit dem Musizieren der Zikaden, die ein tröstendes Lied für sie zu singen schienen.

Zwei Tage, nachdem sie von ihrer Exkursion zurück waren, stand Nora mit Frederic am Feuer, wo sie Tee tranken. Er zog bei jedem Schluck eine Grimasse, trank aber trotzdem weiter davon. Nora vermutete, dass er von ihr ähnlich viel hielt wie von gewürztem Tee – beides erduldete er, weil ihm nichts anderes übrig blieb.

Frederic hustete. »Ich gehe heute mit den Männern los, weil wir mit der Katalogisierung fertig sind. Sie bleiben natürlich hier.«

Es gab keine Schmetterlinge, die Nora hätte malen können, aber sie machte ihm keine Vorwürfe, weil er sie nicht mitnehmen wollte. Sie hatte sich zum Narren gemacht. Wieder einmal. Und sie war zu müde, um sich zu wehren.

Sie stellte ihren Becher ab und ging zu ihrem Zelt zurück, um ihr Friedensangebot zu holen. Kurz darauf kam sie wieder heraus, in der Hand den *Chliaria othona*, und ging zu Frederic. »Den habe ich gefunden, als wir unterwegs waren.« Sie drückte ihm das Glas in die Hand. »Er hat zwei Tage geruht und kann heute montiert werden. Ich werde ihn auch malen.«

Seine Kinnlade fiel herunter. »Ist das ein *Chliaria othona*?«

Sie nickte. »Ich konnte ihn eine Stunde lang beobachten. Ich habe Sita bereits meine Notizen zum Abschreiben gegeben, die können Sie haben.«

»Diesen Schmetterling suche ich seit einem Monat! Wo haben Sie ihn gefunden?«

Nora machte eine wegwerfende Handbewegung. »Ich habe ihn bei einer Schlammpfütze gesehen. Zusammen mit einem *Delias eucharis*. Den habe ich auch, wenn Sie ihn sehen wollen.«

Frederic starrte das Glas an und warf ihr dann einen Bick zu. »Sie müssen sich irren. Die Art hält sich nicht an Pfützen auf.«

»Ich weiß, was ich gesehen habe. Aber wenn Sie ihn nicht wollen, füge ich ihn meiner eigenen Sammlung hinzu.«

Frederic schüttete den Inhalt seines Bechers ins Feuer, zuckte mit den Schultern und sagte: »Sie können ihn behalten. Wenn es wirklich ein *Delias eucharis* ist, ist er zu gewöhnlich, um damit Platz im Buch zu verschwenden.« Er hielt den *Chliaria othona* hoch. »Aber der hier kommt auf jeden Fall hinein! Sehen Sie zu, dass Ihre Abbildung ihm gerecht wird.«

Als er die Männer zusammengetrommelt hatte und sie alle im Wald verschwunden waren, rief Nora Sita zu sich, die am Feuer Stöcke in geometrischen Mustern arrangiert hatte. »Bring das bitte in mein Zelt zurück. Später zeige ich dir, wie man den Schmetterling montiert.«

Sita strahlte, nahm das Glas von Nora entgegen und lief los. Noras liebste Erinnerung war, wie ihr Vater sich über sie gebeugt und ihr gezeigt hatte, wie man Insekten montierte. Genauso würde sie es mit Sita machen, damit sie über das Meer hinweg miteinander verbunden bleiben würden, wenn Nora abgereist war.

Nora rieb sich die Stirn. Was würde Sita machen, wenn sie nicht mehr hier war? Vorher musste sie einen sicheren Ort für das Mädchen finden. Aber noch war ja nicht einmal die Hälfte ihres sechsmonatigen Aufenthalts in Indien verstrichen. Sie hatte noch Zeit.

Pallavi ging von Zelt zu Zelt und sammelte Schmutzwäsche in einen Korb, den sie auf dem Kopf trug. Dann machte sie sich auf den Weg zum Fluss. Nora wünschte, sie könnte sich auf die Hilfe von Sitas Tante verlassen, aber sie wusste, dass Pallavi nicht das Risiko eingehen würde, ihre Göttin zu verärgern, um Sita vor dem Eid ihres Vaters zu bewahren.

Sita streckte den Kopf aus Noras Zelt. »Können wir ihn malen, Akka? Jetzt gleich?«

Es gab nichts, was sie sonst zu tun hatten. Am Tag zuvor hatte Sita Stunden damit verbracht, Noras Notizen in winzigen, gleichmäßigen Buchstaben abzuschreiben. Keine Verzierungen, keine schwungvollen Linien. Nur ordentliche Lettern und perfekte Abschriften ihrer Beobachtungen. Sie hatte sich eine interessantere Aufgabe redlich verdient.

»Also gut.«

Nora legte Papier auf den Tisch und holte ihre Kästen mit Aquarellfarben aus ihrem angestammten Platz in den gestapelten Kisten.

Sita trat aus dem Zelt, zwei Gläser fest in den Händen. Als sie bei Nora war, presste sie die Nase an das Glas mit dem *Chliaria othona* und musterte den Schmetterling, der darauf wartete, mithilfe von Farben unsterblich gemacht zu werden.

»Willst du den anderen auch malen?« Nora zeigte mit dem Pinsel auf das zweite Glas.

Sita zuckte mit den Schultern. »Das stand auf dem Tisch. Aber diese Sorte sehe ich ständig. Die ist nicht so besonders, oder?«

Nora lächelte und nahm das Glas. Sie schraubte den Deckel ab und holte mit einer schmalen Pinzette den Schmetterling heraus, um ihn bereitzulegen. »Nur weil etwas häufig vorkommt, bedeutet das nicht, dass es nichts Besonderes ist.« Behutsam breitete sie die Flügel des Falters aus, damit die leuchtenden Farben vollständig zur Geltung kamen. Obwohl sie nicht ganz so leuchtend waren, wie sie sie in Erinnerung hatte. Die Flügel dieses Exemplars waren ein wenig blass. »Sieh mal, wie hübsch er ist! Er hat entzückende orangefarbene Punkte.« Sie drehte den Schmetterling um und zeigte auf die Markierungen. »Sieh mal, sie sind pfeilförmig …« Sie blinzelte. Etwas stimmte nicht.

Sita kicherte. »Die sehen aber nicht aus wie Pfeile!«

Noras Herz machte einen Satz und sie breitete den Hinterflügel so weit aus, dass er sich vom Vorderflügel löste. Dies war kein *Delias eucharis*.

Sita rüttelte an Noras Arm. »Was ist denn, Akka?«

»Ich weiß nicht …«

Was ist das? Nora war kein Schmetterling bekannt, der den *Delias eucharis* nachahmte. Ihr Vater hatte einen in seiner Sammlung gehabt, den ein Freund aus Asien ihm geschickt hatte. Sein Hinterflügel war schmaler gewesen als dieser und er hatte eindeutig pfeilförmige orangefarbene Punkte am Flügelrand gehabt. Jahrelang hatte sie über den Insektenbüchern ihres Vaters gebrütet, doch diesen Schmetterling hatte sie noch nie gesehen.

»Komm mit, Sita!«

Mit geschickten Fingern nahm Nora den Schmetterling vom Tisch und hielt ihn vorsichtig in der Hand. Sie lief in die Hütte. Drinnen legte sie den Schmetterling behutsam auf den Tisch und kramte in dem Stapel Bücher, bis sie den Katalog asiatischer Insekten fand. Rupert Mills hatte sie noch nie im Stich gelassen. Mit diesem Buch hatte sie auch die Raupe bestimmen können, die Owen ihr gezeigt hatte.

Sie schlug die Seite mit dem *Delias eucharis* auf und sank auf einen wackligen Stuhl, das Buch auf dem Schoß, den Schmetterling daraufgelegt. Obwohl ihr Schmetterling der Illustration ähnelte, gab es offensichtliche Unterschiede.

Nora schlug sich die Hände vor den Mund, um einen kleinen Aufschrei zu unterdrücken.

Sita, die über Noras Schulter geblickt und die schönen Bilder seufzend betrachtet hatte, zuckte zusammen. »Akka?«

»Ach, ist das wunderbar!«

»Was?«

Nora platzierte den Schmetterling mit zwei Fingern auf ihrer Handfläche, sodass Sita ihn besser sehen konnte. Das hier würde alles verändern. Hiermit würde sie das Stipendium erhalten und Lucius würde ihr die Zeitschrift überlassen müssen.

»Sita«, sagte sie und ihre Stimme bebte vor Freude über einen sich erfüllenden Traum, »wir haben eine neue Spezies entdeckt!«

Kapitel 19

»Ich würde am liebsten tanzen, Sita!«

Nachdem sie den Überraschungsschmetterling gemalt hatten – sie waren nun beide der Meinung gewesen, dass er spannender war als der andere –, hatten sie zu Mittag übrig gebliebenes Fladenbrot und Papayas gegessen, die so saftig waren, dass ihnen der klebrige Saft übers Kinn gelaufen war. Zufrieden und schläfrig lagen sie jetzt auf einem dicken Teppich aus Gras. Nora verschränkte die Arme hinterm Kopf und starrte zum blauen Himmel hinauf, der nur von grauen Schleierwolken über den Westghats in der Ferne getrübt wurde. Die Sonne war noch nicht von diesem Schleier erfasst worden, schien mit freundlichem Gesicht auf sie herab und tauchte alles in ihr Lächeln.

»Dann tanz doch.«

Wäre das nicht wundervoll? Zu tanzen, wenn einem danach zumute war, anstatt dann, wenn es von einem erwartet wurde. Nora stellte sich vor, was ihr Stiefvater sagen würde, wenn sie gegen die Konventionen verstieß und einen Stepptanz vollführte, nur weil die Freude, die durch ihre Adern strömte, das Bedürfnis in ihr weckte, sich zu bewegen.

Was soll's … »Ich glaube, das mache ich.«

Nora stand auf, gefolgt von Sita, und zog ihren Rock bis zu den Knien hoch. Dann zählte sie im Kopf den Takt und drehte sich schnell im Kreis.

Sita lachte und klatschte in die Hände.

Nora wirbelte herum, sodass die Zelte, die Bäume, das Feuer und die Hütte verschwammen, als wäre sie mit einem nassen Pinsel durch ihre gesamte Farbpalette gefahren. Ganz außer Atem stützte sie schließlich die Hände auf die Knie und keuchte.

Sita klatschte weiter. »Sing, Athai!«, rief sie Pallavi zu, die gerade in der Sonne die Wäsche zum Trocknen ausbreitete.

Pallavi blinzelte, doch dann zuckte sie mit den Schultern und stimmte eine hohe Melodie an.

Sita schwenkte die Arme überm Kopf und mit ruckartigen kleinen Gesten bewegten ihre Hände, Arme, Brust, Hüfte und Beine sich im Rhythmus des Liedes. Ihre nackten Füße stampften auf dem Boden. Ihre weißen Zähne strahlten zwischen ihren Grübchen und mit jedem Wippen und Schnipsen ihrer Finger warf sie Nora Freude zu.

»Tanz mit mir!« Sita tänzelte mit schwingenden Hüften um Nora herum und fasste Noras Ellbogen mit den Händen. Es bedurfte nur geringer Anleitung und Noras Haltung spiegelte die von Sita. Vielleicht sah sie jetzt so aus wie eines der weiblichen Reliefs, die sie im Hafen in den Steinmauern gesehen hatte, als sie in Madras an Land gegangen waren.

Nora tat so, als trüge sie ein bauchfreies Oberteil und einen leuchtend grünen Sari – wie schockierend! –, und machte mit den Armen Wellenbewegungen, die sie an die Fortbewegung von Raupen erinnerten. So fließend und natürlich.

Vielleicht hat Gott uns ja dazu geschaffen, uns so zu bewegen. Nicht mit den genauen, steifen Schritten eines Walzers.

Sie wusste, dass sie entsetzt sein sollte über ihre unkonventionellen Gedanken und erst recht über die Art, was sie hier mit ihrem Körper tat. Aber sie wünschte nur, sie könnte ihr Korsett und die erdrückenden Kleiderschichten ablegen. Spüren, wie die Sonne ihre Arme erwärmte und der Wind ihren Oberkörper umschmeichelte.

Die Aufregung ihrer morgendlichen Entdeckung summte in ihrem ganzen Körper, bewegte ihre Finger und Handgelenke, ihre Füße und Knie. Während sie die Schultern kreisen ließ und mit den Wimpern klimperte wie Sita, gab Nora sich ihren Gefühlen hin, vielleicht zum ersten Mal in ihrem Leben, und genoss den kurzen Augenblick, in dem sie einfach nur sein konnte.

Mit geschlossenen Augen fühlte Nora, wie sie von Pallavis Lied fortgetragen wurde; die Melodie hatte sich irgendwie mit ihren Bewegungen vermischt. Sie hörte weder den Wind, der die Blätter der Bäume zum Rascheln brachte, noch Sitas leichte Schritte. Sie spürte nichts außer der schieren Freiheit, am Leben zu sein, wo sie in diesem Augenblick war, während sie Gottes Segen genoss.

Bis Sita kicherte und sie am Arm zog. Da öffnete Nora die Augen und sah, dass Owen sie von der anderen Seite des Zeltlagers aus beobachtete.

Er starrte sie mit offenem Mund an, die Stirn glänzend vor Schweiß.

Nora erstarrte, die Arme noch in der Luft und die Hüfte zur Seite geschwungen. »Was machst du denn schon wieder hier?«

»Mir geht es nicht gut.« Er machte einige Schritte auf sie zu und hob die Hand. »Du bist unglaublich!«

Dann sackte er zusammen.

Die Kerze flackerte und warf einen langen Schatten an die Zeltwand. Owen lag fiebernd und rastlos in seinem Bett, stöhnte und warf den Kopf auf seinem kleinen flachen Kissen hin und her. Nora tauchte ein Tuch in eine Schüssel mit kühlem Wasser, drückte den Lappen aus und legte ihn auf Owens Stirn. Sie veränderte ihre Position auf dem winzigen Klapphocker und öffnete den obersten Knopf ihrer Bluse. Während sie mit den Fingern unter ihrem Schlüsselbein entlangfuhr, blickte sie zum Zeltdach hinauf, auf das ein heftiger Regenguss niederprasselte. Vielleicht würde er gegen die Hitze helfen. In Owens Zelt war es wie im Höllenfeuer. Nora war der Ansicht, dass frische Luft Owen dienlicher wäre, als hier drinzubleiben, aber Frederic weigerte sich, ihn in die Nähe der anderen zu lassen, damit die Krankheit sich nicht ausbreitete. Wenn sich der Krankheitsverlauf wie bei William und Leonard entwickelte, würde Owen mindestens eine Woche lang nicht arbeiten können.

Nora sah zu, wie Owens Brustkorb sich unter der leichten Decke nur schwach hob und senkte, und hätte am liebsten die Hand auf sein Herz gelegt. Gespürt, wie kräftig es unter ihrer Berührung schlug.

Sie tauchte die Finger in die Schüssel und berührte damit ihre Stirn, sodass das Wasser über ihre Nase lief und auf ihren Schoß tropfte.

»Es tut mir leid.« Owens Stimme war völlig kraftlos.

Nora stellte die Schüssel beiseite und ergriff seine klamme Hand. »Was tut dir leid?«

»Dass ich krank geworden bin, als du mich am meisten gebraucht hast.« Seine Augen hatten einen fiebrigen Glanz und sie wusste nicht, ob es nur an seiner Krankheit lag oder an seinen Gefühlen für sie.

»Ich werde immer noch da sein, wenn es dir wieder besser geht.«

Er lächelte und schloss dann die Augen.

Sie wachte weiter bei ihm. Der satte Duft des Regens strömte ins Zelt und Nora blickte über ihre Schulter. Swathi stand im Eingang.

»Darf ich hereinkommen?«

Nora zeigte auf Owen. »Er ist krank. Ich bin nicht sicher, was es ist – Malaria oder irgendeine Infektion.«

Swathi zog die schmalen Schultern hoch. »Es spielt keine Rolle. Ich habe schon Schlimmeres überlebt.«

Nora durchquerte das Zelt und zog einen zweiten Stuhl ans Bett. »Setz dich zu mir. Bist du durch den Regen gelaufen?«

»Ich war gerade angekommen, als die ersten Tropfen gefallen sind. In ein paar Stunden wird es wieder aufhören.« Swathi setzte sich. »Ich habe von der Krankheit gehört, die das Lager heimgesucht hat, und wollte mich vergewissern, dass du nicht erkrankt bist.«

Nora schüttelte den Kopf. »Nein, mir geht es gut. Zuerst waren es Leonard und William, dann Frederic und jetzt Owen.«

Swathi atmete erleichtert auf und ihre Schultern entspannten sich. »Da bin ich froh. Ich habe mir Sorgen gemacht. Indien macht Europäern oft schwer zu schaffen.«

Nora sah zu Owen hinüber, der alle viere von sich gestreckt hatte und sich rastlos hin und her warf. »Hoffentlich erholt er sich schnell. Er ist stark.«

»Was sind die Symptome?«

»Erbrechen, Lethargie, Schwindel. Er und auch die anderen haben über Schmerzen geklagt.«

Swathi wurde blass und sie stand auf. Mit geschickten Fingern öffnete sie die Knöpfe an Owens Hemd und zog den Kragen herunter. Dann seufzte sie und sank wieder auf ihren Stuhl. »Kein Ausschlag.«

»Nein. Keiner von ihnen hatte welchen.«

»Das ist gut. Das war eines der ersten Symptome bei Lukose und mir, als wir Typhus hatten.« Sie schüttelte den Kopf, um die Schatten zu vertreiben, die ihre Augen verdunkelten. »Wie geht es deiner kleinen Freundin?«

Nora strich sich über den Nacken und drehte die Locken, die sich aus ihrem Knoten gelöst hatten, zwischen den Fingern. Owen war vor zwei Tagen krank geworden und sie hatte Pallavi angewiesen, Sita nicht herkommen zu lassen, bis er das Schlimmste hinter sich hatte. Sie wollte das Mädchen nicht dem aussetzen, was drei erwachsene Männer niedergestreckt hatte. Und sie wollte auch nicht, dass Sita schutzlos Frederic ausgesetzt war.

»Ihre Lage hat sich nicht geändert«, sagte Nora. »Ich glaube sogar, dass sie die Aufmerksamkeit eines Menschen auf sich gezogen hat, der ihr Böses will.«

Ein schmerzlicher Ausdruck huschte über Swathis Gesicht. »Den Gedanken kann ich nicht ertragen. Hast du überlegt, wo sie sicher sein könnte, bis sie nach Madurai geht?«

»Darüber habe ich noch nicht nachgedacht, nein. Wohin könnte sie denn gehen?«

Swathi blickte sich um, obwohl außer Owen niemand in der Nähe war, und der schlief so tief wie ein Falter während der Puppenruhe. »Ich habe mit meinem Mann über sie gesprochen und wir sind bereit, ihr ein Zuhause zu geben, solange es nötig ist.« In Swathis hastigen Worten und ihrer grimmigen Miene schwang Verzweiflung mit. Und zugleich ein kleiner Hoffnungsschimmer. In ihren Augen brannte etwas, das Nora gut verstand – das Bedürfnis, nützlich zu sein. Geschätzt zu werden. Gebraucht zu werden.

Wie viel schwieriger war es für eine Mutter ohne Kind?

Sie nahm Swathis Hand. »Danke, meine Liebe. Ich werde es im Hinterkopf behalten. Es beruhigt mich zu wissen, dass Sita eine Zeit lang an einem sicheren Ort leben kann, wenn es erforderlich wird.«

Swathi öffnete den Mund, schloss ihn aber schnell wieder und biss die Zähne zusammen.

»Gibt es etwas, was du mir sagen willst?«, fragte Nora.

In den Augen ihrer Freundin glänzten unvergossene Tränen. »Du sollst nur wissen, dass ich mich um ihre Bedürfnisse kümmern werde – körperliche und emotionale. Ich habe so viel Liebe, die ich geben könnte, und niemanden, den ich damit überschütten kann.« Swathis Blick wanderte zu Owen und sie faltete die Hände auf ihrem Schoß.

Nora fragte sich, ob Swathi und ihr Mann vielleicht genau das waren, was Sita brauchte.

Schon jetzt war offensichtlich, dass Sita genau das war, was Swathi brauchte.

Kapitel 20

Nora schlich mit einem Baumwollfrotteehandtuch im Arm aus dem Lager, nur die Sterne als Zeugen. Vier Tage und Nächte lang hatte sie bei Owen gesessen, ihm das Gesicht gekühlt und ihm lauwarmes Wasser gereicht. Tausend Mal hatte sie seine Stirn befühlt und ihm versichert, dass sie es auch gerne weitere tausend Mal tun würde. Gestern hatte er sich dann kräftig genug fühlt, um im Bett zu sitzen und ein wenig in den Büchern zu lesen, die Frederic aus England mitgebracht hatte.

Nun, wo sie sicher war, dass Owen sich auf dem Weg der Besserung befand, und nachdem sie die Katzenwäschen und das unangenehme Gefühl ungewaschener Haut leid war, hatte Nora beschlossen, die Quelle zu suchen, von der er ihr berichtet hatte.

Sie schlich einen kleinen Hang hinunter und fand den Bachlauf versteckt hinter einem Wirrwarr aus Myrte und Mahagonibäumen. Das blasse pfirsichfarbene Licht der Morgendämmerung durchdrang den Nebel, in den die Berge um sie herum gehüllt waren, und vermittelte Nora das Gefühl absoluten Alleinseins. Niemand würde sie hier stören, abgesehen von den singenden Zikaden und der uralten Shola, die immer dichter wurde, je weiter sie vordrang.

Keine sechshundert Meter vom Lager entfernt – zu dicht an der Zivilisation, als dass Tiger hier ihr Unwesen trieben, aber weit genug entfernt, dass sie für sich bleiben würde – erreichte sie eine Gruppe verkrüppelter Bäumen, trat durch das Dickicht und befand sich plötzlich in einem Märchenland.

Die Sonne schien durch den Baldachin aus Blättern und warf helle Tupfen auf das Becken, das von einem kleinen Wasserfall gespeist wurde, kaum größer als Nora selbst. Schäumendes Wasser ergoss sich über die Felsen, die der Strom mit den Jahren geglättet hatte. Das Geräusch des Wasserfalls war sanft, ganz anders als das Brüllen der Cascadilla Falls. Ranken kletterten die Bäume hinauf, in denen orangegelbe Vögel saßen, und bohrten ihre Wurzeln in den moosbedeckten Boden, einen Teppich, der den Reisenden zu einer Rast einlud.

Nora stellte sich vor, sie wäre vom Rest der Welt abgeschnitten. Es hätte sie nicht gewundert, wenn sie einem trägen *Yaksha* begegnet wäre, einem Naturgeist mit breiten Hüften, der auf einem Bett aus persischen Veilchen ruhte.

Natürlich glaubte Nora nicht an solche Geister und sie begegnete nur einer Wolke Schmetterlinge der Art *Mycalesis oculus*, die um Haaresbreite an ihrem Gesicht vorbeiflatterten, als sie sie aufschreckte.

Schnell entledigte Nora sich ihrer Kleidung und zog dann ein Stück Rosenseife aus den Falten ihres Handtuchs. Sie tauchte probehalber einen Fuß in das nur knietiefe Wasser, bevor sie sich hineinsetzte. Sie fuhr mit der Seife über Arme, Brust und Bauch und spritzte dann Wasser auf ihren Oberkörper, um sich von dem Schweiß und Jucken einer ganzen Woche zu reinigen. Luftblasen bedeckten die Wasseroberfläche um sie her und trugen den Geruch von Krankheit fort.

Sie stand auf, zog den Vorhang aus Haaren von ihrem Rücken und drehte sich langsam im Kreis, um ihren Zufluchtsort zu betrachten. Sie nahm sich vor, wieder herzukommen. In den stillen Stunden, bevor die Sonne über den Bergen aufging, bevor die Männer aufwachten und Pallavi mit dem Kochen und Waschen begann, würde sie an diesen schönen Platz zurückkehren. Es war viel angenehmer, hier ein kleines Bad zu nehmen, als sich die Haut mit einem feuchten Waschlappen abzureiben.

Ein klatschendes Geräusch zog ihre Aufmerksamkeit zu den Ästen über ihrem Kopf. Keine zwei Meter entfernt verzog ein Hutaffe schmatzend die Lippen und beobachtete sie unter schweren Lidern hervor.

Nora widerstand dem Drang, sich zu bedecken – es war

schließlich nur ein Affe –, und verbuchte diese Erfahrung als eine besondere Erinnerung: ein morgendliches Aufeinandertreffen an einem einigermaßen abgelegenen Elfenteich mit einem Affen, dessen gerunzelte Stirn sie an einen Wissenschaftler erinnerte.

Plötzlich hörte sie jemanden auf ihre Badestelle zurennen und von einem Moment auf den anderen war der kluge, kleine Affe vergessen. Nora eilte aus dem Wasser, packte ihr Handtuch und schlang es sich um den Körper.

»Akka! Akka, wo bist du? Ich brauche dich!«

»Sita?«, rief Nora.

Sita stürzte zwischen den Bäumen hervor und ihre blassen, tränennassen Wangen jagten Nora einen Schrecken ein. Sita lief zu ihr, die Arme ausgestreckt, und vergrub das Gesicht in Noras weichem Handtuch.

»Was ist denn los, Liebes?«

Unterbrochen von Schluckauf sagte Sita: »Meine Blutungen haben angefangen und nächste Woche muss ich arbeiten gehen.« Sie blickte zu Nora auf, ihr sonst so fröhliches Gesicht von Angst überschattet. »Und ich kenne einen Mann, der mich will.«

Noras Magen zog sich zusammen. »Sprichst du von Frederic?«

Sita runzelte die Stirn. »Nein, Frederic hasst mich. Warum sollte er …?«

»Du warst so zornig, als ich ihm die Schmetterlinge zeigen wollte, da dachte ich, er müsste etwas Schreckliches getan haben, dass du so reagierst.«

»Er *hat* auch was Schreckliches getan! Meine große Schwester Madhavi hat ein Kind von ihm bekommen. Madhavi dachte, er würde sie heiraten, aber das hat er nicht. Einen Monat, bevor du gekommen bist, wurde das Baby geboren.« Eine Traurigkeit, noch tiefer als die über ihre eigene Zukunft, lag in ihren Augen und Tränen hingen an ihren Wimpern. »Ich habe das Baby zu ihm gebracht, aber er hat sich nur weggedreht. Mein Vater hat die Kleine in den Wald gelegt, um sie dort sterben zu lassen. Sie war so schön, Akka. Ihre Haut war ganz golden und sie hatte viele schwarze Locken.«

Als Noras Vater in den Wasserfall gestürzt war, war ihr ganzer Körper erstarrt und sie war für lange Augenblicke wie gelähmt gewesen. Sie hatte sich nicht bewegen können. Nicht denken können. Genauso fühlte sie sich jetzt.

Frederic hatte zugelassen, dass sein Kind getötet wurde.

Und die arme Sita hatte versucht, es zu verhindern.

Nora zog sie wieder in ihre Arme, drückte Sitas zitternde Gestalt an sich und legte das Kinn auf ihren Kopf. »Es tut mir leid. Furchtbar leid.«

Sie weinten nun beide. Nora hatte zu Hause ihrem Schmerz so lange nicht mehr mit Tränen Ausdruck verliehen, doch etwas an Indien zog jede unterdrückte Traurigkeit, jedes lang verdrängte Leid aus ihr heraus und zerrte daran, bis sie gezwungen war, sich damit auseinanderzusetzen.

Es zu erfahren.

Und diesmal wollte sie ausnahmsweise ihren Kummer zulassen. Sie wollte die Ungerechtigkeit einer Welt betrauern, in der liebende Väter vor den Augen ihrer Kinder starben, gleichgültige Väter ihre Babys nicht retteten und verzweifelte Väter ihre Töchter Göttern opferten und sie damit verderbten Männern überließen.

Und mit dem Kummer kamen die Bienen. Sie summten und schwärmten, bis Nora glaubte, sie würden sie verschlingen.

Als Nora und Sita ins Lager zurückkamen, ging am Horizont gerade die Sonne auf. Noch durchbrach das Schnarchen der Männer die Stille und Pallavi war nirgends zu entdecken. Nora steckte ihre Haare hoch, während sie zu Owens Zelt ging, um nach ihm zu sehen.

Er saß aufrecht im Bett, seine Bibel auf dem Schoß und Farbe auf den Wangen.

»Du bist wach.« Nora trat zu ihm und legte eine Hand an sein Gesicht. »Und es geht dir besser.«

Owen hielt ihre Hand an seinem Gesicht fest. »Das habe ich dir zu verdanken. Es kann sein, dass ich die meiste Zeit im Delirium verbracht habe, aber ich habe gespürt, dass immer jemand bei mir war.«

Nora errötete und wollte die Hand fortziehen, aber er drückte seine Lippen darauf und sie erschauerte. Sein Blick heftete sich auf ihren Mund.

Er konnte sie jetzt nicht küssen! Sie musste Sita aus dem Lager bringen, bevor die Männer erwachten und Pallavi mit ihren Adleraugen sie erspähte. Nora setzte sich auf Owens Bettkante. Sie brauchte einen Verbündeten.

»Hat Sita dich gefunden?«, fragte er. »Sie hat vorhin nach dir gesucht und ich habe ihr gesagt, dass ich vor nicht allzu langer Zeit mitbekommen habe, wie du dich aus dem Lager geschlichen hast.«

»Ja.« Sie schluckte. »Wenn Frederic wach wird, kannst du ihn dann beschäftigen, bis er sich an die Arbeit macht? Und sag ihm nicht, dass ich nicht hier bin.«

Owen runzelte die Stirn. »Wo willst du denn hin?«

»Das spielt keine Rolle. Ich bin einfach nicht hier. Aber er soll das nicht wissen.«

»Ich werde nicht für dich lügen, Nora, so sehr ich dich auch ...« Er wandte kurz den Blick ab und schluckte dann. »So sehr ich dich auch mag.«

Ein zartes Glücksgefühl umfing sie. Er mochte sie, liebte sie vielleicht sogar – hatte er das etwa sagen wollen? – und sie wollte neben ihm sitzen und in diesem Wissen schwelgen.

Aber nein. Nicht jetzt.

Sie stand auf. »Du brauchst nicht zu lügen. Lenk ihn nur so lange ab, dass er mich nicht ruft. In mein Zelt wird er nicht gehen.«

»Ich wünschte, du würdest mir sagen, was du vorhast. Vielleicht kann Frederic dir helfen.«

Sie schnaubte – etwas, was ihre Mutter entsetzt hätte. »Frederic ist der letzte Mensch, den ich um Hilfe bitten würde.« Sie beugte sich über Owen und steckte die Bettdecke um seine Taille fest. »Er hat nicht getan, was ich dachte.« Sie ignorierte seinen Seufzer der Erleichterung. »Aber er hat sich etwas anderes, nicht weniger Schlimmes zuschulden kommen lassen.« Sie ließ ihre Hand einen Moment lang auf Owens Brust liegen und eilte dann aus dem Zelt, weil sie Sita in Sicherheit bringen wollte, bevor Yellamma ihren Anspruch anmeldete.

Als Nora und Sita eine halbe Stunde später in Kodaikanal ankamen, erwachte die Stadt gerade aus ihrem Schlummer. Obsthändler mit Papayas und Bananen auf klapprigen Wagen polterten durch die Straßen und priesen ihre Waren an. Drahtige Männer zogen zweirädrige Karren hinter sich her und streunende Hunde kläfften und schnappten nach Passanten.

Am Ende des Lärms, abseits in einer stillen, von Kreppmyrte gesäumten Straße, fand Nora Swathis uriges Haus wieder. Sita fröstelte an ihrer Seite und zog das Ende ihres Davanis von den Schultern, um ihren Kopf zu bedecken.

»Du brauchst keine Angst zu haben«, sagte Nora. »Du wirst Swathi mögen. Sie ist sehr lieb.«

Aber nicht Swathi machte die Tür auf, sondern Charan. Sein Blick huschte von Nora zu Sita und etwas wie Bestürzung erschien auf seinem Gesicht. »Das muss das Kind sein, von dem Swathi mir erzählt hat.«

Nora nickte und hoffte, dass sie Sita hiermit wirklich einen Gefallen tat. Charan sah nicht so aus, als teile er Swathis Wunsch zu helfen.

Er seufzte und hielt die Tür auf. »Kommt herein.«

Nora folgte ihm und Sita folgte ihr. Er führte sie in ein kleines Wohnzimmer gegenüber dem großen Salon, das mit einem Teppich in Gold und Rot und mit Rattan-Sofas ausgestattet war.

Swathi sprang von ihrem Platz im Alkoven unter einem Eckfenster auf und kam auf sie zu. Nora stellte Sita vor, die unter ihrer Kopfbedeckung hervor schüchtern zu Swathi aufblickte.

»Sita braucht einen sicheren Ort, bis wir sie nach Madurai bringen können«, sagte Nora.

Swathi streckte Sita die Hände entgegen und das Mädchen nahm sie. Swathi musterte sie eindringlich. »Vanga vanga ulla vanga.«

Bei der Begrüßung auf Tamil leuchtete Sitas Gesicht auf und ein regelrechter Wortschwall kam über ihre Lippen.

Swathi sah Nora an. »Sie kann so lange bleiben, wie es nötig ist.«

»Dann wirst du dich mit deiner Bekannten in Verbindung setzen? Ich habe Angst, dass man Sita findet.«

»Ja, wenn es an der Zeit ist.«

Nora runzelte die Stirn, weil sie ziemlich sicher war, dass es *jetzt* an der Zeit war. Swathi führte Sita an der Hand zu einem der Sofas und sie setzten sich auf die Kissen. Gleich darauf steckten sie die Köpfe zusammen und Swathi flüsterte Worte des Trostes. Es sah aus, als hätten sie ihr ganzes Leben zusammen verbracht. Noras Magen zog sich zusammen und sie biss sich auf die Unterlippe.

Charan trat neben sie. »Wir werden dafür sorgen, dass es ihr gut geht.« Er beobachtete seine Frau einen Moment lang und ein vorsichtiger, nachdenklicher Ausdruck erschien in seinen Augen. »Ich werde Kontakt mit der Frau aufnehmen, die *Malarkal Vitu* führt – der Name bedeutet ›Haus der Blumen‹ –, und sage Bescheid, wann Sita aufgenommen werden kann.«

Auf der anderen Seite des Zimmers hielt Swathi Sitas Hand und erzählte von ihrem Garten zu Hause, in dem sie Orchideen und blühende Ranken gepflanzt hatte. Sie zog ein paar Jasminblüten aus einer Vase, die auf einem Tisch in der Nähe stand, und flocht sie zu einer Krone. Sita blickte zu ihr auf und Swathi setzte ihr den Blumenkranz auf den Kopf.

»Lukose war unser einziges Kind und wird es auch immer bleiben.« In Charans Stimme lag eine Schwere, von der Nora hoffte, dass sie selbst sie nie würde erleben müssen. »Ihn zu bekommen, hätte Swathi beinahe umgebracht.«

»Bei meiner Mutter war es genauso.«

Charan sah sie an. »Es muss schwierig für sie sein, dass Sie am anderen Ende der Erde sind.«

»Sie hat ihren Mann.«

Er schüttelte den Kopf und seufzte. »Das ist nicht ganz dasselbe.«

Kapitel 21

Ich wünschte, du würdest nach Hause kommen, Liebling. Ich vermisse dich.

Nora las die elegant geschwungenen Worte auf dem nach Flieder duftenden Briefpapier noch einmal. Ihre Mutter musste sie kurz nach Noras Abreise geschrieben haben. Wie ging es ihr wohl jetzt, beinahe drei Monate später?

War das, was Charan gesagt hatte, wahr? Vermisste ihre Mutter sie ebenso sehr, wie Swathi den armen Lukose vermisste? Aber Nora konnte zurückkehren und das wusste ihre Mutter. Vielleicht war das ein Trost.

Sie faltete den Brief zusammen und schob ihn wieder in den Umschlag. Sie würde später antworten. An diesem Morgen wollte sie Sita und Swathi besuchen, wenn die Männer gegangen waren, und anschließend den Nachmittag damit verbringen, den Mimikry-Schmetterling zu suchen. Sie musste diese Spezies beobachten, bevor sie ihren Fund präsentieren konnte. Bevor sie der Art einen Namen gab. Und sie würde ihr einen Namen geben, denn sie war sicher, dass noch niemand sie entdeckt hatte.

Der raue Klang einer brüllenden Männerstimme erklang draußen und Nora ließ den Brief fallen und eilte aus ihrem Zelt. Pallavi hielt einen Fremden am Arm fest und sprach leise, aber eindringlich auf ihn ein. Er stieß sie fort und schrie sie an, während er wild mit den Händen gestikulierte und die anderen Männer aus ihren Zelten kamen. Leonard und William traten neben Nora, aber Mr Steed blieb im Hintergrund und paffte seine Pfeife.

»Wo ist Owen?«, fragte Nora Leonard, ohne den Mann aus den Augen zu lassen.

Er zuckte mit den Schultern. »Was ist los?«

»Ich habe keine Ahnung.«

Frederic schlug die Klappe vor seinem Zelteingang zur Seite, die Ärmel seines Baumwollhemdes aufgekrempelt. Er war so lässig gekleidet, wie Nora ihn noch nie gesehen hatte. Als er den Mann sah, wurde er blass. Er schluckte und sein Adamsapfel hüpfte. »Muruga.«

Der Mann wandte sich um und wurde ganz rot im Gesicht. »Eine meiner Töchter hast du schon ruiniert. Musst du meine ganze Familie ins Verderben stürzen?«

Pallavi schluchzte und fing an zu kreischen und zu stöhnen.

Frederic fuhr mit dem Arm wie mit einem Messer durch die Luft. »Sei still.«

Pallavi sank zu Boden, vergrub das Gesicht in den Händen und wiegte sich vor und zurück. William ging zu ihr, kniete sich hin und tätschelte ihr den Rücken. Nora wollte sich gerade zu den beiden gesellen, als sie Owen nach draußen kommen sah, seine Finger noch damit beschäftigt, die Hemdknöpfe zu schließen. Er stieg über die Spannleinen seines Zelts und ließ den Mann nicht aus den Augen, während er zu Nora herüberkam.

»Wer ist das?«, fragte er.

Sie musterte den wütenden Besucher – seine dicken Augenbrauen, die breite Nase und die Form seines Gesichts – und es bestand kein Zweifel mehr, wer da vor ihnen stand. Er sah aus wie eine ältere, männliche Version von Sita.

»Sitas Vater.«

Frederics Stimme wurde lauter: »Ich weiß nicht, wovon du redest!«

»Sita. Sie ist seit Donnerstagmorgen fort.« Muruga ging auf Frederic zu. Er war zwar einen halben Kopf kleiner, aber kräftig gebaut und mit seinem bedrohlichen Blick wahrlich einschüchternd.

»Ich kann dir nicht sagen, wo sie ist. Ich hatte nichts mit ihr zu tun, außer dass wir sie auf eine Exkursion in die Shola mitgenommen haben, und Pallavi hat gesagt, dazu hätte sie die Erlaubnis gehabt.« Frederic sah sich mit suchendem Blick um, bis er Nora entdeckte. »Haben Sie sie gesehen?«

Nora wurde erst heiß, dann kalt, und ihre Hände schwitzten.

Muruga stapfte auf sie zu. »Wo ist meine Tochter?«

Nora straffte die Schultern und reckte das Kinn vor, aber sie zitterte trotzdem. Sie suchte in Murugas Blick nach Reue, Liebe, Schmerz – irgendetwas, das sie davon überzeugen würde, dass sie ihm erzählen konnte, wo Sita war –, aber sie sah in seinen Augen nichts als Wut und Angst. »Ich habe sie seit Tagen nicht mehr gesehen.«

Die Adern an Murugas Hals traten hervor und sein Gesicht rötete sich noch mehr. Schweiß stand ihm auf der Stirn. »Jemand hat gesehen, wie sie am Donnerstagmorgen mit einer ausländischen Frau nach Kodaikanal gegangen ist! Wo ist sie?«

Noras Herz stockte. Sie verschränkte die Arme und umklammerte ihre Ellbogen. Dann sagte sie noch einmal, diesmal im Flüsterton: »Ich habe sie nicht gesehen.«

Muruga stieß einen kehligen Schrei aus, packte ihren Unterarm und riss so heftig daran, dass der Schmerz bis in ihren Nacken schoss. »Wo ist sie?«

Owen stürzte auf Muruga zu. »Lass sie sofort los!« Er streckte die Hände aus, packte Murugas Handgelenk und verdrehte es so heftig, dass Muruga aufschrie und Noras Arm freigab.

Nora wankte zurück und Leonard fing sie auf. Sie starrte auf die roten Fingerabdrücke auf ihrer Haut. Die Bienen summten, stießen von innen an ihre Zähne und wollten sie zwingen, ihnen nachzugeben. Mit zusammengekniffenen Augen sah sie Muruga an, den Owen immer noch festhielt. Die Bienen entkamen ihr, jede als ein hartes, bestimmtes Wort: »Nein. Ich werde es Ihnen nicht sagen und sie wird nicht Yellamma geweiht.«

Owen riss die Augen auf.

Frederic stöhnte. »Was haben Sie getan, Nora?«

Leonard verstärkte seinen Griff, eine fast unmerkliche Unterstützung, die sie die Schultern straffen und das Kinn heben ließ.

»Kommen Sie nicht noch einmal her!«, sagte Owen drohend.

Er stieß Muruga in Pallavis Richtung und bedeutete Nora mit

einer Kopfbewegung, ihm zu folgen. Die anderen schlossen sich ihnen an und Pallavi setzte ihr klagendes Jammern fort, als sie alle in die Hütte gingen.

Nora begab sich in die hintere Ecke, wo das Sonnenlicht zwischen den verzogenen, groben Holzbalken hindurchschien. Sie drückte die Stirn fest an die Wand und drehte sich erst um, als die Schritte hinter ihr verstummten. Nur Mr Steeds gleichmäßiges Paffen durchbrach die Stille. Sie sah zuerst ihn an, denn seine Meinung bedeutete ihr am wenigsten. Er neigte nur seine Pfeife in ihre Richtung und blies ringförmigen Rauch in die Luft.

William ging ein paar Schritte auf sie zu. »Hat er Ihnen wehgetan? Ihr Arm!«

Sie legte die Hand über die verblassenden Abdrücke. »Mir geht es gut.«

Aber als sie sich umblickte, wusste sie, dass ihre Worte nicht der Wahrheit entsprachen. Eine Erinnerung, so eingestaubt, dass sie sie zwischen all den Bildern vergangener Jahre kaum erkennen konnte, kam an die Oberfläche. Ihr Vater hatte ihren alten Spaniel in den Garten getragen, in eine Decke gewickelt und zitternd vor Schmerzen.

»Ich muss es tun, Bumble Bea. Der Tumor ist zu groß. Manchmal müssen wir einem anderen zuliebe eine schwierige Entscheidung treffen, auch wenn es uns selbst wehtut.«

»Es tut mir leid, wenn ihr meine Entscheidung nicht gutheißt«, sagte Nora, um Frederic zuvorzukommen.

Wider Erwarten schrie er sie nicht an. Vielleicht wäre es sogar weniger beängstigend gewesen, wenn er es getan hätte. Stattdessen sprach er so leise, dass sie sich vorbeugen musste, um ihn zu hören: »Sie haben ja keine Ahnung, was Sie angerichtet haben.«

Seine Worte nagten an etwas am Rande ihres Bewusstseins. Die gleichen Worte, von einer anderen Person gesprochen. Und dann wurde die Situation vor ihrem geistigen Auge klar und Nora erinnerte sich an Lucius' schwelenden Zorn nach dem Abendessen. Ihre Anschuldigungen und Beleidigungen. Seine wütende Reaktion. Das Feuer. Aber diesmal hatte sie keine Wahl gehabt. Diesmal ging es um einen anderen Menschen und nicht um sie selbst. Diesmal hatte sie etwas gewagt, nicht aus Stolz, sondern um ein unschuldiges Kind zu retten.

Frederic sah wütend aus, aber seine zusammengepressten Lippen und seine starre Haltung verrieten noch ein anderes Gefühl: Angst. Wovor? Doch gewiss nicht vor Muruga. Sitas Vater war ein grober Klotz, aber Nora glaubte nicht, dass er tatsächlich einem Mann etwas antun würde, der für das Königshaus arbeitete. Sie warf Owen einen Blick zu, aber der fuhr sich nur mit den Händen durchs Haar und wich ihrem Blick aus.

Sie trat auf Frederic zu und presste die Hände aneinander. Jetzt, wo sie wusste, dass Sita in Sicherheit war, konnte Nora ihr Geheimnis offenbaren: »Ich konnte nicht zulassen, dass er Sita der Göttin Yellamma weiht. Sie ist Christin. Es wäre eine Versündigung gegen Gott. Auch wenn es unserer Arbeit schadet … Es tut mir leid, Frederic, aber das ist sie wert.«

William stellte sich neben sie – ob aus dem Wunsch heraus, sie zu unterstützen oder sie zu beschützen, wusste sie nicht.

Frederic seufzte tief. »Ich habe ja Mitleid mit dem Mädchen, aber wir sind nicht hier, um uns in Vorgänge der indischen Kultur einzumischen. Wir sind keine Missionare, die den Bedürftigen helfen.«

Ihre Wangen wurden heiß und sie hatte einen sauren Geschmack im Mund. »Eine Einmischung ist also akzeptabel, wenn man jemanden schwängert, aber nicht akzeptabel, wenn man Schaden von einem Kind abwenden will?«

Frederic wich zurück, als hätte sie ihn geschlagen. »Von welchem Kind reden Sie?«

Er führte seine Zigarette mit merklich zitternden Fingern an den Mund. Sie ignorierte, wie blass er geworden war. »Von Sita. Und von Ihrem.«

Owen trat neben sie und berührte ihre Schulter. »Nora.« In

seiner Stimme lag eine Warnung, die sie nicht beachtete. Dazu war sie schon zu weit gegangen.

Frederics Blick war eisig. »Wir werden Ihre dumme Bemerkung vergessen und stattdessen darüber sprechen, was Ihr rücksichtsloses Verhalten uns kosten könnte.« Er blickte verächtlich auf sie herab. »Wir sind im Auftrag meiner Königin hier. Meine ganze Karriere hängt davon ab, wie gut ich meine Arbeit mache.« Er schluckte. »Sie wissen, was das meiner Familie bedeutet.«

»Ich wüsste nicht, wie es Ihrer Arbeit schaden sollte, dass ich Sita geholfen habe.« Sie riss sich von Owen los, der ihren Arm ergriffen hatte.

Er beugte sich vor und flüsterte ihr ins Ohr: »Hör ihm zu, Nora.«

Frederic warf seine Zigarette auf den Boden, lehnte sich an den Tisch und verschränkte die Arme. »Was, glauben Sie, wird passieren, wenn die Einheimischen beschließen, dass wir hier nicht länger willkommen sind? Sie haben gewissermaßen eines ihrer Kinder entführt und ihren Glauben und ihre Art zu leben untergraben. Glauben Sie, Muruga ist der Einzige, der Ihr Verhalten anmaßend finden wird?«

Nora grub die Zähne in ihre Unterlippe. Sie hatte richtig gehandelt. Sie hatte ein Kind in Not gesehen und die einzige Gelegenheit ergriffen, die sich ihr geboten hatte, um zu helfen. »Es tut mir leid, dass mein Verhalten uns in Schwierigkeiten bringt, aber ich habe keine andere Möglichkeit gesehen. Alles, was ich wollte, war, Sita in Sicherheit zu bringen.«

Frederic stieß sich von dem Tisch ab. »Sie haben gezeigt, dass Sie nicht in der Lage sind, Autoritäten anzuerkennen, Anweisungen zu befolgen oder ohne Hysterie Feldforschung zu betreiben. Ehrlich gesagt haben Sie meine Erwartungen weder übertroffen noch mich überrascht – aber ich bin dennoch enttäuscht. Einen Augenblick lang, einen kurzen Augenblick, dachte ich, es würde nicht in Tränen enden, eine Frau im Lager zu haben. Ich habe mich geirrt.«

Noras Blick huschte zu Owen in der Hoffnung, er würde sich für sie einsetzen, aber stattdessen sah er sie mit einem gequälten Ausdruck an, der inneren Konflikt und Verzweiflung spiegelte. William ließ den Kopf hängen und Leonard lehnte an der Wand, die Füße gekreuzt und die Augen geschlossen.

Nur Mr Steed brachte ihr mit seinem ruhigen Blick und seinem kurzen Nicken das Mitgefühl und Verständnis entgegen, nach dem sie gesucht hatte. Und sie verstand nicht, warum ausgerechnet er es tat.

Frederic neigte den Kopf und eine steile Furche erschien zwischen seinen Augen. »Niemand könnte es mir verdenken, wenn ich Sie noch heute nach Hause schicken würde.«

Nora streckte flehend die Hände in seine Richtung aus. »Es ist kein Fehler, mich im Team zu haben! Ich kann meinen Wert beweisen. Vor Kurzem habe ich eine neue Spezies entdeckt bei der Schlammpfütze. Ich bin sicher, wenn wir einen Schwarm dieser Schmetterlinge finden und sie studieren, wird es dazu beitragen, dass Ihr Buch herausragend wird.«

Nora hatte nicht vorgehabt, ihm ihre Entdeckung zu überlassen. Sie hatte sie für sich behalten wollen, um sich das Stipendium zu sichern, aber wenn Frederic sie nach Hause schickte, konnte sie jede Hoffnung darauf begraben. Niemand würde sie ernst nehmen und sie konnte den Gedanken, Professor Comstock zu enttäuschen, nicht ertragen. Oder Lucius noch einen Grund zu geben, sie nach Long Island zu schicken. Sie musste ihr Verhalten wiedergutmachen und der Schmetterling konnte das bewirken.

»Bitte«, sagte sie.

Frederic warf einen misstrauischen Blick auf ihre Hände. »Wenn Sie von dem *Delias eucharis* reden, den Sie gefunden haben, habe ich kein Interesse. Dieser Schmetterling wurde vor mehr als hundert Jahren entdeckt und jeder Entomologe in Asien kennt ihn.«

»Es ist ein anderer Schmetterling. Einer, der nur auf den ersten Blick aussieht wie ein *Delias eucharis*.«

Er schnaubte verächtlich. »Es reicht, Nora. Sie können bleiben, aber auf Probe. Ich will nicht, dass Sie ohne meine Erlaubnis in die Stadt gehen. Sie werden lediglich Illustrationen anfertigen und ...«

»Das finde ich ein wenig ...«

»Sie werden tun, was ich sage, oder nach Hause fahren. Dann riskiere ich zwar, Owen zu verlieren, aber er wäre dumm, wenn er für Sie seine Karriere aufgeben würde. Sie werden im Lager bleiben und zeichnen. Und wenn Sie sich an meine Regeln halten, erzähle ich Professor Comstock vielleicht nicht, was für ein Durcheinander Sie hier verursacht haben.« Frederic starrte sie einen Augenblick an und seine dunklen Augen funkelten. »Ich dachte, Sie hätten mehr Verstand.«

Er stapfte zur Tür und blieb noch einmal stehen, ohne sich zu ihr umzudrehen. »Eins noch. Sie werden Muruga sagen, wo Sita ist. Lösen Sie das Problem.« Er nickte den Männern zu, die ihm nach draußen folgten. Alle außer Owen.

Als die Hüttentür zuschlug, berührte er ihren Arm. »Alles in Ordnung?«

Nora schüttelte ihn ab und rauschte an ihm vorbei nach draußen. Sie ging in ihr Zelt, um ihre Tasche und ein Schmetterlingsnetz zu holen und blieb auf dem Weg zum Wald vor Frederic stehen, der sich mit Mr Steed unterhielt. »Darf ich spazieren gehen?«

Frederic machte eine wegwerfende Handbewegung. »Ich vermute, Sie können nicht allzu viel Schaden anrichten, wenn Sie Ihren geheimnisvollen Schmetterling jagen. Aber verlaufen Sie sich nicht. Ich werde nicht kommen, um Sie zu suchen.«

Nora ging auf die Shola zu, sog die schwere Luft in ihre Lungen und ließ ihren restlichen Zorn verrauchen. Sie drang tiefer in die Palani-Berge vor. Immer wieder musste sie mit dem Griff des Netzes die Ranken und belaubten Äste zur Seite schieben.

Es hatte keinen Sinn, sich aufzuregen. Frederic hatte auf die einzige Art reagiert, zu der er fähig war – indem er der Konvention folgte und keinen Ärger machte. Obwohl Nora es für äußerst heuchlerisch von ihm hielt, wenn man bedachte, wie er Sitas Schwester und Nichte behandelt hatte.

Eilige Schritte verrieten ihr, dass sich Gesellschaft ankündigte.

»Warte, Nora!«

Sie seufzte. Nachdem sie in den letzten Monaten so viel Zeit mit Owen verbracht hatte, hatte sie gedacht, er wüsste inzwischen, dass sie nach Auseinandersetzungen lieber allein war. Sie verlangsamte ihre Schritte nicht. Wenn er mit ihr reden wollte, musste er sie zuerst finden.

Sie verließ den Pfad und schlug sich durch die Büsche. Ihre Stiefel sanken tief in die dicke Schicht aus verfaulendem Laub ein. Es roch nach Wasser und der Duft zog sie vorwärts, bis sie an einen kleinen Teich kam, der glänzte wie der Jaspis an der Lieblingsbrosche ihrer Mutter.

Nora wich dem Schlamm am Ufer des Gewässers aus und setzte sich vor einen dürren Baum. Sie streckte die Beine aus und legte das Netz über ihre Knie.

Eines der ersten Dinge, die ihr Vater ihr beigebracht hatte – einem kleinen Kind, das versuchte, im Wald ihrer Heimat mit seinen großen Schritten mitzuhalten –, war, wie man still saß. Ruhig und geduldig. Gleichgültig, wonach sie Ausschau hielt, wenn sie lange genug wartete, würde sie es fast immer zu sehen bekommen.

Vertraut mit dem Verhalten des *Delias eucharis*, hoffte Nora, dass sie den neuen Schmetterling bemerken würde. Wenn es eine gute Mimikry war, könnte es eine Weile dauern, aber da sie Sita und Swathi jetzt ohnehin nicht besuchen konnte, hatte sie Zeit zum Warten.

Hinter ihr raschelte es und gleich darauf ließ Owen sich schnaufend und keuchend neben ihr auf dem Boden nieder. »Ich weiß, dass du mich gehört hast.«

Sie reagierte nicht auf seinen Vorwurf und blickte unverwandt zum flachen Ende des Teiches vor ihnen hinüber. Den Absatz ihres Stiefels in den Matsch gegraben, suchte sie nach leuchtenden

Schmetterlingsflügeln. Aus dem Augenwinkel sah sie, wie Owen die verschränkten Arme auf den Knien ruhen ließ.

»Willst du mich ignorieren?«

»Ich ignoriere dich nicht. Ich arbeite.«

»Ich wünschte, du hättest Sita nicht entführt.«

»Und ich wünschte, du hättest mich verteidigt. Du hast mir gesagt, du würdest uns helfen!«

»Mir war nicht bewusst, dass du sie heimlich wegbringen wolltest. Du hast uns alle in eine ziemlich schwierige Lage gebracht.«

»Sie wollten sie einer Göttin weihen. Einer Göttin, die unerhörte Opfer verlangt. Warum bin ich die Einzige, die sieht, wie verabscheuenswürdig das ist?«

Owen seufzte und drehte sich zu ihr. Sie erwiderte seinen Blick. Es gab keinen Grund, sich zu schämen.

»Es ist schrecklich. Da widerspreche ich dir ja gar nicht. Ich wünschte, es gäbe einen Weg, wie wir ihr helfen können, ohne unseren Auftrag aufs Spiel zu setzen.« Er rieb sich den Nacken. »Wahrscheinlich hast du die richtige Entscheidung getroffen. Sita ist wichtiger als irgendwelche Insekten. Natürlich ist sie das.«

Nora sah die gemischten Gefühle in seinem Gesicht und wusste, dass er ihrer Meinung war. Natürlich war er hin- und hergerissen – er hatte nicht so viel Zeit gehabt wie sie, sich das alles durch den Kopf gehen zu lassen. Aber sie vertraute ihm. Kannte ihn. Und in dem Moment, als er die Augen schloss, wusste sie, dass er ihren Entschluss akzeptierte.

Er griff nach ihrer Hand. »Ich will doch nur, dass du hier Erfolg hast. Dass du nach Hause fährst und dieses Stipendium bekommst. Hast du dein Ziel vergessen?«

Wenn ihr Handeln der Arbeit des Teams hier in Indien schadete, würde das auch zu Hause bekannt werden. Niemand würde sich dafür interessieren, dass sie es getan hatte, um ein Kind zu retten. Sie würden sich nur in ihrer Überzeugung bestätigt fühlen, dass Frauen in den Naturwissenschaften nichts zu suchen hatten. Es würde mit großer Wahrscheinlichkeit das Ende ihrer Karriere bedeuten.

»Ich habe es nicht vergessen, Owen, aber was soll ich denn sonst machen? Ich habe das Gefühl, hätte mein Vater die Wahl gehabt, sein Journal zu retten oder ein Kind, wäre die Lage für ihn eindeutig gewesen.«

Nachdem eine Weile lang Stille zwischen ihnen geherrscht hatte, fragte Nora: »Willst du das Stipendium denn nicht mehr für dich selbst? Ich dachte, dein Vater bezahlt nicht weiter für dein Studium.«

»Das tut er auch nicht.«

»Wirst du etwa doch mit der Insektenforschung aufhören?«

Er zuckte mit den Schultern.

Seine seltsame Gleichgültigkeit machte sie stutzig. Sie drückte seine Hand. »Also, warum willst du dann, dass sie mir das Stipendium geben? Das ist doch unlogisch!«

Seine Ohren wurden rot und er hustete. »Ich will, dass du Erfolg hast.«

»Auf Kosten deines eigenen Erfolges?« Es wurde ja gern behauptet, Frauen seien unergründlich und rätselhaft, aber noch nie hatte jemand Nora so verwirrt wie dieser Mann.

Er starrte sie an, dann schüttelte er den Kopf und lächelte. »Wonach suchen wir eigentlich?« Er streckte die Beine aus, schlug sie übereinander und schob seine Finger zwischen Noras.

Nora blinzelte angesichts des plötzlichen Themenwechsels. »Ich bin sicher, dass der Schmetterling, den ich bei der Schlammpfütze gesammelt habe, eine neue Entdeckung ist. Es muss eine täuschend echte Mimikry des *Delias eucharis* sein.«

»Woher weiß du das?«

»Mein Vater hatte einen in seiner Sammlung. Sie haben markante pfeilförmige orangefarbene Punkte am unteren Rand ihrer Flügel. Dieser hat die nicht. Die Punkte sind stumpf.«

»Könnte es nicht einfach eine Variation oder Mutation sein?«

»Das glaube ich nicht. Die Flügelform ist auch viel breiter. Jedenfalls werde ich ihn finden und sein Verhalten studieren. Die des *Delias eucharis* kenne ich. Er war einer der Lieblingsfalter meines Vaters und wir haben alles gelesen, was wir über ihn finden konnten.«

»Kann ich bei dir bleiben?«

»Gehst du nicht mit Frederic los?«

»Heute nicht.«

Etwas huschte über sein Gesicht, ein Ausdruck, den Nora nicht recht deuten konnte, aber sie war sicher, dass sie Sorge in seinen Augen gesehen hatte. Hatte er etwa Angst um sie?

Sie erinnerte sich an Murugas wütende Worte und die pochende Ader an seinem Hals. Er war außer sich gewesen. Aber wütend genug, um ihr etwas anzutun? Nora warf einen Blick hinter sich, während die Furcht einen Schauer über ihren Rücken sandte.

Das war doch albern!

Ein Schmetterlingsgewirr stieg von einem Felsen auf der anderen Seite des Teichs auf und die gelb-orangefarbenen Flügel stimmten Nora hoffnungsvoll. Sie ließ Owens Hand los, stand auf und ging zum Ufer, von wo aus sie auf Zehenspitzen mit zusammengekniffenen Augen hinüberstarrte. Doch die Schmetterlinge waren zu weit entfernt. »Wir müssen auf die andere Seite!«

Nora schnappte sich Tasche und Netz und eilte im Laufschritt um den Teich herum. Owen schloss zu ihr auf, und als sie Seitenstiche bekam, drückte sie ihm ihre Tasche in die Hand.

An der Stelle angekommen, waren die Schmetterlinge jedoch nur noch ein Regenbogen aus bunten Tupfen, der vor den Wolken tanzte. Nora beugte sich nach Luft ringend vor und stützte die Hände auf die Knie. Als sie wieder zu Atem gekommen war, richtete sie sich wieder auf und schwenkte ihr Netz. »Kommt zurück!«

Owen kicherte. »Ich bin mir ziemlich sicher, dass das so nicht funktioniert.«

Nora blies sich die Locken aus der Stirn, die sich aus ihrem Knoten gelöst hatten, und grinste. »Wie benutzt man eigentlich ein Schmetterlingsnetz? Ich weiß nicht, ob ich diese Information in meinem kleinen Hirn behalten kann.«

Er trat hinter sie, legte die Arme um sie und eine Hand auf ihre. Zusammen hoben sie das Netz hoch und schwenkten es, sodass der Beutel sich mit Luft füllte und im Wind wehte. Owens andere Hand bewegte sich über ihre Hüfte und Nora überlegte, ob er möglicherweise ihr Herz gefangen hatte, wenn schon keinen Schmetterling.

»Es ist ganz einfach.« Sein Atem kitzelte sie am Ohr und er legte seine Wange an ihre. »Zuerst musst du einen Schmetterling finden. Dann schwenkst du das Netz.«

»Und dann habe ich ihn?«

»Es ist auch nicht schwieriger, als etwas anderes zu fangen, würde ich sagen.«

Sie drehte sich in seinen Armen um. »Ich habe noch nie etwas anderes gefangen als Insekten.«

Ein Lächeln zupfte an seinen Lippen und er berührte ihr Kinn mit dem Zeigefinger. »Da wäre ich mir nicht so sicher.«

Als er sie so ansah – als würde er lieber sie beobachten und studieren als eine neue Spezies –, zog ihr Herz sich zusammen. Er beugte sich noch näher zu ihr vor. Nora hob den Kopf zu ihm auf und nichts außer höherer Gewalt würde sie davon abhalten, sich von ihm küssen zu lassen.

Oder das Aufblitzen bunter Flügel.

Nora stieß sich von Owen ab und lief zu dem Baum, der keine drei Meter entfernt stand. Seine knotigen Wurzeln klammerten sich an den Rand eines erdigen Vorsprungs und versanken darunter im sumpfigen Wasser.

»Nora!« Owen lachte und rannte hinter ihr her.

Sie warf ihm über die Schulter einen Blick zu und presste einen Finger auf ihre Lippen. Zwei Schritte von dem Baum entfernt blieb sie stehen und sah zu, wie die zarten Flügel des Schmetterlings langsam schlugen, während er über ihren Köpfen gemächlich seine Kreise drehte.

»Ist er das?«, flüsterte Owen, als er näher kam.

»Vielleicht.«

Ein zweiter Schmetterling schoss an Noras Kopf vorbei, vollführte einige launische Loopings und stieß dabei gegen den ersten Schmetterling, der in einem anmutigen Bogen auf einen weit herunterhängenden Rhododendronast schwebte.

»Was war denn das?« Nora eilte zu dem Rhododendron, aber noch bevor sie dort ankam, sah sie, wie der zweite Schmetterling landete und anfing, die Fühler des anderen mit seinen zu streicheln.

Nora schnappte nach Luft.

»Was ist?« Owen legte eine Hand auf ihre Schulter und beugte sich darüber.

»Sie kopulieren.« Sie biss sich auf die Unterlippe und grinste dann.

»Und?«

Sie öffnete ihre Tasche und kramte darin nach einem Tötungsglas. »Der *Delias eucharis* fliegt definitiv nicht so. Er ist langsam und systematisch, selbst bei der Paarung.« Sie drehte sich um und tat die beiden Schmetterlinge in ihr Glas.

Owen drückte sie an sich und Nora hielt das Glas hoch, sodass sie beide die Schmetterlinge sehen konnten, während sie das Gift einatmeten, noch immer miteinander verbunden. Dann schaute Nora zu Owen auf, dessen Hand noch immer auf ihrer Schulter lag, und ihre Blicke begegneten sich.

»Das ist eine unentdeckte Spezies, da bin ich mir sicher!«

Er drückte ihr einen kurzen Kuss auf die Wange. »Ich glaube, du bekommst das Stipendium doch noch.«

Kapitel 22

Nora kniete in ihrem Zelt und wühlte in der Truhe am Fußende des Bettes. Sie schob die Hände zwischen ordentlich gefaltete Röcke und Blusen, Unterwäsche und Strümpfe. Ein Seidenschal wand sich um ihre Finger und sie schob ihn beiseite, bevor sie tiefer in die Truhe griff. Als ihre Finger den Boden berührten, lehnte sie sich zurück und vergrub den Kopf in ihren Händen.

Wo ist er?

Sie ließ die Hände auf den Schoß sinken und sah sich im Zelt um. Der Schmetterling – das Original, das sie bei der Schlammpfütze entdeckt hatte – war montiert in einer Schachtel hinter einem Stapel Bücher auf ihrem improvisierten Schreibtisch gewesen, das wusste sie genau.

Nora stand auf, räumte die Bücher zur Seite – zum fünften Mal – und sah unter dem Hocker nach. Er war fort. Sie hatte das gesamte Zelt durchsucht und der Schmetterling war nicht mehr da. Ihre Hand wanderte zu der Zikadenbrosche an ihrem Kragen. Das kühle Metall beruhigte sie. Dann trommelte sie mit den Fingern auf das Brett, das ihr als Tischplatte diente, bevor sie sich abrupt umdrehte. Die neu gefundenen beiden Schmetterlinge, in ihrer eigenen Schachtel montiert, befanden sich auf dem umgedrehten Korb neben ihrem Bett.

Sie nahm die Schachtel, schloss den Deckel und verstaute sie tief unten in ihrer Tasche.

»Nora?«, rief Frederic. »Ich muss mit Ihnen reden.«

Sie ließ die Tasche auf den Boden fallen und schob sie mit dem Fuß unter ihr Bett, dann bückte sie sich und schob sie noch weiter. Sie verließ das Zelt und hob die Hände, um ihre Augen gegen das gleißende Licht der Vormittagssonne abzuschirmen.

»Sie gehen heute Abend zu einer Gesellschaft«, sagte Frederic.

»Wie bitte?«

»Jacob Welling gibt ein Abendessen für viele der hier ansässigen Missionare und Europäer. Sie werden hingehen. Und Owen wird Sie begleiten.«

Nora grinste. »Wollen Sie etwa nicht dorthin, Frederic?«

Er zog eine Augenbraue hoch. »Nein, danke.«

»Ich bin weder Missionarin noch Europäerin. Was soll ich also da?« Sie hasste die Vorstellung, an einer solchen Gesellschaft teilzunehmen. Diese Art von Veranstaltungen hatte sie noch nie gemocht – allein schon all diese oberflächlichen, steifen Unterhaltungen! –, aber jetzt, nach ihrer eigenen katastrophalen Erfahrung zu Hause, war sie noch weniger gewillt, sich zu einem solchen Essen zu begeben.

»Die Greater British Missionary Alliance ist eine wichtige Größe in Kodaikanal. Als Vertreter des Königshauses wird von uns erwartet, dass wir Beziehungen knüpfen.«

»Warum können Sie nicht gehen? Als Brite ist es für Sie doch sicher viel angenehmer und vertrauter.«

»Ich habe zu tun.«

Nora warf einen sehnsüchtigen Blick hinter sich und konnte durch den Spalt zwischen Zeltwand und Eingangsklappe ihr Mikroskop sehen. Eigentlich wollte sie den Abend damit zubringen, ihre neuen Schmetterlinge zu illustrieren. Frederic hielt ihre eigene Arbeit vielleicht nicht für berechtigt oder wichtig, aber Nora würde lieber hundert Stunden in ihr Mikroskop schauen, als mit lauter Fremden zu Abend zu essen.

Frederic verschränkte die Arme und spitzte die Lippen. »Sie sind kaum in der Position, mit mir darüber zu streiten.«

Sie saß in der Falle und das wusste er. Er würde sie weiterhin dafür ausnutzen, all die Dinge zu tun, die er selbst nicht tun wollte. Wenn Frederic und sie beide lieber arbeiteten, als zu einer Soiree zu gehen, würde Frederic derjenige sein, der im Lager blieb. Und wenn sie sich weigerte, würde sie sich auf dem ersten Schiff in Richtung England wiederfinden.

Andererseits kam die Einladung von Mr Welling und daher bestand die Möglichkeit, dass Swathi und Charan dabei waren. Dann würde Nora vielleicht etwas von Sita hören.

»Also gut. Ich gehe hin.«

Einige Stunden später hinterfragte Nora ihre schnelle Kapitulation. Sie hatte während des unglaublich ausgedehnten Essens zwischen einem Berufsmissionar in den Achtzigern und dem pickeligen sechzehnjährigen Sohn eines Militärhauptmanns im Ruhestand gesessen.

Der einzige Lichtblick war, dass tatsächlich Swathi den großen Salon betreten hatte, als alle den Speisesaal verließen. Nora hatte sich ganz nach vorne geschoben in der Hoffnung, ihre Aufmerksamkeit zu erregen, aber ihre Freundin hatte sich ans Klavier gesetzt und eine endlose Ballade zu spielen begonnen –wie sich herausstellte, war sie eine begnadete Musikerin.

Nora stand in einer Ecke, die Arme verschränkt und mit wippendem Fuß, während sie darauf wartete, dass Swathi ihre Darbietung ihrer Fertigkeiten beendete. Charan fing ihren Blick von der gegenüberliegenden Seite des Raumes auf und nickte ihr sichtlich besorgt zu.

»Was ist mit dir los? Du benimmst dich unmöglich!« Owen zog sanft Noras Arme auseinander.

»Ich verabscheue Gesellschaften. Zutiefst.«

»Ja, das können wir alle sehen.«

Sie funkelte ihn an. Wenn er wüsste … Aber sie würde ihm nicht sagen, warum sie diese schrecklichen Veranstaltungen so hasste. Das wäre viel zu peinlich. Sie betrachtete ihn. Er sah gut aus. Auf der Fahrt zu Mr Wellings Haus – Frederic hatte sie von einer *Jatka* abholen lassen und der Pferdewagen war im Vergleich zu den polternden Ochsenkarren eine echte Verbesserung gewesen – hatte Owen einen Frack getragen, aber nachdem sie durch die Tür getreten waren, hatte man sie gleich voneinander getrennt, sodass sie nicht gesehen hatte, wie er in seinem gestärkten Hemd und dem Frack aussah.

Er neigte den Kopf in ihre Richtung und ihr wurde bewusst, dass er sie dabei ertappt hatte, wie sie ihn anstarrte. Sie hustete in ihre Hand und wandte den Blick ab. »Du machst eine gute Figur. Ganz schneidig. Ich hätte nicht gedacht, dass du so alberne Kleidung mit auf die Reise nimmst.«

Owen lachte. »Warum musst du eigentlich ein Kompliment immer mit einer Beleidigung kombinieren?«

Sie errötete. Hatte sie das getan? »Ich … ich weiß nicht.«

Er antwortete nicht und sie zwang sich, ihn anzusehen, weil sie fürchtete, seine Gefühle verletzt zu haben, aber er lächelte. Nun studierte er sie seinerseits eingehend und sie vermutete, dass er sich genüsslich rächte – für ihre kritische Musterung oder für die abfällige Bemerkung, die ihr so leicht über die Lippen gekommen war.

Sie fuhr mit den Händen über den Rock ihres altrosafarbenen Seidenkleides. Sie wünschte, sie hätte den Rat ihrer Mutter befolgt und ein Abendkleid mitgenommen. Nora hatte steif und fest behauptet, sie würde dafür keine Verwendung haben, und als Kompromiss dieses Kleid eingepackt, das für ihre Abschlussfeier genäht worden war. »Ich bin nicht angemessen gekleidet.«

»Du siehst umwerfend aus! Wir sind unter Missionaren. Ich würde sagen, mein Aufzug ist übertrieben.«

Nora sah sich in dem vollen Raum um. Er hatte recht, die meisten Frauen trugen, was Nora als Sonntagskleider bezeichnen würde, und die Männer …

Noras Gedanken setzten aus. »Hast du gerade gesagt, ich sehe umwerfend aus?«

»Ja.«

»Warum?«

»Weil es wahr ist.«

Sie hob die Hand und berührte ihre Frisur, die sie mit Haarnadeln gespickt hatte, während sie in ihrem Zelt hektisch nach ihren Handschuhen gesucht hatte. »Noch nie hat jemand ...«

»Es stimmt aber.«

Nora war immer zu beschäftigt gewesen, um mehr als einen Augenblick auf ihr Aussehen zu verschwenden. Gelegentlich nahm sie kurz ihr Spiegelbild wahr, wenn sie einen Hut aufsetzte oder auf der Suche nach Wasserinsekten die Hand in den Fluss unterhalb der Wasserfälle tauchte, und dann fiel ihr auf, dass sie die Augen ihrer Mutter oder die Ohren ihres Vaters hatte. Aber abgesehen von solchen vererbten Merkmalen war es ihr nicht sehr wichtig, wie sie aussah.

Doch die Überzeugung in Owens Stimme erfüllte sie mit einem durchaus angenehmen Gefühl. Vielleicht war es ihr doch ein bisschen wichtig, zumindest, was ihn betraf.

»Ich fand meine Lippen immer zu voll, als dass man mich hübsch nennen könnte«, sagte sie.

»Du brauchst auch dich selbst nicht zu beleidigen, wenn jemand dir ein Kompliment macht.« Owen senkte die Stimme. »Und ich mag deine Lippen.«

Nora registrierte, dass Swathi sich von ihrem Klavierhocker erhob und den Raum durchquerte – von ihnen weg.

»Entschuldige mich, Owen. Ich muss etwas erledigen.« So schnell sie konnte, ohne die Aufmerksamkeit anderer auf sich zu ziehen, folgte sie Swathi.

Als sie sie schließlich erreichte, griff sie nach Swathis Arm und zog sie in eine ruhige Ecke bei einer kunstvoll geschnitzten Tür.

»Gehst du mir aus dem Weg?«, fragte Nora.

»Natürlich nicht.« Swathi presste die Lippen zusammen und etwas blitzte in ihren Augen auf – Wut? Nora zog die Augenbrauen hoch und Swathi sah sie schuldbewusst an. »Doch, ja.«

»Warum?«

»Ich wusste, dass du mich fragen würdest, ob Sita fort ist, aber ich bin noch nicht so weit.«

»Aber du weißt doch, dass sie hier nicht sicher ist.«

Swathi kamen die Tränen und ihr Kinn bebte. »Ich habe es so vermisst, ein Kind um mich zu haben.«

Oh nein. »Das kann ich verstehen, aber ihr Vater war in unserem Lager. Er weiß, dass ich etwas mit der Sache zu tun habe, und wird nicht aufhören, nach ihr zu suchen. Je länger sie bei euch bleibt, desto größer ist die Wahrscheinlichkeit, dass er sie findet.«

Swathis Miene veränderte sich und sie nickte tapfer. »Ich werde alles vorbereiten.«

Noras Anspannung ließ nach und sie konnte nicht anders, als ihre Freundin zu bewundern. Bald würde Sita in Sicherheit sein und sie selbst sich dem stellen, was immer Frederic ihr auch aufhalsen würde. »Hast du Hunger? Du hast ja nicht mit uns gegessen.«

Swathi schniefte. »Du bist immer so mit deinen Insekten beschäftigt, dass du nicht viel davon mitbekommst, wie die Dinge hier in Britisch-Indien laufen. Glaubst du, sie würden mit uns essen? Wie wenig diese Christen doch von Gott wissen!« Sie schlug sich die Hand vor den Mund und ihr Blick huschte umher. Dann befreite sich ein nervöses Kichern zwischen Swathis Fingern hindurch.

Nora blinzelte und betrachtete Swathis große dunkle Augen und ihre hohen Wangenknochen. Ihre Abstammung war nicht zu verbergen. Selbst Charan, der einen englischen Vater hatte, würde von denen, die in diesem verrückten, komplexen, faszinierenden Land herrschten, niemals vollkommen akzeptiert werden. Plötzlich wurde Nora bewusst, in welche Gefahr sie die beiden gebracht hatte. Sie konnten alles verlieren, weil sie alles für ein Kind riskierten, das sie zuvor nicht einmal gekannt hatten.

Gott, vergib mir meine Vermessenheit.

Wochenlang hatte Nora sich die Rolle der Heldin zugeschrieben, Sitas Retterin. Wie konnte Sita ohne sie in Sicherheit sein? Wie konnte sie ohne Noras Hilfe entkommen? Nur sie allein konnte ein Opfer bringen, das groß genug war, um ihrer Freundin zur Freiheit zu verhelfen. Doch durch Swathis Tadel erkannte sie ihren Stolz als das, was er war. Auch Nora wusste nicht viel von Gott. Er war größer als sie. Größer als Sitas missliche Situation. Und viel besser dazu in der Lage, für das Mädchen zu sorgen, als sie es war. Und ihr Opfer war klein im Vergleich zu dem, was Swathi und Charan riskierten.

Nora ergriff Swathis Hand und drückte sie. »Danke.«

Dann ging sie, weil sie nicht wollte, dass jemand sie miteinander in Verbindung brachte.

Sie hatte noch keine drei Schritte gemacht, als Mr Welling sie abfing. »Ich bin froh, dass Sie zu unserer kleinen Gesellschaft kommen konnten, Miss Shipley.«

Nora neigte den Kopf ein wenig und hoffte, ihr unterkühltes Lächeln würde ihn von einer längeren Unterhaltung abhalten, aber er schien den Wink nicht zu verstehen und plauderte einige Minuten lang über das ausgezeichnete Essen, das sein in Frankreich ausgebildeter Koch zubereitet hatte, und über die herrliche Musik, und war es nicht unglaublich, dass eine Inderin so gut Klavier spielen konnte?

Nora widerstand dem Drang, die Augen zu verdrehen, und suchte den Raum nach Owen ab. Sie sah ihn im Gespräch mit einem Mann, der einen langen Bart mit gezwirbeltem Schnurrbart trug, und ihr Herz machte einen Satz.

Du liebe Güte, wie anziehend er war! Intelligent – trotz seiner lockeren Einstellung zu Arbeit und Ausbildung –, gut aussehend und sehr gütig, wie sie inzwischen wusste. Vielleicht war er, abgesehen von ihrem Vater, der gütigste Mann, der je in ihr Leben getreten war.

»… er ist momentan nicht Ihr größter Bewunderer, Miss Shipley, aber das kann sich ändern, meinen Sie nicht?«

Oh, ich glaube, er bewundert mich durchaus. Ihre Lippen zuckten.

»Ich wüsste nicht, was an dieser Situation belustigend wäre.« Mr Wellings Worte ließen Nora aufmerken, obwohl er sie wie beiläufig gesagt hatte. »Und ich schlage vor, dass Sie diesbezüglich sofort etwas unternehmen.«

Nora runzelte die Stirn. »Von wem reden Sie, Mr Welling?«

»Von Frederic Alford natürlich!«

»Natürlich.« Sie blinzelte. »Warum sprechen wir über Frederic?«

»Er ist besorgt angesichts Ihrer Einmischung in das Leben eines einheimischen Kindes. Ich glaube, das Mädchen heißt Sita. Selbstverständlich sehe ich die Sache genauso wie er. Sie müssen sie ihrem Vater zurückbringen.«

Nora rieb sich die Stirn und seufzte. Jetzt kannte sie den eigentlichen Grund, warum Frederic sie hierhergeschickt hatte. Hatten Mr Welling und er sich abgesprochen, um ihr Einlenken zu erreichen? Wenn, dann wussten sie sehr wenig über Nora Shipley. »Bei allem Respekt, Mr Welling, ich kann und werde den Aufenthaltsort des Mädchens nicht verraten.«

»Das müssen Sie aber.«

»Und warum?«

»Wenn Sie es nicht tun, werden die Inder unruhig. Sita war in der Missionsschule unserer Gesellschaft. Wenn die Eltern unserer Schüler erfahren, dass sie entführt wurde, werden sie ihre Kinder nicht mehr in die Schule schicken. Und was würde dann geschehen?«

»Dann müssten sie das Lesen vielleicht in ihrer eigenen Sprache lernen.«

Mr Wellings Nase wurde rot, aber seine Lippen waren noch immer zu einem krampfhaften Lächeln verzogen und Nora musste zugeben, dass sie beeindruckt war. Er wäre nicht der erste Mann, den ihre »Rebellion«, wie Lucius es nannte, zu einem Wutausbruch verleitet hätte.

»Sie verstehen den Ernst der Lage nicht, was nicht überraschend ist, da Sie weder Missionarin noch Inderin sind.«

»Ich verstehe den Ernst der Lage sehr wohl. Ein Kind, das in Ihrer Schule zum Glauben an Christus gefunden hat, sollte gezwungen werden, ein unerträgliches Leben zu führen. Niemand außer einer amerikanischen Wissenschaftlerin war bereit, diesem Kind zu helfen. *Das* ist ernst.«

Mr Wellings Lächeln erstarb und in seinen wässrigen Augen lag eine Warnung. »Das war nicht Ihre Aufgabe!« Er hatte die Stimme gehoben und die Gäste in der Nähe verstummten. Ihr Schweigen zog Kreise im Raum, bis nur noch das eine oder andere Flüstern zu vernehmen war.

Nora beobachtete, wie Owen sich mit den Ellbogen einen Weg zu ihr bahnte. Als er neben ihr stand, sah sie das Missfallen in seinen Augen, aber ob es ihr oder Mr Welling galt, konnte sie nicht deuten.

Nora seufzte erneut. Musste sie denn bei jedem ruinierten Abendessen im Mittelpunkt stehen? »Mir ist sehr wohl bewusst, dass es nicht meine Aufgabe war, Sita vor ihrem Schicksal zu bewahren. Sie ist in Ihre Schule gegangen und Ihre Lehrer haben ihr von Jesus erzählt. Deshalb war es *Ihre* Aufgabe, sie in Sicherheit zu bringen.«

Mr Welling prustete und die Gäste in Hörweite starrten Nora mit offenen Mündern an.

Owen nahm ihren Arm. »Ich glaube, wir werden jetzt gehen. Danke für Ihre Gastfreundschaft, Mr Welling.«

Er zog Nora aus dem Raum, seine Finger fest um ihren Oberarm geschlossen. Erst im Vorgarten, in dem Rosen sich über kleine Steinmauern ergossen, lockerte er seinen Griff und lachte leise.

Sie riss sich los und marschierte zur Straße; ihre Schuhe klackerten auf den Marmorplatten, die vom Haus zum Gartentor führten.

Owen eilte hinter ihr her. »Jetzt sei doch nicht so wütend!«

Sie blieb am Tor stehen und seufzte. »Ich bin nicht wütend. Ich will doch nur Insekten studieren und stattdessen gerate ich immer wieder in Schwierigkeiten.« Warum konnte das Leben nicht einfach sein? Warum brachte sie sich ständig in solche Situationen? »Wenigstens sorge ich diesmal zur Abwechslung dafür, dass niemand Schaden nimmt.«

Owen hatte sie am Tor eingeholt und stützte die Arme rechts und links von ihr an dem filigranen Eisengeländer ab. »Abgesehen von dir selbst.« Er grub die Zähne in seine Unterlippe und zog die Augenbrauen zusammen, deren drahtige Haare in alle Richtungen abstanden. Wieder einmal verspürte Nora den Drang, diese Brauen glatt zu streichen und die Sorgenfalten auf seiner Stirn gleich dazu – um die Angst aus seinem Herzen zu streicheln. Dieses Mal gab sie dem Impuls nach. Sie hob die Hände und fuhr mit den Daumen über seine Augenbrauen. Sie waren rau und störrisch und gaben unter ihrer Berührung keinen Deut nach. Seine Züge entspannten sich und er beugte sich über sie, sodass sie seinen warmen Atem auf ihrem Mund spürte. »Ich will dich beschützen. Sogar vor dir selbst.«

»Ich brauche keinen Schutz.«

Owen zog eine Haarsträhne aus ihrem Knoten und wickelte sie um den Finger. Dann kam er noch näher, bis sie Stirn an Stirn standen, und seine Lippen berührten ihre ganz sanft, als er sagte: »Lass mich doch. Noch nie habe ich etwas so sehr gewollt.«

Nora nickte. Und als ihre Lippen sich trafen – hatte er oder sie selbst den Abstand geschlossen? –, schlug ihr das Herz wie verrückt in der Brust und sie dachte, dass sie Owen Epps vielleicht noch mehr brauchte als das Stipendium.

Eine Kuh trottete vorbei und schüttelte den riesigen Kopf. Die Glocken an ihren Hörnern klingelten leise. Das Tier schob seine nasse Nase durch die Stangen des Tors und stieß Nora in den Rücken, die sich daraufhin von Owen lösen musste, um den Kopf der Kuh mit der Hand wegzuschieben.

Einen Augenblick lang überlegte sie, ob sie das Tier in den Garten lassen sollte. Sie stellte sich vor, wie Mr Welling am nächsten Morgen seine zertrampelten Rosen betrachtete, aber der Gedanke allein genügte schon. Nora nahm Owens Hand und trat mit ihm auf die Straße hinaus, wobei sie das Gartentor sorgfältig hinter sich schloss.

Owen deutete mit dem Kinn einen Pfad hinunter, der von der

Hauptstraße abging und unter einem Baldachin aus Bäumen verschwand. »Das ist der *Coaker's Walk*. Willst du ihn sehen? Ich will noch nicht ins Lager zurück.«

Der Wanderweg wand sich den Mount Nebo hinauf und schon bald standen sie auf einer Anhöhe und blickten über die in Nebel gehüllten Bäume hinab, die Kodaikanal umgaben. Der zunehmende Mond goss sein bleiches Licht auf die Häuser an den Hängen.

Als Owen seine Finger zwischen ihre schob, begannen die Zikaden zu singen. Nora fragte sich, ob sie Gottes eigener Chor waren, geschickt, um ihnen anlässlich ihrer Zuneigung zueinander ein Ständchen zu bringen. Sie legte den Kopf in den Nacken und sah in das dichte Blätterdach hinauf, aber die Insekten waren in der Dunkelheit nicht zu erspähen.

Zusammen traten sie von dem steinigen Weg an den Rand des Grats, umgeben von kniehohem Gras. Unter ihnen war auch das Tal in Nebel getaucht. Nora hatte gehört, an klaren Tagen könne man bis Madurai sehen, aber an diesem Abend konnten sie nur die Umrisse der Berge erkennen.

Owen sah sie an und in seinen Augen glänzte etwas, das ihren Mund plötzlich ganz trocken werden ließ. »Was auch immer geschieht«, sagte er, »ich bin froh darüber, dass ich mit dir nach Indien gereist bin.«

»Ich ...«

Ein schlurfendes Geräusch ertönte und Nora stellten sich die Nackenhaare auf. Sie drehte sich, um zum Pfad zurückzublicken. »Wer ist da?«

Owen ließ ihre Hand los und sie fühlte sich mit einem Mal ungeschützt. »Warte hier.«

Er schlich zum Weg und Nora sah zu, während ihr Brustkorb sich zusammenzog und ihr Atem flacher ging.

In diesem Moment trat Muruga hinter einem Baum hervor und verschränkte die Arme vor seiner Brust. »Wo ist meine Tochter?«

Ihr Leben lang hatten die Leute Nora gefragt: *»Warum bist du* *so eigenwillig und starrsinnig?«* und: »*Warum kannst du kein normales Mädchen sein?«*. Sie hatte nie eine Antwort auf diese Fragen gehabt, aber jetzt wusste sie es. Gott hatte sie für Augenblicke wie diesen so gemacht. Auch wenn sie einer Gefahr und der Ablehnung der Gesellschaft gegenüberstand, würde sie keinen Rückzieher machen.

»Das werde ich Ihnen nicht sagen«, antwortete sie.

»Ich habe Yellamma einen Schwur geleistet und ich habe vor, ihn zu halten«, knurrte Muruga. »Ich werde nicht zulassen, dass eine Fremde die Geißel meiner Familie wird.«

»Ich will Ihrer Familie nicht schaden. Alles, worum es mir geht, ist, Sita zu beschützen.«

Muruga schüttelte ruckartig den Kopf. »Das *wird* meiner Familie aber schaden. Man darf den Schwur gegenüber einer Göttin nicht brechen. Mein Sohn wird leiden.«

Wochenlang war Nora wütend auf diesen Mann gewesen. Wie konnte er die Geburt eines Sohnes höher bewerten als das Wohlergehen seiner Tochter? Wie konnte er sie in die Hände jener geben, die sie missbrauchen würden? Aber jetzt sah sie, dass er nicht ihren Zorn verdient hatte, sondern ihr Mitgefühl. Er war in einer Situation gefangen, in der er Hunderten Göttern dienen musste, die sich niemals besänftigen ließen. Göttern, die von ihm verlangten, dass er aufgab, was er wie einen Schatz behüten sollte.

»Muruga, ich glaube nicht, dass das stimmt, aber ich weiß, dass Sie es glauben, und es tut mir leid. Sita hat mich um Hilfe gebeten. Ich habe sie nicht gegen ihren Willen fortgebracht und ich werde Ihnen nicht sagen, wo sie ist.«

Er stieß einen kurzen Befehl aus und ein Mann im Dhoti, dessen drahtige Gestalt von einem Leben schwerer körperlicher Arbeit sprach, trat hinter einem Baum hervor. Er kam näher. Nora legte die Hände an Owens Rücken, als er sich vor sie stellte. Er war größer als der Mann und Nora war froh darüber, dass er durch das Ringen während des Studiums kein leicht zu besiegender Gegner war.

»Tritt zurück, Nora«, sagte Owen über seine Schulter.

Sie floh zu einem Jackfruchtbaum, der sich unter der Last seiner Früchte an den Hang klammerte, und umfasste den schmalen, glatten Stamm.

Owen breitete die Arme aus und ging in die Hocke. »Wir wollen keinen Ärger.«

Der Mann, der langsam um ihn herumging, grinste und entblößte dabei einige Zahnlücken.

Muruga schüttelte den Kopf. »Sie hat sich Ärger eingehandelt, als sie meine Tochter entführt hat. Ich werde dafür sorgen, dass sie mir Sita zurückgibt, damit ich meinen Schwur erfüllen kann.«

Weil Owen noch immer mit seinem Kontrahenten beschäftigt war, sah er nicht, dass Muruga ein Zeichen in Richtung Waldrand machte. Ein zweiter Mann, größer als der erste, rannte mit erhobenen Händen von hinten auf Owen zu.

»Owen, pass auf!« Noras Warnung kam zu spät.

Der andere Mann schlang die Arme um Owen und zog ihn zu Boden. Sie rangen eine Weile miteinander, wobei Owen schnell die Oberhand gewann, bis Muruga dem ersten Mann etwas zurief, woraufhin er vortrat und Owens Kopf einen Faustschlag verpasste.

Owen stöhnte und seine Augen verdrehten sich, als sein Kopf zurückschnellte. Er glitt von dem anderen Mann hinunter und sank zu Boden.

Nora schrie auf und das Herz schlug ihr bis zum Hals. »Aufhören! Tut ihm nichts!« Sie ballte die Hände zu Fäusten und ihre Fingernägel gruben sich in die weiche Haut ihrer Handflächen.

Doch die beiden Männer schlugen weiter auf Owen ein, während Muruga auf Nora zukam, die Miene grimmig. Sie lief um den Baum herum, legte die Hände um eine dicke Jackfrucht von der Größe eines kleinen Hundes, zog und drehte daran und riss sie schließlich vom Stamm ab. Dann presste sie ihre behelfsmäßige Waffe an ihre Brust.

Als Muruga vor ihr stand, hob sie die Frucht über ihren Kopf. »Kommen Sie nicht näher. Ich werde Ihnen wehtun.«

Er hob die Hände. »Ich bin kein Unmensch. Ich will nur meine Tochter zurück. Wenn Sie mir sagen, wo sie ist, werde ich Ihnen *nicht* wehtun.«

Die Frucht wog schwer in Noras Händen, die bereits schweißnass waren. Sie sah keinen Ausweg aus ihrer Situation. Es hatte immer einen Ausweg gegeben.

Nur einmal nicht. Dem Tod ihres Vaters würde sie niemals entfliehen können.

Die schrecklichen Geräusche der Faustschläge verstummten und plötzlich war nichts mehr zu hören außer den Zikaden, die unbeeindruckt weiterzirpten. Nora wartete darauf, dass Owen sie rufen würde, aber sie vernahm nichts außer dem keuchenden Atem seiner Angreifer. Ein Lächeln verzog Murugas Mund. Ein Wimmern kam über ihre Lippen. Wieder einmal hatte sie einen Mann in Gefahr gebracht, den sie liebte.

»Owen!«, brachte sie mit erstickter Stimme heraus.

Sie hörte, wie er sich gegen seine Gegner wehrte. »Lasst mich los. Nora!«

Danke, Gott! Erleichtert wandte sie sich wieder Muruga zu. Sie drehte die Frucht in ihren Händen und schleuderte sie ihm entgegen. Er duckte sich, aber nicht rechtzeitig, sodass die Frucht ihn im Gesicht traf.

Nora riss die nächste Frucht von dem Baum. »Ich werde Ihnen nicht sagen, wo Sita ist«, wiederholte sie.

Muruga fuhr sich mit der Hand an die Wange und sagte etwas, das sie nicht verstand, aber das eindeutig wie ein Fluch klang, dann stürzte er auf Nora zu. Sie warf die zweite Frucht nach ihm, aber er senkte den Kopf und rammte sie hart in den Bauch.

Alle Luft wich aus Noras Lunge und sie fiel keuchend hintenüber.

Muruga stand über ihr, hinter ihm der Nachthimmel, an dem die Sterne wie Diamanten funkelten. »Wo ist meine Tochter?«

Sie schloss die Augen und drehte sich auf den Bauch. Dann erhob sie sich auf die Knie und hustete. *Ich wollte doch nur Insekten studieren.*

Sein Tritt war schnell und hart. Der Schmerz explodierte zwischen Noras Rippen. Zu schockiert, um zu schreien, kippte sie ins Gras und rollte sich zu einer Kugel zusammen.

Muruga hockte sich neben sie, griff nach ihrem Haarknoten und riss ihren Kopf zurück. »Wo ist sie?«

»Ich kann nicht zulassen, dass Sie sie Yellamma geben.«

»Warum nicht? Das hat doch nichts mit Ihnen zu tun. Sie sind eine Ausländerin. Eine Christin.«

Er klang so vernünftig. Seine Worte waren logisch. Und was sie getan hatte – ein indisches Mädchen vor seiner Familie zu verstecken und dabei wahrscheinlich ihre eigene Karriere zu ruinieren –, war nicht vernünftig. Es war irrational.

Aber sie wusste, dass Gott sie genau deswegen nach Indien geführt hatte. Aus diesem Grund. Sie war dazu berufen, ihm mit jeder ihrer Entscheidungen die Ehre zu geben.

Und dasselbe galt für Sita. Sie gehörte Gott. Sie gehörte ebenso wenig Muruga, wie Nora Lucius gehörte. Und weil Nora nicht zulassen würde, dass Lucius ihr Leben bestimmte, konnte sie auch nicht zulassen, dass Muruga über das Leben von Sita verfügte.

»Das ist Sita auch«, sagte Nora.

Muruga schüttelte den Kopf. »Was?«

Noras Mund war staubtrocken. »Sita ist Christin. Sie will keiner anderen Gottheit geweiht werden.«

In Murugas Augen loderte ein Feuer, ließ sie glänzen wie vulkanisches Glas. Bösartigkeit und Wut verdunkelten seine Miene. Er ließ Noras Haare los. »Das werden Sie bereuen«, knurrte er. »Ich werde Sita finden.«

Er stieß einen zornigen Laut aus und ging. Nora lauschte den Männern, die zwischen den Bäumen hindurchtrampelten, während die langen, weichen Grashalme über ihre Wangen strichen.

Owen!

Sie zwang sich aufzustehen, hielt sich die Seite und zog eine Grimasse. Neben Owens zusammengesunkener Gestalt kauerte sie sich auf den Boden. Sie nahm sein Handgelenk und sein Puls schlug einen längst vertrauten Rhythmus unter ihren Fingerspitzen. »Owen?«

Er stöhnte. Der Mond kam hinter einer Wolke hervor und erhellte sein geschundenes Gesicht. Eine Träne bahnte sich ungebeten ihren Weg und Nora wischte sie ungeduldig fort. Ausgerechnet jetzt musste sie weinen!

»Es tut mir schrecklich leid«, sagte sie.

Owen öffnete die Augen. »Mir geht es gut.« Er berührte ihre Wange mit einem Finger und fing eine Träne auf, die er dann auf seine aufgeplatzte Lippe tropfen ließ. »Ich hatte schon schlimmere Ringkämpfe.«

Mühsam setzte er sich auf und Nora stützte ihm den Rücken und schrie auf, als sein Gewicht für ihre geprellten Rippen zu viel wurde.

Er drehte sich erschrocken zu ihr um. »Was ist los? Hat er dir wehgetan?«

Die Tränen, die sie nicht herauslassen wollte, schnürten ihr die Kehle zu und sie musste husten. Mit einem scharfen Atemzug presste sie die Hand an ihre Seite.

Owen presste die Lippen aufeinander. »Ich werde ihn finden und ...«

»Mir fehlt nichts.« Ihre Hände wurden klamm und ihre Beine begannen zu zittern. »Bitte verfolge ihn nicht. Er leidet meinetwegen schon genug.« Sie schlug sich eine Hand vors Gesicht und befreite ihre Haare aus dem, was von ihrer Frisur noch übrig war. »Ich mache das immer.«

»Du wirst dauernd von einer Horde indischer Boxer angegriffen?«

Sie schniefte und lehnte den Kopf an seine Schulter. »Ich bringe mich immer wieder in Situationen, in denen am Ende jemand bezahlen muss, den ich liebe.« Ihr stockte der Atem und sie biss sich auf die Lippe.

»Du liebst mich?«, frage Owen. »Du liebst mich.«

Nora hörte das Staunen in seinen Worten. Und die Freude, die angesichts der Lage so unpassend schien. Sie flüsterte: »Ich liebe dich.«

Er lachte – ein Poltern, das in seiner Brust begann und ihren Kopf von seiner Schulter abrutschen ließ.

»Oh, autsch. Das tut weh.« Dann lachte er wieder. Und küsste sie. »Ich liebe dich, seit diese Kakerlake deinen Rock hinaufgekrabbelt ist und ich gesehen habe, dass du ein Mensch bist.«

Noras Herz schlug höher. »Das ist Jahre her.«

Er küsste sie wieder.

Und die Zikaden sangen.

Kapitel 23

Für die anderthalb Kilometer den Hügel hinunter brauchten sie eine Stunde. Sie hinkten den Pfad entlang; gelegentlich stöhnte einer von ihnen auf, gab einen Schmerzensschrei von sich oder unterdrückte ein Husten.

Aber sie redeten. Und sie hielten sich an den Händen. Sie lauschten ihren gedämpften Schritten auf der mit Laub bedeckten Straße und pressten ihre Schultern aneinander, wenn der Schmerz zu stark wurde.

Als sie die *Jatka* erreichten, starrte der *Vandi karar* sie an und sagte etwas auf Tamil, das besorgt klang. Owen überzeugte ihn davon, dass er Nora beim Einsteigen helfen und sie beide dann zum Lager zurückbringen sollte.

Der Fahrer setzte sich mit seinem Wagen langsam in Bewegung. Nora lehnte den Kopf an Owens Schulter und schloss die Augen. Die kalte Nachtluft küsste die Abschürfungen in ihrem Gesicht.

Nachdem sie die Shola hinter sich gelassen hatten, versteifte Owen sich mit einem Mal und Nora setzte sich auf. Im hellen Mondlicht sah sie, wie er sich aus dem Fenster lehnte. »Was ist?«

»Irgendetwas stimmt hier nicht. Riechst du das?«

Sie atmete ein und spürte etwas Vertrautes in ihrem Inneren. Rufe, wütend und anhaltend, ließen sie aufhorchen. Nora lehnte sich aus dem anderen Fenster und sog scharf die Luft ein, als ein Stich durch ihre Seite fuhr. Sie waren beinahe am Lager. So nah, dass sie die Flammen lodern sehen konnte.

Sie blinzelte und versuchte, einen Sinn in dem Anblick zu erkennen. Das Feuer war groß. Viel zu groß für ihr Lager. Es tanzte und wuchs, als wollte es alles verzehren. Und vor diesem orangefarbenen Feuer rannten drei Männer aus dem Lager und liefen auf die Bäume zu.

Plötzlich tauchte ein Bild vor Noras geistigem Auge auf – Flammen und Insektenflügel und ein Mann, der tobte – und Angst zog ihren Magen zusammen. »Meine Arbeit!«

Der *Vandi karar* rief etwas und der Wagen blieb stehen. »Feuer!«, sagte er und riss Noras Tür auf.

Sie ignorierte seine ausgestreckte Hand und rannte mit beinahe gefühllosen Beinen los durch Unterholz und kniehohes Gras, dicht gefolgt von Owen. Schmerz fuhr durch ihren Oberkörper, aber sie zwang sich, tief einzuatmen und weiterzulaufen. Dornige Zweige rissen an ihrem Kleid und hielten sie zurück, sodass sie nicht vorwärtskam, und der unebene Boden schien unter ihren Füßen in Aufruhr, so als wollte Indien sie dafür bestrafen, eine von Yellammas Töchtern gestohlen zu haben.

Nora bedeckte Mund und Nase zum Schutz gegen den Rauch mit einem Arm. Sobald sie den Rand des Lagers erreicht hatte, schlug ihr die Hitze von verschiedenen Brandherden mit voller Wucht entgegen. Sie lief auf ihr Zelt zu, wo die Flammen am höchsten loderten.

»Nicht, Nora!«, rief Owen hinter ihr. »Das ist zu gefährlich!«

Frederic und die anderen liefen in ihren Nachthemden um die Hütte und ihre Zelte und zogen Kisten, Gläser und Papier ins Freie. Ihre Rufe wurden von dem Knistern der Flammen und dem lauten Knacken von Holz fast übertönt. Leonard rannte an Nora vorbei, die Arme um zwei Wasserkrüge geschlungen.

Nora beugte sich vor und presste die Knie zusammen, während sie den Qualm aus ihrer Lunge hustete.

Owen packte sie am Arm und zog sie zurück. »Du musst hier raus! Ich sehe nach deinen Sachen.«

Doch sie riss sich los und rannte trotz der Proteste ihres Körpers weiter auf ihr Zelt zu. Sie hörte, wie Owen hinter ihr fluchte.

»Hilf uns in der Hütte, Owen!«, rief Frederic. »Nora, verschwinden Sie aus dem Lager, bevor Ihnen etwas passiert!«

Sie wartete nicht ab, was Owen tat. Brennende Stoffbahnen flatterten um den Zelteingang. Nora passte einen Moment ab, in dem ein Luftstoß den Stoff beiseitewehte und ihr Rauch ins Gesicht blies, dann schlüpfte sie unter der Firststange hindurch.

Ihre Augen tränten und sie hielt die Luft an. Ein Brüllen quälte ihre Ohren. Sie konnte wieder sehen noch hören noch fühlen.

Die Truhe! Hol deinen Schmetterling und das Notizbuch.

Ein unerträglicher Schmerz schoss durch ihren Nacken und sie sank mit einem Aufschrei auf die Knie. Und dann ging es nicht mehr um Insekten oder Bewährung oder das Stipendium, sondern ums nackte Überleben. Gefangen in einem Feuerofen, der sie verschlingen wollte, kämpfte Nora am Boden um den letzten Rest Sauerstoff. *Bitte …*

Starke Arme packten sie und hoben sie hoch. Lange Momente später lag sie auf dem Rücken und die faulenden Blätter unter ihr kratzten auf ihrer verbrannten Haut. Sie blinzelte den Vorhang fort, der ihr die Sicht vernebelte, und starrte zum sternenübersäten Himmel hinauf, während die Männer ihre Arbeit und Forschung eines ganzen Jahres zu retten versuchten.

Leonard kniete neben ihr. »Nora? Nora, ist alles in Ordnung?«

Es gelang ihr zu nicken und sie stieß einen zitternden Seufzer aus.

»Bleiben Sie hier liegen. Ich will mir keine Sorgen um Sie machen müssen. Also rühren Sie sich nicht vom Fleck.« Seine Worte waren harsch. Verzweifelt. Aber die Hand, die ihre Stirn berührte, war so sanft wie der Flügelschlag eines Schmetterlings.

Alles war verloren. Ihre ganze Arbeit. Ihre einzige Chance der Wiedergutmachung.

Aber das Leben …

Sie zwang sich aufzustehen, rieb sich die juckenden Augen und setzte sich in Bewegung. In welche Richtung? Was war das Wichtigste? Die Männer hatten die Flammen, die an der Hütte geleckt hatten, gelöscht, und waren jetzt mit ihren Zelten beschäftigt. Nur ihres war komplett in Flammen aufgegangen.

»Was kann ich tun?«, schrie sie.

Leonard fuhr herum, sein Gesicht voller Ruß. »Bleiben Sie da!«

Die Wucht seines Befehls stieß sie zu ihrem sicheren Ort zurück. Sie wäre nur im Weg. Würde den anderen zusätzliche Sorgen machen. Alles nur verschlimmern.

Nora legte sich wieder auf den Boden und suchte sich eine Position, in der möglichst wenig Druck auf ihren Verbrennungen lag. Sie vergrub das Gesicht in ihren Armen, um den Anblick der Zerstörung auszusperren, und sank in einen nebligen Schlaf voller verkohlter Träume und zerbrochener Chancen.

Als ein früher Morgenregen die Rauchschwaden davonspülte, wurde Nora wach und krallte die Finger in die Erde. Das Nieseln half nicht, die Schmerzen in ihrem Nacken zu lindern. Es half nicht gegen das Gift aus ihrer Brust oder die Asche in ihren Haaren. Es half nicht, die Verzweiflung fortzuwaschen, die ihr das Atmen schwer machte.

Aber es brachte ihr Owen, der erschöpft auf sie zuhumpelte und sich die Seite hielt. Er legte sich neben sie, schlang die Arme um ihre Taille und drückte oberhalb ihrer Brandwunde einen Kuss auf ihren Nacken.

»Meine Liebste.«

Sein Flüstern erreichte, was der Regen nicht konnte. Es rann als heilender Balsam über all die ausgetrockneten, verbrannten Stellen.

Nur Noras Zelt war gänzlich zerstört worden. Überspringende Flammen hatten die Hütte in Mitleidenschaft gezogen, sodass sie das Gebäude nicht mehr benutzen konnten, aber den Männern war es gelungen, alles, was sich darin befunden hatte, unbeschadet in Sicherheit zu bringen. Der Angriff war zielgerichtet gewesen.

Helle Streifen aus rosafarbenem Licht breiteten sich über den

Bergen aus und versprachen ein Ende der Nacht, der Flammen und der Zerstörung, aber Nora starrte stumpf auf die Männer, die in den Kisten kramten und eine Bestandsaufnahme machten, während sie selbst sich Pallavis archaischen Heilkünsten überließ. Sie atmete scharf ein, als Pallavi einen Teebeutel über ihrer Verbrennung ausdrückte.

»Das ist gut und zieht die Hitze heraus.« Pallavi schnalzte mit der Zunge. »Muttaa ponnu. Wieso sind Sie in das Zelt gegangen?«

»Alles Wichtige war da drin. Was hast du gerade zu mir gesagt?«

Owen schlurfte müde an ihnen vorbei, immer noch in dem Anzug von der Abendgesellschaft, obwohl dieser jetzt an einigen Stellen zerrissen war und getrocknetes Blut und Ruß daran klebten. Er blieb stehen, fuhr herum und ging zu der Stelle, an der er seine Schmetterlingssammlung aufgebaut hatte. Sie wusste nicht, wie es darum stand. Hatte der Brand sie auch zerstört? War alles Warten und Beobachten umsonst gewesen? Nora seufzte und riss den Blick von Owen los, weil sie nicht sehen wollte, wie er mutlos die Schultern hängen ließ.

»Dummes Mädchen! Alles Wichtige ist hier draußen«, sagte Pallavi und nahm Noras Kinn zwischen ihre knorrigen Finger, um ihren Kopf wieder in Owens Richtung zu drehen.

Nora sah zu, wie er eines der Gläser hochhob und an seine Brust drückte. Ihre Kehle schnürte sich zusammen und sie nickte, aber noch immer war ihr das Herz schwer. Ja, Owen war wichtiger als ihre Forschung und er war wichtiger als jede Entdeckung, aber sie konnte die Enttäuschung, die ihr alle Energie und jeden Kampfgeist raubte, nicht abschütteln.

Pallavi schob Noras Haare über die Schulter nach vorne und trug eine dicke Schicht Honig auf die Brandwunde auf. Als sie damit fertig war, trottete Nora über die verbrannte Erde und blieb bei den Männern stehen, die um einen Korb mit Insekten in Gläsern und Schachteln herumstanden.

»Habt ihr viel verloren?«, fragte sie.

Leonard schüttelte den Kopf. »Nein, dem Himmel sei Dank. Nur Ihr Zelt wurde ganz zerstört. Wir haben die Flammen bemerkt, bevor sie die Hütte niederbrennen konnten.«

»Haben meine Abbildungen überlebt?«

»Ja.« Er legte die Hand auf den Stapel neben ihm.

Wenigstens das war ein Segen. Sie hätte sich nicht vorstellen können, alles noch einmal zu machen.

Frederic stand auf, sein Gesicht so blass wie die weißen Flecken, die zwischen der Asche auf seinem Nachthemd hervorschimmerten. Sein Brustkorb hob und senkte sich unter keuchenden Atemzügen und er fuhr sich mehrfach mit der Hand durch die Haare, wodurch sie noch mehr abstanden. »Ich wusste, dass so etwas passieren würde, als Sie sich geweigert haben, den Aufenthaltsort des Mädchens zu verraten. Ich habe Ihnen gesagt, Sie sollen sich aus kulturellen Angelegenheiten heraushalten. Sie verstehen sie nicht.«

Die anderen wechselten nervöse Blicke.

»Es tut mir leid«, sagte sie.

Frederic blinzelte – ob wegen ihrer Entschuldigung oder dem Mangel an Widerspruch, wusste sie nicht. Erstere hatte sie noch nicht oft geäußert und Letzteren zu oft. Aber eine unendliche Müdigkeit hatte sie erfasst und sie hatte keine Kraft mehr für Streitereien. Sie zuckte mit den Schultern und selbst diese kleine Bewegung jagte eine weitere Welle aus Schmerz und Erschöpfung durch ihren Körper.

»Wir können nur hier sein, weil die Menschen uns wohlgesinnt sind. Das haben Sie jetzt zerstört.« Frederic rieb sich die Oberarme. »Können Sie Sita bitte wieder zu ihrem Vater bringen?«

Nora senkte den Kopf und bohrte ihre Schuhspitze in die Erde. Das konnte er nicht von ihr verlangen. Schon gar nicht nach Murugas brutalem Überfall. »Er hat uns angegriffen – Owen und mich.« Sie sah Frederic an. »Wie kann ich sie wieder zu ihm schicken? Was würde er ihr antun?«

Frederics Blicke wanderten über ihr Gesicht und er erstarrte.

Nora wusste, dass sie entsetzlich aussehen musste. Seine Schultern sackten ein wenig nach unten und seine Arme hingen schlaff herab. Er schloss die Augen.

Owen trat neben sie und legte ihr ermutigend eine Hand auf den Rücken. »Einer von ihnen ist geschlüpft«, flüsterte er ihr zu. »Es ist ein *Castalius rosimon.*«

Ein Lächeln huschte über Noras aufgeplatzte Lippen, sodass die kleine Brandwunde über ihrem Mund unangenehm zog. Sie nahm das Glas, das Owen ihr hinhielt, und sah hinein. Ein kleiner weißer Schmetterling mit schwarzen Punkten überall auf den Flügeln baumelte an einem Zweig, zerknittert und zitternd, während er seine Flügel nach der Verwandlung trocknete. Trotz allem hatte er überlebt.

Als Frederic sich räusperte, gab Nora Owen das Glas zurück.

»Ich habe Muruga versprochen«, begann Frederic nach einem tiefen Luftholen, »dass ich seine Familie in Ruhe lassen würde nach der … kompromittierenden Situation, in die ich seine älteste Tochter gebracht hatte.«

»Madhavi.« Nora schluckte den sauren Geschmack hinunter, der ihr in den Mund stieg.

»Als die Schwangerschaft offensichtlich wurde, bestand Muruga darauf, dass ich sie heiraten sollte. Entweder das oder er würde das Kind den Elementen aussetzen.«

»Warum hast du es nicht getan?«, fragte Owen. Unter der Oberfläche seiner unverfänglichen Frage schwelte ein unverkennbarer Zorn. Er hatte sich das Glas mit dem Schmetterling unter den Arm geklemmt.

»Meine Frau hätte von der Konkurrenz nichts gehalten. Außerdem hätte meine Familie mich enterbt, wenn ich mit einer indischen Frau und einem Baby nach England zurückgekehrt wäre. Es wäre ein Skandal gewesen. Ich versuche, die Ehre meiner Familie wiederherzustellen, nicht, sie noch weiter zu zerstören.«

»Dann hättest du dich ehrenhaft verhalten müssen. Wie konntest du zulassen, dass er dein Kind tötet?« Owens Stimme war nur noch ein ungläubiges Flüstern.

Frederic raufte sich die Haare und stöhnte. »Ich hatte keine Wahl. Aber Sie …« Er sah Nora an. »Warum haben Sie nicht auf mich gehört? Sie haben nicht nur unsere Arbeit, sondern auch unser aller Leben aufs Spiel gesetzt.«

Sie presste eine Hand gegen ihre schmerzenden Rippen. »Ich hatte auch keine Wahl. Ich liebe Sita.«

Frederic schüttelte den Kopf. »Deshalb haben Frauen in der Wissenschaft nichts zu suchen. Sie werden von Emotionen beherrscht anstatt von Logik.« Er schüttelte sich und straffte die Schultern. »Wenn Sie nicht gehorchen, müssen Sie gehen. Wenn Sie das nicht tun, werden wir nicht bleiben dürfen. Ich bin nicht einmal sicher, ob wir das nicht ohnehin vergessen können.«

Nora nickte. Es gab nichts mehr, was sie in Indien hielt. Jedes bisschen Zähigkeit hatte sie verlassen. Sie drohte unter dem Druck des Versagens zusammenzubrechen. Aber da presste Owen seine Hand auf ihren Rücken und stützte sie. Beschützte sie vor ihren Selbstvorwürfen.

Er starrte den *Castalius rosimon* an, bevor er das Gummiband löste und das Tuch von dem Glas entfernte. Dann schob er zwei Finger hinein, holte den Schmetterling heraus und hob ihn in Richtung Himmel. Mit einem kleinen Lächeln sah er zu, wie der Falter davonflog.

»Owen.« Frederics Stimme klang hart. »Du musst dich entscheiden. Deine Zukunft oder Nora.«

»So wie ich das sehe«, erwiderte Owen und reichte Frederic das leere Glas, »ist beides dasselbe.«

Kapitel 24

Als Nora und Owen die Treppe zum Haus der Davies' hinaufstiegen, explodierte der Himmel in berauschender Farbenpracht und die Sonne kleidete die Bäume in Gold. Indiens Sonnenaufgänge waren so wie jeder andere Aspekt dieses Landes – überraschend in ihrer Intensität und Faszination.

Owen gab dem Fahrer des Wagens, den William für sie bestellt hatte, zu verstehen, er solle bei seinem Koffer warten. Nora hatte alles verloren – ihre Kleider, die Geschenke, die sie gekauft hatte, und vor allem die Insekten, die sie gefangen hatte und mit denen sie ihre Sammlung neu hatte aufbauen wollen. Die Ohrringe, die sie mit Owen in dem Juwelierladen gekauft hatte, baumelten von ihren Ohrläppchen und sie berührte einen davon mit den Fingerspitzen. Sie hatte sie vor der Fahrt zu dem Abendessen angelegt, genau wie ihre Brosche. Sie waren nur wegen der Gesellschaft, zu der sie gar nicht hatte gehen wollen, noch da.

War das wirklich keine vierundzwanzig Stunden her?

Unvermindert drückten Traurigkeit und Schuldgefühle Nora nieder.

Swathi öffnete die Tür, als sie klopften, und stieß einen kleinen Schreckensschrei aus. »Was ist passiert?«

Sie zog Owen und Nora ins Haus und Owen berichtete davon, wie sie die Gesellschaft verlassen hatten, von Murugas Überfall und von dem Feuer.

Swathi umarmte Nora und rief ihrem Bediensteten zu, er solle Tee machen.

Nora löste sich aus der Umarmung und schüttelte den Kopf. »Wir müssen Sita aus Kodaikanal wegbringen. Sonst findet Muruga heraus, dass wir hier sind, und dann weiß er, wo er Sita finden kann.«

»Ich dachte, ich hätte noch mehr Zeit mit ihr«, sagte Swathi.

»Sie hat keine Zeit mehr.« Noras Worte klangen rauer, als sie beabsichtigt hatte. Lauter. Und sie lockten Charan und Sita aus einem Zimmer am Ende des Flures.

»Akka!« Sita rannte auf sie zu und schlang die Arme um sie. Nora ächzte leise, weil es wehtat, aber sie setzte ein tapferes Lächeln auf und ignorierte Sitas fragenden Blick.

»Hallo, Liebling. Du musst deine Sachen packen. Es wird Zeit, dass du Kodaikanal verlässt. Dein Vater ist ungehalten und er wird bald herausfinden, wo du steckst.«

Angst blitzte in Sitas Augen auf. »Ja, ist gut.«

»Nein, ich bin noch nicht bereit.« Swathi zog Sita zu sich.

Charan löste sanft die Hände seiner Frau von Sitas Schultern. »Sie ist hier nicht sicher, Swathi. Das weißt du. Und wir müssen bleiben. Wenigstens so lange, bis du wieder gesund bist.«

Swathis kummervoller Laut zerriss Nora das Herz und sie fing Owens Blick auf. Wenn sie ihrer Freundin doch nur helfen könnte!

Sita nahm Swathis Hand und presste ihre Lippen darauf. »Warum weinst du?«

Swathi lächelte sie unter Tränen an. »Ich bin eine Mutter ohne Kinder.«

Sita öffnete den Mund, um etwas zu sagen, aber ein Klopfen an der Tür ließ sie alle zusammenfahren.

»Wer ist das?«, fragte Swathi.

»Sita, versteck dich!« Nora schob sie durch eine Tür und Sita verschwand.

Der Dienstbote glitt mit nahezu lautlosen Schritten an ihnen vorbei. Er stellte ein Tablett mit Tee auf einen Bambustisch unter einem Spiegel, sah mit unbewegtem Blick in die Runde und ging dann, um die Tür zu öffnen.

Pallavi trat ein.

»Was machst du hier?«, fragte Nora scharf.

Pallavi, die noch gekrümmter wirkte als sonst, eilte auf Nora zu. Ihre blinzelnden Augen verschwanden fast in den Falten ihres Gesichts. »Wo ist das Kind?« Als Nora nicht antwortete, ergriff Pallavi ihre Hand mit klauenartigem Griff und schüttelte sie. »Ich weiß, dass sie hier ist! Sie haben keine anderen Freunde in Kodaikanal und hatten keine Zeit, sie woanders hinzubringen. Das habe ich Muruga heute Morgen gesagt, als er zurückkam. In diesem Augenblick ruft er seine Leute zusammen, damit sie kommen und Sita holen. Wo ist sie?«

Nora zwängte ihre Worte an dem Kloß in ihrer Kehle vorbei: »Warum sollte ich dir das sagen?«

»Sie muss fort. Jetzt! Muruga hat mir erzählt, dass Sita Christin geworden ist, und ich weiß, er wird sie töten. Gibt es einen Ort, wo sie hinkann?«

Swathi schob sich an ihrem Mann vorbei und trat vor Pallavi. »Ja, ich weiß einen.«

Nora zog ihre pochenden Finger aus Pallavis Griff. »Warum? Warum willst du ihr jetzt helfen?«

Pallavi rang die Hände und ein Schatten der Hoffnungslosigkeit huschte über ihr Gesicht. »Unsere Familie hat schon eine Tochter verloren. Ich werde nicht noch eine verlieren!« Sie ließ den Kopf hängen. »Nachdem ihr Vater das Baby hat sterben lassen, hat Madhavi ihre Schande und Qual beendet. Sie hat sich an einem Baum erhängt.« Ihr Blick durchbohrte Nora. »Ich werde Sita retten. Ich habe viel wiedergutzumachen.«

Ihre heiseren Worte rissen alle aus ihrer Starre.

»Ich hole ihre Sachen!«, sagte Swathi und lief den Gang hinunter.

»Komm her, Sita!«, rief Nora mit zittriger Stimme.

Wenige Minuten später, nach einem raschen Abschied voller Umarmungen, saßen Owen und Nora mit Sita in dem zugehängten Wagen und der Fahrer ließ die Lederzügel auf den Rücken des Pferdes knallen. In vier Stunden sollten sie den Bahnhof an der Kodai Road erreichen und kurze Zeit später würden sie auf dem Weg zu der Frau in Madurai sein, die für Sita sorgen konnte.

Nora rutschte näher an Sita heran und die rauen Holzbretter des Sitzes drückten sich durch den Rock in ihre Beine.

Sita blickte zu ihr auf, einen seltsamen Glanz in den Augen.

»Warum hast du mir nicht erzählt, dass deine Schwester gestorben ist?«, fragte Nora.

Sita spielte mit dem zerschlissenen Riemen der Tasche, die Swathi ihr gegeben hatte. »Sie lebt weiter.«

Nora hatte keine Gelegenheit nachzufragen, denn Sita hob das Kinn und sagte: »Wir müssen vorher noch einmal halten, Akka.«

Überrascht blickte Nora zu Owen hinüber, bevor sie den Kopf schüttelte. »Wo musst du denn halten? Das ist zu gefährlich.«

»Wir *müssen* halten.« Sita schlug das Leder zurück, das sie in dem stickigen, staubigen Wagen einschloss, und sagte etwas auf Tamil zu dem Fahrer. Er gab dem Pferd einen Befehl und sie bogen in eine Straße ein, auf der sich schlafende Kühe breitgemacht hatten. Immer wieder musste der Wagen anhalten, sodass es viel zu lange dauerte, bis sie an den Tieren vorbei waren.

»Ich hoffe, es ist wirklich wichtig, Sita«, sagte Owen, »denn du riskierst deine eigene Sicherheit. Und die von Nora auch.«

Sitas Gesicht strahlte vor Gewissheit. Nora wünschte, sie könnte dieses Strahlen einpacken und mit nach Hause nehmen. Wann hatte sie jemals eine solche innere Ruhe erlebt? Ihr ganzes Leben hatte sich angefühlt wie ein Kampf gegen Konventionen und Beschränkungen. Doch hier saß ein Kind, dessen Leben verkauft worden war und das eine mehrtägige Reise in eine unbekannte Zukunft antreten musste – und dieses Kind beobachtete Nora mit klugen Augen, die wahren Frieden kannten.

Einen Frieden, der größer war als alle Vernunft.

Endlich war die letzte Kuh zur Seite getrottet, als hätten die Rufe des Fahrers sie beleidigt, und sie konnten bis zum Ende der Straße weiterfahren.

Als sie anhielten, sprang Sita aus dem Wagen. »Komm mit, Akka!«

Nora und Owen folgten ihr in ein gedrungenes kleines Haus.

Obwohl es kaum mehr war als eine Baracke, war es sauber und der Duft gewürzter Linsen hing zwischen den Lehmwänden.

Eine alte Frau saß im Schneidersitz auf einem Lager aus Matten und Decken. Sie hatte ein Baby im Arm und hielt ihm den länglichen Ausguss eines Kruges an den Mund. Das Kind gurgelte und strampelte mit den dünnen Beinchen.

»Warum sind wir hier?«, fragte Owen.

Noras Magen zog sich zusammen. »Wir müssen weiter, Sita!«

Sita ging zu der Frau und sagte etwas zu ihr. Die Frau küsste den Säugling auf die Wange, gab ihn Sita und legte die Hände auf die Köpfe beider Kinder. Sie sprach einige Worte, die sich anhörten wie ein Gebet, und Sita eilte an Nora und Owen vorbei hinaus in den Sonnenschein.

Nora folgte ihr eilig und runzelte die Stirn, als Sita in den Wagen stieg, das Baby auf dem Arm. Als Nora und Owen saßen, fuhr der Wagen wieder an.

»Was geht hier vor sich?«, fragte Nora mit einem Blick auf das Baby.

Sita hielt es auf dem Schoß und zählte seine Finger und Zehen ab. Dann blickte sie mit feuchten Augen zu Nora und Owen auf. »Ich habe eine Uhr aus Frederics Zelt gestohlen und sie verkauft, um der Bibelfrau Geld zu geben. Sie brauchte das Geld, weil ihr Mann gestorben ist, und sie hat keine Familie. Wird Gott mir vergeben?«

Nora wollte Sitas Sünde nicht beschönigen, aber Frederic hatte sich weitaus Schlimmeres zuschulden kommen lassen und sie fand, dass er größere Probleme hatte als eine gestohlene Uhr. »Ich bin sicher, das wird er, wenn du es bereust.«

Sita rümpfte die Nase. »Aber ich bereue es nicht. Weil das Geld dafür war, dass die Bibelfrau sich um das Baby kümmert.« Sie drückte Nora den Säugling in die Arme, die es unbeholfen festhielt. »Ich bin meinem Vater in den Wald gefolgt und habe sie in Sicherheit gebracht.«

Noras Blick wanderte zu dem schmalen Gesicht des Babys

mit der ernsten Miene und dem dunklen Haarschopf. Die Kleine lutschte an ihrem Daumen und starrte Nora an. »Du hast das Baby deiner Schwester gerettet?«

Sita nickte und strich in kreisenden Bewegungen über den Kopf des kleinen Mädchens. »Ich konnte sie doch nicht sterben lassen, auch nicht, wenn ich dafür großen Ärger bekommen hätte.«

Owen berührte Noras Hand. »Das erinnert mich an etwas, was jemand anders erst heute Morgen gesagt hat.«

Als sie zum Haus der Davies' zurückkamen, stand eine Gruppe von Männern auf der Treppe vor dem Eingang, Muruga ganz vorne, die geballten Fäuste vor Charans Gesicht. Owen zischte eine Anweisung durch das kleine Fenster, durch das sie mit dem Fahrer sprechen konnten, und dieser fuhr sie am Haus vorbei, ohne dass ihre Angreifer sie sahen.

Nora atmete erleichtert aus. Das Baby strampelte und trat mit den Füßchen gegen ihren Arm. Mit Daumen und Zeigefinger fasste sie nach dem Zeh des Babys, der fast so klein und rot war wie ein Marienkäfer, und lächelte.

»Als ich Swathi und Charan kennengelernt habe, wusste ich, dass sie die Eltern des Babys sein sollen.« Sita fuhr erneut mit der Hand über das flauschige Haar des Säuglings. »Ich wollte die Kleine erst zu ihnen bringen, wenn ich sicher bin, dass mein Vater mich nicht findet.«

Sie fuhren zum See und Nora schob die Vorhänge zurück, sodass sie die Spiegelung der Sonne im Wasser sehen konnten. Sita streckte den Kopf vor, lehnte sich über Noras Schoß, um den Anblick zu bewundern – vielleicht zum letzten Mal –, und klemmte dabei fast das Baby ein. Owen zog den Säugling zu sich herüber. Über Sitas schmalen Rücken hinweg sah Nora, wie er die Kleine an seine Brust legte und seine Nase an ihrem Hals vergrub. Ihre Blicke begegneten sich und in seinen Augen sah sie etwas, das ihr den Atem raubte. Etwas, das mehr verhieß als gestohlene Küsse.

Ihr Fahrer fuhr sie durch die Straßen von Kodaikanal, um den

Marktplatz herum und im Zickzack durch enge Gassen. Nora ließ den Vorhang fallen, als sie sich etwa zwanzig Minuten später erneut Swathis Haus näherten.

Dann sah sie zum Fenster hinaus. »Muruga ist fort.«

Owen ließ den Fahrer um den Bungalow herumfahren und dann schlichen sie zum Hintereingang, Owen und Nora flankierten Sita mit dem Baby. Owen klopfte nicht, sondern stieß die Tür auf und schob die anderen in den Salon. Swathi und ihr Mann, die auf dem Korbsofa gesessen hatten, sprangen auf. Charan hatte den Arm um die Taille seiner Frau gelegt, deren gerötete Augen und bebende Schultern von ihrem Elend zeugten.

Sita ließ Nora stehen und ging lächelnd zu Swathi und Charan. »Das ist das Baby meiner Schwester. Es hat keine Eltern. Keine Mutter.«

Swathi keuchte und ging vor Sita in die Hocke. Sie zog sie an ihre Brust, eine Hand auf ihrem Rücken, die andere auf den Kopf des Babys gelegt. Charan kniete neben ihr nieder und schloss sie alle in seine Arme. Das Baby fing an zu weinen, ein dünnes Heulen, das sie die Umarmung lösen ließ. Swathi starrte das Kind an, das noch immer in Sitas Armen lag, und ihre Hände zuckten in seine Richtung.

Sita drückte einen Kuss auf die Stirn ihrer Nichte und schloss einen Moment lang die Augen. Dann übergab sie das Baby behutsam an Swathi. »Leb wohl.«

Swathi drückte das Baby zärtlich an sich und ein unterdrückter Schluchzer ließ ihren Körper erzittern. Sie legte den Kopf in den Nacken, die Augen zur Decke gerichtet, und ihre Lippen bewegten sich in stillem Dankgebet. Dann sah sie Sita an, die vor Freude strahlte. »Ich wünschte, du könntest auch bei uns bleiben. Ich würde auch dir all meine Liebe geben.«

»Ich weiß, Athai, aber es ist genug, dass du sie lieb hast.«

Owen nahm Noras Hand und drückte sie. Sie lehnte den Kopf an seine Schulter und unter den Schichten aus Schmutz und zerrissener Seide und unter dem rasenden Schlag ihres Herzens vernahm sie ein Flüstern. Es war wie kühles Wasser, das ihre ausgedörrten Lippen benetzte. Eine Brise mitten im heißen Sommer Indiens. Ein Tanz durch den Regen des Monsuns.

Das hier ist richtig. Es ist gut. Das war alles wert.

Nora wandte sich um und vergrub das Gesicht an Owens Brust. Sie atmete den Geruch von Asche und Schweiß ein, nahm aber nur seine Stärke und Güte wahr. Dieses Mal hielt sie die Tränen nicht zurück. Wehrte sich nicht gegen sie. Hatte nicht das Bedürfnis, sie fortzuwischen.

»Sonderbar«, flüsterte Owen, seine Lippen an ihrem Ohr, »du weinst ja.«

Sie nickte. Er legte die Arme um sie und gemeinsam wiegten sie sich zu der unhörbaren Musik von Freude und Kummer, die ineinander verwoben waren.

In Madurai wohnten sie im Haus einer Frau namens Aneeta auf einem etwa eine Stunde von der Stadt entfernten Gelände, umgeben von Tamarinden und Kinderlachen.

Im Laufe der Jahre hatte sie mehr als hundert Mädchen und einige Jungen aufgenommen – die meisten vor britischen *Chaklas*, Kinderehen und Tempeln gerettet, in denen sie zur Prostitution hatten gezwungen werden sollen. Einige waren die Kinder von Frauen, die alle Hoffnung auf eine Flucht bereits aufgegeben hatten. Sie plauderten in einem Dutzend verschiedener Sprachen, huschten zwischen Hütten und Palmen hin und her und leuchteten in ihrer farbenfrohen Kleidung und mit den glitzernden Armreifen wie Pfauen.

Am ersten Tag hatte Nora auf einer weichen Matte unter einem offenen Fenster geschlafen, den Arm um Sita geschlungen. Nach dem Aufwachen hatten sie Idli gegessen und den Papageien in den Bananenstauden vor dem Haus gelauscht. Und dann noch eine Weile geschlafen.

Nach zwei Tagen fuhr Nora zusammen mit Owen nach Madurai, wo sie einige Kleidungsstücke ersetzte. Aneeta hatte ihnen den Pferdewagen angeboten und jetzt waren sie auf dem Heimweg nach *Malarkal Vitu*, während die Abenddämmerung hereinbrach. Sie klammerten sich an die rauen Bretter, die als Sitz dienten, und da sie beide immer noch Schmerzen hatten, zuckten sie jedes Mal zusammen, wenn das Ruckeln des Wagens sie gegeneinanderwarf.

»Dein Gesicht hat endlich wieder etwas Farbe«, sagte Owen.

Nora tätschelte ihre Wangen. »Ich hatte ja auch Zeit auszuruhen und nachzudenken. Und ich bin unglaublich erleichtert, weil Sita in Sicherheit ist.«

»Sie hat schon Freunde gefunden. Und Aneeta ist eine sehr herzliche Frau. Ich bin sicher, dass Sita hier aufblühen wird.«

»Ich wünschte, sie hätte bei Swathi und dem Baby bleiben können. Vielleicht, wenn sie nach Madurai zurückkehren?«

»Vielleicht.«

Sie bogen in den von Palmen gesäumten Weg ein, der zu Aneetas Haus führte, und Nora zog den Rock ihres neuen Kleides zurecht. Nicht der Stil, den sie für gewöhnlich trug, denn das cremefarbene Leinen war mit gestickten Blumen in Rosa und Blau übersät und das Mieder zierten Spitzenrüschen und Perlenknöpfe. Ihre Mutter wäre begeistert.

Nora war gleich nach ihrer Ankunft in der Stadt am Morgen zur Schneiderin gegangen und man hatte ihr etwas Schlichtes versprochen, bevor sie wieder zurückfuhr. Als sie später wieder in das Geschäft gekommen war, um ihre Bestellung abzuholen und endlich das Seidenkleid auszuziehen, das in einem wirklich desaströsen Zustand war, hatte sie beim Anblick ihrer Neuerwerbung aufgestöhnt.

»Das ist zu viel«, hatte sie zu der kleinen Waliserin gesagt, die alle Europäerinnen in Madurai einkleidete.

»Es wird Ihnen ganz ausgezeichnet stehen!«

»Ich möchte einfach nur sauber und ordentlich aussehen.«

Die Schneiderin hatte einen Blick auf die Tür geworfen, die die Sicht auf den Rest des Ladens versperrte, wo Owen wartete. »Ihm wird es gefallen.«

»Mir aber nicht.« Trotzdem hatte Nora seufzend ihr rosafarbenes Kleid abgelegt und es mit dem Fuß in die Ecke geschoben. »Also gut. Ich brauche etwas, das ich anziehen kann. Sorgen Sie bitte dafür, dass alles andere, was ich bestellt habe, unverziert sein wird. Schlicht.« Sie nahm den Rock und rümpfte angesichts der Falten und Bänder auf der Rückseite die Nase. »Dann muss ich heute wohl auch noch einen Reifrock kaufen.« Sie konnte schon hören, wie Owen sie auslachte.

Doch er hatte nicht gelacht. Selbst jetzt warf er ihr bewundernde Blicke zu, die ihr Innerstes erwärmten.

»Hör auf, mich so anzusehen.«

»Warum? Du siehst bezaubernd aus.«

»Ich sehe genauso aus wie in meiner gewöhnlichen Kleidung.« Sie verschränkte die Arme und starrte geradeaus über den Kopf des Fahrers hinweg.

Owen stieß ihr neckend den Ellbogen in die Seite. »Deine Stacheln kommen raus, Schrullig.«

Sie verbiss sich ein Grinsen. Er mochte ihre Stacheln. Und selbst wenn er fand, dass sie in Spitze und Schleifen hübsch aussah, hatte er sie in schlichter Wolle genauso gern.

»Sieh mal«, sagte er und zeigte gen Himmel.

Über ihnen flatterte ein Schmetterling. Er vollführte eine Abwärtsbewegung und landete auf Noras Schoß. Dort breitete er seine leuchtenden Flügel aus, deren dunkelblaue und schwarze Färbung so weich war wie Noras Rock, mit runden, orangefarbenen »Augen«.

»Ein *Junonia orithya*, glaube ich«, sagte Owen.

Nora hielt eine Hand über den Falter, bereit, die Finger zu krümmen und ihn darin einzuschließen. Bereit, eine letzte Erinnerung einzufangen. Eine Erinnerung, die nicht in Flammen aufgehen würde.

Ihre Hand zögerte. Der Schmetterling schlug mit den Flügeln.

»Willst du ihn haben?«, fragte Owen.

»Ja.« Aber sie konnte sich nicht überwinden, seinen Körper zu ergreifen. Zu sehen, wie er sein Leben aushauchte, bis er reglos war. »Ich glaube … ich glaube, ich will ihn lieber so in Erinnerung behalten, wie er ist.« Sie schob den Finger zwischen die Beine des Schmetterlings, hob ihn hoch und drehte sich dann zu Owen. Ihre Blicke trafen sich. »Manche Dinge sollten uns frei im Gedächtnis bleiben.« Sie konnten nicht immer eingefangen und montiert werden als Zeichen dessen, was gewesen war.

Der Schmetterling hob genau in dem Augenblick ab, als das Haupthaus in Sicht kam. Ein halbes Dutzend Kinder, darunter auch Sita, kam herausgerannt.

»Akka!« Sita lief auf den Wagen zu. Die Müdigkeit in ihren Schultern war in den Tagen seit ihrer Ankunft verschwunden. Ihr strahlendes Lächeln war nicht mehr getrübt, ihre Grübchen zeigten sich immer wieder und sie lief und spielte und tanzte ohne Sorge.

Owen sprang vom Wagen und ging um das Gefährt herum, um Nora hinunterzuhelfen, die Hände um ihre Taille gelegt. Eine Gruppe Kinder umringte sie. Sitas Finger schoben sich in Noras Hand und sie wurde fortgezogen, während Sita von einer Raupe erzählte, die sie gefunden hatte. Von einem Mosaik, das sie aus Perlen gebastelt hatte. Von einer neuen Freundin.

Nora lächelte auf sie hinab und fühlte die unscharfen Ränder der sich bildenden Erinnerung, die Sitas dicken Zopf und ihre leuchtenden Augen säumten. Einen Traum, der davonschwebte. Einen Traum, der sich nicht einfangen und aufspießen ließ.

Ihre freie Hand streckte sich nach Owen aus, der hinter ihnen ging, und er ergriff sie und fuhr mit dem Daumen über ihre Haut. Als könnte er ihre Gedanken lesen – ihr erdrückendes Gefühl des Verlusts spüren –, lehnte er sich zu ihr. »Genieß einfach diesen Augenblick, Nora.«

Neben ihr hing Sita an ihrer Hand und folgte ihren neuen

Freunden hüpfend den Weg hinunter. Sie war ganz leuchtende Farbe und hemmungslose Freude. Ein Schmetterling, der entkommen war. Ein schwebender Traum.

Drei Tage später war Noras neue Kleidung fertig. Sie wünschte, sie hätte mehr als zwei einfache Röcke und drei Oberteile bestellt. Mehr als zweimal Unterwäsche und ein Nachthemd. Denn dann hätte sie mehr Zeit an diesem Ort der Zuflucht und des Friedens verbringen können. Mehr Zeit mit Sita.

Das Mädchen lief gerade neben ihr den von Palmen gesäumten Weg hinunter. Sie hatten zu Ende gefrühstückt und Aneeta hatte sie aus dem Haus gescheucht und ihnen gesagt, sie sollten sich ungestört voneinander verabschieden.

»Musst du wirklich gehen? Kannst du nicht bleiben?« Sita umklammerte Noras Hand.

»Unser Schiff legt nächste Woche in Madras ab und wir müssen den nächsten Zug von Madurai bekommen, wenn wir rechtzeitig dort sein wollen.«

»Was wäre denn, wenn ihr einfach hierbleibt? Hier gibt es ganz viele Insekten. Schöne *Lepidoptera*. Dann könnte ich dir auch in Zukunft helfen.«

Ein Makak lief vor ihnen über den Weg und kletterte dann den Stamm einer Palme hinauf. Von einer Gruppe Kokosnüsse aus schrie der Affe sie an.

Nora zog Sita weiter den Pfad hinunter. »Ich wünschte, ich könnte bleiben, aber es wird Zeit, dass ich nach Hause fahre.«

»Ich werde immer an dich denken.«

»Ich auch an dich.«

Nora wusste, wie es war zu trauern. Sie erkannte die Symptome – die schweren Glieder und den Kloß in ihrer Kehle. Die bleiernen Bewegungen, mit denen sie neben Sita herging, als könnte sie jeden Moment keinen einzigen weiteren Schritt mehr tun. Die Art, wie ihr Herz – ein Organ, das mit diesen Gefühlen gewiss nicht allzu viel zu tun hatte – sich zusammenzog und dann in ihrer Brust zu zerspringen schien.

Sie erkannte diese Anzeichen und hatte ihnen doch nichts entgegenzusetzen.

Mitten auf der staubigen Straße blieb sie stehen und zog Sita in ihre Arme. Sie legte das Kinn auf ihren Kopf und schniefte, um die Tränen zurückzuhalten. »Du hast alles verändert. Für mich. Für das Baby deiner Schwester. Für dich selbst. Du bist tapfer und ich bin sehr stolz darauf, dich zu kennen.«

Sita legte den Kopf in den Nacken und blickte zu Nora auf mit diesen Augen, die bereits zu viel gesehen hatten. »Lass uns heute nicht weinen.«

Nora wischte schnell die Tränen fort, die ihr doch entwischt und über die Wangen gelaufen waren, und lächelte. »Ist gut. Was sollen wir machen?«

Ein schelmisches Grinsen erschien auf Sitas Gesicht und sie hob die Hände über den Kopf. »Tanzen, Akka.«

Nora lachte und ahmte Sitas Pose nach. Sita fing an, ein bezauberndes Lied zu singen in einer Sprache, die sich von Englisch ebenso sehr unterschied wie Indien von Noras Heimatland. Ein Lied, das eine Geschichte mit Worten erzählte, die Nora nicht verstand; ein Lied von Freude und Schönheit und Leben.

Ein Lied von Freundschaft und Liebe.

Ein Lied, das Noras Geist durchdrang und sie ihre Trauer vergessen ließ.

Sie tanzten im Schatten der Palmen und Sitas liebliche Stimme wurde gelegentlich von den Schreien eines zornigen Affen übertönt. Sie bewegten sich – Sita anmutig, Nora weniger – im gleichen Takt.

Und während sie die Hüften schwangen und die Arme kreisen ließen, prägte Nora sich Sitas Lächeln in Herz und Hirn ein. Dieses Strahlen wollte sie nie mehr vergessen. Wollte nie auch nur einen Augenblick lang an dem Wert dessen zweifeln, was sie an diesem fernen Ort gelernt und entdeckt hatte.

ଓ

Nora stand an der Reling des Dampfschiffs, als es den Hafen von Madras verließ und seine dreiwöchige Reise nach England antrat. Sie würden eine Woche bei Owens verwitweter Tante in London verbringen, bevor sie das nächste Schiff nach New York bestiegen. Bald würde sie zu Hause sein.

Sie hatte von Madurai aus einen Brief an ihre Mutter geschrieben, um ihr zu sagen, dass sie auf dem Heimweg war, hatte aber nicht erklärt, warum. Nora hoffte, sie würde nicht fragen.

Kleine Fischerboote glitten an ihnen vorbei, auf denen die Männer standen und sich mit ihren nackten Oberkörpern in die langen Ruder lehnten. Die Stadt verschwand am dunstigen Horizont und Nora, deren Augen brannten, weil sie viel zu wenig geschlafen hatte, kehrte Indien den Rücken zu.

»Geht es dir gut?« Owen berührte ihren Arm. Er hatte dunkle Ringe unter den Augen und Sorgenfältchen um den Mund.

Sie nickte. Dann schüttelte sie den Kopf. »Ehrlich gesagt, ich weiß es nicht. Ich habe einfach das Gefühl, dass ich zu früh abreise. Ich hätte so gerne mehr Zeit für die Arbeit gehabt. Mehr Zeit mit Sita und Swathi. Ich würde lieber hierbleiben, als nach Hause zu fahren. Alles fühlt sich irgendwie unfertig an.«

Owen biss sich auf die Unterlippe und drehte sich dann zur Stadt um. Als sie neben ihn an die Reling trat und wieder in Richtung Madras blickte, das am Horizont verblasste, fragte er: »Was siehst du?«

»Wasser. Und dahinter ein verwirrend komplexes Land voller Widersprüchlichkeiten. Bunte Insekten, die die Fantasie anregen. Kinder, die Herzen erobern. Einen Ort, der mich ganz in seinen Bann gezogen hat.«

»Du solltest Dichterin werden.«

Ihr leises Lachen tanzte auf ihren Lippen. »Ich glaube, ich bleibe lieber bei der Wissenschaft.«

»Du hast hier sehr viel erreicht. Ich sehe ein Land, in dem du deinen Wert als Entomologin erkannt hast.«

Sie neigte den Kopf ein wenig. »Das siehst du?«

»Du hast hier eine neue Schmetterlingsart entdeckt. Du hast gelernt loszulassen und zu tanzen.« Er sah sie an und sein Blick wurde weich.

Nora errötete, als sie daran dachte, wie sie sich unter dem schweren Himmel zu einer Musik bewegt hatte, die unter ihrer Haut pulsierte. Selbst jetzt wiegte sie sich ein wenig, als könnte sie Sitas Lied im Wind hören.

Owen legte eine Hand an ihre Wange und fuhr mit dem Daumen über ihr Kinn. »Ich sehe einen Ort, an dem du dich behauptet und an dem du herausgefunden hast, dass manche Dinge wichtiger sind als deine Karriere. Einen Ort, an dem du dich öffnen und zulassen konntest, dass mehr als Wissenschaft und Arbeit und Insekten – und ja, sogar mehr als die Zeitschrift – dein Herz froh macht.«

Wärme breitete sich in ihrem Bauch aus und durchströmte ihre Glieder. Sie lehnte sich in Owens Berührung und drehte sich dann, um ihre Lippen auf seine Handfläche zu drücken, während sie den erdigen Duft Indiens einatmete.

Owen beugte sich vor und flüsterte ihr ins Ohr: »Indien ist der Ort, an dem du mich lieben gelernt hast, und deshalb ist es mir der liebste Ort auf Erden.«

Sie sehnte sich nach einem einsamen Shola-Wald. Nach einem Wasserfall, der ihr Gesicht mit kühlendem Nebel benetzte. Sie sehnte sich nach einigen Augenblicken allein mit Owen in einem polternden *Mattu vandi*, bevor das Leben wieder in gewohnten Bahnen verlief.

Als sie sich so dicht an Owen schmiegte, wie sie es in der Öffentlichkeit wagte, schwang ihr Herz sich in die Höhe, während ein kleines Stück davon abbrach und in diesem Land unerledigter Arbeit und berauschender Träume zurückblieb.

Teil 3

Ithaca, New York
Oktober 1885

Kapitel 25

Es war Herbst, als Nora nach Hause zurückkehrte. Eine Palette gedämpfter Gelb- und Rottöne färbte die Berge und Hügel im Bundesstaat New York. Ithaca war voller Studenten, die begeistert das neue Semester begonnen hatten, und ihre eiligen Schritte und ihr Geplauder lösten in Nora die Sehnsucht nach diesem einfachen Leben aus. Sie wünschte, sie könnte sich den Menschen anschließen, die an ihrem Haus vorbeigingen und auf dem Weg zu komparativer Literatur und Biologieunterricht den Friedhof überquerten. Aber das konnte sie nicht. Nicht nur, weil sie erst im Februar zurückerwartet wurde und bis dahin keine Verpflichtungen hatte, sondern weil Indien sie verändert hatte.

»Erzähl uns noch mal, wie das mit Owen war.« Rose beugte sich auf dem Stuhl in der Gartenlaube nach vorn und ihre Augen funkelten vor Wonne angesichts dieser Romanze.

Nora wollte ihr und Bitsy von Frederic und Sita und Swathi erzählen. Von Muruga und Pallavi. Von den scheinheiligen Vertretern der Missionsgesellschaft und von ihrer Liebe für ein indisches Kind. Aber das konnte sie nicht. Diese Geschichten waren heilig und sie wollte ihre Wirkung nicht schmälern, indem sie diese Augenblicke häppchenweise mit anderen teilte. Es war eine Geschichte, die als Ganzes erzählt werden musste, also würde sie nur Owen davon erzählen, bis sich ihre Gedanken nicht mehr jedes Mal vor Sorge überschlugen, wenn sie Sitas Namen aussprach, und bis sie über Murugas Angriff reden konnte, ohne dass sie zu zittern anfing.

Sie glaubte nicht, dass sie ihnen jemals von ihrem Schmetterling erzählen würde und von den wenigen kostbaren Tagen, an denen sie gedacht hatte, sie würde sich tatsächlich als Naturwissenschaftlerin einen Namen machen.

Nora schlug die Füße übereinander und atmete den Fliederduft ein, der ihr jedes Mal in die Nase stieg, wenn ihr Rock sich bewegte und den Duft des kleinen Säckchens von sich gab, mit dem sie ihn in den Schrank gelegt hatte. Indien war ihr bis ins Mark gesickert und sie vermisste die trägen Tage, den Duft von gewürztem Tee, der sie jeden Morgen weckte, und die Affen, die einander etwas zuriefen. Aber den Geruch von ungewaschenen Männern vermisste sie nicht. »Das wisst ihr doch alles schon.«

Bitsy stützte den Ellbogen auf den kleinen runden Tisch und machte eine Handbewegung, bei der ihre Finger in einer eleganten Pose endeten. »Du weißt doch, dass Rose von romantischen Geschichten nie genug bekommen kann. Sie liest diese sentimentalen Romane schneller, als sie Schokolade essen kann. Und sie denkt sich immer irgendwelche Märchen aus, als wäre das Leben so.«

Nora schenkte Rose ein nachsichtiges Lächeln. »Zum Glück sind weder Owen noch ich seekrank geworden. Wir konnten an der Reling stehen und dem Meer lauschen, das an den Schiffsrumpf schlug. Ich hätte eine Anstandsdame engagieren sollen, denn wir haben viel zu viel Zeit zusammen verbracht. Bestimmt schnalzen die Engländerinnen noch immer schockiert mit der Zunge, wenn sie an diese zügellosen Amerikaner denken.«

Rose beugte sich weiter vor und selbst Bitsy zeigte einen Anflug von Interesse.

»Als wir in London ankamen, sind wir wieder bei Owens Tante abgestiegen. Auf dem Weg nach Indien hatten wir dort nur zwei Tage und Owen hat einen Großteil davon mit seiner Familie verbracht. Aber diesmal hatten wir eine Woche Zeit und seine Verwandten hätten genauso gut gar nicht existieren können. Ich hatte nicht die richtigen Kleider, um auszugehen und die üblichen Dinge zu tun, aber wir sind durch den Hyde Park gefahren, haben uns in der Bibliothek seines Onkels stundenlang über Bücher unterhalten und uns im Garten heimlich geküsst.« Nora wurde rot, wenn sie an diese Küsse dachte. »Er hat mir gesagt, dass er mich liebt.«

Rose klatschte in die Hände und presste die Finger dann an ihre Lippen. »Seid ihr deshalb früher nach Hause gekommen? Um zu heiraten?«

Nora blinzelte. »Was? Nein. Darüber haben wir gar nicht gesprochen.«

Rose sah nicht aus, als hätte sie Noras Antwort gehört. Sie wiegte sich auf ihrem Stuhl hin und her und wirkte, als würde sie jeden Augenblick in Ohnmacht fallen, und ein Hauch von einem Lächeln erschien auf ihren Lippen. »Das ist ja so romantisch! Wie in einem Märchen. Ihr habt euch an einem exotischen Ort ineinander verliebt, weit fort von zu Hause, auf Wolken schwebend, die nach Jasmin duften.«

»Ach, du lieber Himmel.« Bitsy lachte. »Ich bin sicher, es war ganz anders. Nora ist viel zu nüchtern, um auf nach Jasmin duftenden Wolken zu schweben.«

Nora lächelte, als Bitsy ihr zuzwinkerte, aber irgendwie hatte es sich tatsächlich so angefühlt. Indien und alles, was dort geschah, sprach mit einem Flüstern zu ihr, das ihre Erinnerungen liebkoste und alles in exotische Düfte und schwüle Nächte voller Zikadenklänge hüllte.

Sie fuhr mit den Fingern über ihre Lippen, während sie sich an Owens Küsse erinnerte. Sie hatte ihn nicht mehr gesehen, seit sie am Hauptbahnhof in New York getrennte Wege gegangen waren – er, um Zeit mit seiner Familie in Manhattan zu verbringen, und sie, um die Heimreise fortzusetzen –, und sie fragte sich, ob er wirklich Teil dieses nebligen Traumes gewesen war.

Als sie vor vier Monaten in New York zu fremden Ufern aufgebrochen war, hatte sie ihre Zurückhaltung aufgegeben, und jetzt, wo sie in den alten Mantel ihres Zuhauses schlüpfte, hatte sie das Gefühl, dass er zu eng war und nicht mehr passte. Vielleicht hatte Indien sie gar nicht so sehr verändert, sondern ihr vielmehr gezeigt, dass sie jahrelang eine Verkleidung getragen hatte.

»Was macht er da?«, fragte Bitsy. Sie blickte mit fragendem Blick zu Noras Haus hinüber.

Nora drehte sich um, entdeckte aber nichts Ungewöhnliches an der grauen Holzvertäfelung. »Wer?«

»Lucius.« Bitsy zeigte mit dem Kinn nach oben. »Er hat gerade aus deinem Schlafzimmerfenster gesehen und dann die Gardinen zugezogen. Das ist verdächtig.«

Eine Flamme, von Lucius' Lagerfeuer entzündet, flackerte in Noras Magengegend auf und verbrannte alle Gedanken an Träume und Owen. »Ich bin gleich wieder da.«

Als Bitsy und Rose sich erhoben, bedeutete Nora ihnen, wieder Platz zu nehmen, dann schritt sie durch den Garten und betrat das Haus. Während sie die Hintertreppe hinaufstapfte, formte sie alle möglichen Argumente in ihrem Kopf. Die meisten begannen mit dem Satz »Ich habe keine Insekten mehr, die du vernichten könntest«, aber als sie die Tür zu ihrem Zimmer öffnete, waren alle Reden, die sie geprobt hatte, keine Vorbereitung auf das, was sie sah.

Lucius stand vor ihrer Kommode und kramte in ihrer Schmuckschatulle. Er hielt einen Smaragdring hoch, der ihrer Großtante gehört hatte, und drehte ihn hin und her, bevor er ihn in seine Tasche steckte. Als er ihre Zikadenbrosche in die Hand nahm, versteifte sich Noras ganzer Körper. Diese Brosche, die ihr Vater ihr geschenkt hatte und die Sita so liebte, gehörte nicht in Lucius' grobe Finger.

Sie durchquerte den Raum. »Was machst du da?«

Lucius fuhr zusammen und die Brosche fiel zu Boden. Als Nora sich bückte, um sie aufzuheben, zog er sich eilig zur Tür zurück.

Sie richtete sich ruckartig auf. »Halt! Ich verlange eine Antwort. Warum durchwühlst du meinen Schmuck? Warum hast du meinen Ring gestohlen?«

Lucius drehte sich um und sah sie an, dann blickte er zur Decke und stieß einen tiefen Seufzer aus. »Ich brauche Geld.«

Geld? Das Erbe ihrer Mutter hätte noch Jahre reichen müssen. Auf dem Haus lag keine Hypothek und ihr Lebensstil war nicht gerade extravagant. »Warum das?«

»Weißt du nicht mehr, dass ich meine Stellung verloren habe? Ich verdiene seit Monaten nichts mehr.«

Nora wurde das Herz schwer. »Und was ist mit dem Geld meiner Mutter?«

Lucius' Lippen bildeten jetzt eine schmale Linie. »Das geht dich nichts an.«

»Du stiehlst meinen Schmuck. Ich finde, das geht mich sehr wohl etwas an.«

»Du scheinst vergessen zu haben, dass alles in diesem Haus mir gehört, aber gut, nimm ihn.« Er kramte in seiner Tasche und zog den Ring hervor.

Nora streckte die Hand aus und wartete. Als er zu ihr kam und den Ring auf ihre flache Hand legte, sagte sie: »Das Haus mag dir gehören, aber das ist mein Schmuck.«

Er hob eine zitternde Hand und fuhr sich damit übers Gesicht. Als er den Arm sinken ließ, waren seine Augen wieder zur Decke gerichtet und die Muskeln in seinem Unterkiefer zuckten. »Ich werde nicht betteln, Nora, aber ansonsten kann ich nur noch deine Mutter bitten, etwas von ihrem Schmuck zu verkaufen. Diese Belastung wollte ich ihr ersparen. Du weißt, wie schwach sie ist.«

Nora, die gerade die Vollständigkeit des Inhalts ihrer Schmuckschatulle überprüfte, erstarrte. Ihre Mutter war zwar nicht mehr bettlägerig, aber seit Noras Rückkehr hatte sie erst zweimal das Haus verlassen. Sie ging früh schlafen und stand spät auf, sie aß nicht viel und klagte ständig über Kopfschmerzen. Jede Form von Stress löste Schwindelanfälle aus, nach denen sie den Rest des Tages im Bett verbringen musste. Nora war sicher, ihre Mutter würde Lucius' Bitte um ihren Schmuck nicht gut aufnehmen.

»Weiß Mutter von deinen finanziellen Schwierigkeiten?«

»Natürlich nicht. Ich wollte sie nicht beunruhigen. Hättest du das Werben von Mr Primrose angenommen, wäre mit der Heirat alles gelöst gewesen.«

»Ich hätte nie jemanden geheiratet, der so wenig von meiner

Arbeit und von meinem Geschlecht hält.« Vor allem, nachdem sie Owens Unterstützung und Ermutigung erlebt hatte.

Nora kramte in ihrer Schatulle und wog die Perlenketten in der Hand, überprüfte die Edelsteine der Ringe und die goldenen Armreifen. Sie trug sie nie. Eigentlich hasste sie Schmuck. Sie mochte einfache Blusen und Röcke, schlichte Hüte und vernünftige Schuhe. Das einzige Schmuckstück, das sie regelmäßig trug, war ihre *Lalique*-Brosche. Sie berührte ihre Ohren, an denen die Ohrringe baumelten, die sie in Indien mit Owen gekauft hatte. Und diese Ohrringe. Jetzt trug sie auch die.

Sie konzentrierte sich wieder auf den Schmuck in der Schatulle. Ihr Vater hatte Mutter in Noras Fürsorge gegeben, und obwohl Lucius ein Jahr später aufgetaucht war, um diese Aufgabe zu übernehmen, glaubte Nora, dass es immer noch ihre Verantwortung war. Sie hatte so viele Menschen enttäuscht. Sie konnte den Gedanken, noch einmal zu versagen, nicht ertragen.

Sie nahm die Brosche aus der Schatulle und klappte den Deckel zu. »Nimm, was immer du brauchst, um deine Rechnungen zu bezahlen.« Das Gewicht der Brosche in ihrer Hand war beruhigend. Sie hielt das Schmuckstück hoch. »Außer dieser Brosche und meinen Ohrringen. Wage es nicht, sie auch nur anzufassen.«

Nora legte die Decke über den Schoß ihrer Mutter und setzte sich dann neben sie auf die Verandaschaukel. Der Tag neigte sich dem Ende zu und die Menschen, die am Haus vorbeigingen, waren auf dem Heimweg von der Arbeit und vom Unterricht. Seite an Seite winkten sie ihnen zu, während sie langsam vor und zurück schwangen.

»Das habe ich vermisst«, sagte Nora.

Ihre Mutter lächelte zufrieden. »Und ich habe dich vermisst. Ich hoffe, du hast das Fernweh jetzt hinter dir und bleibst von nun an zu Hause.«

Nora erzählte ihr nichts von Lucius' Ultimatum – dass sie bei seiner Schwester leben sollte, wenn sie das Stipendium nicht bekam. Die Vorträge der Bewerber für das Stipendium würden erst im Februar stattfinden, wenn Owen und sie ursprünglich zurückgekehrt wären. Ihre Mutter sollte sich keine Sorgen machen, bis sie ihre Entscheidung getroffen hatten und Nora wusste, ob sie bleiben oder gehen würde.

»Ich habe in Indien eine Frau kennengelernt, die ihren Sohn verloren hatte. Ihr Mann schien zu glauben, dass meine Abwesenheit dir viel Kummer bereitet hat.« Nora heftete ihren Blick auf einen Jungen, der mit einem Kleinkind an der Hand seinem Kindermädchen nachlief.

»Da hatte er recht.« Ihre Mutter verschränkte ihre Finger mit Noras.

Ein junger Mann mit einer Anstecknadel, die ihn als neues Mitglied der *Delta-Upsilon*-Verbindung auswies, überquerte vor ihnen die Straße und kam, immer zwei Stufen auf einmal nehmend, die Treppe herauf. Er nahm den Hut ab und hielt Nora einen Brief hin. »Von Präsident White.«

Nora nahm den Brief und der Student hüpfte die Stufen hinunter und verschwand Richtung Campus. Sie schob den Finger unter die Umschlagklappe und das Herz schlug ihr bis zum Hals. Was, wenn Frederic sich mit der Universität in Verbindung gesetzt hatte? Sie zog ein dickes Blatt Briefpapier heraus, auf dem das geprägte Cornell-Siegel prangte. Als sie das Schreiben überflog, stellte sie fest, dass Präsident White lediglich schrieb, die Kommission kenne zwar nicht den Grund für ihre frühe Rückkehr, wolle jedoch die Tatsache nutzen, um die Vortragsreihe vorzuziehen, damit sie das Stipendium schon zum Wintersemester vergeben konnten.

Nora holte tief Luft. Sie sollten in einer Woche ihre Ergebnisse präsentieren.

Sie musste dem Vorstand berichten, was geschehen war. Professor Comstock hatte natürlich gefragt und sich darüber gewundert, dass sie ihre Reise drei Monate früher beendet hatten, doch Nora und Owen hatten vereinbart, ihm lediglich zu sagen, ihre Arbeit sei beendet und sie würden nicht mehr gebraucht. Zum jetzigen Zeitpunkt hatten Owen und sie die gleichen Chancen, das Stipendium zu ergattern. Wenn sie ihnen jedoch erzählte, was passiert war, dann konnte sie ihre Bewerbung genauso gut zurückziehen.

Nora schob die Schuldgefühle beiseite und konzentrierte sich stattdessen auf den wichtigsten Vorteil der Neuigkeit – Owen würde bald zurückkommen. Sie schlang die Arme um ihren Oberkörper und ließ den Kopf an die Rückenlehne der Schaukelbank sinken. Schon bald würde sie endlich wieder Owens Umarmung spüren und das alles hier würde vorbei sein.

Nora klopfte an die Tür einer Wohnung in White Hall. Owen war erst am Tag zuvor von Manhattan nach Ithaca zurückgekehrt und wollte bei seinem Freund auf dem Campus wohnen, bis die Entscheidung über das Stipendium gefallen war. Wenn man sich für ihn entschied, würde er weitere zwei Jahre hier sein. Nora wusste nicht, ob er auch bleiben würde, wenn er das Stipendium nicht bekam.

Sie strich mit den Händen ihren dunkelroten Wollrock glatt und zupfte an der Schleife an ihrem Kragen. Ob er noch genauso für sie empfand? Hatte ihre Rückkehr alles verändert? Sie stellte sich vor, dass einem Mann von seinem Wohlstand und mit seinen familiären Beziehungen alle unverheirateten jungen Damen der Gesellschaft zu Füßen lagen. Was hatte sie selbst schon zu bieten, eine Kleinstadt-Entomologin mit einer juwelenbesetzten Zikadenbrosche als einzigem Eigentum?

Die Tür wurde aufgerissen und Owen schlang die Arme um sie. Ihr Herz stolperte, als er das Gesicht in ihre Haare drückte.

Er war glatt rasiert und sie stellte überrascht fest, dass sie seinen Bart vermisste.

»Ich wusste, dass du mir fehlen würdest, aber es war noch viel schlimmer als befürchtet«, sagte er.

Sie löste sich von ihm und legte den Kopf in den Nacken. Owen starrte auf ihren Hals. Sein Mund zuckte und sie fragte sich, ob er den Drang hatte, die Lippen auf den Puls zu pressen, der dicht unter ihrer Haut hektisch schlug.

Sie schluckte und er hob den Blick. »Ich habe dich auch vermisst.«

Er fuhr mit dem Finger über ihren Haaransatz und zog eine Locke heraus. Dann küsste er zärtlich ihre Lippen.

Zu zärtlich. Sie waren so lange getrennt gewesen.

Nora erwiderte seinen Kuss und das Herz sprang ihr bis in die Kehle, als er ihren Namen stöhnte.

Sie löste sich von ihm und lächelte. »Wie war dein Besuch zu Hause?«

Er blinzelte. »Ich ... wie, also ...«

»Hat die Katze deine Zunge erwischt, Owen Epps?«

Langsam erschien sein typisches Grinsen. »Nein, die war's nicht.«

Sie lachte und presste eine Hand an ihre Brust, während sie sich zwang, ein wenig Abstand zu halten. »Aber im Ernst, wie geht es deiner Familie?«

»Meine Brüder haben sich meinetwegen nicht freigenommen, also habe ich sie nicht gesehen«, sagte er und musste sich sichtlich um Konzentration bemühen. »Mutter hat viel Aufhebens gemacht und geklagt, ich hätte abgenommen. Das Haus war bequem und sauber und die Köchin hat dafür gesorgt, dass ich immer gut satt geworden bin. Die Einzige, die mich nach meiner Arbeit oder meinen Erlebnissen gefragt hat, war meine Großmutter. Sie hat begeistert zugehört, als ich ihr alles erzählt habe.«

»Alles?«

Sein Lächeln sprühte Funken. »Alles.«

»Was genau hast du ihr denn über deine Arbeit und deine Erlebnisse und … alles erzählt?«

»Ich habe ihr die Exemplare gezeigt, ich gesammelt habe. Besonders gut gefiel ihr der *Mycalesis oculus.* Ich habe ihr erzählt, wie besessen William davon war, sich vor der Sonne zu schützen, und von Jeffreys ›Asthma‹ und Leonards Vorliebe für Blutegel. Über Frederic habe ich nicht sehr viel gesagt, aber sie ist eine aufmerksame Frau und ich bin sicher, sie hat durch das, was ich nicht gesagt habe, einen recht guten Eindruck von ihm bekommen. Ich habe ihr von den pikanten Speisen berichtet und von der furchtbaren Krankheit und von Sita – obwohl ich einiges weglassen musste. Meine Großmutter ist eine wunderbare Frau, aber diese Geschichte wäre wohl selbst für sie zu schockierend gewesen. Ich habe ihr von Pallavi und deiner Freundin Swathi erzählt und von den Affen und Kühen.«

Nora schluckte und nickte langsam. Dann lachte Owen und beugte sich vor, bis seine Stirn ihre berührte, während seine Hände auf ihren Schultern lagen. Sie atmeten dieselbe Luft, atmeten die Gegenwart des anderen ein und aus.

»Und ich habe ihr von dir erzählt, Seltsam. Alles von dir.«

»Was hast du gesagt?«

»Ich habe gesagt, dass du die klügste, hübscheste und unerträglich starrsinnigste Frau bist, die mir je begegnet ist.« Er löste sich von ihr und seine Schultern sackten nach unten. »Dann kam mein Vater herein und hat mich nach meinen Plänen gefragt, was das Jurastudium betrifft.« Er ließ Nora los und fuhr sich mit der Hand durch die Haare. »In den wenigen Augenblicken, die er mit mir verbracht hat, hat er verlangt, dass ich mich für eine Universität entscheide. Es wundert mich, dass er nicht gedroht hat, mich zu enterben, wenn ich nicht gehorche.«

»Du wärst ein schrecklicher Anwalt.«

Owen lächelte. »Du kennst mich eben besser als mein Vater.«

Sie lehnte sich an den Türrahmen und seufzte. »Wir können einfach nicht gewinnen. Wenn ich das Stipendium bekomme –

was zu bezweifeln ist, aber man weiß ja nie –, dann musst du gehen. Wenn du es bekommst, muss ich gehen.«

»Long Island ist nicht sehr weit entfernt und es wird nur zwei Jahre dauern, bis ich mit dem Studium fertig bin.«

Nora richtete sich auf, als ihr plötzlich ein Gedanke kam. »Du hast in Indien zu mir gesagt, dass du hoffst, ich würde das Stipendium bekommen. Wenn du deine Bewerbung zurückziehst, habe ich bessere Chancen. Dann kann ich hier in Ithaca bleiben und Lucius übergibt mir die Zeitschrift.«

Owens Miene verdüsterte sich. »Das kann ich nicht machen, Nora. Mein Vater wird mich zu dem Jurastudium zwingen, wenn ich das Stipendium nicht bekomme. Außerdem scheint es mir unwahrscheinlich, dass sie es dir geben werden. Vielleicht, wenn du noch deine Notizen und Schmetterlinge hättest …«

»Wenn ich es nicht bekomme, verliere ich die letzte Chance, alles wiedergutzumachen.« Sie hasste die Tränen, die ihr in der Nase kribbelten, und schluckte in der Hoffnung, dass Owen das Zittern in ihrer Stimme nicht bemerkte. Hasste die Gewissheit, dass er ihre Verzweiflung hörte. »Dann habe ich meinen Vater enttäuscht und verfehlt, was er sich gewünscht hat.«

»Wenn ich das Stipendium nicht bekomme, muss ich tun, was mein Vater verlangt. Was ist dir wichtiger: das Journal oder ich?«

Es war, als würde eine schwere Last sie niederdrücken. »Die Frage ist ungerecht.«

»Warum?«

»Diese Zeitschrift war jahrelang Teil meines Lebens. Das mit dir ist noch ganz neu.«

»Du willst sie doch eigentlich gar nicht, Nora.« Owen hob die Hand, als sie Luft holte, um zu protestieren. »Ich habe gesehen, wie du in Indien aufgeblüht bist. Trotz der Einschränkungen, die dir auferlegt waren, hast du deine Forschungen vorangetrieben. Warum willst du dich an etwas fesseln, das du nicht liebst?«

Sie spürte, wie ihr Blut zu kochen begann. »Die Zeitschrift ist alles, was mir von meinem Vater geblieben ist. Und er wollte, dass ich sie weiterführe. Das weiß ich.«

»Aber nicht, wenn es bedeutet, dass du aufgibst, was wirklich deine Leidenschaft ist. Er hat dich mehr geliebt als sein Journal.«

»Er hat für mich das größte aller Opfer gebracht. Die Zeitschrift zu retten, ist daher auch jedes Opfer wert, das ich bringen muss, um ihn zu ehren.«

»Selbst wenn du mich verlierst? Ich wüsste gerne, wofür du dich dann entscheiden würdest.«

»Diese Frage beantworte ich nicht.«

Owen stützte die Ellbogen rechts und links von ihr an den Türrahmen und drückte einen sanften Kuss auf ihre Schläfe. »Löst eine Zeitschrift die gleichen Gefühle bei dir aus wie ich?«

Nora duckte sich und entfloh seiner Falle. »Sie gibt mir das Gefühl, nützlich zu sein. Und mit meinem Vater verbunden.«

Mit einer ungeduldigen Handbewegung schob er sich die Haare aus der Stirn, dann verschränkte er die Arme. »Sie ist kein Mensch, Nora. Sie ist nicht dein Vater. Sie ist nur eine Publikation. Nur Worte auf Papier.«

Sie starrte ihn mit offenem Mund an. Nur eine Publikation? Wie konnte er nach all der Zeit, die er mit ihr verbracht hatte, nicht begriffen haben, dass diese Zeitschrift alles für sie war? »Du weißt, was mein Vater mir bedeutet hat. Und dass ich nie etwas anderes wollte als diese Zeitschrift.«

Er zog eine Grimasse. »Ich dachte, du hättest vielleicht etwas gefunden, das du dir noch etwas mehr wünschst.«

Hinter Owen machte sein Mitbewohner sich in der kleinen, vollgestopften Stube zu schaffen und tat so, als würde er aufräumen, aber offensichtlich lauschte er durch die geöffnete Tür. Nora senkte die Stimme und zischte: »Hoffst du vielleicht, dass ich auf das Stipendium verzichte? Muss ich meine Träume für deine aufgeben, wenn ich dich liebe? Bin ich dir wirklich wichtig oder willst du mich manipulieren?«

Mit jedem Wort wurde Owens Miene grimmiger und sein

Blick distanzierter. Sie sah, welche Wirkung ihre Reaktion auf ihn hatte, und versuchte, sich zu beherrschen, aber ihre Ängste brodelten unter der Oberfläche und wollten heraus. Wollten Antworten.

Owen machte einen Schritt zurück in die Wohnung, während er mit einer Hand die Türkante umklammert hielt. »Allmählich glaube ich, Indien und alles, was dort geschehen ist, war nur ein herrlicher Traum, der in dem Moment zu Ende war, als wir den Atlantik überquert hatten. Wie kannst du nach allem, was war, glauben, ich würde von dir erwarten, dass du alles für mich aufgibst? Aber dein Traum ist *nicht* diese Zeitschrift.« Er lachte freudlos. »Ich kenne dich besser als du dich selbst. Aber wie es scheint, kennst du mich nicht besonders gut.«

Sie sah zu, wie die Tür sich schloss, hörte, wie das Schloss klickte. Was war da gerade geschehen? Sie fasste sich an den Kopf, der zu hämmern begann, und flüsterte voller Reue: »Es tut mir leid.«

Aber sie konnte es nicht zu ihm sagen. Denn letzten Endes würde sie die Zeitschrift für nichts und niemanden aufgeben. Nicht für ihre eigenen Wünsche und nicht für Owen Epps. Unabhängig davon, was er zu wissen glaubte.

Kapitel 26

Professor Comstock tippte mit dem Füllfederhalter auf den Brief, der vor ihm auf dem Schreibtisch lag, und das Geräusch machte Nora ganz kribbelig. Er hatte an diesem Morgen nach ihr geschickt, und als sie sein Büro betreten hatte, hatte er ein Blatt Papier vor ihrer Nase geschwenkt. Sie hatte Frederics Unterschrift am Ende des Schreibens gesehen und sofort gewusst, dass er dem Professor alles berichtet hatte.

Professor Comstock rieb sich die Nasenwurzel unter dem Drahtgestell seiner Brille und sah sie über seine Finger hinweg an. »Ihnen ist sicher bewusst, dass ich meinen Ruf aufs Spiel gesetzt habe, als ich Sie nach Indien geschickt habe. Die Naturwissenschaften sind ein schwieriger Ort für eine Frau und ich wollte, dass Sie jede sich bietende Chance wahrnehmen können, bevor Sie Ihre berufliche Laufbahn beginnen. Ihr Verhalten hat meine professionelle Meinung und Arbeit infrage gestellt.«

Sie warf ihm unter gesenkten Wimpern einen Blick zu in der Hoffnung, er würde ihre Nervosität für Reue halten. Aber er hatte sein Leben lang die kleinsten Lebensformen unter dem Mikroskop betrachtet. Er ließ sich nicht täuschen.

Professor Comstock setzte seine Brille wieder richtig auf und legte die Hände auf den Schreibtisch. »Sie scheinen Ihr Verhalten nicht zu bedauern.«

»Alle sagen mir, ich solle wegen dem, was ich getan habe, ein schlechtes Gewissen haben«, erwiderte sie, »aber das kann ich einfach nicht. Ich habe einem Kind in Not geholfen. Ist das nicht etwas, was wir Christen tun sollen?«

»Aber Sie waren nicht als Vertreterin der Kirche dort. Sie haben die Cornell University vertreten. Mich!«

Professor Comstock war für sie wie ein Onkel, vor allem, seit ihr Vater umgekommen war. Es tat ihr unendlich leid, wenn sie seinem Ruf oder seiner Karriere unbeabsichtigt geschadet hatte. »Was hätte ich denn sonst tun sollen? Ein Kind ignorieren, das in die Prostitution verkauft werden sollte? Was hätten Sie denn getan?« Nora hasste die Verzweiflung in ihrer Stimme. Hasste, wie sie hilflos mit den Händen gestikulierte, als wären sie zwei flatternde Schmetterlinge, die um ihr Territorium kämpften. Und noch mehr hasste sie den Gedanken, dass sie zwischen Sitas Wohlergehen und dem ihres geliebten Lehrers hatte wählen müssen.

Er stützte die Ellbogen auf und musterte sie nachdenklich. »Vielleicht war es keine gute Idee, Sie nach Indien zu schicken. Sie sind so behütet aufgewachsen und haben keine Lebenserfahrung. Es war vorhersehbar, dass so etwas passieren würde.«

Sie schüttelte den Kopf. »Ich bin froh, dass Sie es mir ermöglicht haben. Ein anderer Student hätte Sitas Not ignoriert. Vielleicht ist das am Ende der Grund, warum ich dort war, und meine Reise hatte einen tieferen Sinn als die Förderung meiner Karriere.«

Der Professor nahm den Brief und überflog ihn. »Frederic schreibt, dass Sie ihm dabei geholfen haben, einige Arten zu finden, die das Buch zu etwas Besonderem machen werden, und dafür ist er dankbar, aber er schlägt vor, dass ich Sie nie wieder für eine Feldforschungsgruppe empfehle. Er sagt auch, dass Sie behaupten, eine neue Spezies gefunden zu haben, aber er ist sicher, dass Ihnen in dieser Hinsicht nicht zu trauen ist. Trotz Ihrer Impulsivität hatten Sie meiner Erfahrung nach immer einen klaren Verstand. Wollen Sie mir davon erzählen?«

Nora begann mit den Erläuterungen zu ihrem Schmetterling, berichtete von seinem Verhalten und der Mimikry, die sie beobachtet hatte – den Ähnlichkeiten, aber auch den Unterschieden zwischen dieser Art und dem *Delias eucharis*. »Ich bin mir sicher, dass es ein unentdeckter Schmetterling ist«, schloss sie.

Die Augen des Professors hatten zu leuchten begonnen und er rieb sich freudig aufgeregt die Hände. »Und, wo ist er?«

»Den ersten, den ich gefangen hatte, habe ich verloren. Die anderen Exemplare und all meine Aufzeichnungen sind bei dem Brand zerstört worden, den Sitas Vater gelegt hat.« Nora schloss die Augen und roch wieder den Rauch in der Luft, hörte das Knistern und Knacken der Flammen, sah vor sich, wie ihr Traum zerfiel.

»Das war ziemlich unvernünftig von ihm. Ich bin froh, dass Sie nicht zu Schaden gekommen sind. Aber es ist eine Schande, dass Sie Ihre Entdeckung verloren haben.«

»Werden Sie dem Vorstand von Sita erzählen? Ich glaube, sie würden meinen Einsatz für sie nicht verstehen.«

Professor Comstock ließ die Hände sinken. Er war ein guter Mann. Und gerecht. Aber Wahrheit und Verantwortung waren ihm wichtig. Wenn er glaubte, dass sie sich falsch verhalten hatte, würde er nicht schweigen. Mit angehaltenem Atem wartete sie auf seine Antwort.

»Ich werde es nicht ansprechen.«

Sie streckte die Arme über den Tisch und drückte dankbar seine Hand.

»Aber«, fuhr er warnend fort, »wenn sie davon hören und mich fragen, muss ich ihnen die ganze Geschichte erzählen.«

»Wie sollten sie davon hören? Frederic weiß nichts von dem Stipendium und Owen wird kein Wort sagen …« Nora verstummte und blinzelte. Das würde er doch nicht tun, oder? Nein, natürlich nicht. Doch sie erinnerte sich an seine Verzweiflung, als er ihr von den Plänen seines Vaters erzählt hatte, einen Juristen aus ihm zu machen. Er würde todunglücklich sein. Das Einzige, wofür er eine Leidenschaft zu haben schien, war das Beobachten von Insekten. Die Feldforschung. Das Reisen.

Sie.

Aber er hatte verlangt, dass sie zwischen ihm und der Zeitschrift wählte. Und als sie das nicht konnte, hatte er ihr die Tür vor der Nase zugeschlagen. Wenn er wüsste, dass er sie in ein Dilemma bringen und sich das Stipendium sichern konnte, würde er es vielleicht doch tun. Denn Nora bezweifelte, dass er sich eine Zukunft mit ihr noch vorstellen konnte.

Und eine Zukunft in der Juristerei ebenso wenig.

Nora saß mitten in der Library Hall hinter einer Frau, die einen hohen Hut mit Seidenblumen, Bändern und einem ausgestopften Kolibri trug. Nora konnte kaum daran vorbei auf das Podium sehen, auf dem ein Kommilitone gerade seinen Vortrag beendet hatte. Owen stieg die Stufen hinauf und ließ den Blick über das Publikum schweifen. Nora duckte sich. Hoffentlich sah er sie nicht.

Sie hatte überlegt, nicht zu seinem Vortrag zu gehen, weil sie befürchtete, dass er ihre Anwesenheit nach ihrem Streit vor drei Tagen als Zumutung empfinden würde, aber dann hatte sie doch nicht zu Hause bleiben können. Sie wollte ihn sehen, ihn unterstützen … und ihre Konkurrenz einschätzen.

Zwei Präsentationen hatte sie bereits miterlebt – beide von Männern, mit denen sie studiert hatte und die in den Sommerferien an dem Forschungsprojekt von Professor Comstock in Illinois teilgenommen hatten. Nächste Woche würden zwei weitere Bewerber und sie selbst ihre Vorträge halten. Sechs Personen, aber dank Owens und ihren bisherigen Bestleistungen und der Forschungserfahrung im Ausland würde es sich im Grunde zwischen ihnen beiden entscheiden.

Natürlich würde Nora nicht über ihren Schmetterling sprechen. Ohne Beweise für seine Existenz, ohne Notizen und Feldstudien würde niemand sie ernst nehmen. Also hatte sie als Thema den Gynandromorphismus bei der Gattung *Vindula erota* ausgewählt. Das war zwar nicht so spannend wie die Entdeckung einer neuen Art, aber es würde genügen.

Owen ging über die Bühne und nahm seinen Platz am Rednerpult ein. Er räusperte sich, ordnete einige Blätter Papier und begann mit seinem Vortrag.

Er sprach von der symbiotischen Beziehung zwischen Ameisen und der *Cigaritis lohita*. Es war eine gute Darbietung. Sein Selbstbewusstsein und seine Begeisterung für das Thema waren spürbar und mit seinem Charme zog er das Publikum in seinen Bann. Die persönlichen Anekdoten, mit denen er seine entomologische Forschung garnierte, brachten seine Zuhörer zum Lachen. Dagegen hatte sie keine Chance.

Am Ende applaudierte das Publikum begeistert und Nora hielt den Blick auf Owen gerichtet, der seine Unterlagen genommen hatte und vom Podium stieg. Als sie sich über die Schulter nach Lucius umsah, war er nicht mehr da. Die Dame mit dem Hut vor ihr stand auf und ging zur Seite, sodass sie sah, wie Owen vorne mit Präsident White sprach.

Lucius trat gerade zu ihnen.

Nora zog an ihrem Ohrring. Sie sollte herausfinden, worüber die Männer redeten. Also umklammerte sie ihr Ridikül und erhob sich, aber in diesem Augenblick winkte Präsident White Professor Comstock zu sich und zwei der Männer vom Stipendiumsgremium gesellten sich ebenfalls zu ihnen.

»Nora!« Rose kam auf sie zugehüpft, Bitsy folgte in gemächlicherem Tempo. »Wir dachten, du würdest nicht kommen. Owen war fantastisch, nicht wahr? Es würde mich wundern, wenn er das Stipendium nicht bekommt.«

Bitsy stieß Rose den Ellbogen in die Rippen, sodass diese scharf die Luft einzog. »Was …? Oh. Na, du weißt, was ich meine, oder, Nora? Natürlich bist du brillant und sie werden *dir* das Stipendium geben. Ich würde nie denken …«

»Hör auf zu plappern.« Bitsy verdrehte die Augen.

Nora machte eine Handbewegung, um beide zum Schweigen zu bringen, und sie folgten ihrem Blick zu der Gruppe vor der Bühne. Lucius gestikulierte, zeigte zur Decke und schüttelte den Kopf wie ein aufgeregter Ornithologe.

»Was glaubt ihr, worum es da geht?«, fragte Nora.

»Vielleicht sind sie begeistert, wie gut Owen war.« Rose japste und Nora vermutete, dass Bitsy ihr noch einen Ellbogenstoß versetzt hatte.

»Aber warum ist Lucius hier?« Nora wischte sich die Schweißperlen von der Oberlippe.

Professor Comstock warf einen Blick zu ihr herüber und seine Miene war traurig. Nora spürte Übelkeit in sich aufsteigen. *Nein.*

Präsident White suchte den Saal mit seinen Blicken ab und dann sah er sie an. In seinem Stirnrunzeln und den verengten Augen lag Missbilligung.

»Ich ziehe nach Long Island«, stöhnte Nora.

Sie versuchte, an Owens Worte an seinen Lippen abzulesen, erkannte ihren Namen und vielleicht das Wort »retten«, aber sonst nichts. Lucius klopfte ihm auf den Rücken und Noras Hände ballten sich zu Fäusten. Sie grub die Nägel in ihre Handflächen. Lucius wandte sich zu ihr um und ihr wurde noch mulmiger, als sie ihm in die Augen sah. Sie sank auf den Stuhl, der hinter ihr stand, und presste die Lippen zusammen.

»Er will mein Leben ruinieren.« Nora hatte schon immer gewusst, dass Lucius sie nicht leiden konnte. Aber dies … dies war mehr als die gewohnte gegenseitige Abneigung. Lucius führte einen persönlichen Rachefeldzug gegen sie. Sie wusste nicht, warum. Konnte nicht ergründen, was jemanden dazu brachte, das Glück seiner Stieftochter zu zerstören. Aber als Lucius mit leichten Schritten zur Tür schlenderte, wusste Nora, dass er irgendwie herausgefunden hatte, was in Indien geschehen war, und erkannt hatte, dass es die Entscheidung der Kommission beeinflussen würde. Er wollte, dass sie verschwand.

Rose blickte mit besorgter Miene auf sie herab. »Das weißt du doch gar nicht. Zieh keine voreiligen Schlüsse.«

Bitsy packte Noras Arm und zog sie hoch. »Du musst herausbekommen, was passiert ist.«

Nora reckte den Hals und sah, wie Owen erst Präsident White

und dann den Stipendiumsgebern die Hand schüttelte. Er drehte den Kopf, während seine Blicke suchend durch den Saal wanderten, dann trat er aus dem Kreis der Männer heraus und folgte Lucius. Auf dem Weg musste er sich immer wieder an Leuten vorbeischieben, die noch im Gang standen.

Bitsy versetzte Nora einen sanften Stoß. »Geh und mach was!«

Nora ging Owen nach. Als sie die Sandsteinmauern des großen Saals hinter sich ließ und um die Ecke bog, sah sie, wie er im Laufschritt hinter Lucius hereilte. Unter der Turmuhr holte er Noras Stiefvater ein. Sie redeten, gestikulierten dabei viel und unterbrachen sich gegenseitig.

Nora setzte sich in Bewegung, aber dann lachte Lucius und sie blieb stehen und biss die Zähne so heftig zusammen, dass es in ihren Wangen schmerzte. Owens Gesicht konnte sie nicht sehen, weil er mit dem Rücken zu ihr stand, aber an seiner breitbeinigen Haltung und daran, wie er auf den Fersen vor und zurück wippte, erkannte sie, dass er sich in Lucius' Gegenwart offenbar wohlfühlte.

Ihre Kehle war wie zugeschnürt und ihr Atem ging in schnellen flachen Zügen. Wie konnte er sie so verraten? Ihr Herz, das er Stück für Stück für sich erobert hatte, zog sich zusammen und sie dachte, es würde in eine Million Stück zerbrechen.

Und sie wusste, wenn Owen sie noch einmal fragen würde, was wichtiger war – er oder die Zeitschrift –, dann würde sie ganz anders antworten.

Nora wandte sich um und floh. Ihre Absätze klackerten auf dem Steinfußboden. Ganz in ihre Gedanken und ihren Kummer vertieft, bemerkte sie Anna erst, als ihre Lehrerin und Freundin die Hand ausstreckte und Noras Handgelenk umfasste.

»Du hast es aber eilig!« Lachfältchen zierten Annas Augenwinkel und das Lächeln machte ihre Wangen runder. Sie zog Nora neben sich auf eine gusseiserne Bank.

Nora seufzte. »Alles, was ich anfange, endet in einer Katastrophe!« Sie blinzelte zum Himmel hinauf und betrachtete die Wolken, in denen sie fantasievolle Insekten zu sehen glaubte.

»Sprichst du von dem, was in Indien geschehen ist?«

Nora sah sie an und zog die Unterlippe zwischen ihre Zähne.

Anna lächelte. »Es gibt nur sehr wenige Dinge, die mein Mann mir verheimlicht.«

»Was in Indien geschehen ist, was mit meinem Vater geschehen ist, was bei dem schrecklichen Abendessen geschehen ist, was« – Noras Stimme brach fast – »mit Owen geschehen ist.«

»Manchmal sind die Folgen eines Handelns viel zu schwerwiegend«, antwortete Anna in ihrer typisch nüchternen Art und drang direkt zum Kern der Angelegenheit vor, statt neugierige Fragen zu stellen. »In deinem Fall« – sie zwinkerte Nora zu – »ist es meistens so, würde ich sagen.«

Nora seufzte. Sie war wohl vom Pech verfolgt.

»Ich glaube, du hast die richtige Entscheidung getroffen, was deine indische Freundin betrifft. Eine Entscheidung, die bei einigen nicht auf Gegenliebe gestoßen ist, das stimmt, aber im Grunde konntest du gar nicht anders. Du wusstest, dass sie die Konsequenzen wert war, denn letzten Endes ist die Sicherheit dieses Kindes fast alles wert.«

Nora lächelte. »Oh ja. Ich liebe sie wie eine Schwester.«

Anna berührte Noras Arm und ihre Lachfältchen verschwanden. »Und ich liebe *dich* wie eine Schwester, deshalb werde ich dir jetzt etwas sagen, was dich verletzen wird. Aber ich will, dass du vorbereitet bist.«

Etwas Schlimmeres als das Wissen, dass der Mann, den sie liebte, sich mit dem Mann, den sie am meisten auf der Welt verabscheute, verbündet hatte, um sie daran zu hindern, ihre Träume wahr zu machen, konnte es eigentlich kaum geben. Trotzdem hatte Nora den Impuls zu fliehen. Sich in der Library Hall oder in einem Gebüsch in der Nähe zu verstecken. Sie wollte nicht noch mehr schlechte Nachrichten hören.

»Es gibt Gerede über Lucius. Über seine finanzielle Situation.«

Nora zuckte mit einer Schulter. »Das weiß ich, er hat bereits meinen Schmuck verkauft. Er hat gesagt, er hätte Mühe, die

Rechnungen zu bezahlen, seit er seine Stelle an der Universität verloren hat.«

Anna schüttelte den Kopf und ein trauriges Lächeln erschien auf ihren Lippen. »Es ist mehr als das. Man hat ihn beim Glücksspiel gesehen – oft. Deshalb wurde er entlassen. Er hat große Spielschulden und zusätzlich hat er sich von beinahe jedem Angestellten der Universität Geld geliehen.«

Nora starrte sie an. »Aber mein Vater hat meiner Mutter ein gutes Auskommen hinterlassen.«

»Das ist fort, Nora. Alles. Lucius hat eine Hypothek auf das Haus aufgenommen.«

Nora presste die Handballen auf ihre Augen. Das konnte nicht wahr sein. Was sollten sie denn jetzt machen?

Sie hörte Schritte näher kommen.

»Ich habe schlechte Nachrichten, Nora«, erklang Professor Comstocks Stimme.

Nora ließ die Hände sinken und blinzelte zu ihm auf. »Noch mehr?« Ein bitteres Lachen begleitete ihre Frage.

Er berührte vorsichtig ihren Arm, so als könnte sie zerbrechen. »Irgendwie hat Lucius genug über die Ereignisse in Indien gehört, dass er die Kommission überzeugen konnte, dich zu einer ungeeigneten Stipendiatin zu erklären. Sie wollen nicht, dass eine Aufrührerin von ihrer Großzügigkeit profitiert.«

»Das dachte ich mir schon.« Nora schluckte hart.

Alles war verloren.

Sie hatten nichts mehr. Nora hatte nichts mehr. Keine Hoffnung, ihre Ausbildung fortzusetzen. Keine Aussichten auf eine Anstellung. Keine Sammlung, die sie an ihren Vater erinnerte. Keinen neuen exotischen Schmetterling, mit dem sie sich einen Namen machen konnte. Keinen Owen, der sie liebte.

Nichts.

Kapitel 27

Nora stolperte über einen Ast, der unter dem verrottenden Laub unsichtbar gewesen war. Sie stieß ihn mit dem Fuß aus dem Weg und lief weiter zu dem einzigen Ort, an dem sie allein sein und Trost finden konnte.

Im Herbst rochen die Cascadilla Falls nach Alter und Weisheit. Das Wasser floss über den uralten Sandstein und glättete alles, was ihm im Weg war. Nora hoffte, dass es auch ihre Sorgen wegspülen würde.

Sie hatte verzweifelt darauf gehofft, dass die Kommission ihre Entscheidung, sie aus der Riege der Bewerber auszuschließen, noch einmal überdenken würde, aber die nächste Vortragsreihe hatte ohne sie stattgefunden, während sie auf dem Stuhl an ihrem Schlafzimmerfenster gesessen und die Fransen eines Kissens zwischen den Fingern gezwirbelt hatte.

Heute, als sie sich an den Frühstückstisch gesetzt hatte, um Toast und ein gekochtes Ei zu essen, hatte Lucius die Nase in der Morgenzeitung vergraben. Quer über der ersten Seite hatte eine Schlagzeile gestanden, in der Owen als Stipendiat verkündet wurde.

Nora hätte sich für ihn gefreut, wenn es nicht das Ende ihrer eigenen Träume bedeutet hätte. Wenn er sie nicht hintergangen hätte, um das Stipendium zu erhalten.

Eine kühle Brise trug von den letzten Blättern, die sich noch an die Bäume klammerten, einen Hauch von Winter zu ihr herüber. Nora schlang die Arme um ihren Oberkörper. In ihrer Eile, aus dem Haus zu kommen, hatte sie ihr Umschlagtuch vergessen.

Anstatt nach links ans Ufer zu gehen, nur wenige Meter entfernt von der Stelle, an der die Wassermassen über die riesigen Steinstufen stürzten, wanderte Nora den überwucherten Hang hinauf. Kurz darauf kam sie keuchend und mit Seitenstichen oben an. Sie blieb neben dem Baum stehen. Seine Äste hingen immer noch über den Wasserfall, aber sie waren nicht mehr dünn. Jetzt sahen sie aus, als könnten sie das Gewicht eines Mannes tragen. Der dicke Stamm verschwand im Boden und erinnerte Nora an ihre schlimmsten Fehler.

Als sie mit den Fingern über die brüchige Rinde fuhr, fielen ihr einige Stücke entgegen und machten Tunnel und Löcher im Holz sichtbar. Sie pustete feinen Insektenkot beiseite und einige brüchige kleine Häute fielen zu Boden.

Wie es schien, würden die Borkenkäfer das Ende des Baumes besiegeln, der das Ende ihres Vaters besiegelt hatte.

Nora lehnte die Stirn an den Stamm und wünschte, alles wäre anders gekommen. *Wenn ich doch nur gehorcht hätte! Wenn er mir doch nur nicht gefolgt wäre! Wenn, wenn, wenn.*

Nora stieß sich von dem Baum ab. Der Wasserfall würde ihr heute keinen inneren Frieden geben. Herz und Verstand waren zu verletzt und zu aufgewühlt, als dass sie hätte getröstet werden können.

Während sie den Hang wieder hinunterstolperte, reckte sie die Arme in die Höhe und ein Schrei entwich ihrer Kehle. Er hallte an den Wänden der Schlucht wider, bevor er von dem herabstürzenden Wasser übertönt wurde. Immer wieder ließ sie all die aufgestaute Enttäuschung und ihre Wut und Gebrochenheit in kurzen, durchdringenden Schreien heraus. Ihre Füße trugen sie vorwärts und als sie unten angekommen war, gab es nichts mehr, was sie Himmel, Bäumen und Wasser hätte geben können. Sie hatte ihre Würde und Haltung aufgegeben und es war eine segensreiche Befreiung gewesen loszulassen.

Doch sobald sie auf den schmalen Pfad trat, der sie zur Universität zurückführte, spannte sich mit einem Mal wieder jede Faser ihres Körpers an.

»Ich dachte mir, dass du hier bist«, sagte Owen, der am anderen Ende des Weges stand.

Sie fand, dass er müde wirkte. Schuldgefühle vielleicht?

Nora zog ein trockenes Blatt aus dem unordentlichen Knoten, zu dem sie ihre Haare an diesem Morgen hochgesteckt hatte. Am Abend zuvor hatte es geregnet und in der Luft lag noch eine Restfeuchtigkeit, dank der ihr Haar sich wild kräuselte. Nora vermutete, dass sie schrecklich aussah.

Aber nicht so schlimm wie Owen.

»Willst du irgendetwas sagen?«, fragte er.

Nora zog die Augenbrauen hoch – die einzige Bewegung, die sie sich gestattete. Ihr Brustkorb zog sich zusammen und der Rhythmus ihres Herzens war aus dem Takt, aber Owen musste nicht wissen, dass unter ihrer stoischen Miene und scheinbaren Gelassenheit alles in Aufruhr war.

»Nora, ich hätte nicht von dir verlangen dürfen, dich zwischen mir und der Zeitschrift zu entscheiden. Ich habe meine Absichten nicht offen erklärt, obwohl ich es hätte tun sollen. Zu meiner Verteidigung möchte ich jedoch anführen, dass ich gehofft hatte, unsere Beziehung wäre an einen Punkt gekommen, an dem ich dir wichtiger bin.«

»Hast du deshalb mit meinem Stiefvater gemeinsame Sache gemacht, um die Kommission davon zu überzeugen, dass sie mich ausschließen sollten?«

Owen schüttelte den Kopf und eine tiefe Furche erschien zwischen seinen Augen. »Ich weiß nicht, wovon du redest.«

»Jemand hat Lucius erzählt, was in Indien vorgefallen ist, und er hat es Präsident White gesagt. Nur vier Menschen hier wussten davon. Du, ich, Professor Comstock und Anna. Ich hatte nicht einmal Bitsy und Rose davon erzählt. Wegen meiner Unbesonnenheit hat die Kommission beschlossen, mich nicht mehr als Kandidatin in Betracht zu ziehen.«

»Warum hätte ich mit Lucius darüber sprechen sollen?«

Nora erwiderte wortlos seinen Blick.

»Gut, ich verstehe, warum du das denken könntest. Aber das habe ich nicht getan. Ich habe keine Ahnung, wer es ihm gesagt hat.«

Er wirkte so ernst und sie wusste, dass Ehrlichkeit für ihn eine große Rolle spielte. Aber wenn er es nicht gewesen war, wer dann?
»Ich habe gesehen, wie du ihm nach dem Vortrag gefolgt bist. Du hast mit ihm gesprochen.«

»Ja, aber nicht über Indien oder das Stipendium.« Owen senkte den Kopf und bohrte seine Schuhspitze in den Weg, der von unzähligen Studenten festgetrampelt worden war. »Ich habe ihn nur gefragt, wie es dir geht. Und ihm gesagt, er soll dich grüßen. Er hat mich gefragt, ob ich ihm die Last abnehmen würde, dich im Zaum zu halten. Ich sagte, du müsstest nicht im Zaum gehalten werden. Da hat er gelacht und ist gegangen.«

Ihr Gesicht brannte und mit einem Mal war sie wieder eine ängstliche Studentin, die nach Kakerlaken schlug. Bloßgestellt. Verletzlich.

»Du hast Lucius – oder sonst jemandem – gar nichts davon erzählt, was passiert ist?«

»Lucius hat es an die Kommission herangetragen und sie haben mich befragt.« Er ließ die Schultern hängen und schob die Hände in die Hosentaschen. »Ich konnte nicht lügen, Nora. Ich habe die Geschichte bestätigt.«

Ihre Hoffnung war wie ein Glühwürmchen, gerade noch leuchtend, dann ausgelöscht. Sie schluckte und blickte zu Boden. Owen hatte große Füße und sie berührten beinahe den Saum ihres Kleides. Nora trat zurück, sodass der Rock ins Schwingen geriet und dann eine Haaresbreite weiter entfernt wieder zur Ruhe kam. Viel Platz war immer noch nicht zwischen ihnen. Owen legte ihr die Hände auf die Schultern. Ihr Kopf fuhr hoch und die Traurigkeit in seinen Augen überraschte sie.

»Was blieb mir denn anderes übrig? Professor Comstock selbst hat alles bestätigt. Legst du bei mir andere Maßstäbe an als bei ihm?«

Nora riss sich los. Sie verspürte den Drang, mit den Fäusten auf seine Brust einzutrommeln. Sie zwang sich, die Hände sinken zu lassen. Was hatten ihre Gefühle für Owen mit ihr gemacht?

Ihre Gemütsruhe war dahin und ihre aufflackernde Wut löste in ihr den Wunsch aus, ihm wehzutun. Es war einfach zu viel.

»Ich hätte gar nichts von dir erwarten sollen.« Sie versuchte, sich an ihm vorbeizudrängen, aber er versperrte ihr den Weg.

»Du darfst mir nicht die Schuld geben. Man hat dir wiederholt gesagt, dass du dich aus kulturellen Dingen heraushalten sollst. Du hast nicht auf diesen Rat gehört. Stattdessen hast du getan, was du wolltest, und die Konsequenzen ...«

»Ich hätte nicht mit mir selbst leben können, wenn ich Sitas Not ignoriert hätte! Was hatte ich denn für eine Wahl?«

»Du darfst so argumentieren, aber ich nicht? Als du gezwungen wurdest, dich zwischen zwei schwierigen Möglichkeiten zu entscheiden, hast du die moralische Option gewählt. Das habe ich auch getan!«

»Inwiefern ist es eine moralische Entscheidung, eine Geschichte zu erzählen, von der du wusstest, dass sie mich das Stipendium kosten würde?« Nora stampfte mit dem Fuß auf, bereute ihre kindische Reaktion aber sogleich. Sie holte tief Luft, strich sich übers Haar und schob die widerspenstigen Locken an ihren Schläfen unter ihren Hut. Mit zusammengepressten Lippen zählte sie im Stillen bis fünf. *Nicht die Nerven verlieren! Auf keinen Fall darfst du dich hysterisch verhalten.* »Ich weiß, dass das Stipendium dein Ausweg ist, um den Plänen deines Vaters für dich zu entkommen. Damit du nicht Jura studieren musst.« Die aufsteigenden Tränen ließen ihre Worte erstickt klingen. »Aber dir stehen so viele Türen offen und für mich war es die einzige Chance. Das Einzige, was mir hätte helfen können, das Vermächtnis meines Vaters zu retten.«

»Du kannst tun, was du willst, Nora. Es ist nur eine Zeitschrift.«

Sie runzelte die Stirn und seufzte. »Wenn man ein gebildeter Mann mit Beziehungen ist, hat man andere Möglichkeiten. Für dich ist es nicht so schwer zu tun, was du möchtest. Aber was ist mit mir? Ich bin eine Frau, die sich in einer Männerwelt zu behaupten versucht. Man will mich nicht, Owen. Lucius hätte mir die Zeitschrift gegeben, wenn ich dieses Stipendium erhalten hätte. Mit einem Masterabschluss hätte ich unterrichten können wie mein Vater. Ich hätte etwas bewirken können. Jetzt bezweifle ich, dass ich überhaupt eine Anstellung in der Wissenschaft bekommen und meinen Lebensunterhalt selbst verdienen kann.«

Owen legte die Hände nun um ihre Taille und zog sie näher. »Warum musst du denn für dich selbst aufkommen?« Seine Ohren wurden rot. »Heirate mich, Nora. Ich kann für dich sorgen.«

Auf zitternden Beinen wich sie einige Schritte von ihm zurück, und als er ihr folgen wollte, hob sie eine Hand.

»Lass mich dir helfen.« Seine Stimme brach.

Nora schüttelte den Kopf. »Wie kann ich mich darauf verlassen, dass du mir helfen wirst, wenn du glaubst, deine Träume wären wichtiger als meine?«

»Das ist ungerecht.«

»Auch nicht mehr als die meisten anderen Dinge im Leben.«

Nora saß auf dem französischen Lehnstuhl aus Walnussholz im Salon, ein Buch über amerikanische Spinnen aufgeschlagen auf dem Schoß, und sah zu, wie die Flammen im Kamin den Schornstein hinauftanzten. Sie versuchte, sich auf die Abbildung der *Lactrodectus geometricus* zu konzentrieren, doch ihre Blicke schweiften immer wieder ab.

Lucius saß auf dem Sofa in der Nähe und ließ den bernsteinfarbenen Cognac in seinem Glas kreisen. Ihre Mutter hatte sich vor einigen Minuten in ihr Schlafzimmer zurückgezogen, nachdem sie Nora den Grund für ihre Unzufriedenheit nicht hatte entlocken können.

Nora klappte ihr Buch zu und wollte gerade aufstehen, als Lucius sich räusperte.

Er trank einen Schluck aus seinem Glas und sank dann gegen

die Rückenlehne des Sofas, um anschließend die Beine übereinanderzuschlagen. »Du konntest mich noch nie leiden.«

Keine Frage, sondern eine Feststellung. Nora hatte Lucius tatsächlich von ihrer ersten Begegnung an nicht gemocht. Er war bei ihnen zu Hause erschienen, als ihr Vater und sie im Begriff gewesen waren, zum Käfersammeln loszuziehen, und hatte ihren Vater gefragt, warum er Zeit damit verschwendete, einem Mädchen Dinge beizubringen, die er Männern an der Universität lehrte. Nora war acht Jahre alt gewesen und hatte schon damals gewusst, dass Lucius im Vergleich zu Alexander Shipley in jeder Hinsicht den Kürzeren zog.

Sie blickte ins Feuer und hielt ihre Hände in die Wärme. Der Beinahewinterwind erschütterte die Fensterscheiben und trotz der lodernden Flammen kroch die Kälte herein.

»Du musst darauf nicht antworten, aber ich weiß, dass es so ist.« In Lucius' Stimme schwang keine Enttäuschung mit. Kein Wunsch, akzeptiert oder geliebt zu werden.

»Du bist überhaupt nicht wie mein Vater.«

Er lachte freudlos. »Das sind nicht viele Männer.« Mit einem Seufzen rutschte er auf seinem Platz herum. »Dein Vater war der Beste von allen und das Leben war gut zu ihm.«

Nora starrte ihn ungläubig an. »Er ist jung gestorben.«

»Aber bis dahin war sein Leben gut. Das Herz deiner Mutter gehörte ihm, er hatte eine vielversprechende Karriere und die abgöttische Liebe eines Kindes. Es scheint mir ungerecht, dass ein Mensch so viel hat.«

Die Holzdielen über ihnen knarrten – ihre Mutter machte sich wohl zum Schlafengehen bereit – und Nora fragte sich zum ersten Mal, ob sie ihren zweiten Ehemann manchmal mit ihrem ersten verglich. »Mein Vater hat fleißig gearbeitet und war ein ehrlicher Mensch. Er hat den Menschen etwas gegeben – seine Zeit, sein Wissen und seine Freundschaft. Das Leben hat ihm Respekt und Liebe nicht einfach in den Schoß geworfen. Er hat sie sich verdient.«

Lucius betrachtete sie, während er mit dem Daumen über den Rand seines Glases fuhr. Nora wandte den Blick nicht ab, weil sie wusste, dass er sie auf die Probe stellte. Schließlich verzogen seine Lippen sich zu einem schiefen Lächeln. »Ich war schon immer schwach. Deine Mutter hätte einen anderen Mann haben können – einen anständigen Mann. Ich bin nicht sicher, warum sie mich genommen hat.«

Nora wusste, dass sie niemals eine liebevolle Beziehung zu ihrem Stiefvater haben würde. Meistens gelang es ihr, höflich zu bleiben, und das genügte. Doch an diesem Abend, mit ihrem gebrochenen Herzen, fand sie, dass sie der Unverblümtheit, die sie so oft nicht in den Griff bekam, genauso gut freien Lauf lassen konnte. »Wahrscheinlich, weil du ihren Kummer ausgenutzt hast, während andere Männer ihr Zeit zum Trauern gegeben haben.«

Lucius sah weder überrascht noch verärgert aus. Eigentlich war ihm überhaupt keine Emotion anzumerken. »Da könntest du recht haben. Ich habe mir nie eingebildet, ihrer würdig zu sein, aber ich habe versucht, sie glücklich zu machen. Mein einziges Ziel war es, sie von allem abzuschirmen, was sie schwächen oder verletzen könnte. Deine Mutter ist nicht wie du, Nora. Sie ist zerbrechlich und ihr wird schnell alles zu viel.«

Nora wandte den Blick ab, weil sie nicht recht wusste, was sie mit seinen fast als Kompliment anmutenden Worten anfangen sollte.

Das Glas klirrte, als Lucius es neben sich auf den Tisch stellte. Er faltete die Hände auf seinem Bauch. »Weißt du, ich habe deine Mutter geliebt, lange bevor dein Vater sie kennengelernt hat. Ich habe die beiden sogar miteinander bekannt gemacht.«

Nora runzelte die Stirn. Das hatte sie nicht gewusst. Und etwas daran kam ihr merkwürdig vor. Sie rieb sich die Nasenwurzel und starrte ins Feuer.

»Ich habe ihm gesagt«, fuhr Lucius fort, »dass ich ihr den Hof machen wollte. Aber sie hat sich stattdessen in deinen Vater verliebt.« Er lachte bitter. Alles, was er tat, wirkte irgendwie verkehrt.

Sein Lachen, seine Liebe, seine Ziele. Es war, als würde er sich durchs Leben kämpfen und nicht merken, dass niemand sonst in diesen Kampf gezogen war.

Plötzlich wurde ihr etwas bewusst. Vielleicht hatten Lucius und sie ja doch etwas gemeinsam.

Nora erhob sich. »Es scheint, als hättest du am Ende bekommen, was du wolltest.«

»Und das habe ich dir zu verdanken.«

Es war, als hätte jemand sie mit Eiswasser übergossen. Sie fasste an ihren Hals, weil sie plötzlich kaum noch Luft bekam. »Wie bitte?«

Er *konnte* es nicht wissen. Niemand war damals beim Wasserfall gewesen. Nur Gott war Zeuge.

Lucius sah sie fragend an. »Wenn sie kein Kind gehabt hätte, hätte deine Mutter nie erneut geheiratet. Sie hat Alex vergöttert und wusste, niemand würde ihn ersetzen können, aber sie wollte nicht, dass du ohne Vater aufwächst.«

Nora atmete aus und sank auf den Stuhl zurück. Sie umklammerte das schwere Buch so fest, dass ihre Knöchel weiß hervortraten. Mit der Zunge befeuchtete sie ihre Lippen. »Du warst ein schlechter Ersatz.«

Er hob zustimmend sein Glas. »Das kann ich nicht leugnen. Ich wollte nur, dass es Lydia gut geht, und aus irgendeinem Grund glaubt sie, du hast einen großen Anteil an ihrem Glück.« Er nahm den Dekanter und schenkte sich noch etwas Cognac ein. »Aber es sieht aus, als wäre ich derjenige, der sie am meisten enttäuscht.«

Seine Hände zitterten, als er das Glas an die Lippen führte, und Nora fragte sich, ob er ihr Geld nicht nur verspielt, sondern auch vertrunken hatte. Sie schüttelte den Kopf. Wie hatte ihre Mutter glauben können, dass dieser erbärmliche Mann den Platz von Noras Vater einnehmen könnte?

Sie stand wieder auf, weil sie nur noch die Nadeln aus ihren Haaren ziehen und zu Bett gehen wollte. Hoffentlich würden ihre Träume ihr dem Kummer dieses Tages zu entfliehen helfen.

Lucius hob einen Finger, um anzudeuten, dass sie noch nicht gehen sollte. Sie seufzte und wartete.

»Bald wird sie erfahren, wie ich sie verletzt habe. Alle werden es wissen. Ich habe etwas getan, von dem ich ihr versprochen hatte, es nicht zu tun, und jetzt kann ich das nicht mehr vor ihr verbergen.« Er richtete seine ganze Aufmerksamkeit auf die Flüssigkeit in seinem Glas. Seine Worte hatten geklungen, als kämen sie aus weiter Ferne, als hätte er sich von ihnen distanziert. »Weißt du, dass Mr Primrose auf dem Weg nach Long Island ist? Er bewegt sich in den gesellschaftlichen Kreisen meiner Schwester. Vielleicht besteht noch immer die Chance, dass du wiedererlangst, was verloren ist. Was ich verloren habe.«

»Ich habe keine Möglichkeit mehr, meine beruflichen Ziele zu erreichen. Glaubst du wirklich, ich wäre bereit, auch noch mein Privatleben zu verlieren, damit du den Konsequenzen deiner falschen Entscheidungen entkommen kannst? Ich weiß, dass du ein Spieler bist, Lucius, und dass du unser Haus verloren hast.«

Dies war ihr Zuhause. Das Haus ihrer Eltern. Lucius war hier nur Gast gewesen – ein unwillkommener Gast – und es war ihm gelungen, es ihnen zu stehlen. Sie würde nicht zulassen, dass er noch etwas stahl, was ihr gehörte, und die Wahl ihres Ehemannes war womöglich das Einzige, was ihr überhaupt noch blieb.

Lucius runzelte die Stirn, fragte aber nicht, woher sie davon wusste. In seinem Blick lag nur Resignation. Er trank noch einen Schluck. »Wenn das alles wäre, Nora … Aber es gibt Dinge, die mehr wert sind als ein Haus. Und ich habe sie alle verloren.«

Nora war Martha Farnesworth, Lucius' Schwester, nur einmal begegnet – bei Mutters und seiner Hochzeit. Bald darauf war Marthas Mann, ein bekannter Arzt auf Long Island, erkrankt und Martha hatte ihre ganze Zeit damit zugebracht, ihn zu pflegen.

Deshalb war Nora verwirrt, sie vor der Haustür stehen zu sehen, die Hand auf dem Türknauf. Sie blinzelte die adrette Frau an, die sie unter ihrer breiten Hutkrempe anlächelte.

Martha zog Nora an ihren üppigen Busen. »Wie schön, dich wiederzusehen! Du liebe Güte – wie erwachsen du geworden bist!«

»Tante, du bist hergekommen«, sagte Nora wie benommen. Sie löste sich aus der Umarmung und blickte an Martha vorbei zu der Kutsche vor dem Haus, aber außer dem Fahrer neben einem großen Koffer war niemand zu sehen. »Wo ist dein Mann?«

Marthas Lächeln ließ nach, aber nur ein wenig. »Der arme Frank. Er ist vor zwei Wochen gestorben.«

Nora starrte sie an. »Das wussten wir nicht.«

Martha machte eine wegwerfende Handbewegung, als wollte sie sagen, es spiele keine Rolle, und nahm die zwei kleinen Taschen hoch, die sie auf der Veranda abgesetzt hatte. Dann schob sie sich an Nora vorbei ins Haus. »Nach der Beerdigung habe ich mich hingesetzt, um zu schreiben, aber dann dachte ich: Warum nicht einfach einen Besuch machen? Ich habe dich seit der Hochzeit nicht gesehen und ich habe einen Brief von deiner Mutter erhalten«, Martha drehte sich um und senkte die Stimme zu einem Flüstern, »der mich vermuten lässt, dass nicht alles zum Besten steht.«

Nora hielt dem Fahrer, der den schweren Koffer schleppte, die Tür auf. Er trat sich die Füße ab, bevor er ins Haus ging, und folgte Martha dann in die Diele. »Wohin soll ich das bringen, Ma'am?«

Martha sah sie erwartungsvoll an.

Nora hatte die unerwartete Ankunft ihrer Tante noch nicht ganz verarbeitet. »Das Gästezimmer ist oben, die dritte Tür auf der rechten Seite«, sagte sie überrumpelt.

Der Fahrer stieg die Treppe hinauf und Martha nahm ihren Hut ab. »Und wo ist mein Bruder?«

»Mutter und er sind im Garten.«

Nora führte Martha durchs Haus und zur Hintertür hinaus ins Freie. Lucius ging mit Mutter auf den Kieswegen des Rosengartens spazieren, ihre Hand in seiner Armbeuge. Nora hatte ihre Mutter gedrängt, nach draußen zu gehen, weil das Wetter für Mitte November ungewöhnlich mild war. Es konnte nicht gesund sein, den ganzen Tag im Haus zu sein ohne Bewegung und Kontakt zur Außenwelt.

Martha marschierte über den Rasen und ihre steifen Röcke schwangen bei jedem Schritt hin und her. Nora folgte ihr.

Lucius blieb stehen und seine Augen wurden groß, als er seine Schwester erblickte. »Martha?«

»Ich bin gekommen, um deine Probleme zu lösen.« Martha drückte ihm einen Kuss auf die Stirn und tätschelte dann seine Wange, als wäre er ein Kind.

»Meine Probleme?« Lucius zupfte an Mutters Ärmel und warf ihr ein zögerliches Lächeln zu, das seine Augen nicht erreichte.

Martha stemmte die Hände in die Hüften und stand wie angewurzelt da, ein unbeweglicher Fels, der schlechtem Wirtschaften und mangelnder Ordnung Einhalt gebot.

Nora stellte fest, dass sie ihre Tante mochte.

»Ich habe den Eindruck«, sagte Martha, »dass einige beunruhigende Dinge im Gange sind. Du hast mir gar nicht gesagt, dass du deine Anstellung verloren hast.«

Lucius' Blick huschte zu Nora, dann zog er eine Grimasse, die seine großen, geraden Zähne entblößte. »Warum musst du dich immer in Dinge einmischen, die dich nichts angehen?«

Nora hob die Hände. »Ich hatte damit nichts zu tun!«

»Lass das arme Mädchen in Ruhe. Sie hat nichts Böses getan.«

Nora hatte noch nie jemanden so mit Lucius sprechen hören wie Martha – in einem nüchternen Tonfall, der ihn verstummen ließ.

»Lydia hat mir geschrieben und angedeutet, dass es Schwierigkeiten gibt.«

Lucius sah Mutter mit gekränkter Miene an. Sie senkte den Blick und ihr Kinn bebte.

»Wo ist dein Mann?«, fragte Lucius, jetzt wieder an seine Schwester gewandt.

»In seinem Grab und es wurde auch Zeit.« Martha schnaubte. »Dieser dickköpfige Kerl hat sich geweigert zu sterben, als der gute Gott ihn gerufen hat.«

Lucius schnappte nach Luft. »Martha!«

Die Mundwinkel seiner Schwester wanderten kurz nach oben, als wisse sie genau, wie schockierend ihre Worte waren. Sie schien zu genießen, dass sie seinem Anstandsgefühl widersprach und ihn aus der Fassung brachte.

Oh ja, Nora mochte sie wirklich.

»Lucius«, fuhr Martha fort, »der Mann lag fünf Jahre lang krank im Bett. Ununterbrochen habe ich Dinge für ihn geholt, ihm seine öden Medizinbücher vorgelesen, sein Klagen und Jammern angehört. Er war schon ein schrecklicher Ehemann, als er gesund war, und während seiner Krankheit war er unerträglich. Der einzige Trost war, dass er vor Schwäche nicht die Hand gegen mich erheben konnte.«

Eine unnatürliche Stille legte sich über den Garten. Sicher, Misshandlungen in der Ehe waren nicht selten, aber niemand sprach darüber. Dass Martha diese hässliche Tatsache so ungeschönt ans Tageslicht holte, wirkte unziemlich. Nora begriff allerdings nicht, aus welchem Grund. Warum sollte man nicht darüber sprechen? Vielleicht geschahen solche Dinge gerade auch wegen der Heimlichkeit, in der sie gedeihen konnten.

Nora berührte Marthas Arm. Sie bekundete kein Mitleid, weil ihre Tante nicht aussah, als würde sie das schätzen, aber sie hoffte, ihre Berührung würde Verständnis signalisieren. Solidarität.

»Das wusste ich nicht«, sagte Lucius und seine Stimme klang ungewohnt sanft und leise.

Martha tätschelte Noras Hand. »Es ist vorbei. Und jetzt schlage ich vor, du lässt Tee und eine Kleinigkeit zu essen für mich bringen, Lucius. Ich bin ganz ausgehungert.«

Sie wandte sich zum Haus um und da sah Nora es – das grüngelbe Band am Revers des Wollumhangs, den Martha trug. »Du bist eine Suffragette!«

Lucius hustete und schien fast zu ersticken, während alle Farbe aus seinem Gesicht wich. »Bitte sag, dass das nicht wahr ist!« Er wirkte so entsetzt, dass Nora sich nicht entscheiden konnte, ob sie triumphierend grinsen oder Mitleid mit ihm haben sollte.

Martha berührte das Band und sagte mit einem selbstgefälligen Lächeln: »Natürlich bin ich das. Am Tag nach Franks Tod bin ich Mitglied geworden. Es ist meine neue Mission, für die Rechte von Frauen zu kämpfen – sowohl die öffentlichen als auch die privaten. Wenn es etwas gibt, das Frank mich gelehrt hat, dann, dass Frauen aufstehen und sich gegen Ungerechtigkeit wehren müssen.«

»Und ich habe gelernt«, sagte Nora, »dass wir Frauen viel erdulden müssen, wenn wir das tun.«

Martha straffte die Schultern und hob den Kopf. Nora verglich sie unwillkürlich mit ihrer Mutter, die ganz in sich zurückgezogen wirkte und sich wahrscheinlich immer noch Sorgen machte, etwas Unrechtes getan zu haben, als sie Martha von ihren Problemen geschrieben hatte. Martha – lebendig, beherzt und freimütig – sorgte sich nicht darum, ob sie jemanden vor den Kopf stieß.

»Das Leiden lohnt sich, wenn wir am Ende Veränderung bewirken.« Martha sah Lucius an. »Meinst du nicht auch?«

Etwas geschah zwischen ihnen – wie eine geheime Abmachung –, was in Lucius' Miene gemischte Gefühle aufscheinen ließ. Er stand stocksteif neben Noras Mutter und legte den Arm um sie, als wollte er sie vor dem beschützen, was Martha und er wussten – was auch immer das war. »Ich glaube, du warst jetzt lange genug draußen, Liebling.«

Lydia widersprach ihm nicht. Sie drückte einen Kuss auf seine Hand und eilte ins Haus.

»Es ist gut, dass du gekommen bist«, sagte er zu Martha. »Ich wollte mich ohnehin mit dir in Verbindung setzen wegen einer Angelegenheit, die es uns unmöglich macht, hier in Ithaca zu bleiben.«

Nicht in Ithaca bleiben? Nora wusste, dass er das Haus verloren hatte, aber es gab andere, kleinere Häuser. Warum mussten sie wegziehen?

Lucius wich ihrem Blick aus. Stattdessen sah er seine Schwester an, als wäre sie sein Rettungsanker. »Ich habe eine große Hypothek auf das Haus aufgenommen. Um meine Schulden zu begleichen. Ich musste einige harte Entscheidungen treffen. Und das habe ich getan, so gut ich konnte.«

Nora zwang sich, die Frage zu stellen, auf die sie die Antwort eigentlich gar nicht hören wollte. »Was hast du getan?«

Er ignorierte sie, so als hätte Nora keine Erklärung dafür verdient, warum er das Leben ruiniert hatte, das ihr Vater mit so viel Fleiß und Arbeit aufgebaut hatte. »Wir müssen irgendwo wohnen, bis ich eine neue Anstellung in einer anderen Stadt gefunden habe«, erklärte er seiner Schwester. »Und der Umzug wird Kosten verursachen, die ich derzeit nicht übernehmen kann.«

»Was hast du getan, Lucius?«, wiederholte Nora. Die kalte Luft, die sich gerade noch klar und erfrischend angefühlt hatte, schien ihre Lippen zu lähmen. Sie brachte keine weiteren Worte heraus, sondern schlang nur die Arme um sich und wiegte sich vor und zurück.

Sie wusste von dem Haus und von dem Geld. Wusste, dass er ihre Chancen auf das Stipendium ruiniert hatte. Aber er hatte gesagt, da sei noch etwas, das Lydia das Herz brechen würde. Und das Einzige, was Nora einfiel, war der Verlust der einen Sache, die sie selbst mehr wollte als alles auf der Welt.

»Ich habe abgesehen von der Hypothek noch größere Schulden, die beglichen werden müssen.«

»Vom Glücksspiel!« Noras Anschuldigung hing zwischen ihnen, aufgeladen von Hass und jahrelanger Verachtung. Du hast das Geld und das Haus meines Vaters verspielt. Du hast alles zerstört!«

Martha seufzte und es lag mehr darin als nur Enttäuschung über das Verhalten ihres Bruders. »Ich habe mehr von dir erwartet nach allem, was ich geopfert habe, damit du ein besseres Leben hast. Ich dachte, du hättest aus Vaters Erfahrung gelernt. Wie konntest du nur?«

Lucius presste die Lippen aufeinander und sein Kiefer mahlte. Er wandte sich Nora zu. »Das ist deine Schuld. Du hast unsere Chance auf Rettung ruiniert, als du Primrose beleidigt hast. Wenn du den Mund gehalten hättest, hätte ich die Zeitschrift nicht verkaufen müssen.«

Nora erstarrte. »Du hast die Zeitschrift verkauft?«, echote sie und betete, dass sie sich verhört hatte.

»Der Verkauf ist noch nicht endgültig, aber so gut wie abgewickelt. Ich kann die Vereinbarung nicht mehr rückgängig machen.«

Nora legte den Kopf in den Nacken und blickte zum Himmel hinauf, wo eine Formation Gänse gen Süden zog. Sie schluckte und wünschte, ihr würden Flügel wachsen, sodass sie mitfliegen könnte. Dem schrecklichen Wissen entgehen, dass sie das Werk ihres Vaters nicht mehr schützen konnte. Dass sie nie wieder die Chance bekommen würde zu beweisen, dass sie seinen Glauben an sie verdient hatte. Sie würde nie Wiedergutmachung leisten können.

»Hättest du nicht so impulsiv reagiert, hätte ich die Publikation weiterführen können.« Diesmal klang Lucius weniger selbstbewusst. Seine Worte waren ein vernichtender Schlag, aber ihre Wirkung wurde durch seine zitternde Stimme abgeschwächt.

Martha zog Nora näher und das gab ihr ein wenig Halt. »Mach dem Kind keine Vorwürfe. Es ist deine Schuld, genauso wie unsere missliche Lage bei Vaters Tod seine eigene Schuld war.«

Lucius ignorierte ihren Tadel. »Wessen Schuld es auch ist, die Zeitschrift ist so gut wie fort. Und ich kann nicht sagen, dass es mir leidtut. Ich habe sie überhaupt nur so lange weitergeführt, weil ich Lydia versprochen habe, sie zu behalten, bis Nora alt genug ist, um sie zu übernehmen. Sie hat kaum Einkünfte gebracht und mich zu viel Zeit gekostet.«

»Aber du hast dein Wort gebrochen«, sagte Nora. »Die Zeitschrift hätte mir gehören sollen.« Weshalb hatte ihre Mutter ihr nie gesagt, dass sie die Publikation hatte erben sollen? »Warum hast du sie mir nicht überlassen, als ich dich vor einigen Monaten gefragt habe? Du wusstest doch, dass ich sie wollte.«

»Ich musste meine Schulden begleichen. Mir wurde gedroht. Ich hatte gehofft, wenn die Autoren für ihre Veröffentlichungen zahlen, würde das helfen, aber es war zu spät. Ich musste verkaufen. Wenigstens habe ich einen kleinen Gewinn damit erzielt.«

»Du hast gesagt, wenn ich mich bewähre und meine Ausbildung abschließe, kann ich die Zeitschrift haben.«

»Ich hätte dir dieses Angebot niemals gemacht, wenn ich geglaubt hätte, dass du fähig bist, dieses Ziel zu erreichen. Ich wollte dich nur aus meinem Haus haben.«

»Aus Vaters Haus, meinst du. Die Zeitschrift hat sich selbst getragen, bis du sie zugrunde gerichtet hast. Ich hätte dazu beitragen können, einen Gewinn zu erwirtschaften.«

»Wie gesagt, die Schulden mussten beglichen werden. Nachdem ich meinen Lehrauftrag verloren hatte, war dies meine einzige Einnahmequelle. Ich habe versucht, den Kredit beim Drucker zu erweitern, aber du weißt ja, wie das gelaufen ist.«

»Es gibt andere Drucker!«

Lucius wandte ihnen den Rücken zu und ging. Für ihre Trauer interessierte er sich ebenso wenig wie für das Versprechen, das er Noras Mutter gegeben hatte.

Nora sah Martha an. Die Gegenwart dieser unerschütterlichen Frau spendete ihr Trost. »Es gibt mehrere Drucker in der Stadt.«

Martha schüttelte den Kopf. »Nicht für jemanden, der als Spieler bekannt ist. Ich bezweifle, dass einer von ihnen ihm einen Kredit gewährt hätte.«

Nora kamen die Tränen und sie blinzelte, um sie zurückzuhalten. Alles war umsonst gewesen. Ihre Reise nach Indien, die Bewerbung für das Stipendium, die Entscheidung für die Zeitschrift anstatt für Owen und die Ablehnung seines Heiratsantrags.

»Er hatte nicht das Recht, sie zu verlieren.«

Kapitel 28

Martha lenkte Nora in Richtung Haus. Das braune Gras raschelte unter ihren Stiefeln. »Sei ein wenig gnädig mit dem armen Lucius.«

Nora presste die Lippen aufeinander. »Er hat eine Reihe furchtbarer Fehler gemacht, die meine Familie in Schulden gestürzt und das Vermächtnis meines Vaters ruiniert haben. Meiner Mutter geht es nicht gut. Was glaubst du, wie sehr sie diese Sache mitnehmen wird?«

Martha nahm Noras Arm, als sie den Salon betraten. Nora hatte diesen Raum mit den jaspisfarbenen stilisierten Palmenblättern auf der Tapete, den bis zum Boden reichenden Fenstern und den kunstvollen Stuckverzierungen immer geliebt, doch jetzt lag ein Schatten über ihrem Zuhause. Es gehörte ihnen nicht mehr.

Nachdem Martha Nora in einen Sessel gedrückt hatte, nahm sie ihrer Nichte gegenüber Platz. »Du hattest das Glück, in deinen prägenden Jahren einen wunderbaren Vater zu haben. Dieses Glück hatte Lucius nicht.«

Lucius sprach nie über seine Familie – abgesehen von Martha – und Nora wusste nichts über seine Eltern, außer dass sie schon vor Jahren gestorben waren. Nach seiner Kindheit hatte sie nie gefragt.

Ihre Tante befingerte die Spitze an ihrem Ärmelsaum und seufzte so tief, dass ihr Busen sich hob. »Unser Vater hat auch dem Fluch der Spielsucht nachgegeben. Er war von Beruf Anwalt, genau wie sein Vater, und hatte nie irgendeinen Mangel erlebt. Als er meine Mutter heiratete, die niedrigeren Standes war, enterbten seine Eltern ihn. Er starb, als Lucius sechzehn war und ich achtzehn. Wir waren ganz und gar mittellos.«

Nora spürte, dass Mitgefühl an ihr Herz klopfte – etwas, was in Bezug auf Lucius gänzlich ungewohnt war.

»Was sollte meine Mutter – die wenig gebildete Tochter eines Schmieds – tun? Sie war immer sehr schön gewesen.« Martha lachte leise. »Ich komme nach meinem Vater. Männer … begehrten sie. Also tat sie, was sie tun musste, um ihre Kinder zu versorgen.«

Nora sah im Geiste Sitas hübsches Gesicht vor sich. So unterschiedliche Schicksale, aber sie hätten gleich enden können. Wie schrecklich für Lucius, dass er hatte mit ansehen müssen, wie seine Mutter sich erniedrigte!

Sie senkte den Blick auf ihren Schoß. Vor einem Jahr hätte sie die Frau rundheraus verurteilt, doch sie hatte gelernt, wie hart das Leben sein konnte. »Sie muss euch sehr geliebt haben.«

»Das hat sie«, erwiderte Martha und ihre Worte waren weich und schwer von unerzählten Geschichten.

Schwere Schritte kündigten Lucius an. »Mag sein, dass sie uns geliebt hat, aber sie hat uns zur Zielscheibe für Verachtung und Verurteilung gemacht. Es wäre besser für uns gewesen, wenn wir verhungert wären.«

Nora runzelte die Stirn. »Das kannst du unmöglich ernst meinen.«

Er stand vor ihr, die Arme vor der breiten Brust verschränkt. »Doch, ich meine es ernst. Frauen stolpern immer in Richtung Sünde und Verderbtheit, wenn sie die Gelegenheit dazu bekommen. Meine Mutter hätte einen anderen Weg finden können, aber sie ist den leichteren gegangen. Den zweckmäßigsten.«

Martha schnaubte und baute sich mit gestrafften Schultern vor Lucius auf, sodass sie seine Haltung spiegelte. »Genau wie du, scheint mir. Zu spielen, anstatt deine finanziellen Angelegenheiten besser zu regeln. Wo wir schon von Zweckmäßigkeit sprechen.«

Er ächzte, als hätte Martha ihm einen Schlag in die Magengrube versetzt. »Du hast dich verändert, seit dein Gatte gestorben ist.

Jede Frau braucht einen Mann, der sie auf dem rechten Weg hält, damit ihre Gefühle nicht ihre Vernunft verschlingen.«

»Unsinn. Ich habe einen schlechten Mann geheiratet, damit du eine Zukunft haben konntest.« Martha warf einen Blick in Noras Richtung. »Trotz aller Grausamkeit meines Mannes – er hat Lucius zur Schule geschickt und allein aus diesem Grund werde ich meine Entscheidung niemals bereuen. Aber ich werde nicht noch einmal heiraten.« Sie deutete mit dem Kinn auf Nora. »Bruder, deine Stieftochter ist eine intelligente, vernünftige junge Frau.«

Lucius sah nicht einmal in Noras Richtung. »Sie ist der Inbegriff von unweiblichem Verhalten und hinderlicher Rührseligkeit. Ihr Verhalten in Indien hat einen extremen Mangel an Vernunft erkennen lassen.«

»Wer hat dir davon erzählt?«, wollte Nora wissen.

Nun sah Lucius sie doch an und ein stolzes Lächeln verzog seinen Mund. »Du hast einen Brief von einem gewissen Jeffrey Steed bekommen. Ich wusste, dass du etwas verheimlichst, also habe ich ihn gelesen. Er hat erwähnt, wie unklug es von dir war, dich in das Leben dieses indischen Mädchens einzumischen, und dir vorgeworfen, du seist für das Feuer im Lager verantwortlich. Nachdem du abgereist warst, wurde die ganze Forschungsgruppe aus Indien ausgewiesen. Aber sie hatten genug geschafft, um ihren Verpflichtungen nachzukommen. Fühlst du dich jetzt besser, was deine Dummheit betrifft?«

Nora hatte Gänsehaut bekommen. »Warum hasst du mich eigentlich so sehr?«

»Ich hasse dich nicht. Du bist bloß verwöhnt worden, und eine Frau, die verwöhnt wurde, ist gefährlich. Ich habe bereits eine Familie verloren, weil eine vernunftlose, unweibliche Frau falsche Entscheidungen getroffen hat. Und ich werde nicht zulassen, dass du unsere zerstörst.«

»Gib mir den Brief.«

Er warf ihr einen vernichtenden Blick zu, dann wandte er sich um und verließ das Zimmer.

Nora starrte ihm nach. »Er ist unfassbar! Er hat sich nichts dabei gedacht, mir meine Zukunft zu rauben.«

Martha schnalzte mit der Zunge. »Du kannst bei mir wohnen.« Sie senkte die Stimme. »Lucius wird das auch müssen, obwohl ihm das noch nicht bewusst ist. Angesichts seiner Geschichte werde ich ihm auf keinen Fall das Geld geben, das er haben will. Wir beide – es tut mir leid, Nora, aber deine Mutter wird uns dabei keine Hilfe sein – werden dafür sorgen, dass Lucius dazulernt, was sein Frauenbild betrifft. Wir werden ihn zu einem Verfechter des Frauenwahlrechts machen.«

Mit einem Stöhnen sank Nora aufs Sofa und vergrub das Gesicht in einem der Samtkissen. »Tante Martha«, sagte sie gedämpft, »ich will nicht Mann für Mann die Welt verändern. Ich will nur Insekten studieren.«

Und dann traf sie die Erkenntnis, dass sie Lucius jetzt nicht einmal loswerden würde, wenn sie nach Long Island zog.

Sehr geehrte Miss Shipley,

ich bin so frei, Ihnen zu schreiben, um Ihnen zu erzählen, wie es in Indien weiterging, nachdem Sie und Mr Epps abgereist waren. Frederic hat mir die Erlaubnis dazu gegeben und lässt (nicht gerade herzliche) Grüße ausrichten.

Als Sie sich in die Angelegenheiten dieser einheimischen Familie eingemischt haben, war ich von ihrer Dummheit belustigt und wartete schadenfreudig darauf, dass Sie die Folgen treffen würden. Ich gebe zu, dass ich dabei kein Feuer im Lager im Sinn hatte.

Sie wissen bereits, dass nichts von unserer Arbeit verloren ging, wofür Frederic dankbar ist. Ich hätte nichts dagegen einzuwenden gehabt, ein weiteres halbes Jahr außerhalb von England zu verbringen, aber er war der Meinung, dass es an der Zeit sei, nach Hause zurückzukehren. Die Inder waren uns dank Ihnen nicht mehr sehr wohlgesinnt.

Also bin ich heimgefahren. Meine Frau und meine neun Töchter hießen mich willkommen.

Ja, neun.

Als sie mich mit so viel Überschwang begrüßten, dass ich beinahe sogleich wieder die Flucht über den Ärmelkanal angetreten hätte, erinnerte ich mich an Ihre Dummheit und musste mir eingestehen, dass Sie möglicherweise ein Maß an Mut gezeigt haben, das mir fehlt.

Meine Töchter werden nie etwas anderes als Bequemlichkeit und Privilegien kennenlernen. Und abgesehen davon, dass ich so oft wie möglich gereist bin, um ihnen zu entfliehen, war ich nie der Meinung, dass sie etwas anderes verdient haben. Aber ich hätte ganz sicher nicht meine Arbeit und Karriere geopfert, um dafür zu sorgen, dass jemand anders diese Dinge hat.

Also, Miss Shipley – auch wenn Ihr Verhalten zu einem niedergebrannten Lager, einem verkürzten Aufenthalt und einem Rauswurf aus Kodaikanal geführt haben mag, haben Sie eine Charakterstärke an den Tag gelegt, die ich nie vergessen werde.

Fühlen Sie sich nicht verpflichtet, auf diesen Brief zu antworten.

Mr Jeffrey Steed

Als der Mond hinterm Horizont unterging, stieg Nora die Treppe hinauf, Mr Steeds Brief in der Hand, den sie ein halbes Dutzend Mal gelesen hatte. Sie wünschte, Lucius hätte den Brief nicht in die Hände bekommen, aber sie wünschte nicht, Mr Steed hätte ihn nicht geschrieben. Er hatte es gut gemeint. Und von jemandem, der sie eigentlich nicht hatte leiden können, waren seine Worte mehr Bestätigung als von einem anderen, angenehmeren Menschen.

Als Nora sich der offen stehenden Tür ihrer Mutter näherte, zögerte sie. Lucius hatte ihr nicht sagen müssen, dass sie ihrer

Mutter nichts von ihrer Unterhaltung erzählen sollte. Im Lauf der vergangenen Jahre hatten sie beide gemeinsam versucht, alle unangenehmen Nachrichten von ihr fernzuhalten. Diese Gewohnheit des Verheimlichens hatte dazu geführt, dass Lucius die Zeitschrift verkauft hatte, ohne den Rat ihrer Mutter einzuholen.

Nora verstand seine Beweggründe. Diese Art Neuigkeit würde bei ihrer Mutter höchstwahrscheinlich einen Rückfall auslösen und ihre ohnehin schwache Konstitution noch verschlimmern. Aber Nora hatte das Gefühl, dass Marthas Verhalten – ihre Ehrlichkeit und Offenheit – vielleicht etwas Besseres bot. Eine Möglichkeit, die eigenen Lasten mit einem anderen Menschen zu teilen. Das Aufdecken falscher Entscheidungen. Nora erinnerte sich an einen Bibelvers, in dem es genau darum ging. Narren gingen in der Finsternis – und sie war eine solche Närrin gewesen, weil sie sich von Lucius hatte überzeugen lassen, dass ihre Mutter im Unklaren gelassen werden musste. Wenn sie von den Spielschulden ihres Mannes gewusst hätte, hätte sie ihm dann die Kontrolle über die Zeitschrift überlassen?

Nora räusperte sich und klopfte an den Türrahmen. Als sie den Kopf ins Zimmer streckte, winkte ihre Mutter sie vom Bett aus näher.

»Ich bin ja so froh, dass du hier bist, Liebling. Liest du mir ein wenig vor?«

»Natürlich.« Nora setzte sich auf den Stuhl neben dem Bett und nahm das Buch auf den Schoß, eine Reiselektüre über Frankreich. Nora las nur selten etwas anderes als wissenschaftliche Texte und Aufsätze. Ihre Mutter hingegen verschlang jede Neuerscheinung. Besonders liebte sie Bücher, die in anderen Ländern spielten – vielleicht, weil sie durch sie die vier Wände ihres Hauses verlassen konnte.

Nora blätterte in dem jüngsten Werk von Henry James.

Ich würde gern auch irgendwann ein Buch schreiben.

Sie erstarrte, weil der Gedanke sie erschreckte. So viele Jahre hatte sie davon geträumt, die Zeitschrift zu führen, dass sie nie an eine andere Form der Veröffentlichung gedacht hatte. Aber warum eigentlich nicht? Wenn Frederic die nötige finanzielle Unterstützung finden konnte, um Studien zu betreiben, konnte sie das doch gewiss auch.

Nora schüttelte den Kopf, um diese abwegige Vorstellung zu vertreiben.

Ihre Mutter sah sie mit unschuldigen Augen an. Was war zuerst da gewesen – ihre Naivität oder Lucius' Wunsch, sie im Dunkeln tappen zu lassen?

»Weißt du, dass wir umziehen müssen, Mutter?«, fragte Nora.

Lydia lächelte gequält. »Lies das Buch, Liebling. Ich möchte gerne von James' Reisen hören.«

»Lucius hat unser Haus verloren. Ich werde zu Martha ziehen, wenn er auf unserer Abmachung besteht, und ihr werdet Ithaca ebenfalls verlassen müssen.«

Die Decke über Lydias Beinen schlug Falten, als sie ihre Finger hineinkrallte. »Jedes andere Buch über Frankreich, das ich kenne, handelt von Paris. Dieses dürfte unterhaltsam und lehrreich sein.«

Nora seufzte. Sie schlug die erste Seite auf. Vielleicht kannte ihre Mutter ihre eigenen Grenzen und wusste, dass sie die Wahrheit nicht verkraften würde. Aber wie ungerecht, Nora die Last allein aufzubürden! Lucius war schließlich nicht ihre Wahl gewesen. Ihre Mutter hätte wenigstens etwas von den charakterlichen Mängeln und Fehlern ihres Ehemannes mittragen sollen.

»Wann sollte mir Lucius Vaters Zeitschrift eigentlich überlassen?«, fragte Nora.

Jetzt war Lydias Lächeln wieder echt. Sie ließ die Decke los und strich über den faltigen Baumwollstoff. »Ich habe ihm schon vor deiner Rückkehr aus Indien gesagt, dass er dir die Aufgabe übertragen soll, sobald du wieder da bist. Ich dachte, dann könntet ihr zusammenarbeiten. Hat er mit dir darüber gesprochen?«

Nora senkte den Kopf und trommelte mit den Fingern auf das Buch. Wie konnte ihre Mutter fünf Jahre lang mit jemandem verheiratet sein und ihn so wenig kennen? »Das hat er. Er hat die Zeitschrift verkauft.«

Lydia sah sie erschrocken an, sank dann jedoch nur in die Kissen und zog die Decke bis zum Kinn. »Ich bin müde, Liebling. Es ist wohl besser, wenn du mir doch nicht mehr vorliest.«

Es ist nicht meine Aufgabe, es ihr zu sagen. Das muss Lucius tun.

Aber das würde er nicht und Nora war es leid, so zu tun, als wäre alles gut, nur um ihre Mutter vor der unangenehmen Wahrheit über den Mann zu schützen, den sie geheiratet hatte.

»Natürlich, aber zuerst musst du wissen, dass Lucius dein Geld verspielt hat. Alles. Er hat das Haus und die Zeitschrift verloren und sogar meinen Schmuck verkauft.«

Ihre Mutter erschauderte, dann schloss sie die Augen und lag blass und still da.

»Mutter! Alles ist verloren.«

»Ich bin sicher, Lucius wird sich um alles kümmern, Liebling«, kam es leise und dünn. »Mach dir keine Sorgen.«

Als Nora das Buch beiseitegelegt hatte und aufgestanden war, hob und senkte sich der Brustkorb ihrer Mutter unter den gleichmäßigen Atemzügen einer Schlafenden.

Kapitel 29

Nora lugte zwischen den Fransenvorhängen hindurch auf die Straße hinaus. Der Vorgarten war von Laub übersät, weitere Blätter fielen und drehten sich im Wind. Die Scheibe fühlte sich kalt an, als sie die Hand daran legte. Vielleicht würde sie zu den Cascadilla Falls gehen. Sie konnte etwas frische Luft gebrauchen. Lucius hatte im Salon ein Feuer gemacht und gesagt, ihrer Mutter gehe es nicht gut, sie sei in der Nacht frierend und fröstelnd aufgewacht.

Nora schob den Zeigefinger unter ihren Kragen und wischte den Schweiß von ihrem Schlüsselbein. Als sie sich umwandte, betrat Lucius gerade mit einer kleinen Sperrholzkiste den Raum, auf der unzählige Poststempel prangten.

»Ein Paket für dich.« Er ließ es auf den kleinen Tisch neben dem Sofa fallen.

Nora eilte hin. »Das ist aus Indien«, sagte sie, nachdem sie die Stempel untersucht hatte. Vorsichtig löste sie die Schnur und wickelte das braune Packpapier ab. Als sie den Deckel der Kiste anhob, kamen ein dicker Umschlag und eine Pappschachtel zum Vorschein.

»Was ist das?«, fragte Lucius.

»Ich habe keine Ahnung.« Sie machte den Umschlag auf und zog einen Stapel Papier heraus. Als sie ihn durchblätterte, blieb ihr beinahe das Herz stehen. Seite um Seite mit Aufzeichnungen in einer wackligen Handschrift, abgeschrieben von ihren eigenen Notizen über ihren Schmetterling – über sein Verhalten, das sie bei den beiden Malen, die sie ihn lebend hatte beobachten können, studiert hatte, die raffinierte Mimikry, die Unterschiede zwischen dieser Spezies und dem *Delias eucharis*. Und, auf der letzten Seite, eine perfekte Abbildung des Schmetterlings, so lebensecht, dass Nora das Gefühl hatte, wenn sie das Papier berührte, würde er die Flügel ausbreiten und davonfliegen.

»Das ist meiner«, flüsterte sie und ihre Nase fing an zu kribbeln. Sie nahm die kleine Schachtel und las die Nachricht, die darauf befestigt war.

Akka,
bevor ihr nach Madras abgereist seid, hat Owen mir erzählt, dass deine Arbeit vom Feuer zerstört worden ist. Ich schicke dir die Kopien, die ich gemacht habe. Ich hoffe, das hilft. Ich muss dir beichten, dass ich den ersten Schmetterling, den du gefunden hast, gestohlen habe. Ich dachte, er würde mich an dich erinnern, aber ich glaube, du brauchst ihn dringender. Meine Tante hat mir über Swathi meine Sachen geschickt und ich habe sie gerade erst bekommen. Ich hoffe, es ist nicht zu spät.
Ich liebe dich.
Sita

»Oh, Sita.« Mit zitternden Händen nahm Nora den Deckel ab und da lag auf einem Bett aus Baumwolle ihr wundervoller Schmetterling mit seinen bunten Glasfensterflügeln. Eine Träne tropfte von ihrer Nase und fiel auf die Schachtel.

Sie blickte zu Lucius auf, der immer noch vor ihr stand. »Ein Schmetterling aus Indien?«, fragte er.

Sie nickte.

»Was für einer ist es?«

Nora schaute wieder auf das Insekt hinunter, aber sie sah nur Sita. Ihr breites Lächeln, ihre leuchtenden Augen und die Grübchen, die sich so oft zeigten. Sita, durch die Nora erfahren hatte, was es bedeutete, aufopfernd zu lieben.

»Ein *Prioneris sita.*« Der Name fühlte sich richtig an. Das griechische Wort für »Sägezahn«, was die Markierung der Flügel gut beschrieb, und *sita* für ihre Freundin, die ihr gezeigt hatte, dass manche Dinge wichtiger waren als der Erfolg.

Nora rannte die Treppe des Universitätsgebäudes hinauf, Sitas Kiste an ihre Brust gedrückt. Im zweiten Stock blieb sie stehen und holte tief Luft, um ihren rasenden Puls zu beruhigen, dann stürzte sie durch die offene Tür in Professor Comstocks Büro.

Sein Schnarchen erfüllte den kleinen Raum, der in Noras Abwesenheit kein bisschen ordentlicher geworden war; waghalsig gestapelte Bücher türmten sich auf dem Fußboden und Kästen unterschiedlicher Größe auf jeder verfügbaren Oberfläche.

Nora durchquerte das Zimmer und setzte sich auf den Stuhl neben Professor Comstocks. Einen Moment lang beobachtete sie sein liebes, vertrautes Gesicht und lächelte. Immer wenn er pfeifend ausatmete, bebte sein Schnurrbart und die Brille mit dem goldenen Drahtgestell saß schief auf seiner Nase. Dieser Mann hatte beinahe so viel Einfluss auf sie gehabt wie ihr eigener Vater und sie wollte, dass er stolz auf sie war. Vielleicht konnte sie das ja immer noch bewirken.

»Professor Comstock?«

Er fuhr hoch, blinzelte, griff automatisch zu der Feder, deren Tinte auf das Papier auf seinem Schreibtisch geflossen war, und fing an zu schreiben. »Wenn der *Corydalus* schlüpft …«

Nora lachte. »Professor Comstock.«

Sein Blick zuckte zu ihr. »Nora! Wie lange sitzen Sie schon da?«

»Noch nicht lange. Ich habe etwas, das ich Ihnen zeigen muss.«

Er lehnte sich zurück und sie stellte behutsam die Kiste vor ihm ab. Er rückte die Brille zurecht und nahm den Deckel ab. Als er Sitas Illustration herausnahm, sah er Nora mit großen Augen an und atmete hörbar aus. »Ist es das, was ich denke?«

Sie nickte. »Ich habe ihn *Prioneris sita* genannt.«

»Ein passender Name, glaube ich.« Er sah sie an und sein Gesicht leuchtete vor Anerkennung und Zufriedenheit – ob mit dem Fund und dem Namen oder auch mit ihr, konnte Nora nicht sagen, hoffte es aber sehr.

Während er Sitas Abschriften durchging und gelegentlich einen zustimmenden Laut ausstieß, hielt Nora gespannt die Luft an.

Er legte Notizen und Abbildung beiseite und öffnete die Schachtel mit dem Exemplar des Schmetterlings. »Da haben Sie eine wahrhaftige Entdeckung gemacht. Kein Wunder, dass niemand sie bis jetzt bemerkt hat. Dieser Schmetterling ist eine so hervorragende Mimikry des *Delias eucharis*, dass ein weniger begabter Wissenschaftler die Unterschiede nicht erkannt hätte.«

»Nachdem Frederic zu mir sagte, die Art finde sich nicht an Schlammpfützen, wusste ich, dass ich den Schmetterling näher untersuchen musste. »Sie zeigte auf die Hinterflügel. »Und sehen Sie mal, wie die orangefarbenen Punkte auf der Unterseite der Flügel stumpf enden. Beim *Delias eucharis* laufen sie ja spitz zu. Als ich die Paarung gesehen habe, flog der *Prioneris sita* außerdem schnell und leidenschaftlich, ganz anders als der *Delias eucharis*.«

Professor Comstock lachte. »Die besten Männchen aller Arten sind leidenschaftlich, nicht wahr?«

Noras einzige Erfahrung mit den »Männchen« ihrer eigenen Spezies hatten höchstens ihre Unfähigkeit bewiesen zu beurteilen, ob Leidenschaft gut war oder nicht. Sie hatte Owens Leidenschaft zurückgewiesen und war sicher, dass er sie von nun an nicht mehr an den Tag legen würde. Jedenfalls nicht ihr gegenüber.

Sie ignorierte den Knoten, zu dem sich ihr Magen zusammenzog, und konzentrierte sich auf die Hoffnung, die mit der Ankunft des Päckchens in ihr Herz zurückgeflattert war. »Onkel John?«

Er sah sie mit einem sanften Lächeln an. »So hast du mich seit deinem ersten Studienjahr nicht mehr genannt.«

»Ich hielt es für respektvoller, Professor Comstock zu sagen, als du mein Lehrer wurdest, aber jetzt bin ich mit dem Studium fertig und ich habe dich als Onkel vermisst. Und als solchen frage ich dich jetzt, ob du glaubst, dass ich trotz allem noch eine Chance habe, die Entomologie zu meinem Beruf zu machen.«

Er schüttelte den Kopf und um seine Augen erschienen die vertrauten Lachfältchen. »Du hattest immer eine Chance, Nora.«

»Ich weiß, dass das Stipendium verloren ist. Und ich werde keinen Masterabschluss machen können. Die Zeitschrift ist nicht mehr.« Die Worte fielen ihr schwer. »Aber vielleicht kann ich an anderer Stelle etwas veröffentlichen und trotzdem tun, was ich liebe.«

Sie wusste, dass nicht jeder die Gelegenheit hatte zu tun, was ihn glücklich machte. Sie bezweifelte, dass Pallavi gerne für Wissenschaftler kochte und putzte, und Swathi gefiel es nicht, mit britischen Missionaren zusammenzuarbeiten – obwohl das Baby ihr nun hoffentlich Freude bringen würde –, aber Nora konnte nicht aufhören, darauf zu hoffen, sich doch noch als Frau einen Namen in den Naturwissenschaften zu machen.

»Ich bin sicher, dass jede Zeitschrift deine Entdeckung mit Kusshand veröffentlichen wird. Dass du ein paar Männer in einer Kommission vor den Kopf gestoßen hast, bedeutet nicht das Ende deiner Laufbahn. Vielleicht kannst du doch noch den Master machen, also gib noch nicht auf.«

»Ich kann es mir nicht leisten. Und Lucius zieht mit uns nach Long Island.«

Er tätschelte ihre Hand. »Es gibt bestimmt andere Wege, Nora. Ich zum Beispiel habe damals Arbeiten auf dem Campus übernommen und dafür Unterricht und Unterkunft bekommen – obwohl es diese Möglichkeit für Frauen wohl noch nicht gibt.«

»Ich weiß ohnehin nicht, ob das eine gute Idee wäre. Auch wenn ich nicht umziehen will, gibt es jemanden hier, der mich sicher lieber dort wüsste, als weiterhin mit mir zu studieren.« Sie senkte den Kopf und flüsterte: »Ich habe Owen verletzt.«

Onkel John beugte sich zu ihr und hob ihr Kinn an. Seine Augen, die voller Herzlichkeit und Liebe waren, erinnerten sie an die Augen ihres Vaters und in diesem Augenblick vermisste Nora ihn mehr als je zuvor.

»Vergiss deinen männlichen Schmetterling nicht, meine Liebe.

Leidenschaft ist etwas Schönes und lässt sich nicht so leicht entmutigen oder ablegen.«

Nora zog ihn in eine spontane Umarmung und begann dann ihre Sachen zusammenzupacken, damit er ihre geröteten Wangen nicht bemerkte. Als sie durch die Tür hinaustrat, schloss sie die Augen, denn ein vertrauter Duft stieg ihr in die Nase. Sie umklammerte ihre Kiste noch fester und das raue Holz drückte sich schmerzhaft in ihre Unterarme. Owen berührte ihre Wange und sie atmete zitternd aus.

Sie öffnete die Augen nicht. Sagte nichts.

Sein Atem streichelte ihr Gesicht. »Professor Comstock hat recht.«

Nachdem er ihr einen hauchzarten Kuss auf die Wange gedrückt hatte, fiel die Tür ins Schloss und Nora stand allein auf dem Gang, auf einmal erfüllt von Hoffnung.

Kapitel 30

Während Nora im Universitätsgebäude gewesen war, hatte ein leichter Nieselregen eingesetzt. Er kühlte ihre heiße Haut – die Stelle, an der Owens Lippen sie fast unmerklich berührt hatten – und ihre Haare begannen sich zu kräuseln.

Als sie den Hügel erklommen hatte und die Auffahrt zum Haus hinauflief, hatte ihr Knoten sich aufgelöst und ihre Locken fielen dick und schwer vor Nässe auf ihre Schultern. Kaum war sie drinnen, rannte sie die Treppe hinauf in ihr Zimmer und hoffte, Alice überreden zu können, ihr ein Bad einzulassen. Eine erholsame Auszeit in nach Rosen duftendem Badewasser war jetzt genau das, was sie brauchte.

Sie schlüpfte in ihr Zimmer, blieb jedoch an der Tür stehen, als sie Alice in ihrem Kleiderschrank wühlen sah. Neben ihr auf dem Boden lag ein aufgeklappter Koffer.

»Was machst du da?«, fragte Nora. Schnell zog sie ihre Stiefel aus und warf sich dann rücklings aufs weiche Bett.

»Lucius hat mich angewiesen, Ihre Sachen zu packen.«

Nora setzte sich ruckartig auf. Alice summte weiter, zog Jacken von Kleiderbügeln und faltete sie zu ordentlichen Päckchen zusammen, die sie in dem Koffer verstaute. Sie drehte sich um und hielt ein altes Kleid hoch, dessen braungrünes Muster ausgeblichen und so hässlich war, dass selbst Nora es nicht mehr tragen wollte. »Brauchen Sie das noch?«

Nora schüttelte den Kopf. »Daraus kannst du Lumpen machen. Hat Lucius gesagt, warum du für mich packen sollst?«

Alice zuckte mit den Schultern. »Er meinte, Sie fahren nächste Woche mit Mrs Martha nach Long Island.«

Der Raum fühlte sich mit einem Mal stickig an und verschwamm vor Noras Augen. Sie grub die Finger in ihre Bettdecke.

Ihre Abmachung mit Lucius. Keine Klagen.

Aber das war gewesen, bevor Professor Comstock andere Möglichkeiten ins Spiel gebracht hatte. Bevor sie den *Prioneris sita* entdeckt und erkannt hatte, dass ihre Karriere selbst ohne Stipendium noch nicht gestorben war. Bevor sie sich eingestanden hatte, dass sie mehr Zeit mit Owen wollte.

Sie wusste jetzt, dass der Verlust der Zeitschrift weniger schmerzte, als Owen zu verlieren. Und vielleicht war dies das wichtigste Vermächtnis ihres Vaters – nicht eine wissenschaftliche Publikation, sondern die Fähigkeit, vorbehaltlos zu lieben. Die Bereitschaft, die wichtigste Sache für die wichtigste Person loszulassen.

Haare und Bad waren vergessen. Nora sprang von ihrem Bett und lief die Treppe hinunter. Sie traf Lucius in seinem Arbeitszimmer an, wo er mit einem Schüreisen im Feuer stocherte. Martha saß mit ihrem Stickzeug in einem Sessel.

Nora blieb in der Tür stehen und zwang sich, ruhiger zu atmen. Nach einigen Sekunden hämmerte ihr Herz nicht mehr so hektisch gegen ihre Rippen und sie glaubte, sprechen zu können, ohne wie eine Wahnsinnige zu klingen.

Sie klopfte an den Türrahmen. »Lucius?«

Er winkte sie herein, ohne jedoch den Blick von seinem winzigen Feuerchen abzuwenden. Nora trat ins Zimmer und wartete darauf, dass er ihr seine Aufmerksamkeit widmete.

»Wie geht es dir, Liebes?«, fragte Martha und zog ihre Nadel mit mehr Kraft als nötig durch den Stoff und der Faden verhedderte sich.

»Gut, danke.«

Lucius lehnte den Schürhaken an den Kamin und drehte sich zu ihr um. »Was gibt es, Nora?«

Martha zog an ihrem Faden, was mit einem hoffnungslosen Knoten endete. Sie grunzte und biss ihn ab. »Ich weiß nicht, warum ich diese nutzlosen Dinge überhaupt noch mache!« Sie legte den Stoff fort und wandte sich mit einem breiten Lächeln an

Nora. »Ich freue mich so auf deine Gesellschaft! In Queens County gibt es eine reizende Suffragetten-Gruppe. Oyster Bay ist ein herrlicher Wohnort. Du wirst jede Menge Möglichkeiten haben, dich zu beschäftigen.«

Nora lächelte ihre Tante an. »Das klingt sehr schön und ich bin wirklich gerne mit dir zusammen, Tante Martha, aber ich möchte gerne hierbleiben und meine Ausbildung an der Cornell University fortsetzen.«

Lucius runzelte die Stirn. »Ich dachte, sie hätten das Stipendium jemand anderem gegeben.«

»Das haben sie«, sagte Nora und ihre Stimme bebte ein wenig, »aber ich möchte versuchen, hier in Ithaca zu bleiben und eine Arbeit zu finden.«

Er verschränkte die Arme. »Wir hatten einen Plan. Du ziehst zu Martha. Ich suche mir eine neue Stellung und deine Mutter und ich lassen uns anderswo nieder … nicht auf Long Island.« Er warf Martha ein gequältes Lächeln zu. »Mit deiner Hilfe natürlich, liebe Schwester.«

Martha zwinkerte Nora verschwörerisch zu und räusperte sich. »Ich dachte, du würdest gerne Teil der Bewegung sein, Nora. Wir könnten eine intelligente, leidenschaftliche Frau wie dich gebrauchen. Mit deiner Hilfe könnten Frauen schon in wenigen Jahren das Wahlrecht haben! Überleg doch nur: Wir könnten an der nächsten Präsidentenwahl teilnehmen.«

Nora senkte den Blick. Sie wollte ihre Tante nicht enttäuschen. Martha war sehr gut zu ihr gewesen und hatte ihr Mut gemacht, aber Nora wollte keine Demonstrationen, Anstecknadeln und Gefängnisstrafen. »Das ist nicht das, was ich tun möchte, Tante Martha.« Sie blickte auf. »Es tut mir leid.«

Martha machte ein langes Gesicht, aber sie nickte. »Was möchtest du denn tun?«

»Was immer es ist«, sagte Lucius, »tu es auf Long Island.«

Martha warf ihm einen vernichtenden Blick zu und lächelte dann Nora auffordernd zu.

Nora holte tief Luft. »Ich möchte meinen Masterabschluss machen, meine Entdeckungen in einer Zeitschrift veröffentlichen und … heiraten.« Sie biss sich so fest auf die Unterlippe, dass es wehtat.

Martha zog die Augenbrauen hoch. »Von Letzterem würde ich abraten.«

Ein zartes Lächeln umspielte Noras Lippen und wurde breiter, als sie Owens Gesicht vor ihrem geistigen Auge erschien. »Der Mann, den ich heiraten will, ist wunderbar und überhaupt nicht grausam.«

»Heirate ihn auf Long Island«, murmelte Lucius.

»Ich verstehe nicht, warum du mich an unsere Vereinbarung fesseln willst, Lucius. Du wirst nicht mehr hier sein, wieso also interessiert es dich, wo ich wohne?«

Er funkelte sie wütend an. »Ich habe nur dein Bestes im Sinn.«

Ein ungläubiges Lachen bahnte sich seinen Weg ins Freie. »Du machst Witze.«

»Nein. Deine Ausbildung fortzusetzen, wird dir nur noch närrischere Gedanken in den Kopf setzen und du wirst deiner Mutter ohne Ende Kummer machen. So gerne ich ohne dich hier gelebt habe – deine Zeit in Indien war für Lydia sehr hart. Ich werde zunächst versuchen, in New York City eine Stelle zu finden. So kannst du sie besuchen, wenn sie dich braucht. Ithaca ist zu weit entfernt.«

»Hör auf, so ein Drama zu machen, Lucius«, sagte Martha. Sie nahm ihr Stickzeug wieder zur Hand und versuchte, den Faden durch das Nadelöhr zu schieben. »Ich hoffe, du wirst für deinen jungen Mann nicht alle anderen Ambitionen aufgeben.«

»Mir ist klar geworden, dass es mehr als einen Weg gibt, um sich einen Traum zu erfüllen.«

Nora hatte all ihre Hoffnung auf das Stipendium und die Zeitschrift gesetzt, aber Onkel John hatte ihr eine andere Möglichkeit aufgezeigt. Und jetzt, wo das, um das ihre Gedanken ständig gekreist waren, fort war, sah sie in Bezug auf Owen viel klarer. Wer er war. Wie er sie bei jedem Schritt auf dem Weg ermutigt hatte. Seine Unterstützung.

Er hatte recht gehabt. Das Journal hatte sie belastet und dazu gebracht, wegen einer falsch verstandenen Verpflichtung die Dinge zu ignorieren, die sie wirklich wollte. Sie hatte die Zeitschrift nicht aufgeben wollen, weil es sich anfühlte, als würde sie damit ihren Vater noch einmal verlieren. Aber das hatte sie nicht. Ihr Vater war nicht diese Zeitschrift, so wie ihre eigenen Träume nicht die seinen waren.

Owen würde von ihr nicht erwarten, dass sie am Feuer saß und mittelmäßige Handarbeiten zustande brachte, während er forschte und entdeckte. Nicht ein einziges Mal hatte er angedeutet, dass er das wollte. Sie war bloß zu dickköpfig und verbissen gewesen, um das zu erkennen.

Lucius nahm das Schüreisen wieder in die Hand und stach damit in die knisternden, knackenden Flammen. »Es spielt keine Rolle, was dieser Mann will oder was du willst, Nora. Du hast mir dein Wort gegeben. Du gehst nach Long Island.«

Nora saß am Fußende ihres Bettes und starrte den Koffer an, der dort lag, wo früher der Insektenschrank ihres Vaters gestanden hatte. Mutter hatte ihn fortbringen lassen, nachdem Lucius seine Schubladen verbrannt hatte.

Jetzt hatte Noras Stiefvater wieder eine Entscheidung getroffen, die alles veränderte. Nur dass sie dieser Entscheidung nicht entfliehen konnte. Diesmal gab es kein Forschungsprojekt in Asien und in wenigen Tagen würde sie nach Long Island aufbrechen. Es wäre selbstsüchtig, ihre Mutter allein zu lassen. Außerdem hatte Nora Lucius' Bedingungen zugestimmt.

Doch es fühlte sich an, als wäre ihr Entschluss in einem früheren Leben von einem anderen Menschen gefasst worden.

Nora seufzte und stand auf. Sie nahm ihren Mantel aus dem

Kleiderschrank, schlüpfte hinein und griff nach ihren pelzgefütterten Handschuhen. Vielleicht würde das Leben bei Martha interessant und erfüllend sein. Vielleicht konnte sie ihre Leidenschaft für Entomologie zugunsten eines neuen Ziels umlenken – dem Frauenwahlrecht. Frauen und ihre Mitsprache waren ihr wichtig – natürlich –, aber all das begeisterte sie nicht auf die gleiche Weise wie ihre Forschungsarbeit.

Auf dem Weg zur Tür blieb sie stehen und drückte die Handschuhe an ihre Brust. Sie liebte die Feldforschung. Das Suchen und Entdecken und Beobachten. Sie wollte keine Lehrerin sein, nicht nur schreiben oder illustrieren. Und sie wollte auch keinen Zeitschriftenverlag führen, obwohl der Verlust des Journals noch immer wehtat.

Was sie wollte und wovon sie in den Augenblicken träumte, in denen sie ihren Gedanken freien Lauf ließ, waren die wilden Shola-Wälder. Eine Luftfeuchtigkeit, die so schwer war, dass sie zwischen die Schichten ihrer Kleidung kroch. Essen, das ihre Zunge verbrannte, und Menschen, die sich einen Weg in ihr Herz bahnten. Sonnenuntergänge, die man auch mit tausend Farben nicht abbilden könnte. Insekten so groß wie ihre Hand und ein Zelt, das kaum mehr Platz bot als für ein Bett.

Sie hatten recht gehabt. Professor Comstock, der ihr gesagt hatte, sie sei für etwas anderes geschaffen als für die Lehre. Owen, der steif und fest behauptete, dass sie in die Natur gehörte. Und William, der gesagt hatte, sie habe das Herz einer Entdeckerin.

Ihr entkam ein Lachen und geistesabwesend zupfte sie am Saum ihres Ärmels. Sie alle hatten Nora besser gekannt als sie sich selbst. Sie hatten sie gesehen und es ihr gesagt. Aber sie hatte die Wahrheit erst erkannt, als sie alles andere verloren hatte.

Wenn sie doch nur Owen nicht verloren hätte, während sie sich selbst fand!

Die Uhr in der Bibliothek schlug drei Uhr. Nora würde sich verspäten. Sie befestigte die Ohrringe aus Indien an ihren Ohrläppchen, setzte ihren Hut auf und rannte die Treppe hinunter.

»Wo willst du denn hin?«, rief Martha aus dem Salon.

Nora lief zurück und streckte den Kopf ins Zimmer. »Sie haben Owen als Stipendiaten gebeten, eine Vorlesung zu halten. Ich werde sie besuchen und mich von ihm verabschieden.«

Dann verließ sie zügigen Schrittes das Haus, um ihr zusammengepacktes Zimmer und die Gedanken an ihre Zukunft so schnell wie möglich hinter sich zu lassen.

Obwohl es erst vor Kurzem geregnet hatte und der Weg matschig war, nahm sie die Abkürzung über den Friedhof. Als sie die Library Hall erreichte, zierten Schlammspritzer ihren Rocksaum und der Hut war ihr in den Nacken gerutscht und stieß bei jedem Schritt an ihren Kragen. Im Gebäude hielt sie an, um ihn wieder dorthin zu schieben, wohin er gehörte, und um zu Atem zu kommen, bevor sie sich in den voll besetzten Hörsaal schlich.

»Nora, ich bin froh, dass du gekommen bist!«, drang Owens Stimme die Reihen der Zuhörer hinweg zu ihr.

Sie blieb im Gang stehen und ihr war sehr bewusst, dass alle Augen im Saal auf sie gerichtet waren und ihr Hut wieder heruntergerutscht war. Er hing an dem Band, das um ihren Hals zur Schleife gebunden war. Sie zerrte daran, bis es sich löste, und winkte in Richtung Bühne. Dann setzte sie den Hut wieder auf und band die Schleife unter ihrem Kinn so fest, dass wahrscheinlich nur noch eine Schere sie wieder lösen konnte.

Sie würde Owen umbringen, weil er sie so ins Rampenlicht gezerrt hatte! Bestimmt war sie nicht die Einzige, die sich verspätet hatte. Sie steuerte auf eine Reihe zu, in der sie einen freien Platz erspäht hatte.

»Ich hatte das Glück, in Indien mit Nora Shipley zusammenzuarbeiten. Und während wir dort waren, hat sie eine Spezies entdeckt, die noch nie zuvor beobachtet wurde.«

Nora blieb wie angewurzelt stehen und starrte Owen über das Meer von Köpfen hinweg an. Kalter Schweiß lief ihr über den Rücken. *Prioneris sita* war ihre Entdeckung. Sie hatte vorgehabt, seine Existenz in einem Beitrag für eine wissenschaftliche Zeitschrift zu enthüllen. Sie wollte die Erste sein, die davon berichtete. Hatte Owen nicht schon genug bekommen? Wie konnte er ihr das antun?

Sie biss die Zähne zusammen und beschloss zu gehen. Sie konnte nicht hier sein, während er ihr die letzte Gelegenheit raubte, sich zu rehabilitieren.

»Nora, kommst du bitte zu mir auf die Bühne?«

Überall im Saal steckten die Leute die Köpfe zusammen und flüsterten miteinander. Offenbar fragten sie sich genau wie sie, was Owen vorhatte. Nora schüttelte den Kopf und öffnete den Mund, aber es kamen keine Worte heraus. Wieder starrten alle sie an und warteten darauf, dass sie etwas tat. Auch Owen sah sie erwartungsvoll an, ein jungenhaftes Lächeln im Gesicht und den Arm ausgestreckt, um sie zur Bühne zu locken.

Sie zögerte. Seine Absicht war ihr immer noch nicht klar, aber seine Einladung auszuschlagen, würde einer Beleidigung gleichkommen, über die noch lange getuschelt werden würde.

Er trat an den Rand der Bühne und winkte sie zu sich.

Alles, was sie miteinander erlebt hatten, füllte die leeren Stellen in ihrem Kopf und die Worte kamen. So viele Worte. Worte, die sie nicht aussprechen konnte, weil sie ihre Gefühle für ihn auf sehr unanständige, öffentliche Weise offenbart hätten.

Sie holte tief Luft, straffte die Schultern und ging den Gang hinunter. Nachdem sie die wenigen Stufen zur Bühne hinaufgestiegen war, nahm Owen ihren Ellbogen und zeigte auf sie, sodass das Publikum höflich applaudierte. Nora sah Präsident White in der ersten Reihe sitzen, zwischen Professor Comstock, der sie anlächelte, und den verwirrt dreinblickenden Männern von der Stipendiumskommission.

Owen schob sie in Richtung Rednerpult. »Ich möchte Nora die Gelegenheit geben, Ihnen von ihrer Entdeckung zu berichten.«

»Was machst du denn?«, flüsterte sie.

Owen zog kräftig an ihrer Schleife und nahm ihr den Hut vom

Kopf, um ihn anschließend auf einen Stuhl zu legen. »Ich gebe dir eine Chance, Sonderbar.«

Sie schüttelte den Kopf, dass ihre Ohrringe schaukelten, und sah ihn an. »Eine Chance, öffentlich zu versagen?«

Er legte ihr eine Hand auf die Schulter und beugte sich ein wenig vor, sodass nur sie seine Worte hören konnte: »Versagen? Du? Unwahrscheinlich.« Dann zeigte er auf das Pult, zwinkerte ihr noch einmal zu und lief das Treppchen hinunter.

Nora schluckte und ging langsam über das Podium. Auf dem Pult entdeckte sie einen Stapel Papier. Als sie das erste Blatt anhob, das in Owens gleichmäßiger, großzügiger Handschrift beschrieben war, fand sie darauf alles, was sie über *Prioneris sita* besprochen hatten, während sie schwitzend unter der gleißenden Sonne gesessen und gewürzten Tee aus Zinkbechern getrunken hatten.

Seine Notizen waren aus der Erinnerung aufgeschrieben – sie hatten nichts von ihrer eigenen geradlinigen, systematischen Vorgehensweise. Aber es waren genügend Aspekte für einen Vortrag aus dem Stegreif.

Nora presste die Lippen aufeinander, aber das verhinderte nicht, dass ein langsames Lächeln ihr Gesicht eroberte, und sie sah Owen an, der jetzt in der ersten Reihe saß und sie so angrinste, wie sie es am liebsten mochte.

Mit einem kurzen Nicken kramte sie in den Unterlagen und legte sich in Windeseile zurecht, worauf sie sich bei ihrer Vorlesung konzentrieren wollte.

»Je mehr man einer Sache ausgesetzt ist, desto leichter ist es, sie zu akzeptieren«, begann sie. »Und deshalb übersehen wir manchmal die kleinen Einzelheiten, die etwas Größeres offenbaren könnten, als unsere Erwartungen zulassen.«

Wie Owen, den sie immer für eingebildet und oberflächlich gehalten hatte. Sie hatte die Tiefe seines Herzens übersehen. Die Schönheit seines Charakters.

»Die Gattung *Delias eucharis* ist in Indien weitverbreitet. Es ist ein Schmetterling, den jeder Entomologe kennt, ausführlich beobachtet und weitgehend verstanden. Wir haben ihn überall gesehen und ihm kaum Beachtung geschenkt. Deshalb wäre uns beinahe entgangen, was die größte Entdeckung meines Wegs als Forscherin sein könnte. Der *Delias eucharis* ist nicht allein mit seinen Flügeln, die wie Bleiglasfenster aussehen. Er weist eine Mimikry auf, die noch nie von jemandem bemerkt wurde, weil die Unterschiede so subtil sind, dass man ganz genau hinsehen muss, um sie zu erkennen.«

Während sie über ihr Herzensthema sprach, wurde Nora ruhiger. Sie wagte einen Blick in Owens Richtung. Er saß auf der Stuhlkante, die Ellbogen auf die Knie gestützt, die Hände locker gefaltet. Als sie seine Miene sah, stockte ihr der Atem und ihr stiegen Tränen in die Augen. Owen feierte diesen Augenblick. Er war stolz auf sie und auf ihre Leistung, begeistert von ihrem Erfolg.

»Aber wenn einem bewusst wird, was man gefunden hat, weiß man, alles ist anders. Und so war es auch, als ich die orangefarbenen Punkte am Hinterflügel entdeckte, die die gewohnte Pfeilform vermissen ließen. Als ich die Unterschiede zwischen dem *Delias eucharis* und meinem *Prioneris sita* zum ersten Mal sah.«

Kapitel 31

Am nächsten Tag machte Nora es sich in den Sofakissen bequem und versuchte, sich auf das Buch auf ihrem Schoß zu konzentrieren.

Sie glaubte nicht, dass ihr Vortrag besser hätte laufen können, wenn sie sich darauf vorbereitet hätte. Anschließend, während alle aufgestanden waren und applaudiert hatten, war sie die Stufen der Bühne hinuntergelaufen, wild entschlossen, Owen und sich selbst zum Mittelpunkt eines skandalösen Schauspiels zu machen. Doch auf dem Weg war sie von Studenten und Professoren umringt worden, die mehr über ihren neuen Schmetterling wissen wollten. Sie hatte ihnen die Antworten nicht schuldig bleiben können und die Diskussionen hatten ihre gesamte Aufmerksamkeit gefangen genommen. Als sie endlich wieder allein gewesen war, war von Owen nichts mehr zu sehen gewesen und sie war allein nach Hause gegangen.

Sie fragte sich, wann sie ihn wiedersehen würde. Und hoffte, dass er wusste, wie dringend sie mit ihm reden musste.

»Nora«, sagte ihre Mutter, die in diesem Augenblick in den Salon geschwebt kam, »ich gebe morgen Abend ganz kurzfristig eine Gesellschaft, ein Abschiedsessen sozusagen, und ...«

»Ach, Mutter, bitte nicht! Hast du vergessen, was beim letzten Mal passiert ist?« Bei dem Gedanken, noch einmal eine dieser schrecklichen Veranstaltungen über sich ergehen lassen zu müssen, wurde ihr ganz schlecht.

»Ich bin sicher, du wirst es nicht noch einmal zu so einem Debakel kommen lassen.« Lydia klopfte mit dem Ende eines Federhalters sacht gegen ihre Schneidezähne. »Ich habe mich gefragt, ob du ein paar Freunde einladen willst, weil du doch am nächsten Tag abreisen wirst.«

Nora stöhnte. »Also gut. Nur Bitsy und Rose. Und die Comstocks.«

Es klopfte an der Tür und sie hörten, wie Alice durch die Diele ging, um aufzumachen.

Noras Mutter setzte sich neben sie. »Dann lass uns das Essen besprechen.«

Nora klappte ihr Buch zu – ein faszinierendes Werk über Spinnennetze in aller Welt – und legte es neben sich auf den Tisch. Ihre Mutter würde keine Ruhe geben, bis sie alle Einzelheiten organisiert hatten. Menüs und Sitzpläne waren ihr äußerst wichtig.

»Ma'am«, sagte Alice mit einem leisen Klopfen gegen die offen stehende Tür.

Noras Mutter erhob sich vom Sofa. »Präsident White. Meine Herren.«

Nora sprang auf, nicht annähernd so anmutig wie ihre Mutter – aber das gelang ihr ohnehin nur selten. Sie neigte den Kopf zum Gruß.

Die Männer räusperten sich und sahen einander an, bevor Professor Comstock vortrat. »Nora, Owen hat beschlossen, das Stipendium doch nicht anzunehmen.«

Nora starrte ihn mit offenem Mund an und ihre Mutter kniff sie unauffällig in den Oberarm. Nora klappte den Mund wieder zu und befingerte die Zikadenbrosche an ihrem Kragen. »Ich hatte keine Ahnung.«

»Er hat es uns gestern nach dem Vortrag gesagt.« Professor Comstock lächelte herzlich, ein deutlicher Kontrast zu den ernsten Mienen der anderen Männer.

Noras Mutter trat näher und drückte ihren Ellbogen. Nora nahm die Finger von ihrer Brosche, ließ den Arm sinken und zwang sich zu lächeln. Hinter den Falten ihrer Röcke umklammerte ihre Mutter nun Noras andere Hand.

»Warum will er das Stipendium aufgeben?«, fragte Nora mit pochendem Herzen. Er würde nach New York City zurückgehen müssen – wodurch er weniger weit weg von ihr auf Long Island wäre. Aber sein Vater würde ihn zum Jurastudium schicken. Gab es dort Universitäten, an denen man Jura studieren konnte?

Professor Comstock schüttelte den Kopf. »Das hat er nicht geäußert. Er hat mir nur gesagt, er habe etwas entdeckt, das er noch mehr wolle als das Stipendium.«

Präsident White räusperte sich erneut. »Wir waren von Ihrer Präsentation gestern sehr beeindruckt – umso mehr, als Owen uns erklärt hat, er habe Sie nicht im Voraus wissen lassen, dass er Sie nach vorne rufen würde. Sie waren in der Darstellung Ihres Themas sehr prägnant und zugleich gründlich. Sie haben ein bewundernswertes Verständnis der Lebensweise dieses Schmetterlings gezeigt, Miss Shipley. Alle waren gefesselt.«

Ein anderer Mann schob sich an Präsident White vorbei und packte das Revers seines Jacketts. Er wirkte, als wollte er ein Dekret verkünden. Nora erkannte in ihm ein Vorstandsmitglied der Universität und den Leiter der Stipendiumskommission. »Wir glauben, dass wir Sie vorschnell aus dem Bewerberkreis für das Stipendium ausgeschlossen haben, und nach Ihrer herausragenden Arbeit gestern möchten wir Ihnen das Stipendium anbieten. Es würde uns sogar sehr freuen, wenn eine Wissenschaftlerin wie Sie ihre Ausbildung an der Cornell University fortsetzt.«

Noras Finger wurden in der Hand ihrer Mutter ganz feucht. Sie wussten beide, was das bedeutete. Nora würde Ithaca doch nicht verlassen müssen. Sie konnte bleiben und ihren Abschluss machen. Es war zu spät, um die Zeitschrift zu retten, aber für ihr Studium galt das nicht.

CS

Eine Woche, nachdem die Kommission Nora die Nachricht überbracht hatte, saß sie auf ihrem Bett und stellte Aquarellfarben, Papier und Pinsel zusammen. Sie nahm ein wundervoll illustriertes Buch über die Flora und Fauna des Bundesstaates New York in die Hand und blätterte darin. Sita würde Freude daran haben und es würde ihr einen Einblick in Noras Welt geben. Die Sumpfastern und Hüttensänger würden Sita so exotisch erscheinen wie die Blumen und Vögel Indiens ihr selbst. Nora wickelte das Buch in ein Taschentuch, das ihre Mutter auf ihre Bitte hin bestickt hatte – mit einem kleinen Glasfensterschmetterling in der Ecke –, und verstaute alles in einer kleinen Holzkiste.

Dann nahm Nora die Zikadenbrosche von ihrem Mieder und drehte sie in der Hand. Sie fuhr mit dem Daumen über das mit Edelsteinen besetzte Insekt und fühlte die glatte Kälte seines gerundeten Leibes, bevor sie einen Kuss daraufdrückte. Dann legte sie das Schmuckstück in die Kiste neben das Buch. Sita hatte mehr für sie getan als die Brosche und Noras Erinnerungen an ihren Vater hingen nicht an einem Gegenstand. Nicht an einem Schmuckstück und auch nicht an einer Zeitschrift.

Als alles zusammengepackt war, ging Nora mit der Kiste hinaus, um sie persönlich beim Postamt abzuliefern. Sie atmete den Duft verwesender Blätter ein, der den Winter ankündigte. Es roch schön. Vertraut.

Aber ein Gefühl von Heimweh nagte an ihr.

Was merkwürdig war, denn Ithaca war doch ihr Zuhause.

Vielleicht lag es daran, dass sie einige Stunden damit zugebracht hatte, die Dinge für Sitas Päckchen zusammenzusuchen. Nora ertappte sich dabei, dass sie sich wünschte, sie könnte einen Hauch von Jasmin riechen, von Gewürztee und Sandelholz.

Sie verlagerte die Kiste, sodass die hölzerne Kante nicht mehr auf ihren Arm drückte, und lief über den Friedhof. Wie immer machte sie einen Bogen um das Grab ihres Vaters. Da nahm sie aus dem Augenwinkel eine Bewegung wahr. Sie blieb stehen und blinzelte in die Richtung von Alexander Shipleys Grabstein. Jemand kniete dort mit gesenktem Haupt und Nora umfasste ihr Paket fester.

Sie musste zum Postamt, aber stattdessen ging sie zögerlich den gepflasterten Weg entlang und dann den kleinen Trampelpfad hinunter, den sie seit der Beerdigung nicht mehr betreten hatte. Der Mann murmelte leise Worte. Vielleicht ein Gebet? Sie konnte nichts verstehen. Langsam wagte sie sich ein Stück weiter vor und reckte den Hals.

Er musste sie gehört haben, denn er drehte sich um.

»Owen?« Nora runzelte die Stirn. »Was machst du hier?«

Er stand auf und klopfte sich etwas Erde von den Knien. Mit einem verlegenen Lächeln sagte er: »Nur einen Besuch.«

Sie nahm die Kiste unter den anderen Arm, während alle möglichen Worte sich in ihren Gedanken verhedderten und sich weigerten, ihren Mund zu verlassen. »Die Kuratoren … ich …«

Seine Lippen zuckten und verzogen sich dann zu einem Lächeln. »Gern geschehen.«

»Jetzt schickt dein Vater dich zum Jurastudium! Warum hast du das Stipendium abgelehnt?«

»Ich mag Entomologie, Nora, aber dich mag ich noch viel mehr und du liebst die Naturwissenschaft. Sie bedeutet dir alles.« Er fuhr sich mit der Hand durchs Haar, sodass es an seiner Stirn zu Berge stand. »Es schien mir unrecht, etwas zu nehmen, das so offensichtlich dir gehört. Aber diese Kiste nehme ich. Bist du auf dem Weg zur Post?«

Sie nickte. »Vorher muss ich allerdings noch zu Präsident White.« Sie schob ihre Hand unter Owens Jacke und in seine Westentasche. Er atmete scharf ein, als sie seine Taschenuhr herauszog und einen Blick darauf warf. »Ich muss los«, sagte sie und schob die Uhr an ihren Platz zurück.

Einen Moment lang hielt Owen ihre Hand fest und lehnte seine Stirn an ihre. »Du kannst nicht einfach so etwas tun und dann gehen.«

»Aber meine Verabredung ...« Sie zog die Unterlippe zwischen die Zähne, um ein Lächeln zu unterdrücken.

Er seufzte und trat einen Schritt zurück. Dann nahm er ihr die Kiste ab und zeigte mit dem Kinn in Richtung Friedhofstor. »Ich begleite dich.«

Einige Augenblicke lang gingen sie schweigend nebeneinanderher, sodass sie Gelegenheit hatte, ihre Nerven ein wenig zu beruhigen. Sich daran zu gewöhnen, wieder an Owens Seite zu gehen. »Warum warst du wirklich am Grab meines Vaters?«

Sein Blick huschte zu ihr und dann wieder fort. »Ich habe nur nachgedacht.«

»Worüber?«

Sie kamen an einem kleinen Eichenhain vorbei, dessen Baldachin den Gehweg überschattete, und er legte eine Hand auf ihren Arm. »Warte.«

Sie blieben stehen und er sah sie an. Sah sie wirklich an, und sie war sicher, dass seine Augen alles sahen. Er blickte ihr tief ins Herz. Sie senkte den Kopf und betrachtete die Knöpfe an seinem Mantel.

Owen wartete, bis sie wieder zu ihm aufschaute. Er fuhr mit dem Finger über ihre Wange zur Schläfe hinauf und bis in die Haare über ihrem Ohr. Vorsichtig zog er eine Locke aus ihrem Dutt. »Ich habe mich gefragt, ob ich jemals ein Mann sein werde, den du so sehr achtest wie deinen Vater.«

Nora erinnerte sich an das *Prioneris-sita*-Männchen und sein erfolgreiches Werben um seine Partnerin. Es tanzte wie die meisten Inder – mit einer Leidenschaft und Dringlichkeit, die den meisten westlich geprägten Menschen peinlich waren.

Owen hatte nicht aufgegeben.

Ihre Knie zitterten und sie beugte sich ein wenig vor. Owen ließ ihre Haare los und legte eine Hand an ihre Wange. Er setzte die Kiste auf seiner Hüfte ab, damit er Nora näher an sich ziehen konnte.

»Ich weiß, dass ich meinen Vater nicht glücklich machen kann, und wenn ich ehrlich bin, wird ein Master wiederum auch mich nicht glücklich machen. Aber dich, Nora … *dich* könnte ich glücklich machen. Dein Glück ist mir wichtiger als alles andere.«

Nora hatte eine Gänsehaut auf Armen und Beinen und überall sonst. Owen küsste ihre Nasenspitze, aber das war alles, und Nora grollte den Kutschfahrern und Fußgängern auf der Straße. Sie wünschte sich die dichten Blätter eines Feigenbaums und die Stille einer schwülen Nacht. Sie wünschte, sie müsste nicht zu Präsident White und könnte Owen sagen, dass sie ihn viel mehr liebte als jeden beruflichen Erfolg. Doch dies war nicht der richtige Ort dafür. Also entschied sie sich für etwas weniger Romantisches, aber Notwendigeres.

»Es tut mir leid. Es tut mir leid, dass ich wütend auf dich war, ohne überhaupt genauer nachzuforschen, was passiert war. Es tut mir leid, dass ich von dir mehr verlangt habe, als ich von mir selbst verlange. Es tut mir leid, dass ich auf Abstand gegangen bin, obwohl ich doch nur in deiner Nähe sein wollte.« Sie wagte es, einen Kuss auf seine Lippen zu drücken. Einen Kuss, der viel zu kurz war. »Du bist ein ebenso wundervoller Mann wie mein Vater und ich könnte dich nicht noch mehr achten, als ich es bereits tue.«

Sie würde es gerade noch rechtzeitig zu ihrer Verabredung schaffen. Nachdem Owen sie zum Gehen gedrängt und ihr versprochen hatte, dass er sie anschließend treffen und bis dahin auf ihre Kiste aufpassen würde, rannte sie den restlichen Weg zu dem riesigen Haus des Präsidenten, den Hut in der Hand.

Sie fand sich in seinem edel ausgestatteten Arbeitszimmer wieder, umklammerte die Armlehnen eines mit Schnitzereien verzierten Stuhls und bemühte sich um ruhige Atemzüge, die das Korsett, das sie einschnürte, nicht zu sprengen drohten. Schon aus diesem Grund wollte sie nach Asien zurückkehren – damit sie dieses abscheuliche Ding ablegen und rennen konnte, ohne eine Ohnmacht fürchten zu müssen.

Sie zog das zerknitterte Schreiben aus ihrem Ridikül, strich es mit den Fingerspitzen glatt und las noch einmal die kurze Nachricht.

Bitte kommen Sie heute Nachmittag um 14 Uhr in mein Büro.
Pr. White

Kein Hinweis darauf, warum er sie sehen wollte. Worüber wollte er wohl mit ihr sprechen? Nora zwang sich zu einer aufrechten Sitzhaltung, nicht angelehnt, die Schultern tief, das Kinn hoch. Wenn sie sich schon nicht selbstbewusst fühlte, konnte sie wenigstens so aussehen.

Präsident White betrat den Raum mit einem Räuspern, das eher ein Husten war, und sie schob den Zettel wieder in ihre Tasche.

»Wie schön, dass Sie kommen konnten, Miss Shipley.«

Er ging um den aufgeräumten Schreibtisch herum und nahm dahinter Platz, während er mit der Hand über seinen dichten, buschigen Backenbart fuhr. Nora hatte den Eindruck, dass sein gütiges Gesicht heute regelrecht verzückt wirkte. Sein wohlwollendes Lächeln beruhigte ihren hektischen Puls. Gewiss würde er ihr mit einem solchen Ausdruck keine schlechten Nachrichten überbringen.

Präsident White legte die gefalteten Hände auf den Tisch. »Die Universität hat das *Fachjournal für östliche Flora und Fauna* gekauft.«

Nora schüttelte langsam den Kopf. In ihren Ohren begann es zu rauschen. »Entschuldigung?«

Seine Stimme wehte zu ihr herüber, als käme sie aus einem dichten Nebel. »Ihr Vater war ein hochgeschätztes Mitglied des Lehrkörpers hier an der Cornell. Als wir erfuhren, dass Lucius die Zeitschrift verkaufen wollte, haben wir beschlossen, dass die Universität sie erwerben und die Veröffentlichung von Studenten betreuen lassen wird. Gestern wurde der Vertrag unterschrieben.«

Nora seufzte leise und schickte zugleich ein stummes Dankgebet zum Himmel. »Für gewöhnlich mag ich keine Überraschungen, Präsident White, aber dies ist die beste unerwartete Neuigkeit, die ich mir denken kann.«

Sein Lächeln wurde weicher und er senkte das Kinn. »Ihr Vater war ein guter Freund und einer der besten Lehrer, die wir jemals hier hatten. Es ist uns eine Ehre, sein Vermächtnis weiterleben zu lassen. Und wir möchten, dass Sie die Rolle der Chefredakteurin übernehmen. Es gibt niemanden, der diese Aufgabe mit so viel Hingabe erfüllen könnte, und wir wissen, dass Sie erfolgreich sein werden.«

Nora presste eine Hand an ihre Brust und lachte gelöst, als ihre Anspannung restlos verflog. »Es wäre mir ein Vergnügen, diese Aufgabe zu übernehmen. Aber ich möchte einen Vorschlag machen.«

»Ich höre.«

»Cornell hat von Anfang an Frauen als Studentinnen aufgenommen. Mein Vater hat das immer unterstützt. Er hat in mir eine Leidenschaft für die Naturwissenschaften geweckt, die im Laufe meines Studiums hier gewachsen ist. Ich finde, wir sollten aus dieser Zeitschrift die erste wissenschaftliche Veröffentlichung machen, die von Frauen herausgegeben wird. Und ich werde sie nur leiten, bis ich meinen Masterabschluss mache. Ich möchte, dass die Leitung der Zeitschrift immer an eine Naturwissenschaftsstudentin weitergegeben wird. Sobald ich mit dem Studium fertig bin, werde ich die Rolle der Chefredakteurin derjenigen übertragen, die Sie für geeignet halten.«

Und dann würde sie die Freiheit haben zu tun, was sie am liebsten tat – forschen und entdecken.

Präsident White faltete die Hände und presste die Lippen auf seine Knöchel. Nora konnte sich vorstellen, was ihm durch den Kopf ging. So etwas hatte es noch nie gegeben, aber andererseits war seine Universität bekannt dafür, dass sie Dinge möglich machte, die bisher noch niemand getan hatte. Würde es genügend Frauen in den Naturwissenschaften geben, um eine Zeitschrift zu führen? Vielleicht wäre es sogar ein zusätzlicher Anreiz, hier zu studieren. Konnte das Journal eine stets wechselnde Führung überleben? Aber wer würde sich mehr Mühe geben als jemand, dessen berufliche Laufbahn von dem Erfolg der Publikation abhing? Im Stillen legte Nora sich ein Gegenargument für jeden Einwand zurecht, den sie von dem Präsidenten erwartete.

Schließlich nickte er. »Ich glaube, Ihrem Vater hätte das gefallen.«

»Danke, Präsident White.«

Doch er blätterte bereits geistesabwesend lächelnd in einem Stapel Unterlagen und Nora wusste, dass er mit den Gedanken schon woanders war. Sie verließ eilig den Raum und ihre Füße steppten auf dem Holzfußboden einen fröhlichen Takt.

Owen saß auf der Treppe am Eingang und wartete auf sie, die Kiste unter seinen Beinen abgestellt. Als er hörte, wie sich die Tür öffnete, reckte er den Hals, um hinter sich zu sehen, und sprang auf. »Und?«

Er stand zwei Stufen unter ihr und so konnte sie die Hände auf seine Schultern legen und ihm direkt in die Augen sehen. »Sie haben sie gekauft! Cornell hat die Zeitschrift meines Vaters gekauft und sie wollen, dass ich sie führe. Ich habe Ja gesagt, aber nur für die Zeit, während ich noch studiere. Danach werde ich den Stab an jemand anderen übergeben.« Sie tätschelte seine Wange und tanzte die beiden Stufen hinunter. »Jetzt gibt es so viel zu tun! Ich muss Frauen finden, die mir helfen, die Zeitschrift wieder zu dem zu machen, was sie sein sollte. Auf jeden Fall Rose und Bitsy! Dann muss ich die Wissenschaftler anschreiben, die früher bei uns veröffentlicht haben, um ihnen zu sagen, dass es einen neuen Eigentümer gibt – und auf jeden Fall das Thema Vergütung ansprechen. Veröffentlichungen gegen Bezahlung wird es ab sofort nicht mehr geben.« Sie hatte die einzelnen Punkte beim Reden an ihren Fingern abgezählt.

Hinter ihr hörte sie Owen lachen. »Eins nach dem anderen. Lass uns zuerst zum Postamt gehen, damit ich diese Kiste loswerde. Was ist eigentlich da drin?«

»Vor allem Malutensilien für Sita.« Sie hatte noch immer niemandem von Sita erzählt – nicht einmal Bitsy oder Rose – und sie wusste auch nicht, ob sie es jemals tun würde. Ihre Erinnerungen an Indien, an Sita und Pallavi und Swathi waren wie in Dunst gehüllt, als wäre all das Jahrzehnte her und nicht Monate. Sie wollte den Schleier nicht fortreißen und alles mit deutlicher Klarheit sehen. Es fühlte sich richtig an zurückzublicken wie auf einen Traum. Aber sie war froh, dass sie mit Owen über alles reden konnte. Froh, dass sie die Erfahrung teilten und er sie verstand.

Sie überquerten die Straße und gingen die Treppe zum Postamt hinauf.

Bitte mach, dass dieses Paket Sita so viel Freude bereitet, wie sie in mein Leben gebracht hat.

Owen hielt ihr die Tür auf und ließ Nora zuerst eintreten, bevor er ihr folgte und die Kiste auf den Tresen stellte.

»Miss Shipley!«, begrüßte Mrs Brackett sie mit einem fröhlichen Lächeln. »Gerade heute Morgen ist ein Brief für Sie angekommen.« Sie drehte sich zu den Fächern an der Wand hinter ihr um und zog einen Umschlag aus einem Fach heraus. »Bitte sehr.«

»Danke.« Nora fuhr mit dem Daumen über die elegante Handschrift der Bekannten ihres Vaters und die philippinische Briefmarke. Der Umschlag war zu klein, um einen Schmetterling zu enthalten. Nora schob den Finger unter die Klappe und riss ihn auf.

Owen nahm das Kuvert und betrachtete es mit Interesse, während Nora den Brief entfaltete und las.

»Er ist von Mrs Martín. Sie schreibt, ihr Mann – er ist ein spanischer Diplomat – habe sie mit einer Universität in Spanien zusammengebracht, die sie beauftragt hat, eine Sammlung philippinischer Insekten zusammenzustellen samt Beschreibung ihres Verhaltens.« Nora überflog den Rest des Briefes, dann riss sie die Augen auf und sah Owen an. »Sie will, dass ich sie dabei unterstütze!«

Owens Augen weiteten sich ebenfalls. »Auf den Philippinen? Was für eine wunderbare Gelegenheit für dich, Nora!«

Sie zog ihn aus dem Postgebäude, fort von Mrs Bracketts neugierigen Augen und Ohren.

Sie gingen eine Weile, bis sie den Großteil der städtischen Menschenmassen hinter sich gelassen hatten und sie ihre Füße in Richtung Campus trugen. Abgesehen von dem einen oder anderen verspäteten Studenten, der von einem Gebäude zum anderen eilte, waren sie hier ungestört.

Nora blickte auf den Brief hinunter, den sie immer noch in der Hand hielt. Die Einladung drängte sich in ihre Gedanken. *Du könntest gehen.*

Und sie würde diese Arbeit lieben, das wusste sie. Aber sie hatte so viel bekommen. Alles, was sie verloren geglaubt hatte. Und die Philippinen würden immer noch da sein, wenn sie ihren Abschluss hatte, so wie all die Insekten, die auf Entdeckung warteten.

»Ich kann nicht gehen«, sagte sie schweren Herzens. Diesmal hatte sie keine Mühe, sich vorzustellen, wie sie in Leinenkleidern an fernen Orten Schmetterlinge fing.

Sie fanden eine Bank unter einem Ahornbaum, dessen leuchtende Blätter sich an ihre letzten prachtvollen Augenblicke klammerten wie gealterte Debütantinnen. Owen und sie setzten sich dicht nebeneinander, sodass sich ihre Hüften und Oberschenkel berührten, und Nora konnte trotz mehrerer Schichten Kleidung seine Wärme spüren.

»Kannst du das Angebot wegen deiner Mutter nicht annehmen?«, fragte er.

»Nein.«

»Wegen der Zeitschrift?«

»Nein, obwohl ich mich natürlich sehr über die Gelegenheit freue, etwas daraus zu machen, worauf mein Vater stolz wäre.«

Er bewegte sein Bein. Sein Fuß verschwand unter ihrem Rocksaum und tippte an ihren Stiefel. »Wegen des Stipendiums?«

»Nicht nur, aber du darfst nicht denken, ich wüsste dein Opfer nicht zu schätzen.«

»Das würde ich niemals denken.« Er nahm ihre Hand und verschränkte seine Finger mit ihren. »Du liebst die Feldforschung,

Nora. Dabei blühst du förmlich auf. Warum lässt du dir eine solche Gelegenheit entgehen?«

»Aus zwei Gründen. Erstens werde ich in Zukunft weitere solcher Gelegenheiten bekommen, aber ich werde vielleicht nie wieder die Chance haben, meinen Abschluss zu machen, wenn ich das Stipendium ablehne. Und zweitens …« Sie starrte geradeaus, den Blick fest auf das farbenfrohe Blätterkleid der Bäume vor ihnen geheftet. Plötzlich wünschte sie, sie hätte ihre Malsachen dabei, um das Wesentliche dieses Anblicks festzuhalten, bevor es ihr entglitt und sich in Morgennebel und fast vollständig vergessene Träume verwandelte.

»Und zweitens?«, wiederholte er.

Sie sah ihn an. Seine Finger fanden die zarte Haut in ihrem Nacken und streichelten die Worte aus ihr heraus: »Zweitens deinetwegen.«

»Aber ich gehe nach Hause.« Er spielte mit einer ihrer Locken und presste die Lippen auf die Stelle, von der sie herabhing.

Nora lief ein warmer Schauer über den Rücken. »Ich finde, das solltest du nicht tun. Nach Hause gehen, meine ich.«

»Wie sollte denn deiner Meinung nach mein nächster Schritt aussehen?«

»Bleib hier und mach mit mir zusammen deinen Masterabschluss. Du kannst das Schulgeld auf dem Campus abarbeiten. Professor Comstock hat das auch getan.«

»Und was ist mit Unterkunft und Verpflegung? Mein Vater hat deutlich gemacht, dass er nur für einen Juraabschluss zahlen wird.«

»Meine Unterkunft und Verpflegung sind durch das Stipendium abgedeckt und reichen für uns beide.«

Er schob seine Finger in ihre Haare und kam so nahe, dass sein warmer Atem ihr Gesicht streifte. »Das ist selbst für deine Verhältnisse sehr fortschrittlich, Sonderbar.«

»Es ist nicht fortschrittlich, wenn wir verheiratet sind.« Sie beugte sich vor und drückte ihre Lippen auf seine. »Heirate mich«, flüsterte sie dann.

»Das sollte eigentlich ich zu dir sagen.«

»Beim letzten Mal hat das nicht funktioniert. Und du weißt, dass ich unkonventionell bin.«

Er lehnte sich zurück. »Bist du dir sicher, dass du das willst?«

»So sicher war ich mir noch nie bei einer Entscheidung.«

»Wir werden heiraten und zusammen studieren und in zwei Jahren gehen wir wieder in die Feldforschung? Entweder auf den Philippinen, wenn deine Freundin dann immer noch Hilfe brauchen kann, oder woanders?«

»Ja. Ich würde viel lieber mit dir zusammen reisen als allein. Ich würde *alles* lieber mit dir zusammen machen.«

Owen grinste. »Ich glaube, du brauchst nur jemanden, der dich daran hindert, aus Bäumen zu fallen.«

»Ist das ein Ja?«

»Ja, Schrullig, ich werde dich heiraten. Und ich werde hier bei dir bleiben oder mit dir zusammen fortgehen. Ich werde dich gegen prüde Briten und sich paarende Kakerlaken und asiatische Ringer verteidigen. Du«, sagte Owen und legte beide Hände um ihr Gesicht, »bist das Einzige, was ich jemals mit ganzer, händeringender, unwiderstehlicher Leidenschaft wollte. Und vielleicht erschien mir alles deshalb so öde und uninteressant. Du hast mein ganzes Interesse und all meine Aufmerksamkeit gestohlen, als du deinen panischen Tanz auf dem Stuhl im Labor aufgeführt hast.«

Sie beugte sich vor und küsste ihn noch einmal.

ശ

Nora nahm die Pappschachtel aus der obersten Schublade ihrer Kommode. Vorsichtig hob sie den Deckel ab und fand die Hummel, die sie vor Monaten aus Lucius' Inferno gerettet hatte. Ihre letzte zarte Verbindung zu den Freuden und der Schönheit ihrer Kindheit. Sie ließ das Insekt in ihre Hand fallen und der Pelz kitzelte auf ihrer Haut.

»Kleine Bumble Bea, sieh mich an.«

Nora riss den Blick von der Hummel los, die sie gerade montiert hatte, und gehorchte, das Ende einer ihrer Zöpfe zwischen den Lippen.

Ihr Vater neigte das Kinn. Er lächelte und an seinen Augenwinkeln erschienen feine Fältchen. Nora nuckelte an ihren Haaren und zog sie zwischen ihren Zähnen hindurch. »Bienen – zu deren Gattung diese Hummel auch gehört – sind interessante Geschöpfe. Sie arbeiten fleißig und sind pflichtbewusst. Aber weißt du, was das Interessanteste an ihnen ist?«

Sie schüttelte den Kopf.

»Sie entfernen sich meilenweit von ihren Stöcken und Nestern, um ihre Aufgabe zu erfüllen. Sie bleiben nicht in der Nähe ihrer Heimat.« Er sah sie mit einem traurigen Blick an, den Nora nicht verstand.

Jetzt glaubte sie zu verstehen, was er gemeint hatte.

»Du dachtest, ich würde Ithaca irgendwann verlassen, nicht wahr, Papa?«

»Das ist nicht das, was deine Mutter mir erzählt hat.«

Nora schloss die Finger um die Hummel. Sie drehte sich zu Lucius um und lehnte sich an ihre Kommode.

Er betrat ihr Schlafzimmer. »Sie hat gesagt, dass Präsident White dir das Stipendium doch noch angeboten hat.« Er verschränkte die Arme und räusperte sich, ein tiefes, grollendes Geräusch, das aus seiner Brust aufstieg. »Zu guter Letzt fügt sich doch noch alles, denn meine Schwester hat mir gerade gesagt, dass sie mir das Geld, das ich brauche, um wieder Fuß zu fassen, nicht geben wird. Stattdessen sollen wir zu ihr ziehen. Sie kennt den Direktor einer Privatschule für Reiche. Wie es scheint, unterstützt er die Suffragetten« – Lucius zog eine Grimasse – »und er sucht einen Naturkundelehrer.«

»Das ist ein Rückschritt nach deiner letzten Position, nicht wahr?«

Er zog eine Grimasse und ließ die Arme hängen. »Mir bleibt nichts anderes übrig.«

Nora überlegte, ob sie in einer Geste des Mitgefühls seinen Arm berühren sollte, aber dann tat sie es doch nicht. »Ich denke tatsächlich darüber nach, eine Stellung anzunehmen, die mich weit von Ithaca fortbringt, aber erst, wenn ich mein Studium beendet habe.« Sie würde Mrs Martín einen Brief schreiben und ihr mitteilen, dass sie ihr erst in zwei Jahren helfen konnte. Und wenn das dann nicht mehr vonnöten sein würde, wusste Nora, dass es noch viele Orte auf der Welt gab, die es zu erforschen galt. Viele Insekten, die darauf warteten, entdeckt zu werden. Owen und sie würden sie finden.

»Ich hoffe, du hast nicht vor, zu weit wegzugehen. Deine Mutter ist jetzt schon ganz aufgelöst bei dem Gedanken, dass wir auf Long Island sind und du hier in Ithaca. Sie würde nicht wollen, dass du noch weiter von ihr entfernt bist.«

Nein, das würde sie nicht. Aber konnte Nora sich ihr Leben lang darum sorgen, dass ihre Mutter sie in der Nähe haben wollte? Immerhin war Lydia eine verheiratete Frau und sollte sich darauf verlassen können, dass ihr Mann sich um ihre Bedürfnisse kümmerte. »Ich glaube, es wäre gut für Mutter – und für dich –, wenn ich eine Weile auf Abstand gehe … wo auch immer ich lande.«

Lucius fuhr sich mit der Zunge über die Lippen. Er wandte kurz den Blick ab und sah sie dann wieder an, bevor er nickte. »Ja. Das wäre vielleicht doch eine gute Idee.«

Mutter hatte einen Mann geheiratet, den Nora kaum ertragen konnte, aber vielleicht konnte Lucius, wenn er ungestört war, doch noch ein Mensch werden, den sie ein wenig respektieren konnte. Wenn Nora nicht da war, um für Mutter da zu sein, würde sie sich an ihren Ehemann wenden müssen. Und das konnte bei einem Mann wie Lucius eine entscheidende Wende bringen – einem Mann, der Angst hatte, nie zu genügen. Nora hatte ihrer Mutter keinen Gefallen getan, indem sie immer betont hatte, dass Lucius keinerlei Ähnlichkeit mit ihrem Vater hatte. Am Ende hatten Noras unfreundliche Vergleiche Lydia nur noch mehr von dem einen Mann entfernt, der ihr Ruhe und Geborgenheit schenken konnte.

Lucius trat einige Schritte zurück, blieb dann aber an der Tür noch einmal stehen. »Egal, wie deine Entscheidung ausfällt, ich glaube, dein Vater wäre stolz auf dich.«

Er verschwand im Flur und ließ Nora mit offenem Mund stehen.

Sie öffnete ihre Faust und sah die Hummel an. »Manchmal geschehen die fremdesten Dinge an den vertrautesten Orten.«

Kapitel 32

»Ich glaube, ich würde gerne die Cascadilla Falls sehen, Liebling.«

Nora hielt beim Packen inne und blickte zu ihrer Mutter auf, die in der Tür stand, neigte den Kopf ein wenig zur Seite und suchte in ihrem Gesicht nach Anzeichen für einen Verwirrtheitszustand, konnte jedoch keine entdecken. Ihre Mutter wirkte völlig klar. Genau genommen machte sie sogar einen beinahe robusten Eindruck.

Lydia betrat zögernd Noras Zimmer. »Ich finde, da wir bald nach Long Island aufbrechen, sollte ich sie sehen.«

Nora faltete die Bluse zusammen, die sie in der Hand hielt, und legte sie auf die anderen, die bereits ordentlich in ihrem Koffer verstaut waren. Morgen würden Owen und sie vor ihrer Familie, seinen Eltern – die zugestimmt hatten zu kommen, wenn auch widerwillig – und einigen engen Freunden heiraten. Dann würden sie in ihr neues Zuhause ziehen. Das Semester begann in wenigen Wochen und Nora wollte ihr Leben als Verheiratete genießen, bevor Studium und Arbeit ihre Zeit beanspruchten. Und es war noch viel zu tun.

Aber ihre Mutter blickte sie mit großen Augen schüchtern an und sah aus, als würde sie bei der kleinsten Provokation fliehen. Es war Zeit, dass sie den Ort sah, wo ihr Ehemann gestorben war.

Der Spaziergang zu den Wasserfällen war nicht anstrengend und für gewöhnlich brauchte Nora keine fünfzehn Minuten, aber ihre Mutter und sie gingen gemäßigteren Schrittes und blieben häufig stehen, um die Eiszapfen zu bewundern, die von Häusergiebeln und kahlen Bäumen hingen.

Als sie in den Wald kamen, nahm Lydia Noras Arm. Stille umgab sie und verwandelte den ausgetretenen Pfad in den Mittelgang eines Kirchenschiffs aus Dickicht und jungen Schösslingen. Die Kälte hatte das Wasser gefrieren lassen und es gab keine Warnung, dass sie sich ihm näherten – kein fröhliches Plätschern, kein Brüllen. Lydia sog scharf die Luft ein, als sie aus den Baumreihen traten und die Wasserfälle vor ihnen aufragten – ein Ehrfurcht gebietender Altarraum aus Eis.

»Hier ist …« Lydia blickte sich um und ihr Kinn bebte.

Nora zeigte nach oben zu dem Baum, der wie ein Mahnmal neben dem Wasserfall stand. »Dort.«

Lydia blickte nicht hinauf. Stattdessen drehte sie sich zu Nora um und ergriff ihre Hand. In ihren Augen glänzten Tränen, aber sie legte den Kopf in den Nacken und blinzelte sie fort. Sie lächelte mit bebenden Lippen und Nora erkannte, dass ihre Mutter tapferer war, als sie ihr zugetraut hatte.

»An dem Tag, an dem du geboren wurdest, hat dein Vater zu mir gesagt, du seist für erstaunliche Dinge geschaffen. Du hast nie meinen Erwartungen entsprochen und jetzt bin ich sehr froh darüber. Du tust, was er vorausgesagt hat.«

Wärme erfüllte Noras Inneres, während ihr Atem in der eisigen Luft zu einer kleinen Wolke kondensierte. »Wirst du zurechtkommen? Es gefällt mir gar nicht, dass du Ithaca verlässt. Ich wünschte, Lucius hätte nicht entschieden, dass ihr gehen müsst. Ich wünschte, er hätte nicht alles verloren.«

»Schhh, Liebling, sprich nicht davon.«

»Aber es ist doch wahr.«

»Du suchst dein Glück. Lass mir meines.«

»In Unwissenheit?«

Mutter seufzte und ließ Noras Hände los. Dann blickte sie zu den Wasserfällen hinüber und eine Träne rann über ihre Wange. »Du bist deinem Vater so ähnlich – immer auf der Suche nach der Wahrheit und stets darauf aus zu verstehen. Trotz seiner Fehler war Lucius immer gut zu mir. Er liebt mich wirklich.«

Nora blickte zu dem Baum hinauf. Seine Äste wanden sich gen Himmel, als streckten sie sich nach etwas aus, das nie sein konnte. »Ich wünschte, Papa wäre nie mit mir hierhergekommen. Ich wünschte, ich wäre nicht auf diesen Baum geklettert.«

»Manchmal«, flüsterte ihre Mutter, »nimmt das Leben einem die Entscheidungen ab. Dann wieder bist du es, die entscheidet. Aber am Ende hat keiner von uns wirklich viel in der Hand, wir können nur das Beste tun – das Richtige – mit dem, was wir haben. Das habe ich versucht, als ich Lucius geheiratet habe. Ich wollte, dass du einen Vater hast. Außerdem habe ich mir gewünscht, noch einmal das zu erleben, was ich mit deinem Vater hatte.« Sie schniefte und schenkte Nora ein weiteres kleines Lächeln. »Ich freue mich über den Weg, den du eingeschlagen hast.«

Nora blickte auf das gefrorene Wasser hinaus und betrachtete die Felsstufen, die aussahen, als hätte ein riesiger Steinmetz den Wasserfall als Treppe benutzt. Flechten und Moos bedeckten die Seiten des bröckeligen Sandsteins. Die Weiden-Eiche stand stark und aufrecht über allem, ihr Inneres ausgehöhlt von Ungeziefer, eine hohle Erinnerung an die unbedachte Entscheidung, die Nora am meisten von allen bereute.

Nichts summte oder zwitscherte oder flog. Der Winter hatte die Welt in tiefen Schlaf versetzt. Aber Nora stellte sich vor, wie die Cascadilla Falls im Frühjahr aussehen würden, vor Leben wimmelnd durch das geschäftige Treiben von Insekten und Vögeln. Sie würde zusammen mit Owen herkommen, seine abgewetzte Decke und einen Abenteuerroman im Gepäck. Bis dahin würden sie sich an ihr neues Leben gewöhnt haben. Würden wunderschöne und herzzerreißende und komplizierte Dinge entdeckt haben.

Nora nahm Lydias Arm und dann gingen sie in die Stadt zurück, den Weg hinunter, der zu Owen führte und zu ihrer Arbeit und der Verheißung eines federleichten Traums, der aus einer chaotischen Mischung aus Vergangenheit und Gegenwart, Hoffnungen und Opfern, Warten und Gehen bestand.

Ein kräftiger Wind blies über das Wasser, das über Jahrtausende hinweg den Schiefer geformt hatte. Er ließ das trockene Gras rascheln, drang kalt durch ihre Kleider und brachte Nora eine Erinnerung.

»Kleine Bumble Bea, die wichtigste Lektion darfst du niemals vergessen.«

Sie unterbrach ihre Betrachtung eines Grashüpfers und sah ihren Vater an. Er hatte ihr viele Lektionen mit auf den Weg gegeben, aber noch nie hatte er eine davon über die anderen gestellt. »Welche denn, Papa?«

Er tippte mit der Fingerspitze auf ihre Nase und lächelte. »Was uns von den Insekten unterscheidet. Weißt du es?«

Sie schüttelte den Kopf.

»Sie tun aus Instinkt und Gewohnheit, was das Beste ist. Wir tun es aus Liebe.«

Nora lächelte und drückte den Arm ihrer Mutter. Das war tatsächlich die wichtigste Lektion. Eine, für die sie um die halbe Welt hatte reisen müssen und die sie verstanden hatte, als sie nach Hause zurückgekehrt war.

Nachwort der Autorin

Liebe Leserinnen und Leser,

die Idee zu *Miss Shipley und die Schmetterlinge* entstand, als meine damals achtjährige Tochter sagte: »Du, Mama, schreib doch mal ein Buch über ein Mädchen, das Entomologin wird.«

Ich hatte bereits beschlossen, dass ich von romantischen Erzählungen, die in der Gegenwart spielen, zu historischen Romanen wechseln wollte, und mir gefiel der Gedanke, über eine der Naturwissenschaftlerinnen aus dem neunzehnten Jahrhundert zu schreiben, die in der Geschichte so viel bewirkt haben.

Aber ich hasste Insekten.

Jedes Mal, wenn ich während meiner Recherchen etwas wie »Paarungsrituale von Kakerlaken« oder »größte Spinne in Indien« in die Suchmaske eingab, hielt ich mir die Hand vor die Augen und blinzelte zwischen den Fingern hindurch die Bilder an. Doch irgendwann begann ich, Gottes unglaubliche Kunst und Kreativität in den Geschöpfen zu erkennen, über die ich für meine Geschichte las.

Ich habe dieses Buch meiner Tochter gewidmet, die jetzt dreizehn ist und immer noch Entomologin werden will, aber auch allen anderen Menschen, die diese erstaunlichen Wesen lieben.

Es ist insbesondere für Anna Comstock, die mit ihrem Mann John an der Cornell University arbeitete. Ich erfuhr von Anna, als ich mich für das Homeschooling meiner Kinder mit der Bildungsphilosophie von Charlotte Mason auseinandergesetzt habe. In diesem Zusammenhang findet Annas *Handbook of Nature Study* oft Erwähnung. Anna hat nicht nur die Illustrationen für alle Bücher ihres Mannes angefertigt, sondern auch ihre eigenen Werke geschrieben und illustriert. Sie hat einen wesentlichen

Beitrag zu den praktischen Naturwissenschaften geleistet und wurde Cornells erste weibliche Lehrkraft.

Ich habe mir Mühe gegeben, Anna und John zutreffend zu beschreiben. Natürlich sind sie längst tot und ich musste die Lücken füllen, so gut es ging. Alle Fehler sind allein meine Schuld, aber ich hoffe, ich bin diesem wunderbaren und interessanten Ehepaar gerecht geworden. In Annas Buch über Naturstudien und in der Autobiografie *The Comstocks of Cornell* kann man mehr über sie erfahren.

Im Gegensatz zu meinen Gefühlen gegenüber Insekten liebe ich Indien schon seit Jahrzehnten. Ich hatte die Gelegenheit, nach der Highschool eine Zeit lang dort zu leben und in jüngerer Vergangenheit mit einer Wohltätigkeitsorganisation noch einmal hinzureisen. Kein anderer Ort auf der Welt ist wie Indien. Es ist ein komplexes, vielschichtiges, pulsierendes Land, das die Fantasie beflügelt. Eins, das man nicht so schnell vergisst und in das man immer wieder zurückkehren will. Ich hoffe, Sie haben sich beim Lesen vielleicht auch ein bisschen in diesen Schauplatz verliebt.

Über eine Kultur zu schreiben, in der man nicht aufgewachsen ist, vor allem, wenn sie so vielfältig und kompliziert ist wie die im Indien des neunzehnten Jahrhunderts, ist natürlich eine Herausforderung. Ich habe unendlich viel recherchiert, aber manchmal habe ich die Antwort nicht gefunden und musste eine möglichst gut informierte Entscheidung fällen. Meine indischen Freunde und meine Lektorin, die speziell auf sensible Themen achtet, waren mir eine riesige Hilfe – aber es gab viele Unterhaltungen, die damit endeten, dass einer von ihnen sagte: »Ich weiß es nicht, Kim. Das war vor hundertfünfzig Jahren.«

In diesem Sinne bin ich für alle Fehler selbst verantwortlich und hoffe, dass Sie mir etwaige Ungereimtheiten oder Irrtümer verzeihen.

Kim

Dank

Sehr viele Menschen waren an meinem Weg zur Veröffentlichung beteiligt und haben geholfen, damit *Miss Shipley und die Schmetterlinge* bei Ihnen landet. Und da dies mein erster veröffentlichter Roman ist, werde ich weit zurückgehen. Also, mein Dank gilt:

Francine Rivers, die *Hadassa – Im Schatten Roms* geschrieben hat. Ich hatte schon immer gern Bücher gelesen, aber diese Geschichte hat dazu geführt, dass ich selbst welche schreiben wollte. Danke, Mrs Rivers, dass Sie Gott durch Ihre Kreativität die Ehre geben.

Mr Posner, meinem Lehrer in Kreativem Schreiben und Journalismus in der elften Klasse (wir hatten alle diesen einen tollen Lehrer oder die eine tolle Lehrerin, oder?). Sie waren der Erste, der mir gesagt hat, ich sei begabt. Der Erste, der vorschlug, ich solle ein Buch schreiben (ausgehend von meiner autobiografischen Kurzgeschichte, die in der Ukraine spielte). Andere Geschichte, anderer Ort, aber hier ist das Ergebnis. Ihre Ermutigung hat mich auf diesen Weg gebracht.

Meinen Eltern, weil sie mir an der Highschool eine Schreibmaschine gekauft, sich meine furchtbar melodramatischen Geschichten angehört und mir nie gesagt haben, ich sollte mir einen Plan B überlegen.

Joy, Flora und Priya. Alle meine Erinnerungen an Indien sind mit euch verknüpft. Ihr habt dafür gesorgt, dass diese sechs Monate voller Wärme und Freude waren.

Rachelle Gardner, meiner fantastischen Agentin. Ich kann immer noch nicht fassen, dass du mich unter Vertrag genommen hast. An dem Tag, an dem du mir erzählt hast, wie sehr mein Buch dich begeistert hat, fing ich an zu glauben, dass mein bis dahin völlig abwegiger Traum wahr werden könnte.

Dem wunderbaren Team von *Bethany House Publishers*. Es gab viele Gründe, warum dieser Verlag auf meiner Wunschliste ganz oben stand. Und ich wurde nicht enttäuscht. Ich weiß eure Unterstützung, Expertise und unermüdliche Arbeit sehr zu schätzen. Ohne euch hätte ich es nicht geschafft.

Jessica Barnes, meiner Lektorin. Danke dafür, dass du das Potenzial dieser Geschichte gesehen hast, dass du daran geglaubt und dich dafür eingesetzt und so viel Zeit und Kraft investiert hast, um daran zu feilen. Du machst einen wahnsinnig guten Job. Bestimmt hat Gott gelächelt, als er uns zueinander gebracht hat.

Bob Nuhn, meinem »Insektenmann« und Entomologen. Ich übertreibe nicht, wenn ich sage, dass dieses Buch ohne dich nie veröffentlicht worden wäre. Deine Begeisterung für die Wissenschaft, deine E-Mails voller Detailwissen und deine geduldigen Antworten auf meine Fragen durchdringen Noras Geschichte auf jeder Seite des Buches. Danke!

Madhu Balasubramaniam. Du bist mir ein wunderbarer Freund geworden. Danke dafür, dass du mein Buch gelesen und dabei geholfen hast, dass es akkurat und sensibel geworden ist und meine Liebe zu Indien widerspiegelt. Du bist die Antwort auf meine Gebete und meine mitternächtlichen kulturellen, religiösen und geografischen Fragen.

Meinen Freunden und Verwandten, die mich ermutigt, unterstützt und begeistert begleitet haben. Ich kann euch nicht alle namentlich nennen, aber ihr sollt wissen, wie sehr ich euch liebe.

Kristy Cambron. Als du fragtest: »Kannst du Nora an irgendeinen interessanten Ort schicken? Irgendwo ins Ausland?«, wurde dieses Buch geboren und ich werde dafür ewig dankbar sein. Du hast mir Mut gemacht, in dem Genre, das ich liebe, über das Land zu schreiben, das ich liebe.

Stephanie Gammon, meiner allerersten Leserin und lieben Freundin. Deine Unterstützung und dein unerschütterlicher Glaube an meine Schreibkunst waren eine ständige Quelle der Bestätigung und Ermutigung. Du kennst mich besser als jeder andere Mensch außerhalb meiner Familie und die Tatsache, dass du mich trotzdem liebst, lässt mich an deinem Verstand zweifeln, aber auch deine Freundschaft besonders schätzen. Ich kann es kaum erwarten, dass die Welt erfährt, was für eine tolle Autorin du bist.

Meinen Mädels – Lindsey Brackett, Leslie Devooght, Hope Welborn und Kristi Ann Hunter. Ihr habt diese Reise zu einem wunderbaren Erlebnis gemacht. Ich genieße unseren Austausch sehr und kann mir nicht vorstellen, das mit der Schreiberei ohne euch zu machen. Ich muss mich manchmal ermahnen, Leute zu treffen, die in meiner Nähe wohnen, weil ich dank unserer täglichen Unterhaltungen oft vergesse, dass wir uns gar nicht live sehen.

Meinen Kindern – Ellie, Grainne, Hazel und August. Ihr seid der Grund für alles, was ich tue. Ich möchte, dass ihr in mir die Möglichkeit wahr gewordener Träume seht. Ich möchte euch fleißige Arbeit und Gewissenhaftigkeit und Anstrengung und Hartnäckigkeit, die nie aufgibt, vorleben und euch ermutigen, herauszufinden, wer ihr seid und wozu ihr geschaffen seid, und es dann auch zu tun.

Meinem Mann Shane. Dieses Buch ist vor allem deinetwegen möglich geworden. Ich liebe dich, weil du meinen Traum nie aufgegeben hast, selbst als ich nicht den Mut hatte, daran zu glauben. Weil du viele Abende nach der Arbeit mit Bädern und Abwasch und Mathehausaufgaben verbracht hast. Weil du so großzügig deine Zeit und unser Bankkonto strapaziert hast, damit ich an unzähligen Tagungen und Schreibworkshops teilnehmen konnte. Du hast mich zu Owen inspiriert – gütig, unterstützend, abenteuerlustig, ermutigend, widerlich extrovertiert und immer bereit, liebevoll die Wahrheit zu sagen. Ich kann nur deshalb einen anständigen Helden zu Papier bringen, weil ich seit mehr als zwanzig Jahren mit einem zusammenlebe. Ich liebe dich.

Weitere Romane von FRANCKE

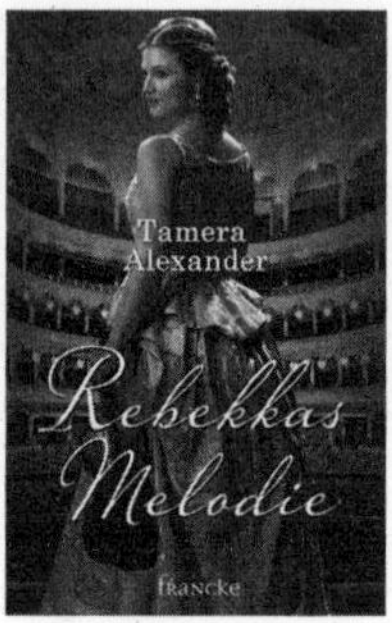

Tamera Alexander
Rebekkas Melodie
ISBN 978-3-86827-661-9
490 Seiten, Paperback
auch als E-Book erhältlich

Nashville, 1871: Die junge Musikerin Rebekka kehrt nach ihrer Ausbildung in Wien in ihre alte Heimat zurück. Doch sie weiß, dass ihr ihr früheres Zuhause in Nashville keine Zuflucht mehr bietet. Dort herrscht mittlerweile ihr Stiefvater. Und so macht Rebekka sich auf die Suche nach einer Anstellung. Ihr größter Herzenswunsch ist es, im Sinfonieorchester ihrer Heimatstadt Violine spielen zu dürfen. Aber Nathaniel Whitcomb, der Dirigent, lehnt Rebekka ab. In seinem Orchester ist kein Platz für Frauen. Nach und nach jedoch erkennt er, dass Rebekka nicht nur äußerst reizend ist, sondern auch eine außergewöhnliche Gabe besitzt …

Annette Spratte
Die Kannenbäckerin
ISBN 978-3-96362-190-1
399 Seiten, Paperback
aus als E-Book erhältlich

Die 13-jährige Johanna hat ihre gesamte Familie an die Pest verloren. Geblieben ist ihr nur ein unbekannter Onkel, der als Töpfer im Kannenbäckerland arbeitet. Damit sie in den Wirren des Krieges den weiten Weg überlebt, verkleidet ihre wohlmeinende Nachbarin sie als Jungen. Die neuen Freiheiten, die sie unterwegs genießt, erscheinen Johanna verlockend, genau wie die Aussicht auf eine Lehre im Töpferhandwerk. So verschweigt sie ihrem Onkel die Wahrheit und beweist in der Werkstatt bald nicht nur ein außergewöhnliches Talent, sondern auch eine einzigartige Leidenschaft. Doch kann sie ihre Täuschung in einer von Männern beherrschten Welt aufrechterhalten?

Elizabeth Camden
Dorthin, wo der Tag anbricht
ISBN 978-3-96362-131-4
171 Seiten, gebunden
auch als E-Book erhältlich

Pennsylvania, 1897: Die unkonventionelle Julia Broeder hat es bis an die medizinische Fakultät für Frauen geschafft. Doch kurz vor dem Abschluss ihrer Ausbildung zur Missionsärztin wird Julia ihre Tierliebe und ihr starker Gerechtigkeitssinn zum Verhängnis: Als sie heimlich einen misshandelten Hund operiert und das Tier anschließend vor seinem Besitzer in Sicherheit bringt, wird sie vom College verwiesen.
Julia hofft, dass der Anwalt ihres reichen Gönners ihr helfen kann, den Verweis rückgängig zu machen. Doch Ashton Carlyle lässt sie eiskalt auflaufen. Hat sie ihre Chance, ihren großen Traum zu verwirklichen und als Ärztin nach Fernost zu gehen, für immer verspielt?